pulp

master

Die zahlreichen Romane und Erzählungen des 1950 in Trenton, New Jersey, geborenen Mark SaFranko haben vor allem in Europa begeisterte Kritiken hervorgerufen und Kultstatus erlangt. *Hating Olivia* wurde für den Prix Rive Gauche à Paris nominiert und auch in Italien veröffentlicht. Im Jahr 2018 wurde SaFranko zum ersten Autor mit internationaler Residenz an der Université de Lorraine ernannt. Dort wurden auch seine Gemälde ausgestellt. Er selbst versteht sich zudem als Dramatiker, Komponist und Musiker. Mark SaFranko lebt in New Jersey.

Mark SaFranko

amerikana

Aus dem amerikanischen Englisch
von Sepp Leeb

pulp master

pulp master
Band 55

Erschienen bei PULP MASTER, Berlin

Deutsche Erstausgabe
Erste Auflage 2023

Titel der amerikanischen Originalausgabe: Amerigone

Herausgegeben von Frank Nowatzki
Übersetzt aus dem amerikanischen Englisch
von Sepp Leeb
Lektorat: Dr. Peter Hammans
Redaktion:
Ute Nowatzki, Robert Schekulin
Autorenfotos: Bob Sala
Cover: 4000
Umschlagsgestaltung und Layout: MM-Grafomat
Druck und Verarbeitung: www.norhaven.com

Veröffentlicht als
PULP MASTER Paperback 978-3-946582-10-6

Bibliografische Information Der Deutschen Bibliothek.
Die Deutsche Bibliothek verzeichnet diese Publikation in der Deutschen Nationalbibliografie; detaillierte bibliografische Daten sind im Internet über http://dnb.ddb.de abrufbar.

www.pulpmaster.de

»... er triggerte den Wahnsinn in jedem, dem er ihn unterjubelte. Fütterte das Monster, das von Anfang an, Millionen Jahre unterdrückt, in jedem hauste, aber ständig und für immer darauf wartete, losgelassen zu werden.«

– Shane Stevens

September 2019

Ein Tag in New York

Mein Name ist Parker Saturn.

Ich bin in Zimmer 1503 des Hilton in Tribeca. Ich stehe am Fenster und schaue auf die friedliche, wolkenlose Skyline hinaus.

Von unten ein markerschütternder Schrei.

Auf der Straße muss etwas Schlimmes passiert sein. Nur Sekunden später das Jaulen einer Sirene, dann zwei oder drei weitere, ein extrem deprimierendes Geräusch, eins, das ich inzwischen hasse.

In wenigen Minuten werde ich mich mit einem gewissen Rubleski treffen. Iwan Rubleski, der von der Niederlassung in Kalifornien rübergeflogen kommt, um über Firmenangelegenheiten zu reden. Angeblich Routinekram. Soll mir nur recht sein. Einen Tag, an dem nichts allzu Schwieriges ansteht, kann ich gut gebrauchen.

Was für ein großartiger blauer Himmel, wie die Lavur bei einem Aquarell. Genauso hat er auch vor langer Zeit mal ausgesehen, am 11. September. Zumindest sagen das die Leute, die damals dort waren.

Ich hatte noch nie mit diesem Rubleski zu tun und weiß nichts über ihn, außer dass er drüben an der linken Küste mit Strategiefragen befasst ist. Er ist also gewissermaßen mein Pendant. Bei genauerer Überlegung finde ich es ein bisschen eigenartig, dass er und ich noch nie etwas miteinander zu tun hatten – andererseits hat er die Stelle noch nicht lange. Leute kommen und gehen in regelmäßigen, manchmal täglichen Abständen. Ich habe nicht die Zeit, mich mit allem zu beschäftigen, was in der Firma passiert. Wir sind alle austauschbar und, das versteht sich von selbst, verzichtbar. So ist das in Amerika.

Ich öffne mein iPad und starte eine Suche nach diesem Rubleski. Es kommt aber nichts dabei heraus. Nichts auf Facebook. Nichts auf Twitter. Nichts auf Instagram. Auch nicht auf Pinterest. Oder LinkedIn. Komisch – andererseits reduzieren immer mehr Leute ihre Internetpräsenz auf ein Minimum, was ich ihnen nicht verdenken kann.

Wenn ich den Namen Rubleski google, erhalte ich vereinzelte Ergebnisse – aber wer sind diese Leute? Keiner von ihnen scheint etwas mit der Firma zu tun zu haben. Ist er einer von ihnen?

Und so sitze ich bloß da, kratze mich am Kopf, warte und schaue ab und zu auf den hartnäckig blauen Himmel hinaus.

Heute Morgen habe ich höllische Kopfschmerzen. Oder sollte ich sagen, »einen dieser Migräneanfälle«? In letzter Zeit scheinen sie mich häufiger zu plagen. Die heutigen haben mich ohne Vorwarnung überfallen, wie ein Gewitter, das man nicht hat kommen sehen. Müsste ich diesem lästigen Etwas einen Namen geben, würde ich es einen Kater nennen – obwohl ich gestern Abend nichts getrunken habe –, nur heftiger, wegen seiner besonderen Intensität. Wie ein zu eng sitzender Helm, der mir den Schädel so fest zusammenquetscht, dass er fast zu platzen droht. Winzige schwarze und rote Teilchen tanzen so chaotisch vor meinen Augen, dass ich sie irgendwann schließen muss ...

Ein Hirntumor? Allerdings habe ich erst vor zwei Wochen meinen Firmengesundheitscheck mit Bestwerten bestanden. Ich habe der Ärztin von den Kopfschmerzen erzählt, aber sie hat sich nicht dazu geäußert.

Mit größerer Wahrscheinlichkeit ist die Migräne eine Folge von Stress. Stress ist der große Killer, die Wurzel aller Leiden, inklusive Krebs – heißt es. Mich für die Firma reinzuhängen war und ist anstrengend und wird immer anstrengender, vor allem wegen der absurden Budgetkürzungen, die das Personal dezimiert und meine Arbeitslast fast verdoppelt haben. Seit letzten Donnerstag auch noch Leonardo Strong gekündigt hat, darf ich die Arbeit von zwei Leuten übernehmen.

Was hat Orsini neulich gesagt, als wir uns beim Mittagessen alle darüber beklagt haben? »Wenn die Firma einen ordentlichen Gewinn vorweisen will, bleibt ihr gar keine andere Wahl, als das Letzte aus uns herauszupressen. Also quetschen sie uns aus bis zum Gehtnichtmehr.«

Jetzt, wo das mal raus ist, habe ich gewaltig Schiss, dass es mich als nächsten erwischt. So geht es uns allen, auch Orsini. Er ist wichtig, ich bin wichtig, das schon, aber nicht wichtig genug. Die Show würde auch ohne uns weitergehen. Die Show geht immer weiter. So ist das in Amerika.

Ich schüttle – unter einigen Schmerzen – den Kopf. Hätte ich mich nicht zu diesem Tête-à-Tête mit Rubleski bereit erklärt, hätte ich mir den Tag freinehmen können, wäre jetzt zu Hause und schliefe bei heruntergelassenen Jalousien in meinem breiten Doppelbett. Aber wenn es um meinen Job geht, habe ich keine Wahl. Ich muss funktionieren und liefern, Kopfschmerzen hin oder her. Beklage ich mich deswegen? Nein. Mein Leben ist gut.

Nachdem ich genug von der Skyline gesehen habe, hole ich eine Packung Advil aus meinem Rucksack, schüttle zwei der ansprechenden, durchscheinenden grünen Tabletten heraus, gehe ins Bad und spüle sie hinunter. Ich schaue in den Spiegel, als posierte ich für ein Foto. Auch wenn ich mich ziemlich elend fühle, ist es meinem Spiegelbild nicht anzumerken.

Ich drehe eine Runde durch das Zimmer, setze mich wieder und lehne mich zurück. *Wo bleibt Rubleski bloß?* Es ist höchst ungewöhnlich, dass dieser Mann und ich uns hier treffen. Er war derjenige, der in seinen Nachrichten darauf bestanden hat, dass wir uns an einem Ort wie einem Hotelzimmer treffen; er wollte nicht, dass wir von dem Chaos in unserem New Yorker Büro abgelenkt werden, das sich in Chelsea, im Norden Manhattans, neben dem Google Building befindet. Ich bin auf seinen Wunsch eingegangen – bereitwillig. Wer kann nicht mal einen kleinen Tapetenwechsel vertragen? Raus aus der Enge seines Arbeitsplatzes? Trotzdem, seit die Firma die Spesenpauschale empfindlich gedeckelt hat, ist diese Lösung höchst ungewöhnlich. Aber Rubleski hat darauf bestanden, dass ich das Hotelzimmer für zwei Tage buche, damit wir gleich am Morgen loslegen können.

Von meiner Seite gibt es jedoch nichts dagegen einzuwenden. Außerdem muss ich das Zimmer nicht aus eigener Tasche bezahlen.

Ich schließe die Augen, lausche dem Sauerstoff, der in

meine Lunge strömt und dann wieder hinaus. Wie still es hier oben ist, viele Stockwerke über den Straßen von Manhattan. Fast wie in einer Kirche. Fast so, als ob es die dreckige, laute, verrückte Metropole da unten gar nicht gäbe ...

Es ist nicht nur der berufliche Stress, von dem ich Kopfschmerzen bekomme. Ich brauche auch etwas Abstand von Alana. Wir sind jetzt fast zehn Jahre verheiratet. Zwei Kinder, ein großes, nicht abbezahltes Haus in einer teuren Wohngegend – was eben dazugehört, wie es immer so schön heißt. Es ist keineswegs so, dass ich meine Frau nicht liebe ... aber ich fürchte mehr und mehr, dass zwischen uns die Luft raus ist. Und ich kann nicht leugnen, vor allem mir selbst gegenüber nicht, dass das schon lange so ist, sogar schon gefährlich lange. Welcher Mann, egal, wie glücklich er verheiratet ist, hat diesen Gedanken nicht ab und zu?

Was tun also?

Ich weiß, was jetzt die Leute – die meisten jedenfalls – sagen werden. Dieser Mann ist ein wandelndes Klischee. Er ist weiß, er ist privilegiert, und was macht er? Jammert wegen seiner ganzen Vorteile nur rum, wegen Vorteilen, für die weniger Glückliche alles geben würden. Durchaus zu Recht. Aber wie die meisten Leute in meiner Position glaube ich – oder will ich zumindest glauben –, dass das nicht die ganze Geschichte ist. Ist es doch nie, oder? Für keinen von uns. Das Problem ist, dass es eigentlich zu schwer ist, die ganze Geschichte in Worte zu fassen ...

An Alana gibt es nichts auszusetzen – daran liegt es nicht. Eher trifft sogar das genaue Gegenteil zu. Meine

Frau ist schön, intelligent, kultiviert, eine wundervolle Mutter und was sonst noch alles dazugehört, wie die meisten heutigen Superfrauen. Sie hat an einer Elite-Universität studiert, spielt hervorragend Klavier, unter anderem auch Mozart, ist sehr sportlich – wenn ich auf die dumme Idee komme, mit ihr laufen zu gehen, hängt sie mich locker ab –, und sie sieht fantastisch aus. Der winzige, kaum zu sehende Stern, der über ihren linken Fußknöchel tätowiert ist, verstärkt nur ihre Attraktivität, sexuell und anderweitig. Sie ist der Typ Frau, den man in der Öffentlichkeit am Arm haben will, denn, einmal ganz abgesehen von ihrem gutem Aussehen, ihr unterläuft niemals ein Fauxpas.

Und im Bett? Auch da lässt sie nichts zu wünschen übrig.

Anders ausgedrückt, sie ist so perfekt, wie man nur sein kann. Womit habe ich das verdient?

Ich bin nicht der Einzige, der den Zauber ihrer Vollkommenheit bemerkt. Ich bin nicht blind. Mir sind die bewundernden Blicke anderer Männer – und Frauen – nicht entgangen. Erwidert sie diese Blicke? Auch sie ist nicht blind. Doch falls sie es tut, weiß sie es sehr gut zu verbergen. Hat sie jemals etwas hinter meinem Rücken getan – eine Affäre, um auf ein anderes Klischee zurückzugreifen? Eine flüchtiger Seitensprung? Gute Frage. Woher soll ich das wissen? Ich neige nicht zur Eifersucht. Deshalb mache ich mir deswegen nicht allzu viele Gedanken. Ich habe ihr von Anfang an vertraut, denn so, wie ich die Sache sehe, ist sie absolut ehrlich und aufrichtig.

Und trotzdem habe ich immer wieder diese Träume: Sie hat mich verlassen, ich habe sie verloren, und ich will sie unbedingt zurück. Aber zwischen uns ist eine Barriere, etwas, das mich daran hindert, ihr nahezukommen, und das bereitet mir schier unerträgliche Qualen. Und wenn ich dann aufwache, liegt sie friedlich schlafend neben mir, ihr Kopf auf dem Kissen, alles wie gehabt, und es gibt keinen Grund zur Beunruhigung ...

Danach befällt mich wieder dieser Überdruss. Und ich führe weiter mein Leben, als hätte ich den Traum nie geträumt ...

Ja, abgesehen von einem gewissen beruflichen Stress, ist mein Leben perfekt – so perfekt es eben sein kann.

Manchmal allerdings, wenn ich in die Zukunft zu blicken versuche, weit voraus in die Zukunft, weiß ich nicht recht, ob sie mir gefällt. Soll es denn nicht ›mehr‹ geben als bloß den üblichen Alltag – selbst wenn dieser Alltag besser ist als das Elend, mit dem der größte Teil der Welt geschlagen ist? Und wer sagt denn, dass ›mehr‹ überhaupt existiert? ›Mehr‹ ist doch nur eine weitere Illusion der Überprivilegierten, oder?

Der letzte Mensch, mit dem ich über das alles sprechen kann, ist Alana, weil sie daraus sofort den Schluss ziehen würde, dass sie etwas falsch gemacht hat oder dass es ein Problem zwischen uns gibt.

Aber macht sich nicht jeder Gedanken über ›mehr‹?

Vor Jahren, als Alana und ich uns kennengelernt haben, habe ich wegen meiner Angst, mich auf jemanden einzulassen, eine Therapie gemacht. Noch heute kann ich mich an das Sprechzimmer der Therapeutin erinnern, an den angenehmen Geruch eines Gewürzes, an die archaische Skulptur einer Schwangeren auf einem Tisch in der Ecke, an die stummen afrikanischen Masken an den Wänden, an die schöne, blauäugige Siamkatze, die im

Sprechzimmer ein und aus ging, als gehörte es ihr. Esther Barnbauer, deren Wände voll waren von Diplomen und Zertifikaten, war eine gute Therapeutin. Sie war kompetent und einfühlsam, aber sie verstand gar nichts. Sie sagte zwar, dass dem so wäre, fand all die richtigen Worte, aber ich weiß, dass sie nicht *wirklich* begriff, worum es mir ging. Vielleicht begriff auch ich es nicht, nicht ganz zumindest, jedenfalls nicht so gut wie jetzt.

Der entscheidende Punkt ist, dass es selbst damals schon da war.

Ich weiß auch nicht. Manchmal ... manchmal fühle ich mich, als wäre ich mitten im Meer auf einem sturmumtosten Felsen gestrandet, und weit und breit ist keine Rettung in Sicht.

Ich muss laut lachen bei diesem Bild. Wie bereits gesagt, ich bin ein einziges Klischee.

Endlich findet ein Geräusch von der Straße den Weg herauf in den fünfzehnten Stock: das lange Blöken einer Hupe. Es erinnert mich daran, dass die Welt da draußen immer noch da ist, als ob ich das je vergessen könnte.

Mein Handy schrillt. Das muss Rubleski sein, der mir sagen will, dass es bei ihm etwas später wird. Ich drehe es zu mir herum und sehe nach dem Gesicht. Nein, es ist das Büro. Mir ist nicht danach, mit jemandem zu reden. Ich lasse es weiter Maroon 5 spielen.

Wo steckt der Kerl nur? Er hätte schon vor fünfzehn Minuten kommen sollen. Ich merke, dass ich nicht weiß, wo ich seine Nummer habe. Auf meiner Kontakteliste ist sie nicht, und ich kann mich nicht erinnern, sie im Korpus seiner E-Mails gesehen zu haben.

Wie aus dem Nichts durchfährt meinen Kopf ein stechender Schmerz, wie ein Messer, das sich in meine Gehirnwindungen bohrt. *Autsch.* Meine Augen schließen sich angesichts dieses aus heiterem Himmel einschlagenden Blitzes. Vielleicht habe ich mich bei der Dosierung des Advil vertan ... Ich fasse in mein Necessaire und greife nach der Packung. Ich schüttle sie – soll ich sicherheitshalber noch mal zwei nehmen? –, doch dann kommen mir meine Leber und die zahlreichen Nebenwirkungen in den Sinn. Ich öffne die Packung, schüttle, ein Kompromiss, eine Tablette heraus und wiege sie in meiner Hand, bevor ich sie mit dem letzten Rest Wasser hinunterspüle.

Andere Geräusche, diesmal aus größerer Nähe, aus dem Innern des Hotels. Mein Kopf sinkt zurück. Meine Lider werden schwer ... Hundegebell, ein Strand, eine joggende nackte Frau, draußen auf dem Meer ein Boot, die Bilder wirbeln durch meinen Kopf wie die einzelnen Zutaten in einem Mixer. Ich stehe kurz davor, in dem Traum aufzugehen, als ich das Krachen von Schüssen höre.

Zuerst scheinen sie Teil der Action zu sein, doch schnell wird mir mein Versehen klar. Jemand klopft an die Tür.

»Okay, Moment ... komme ... komme ja schon ...«

Als ich öffne, *steht er da.*

Rubleski ist genauso groß wie ich, aber mit kräftigerer Statur. Sein Sharkskin-Anzug – von Brioni oder Zegna, so genau kenne ich mich da nicht aus – ist ziemlich teuer und tadellos gebügelt. Sein Haar ist platinblond, fast weiß, mit einem messerscharfen Seitenscheitel, an dem ein bisschen babyrosa Kopfhaut durchscheint, so perfekt geschnitten, dass es beinahe künstlich aussieht. Seine Augen sind von einem übernatürlichen Blau, mit einem leichten Grünstich, wie bei einem Albino – oder einem Außerirdischen. Die Iris scheint keine Tiefe zu haben. Seine Zähne, zu einem freundlichen Blendax-Lächeln gebleckt, sind strahlend weiß, fast unwirklich ebenmäßig, ihre Proportionen perfekt auf den Rest seines Gesichts abgestimmt. Der Teint ist von einer gesunden Bräune, als hätte er nicht gerade wenig Zeit am Strand verbracht, was wahrscheinlich auch der Fall war. An seiner linken Hand baumelt ein silberner Hartschalenkoffer.

»Parker Saturn? Ich bin Iwan – Rubleski.« Mit einem strahlenden Lächeln reicht er mir eine mit perfekt manikürten Nägeln garnierte Hand. Schon nach diesen fünf Worten ist klar, dass er einen Akzent hat. Deutsch? Polnisch? Lettisch? *Russisch*? Wenn es nicht ungehörig wäre, würde ich ihn auf der Stelle danach fragen.

Ich ergreife seine Hand und schüttle sie. Sein Händedruck ist kräftig – fast übertrieben fest.

»Entschuldigen Sie die Verspätung ... Ich habe Sie doch hoffentlich nicht bei einem Nickerchen gestört?«

»Kommen Sie rein ...«

Als Rubleski an mir vorbeigeht, steigt mir ein Hauch seines angenehm zitronigen Eau de Cologne in die Nase. Er wirft seinen Koffer aufs Bett, der hochhopst wie ein Ball in einem Swimmingpool.

»Guten Flug gehabt?«

Mein Kollege von der Westküste steuert auf den großen Sessel zu, in dem ich gedöst habe, und macht es sich darin bequem.

»Im Gegensatz wozu?«

»Na ja ...«

»Für einen Nachtflug ganz okay.«

Klar, rufe ich mir in Erinnerung, wir sind hier, um geschäftliche Dinge zu besprechen.

»Sicher sind Sie ziemlich k.o. ... Möchten Sie einen Kaffee oder Tee?«

»In ein paar Minuten.«

»Wie Sie möchten ... Sollen wir dann gleich anfangen?«

»Klar.«

Ich öffne meine Reisetasche und hole die Tagesordnung heraus, die mir Rubleskis Büro in Los Gatos vor ein paar Tagen zugeschickt hat.

»Die Kopfhörer«, beginne ich und setze mich auf die Bettkante. Das ist nicht sehr bequem, und ich ärgere mich, dass Rubleski den Sessel beschlagnahmt hat. »Am besten, wir fangen mit den Kopfhörern an. Sie sind der erste Punkt auf der Liste ...«

Laut Rubleskis knappem Zwei-Sätze-Lebenslauf auf der Tagesordnung ist das kabellose Hightech-Headset, das auch von Astronauten verwendet wird, sein Spezialgebiet. Da dieses Produkt nicht in mein Ressort fällt, habe ich vor, ihm ein paar Fragen dazu zu stellen. Grob sieht der Unternehmensplan vor, eine Variante des Astronauten-Headsets für den irdischen Konsumenten auf den Markt zu bringen, für all jene also, die es sich leisten können, ein paar tausend Dollar für ein Modeprodukt auszugeben. Teile des Managements sind jedoch unschlüssig, ob die Kosten für die erforderliche Werbekampagne das Risiko wert sind. In den heiligen Hallen der Trusonics Inc. geht die Angst um: Was ist, wenn die Dinger niemand kauft? Rubleski und ich sind hier, um, unter anderem, diese Frage zu klären.

»Ja, die Kopfhörer.« Er lächelt. »Wir sollen uns was

einfallen lassen, wie wir sie an den Mann bringen können, hm?«

Selbst wenn Englisch nicht Rubleskis Muttersprache sein sollte – dessen bin ich mir inzwischen ganz sicher –, ist er mit seinen Nuancen bestens vertraut.

»Einerseits. Außerdem müssen wir uns, glaube ich, mit der Preisstrategie der neuen Gaming App befassen, die wir nächstes Frühjahr lancieren wollen«, füge ich nach einem Blick auf die Tagesordnung hinzu.

»Sollte uns dafür nicht die Marketingabteilung eine Aufstellung zur Verfügung stellen?«

»Hat sie bereits. Allerdings wollen sie von uns hören, welche Upgrades wir für die App planen ...«

In diesem Moment kommt mir ein seltsamer Gedanke: Hat Rubleski überhaupt mal einen Blick auf die Tagesordnung geworfen? Er erweckt den Anschein, als würde ihn das alles überhaupt nicht interessieren. Aber das muss es doch, oder etwa nicht? Er ist extra hergeflogen, und so, wie er angezogen ist, müsste es ihm eigentlich ernst sein.

Trotzdem, irgendetwas an dem Mann ist ›eigenartig‹. Er wirkt zappelig und ungeduldig, obwohl wir noch nicht mal richtig angefangen haben. Wahrscheinlich steckt ihm der lange Nachtflug noch in den Knochen.

»Jedenfalls bin ich neu hier in New York, Parker, es ist das erste Mal, dass ich ...«

Wieder macht sich die ungewöhnliche Aussprache bemerkbar, jetzt sogar stärker. In dieser Stadt habe ich schon so ziemlich jeden nur erdenklichen Akzent zu hören bekommen, aber Rubleskis Englisch scheint aus einer anderen Dimension zu kommen. Es hat durchaus seinen Reiz, das auf jeden Fall; von dem ganzen Kerl geht eine Anziehung aus, wie ich sie noch nie erlebt habe.

»Tatsächlich?«

»Aber sicher. Ich brauche jemanden, der mir ein wenig die Stadt zeigt, wenn ich schon mal hier bin. Steht natürlich nicht auf der Tagesordnung, aber vielleicht könnten Sie da ja einspringen, was meinen Sie?«

Ohne zu überlegen, lache ich. »Das ist zwar nicht mein Job, aber klar, warum nicht?« Ich mustere ihn und seinen ungewöhnlichen tatarischen Gesichtsschnitt. Was genau führt er im Schilde? »Wenn wir hier fertig sind, kann ich vielleicht ein bisschen den Fremdenführer spielen.«

Das wäre nicht die schlechteste Idee. Ich kann etwas Abwechslung brauchen – von allem. Vom Job, von der Familie, von mir selbst – von allem. Es kommt mir so vor, als hätte ich schon jahrelang nicht mehr Urlaub gemacht, obwohl wir erst vor zwei Monaten, in den Schulferien der Kinder, nach Italien geflogen sind.

»Cool.« Rubleski nickt, und sein strahlendes Lächeln lässt seine makellos weißen Zähne aufblitzen. »Echt cool.« Wegen seines Akzents klingt das Wort ›cool‹, wie es aus seinem Mund kommt, ein bisschen dilettantisch und aufgesetzt.

»Also dann, zurück zur ...«

Ich hebe die Tagesordnung in mein Blickfeld.

»Am besten fangen wir mit ...«

Rubleskis lautes Klatschen ist wie eine kleine Explosion. »Wissen Sie was, Parker? Wenn ich mir's genauer überlege, habe ich ziemlichen Hunger. Auf dem Flug haben wir nichts bekommen. Nichts – nicht mal ein paar Cracker oder Erdnüsse! Eigentlich unglaublich. Was ist dieses Virgin America bloß für eine Airline? Also wirklich.«

Wann bin ich zum letzten Mal Virgin America geflogen. Schon lange her – nach London, wenn ich mich recht erinnere. Wenn ich mich jedoch an etwas noch sehr gut erinnere, dann sind es der geräumige Jumbo und die freundlichen Flugbegleiterinnen in ihren weißen Blusen und roten Röcken. Und literweise Alkohol, auf Hin- und Rückflug. Diese Flüge waren eine einzige Party. Aber vielleicht ist das, wie bei den anderen Fluggesellschaften, auch bei Virgin anders geworden.

Schon wieder wirbeln diese blöden roten und schwarzen Flecken in meinem Gesichtsfeld herum. »Virgin gilt als eine der besten«, sage ich – nicht um zu widersprechen, sondern um das zumindest mal anzumerken.

Aber Rubleski wiederholt nur noch einmal, dass er hungrig sei. Das bestätigt meinen Verdacht – er ist eindeutig nicht auf das fokussiert, weswegen wir eigentlich hier sind. Umso mehr frage ich mich, warum dieses Meeting überhaupt anberaumt worden ist. Darüber werde ich mit Jurel sprechen müssen – Mark Jurel, meinem Vorgesetzten.

»Möchten Sie denn irgendwo essen gehen? Oder sollen wir uns was aufs Zimmer kommen lassen? Letzteres wäre vermutlich sinnvoller, oder? Dann können wir arbeiten, während wir essen – natürlich nur, wenn Sie nichts dagegen haben ...«

Rubleskis Kopf wippt auf und ab. »Lassen wir uns was kommen.«

»Dann rufe ich mal unten an.«

Rubleskis Grinsen wird breiter. Er wirkt wie beschwipst. Ziemlich schräger Vogel, dieser Typ von der Westküste.

Ich nehme den Hörer des Haustelefons ab und wähle die Null.

»Hier Eduardo.« Die Stimme am anderen Ende ist angenehm und heiter, ein bisschen affektiert. »Was kann ich heute Morgen für Sie tun?«

»Hallo, Eduardo. Ich hätte gern ein Frühstück auf Zimmer 1503. Was gibt es denn alles?«

»Die Speisekarte ist auf dem Tisch neben dem Fernseher, Sir. Aber wenn Sie Sonderwünsche haben, können wir sie gern berücksichtigen.«

Ich lege die Hand auf die Sprechmuschel und wende mich Rubleski zu. »Wonach ist Ihnen denn?«

»Was Deftiges! Was Amerikanisches! Eier, Speck, Würstchen, Kartoffeln, Toast. Und Kaffee. Leisten Sie mir Gesellschaft, Parker?«

Ich versuche abzunehmen und bin am Kalorienzählen, ohne großen Erfolg. Als ich heute Morgen aufgestanden bin, habe ich kaum etwas gegessen, nur einen Löffel Heidelbeer-Vanille-Joghurt aus einem bereits offenen Becher. Ein paar Bissen mehr wirken sich vielleicht positiv auf meine Kopfschmerzen aus.

Ich gebe die Bestellung an Eduardo weiter. »Und vielleicht noch eine Extraportion Toast. Vollwert.«

»Ich kümmere mich darum, Sir. Ihr Frühstück kommt sofort.«

»Danke, Eduardo.«

Als ich auflege und mich zu Rubleski umdrehe, steht er am Fenster und schaut auf das funkelnde Stadtpanorama hinaus.

»So ... dann erzählen Sie mir doch mal ein bisschen über sich, Parker.«

»Was wollen Sie wissen?«

»Was gibt es zu wissen?«

»Nicht allzu viel. Ich habe eine Frau, zwei Kinder, acht und sechs. Bei Trusonics bin ich inzwischen, warten Sie mal, sieben Jahre. Beruflich war es in letzter Zeit etwas stressig, aber ansonsten kann ich nicht klagen ...«

Rubleski wirbelt herum.

»Und das ist alles? Das ist Ihr ganzes Leben, Parker?«

So eine Frage bekommt niemand gern gestellt, vor allem nicht von einem Fremden. Ich spüre Wut in mir aufsteigen.

Ohne eine Antwort abzuwarten, dreht sich Rubleski wieder zum Fenster und ruft: »Ein herrlicher Tag heute da draußen!«

Und so ist es. An der Ostküste ist der September fraglos einer der schönsten Monate, wenn nicht sogar der schönste überhaupt. Die meiste Zeit breitet sich ein von goldenen Stäubchen durchsetztes Leuchten über die Erde. Auch wenn sich der Sommer langsam verdrückt, ist das, was am Anrücken ist – Kälte, Schnee und Eis –, noch ein gutes Stück entfernt. Abgesehen von der Möglichkeit eines verirrten Hurrikans ist ausnahmsweise alles perfekt.

»*Und es ist eine neue Welt, Parker, es ist eine neue Welt da draußen.*«

Rubleskis Blick ist immer noch unverwandt auf den Horizont gerichtet. Worauf will der Kerl hinaus? Eine neue Welt? Wohl kaum. Die Schlagzeilen dieses Morgens unterscheiden sich nicht groß von denen des Vortages und des Tages davor, und das heißt, sie verheißen nichts Gutes. Klagen über Rassismus, sexuellen Missbrauch, Massenerschießungen, politische Fehlentscheidungen, die Gefahr eines Krieges. Ängste vor einer neuen, tödlichen

Seuche. Und für keines dieser Probleme ist eine Lösung in Sicht. Nein, wenn uns die Geschichte etwas lehrt, dann dies: Es kann nur schlimmer werden.

»Wenn Sie das so sehen.« Ich lache trotzdem. Mir ist nicht nach großen Diskussionen, noch nie ist mir danach gewesen.

Rubleskis Augen leuchten vor unerklärlicher Begeisterung. »Dieses unglaubliche wirtschaftliche Potential.«

Jetzt verstehe ich – er meint die Zukunftsaussichten von Trusonics. »Schon möglich«, gebe ich ihm erneut recht.

»Es ist sogar größer denn je.«

»Das hängt vermutlich davon ab, welche ökonomischen Indizes man zugrunde legt ... Nur aus Neugier. Wie lange sind Sie schon bei Trusonics?«

»Ich? Erst ein paar Wochen. Ich habe Sharon Valentinos Stelle übernommen.«

Der Name kommt mir vage bekannt vor – glaube ich –, aber ich hatte nie direkt mit ihr zu tun. Angesichts der Größe des Unternehmens und seiner zahlreichen Abteilungen ist allerdings auch das nicht weiter verwunderlich.

»Aha.« Als würde das etwas erklären. Inzwischen bereue ich, keinen genaueren Blick in Rubleskis Lebenslauf geworfen zu haben. Ich nehme mir vor, es später nachzuholen. »Wo waren Sie, bevor Sie zu Trusonics gestoßen sind – wenn ich fragen darf?«

Rubleskis Lächeln verfliegt nicht – meine Neugier stört ihn nicht im Geringsten.

»Ha! Überall! Ich war immer schon ein Söldner – ich berate den, der am meisten bietet. So bin ich bisher immer am besten gefahren. Trusonics hat mir ein Angebot gemacht, das ich nicht abschlagen konnte. Und da bin ich – solange sie mich brauchen, oder ich sie.«

»Sie sind also Berater ... aha.« Berater habe ich immer schon schrecklich gefunden. Diese Dreckskerle verdienen immer am besten, und zugleich haben sie große Freiheiten und Annehmlichkeiten. Kein Wunder, dass Rubleski so gut drauf ist. Ich beneide den Kerl, ganz ehrlich.

Seine Story hört sich glaubhaft an. Ich kenne andere, die dieselbe Tour fahren. Und vor allem erklärt es, warum ich so gut wie nichts über Iwan Rubleski weiß.

Trotzdem bin ich noch etwas skeptisch. Da kommt mir ein Gedanke.

»Kennen Sie zufällig Brad Wengrow?«

Brads Name ist mir einfach so in den Kopf gekommen. Wengrow ist einer der in Los Gatos stationierten Vizepräsidenten. Er hat in der New Yorker Niederlassung angefangen und vor ein paar Jahren eine enorme Beförderung ergattert.

»Aber klar, sicher«, murmelt Rubleski. »Sympathischer Typ, Wengrow. Wir hatten ein paarmal miteinander zu tun, aber nicht regelmäßig. Eigentlich sehen wir uns so gut wie gar nicht. Als Berater bin ich mir in der Regel selbst überlassen, wenn Sie wissen, was ich meine.«

Irgendetwas an Rubleskis Antwort kommt mir spanisch vor. Hat er sich das eben einfach aus den Fingern gesaugt? Wer weiß?

»Und Muhammad Sunjay?«

Rubleski runzelt die Stirn. »Nein ... kenne ich nicht.« Auch das passt – ich habe mir den Namen nämlich gerade ausgedacht, um herauszufinden, ob er mir was vormacht.

»Aber, wie gesagt ... jetzt haben wir große Freiheiten, richtige Freiheiten! Haben Sie in letzter Zeit den Markt beobachtet?«

»Natürlich, aber ...«

Wie jeder weiß, ist der Aktienmarkt gerade durch die Decke gegangen. Selbst wenn jeder den Präsidenten und seine Regierungsmannschaft für eine Katastrophe hält, lässt sich nicht leugnen, dass die Wirtschaft gerade boomt, und zwar gewaltig. Die Aussichten der meisten Technologieunternehmen sind glänzend, so viel steht fest. Aber Freiheiten? Das finde ich etwas übertrieben. Und was für Freiheiten sollen das überhaupt sein? Ich kann keine erkennen.

»Die Menschheit steht vor einer neuen Grenze«, fährt Rubleski fort, und wieder bringt dieses Blendax-Lächeln seine Zähne zum Erstrahlen.

»Finden Sie wirklich? Ich sehe das etwas anders.« Ich muss grinsen. Irgendwie hat diese Vorstellung etwas Komisches.

Wie ich die Sache sehe, könnte die Menschheit eher in ihren letzten Zügen liegen und vor ihrem endgültigen Niedergang stehen, auch wenn diese finstere Vorhersage in ihrer Geschichte schon unzählige Male gemacht wurde. Ich bin keineswegs einer dieser durchgeknallten religiösen Fatalisten, aber es gibt genügend Anzeichen, dass das Ende nahe sein könnte – schon allein wegen schmelzender Gletscher und mysteriöser Viren.

»Ich bitte Sie, Parker! Schauen Sie sich doch um! Ein neuer Mensch ist im Entstehen begriffen!«

Ich muss laut lachen, aber Rubleski zuckt mit keiner Wimper.

»Jetzt machen Sie aber mal einen Punkt ...«

»Aber so ist es doch! Und wissen Sie, was das Schönste daran ist?«

»Jetzt bin ich aber gespannt.«

»In dieser neuen Welt hat nichts, was Sie oder ich denken, oder uns vorstellen, oder sagen, oder tun irgendeine Bedeutung! Überlegen Sie doch mal: *absolute Möglichkeiten sind gleich absolute Leere und absolute Absurdität.*«

Das ist wohl, was Rubleski unter einem schrägen Witz versteht. Ich schlucke den Köder und lache wieder. Vielleicht ist sein pseudophilosophisches Gelaber eine Nachwirkung des langen Nachtflugs und des damit einhergehenden Schlafmangels, oder es macht ihm aus irgendeinem unerfindlichen Grund Spaß, mich aufzuziehen. Zum ersten Mal beschleicht mich ein ungutes Gefühl.

»Wenn Sie meinen, mein Freund.«

Er verschwindet ins Bad, und ich kann nur den Kopf schütteln, was für einen tollen Berater Trusonics da an Land gezogen hat. Vielleicht sollten die Leute in Los Gatos darauf hingewiesen werden, dass sie mit einem solchen Botschafter nicht gerade das positivste Bild von sich zeichnen.

Als die Badezimmertür wieder aufgeht, trocknet sich Rubleski an einem mit einem Monogramm versehenen Handtuch die Hände.

Ein Klopfen an der Tür – der Zimmerservice. Gott sei Dank, Iwan Rubleski macht mich langsam nervös.

Vor der Tür steht ein junger Mann in Kellnerkleidung: dunkle Hose, weißes Hemd, schwarze Krawatte, Brille mit Plastikgestell. Er ist Anfang zwanzig, würde ich sagen, ein sympathisch aussehender junger Kerl mit karamellfarbener Haut und lockigem schwarzen Haar, das hinter die Ohren gesteckt ist.

»Guten Morgen, Sir. Ihr Frühstück.«

Der Junge nimmt ein riesiges Silbertablett von einem Rollwagen und trägt es geschickt herein. Seine Bewegungen lassen keinen Zweifel daran, dass er das, wie ein erfahrener Kellner in einem edlen Restaurant, schon viele Male getan hat. Die schwere Tür fällt hinter ihm zu.

»Wo möchten Sie es gern haben?«, fragt er und blickt sich im Zimmer um.

»Gleich hier.« Rubleski deutet auf das Sideboard unter dem stummgeschalteten Fernseher. Vor seiner Ankunft habe ich ihn auf einen Nachrichtensender gestellt, der gerade tonloses Bildmaterial von einem Tornado im Mittelwesten überträgt, der eine ganze Stadt dem Erdboden gleichgemacht hat.

Der Junge stellt das Tablett vorsichtig ab, dann hebt er die Wärmeglocken an, sodass die dampfenden Speisen darunter zum Vorschein kommen.

»Haben Sie sonst noch Wünsche?« Er setzt ein einstudiertes, geschäftsmäßiges Lächeln auf.

»Ich glaube nicht ...«

»Wie heißen Sie?«, fragt Rubleski den Jungen, den er die ganze Zeit nicht aus den Augen gelassen hat.

»Dominic«, antwortet er blinzelnd. Als Zimmerkellner ist er es nicht gewohnt, von Gästen in ein Gespräch verwickelt zu werden.

»Dominic ... Sind Sie gebürtiger New Yorker?«

»Nein. Ich komme aus Florida. Ursprünglich.«

»Aus Florida? Fehlt Ihnen der Sonnenschein nicht?«

»Ich hatte keine große Wahl. Meine Eltern haben sich scheiden lassen, und meine Mutter hat mich hierher mitgenommen.«

»Verdammt teuer, in so einer großen Stadt zu wohnen, oder?«

»Na ja, ich wohne in Jersey City.«

»In Jersey City – was gibt es dort?«

Dominic lacht. »Es ist nicht gerade Kansas, liegt auf der anderen Seite des Flusses. Vielleicht sollten Sie es sich mal ansehen. Früher war es ein Slum, aber jetzt ist es, na ja, gentrifiziert. Die Restaurants können sich absolut sehen lassen.«

Der Junge scheint stolz auf seine Vorgeschichte zu sein.

»Und wie stellen Sie sich Ihre Zukunft vor, Dominic? Ich gehe mal davon aus, dass Sie nicht den Rest Ihres Lebens Leuten wie uns das Essen aufs Zimmer bringen wollen.«

Rubleskis Grobheit lässt mich zusammenzucken.

»Na ja, ich habe schon noch anderes vor ... Ich bin am Überlegen, ob ich wieder aufs College gehen soll.«

»Um was zu werden?«

»Anwalt vielleicht.«

»Ah, Anwalt.«

»Ja.«

»Und worauf würden Sie sich spezialisieren? Haben Sie sich da schon Gedanken gemacht?«

»Mich interessiert vor allem Strafrecht. Ich würde gern Strafverteidiger werden. Das muss ja auch jemand machen.«

Das quittiert Rubleski mit einem sarkastischen Lachen. »Die Mandanten werden Ihnen da jedenfalls sicher nicht ausgehen, so viel steht fest.«

»Ich weiß, was Sie meinen. Aber ich würde gern Leuten helfen, die sich keinen Anwalt leisten können oder zu Unrecht angeklagt werden. Ich habe das in meiner eigenen Familie erlebt ...« Dominic kann es kaum fassen, dass sich jemand für ihn interessiert, und er beginnt sich für das Gespräch zu erwärmen.

»Das nenne ich eine noble Einstellung«, sagt Rubleski.

Ob er das aufrichtig oder zynisch meint, ist schwer zu erkennen.

»Ich weiß nicht, ob das nicht ein bisschen ... vermessen wäre«, stottert Dominic, als wäre er sich seiner Wortwahl nicht sicher.

»Aber so ist es doch! Irgendjemand muss es tun, wie Sie ganz richtig sagen. Irgendjemand muss die Aufgaben übernehmen, die sonst niemand übernehmen will. Und wir brauchen dringend Leute auf dieser Welt, die nicht nur aus Profitgier etwas tun.«

Dominic sieht den eigenartigen Gast mit kaum verhohlenem Erstaunen an. So jemandem ist er bisher eindeutig noch nie begegnet. Nimmt er ihn nicht ernst? Macht er sich über ihn lustig? Vielleicht ist der Mann in dem teuren Anzug betrunken.

»Ja«, sagt er, »da haben Sie vermutlich recht.« Doch dann schlägt er eine andere Tonart an und fügt hinzu: »Allerdings hätte ich auch nichts dagegen, dabei etwas Geld zu verdienen.«

»Aber natürlich! Wer sollte Ihnen das zum Vorwurf machen? Jeder von uns muss Geld verdienen. Von irgendwas muss man schließlich leben.«

In diesem Moment wird mir klar, dass einer von uns, Rubleski oder ich, dem armen Kerl ein ordentliches Trinkgeld geben muss – nicht nur für seine Dienste, sondern auch dafür, dass er sich von Rubleski auf den Arm nehmen und kluge Ratschläge erteilen lassen muss.

»Augenblick«, sagt Rubleski prompt, als könnte er meine Gedanken lesen. Er geht zu seinem Koffer und lässt die Verschlüsse aufschnappen.

Dominic, bereits auf dem Weg zur Tür, bleibt dienstbeflissen stehen.

Rubleski kramt in seinen Sachen, und als er sich schließlich wieder aufrichtet, ist statt ein paar Geldscheinen etwas anderes in seiner Hand.

Jetzt aber! Einen Gegenstand wie diesen habe ich noch nie gesehen. Er ist olivgrün und mit silbernen Streifen verziert, mit großen Löchern perforiert und wie ein Korkenzieher oder Handbohrer geformt.

Auch der Junge starrt ihn verdutzt an, er ist genauso baff wie ich.

Was dann passiert, ist wie ein verrückter, in Zeitlupe ablaufender Traum, den der Träumer nicht anhalten kann. Bevor ich auch nur den Mund aufbekomme, hat sich Rubleski wie ein Leopard auf Dominic gestürzt. Er legt seine freie Hand auf den Mund des Jungen, reißt den Arm mit dem seltsamen Gegenstand hoch und stößt ihn mit brutaler, bösartiger Treffsicherheit zwischen dessen Nackenwirbel.

Mir stockt der Atem.

Ich kann nicht glauben, was ich gerade gesehen habe.

Sobald die teuflische Klinge eingedrungen ist – inzwischen ist mir klar, dass es eine Waffe ist –, dreht Rubleski sie, und ich höre das grässliche Knirschen von Knochen und Knorpel.

Dominic verliert so schnell das Bewusstsein, dass er keinen Laut mehr von sich gibt. Als er wie ein geplatzter Luftballon in sich zusammenfällt und zu Boden sackt, spritzt wie aus einem wild gewordenen Gartenschlauch heftig pulsierendes Blut durch sein weißes Hemd.

Ich stehe mit offenem Mund und ausgebreiteten Händen da. Ich war in meinem ganzen Leben noch nie so fassungslos, so schockiert – nicht einmal, als ich am elften September im Fernsehen, aus sicherer Entfernung, die Türme des World Trade Center einstürzen gesehen habe. Mein Entsetzen ist so groß, dass ich glaube, dass ich mir das alles nur einbilde, dass ich einer psychotischen Wahnvorstellung aufsitze, dass nicht *real* ist, was vor meinen Augen passiert.

Als ich endlich den Mund aufbekomme, kommt nur zaghafter Protest hervor.

»Sind Sie wahnsinnig geworden, Rubleski? Was soll das? Warum haben Sie das getan …?«

Mich überkommt lähmende Angst. Ich bin wie versteinert. Ein einziger Stoß mit Rubleskis Dolch hat genügt, und der arme, nichts ahnende Dominic liegt tot auf dem Boden.

Und jetzt – was weiter? Was hält diesen durchgedrehten Irren davon ab, mich ebenfalls zu erstechen, bevor ich es ans Telefon oder zur Tür schaffe?

Ein Laut, wie ich ihn noch nie gehört habe, kommt über meine Lippen.

Rubleski macht einen Schritt zurück und blickt auf sein grausiges Werk hinunter. Inzwischen sickert Blut, vermischt mit Spinalflüssigkeit, aus dem leblosen Körper. Rubleskis Mund ist zu einem zufriedenen, leicht irren Lächeln erstarrt.

Die Gedanken schießen mit Lichtgeschwindigkeit durch meinen Kopf.

Ich habe die Wahl: auf die Knie sinken und Dominic helfen oder um mein Leben rennen. Ich tue weder das eine noch das andere. Rubleski hat immer noch diesen Dolch in der Hand, eine Waffe, die er offensichtlich mit tödlicher Präzision zu handhaben weiß. Deshalb bewege ich mich nicht – ich bin auch gar nicht dazu in der Lage.

Rubleski nutzt den Sekundenbruchteil meiner Unschlüssigkeit, um sich zwischen mich und die Tür zu stellen.

»*Rufen Sie Neun-eins-eins an!*« Mein Mund fühlt sich an, als wäre er voller Sand. »*Der Junge braucht Hilfe! Was haben Sie da gemacht?*«

»Nicht so laut, Parker ...«

Rubleski schreit nicht. Seine Stimme ist keine Spur lauter geworden. Er ist wie ein Stein, ruhig und gefasst und unerschütterlich. So etwas wie ihn – oder das – habe ich noch nie gesehen.

»Du wolltest mir doch die Stadt zeigen, Parker.«

»*Sind Sie komplett verrückt geworden? Sie können doch nicht im Ernst ...?*«

Plötzlich wird mir übel – mir ist schwindlig: Ich verliere das Gleichgewicht, wie damals auf der Karibikkreuzfahrt mit Alana, als ich seekrank geworden bin, und muss mich an der Kopfstütze des Sessels festhalten.

Rubleski verschränkt seelenruhig die Arme vor der Brust.

Meine Panik amüsiert ihn. »Jetzt reg dich mal wieder ab, Parker. Lass uns erst mal frühstücken, dann sehen wir weiter.«

»*Wir frühstücken erst mal? Und dann sehen wir weiter ...?* Sie haben sie wohl nicht alle, Rubleski. Sie sind ja komplett wahnsinnig! Wenn Sie glauben, ich stehe hier bloß rum und sehe zu, wie Sie – und wie er ...«

Während ich Rubleski zusammenstauche, habe ich gleichzeitig furchtbare Angst, ihn so gegen mich aufzubringen, dass er mich mit seinem Dolch angreift.

»Hast du nicht gehört, Parker? Nicht so laut, habe ich gesagt. Du verstehst wohl immer noch nicht.«

»*Ich verstehe immer noch nicht?* Was verstehe ich nicht?

Das Einzige, was ich nicht verstehe, ist, wie Sie etwas wie ... wie ...«

Er schüttelt den Kopf. »Du hältst dich nicht an unsere Abmachung.«

»An welche Abmachung ...?«

»Deswegen bin ich doch hergekommen, verstehst du denn nicht?«

Weswegen ist er hergekommen? *Um zu töten?*

Mir fehlen die Worte, um zu sagen, was ich sagen sollte. Mir fehlen überhaupt die Worte – ich komme mir vollkommen idiotisch vor. Gleichzeitig kann ich nicht mehr umhin, die manische Energie zu spüren, die in Rubleski wütet, wohnt, sitzt. Wäre sie nicht so aberwitzig, so bösartig, hätte ich sie selbst gern, zumindest etwas davon, denn im Vergleich zu ihm bin ich ein kraftloses menschliches Wesen, ein Nichts.

Alles um mich herum – Zimmerdecke, Wände, Teppichboden, Möbel, Rubleski, selbst Dominic – beginnt, sich zu bewegen. Fast so, als wäre ich ohnmächtig geworden und könnte, als ich wieder zu mir komme, meine Umgebung nicht mehr erkennen. Stehe ich wirklich hier und sehe zu, wie das Leben aus einem menschlichen Körper entweicht? Das alles ergibt keinen Sinn.

Die irrwitzige Szene hat mir den Boden unter den Füßen weggezogen. Es ist, als triebe ich in einer führerlosen Raumkapsel durch die Weiten des Alls. Wenn ich nicht bald irgendwo andocke, wenn ich nicht aus diesem grauenhaften Albtraum erwache, verliere ich noch den Verstand ... wenn ich ihn nicht schon verloren habe. Dieser schreckliche Gedanke – hoffnungsloser Wahnsinn – zwingt mich zu einem neuerlichen Anlauf, vernünftig mit diesem Irren zu reden.

»Schauen Sie, Rubleski ... um diesen Jungen steht es nicht gut, wenn nicht sowieso schon jede Hilfe zu spät für ihn kommt ...«

Was in Zimmer 1503 passiert ist, hat nur ein paar Sekunden gedauert. Von der Schnelligkeit, mit der alles abgelaufen ist, bin ich wie gelähmt. Aber ich bin nicht bereit aufzugeben, ich kann es einfach nicht. Widersinnigerweise fühle ich mich nämlich für das Ganze verantwortlich. Wäre ich nicht hier gewesen und hätte ich das Frühstück nicht bestellt, wäre das alles nicht passiert.

Ich knie nieder und lege Zeige- und Mittelfinger an Dominics glattrasierten Hals. Bevor ich dazu komme, nach seinem Puls zu tasten, taucht Rubleski über mir auf.

»Das ist doch sinnlos, Parker«, flüstert er. »Er ist tot. Vergiss ihn.«

In dem verzweifelten Versuch, ein Lebenszeichen zu ertasten, fahre ich mit den Fingern auf Dominics Hals herum, aber da ist nichts, nichts, nichts. Inzwischen kann ich die Augen nicht mehr vor den brutalen Tatsachen verschließen.

Ich schaue zu Rubleski hoch.

»Rufen Sie Neun-eins-eins an, oder ich bin weg!«

Ich werde mich behaupten wie ein Mann. Ich zwinge mich aufzustehen. Ich werde mich hier richtig verhalten, verdammt noch mal. Wenn es irgendwie möglich ist, werde ich versuchen, diesem armen, unschuldigen Jungen das Leben zu retten.

Das Problem ist, dass Rubleski wie eine Granitwand zwischen mir und der Tür steht. Wir starren uns an, Auge in Auge, nur ein paar Zentimeter voneinander entfernt, in einem grotesken Patt. Und in diesem Moment sehe ich ihn wieder einmal in einem völlig anderen Licht. Wir sind zwar etwa gleich groß, aber er ist ohne Übertreibung fast doppelt so breit wie ich, und ich erahne die Muskeln unter dem feinen Zwirn seines Anzugs, der, wie durch ein Wunder, von dem aus Dominics Hals spritzenden Blut verschont geblieben ist.

Wenn ich vor ihm zu fliehen versuche, bringt er mich um.

Inzwischen ist vollkommen klar, dass er es tun würde. Ich habe nicht mehr den geringsten Zweifel, dass er dazu in der Lage ist. Er hat bereits unter Beweis gestellt, wozu er imstande ist.

Er geht zur Tür und öffnet sie einen Spaltbreit. Nachdem er ein paar Sekunden in den Gang hinausgespäht hat, streckt er die Hand nach dem Servierwagen aus und zieht ihn ins Zimmer.

»Was haben Sie vor?«

Er schenkt mir keine Beachtung, tut so, als wäre ich gar nicht anwesend. Das Ganze ist so abgefahren, so grotesk, dass es fast komisch ist. Und was soll ich jetzt tun? Mich ihm auf Gedeih und Verderb ergeben? Ihn anflehen, mich gehen zu lassen? Um meine Freiheit *kämpfen*? Gegen *ihn*? Warum weiß ich bereits, wie er reagieren wird? Er wird nur wieder sagen, dass ich ihm die Stadt zeigen soll, weil ich es ihm versprochen habe!

In diesem Moment zieht blitzartig, Bild für Bild, mein ganzes Leben an mir vorüber. Ich sehne mich nach meiner Familie. Ich brauche sie, wie ich sie bisher noch nie gebraucht habe. Und manchmal war ich ihr gegenüber gleichgültig, selbstbezogen, von meiner Arbeit, von Golf, Pornos und meinen dämlichen Kumpeln vereinnahmt. Das alles bereue ich jetzt, bis ins Kleinste, es tut mir zutiefst leid, und ich will alles tun, um es wiedergutzumachen. Ich liebe Alana – was, wenn ich sie nie mehr wiedersehe? Mein Sohn Ezra und meine Tochter Clementine – wie soll ich ihnen das alles jemals erklären? Die kleinkarierte, gereizte Langeweile, die ich noch eine Stunde zuvor verspürt habe, erscheint mir jetzt lächerlich, und ich schäme mich ihrer.

»Ich werde jetzt mal die Klinge säubern.« Wie eine blutige Eistüte hält Rubleski sie freudestrahlend hoch. »Am besten, du kommst mit ins Bad, während ich sie abspüle. Dann können wir besprechen, was wir mit dem Rest des Tages anfangen ...«

Einfach so! *Dann können wir besprechen, was wir mit dem Rest des Tages anfangen.* Als wäre, was er gerade getan hat, ein Klacks, eine Lappalie, nichts Weltbewegendes.

Als er auf das Bad zusteuert, wirble ich zur Tür herum.

»Wo willst du hin, Parker?«

Ich kann sehen, wie sich Rubleskis Muskeln unter seinem Anzug spannen, als würde er mich gleich angreifen, als könnte er es kaum erwarten.

Ich weiß, wozu er imstande ist ... Na schön, dann füge ich mich eben ... Ich möchte nicht das nächste Opfer dieses Irren werden, ich muss mir etwas anderes einfallen lassen. Ich werde versuchen, ganz *rational* zu reagieren. Meine Frau versucht immer, ganz rational an die Dinge heranzugehen. Wenn das Leben einmal außer Kontrolle gerät, bleibt sie cool und reagiert überlegt und vernünftig, worauf sich meistens alles zum Besten wendet. Was würde sie in meiner Lage tun? Am liebsten würde ich sie sofort anrufen, aber ich fürchte, Rubleski wieder in den Zustand zu versetzen, in dem er über Dominic hergefallen ist. Aber vielleicht verfehlt eine vorsichtigere Herangehensweise ihre Wirkung auf ihn nicht. Ich kann es nur hoffen.

»Und der Junge?«

»Tot. Habe ich doch schon gesagt.«

»Durchaus möglich. Aber vielleicht auch nicht. Vielleicht kann er noch gerettet werden ...«

Wie kann ich nur so etwas Absurdes sagen? Rubleski hatte es darauf *angelegt*, Dominic zu töten. Weshalb sollte er ihn jetzt retten wollen?

» ... und außerdem wird, egal, ob er tot ist oder noch lebt, schon bald jemand nach ihm sehen kommen – sein Vorgesetzter zum Beispiel.«

Rubleski schnieft. »Schon möglich. Aber was interessiert uns das schon groß?«

»Und ob uns das betrifft! Das ist doch alles komplett irre, Mann ... nichts von all dem ergibt irgendeinen Sinn. Begreifen Sie denn nicht? Wir müssen zumindest versuchen, diesem armen Kerl zu helfen, bevor es zu spät ist ...«

Zum ersten Mal verfliegt Rubleskis Lächeln, und seine Miene wird ernst. »Für den Jungen kommt jede Hilfe zu spät, Parker. Deshalb, beruhige dich erst mal. Wenn du mir die Stadt gezeigt hast, kannst du machen, was du willst. Meinetwegen kannst du auf der Stelle in dein sturzlangweiliges Vorstadtleben zurückkehren. Aber jetzt reiß dich zusammen und zieh gefälligst unser Programm mit mir durch, okay? Ich werde jetzt jedenfalls meine Klinge säubern und dann frühstücken.«

Was weiß er schon über mein sturzlangweiliges Vorstadtleben? Er will mich provozieren, dieser Dreckskerl.

Na schön. Ich werde mitspielen, eine Weile zumindest, bis mir etwas einfällt. Außerdem käme, der gespenstisch bläulichen Haut des auf dem Boden liegenden Zimmerkellners nach zu schließen, jede Hilfe für ihn tatsächlich zu spät.

Im blendend weißen Bad legt Rubleski seine hässliche Waffe vorsichtig auf den Waschbeckenrand. Dann windet er sich aus seinem Jackett, hängt es sorgfältig an den Haken an der Tür, krempelt sich beiläufig die Ärmel hoch, hält sein Messer unter den Hahn und stellt das Wasser an. Es spritzt tomatenrot auf das makellose Porzellan, als er die Waffe unter dem Wasserstrahl gemächlich dreht.

Das Klingeln des Haustelefons platzt in die Stille und lässt mir das Herz stillstehen.

»Soll ... Soll ich drangehen?«

Meine Stimme zittert. Mir entgeht nicht, dass Rubleski und ich uns noch vor wenigen Minuten auf Augenhöhe begegnet sind und ich jetzt *ihn* um Erlaubnis bitte, ans Telefon gehen zu dürfen.

»Quatsch. Egal, wer es ist, er kann warten.«

Der Apparat rasselt weiter, vier-, fünf-, sechsmal, dann gibt er endlich auf.

»Sie fragen sich bestimmt, wo Dominic steckt. Und wenn sie jetzt hier raufkommen, um nach ihm zu sehen? Irgendwann werden sie das bestimmt tun.«

Ich tue mein Bestes, vernünftig zu klingen, aber Vernunft ist im Moment nicht angesagt.

»Keine Sorge.« Rubleski stellt das Wasser ab und trocknet das Messer mit einem frischen Handtuch sorgfältig ab. »Und außerdem sind wir längst weg, bis jemand kommt.«

Rubleski ist so lässig, so unbesorgt, dass ich fast neidisch werde. Aber es erleichtert mich nicht. Egal, ob wir hierbleiben oder gehen, Dominic liegt weiterhin leblos auf dem Boden. Früher oder später wird jemand dafür zur Verantwortung gezogen werden, und ...

»Woher wollen Sie das so sicher wissen?«

Er zuckt nur die Achseln, schlendert aus dem Bad und geht in aller Ruhe um den Toten herum, als wäre er ein vergessenes Spielzeug oder eine leere Verpackung.

Er zieht sich einen Stuhl ans Sideboard, nimmt eine Gabel vom Tablett und macht sich mit dieser tödlichen Spitze, die sich als Küchenmesser ausgibt, so beiläufig wie ein gutbürgerlicher Familienvater an einem Sonntagmorgen über seine Eier mit Speck her.

»Für Zimmerservice nicht übel«, sagt er, nachdem er den Bissen hinuntergeschluckt hat. »Echt nicht übel ...«

Ich stehe da und glotze, wie er kauend auf die Eidotter, die Kartoffelstücke, das fettige Fleisch einsticht. Ich fasse einen Entschluss: Wenn er sich das nächste Mal etwas in den Mund schiebt, renne ich zur Tür und versuche, sie aufzusperren und nach draußen zu kommen, bevor er mich daran hindern kann.

»Tu dir keinen Zwang an.« Er deutet mit dem Kinn auf das Essen. »Schlag zu.«

»Es wundert mich schon, dass Sie überhaupt etwas runterbekommen, nachdem ...«

Ein leises Klopfen an der Tür unterbricht mich. Ich schaue Rubleski an, der sein Besteck beiseitelegt. Sein Blick bohrt sich warnend in mich, bevor das alte Lächeln auf seine Lippen zurückkehrt.

»Ich muss dir doch hoffentlich nicht erklären, dass du dich jetzt benimmst, Parker.«

Ohne auf meine Antwort zu warten, schiebt er den Stuhl zurück, steht auf und schiebt den Servierwagen auf die andere Seite des Zimmers, wo er von der Tür nicht zu sehen ist. Dann geht er in die Knie und zieht Dominic an den Fußgelenken in die gleiche Richtung, bevor er zur Tür geht und sie gerade so weit öffnet, dass die Person, die dahinter steht, die blutige Sauerei auf dem Teppichboden nicht sehen kann.

Über Rubleskis Schulter hinweg kann ich erkennen, dass draußen auf dem Gang ein Mann steht, diesmal ein älterer, größerer. Mit seinem Jackett, seiner Krawatte und den grauen Einsprengseln im Bürstenschnitt wirkt er wesentlich respekteinflößender als Dominic.

»Was gibt's?«, fragt Rubleski.

»Ich bin Josef Zayas von der Personalabteilung. Waren Sie mit dem Zimmerservice zufrieden?« Trotz seiner Größe wirkt der Mann etwas unsicher.

»Aber sicher, sehr sogar.«

Der Mann – eine Art Supervisor – scheint verdutzt. Seine Blicke schießen durch das Zimmer. Er sieht mich, eine weitere seriöse Person im Business-Outfit, die Koffer und die Papiere auf den Betten, und ist vermutlich zufrieden.

»Na, dann ist ja alles bestens ... Lassen Sie uns bitte wissen, wenn wir sonst noch etwas tun können, um Ihren Aufenthalt bei uns so angenehm wie möglich zu gestalten.«

»Das haben Sie bereits«, versichert ihm Rubleski in einem Ton, in dem nicht einmal ein Anflug von diabolischer Ironie mitschwingt.

Noch immer ein wenig unschlüssig, entfernt sich der Mann. Vermutlich hat er deshalb nicht nach Dominic gefragt, weil er den Servierwagen nicht gesehen und daraus geschlossen hat, dass der Junge das Frühstück in Zimmer 1503 abgeliefert hat und dann anderswohin gegangen ist. Aber irgendetwas – oder jemand, fürchte ich – hat ihn zu diesem unangekündigten Besuch veranlasst.

Entweder hat ein Gast oder ein anderer Angestellter ein verdächtiges Geräusch gehört, oder Dominic hätte inzwischen auf seinen Posten zurückgekehrt sein müssen.

Rubleski schließt behutsam die Tür. Dann lässt er wieder einmal zufrieden seine unglaublich weißen Zähne aufblitzen.

Beim Anblick seines Gesichts dreht es mir den Magen um.

Warum, warum, warum um alles in der Welt habe ich nichts gesagt, nichts getan, als ich die Gelegenheit dazu hatte? Was ist bloß los mit mir? Und was noch schlimmer ist: Wenn sich für Rubleskis Opfer doch noch etwas hätte tun lassen, habe ich diese Chance aus purer Feigheit vertan. Möglicherweise ist das unverzeihlich.

Mir kommt ein neuer beängstigender Gedanke. Falls aus irgendeinem Grund jemand vom Hotel – oder die Polizei – vor der Tür wartet, wenn ich das Zimmer zu verlassen versuche, und wenn sie den Verdacht haben, dass in Zimmer 1503 etwas Ungebührliches passiert ist, was soll ich dann tun? Denn sie werden, was meine Person angeht, nur zu einem einzigen Schluss gelangen. Und aus dem Fenster kann ich im fünfzehnten Stock wohl kaum springen.

Im Gegensatz zu mir ist Rubleski durch nichts aus der Ruhe zu bringen. Der Besuch des Hotelangestellten hat ihn jedenfalls nicht daran gehindert, sich wieder genussvoll über sein Frühstück herzumachen. Er lässt sich Zeit, wenn er kaut, schmeckt, schluckt, von seinem Orangensaft trinkt, seinen Kaffee schlürft. Als er endlich fertig ist, betupft er sich mit der Stoffserviette die Lippen. Das hat etwas aufreizend Geziertes.

»So, Parker – dann mal auf in die Stadt. Übers Geschäft können wir später reden. Was meinst du, mein Freund?«

»Ich werde mit Ihnen nirgendwohin gehen – Sie sind komplett von Sinnen! Vollkommen unzurechnungsfähig! Und ich nehme Ihnen keine Sekunde mehr ab, dass Sie heute von Trusonics hergeschickt worden sind!«

»Du kannst glauben, was du willst, Mister Saturn«, lacht er nach einem weiteren Schluck Kaffee leise. »Wie du vielleicht schon gemerkt hast, bin ich kein Amerikaner. Aber ich sehne mich schon lange nach einer Kostprobe der wundervollen, erlesenen Gewalt in diesem Land. Ja, sie zieht mich schon lange an, auch aus der Ferne. Und wo könnte man sie besser kennenlernen, als im Herzen der amerikanischen Psyche, in New York City? Weißt du, was ich an diesem Land so schätze, Parker? Seine unglaublichen Paradoxa. Du weißt schon, was ich meine – einerseits das Hochhalten der Freiheitsideale, aber zugleich darf man am Strand seine Kleider nicht ausziehen! Amerika predigt Mitgefühl und Verständnis und nimmt Menschen aus aller Welt mit offenen Armen auf, und zugleich hat es Atombomben auf Japan abgeworfen – solche Widersprüchlichkeiten. Nein, in diesem Land ergibt nichts einen Sinn! Nicht dass dies im Rest der Welt groß anders wäre – aber hier ist es am stärksten ausgeprägt! Hinter der Fassade aus Demokratie und unbegrenzten Möglichkeiten lauert etwas vollkommen anderes: Selbstsucht ... Gier ... durch nichts begründete Überheblichkeit ... kindischer Größenwahn. Sieh doch selbst: in Amerika schaffen es Leute ohne einen Funken Talent im Handumdrehen an die Spitze der Pyramide, und ich muss dir hier hoffentlich keine Namen nennen! Was könnte absurder sein? Vielleicht glauben die Amerikaner tatsächlich, frei zu sein, aber zugleich sind sie geradezu sklavisch jeder nur erdenklichen Sucht verfallen, angefangen bei Opioiden bis hin zum Essen. Und diese Liste ließe sich beliebig fortsetzen. Diesem Land auch nur ein Fünkchen Logik einzuimpfen, das ist es, was mich an diesem Land so reizt, Parker – was mich an ihm so fasziniert! Ist es denn nicht genau das, was das Wesen Amerikas ausmacht, was wie eine eingerollte Kobra tief in der amerikanischen Psyche lauert? Der giftige Wahnsinn, der die Macht hat, sowohl zu vernichten als auch Neues zu schaffen – das ist der Grund, weshalb ich an diesen Gestaden einen längeren Urlaub machen möchte! Und wie bereits gesagt, Parker, du siehst mir genau nach dem richtigen Begleiter aus, um mir dieses wundervoll verrückte Land zu zeigen ...«

Sollte ich noch den Anflug eines Zweifels gehegt haben, dass Rubleski verrückt ist, so hat ihn dieser aberwitzige Erguss endgültig ausgeräumt.

»Um Himmels willen! Hören Sie mir endlich zu, Rubleski! Diesen Quatsch können Sie jemand anderem erzählen. Und ich kann Ihnen nichts zeigen – ich kann Sie nirgendwohin führen. Ich muss jetzt zu meiner Frau und meinen Kindern nach Hause, auf der Stelle ...«

Ich gehe in Richtung Tür, aber blitzschnell fängt er mich ab. Bevor ich ihn abwehren kann, schlingt er seine Arme in einem tödlichen Griff um mich, hebt mich wie einen Sack Federn hoch und schleudert mich mit voller Wucht auf die Matratze des nächsten Betts.

»*Wenn du mir heute nicht Gesellschaft leistest, bringe ich dich um, mein Freund.*«

Rubleskis Körper ist wie eine zwei Tonnen schwere Betonplatte, wie ein tödlicher Asthmaanfall. Unter diesen stahlharten Muskeln kann ich mich keinen Zentimeter bewegen. Sein Gewicht, seine angeborene Kraft ist so überwältigend, dass ich mich nur wieder meiner Schwäche schämen kann.

Jetzt, wo alle Luft aus meiner Lunge gepresst ist, ist nicht daran zu denken, den Mund aufzumachen und zu protestieren. Sein Gesicht ist ganz dicht an meinem, so nah, dass ich die Eier, den Ketchup und den Speck in seinem heißen Atem riechen kann. Diese unnatürlich blauen Augen sind beängstigend.

Wie kann ich diesen Irren davon abbringen, mich genau das tun zu lassen, was er will?

Und dennoch muss es eine Möglichkeit geben, sich aus dieser grotesken Situation zu befreien. In meinem Kopf kann ich Alanas Stimme hören: »*Denk nach, Schatz, denk nach!*« Sie hat recht, ich habe keine andere Wahl, als mir etwas einfallen zu lassen, wie ich Rubleski austricksen kann – darauf wird es letztlich hinauslaufen. Abgesehen von einem Wunder ist es meine einzige Chance.

»Also! Was schlägst du vor, Mann? *Ich* schlage vor, wir verschwinden! Was hält uns an so einem wunderschönem Tag noch hier?«

»Klar«, stimme ich ihm hilflos zu. »Klar ...«

Das ist meine Taktik: Wenn ich Rubleski irgendwann entkommen möchte, muss ich einfach in alles einwilligen, was er von mir verlangt.

»Na, siehst du, Parker, warum denn nicht gleich so?«

Er tätschelt mir freundschaftlich die Brust, als er sich von mir löst, und ich bekomme wieder Luft.

Platt wie eine Flunder sehe ich zu, wie sich Rubleski vor den hohen Spiegel neben dem Kleiderschrank stellt und Jackett und Hemd zurechtrückt.

»*Was meinst du, Parker? Mit oder ohne Krawatte?*«

Unter diesen Umständen entbehrt diese Frage keineswegs einer gewissen Komik.

»Geht beides, würde ich sagen.«

Er neigt den Kopf erst zur einen, dann zur anderen Seite.

»Ich glaube, ich ziehe eine Krawatte an, zumindest vorerst. Sie verleiht einem Mann ein gewisses ... hilf mir auf die Sprünge, wie heißt dieser Ausdruck doch gleich noch mal?«

»Ein gewisses Etwas, meinen Sie wahrscheinlich.«

Er zieht eine blaue Krawatte mit glubschäugigen grünen Fischen aus seiner Tasche und fummelt sie unter seinen Hemdkragen. Ich bin an einem Scheideweg angelangt. Ich habe Rubleski *geholfen*. Natürlich nur geringfügig, aber trotzdem, ich habe diesem durchgeknallten Arschloch einen konstruktiven Vorschlag gemacht.

Nachdem er die Krawatte zurechtgerückt hat, zupft er an seinen Jackenaufschlägen und dreht sich vor dem Spiegel, um sich in voller Größe darin zu bewundern.

»Wenn da mal jemand nicht klasse aussieht ... Sollen wir, Parker?«

Wie zwei sorglose Galgenvögel fahren wir im Lift nach unten und spazieren mit unserem Gepäck aus dem Hotel, als wäre oben in Zimmer 1503 alles cool, ganz so als würde derjenige, der es irgendwann als Erster betreten wird, alles in bester Ordnung vorfinden.

Aber die Überwachungskameras, von denen es im Hotel bestimmt nicht wenige gibt, haben uns doch bestimmt festgehalten? Natürlich, selbst wenn wir nicht an der Rezeption ausgecheckt haben. Wie lang wird es wohl dauern, bis Dominics Leiche entdeckt und die Polizei auf Rubleski und mich angesetzt wird?

Ich bin ein Idiot. Die Polizei wird nur meinen Namen haben. Zimmer 1503 wurde von Mr. Saturn von Trusonics gebucht. Wenn sie anrücken, werde *ich* derjenige sein, den sie suchen – nur ich –, denn abgesehen von einem grobkörnigen Überwachungsvideo haben sie nicht die leiseste Ahnung von der Existenz eines gewissen Iwan Rubleski.

Und wer ist der Kerl überhaupt? Was weiß ich schon über ihn? Und woher weiß ich, dass Rubleski sein richtiger Name ist?

An der Ecke Seventh Avenue steigen wir in das erste vorbeikommende Taxi. »So, und jetzt eine kleine Stadtrundfahrt, Parker«, sagt er und lässt sich gut gelaunt in den rissigen Kunstledersitz sinken.

Ich werde mich allerdings nie mehr wohlig in irgendetwas sinken lassen können. Mein Bauchgefühl sagt mir, dass ich am besten Ja und Amen zu allem sage, was Rubleski vorschlägt, denn er wird nicht zögern, mich mit diesem widerlichen Ding aufzuschlitzen, möglicherweise sogar im Beisein hunderter Zeugen. Folglich werde ich weiter auf eine gute Gelegenheit warten müssen, um abzuhauen, und ich kann nur hoffen, dass sie sich schon bald bietet.

Der Taxifahrer ist ein Typ mit einem Turban und einem langen, schwarzen Krausbart, der die Hälfte seines Kittels hinabreicht. Der Name auf seinem Ausweisschild besteht fast nur aus Konsonanten, die auszusprechen ich nicht versuchen würde.

Er schaut mich über die Schulter an. Soll ich ihm sagen, dass mich mein Begleiter als Geisel genommen hat, dass er mich auf der Stelle umbringen wird, wenn ich ihm zu entkommen versuche? Selbst ich muss zugeben, dass das absurd wäre, und der Fahrer würde mich laut lachend auffordern auszusteigen.

»Battery Park«, sage ich stattdessen. Im Hotel, bevor der ganze Wahnsinn losgegangen ist, hat Rubleski gesagt, dass er dorthin fahren möchte. Was passieren wird, wenn wir dort ankommen? Keine Ahnung ...

Er schaut lächelnd aus dem Fenster, als wäre das ein ganz normaler Dienstag in einer ganz normalen Woche in einem ganz normalen September. Und wie um diese Illusion mit realem Leben zu erfüllen, sind auf den Gehsteigen nichtsahnende Passanten unterwegs, und auf den Straßen rauschen Pkws, Busse und Lkws vorbei, als wäre es ein Tag wie jeder andere.

Rubleski holt ein Handy aus der Innentasche seiner Anzugjacke, drückt ein paar Tasten und hält es an das dem Seitenfenster zugewandte Ohr.

»Julia! Hier Rubleski ... Ja, alles bestens ... Ich bin pünktlich gelandet, das Meeting lief gut, und jetzt machen mein Partner und ich gerade eine Kaffeepause ...«

Er hört sich vollkommen glaubwürdig an, aber ich kann nicht sagen, ob er tatsächlich mit einer Frau namens Julia telefoniert oder nur so tut. Zwar habe ich nie von einer Julia an der Westküste gehört, aber das heißt nicht, dass es sie nicht gibt. Bei Trusonics gibt es viele Mitarbeiter, von denen ich noch nie etwas gehört habe.

»Jetzt du«, sagt Rubleski, nachdem er aufgelegt hat.

»Was ich?«

»Ruf in deinem Büro an. Sag ihnen, dass alles bestens läuft, dass wir gut vorankommen und jetzt in der Stadt unterwegs sind, um einen draufzumachen.«

»Wie stellen Sie sich das vor? Das geht nicht. Vollkommen absurd.«

Ich wünschte, ich hätte auch nur einen Bruchteil von Rubleskis unglaublicher Unverfrorenheit.

»Wieso denn? Ist doch nicht mal gelogen. Wir gönnen uns doch tatsächlich eine kleine Auszeit. Du zeigst mir die Stadt ...«

»Nein.«

»Doch.«

»Nein!«

»Komm mir bloß nicht dumm, Parker ...!«

Rubleski unternimmt keine Anstalten, leiser zu reden. Auf der anderen Seite der schmutzigen Plexiglastrennscheibe zwischen Vorder- und Rücksitz wendet unser Fahrer den Blick nicht von der Straße ab – die kleine Meinungsverschiedenheit zwischen zwei gut situierten weißen Typen lässt ihn kalt.

»Aber ...«

»Ruf einfach an. Schlag dir alle Gedanken ans Geschäft aus dem Kopf, Parker! Dann musst du dir deswegen für den Rest des Tages keine Gedanken mehr machen.«

Ich schüttle den Kopf. Inzwischen stecken wir auf dem Broadway im Stau. Vor uns tauchen Reihen von orangen Schildern und Warnkegeln auf, die irgendwelche Straßenbauarbeiten ankündigen. Geschäfte, Restaurants, Bürohäuser – alles sieht aus wie immer, aber jetzt ist es die erschreckende Kulisse eines Wirklichkeit gewordenen Albtraums.

Ich denke über Rubleskis Forderung nach. Schließlich hole ich widerstrebend mein Handy heraus und zerbreche mir den Kopf, wie ich der Person, die den Anruf entgegennimmt, verschlüsselt zu verstehen geben kann, dass ich mich in Rubleskis Gewalt befinde. Denn ganz offen kann ich das unmöglich tun, wenn er mit seinem Messer neben mir sitzt und jeden Moment zustechen kann. Wahrscheinlich würde ich damit nur mein eigenes Todesurteil fällen.

Mein Hirn befindet sich in Schockstarre. Auf die Schnelle fällt mir nichts ein, keine verschlüsselte Nachricht, die bei Trusonics jemand verstehen könnte. Wie sollte ich es überhaupt anstellen, dass sie Verdacht schöpfen? Und wer käme auf die Idee, ich könnte ihnen etwas mithilfe eines Geheimcodes mitteilen wollen?

Um Zeit zu gewinnen, während ich mir einen Plan zurechtzulegen versuche, wähle ich die Nummer der Trusonics-Zentrale und nicht die von jemandem, den ich kenne. Vielleicht wird mir eine Lösung einfallen, während ich von einem zum anderen durchgestellt werde.

Am anderen Ende der Leitung werde ich sofort mit einer neuen Variante der Ansage begrüßt, die seit meinem Eintritt in das Unternehmen am Telefon abgespielt wird.

»Danke für Ihren Anruf bei Trusonics, einem Hightech-Unternehmen, das es sich zum Ziel gesetzt hat, Ihre Hightech-Wünsche zu erfüllen. Wenn Sie die Durchwahl Ihres Ansprechpartners wissen, wählen Sie diese bitte jetzt …«

Ich beobachte Rubleski aus dem Augenwinkel, als ich 3-7-4-1 eintippe. Wieder erwartet mich eine automatische Ansage, diesmal von Chloe Daniels, der Sekretärin meines Mitarbeiterstabs, die ich persönlich kenne. Ich bin ein bisschen erleichtert, dass keine reale Person antwortet, denn wenn irgendwann die Wahrheit ans Licht kommt, wird es keine Belege geben, dass ich mit jemandem im Büro gesprochen und – was? – so getan habe, als wäre alles in bester Ordnung. Oder – noch schlimmer –, *dass ich zu verschleiern versucht habe, wo ich zu diesem Zeitpunkt war.*

Andererseits ... *wäre es vielleicht besser, wenn ich es täte?*

Ich bin durcheinander, ich kann keinen klaren Gedanken fassen. Ich stehe dermaßen unter Stress, dass ich dazu einfach nicht in der Lage bin.

Da mir nichts Besseres einfällt, beschließe ich, Chloe eine Sprachnachricht zu hinterlassen. Normalerweise hat sie so viel zu tun, dass sie kaum hinterherkommt mit ihren Aufgaben, die hauptsächlich aus der Organisation von Firmenmeetings, Reisen und Events bestehen. Höchstwahrscheinlich wird sie sich gar nicht daran erinnern, dass ich mich bei ihr gemeldet habe.

»Chloe, hier Parker ... Die Besprechung heute Morgen ist gut gelaufen. Ähm ... vielleicht werden Sie mich nicht direkt erreichen können, aber rufen Sie trotzdem an, falls Sie etwas brauchen ...« Und so weiter.

Nicht gerade die cleverste Nachricht, die ich ihr hinterlassen habe. Als ich auflege, wird mir bewusst, dass ich genau das getan habe, was ich eigentlich vermeiden wollte – nämlich den Anschein zu erwecken, als wollte ich die Hunde von meiner Fährte ablenken.

Ich kann nicht nur nicht mehr klar denken, sondern fange bereits an, wie *ein Krimineller* zu denken – und zu handeln. *Dabei bin ich kein Krimineller.* Ganz und gar nicht. Oder habe ich etwas Unrechtes getan? Ich komme mir vor wie ein Bergsteiger, der auf dem schmalen Grat zum Gipfel des Mount Everest den Halt verloren hat.

»Gut«, sagt Rubleski, als ich das Handy sinken lasse. »Und jetzt deine Frau.«

»*Meine Frau?* Warum?«

»Wir wollen doch nicht, dass sie sich Sorgen macht, oder?

»Warum? Warum sollte sie sich Sorgen machen?«

»Normalerweise gehst du doch abends nicht groß aus, oder täusche ich mich da, Parker?«

»Nein, aber ...«

»Na ja, für den Fall, dass es bei uns etwas später wird – dass wir zum Beispiel schön essen gehen und uns noch ein paar hinter die Binde kippen. Da möchtest du doch sicher nicht, dass sie sich Sorgen macht, oder?«

Ich kann förmlich spüren, wie meine Augen immer größer werden. *Unglaublich. Dieser Dreckskerl will mich für irgendetwas anderes einspannen.*

Vielleicht ist es doch besser, wenn ich Alana anrufe. Vielleicht kann ich sie irgendwie warnen, ihr in Form einer beiläufigen Bemerkung einen verschlüsselten Hinweis geben, den Chloe nicht verstünde ...

Ich werfe einen Blick auf Rubleskis selbstgefälliges Profil. Mir steigt die Galle hoch. *Warum habe ich solche Angst vor diesem blöden Arschloch?* Was bildet sich dieser Kerl eigentlich ein? Für wie blöd hält mich dieser Irre? Warum falle ich immer wieder auf seine lächerlichen Bluffs herein, statt einfach herzugehen und meiner Frau zu sagen, dass ich in Lebensgefahr bin und dass sie die Polizei rufen soll?

Als könnte er unter meine Schädeldecke schauen, greift Rubleski nach seinem Koffer, schwingt ihn vom Boden in seinen Schoß und klappt ihn auf. Jetzt kann ich ganz deutlich sehen, was er enthält: den Dolch, mit dem er im Hotel den wehrlosen jungen Zimmerkellner erstochen hat ... ein halbes Dutzend weiterer brutal aussehender Messer, die von Minigürteln baumeln ... und die Läufe und Kolben mehrerer Schusswaffen – keine Ahnung, welche Typen genau. Ich habe so gut wie keine Ahnung von Waffen, aber so viel ist klar. Jede von ihnen hätte mir den Garaus gemacht, bevor ich auch nur dazu käme, die Notrufnummer zu wählen, und ich bin sicher, dass Rubleski keine Sekunde zögern würde, wenn es ihm nötig erschiene – nicht ohne auch gleich noch dem Taxifahrer die Gurgel durchzuschneiden und anschließend in der Menge unterzutauchen.

Er erwidert meinen Blick und grinst. Seine langen Finger winden sich wie weiße Regenwürmer, als sie sich wieder um den Griff des fiesen Dolchs schließen, der für mich inzwischen zum Inbegriff eines lautlosen Tods geworden ist. Mein ganzer Körper wird von einem heftigen Schaudern geschüttelt, und der eiskalte Schweiß, der mein Rückgrat hinunterläuft, sammelt sich in der Ritze zwischen meinen Pobacken.

»Jetzt mach schon, Parker. Ruf sie an«, flüstert er wie ein Erwachsener, der einem kleinen Kind Mut machen will. »Hab keine Angst.«

Mit zitterndem Zeigefinger fummle ich mich in meine Kontakteliste und tippe auf das Icon für das Handy meiner Frau. Da sie normalerweise immer mit irgendetwas beschäftigt ist – unter anderem auch mit ihrem Job, den sie manchmal von zu Hause erledigt, wenn die Kinder besondere Fürsorge brauchen –, rechne ich nicht damit, ihre Stimme zu hören. Doch diesmal geht sie sofort dran.

»Lans.« Mein Kosename für sie.

»Hallo, Schatz ... bist das tatsächlich du?«

»Klar ...«

»Du hörst dich ein bisschen ...«

»... wer denn sonst?«

»Und, was gibt's? Alles okay? Du hörst dich irgendwie komisch an. Ärger im Büro? Hast du heute nicht irgendein Meeting?«

»Nein, nein, alles okay ...«

»Ah, gut. Hör zu, Schatz, könntest du vielleicht in einer halben Stunde noch mal anrufen? Ich bin gerade etwas unter Zeitdruck. Ich muss noch mit dem Hund raus, bevor ich mich wegen eines Web-Seminars ans Telefon hänge, und jetzt wollte ich gerade noch eine Mail an ...«

»Klar, ich melde mich später noch mal, kein Problem.«

Das ist die vielbeschäftigte Alana, die Ehefrau, die sich nicht ablenken lässt, wenn etwas Berufliches ansteht. Das kenne ich nur zu gut, und manchmal kann es auch gewaltig nerven.

»Danke, Liebling! Wolltest du eigentlich irgendwas Bestimmtes?«

»Äh, nein, ich rufe nur an, um dir zu sagen, dass es heute Abend etwas später werden könnte ...«

»Sorry, ich muss jetzt wirklich Schluss machen! Wir telefonieren später, okay? Und vergiss nicht, Mitzi rauszulassen, falls ich schon schlafe, wenn du nach Hause kommst.«

Mitzi ist unsere Französische Bulldogge, eineinhalb Jahre alt. Ein süßer Quälgeist, der immer, fünf Minuten bevor ich ins Bett krieche, nach draußen muss.

»Alles klar ...«

»Ciao!«

Ein Klicken und ein Summen. Meine Frau ist weg. Ich bin am Boden zerstört.

»Sie kann gerade nicht reden«, murmle ich, an Rubleski gewandt. Meine Stimme klingt kläglich, niedergeschlagen.

»Die Battery«, verkündet unser Fahrer. Wir sind angekommen, während ich mit Telefonieren beschäftigt war. »Wo wollen Sie hin?«

»Hier ist gut«, sage ich.

Er setzt uns unten bei der State Street, am Rand des Parks ab. Rubleski wirft ein paar Scheine auf den Beifahrersitz und sagt wie alle Amerikaner: »Der Rest ist für Sie.« Ich habe den Eindruck, dass er diese Worte richtig genießt, wie ein Bauerntölpel, der zum ersten Mal richtig Geld hat.

Dann machen wir uns wie zwei Touristen auf den Weg, vorbei an aufgeregt schnatternden Kindern, Souvenirverkäufern und Imbissständen. Rubleski glotzt alles und jeden an, als wäre er sein ganzes Leben lang noch nie aus seinem Heimatdorf herausgekommen.

Ehe ich mich's versehe, hat er die Führung übernommen.

»Wo wollen Sie hin, Rubleski?«

»Ihre tolle Stadt will ich natürlich sehen! Ich will mir nichts davon entgehen lassen, absolut nichts! Bevor ich nach Amerika gekommen bin, Parker, habe ich immer nur gehört, dass New York der Nabel der Welt ist! Jetzt bekomme ich es endlich zu sehen!«

Seine Augen sind riesengroß und treten fast aus ihren Höhlen, dazu hat er die Fäuste geballt und die Arme an den Ellbogen angewinkelt wie ein aufgeregter kleiner Junge, der zum ersten Mal in einem Vergnügungspark ist. Wir gehen am Rand des riesigen Areals entlang, sehen uns Sehenswürdigkeiten wie das SeaGlass Carousel, die Freiheitsstatue und, in der Ferne, Ellis Island an.

Mit ein bisschen Glück, erzähle ich Rubleski halbherzig, bekommen wir einen auslaufenden Ozeandampfer zu sehen ...

Da Rubleski kein Ziel zu haben scheint, schlage ich vor, uns den Charging Bull im Bowling Green anzusehen. Dort kann ich vielleicht entkommen, wenn es genügend Ablenkung und herumwuselnde Menschen gibt.

»Ha! Ein ganz schöner Brummer«, sagt Rubleski lachend, als wir wenige Minuten später den bronzenen Stier erreichen. »Der wäre für so einige saftige Steaks gut, was, Parker?«

Der Bulle kann seine Aufmerksamkeit nur wenige Sekunden fesseln. So viel zu meinem Plan, hier einen Fluchtversuch zu unternehmen.

Er deutet auf ein imposantes graues Gebäude am hinteren Ende des gepflasterten Platzes. »Was ist das?«

Ich sage ihm, dass es wahrscheinlich das National Museum of the American Indian ist, in das ich noch nie meinen Fuß gesetzt habe.

»Dann lass uns doch mal reingehen.«

»Jetzt? Aber es ist ...«

Er ist Feuer und Flamme. »Warum nicht? Wir haben doch Zeit. Wir haben unbegrenzt Zeit, Mann.«

»Weil ich nicht will«, knurre ich.

»Jetzt hör mal ... bist du nun mein Fremdenführer oder nicht? Mein *Cicerone* – so sagt man doch? Da staunst du, was, Parker?«

»Ja, klar, Ihr *Cicerone* ...«

»Du wirst also heute Nachmittag schön nach meiner Pfeife tanzen, und deshalb begleitest du mich jetzt ins Museum der Ureinwohner. Später machen wir dann was, worauf du Lust hast.« Das schlägt er mir vor, als wäre er tatsächlich der Überzeugung, dass wir nur zwei harmlose, unbedarfte Touristen sind, die an einem schönen Spätsommernachmittag einen Ausflug machen.

»Nein. Mir reicht's. Ich habe die Nase voll.« Ich bleibe auf dem Asphalt stehen. »Jetzt ist Schluss mit diesem Affentheater. Machen Sie meinetwegen, was Sie wollen. Ich gehe jetzt.«

Rubleski packt mich am Unterarm. »Stell dich doch nicht dümmer, als du bist, Parker. Du gehst nirgendwohin.«

»So, glauben Sie? Wie wollen Sie mich denn daran hindern? Ich gehe jetzt einfach, und Sie werden mich nicht aufhalten.«

Er bricht in schallendes Gelächter aus, während sich seine Hand fester um meinen Arm schließt.

»*Wo willst du denn hin, Parker?* Überleg doch mal! Die Hotel-Security weiß längst, was in Zimmer 1503 passiert ist. *Und weil sie von meiner Existenz gar nichts wissen, glauben sie, dass du dafür verantwortlich bist, nicht ich.* Denk erst mal nach, bevor du eine Riesendummheit begehst! Überleg dir das sehr genau, mein Freund ...«

»Das habe ich – und deshalb gehe ich jetzt«, wiederhole ich, obwohl ich weiß, dass er recht hat und ich nur leere Drohungen ausstoße.

Als ich mich von ihm loszureißen versuche, bohren sich seine kräftigen Finger tiefer in meinen Arm, und ein stechender Schmerz schießt bis in mein Gehirn hinauf. »Weißt du, was ich glaube, Parker? Deine Chancen stehen deutlich besser, wenn du bei mir bleibst.«

»Meine Chancen *worauf*? Dass ich von der Polizei erschossen werde, wenn sie uns finden? Und wie lange wird das dauern? Eins kann ich Ihnen jedenfalls jetzt schon sagen, Rubleski: Ich werde nicht warten, bis es so weit kommt. Ich gehe jetzt. Und Sie können mich nicht daran hindern. Deshalb, Sie können mich mal!«

Wir stehen uns wieder gegenüber, so dicht, dass sich unsere Nasen beinahe berühren. Keiner von uns schenkt dem Menschengewimmel um uns herum Beachtung. Als ich mich loszureißen versuche, werde ich unsanft an Rubleskis enorme, fast übermenschliche Kraft erinnert.

»Hör zu, Parker, ich möchte nicht, dass dir was zustößt. Und das lässt sich nur verhindern, wenn du bei mir bleibst.«

»Warum? Wozu brauchen Sie mich, Rubleski? Sie brauchen doch nur von der Bildfläche zu verschwinden, und schon wird alles mir angelastet. Lassen Sie mich also einfach los, und ich vergesse, dass ich Sie jemals gesehen habe ...« Inzwischen stehe ich kurz davor, wegen der Schmerzen in meinem Arm laut loszuschreien. »Sie sind vollkommen wahnsinnig, Rubleski – falls Sie wirklich so heißen.«

»Ganz im Gegenteil! Ich bin so vernunftgesteuert wie ein Richter des Supreme Court!« Sein Zeigefinger steckt in meiner Nase. »Und als dein Kamerad kann ich dir nur sagen, dass es keine gute Idee ist, ständig weglaufen zu wollen, wenn du nicht weißt, wohin du sollst.«

»Ich weiß sehr wohl, wohin ich soll! Diesen unschuldigen Jungen zu erstechen, das war keine gute Idee, Sie Wahnsinniger!«

Wie die Sonne nach einem tropischen Wolkenbruch ist plötzlich sein strahlendes Lächeln wieder zurück. »Ich wollte ihm nichts Böses, Parker. Ich wollte nur wissen, wie es sich anfühlt.«

»Sie ... wollten *wissen*, wie ...«

»Ich musste es wissen, und als Mensch steht mir dieses Recht zu. Wie ich dir schon im Hotel gesagt habe – das Schöne an einem Leben in der Postmoderne ist, dass eine Sache genauso viel bedeutet wie eine andere, und nichts bedeutet irgendetwas. Die einzige Bedeutung, die ein Phänomen hat, ist die Bedeutung, die du ihm zuschreibst. Du musst lernen, *existenzialistisch* zu denken, Parker.«

Sich auf eine absurde, pubertäre Diskussion mit einem Irren einzulassen kann zu nichts führen. Und doch habe ich mich, als ob ich das nicht schon längst wüsste, genau auf eine solche eingelassen.

»Meine Frau bedeutet mir etwas, Rubleski. Meine Kinder bedeuten mir etwas. Mein Job hat mir etwas bedeutet, bis Sie aufgetaucht sind und alles zerstört haben ...«

»Noch einmal. Ich versuche, dir etwas klarzumachen, eine ganz simple Wahrheit. Zerstörung ist ein schöpferischer Akt. Ist dir noch nicht aufgefallen, dass wir alle töten, um zu leben? Du hast gerade etwas gegessen, was vor ein paar Tagen noch gelebt hat, oder etwa nicht? Alle Geschöpfe zerstören, um zu überleben. Der Löwe und die Gazelle – das ist die natürliche Ordnung der Dinge. *Tod ist Leben*, Parker. Um zu leben, musst du töten. Sieh dich doch nur mal in der Natur um. Du und ich, Parker, wir sind beide Teil der Natur ...«

Endlich lässt er mich los und hebt in gespieltem Ärger die Hände. »Ich werde dich nicht davon abhalten, deine Familie wiederzusehen, mein Freund, aber wenn du mir heute diese großartige Stadt nicht zeigst, *wirst du sterben.* Und wenn nötig, lasse ich dich gleich hier sterben. Du glaubst, das kann ich nicht? Nichts einfacher als das! Und niemand in unserer Umgebung würde es mitbekommen. Sieh sie dir doch an, Parker! Sie interessieren sich einzig und allein für sich selber, für nichts anderes! Wenn ich dich abgestochen habe, werde ich dich zu einer Bank führen, dich auf sie setzen, und kein Mensch wird etwas merken. Du wirst nicht tot aussehen, nur, als ob du schlafen würdest. Und ich werde weggehen und mir New York eben allein ansehen. Fändest du es da nicht besser, am Leben zu bleiben und dich an diesem herrlichen Septembertag glänzend zu amüsieren, statt tot auf einer Parkbank zu sitzen?«

In diesem Moment habe ich nicht mehr den leisesten Zweifel, dass Rubleski nicht davor zurückschrecken würde, mich hier vor aller Augen umzubringen – *und damit irgendwie davonkäme.*

Mein Magen hat sich zusammengekrampft. Meine Knie sind weich. Meine Kopfschmerzen sind doppelt so stark zurück, und wie eine Bleischürze legt sich tiefe Mutlosigkeit über mich.

»Das würden Sie nicht wagen, Rubleski, nicht hier, vor so vielen Zeugen ...«

Es ist ein reiner Bluff.

Seine rosigen Lippen teilen sich immer weiter, bis ich hinter seine elfenbeinfarbenen Schneidezähne sehen kann. Wir sind nur zwei Freunde, die sich angeregt unterhalten. Niemand in unserer Umgebung schöpft Verdacht.

Nur ein paar Schritte weiter entdeckt Rubleski im Lower Broadway einen Zip Luggage Storage, wo wir für ein paar Dollar unser Gepäck einschließen können.

Mir kommt es vor wie ein fatales Zugeständnis, aber ich lasse zu, dass er mich wie einen Hund an der Leine herumdreht und mit mir die Stufen zum Museum hinaufsteigt. Am Eingang schlägt er kurz das Revers seiner

Jacke zurück, sodass ich einen Blick auf den Griff eines seiner tödlichen Messer in seiner Innentasche erhasche. Vermutlich will er damit dafür sorgen, dass ich nicht aus der Reihe tanze.

Der verpennte Wärter nimmt kaum Notiz von uns, und wir marschieren ungehindert hinein.

Heute sind nur wenige Besucher im Museum, und wir haben es mehr oder weniger für uns allein. Bei jedem Ausstellungsstück gibt Rubleski einen bewundernden Laut oder Kommentar von sich.

»Ah ... unglaublich! Also, das ist mir vollkommen neu! Ungeheuerlich, was die weißen Eindringlinge den amerikanischen Ureinwohnern angetan haben, findest du nicht auch, Parker? Sie haben geplündert, gebrandschatzt, ihre Krankheiten verbreitet, gewissenlos vergewaltigt und alles zerstört, was sich ihnen in den Weg gestellt hat ...«

Das versteht sich von selbst. Und es ist, was viele von uns, die wir uns auf amerikanischem Boden bewegen, empfinden. Eigenartig ist nur, dass Rubleski seine eigene Barbarei vollkommen kalt zu lassen scheint.

»Und doch ... und doch ...«

Er bleibt vor einer großen Vitrine stehen. Ich beobachte, wie er kopfschüttelnd eine Reihe kunstvoller, fünfhundert Jahre alter Tonbüsten betrachtet.

»... vor dem Eintreffen der weißen europäischen Siedler haben sich die einzelnen Stämme im Kampf um Land und Nahrung erbittert bekriegt ... Marter und Mord ... sogar Kannibalismus. Auch wenn es in der Neuen Welt viele Krankheiten noch nicht gab, weil sie erst aus der Alten eingeschleppt wurden, war sie auch vor der Ankunft des Weißen Mannes weit davon entfernt, ein irdisches Paradies zu sein – oder auch nur *zivilisiert.* Wusstest du, dass es unter den Indianern sogar Serienmörder gab, Parker? Darauf wird bei keinem einzigen Ausstellungsstück hingewiesen.«

»Sie erzählen hier doch nur Scheiße, Rubleski. Woher wollen Sie das alles wissen?«

»Dann befass dich doch mal genauer mit deiner Geschichte. Das ist keineswegs ein Geheimnis.«

Was weiß ich schon darüber? Ich bin kein Experte für die indigenen Völker. Vielleicht ist ja ein Fünkchen Wahrheit in dem, was er sagt. Aber das ist jetzt nicht der Zeitpunkt, um über ein revisionistisches Geschichtsbild zu diskutieren.

Vor einem Schaukasten mit bunten, mehrere hundert Jahre alten Kleidungsstücken dreht sich Rubleski ruckartig zu mir herum.

»Und weißt du, was noch, Parker?«

»Was?«

»Vor der Ankunft des Weißen Mannes hatten die Ureinwohner noch nicht einmal das Rad erfunden! Das musst du dir mal vor Augen halten! Sie haben es nicht geschafft, auf das simpelste Transportmittel zu kommen! Du und ich – die weißen Siedler – haben ihnen durchaus auch etwas Positives gebracht, würdest du nicht sagen, Parker?«

Ich gebe es nur ungern zu, aber irgendwie kann man sich der Stimme dieses durchgeknallten Dreckskerls nicht entziehen, wenn er mal ins Reden kommt – selbst wenn er kompletten Blödsinn von sich gibt.

»Schauen Sie mich nicht so an, Rubleski – ich war damals nicht dabei. Ich hatte nichts mit all dem zu tun. Und Sie, glaube ich, auch nicht.«

»Aber deine Vorväter, Parker! Deine Vorväter haben

die Zivilisation mitgebracht! Fortschritt! Aufklärung!«

»Zivilisation? Fortschritt? Aufklärung? Sie müssen ganz schön blind sein, wenn Sie glauben, die amerikanischen Ureinwohner hätten nicht ihre eigenen hoch entwickelten Lebensformen gehabt. In ihren unterschiedlichen Kulturen drehte sich alles um ihr Verhältnis zu ihrer natürlichen Umwelt. Was ist Ihrer Meinung nach aus den ganzen Walen und Bisons geworden? Es waren nicht die Ureinwohner, die ihre Bestände dezimiert haben. Und was, glauben Sie, ist mit unserer Luft passiert? Wir sind diejenigen, die sie verschmutzt haben. Die amerikanischen Ureinwohner haben alles richtig gemacht. Sie hatten das dämliche Rad – und unsere anderen ›Errungenschaften‹ – gar nicht nötig. Sie haben von diesem Planeten nur genommen, was sie gebraucht haben. Wir dagegen haben eine ganze Kultur ausgelöscht, Rubleski – das ist es, was unsere Vorväter angerichtet haben. Wir haben einen ganzen Kontinent in tiefstes Dunkel gestürzt – das ist unser Vermächtnis.«

Er zuckt die Achseln. »Wann bekommt man schon Fortschritt und Akkulturation, ohne einen Preis dafür zu bezahlen, Parker? Und manchmal ist dieser Preis eben hoch. Und übrigens, das Mastodon haben die amerikanischen Ureinwohner ausgerottet – kannst du überall nachlesen.«

»Akkulturation? Was in Amerika passiert ist, war Völkermord in Reinkultur.«

Das habe ich zumindest in der Schule beigebracht bekommen. Die europäischen Eindringlinge waren Mörder. Man kann hier nur von einem Genozid an der indigenen Bevölkerung sprechen. Ich habe nie einen triftigen Grund gesehen, daran zu zweifeln.

»So kann man es natürlich auch sehen«, gibt Rubleski zu, »aber manchmal ist ein Genozid nötig, um ein neues Reich zu errichten. Korruption, Gewalt, Mord – das sind die wahren Fundamente des Einzigartigen und Außergewöhnlichen. Und Amerika ist ein einzigartiges und außergewöhnliches Imperium, Parker! Oder willst du das etwa abstreiten?«

Sein eigenartiger Akzent lässt mir keine Ruhe, und ich kann mir nicht verkneifen, ihn darauf anzusprechen. »Woher kommen Sie eigentlich, Rubleski?«

»Spielt das denn eine Rolle? Ich bin Kosmopolit, Parker, Weltbürger! Nur das zählt! Aber ich bin noch mehr. Ich bin ein neuer Menschentyp, ein einzigartiges Wesen, entstanden aus den toten Hüllen all derer, die vor mir gekommen sind.«

»Wirklich? Für mich hören Sie sich eher an wie ein Verfechter irgendwelcher White-Supremacy-Theorien.«

Wie über einen Insiderwitz lacht er leise in sich hinein, gerade so, als würde er nichts, sich selbst eingeschlossen, allzu ernst nehmen. »Alles andere als das, Parker, wie du noch sehen wirst. Alles andere als das.«

Und das ist das Ende unserer Diskussion – wenn es denn eine solche war.

»Komm, gehen wir.« Federschmuck, Masken, Gewänder – das alles interessiert Rubleski plötzlich nicht mehr. Nachdem er auf dem Weg nach draußen kurz stehengeblieben ist, um eine Gedenktafel zu lesen, sagt er: »Das ist ja interessant, Parker. Wie es scheint, war Melville hier als eine Art Zollbeamter tätig.«

»Was?«

»Melville? *Herman Melville? Moby Dick? Pierre oder die Doppeldeutigkeiten? Maskeraden?*«

»*Maskeraden*? Echt komisch, und das ausgerechnet von Ihnen.«

»Liest du denn nicht, Parker?«

Ich verzichte darauf, ihm zu erklären, dass ich die besten Schulen und eine der renommiertesten Ostküstenuniversitäten besucht habe, mich aber nie groß für Literatur interessiert und keine Zeit darauf verschwendet habe, Romane zu lesen. Und dass ich mich auch nicht auf eine Endlosdebatte zu diesem Thema einlassen werde. Es ist nichts weiter als heiße Luft: er, der neue Mensch, und dazu noch Historiker und Experte für verstaubte esoterische Romane.

Draußen auf dem Platz brennt die Spätsommersonne hell und sengend auf uns herab. Nachdem wir unser Gepäck geholt haben, kommen wir an zwei rasch ausschreitenden Streifenpolizisten vorbei, die es ziemlich eilig zu haben scheinen. Falls ihr Anblick Rubleski nervös macht, ist es ihm nicht anzumerken. Weit davon entfernt, beunruhigt zu sein, strahlt er unerschütterliches Selbstvertrauen aus. Es genügt, um mich vergessen zu lassen, warum ich eigentlich hier bin, und bevor ich es merke, habe ich eine weitere Chance vertan, ihm zu entkommen. Denn jetzt ist es bereits zu spät, um den zwei Cops noch hilferufend hinterherzulaufen.

»Zum Fluss!«

Er ist immer noch so aufgedreht wie ein kleiner Junge. Mir kommt ein neuer Gedanke: Obwohl ich angeblich sein Fremdenführer bin, scheint Rubleski ein geradezu unheimliches Gespür dafür zu haben, wohin er gehen muss. *Warum? War er schon mal hier? Hat er mir die ganze Zeit was vorgemacht?*

Passanten und Fahrzeugen ausweichend, erreichen wir

wenige Minuten später die Promenade am Hudson. Im klaren Licht des strahlenden Herbsttages glitzert und funkelt das Wasser wie Myriaden winziger Eiskristalle. Als wir über die Rasenfläche vor dem Holocaust Museum gehen, über die unzählige halbnackte Körper, hauptsächlich sonnenbadende junge Frauen, verteilt sind, äußert sich Rubleski in den höchsten Tönen über »die Stadt, die du erbaut hast, Parker! Und hier am Fluss ist sie noch anziehender, hypnotischer, beeindruckender, findest du nicht auch?«

»Keine Ahnung. Darüber habe ich mir noch nie Gedanken gemacht.«

Und das habe ich tatsächlich nicht ... Doch jetzt, aus irgendeinem Grund, unerklärlicherweise, muss ich feststellen, dass ich *ihm* folge. Er schlägt Wege ein, die ich nie gegangen bin, einmal in Richtung Fluss, dann wieder weg von ihm. Was soll das? Versucht er nur, die Polizei abzuschütteln? Wohin gehen wir überhaupt?

Wie allem anderen, das er an diesem Morgen getan hat, scheint auch Rubleskis verschlungenen Wegen keine erkennbare Logik zugrunde zu liegen, und die Tatsache, dass ich gezwungen bin, mich nach ihm zu richten, verstärkt meine Desorientierung – und damit auch den Eindruck, mich in der Stadt, die ich mein Zuhause nenne, mehr und mehr zu verirren ...

Als wir weitergehen, fährt Rubleski ohne Punkt und Komma mit seinem wirren, alles andere als hilfreichen Monolog fort.

»*... verheerende ökonomische Verhältnisse ... würden sicher dazu beitragen, die vielen Einwanderer und Flüchtlinge aus dem Nahen Osten loszuwerden ... die Verbreitung eines seltenen fleischfressenden Virus ... nie die Stärke des Gifts einer tödlichen*

Schlange unterschätzen ... Massenmord könnte tatsächlich die Lösung sein ...«

Wofür?

Er redet und redet. Und redet. Ich kann nicht sagen, ob etwas davon rational ist – ist es eigentlich nicht, aber ich habe bereits gelernt, dass Rubleski jemand ist, der einem volle Aufmerksamkeit abverlangt und einen zwingt zuzuhören, ob man nun will oder nicht. Er erinnert mich an das, was ich von den ausgiebig publizierten Interviews mit dem Serienmörder Charles Manson in Erinnerung habe: Zuerst hören sich seine Äußerungen wie der letzte Schwachsinn an, aber je länger man sich darauf einlässt, umso mehr beginnen seine Worte eine Art verqueren Sinn zu ergeben.

Vernunft ist eine kleine Schachtel für kleine Geister; Wahnsinn ist alles.

Kein Sinn ergibt einen Sinn.

Man muss sich darüber klar werden, dass man genauso sehr der Teufel ist, wie man Gott ist.

Und schließlich das: *Früher war verrückt zu sein etwas Besonderes. Heute ist jeder verrückt.*

Vielleicht ist es nur meine zunehmende Paranoia, aber inzwischen habe ich den Eindruck, dass uns manche der Leute, die uns entgegenkommen, neugierig mustern – als ob sie spürten, dass mit uns beiden etwas nicht stimmt. Woran das allerdings liegt, ahnen sie nicht einmal ansatzweise. Denn wir sehen so normal aus, Rubleski und ich, so seriös, so ... *gut situiert.* Bei den vielen Malen, in denen ich im Lauf der Jahre durch die Menschenmassen in den Straßen New Yorks gewatet bin, ist mir oft der Gedanke gekommen, dass ich vielleicht gerade die Schulter des einen oder anderen Mörders gestreift habe. Inzwischen bin ich ganz sicher, dass ich mich nicht getäuscht habe.

Als ein Café mit einer großen Terrasse über dem Fluss vor uns auftaucht, schlägt Rubleski vor, dort etwas zu trinken.

Sicher nicht die schlechteste Idee. Ich kann jetzt weiß Gott einen Drink vertragen. Tatsache ist allerdings, dass ich etwas Stärkeres brauche als Alkohol. Ich brauche etwas, das mich vergessen lässt, dass ich am Leben bin. Aber fürs Erste müssen es ein, zwei starke Drinks tun.

Eine gelangweilte Bedienung führt uns zu einem abgesonderten Tisch auf der Terrasse und gibt uns zwei Speisekarten.

»Es wird gleich jemand kommen, um Ihre Bestellung aufzunehmen.«

Wir ziehen unsere Jacken aus, hängen sie über die freien Stühle, machen es uns bequem.

»Und da ist sie, die Freiheitsstatue«, seufzt Rubleski mit einem Leuchten im Blick, als er das gigantische grüne Wahrzeichen im Hafen betrachtet, das an diesem Nachmittag vor dem blauen Horizont wie eine vergrößerte Pappfigur wirkt.

»Ja, das ist sie ...«

»Du bist ja gar nicht begeistert, Parker. Warum? Warum verschlägt es dir nicht den Atem?«

»Ich bin jeden Tag in dieser Stadt. Diese Dinge fallen mir kaum mehr auf.«

Das fasst Rubleski als Stichwort auf, um sich über all die anderen großartigen Städte der Welt auszulassen: London, Sankt Petersburg, Rom, Shanghai, und dass keine von ihnen New York das Wasser reichen könne – und er kenne sie alle wie seine Westentasche.

»Nimm zum Beispiel Paris. Was die Architektur angeht, kann New York natürlich nicht mithalten, aber in Sachen menschliches Drama kann die Stadt der Lichter dem Big Apple nicht annähernd das Wasser reichen ... Und was Rom angeht ...«

Eine schlanke, etwa zwanzigjährige Brünette mit einem Pferdeschwanz und großen braunen Rehkitzaugen erscheint prompt an unserem Tisch und fragt, ob wir etwas zu trinken möchten.

Ohne einen Blick auf die Karte zu werfen, bestellt Rubleski ein doppeltes IPA und besteht darauf, dass ich mich ihm anschließe. Trotz meiner früheren Lust auf einen Drink ist meine erste Reaktion: Nein, ich kann es mir nicht leisten, meinen Verstand noch mehr zu trüben, als er ohnehin schon getrübt ist.

»Parker – ich werde hier nicht allein was trinken.«

Ich kann schlecht nichts trinken, zumal meine Nerven sowieso schon zum Zerreißen gespannt sind. Deshalb überlege ich es mir anders.

»Das gleiche.« Ich sehe das Mädchen mit einem flehentlichen Blick an, aber sie begreift nicht. Wie sollte sie auch?

Rubleski und ich sitzen da wie zwei Müßiggänger, die ihr Bier trinken, während im Hafen Segelboote und Schoner lautlos vorbeigleiten und die Sonnenstrahlen sich bei dem Versuch, uns mit ihrer Hitze einzulullen, über unseren Tisch stehlen. Der Fluss ist eine der wenigen Stellen innerhalb der Stadtgrenzen, die New Yorks chaotische Geräusche nicht erreichen, doch heute erzeugt die Stille eine eher ominöse als friedliche Stimmung.

»Ich muss auf die Toilette«, sage ich aus einer plötzlichen Eingebung heraus zu Rubleski.

Rubleski beschirmt die Augen mit seiner Hand und schaut zu mir auf, als ich von meinem Stuhl aufspringe. *Wenn er mich umbringen will, muss er es jetzt tun.* Aber er zuckt mit keiner Wimper.

»Ich warte hier«, versichert er mir mit einem trägen Grinsen, die Finger über seinem flachen Bauch verschränkt. Wenn er sich Sorgen macht, dass ich versuchen könnte zu fliehen – und ich weiß, dass er das tut –, ist es ihm nicht anzumerken.

Sobald ich im buchstäblich leeren Innern des Restaurants bin, frage ich einen Hilfskellner, der gerade einen Tisch abräumt, nach der Toilette. Er deutet auf die andere Seite des Lokals, wo hölzerne Nischen die Wand säumen.

»Dort rechts rüber. Dann noch mal rechts und die Treppe runter.«

»Hören Sie ...«

Ich will ihm gerade flüsternd erklären, dass ich in einer fürchterlichen Klemme stecke und er die Polizei rufen soll, als ihm sein geschirrbeladener Container entgleitet und mit einem lauten Scheppern zu Boden fällt.

Fluchend kniet der Junge nieder und macht sich daran, die in alle Richtungen davongeflogenen Gläser und Teller einzusammeln. Er hat jetzt anderes zu tun, als sich um mich zu kümmern.

Aber ich weiß, jetzt ist meine Gelegenheit gekommen. Ich folge den Richtungsangaben des Hilfskellners und taste meine Hosentaschen ab ... *das Handy ist weg.* Einfach weg! Ich muss das blöde Ding in meiner Jacke an unserem Tisch gelassen haben – oder Rubleski hat es mir geklaut, als ich nicht aufgepasst habe. Zuzutrauen wäre es ihm ...

Mir bleibt nichts, als den Verlust meines Handys mit einem bitteren Lachen zu quittieren. Jedenfalls kann ich nicht zum Tisch zurückgehen und danach suchen, denn dann merkt Rubleski, was ich vorhabe. Hat er mich deshalb so widerspruchslos gehen lassen?

Alles, was an diesem Katastrophentag schiefgehen kann, geht auch schief.

Wütend stoße ich die Toilettentür auf, stelle mich ans Urinal und setze einen kräftigen Strahl ab. Ich habe seit Rubleskis Eintreffen im Hotel nicht mehr gepinkelt, nicht einmal daran gedacht, und entsprechend hat sich der Harndrang aufgebaut. Ich pisse sehr, sehr lange, und die herbeigesehnte Erleichterung fühlt sich fast wie ein Orgasmus an.

Die grünen und weißen Fliesen vor meinen Augen sind wie ein schmutziger Bildschirm, auf dem ich aus unerfindlichen Gründen das Grün des Rasens vor meinem Haus oben in Westchester sehen kann – und meine Kinder, die dort spielen, und Alana, die mit einem Glas Eistee auf den Stufen der Veranda sitzt und ihnen zufrieden zuschaut.

Von dieser imaginären Szene bekomme ich einen Kloß im Hals, und mir treten Tränen in die Augen.

Was mache ich hier eigentlich? Und was soll ich jetzt tun, verdammte Scheiße ...?

Diese hoffnungslosen Worte hallen durch meinen Kopf, während ich meinen Schwanz abschüttle. Ich schaue mich nach einem Fenster um, aber jetzt, wo ich eines brauche, ist keines da, nicht mal ein schmaler Spalt, durch den eine Kakerlake schlüpfen könnte.

Ich weiß nicht weiter. Als ich zu Ende gepinkelt habe, gehe ich zum Waschbecken und wasche mir, um Zeit zu gewinnen, sehr gründlich die Hände. Die schlichte Harmlosigkeit dieser Tätigkeit treibt mir erneut Tränen in die Augen.

Ich stehe da und starre hilflos in den fleckigen Spiegel. Ich kann mich nicht erinnern, jemals die Toilette eines Lokals in Manhattan benutzt zu haben, ohne dass ein anderer Gast – mit einem Handy in der Tasche – hereingekommen ist, aber jetzt scheine ich wieder einmal besonders viel Glück zu haben.

Als ich die Toilette endlich verlasse, fest entschlossen, dem Nächstbesten das Handy wegzunehmen und hinterher wieder zurückzugeben, lehnt Rubleski mit verschränkten Armen an der Wand.

»Ich hatte schon Angst, du könntest ins Klo gefallen sein.«

Mit einem gruseligen Lachen schiebt er mich in die Toilette zurück und lässt mich keine Sekunde aus den Augen, als er seinen Hosenlatz öffnet und zu urinieren beginnt.

»Von dem vielen Rumgerenne habe ich schon wieder ordentlich Kohldampf. Wie sieht's bei dir aus?«

»Ich? Nein, ich habe keinen Hunger.«

»Auch gut. Trotzdem finde ich, sollten wir uns was zu essen besorgen. Für später Kräfte tanken.«

»Kräfte ... wofür? Und was soll später heißen? Hören Sie eigentlich schlecht? Ich habe doch gerade gesagt, dass ich nicht hungrig bin.«

Rubleski tut so, als hätte er nicht gehört, was ich gerade gesagt habe.

Mit diesem Irren kann man einfach nicht vernünftig reden. Aber das weiß ich inzwischen. Wir steigen die Treppe hinauf und gehen durch das beinahe leere Lokal zu unserem Tisch im Freien zurück, wo ich alle Taschen meiner Jacke nach dem Handy abtaste. Aber auch dort ist es nicht.

»Es ist weg«, sage ich, an niemanden Speziellen gerichtet. »Spurlos verschwunden. Aber ich brauche das blöde Ding ...«

»Dein Handy?« Rubleski zieht die Augenbrauen hoch.

»Ich dachte, Sie würden auf meine Sachen aufpassen. Jetzt hat mir jemand das Handy geklaut, verdammte Scheiße!«

»Alles nur halb so wild. Wenn du telefonieren willst, kannst du eins von meinen nehmen«, sagt er mit Zähnen so weiß wie gebleichte Knochen.

»Herrgott noch mal, Rubleski, hören Sie mir endlich zu! Warum haben Sie nicht auf meine Sachen aufgepasst? Sogar Ihren Koffer haben Sie hiergelassen! Wir sind hier in *New York*! Hier dürfen Sie Ihre Sachen nicht einmal ganz kurz unbeaufsichtigt lassen.«

Seine einzige Reaktion darauf ist ein einfältiges, gleichgültiges Achselzucken, als wüsste er ganz genau, dass niemand seine Sachen anfassen wird. Und als interessierten ihn meine Sachen einen feuchten Dreck.

Für mich ist es der nächste Rückschlag. Jetzt bin ich auch der letzten Möglichkeit beraubt, Rubleski zu entkommen.

Hat *er* mir vielleicht sogar das Handy geklaut? Bloß, wie soll ich das herausfinden – etwa, indem ich ihn filze?

Als die Bedienung an unseren Tisch kommt und fragt, ob wir noch etwas bestellen möchten, beschließe ich, aufs Ganze zu gehen, und platze einfach damit heraus.

»Dieser Herr hat mich zur Geisel genommen.«

Sie mustert kurz mein todernstes Gesicht, dann lacht

sie, als hätte sie gerade einen richtig guten Witz gehört. Rubleski fällt in ihr Lachen mit ein und drückt mir einen Kuss auf die Wange. Jetzt schaltet die Bedienung – wir sind frisch verliebt und wollen es alle Welt wissen lassen.

»Nein, im Ernst.«

»Aber klar, sicher.« Sie denkt, dass ich wahrscheinlich ein bisschen neben der Mütze bin, leicht durchgeknallt, und legt eine schwarze Rechnungsmappe auf den Tisch.

»Lassen Sie sich ruhig Zeit, und einen schönen Tag noch, die Herren.«

Bevor ich dazu komme, ihr meinen Standpunkt weiter klarzumachen, ist sie bereits gegangen. Es hätte sowieso nichts gebracht.

Genauso, wie er das Taxi bezahlt hat, übernimmt Rubleski auch diese Rechnung – beiläufig schält er ein paar Scheine von seiner Geldrolle. Wenige Sekunden später gehen wir mit unseren Koffern weiter in Richtung Norden – wohin? Rubleskis Elan ist ungebrochen. Mir setzt der Verlust meines Handys gewaltig zu. Wenn man heutzutage sein Handy verliert, ist das wie der Verlust eines Körperteils – vielleicht sogar schlimmer.

»Das hier ist die Stelle, wo die Kennedys, die Trumps und wie sie alle heißen mit ihren Jachten angelegt haben«, erzähle ich Rubleski lustlos wie ein überdrüssiger Fremdenführer, als der kleine Hafen vor uns auftaucht.

»Tatsächlich?«

Dieser Hinweis scheint sein Interesse zu wecken. Heute ist nur ein Boot im Wasser, ein Dinosaurier von einer Motorjacht, so einsam und verlassen wie ein Nachtclub nach einer wilden Fete. Wir umrunden das Hafenbecken und setzen unseren Weg entlang der Glasfassade des

World Financial Center fort, wo es wegen des herrlichen Wetters von Menschen nur so wimmelt.

Wir gehen wieder Seite an Seite, Rubleski und ich. Vielleicht, aber nur vielleicht, ist es auch besser so. Wenn ich schon nicht von ihm loskomme, zumindest vorerst nicht, ist es vermutlich das Klügste, mich gut mit ihm zu stellen und ihn so weit einzulullen, dass er meine Anwesenheit für selbstverständlich nimmt. Und dann – wenn er am wenigsten damit rechnet – haue ich ab.

»Weißt du, was jetzt zum Mittagessen genau das Richtige wäre?«, sagt er, als wir auf dem Weg nach Tribeca die West Street überqueren.

»Was?«

»Etwas Exotisches! Vielleicht was Brasilianisches oder Peruanisches. Wusstest du, dass in Peru Meerschweinchen als Delikatesse gelten, Parker?«

Meine Tochter Clementine hatte mal eine Phase, in der sie unbedingt so ein Viech haben wollte. Alana und ich haben ihr den Wunsch abgeschlagen, in der Hoffnung, dass sich die Sache irgendwann von allein erledigen würde, was dann auch der Fall war. Trotzdem finde ich es ausgesprochen eklig, Nagetiere zu essen. Das sind genau die Bräuche, die zu ausgefallenen Epidemien führen. »Ohne mich, Mann.«

»Wo bleibt deine kulinarische Abenteuerlust, Parker?«

»Im Moment ist mein Bedarf an Abenteuern mehr als gedeckt.«

»Die Peruaner nennen sie *Cuy*. Richtig zubereitet, also frittiert, schmecken sie wie dunkles Putenfleisch. Schon allein wie sie geschlachtet werden, ist hochinteressant. Der Koch packt das Tier am Kopf und dreht es mit einem kräftigen Ruck ...«

»Uuuh – das reicht! Sparen Sie sich Ihre weiteren Schilderungen.«

»Wenn du meinst, Parker. Es ist nur eine Frage der Sichtweise – alles kulturbedingt. Die Andenbewohner essen schon seit Jahrtausenden *Cuy*.«

Das mag durchaus stimmen, aber ich habe noch nie etwas von diesem Brauch gehört.

»Denk doch mal nach, Parker. Obwohl, bei genauerer Überlegung gibt es eigentlich gar nicht so viel nachzudenken. Wo soll da groß der Unterschied sein, ob du ein Meerschweinchen isst oder einen Oktopus – oder ein Lamm?«

Wie gewohnt ergibt sein unsinniges Gefasel einen gewissen Sinn. Gegen meinen Willen gewöhne ich mich langsam daran.

»Na schön, dann eben nicht. Du scheinst keine große Lust zu haben, was Neues auszuprobieren. Wie wär's dann mit was Argentinischem? Ein gutes Steak mag doch jeder.«

»Wenn es sich irgendwie vermeiden lässt, esse ich kein rotes Fleisch.«

»Ah, der Herr scheint etwas etepetete zu sein. Und wie sieht's mit asiatisch aus? Thai ... vietnamesisch ... indisch. Viel Gemüse. Irgendwelche Empfehlungen, Parker?«

»Keine Ahnung.« Es stimmt. Ich bin gerade total blockiert.

»Ich dachte, das ist deine Stadt? Da wirst du doch hoffentlich irgendeine Idee haben!«

»Auf die Schnelle nicht. Aber Sie wissen doch, was man über Manhattan sagt – hier findet man alles, was man sich nur wünschen kann.«

»Dann übernehme eben ich das Denken für dich.«

»Nur zu.«

Während unseres Wortwechsels sind wir bis zur Hudson Street gekommen, wo Rubleski sofort einem Taxi winkt.

»Wohin?«, brummt der Fahrer, als wir einsteigen.

»Chinatown!«

Trotz allem, was bereits passiert ist, ist der Tag noch jung. Rubleski und ich haben das Wo Hop City in der Mott Street mehr oder weniger für uns allein. Er bestellt praktisch alles auf der Speisekarte, von 4D Lo Mein bis zu etwas, das sich Goon Bo Har Ding nennt – so viele Gerichte, und nach wenigen Minuten ist der Tisch voll mit dampfenden Schüsseln und Platten, Stäbchen, Tellern, Tassen und Gläsern. Egal, was aus der Küche gebracht wird, Rubleski schaufelt es mit Begeisterung in sich hinein, als hätte er noch nie im Leben etwas gegessen, und als die Bedienung, eine junge Frau in einem taubenblauen Kellnerinnen-Outfit, fragt, ob wir noch etwas wollen, macht er anzügliche Bemerkungen, die sie nicht zu verstehen scheint, woraufhin er noch ein paar Gerichte wie Schnecken oder Sam Gip Dai und eine weitere Runde Bier bestellt. Ich kann mir nicht vorstellen, dass er die leiseste Ahnung hat, was er da alles in sich hineinstopft, aber es scheint ihm egal zu sein. Nicht einmal ich, traumatisiert und mit den Nerven am Ende, kann es mir verkneifen, von der einen oder anderen Schüssel zu kosten, obwohl ich kaum etwas vom Essen schmecke.

Der brutale Mord, der sich erst vor wenigen Stunden ereignet hat, scheint inzwischen schon eine Ewigkeit zurückzuliegen, so unwirklich, als wäre er nie passiert.

Das hat damit zu tun, wird mir allmählich klar, dass

Rubleski alles am Leben trivial erscheinen lässt.

»Darf ich dich was fragen, Parker?« Er deutet mit seinen Essstäbchen auf mich und nagt an etwas, das verdächtig nach einer Hühnerklaue aussieht.

»Ja?«

»Wo gibt es die schönsten Frauen der Welt?«, fragt er mich aus heiterem Himmel.

»Woher soll ich das wissen? Und worauf wollen Sie hinaus?«

»Es interessiert mich einfach, wie du das siehst.«

»Darüber habe ich mir noch nie groß Gedanken gemacht. Schöne Frauen gibt es überall. Slowenien. Somalia. Albanien. Argentinien. Es fiele mir schwer, Latinas gegenüber Skandinavierinnen den Vorzug zu geben.«

Rubleski nickt, als nähme er mich und dieses Gespräch außerordentlich ernst.

»Aber wenn du dich für eine entscheiden müsstest?«

»Mein Gott, keine Ahnung.«

»Nur ein kleiner Tipp. Sie ist ganz in der Nähe.«

»Ich brauche keine Tipps. Das ist vollkommen bescheuert.«

»Willst du wissen, was ich finde? Meiner Meinung nach sind Frauen asiatischer Abstammung mit Abstand am attraktivsten.«

»Na schön. Wenn Sie das so sehen ...«

Wollte er deswegen nach Chinatown?

Es gibt auf jedem Gehsteig New Yorks gut aussehende Frauen asiatischer Abstammung, wer kann da schon sagen, was im Kopf dieses Kerls vor sich geht?

»Zumindest würde ich Ihnen da nicht widersprechen, Rubleski.«

Aber ich kann mich auf das Thema nicht konzentrieren. Meine ganze Aufmerksamkeit gilt dem Jaulen der Sirenen draußen in der Canal Street. Bis heute habe ich diesem vertrauten städtischen Ärgernis immer nur beiläufig Beachtung geschenkt, da es in Manhattan allgegenwärtig ist, ein fester Bestandteil des New Yorker Alltags. Doch jetzt ... Jetzt bekomme ich es plötzlich mit der Angst zu tun, dass dieses Gejaule nicht von einem Rettungswagen stammen könnte, sondern von einem Streifenwagen ... *Sind sie bereits hinter uns her?*

Auf einem kleinen, altmodischen Fernseher, der hinter dem Tresen steht, laufen stumm die Nachrichten. In meiner Besorgnis kann ich nicht anders, als immer wieder auf den Bildschirm zu linsen, aber nie kommt dort etwas über einen brutalen Mord in einem Hotel in Manhattan. Dabei müsste Dominics ausgebluteter Leichnam längst entdeckt worden sein. Immerhin ist es schon mehrere Stunden her, dass Rubleski und ich das Hotel verlassen haben ...

Es bringt nichts, groß Spekulationen anzustellen. Im Hilton herrscht bestimmt helle Aufregung, seit Dominic in einer riesigen Blutlache entdeckt worden ist. Die Fahndung nach den Tätern muss längst auf Hochtouren laufen.

»Hast du dir die Gesichtszüge einer schönen Asiatin mal genauer angesehen, Parker?«

Er kann immer noch nicht von diesem Thema lassen. Wäre ich abends mit meinen Freunden in der Stadt unterwegs, könnte es mich vielleicht halbwegs interessieren, aber im Moment ist es ein frivoler, deplatzierter Kontrapunkt zu meinen düstereren Gedanken. Die Hartnäckigkeit, mit der er es zu Tode reitet, löst bei mir eine genau entgegengesetzte Reaktion aus.

»Welchen Teil Asiens meinen Sie genau, Rubleski? Indien, die Philippinen, Thailand, Indonesien ...?«

»Tu doch nicht so, Parker. Du weißt genau, welche ich meine. Die fernöstlichen Schönheiten – Koreanerinnen, Japanerinnen, Chinesinnen. Sie sind mit Abstand am anziehendsten.«

»Ganz schön sexistisch, Rubleski. Nicht gerade woke oder politisch korrekt.«

»Weißt du, was passiert, wenn man zu sehr auf die Gedankenpolizei hört, Parker? Man kann überhaupt nicht mehr denken.«

»Jedenfalls ist meine Frau sehr attraktiv. Sie ist alles, was mich interessiert. Außerdem haben wir ...«

»Erzähl mir doch nichts, Parker. Jeder verheiratete Mann hat auch Augen für andere Frauen als seine eigene – oder seinen Mann. Auch ich hatte attraktive Partnerinnen, aber das heißt nicht, dass ich blind bin.«

»Wenn Sie das sagen, Rubleski.«

»Aber um noch mal auf die Asiatinnen zurückzukommen. Es liegt an ihrer Physiognomie. Der Schwung ihrer Lippen. Die Stellung ihrer Augen. Die kleine Nase, die genau zwischen den wundervollen Backenknochen sitzt – wobei die Backenknochen eine ganz wichtige Rolle spielen. Die einzelnen Gesichtszüge vereinen sich zu einer exquisiten Skulptur aus Fleisch und Blut. Und vollends perfekt macht die Sache, dass praktisch unmöglich zu erkennen ist, was in so einer asiatischen Göttin vor sich geht. Diese Undurchschaubarkeit macht sie noch reizvoller.«

»Ist das nicht ein einziges Klischee? Und ein billiges noch dazu? Eine reine Wunschvorstellung – ein Fetisch, oder wie Sie es sonst nennen wollen?«

»Vielleicht. Aber meistens entsprechen Klischees der Wahrheit.«

»Da wäre ich mir nicht so sicher.«

Als ich gerade anmerken will, dass er damit Frauen zu Objekten degradiert – ein weiteres No-Go –, trägt die Bedienung eine weitere dampfende Schüssel auf, die Rubleski bestellt haben muss, als ich gerade von den Sirenen abgelenkt war. Er lädt sich etwas von dem Inhalt – hauptsächlich frittierte Krabben, einschließlich Scheren und allem – auf seinen Teller, macht sich darüber her und spült jeden Bissen mit einem Schluck Yanjing-Bier hinunter. Angesichts der Mengen, die dieser Kerl verdrückt, wundert es mich, dass er überhaupt durch eine Tür passt.

»Greif zu, Parker – iss!«

»Lassen Sie mich endlich in Ruhe! Ich habe keinen Hunger!«

Rubleski nimmt es mir nicht krumm. Er ignoriert mich, blendet mich einfach aus, tut so, als wäre ich gar nicht da – wie ein Vater, der von seinem lästigen Kind bedrängt wird. Es ist, als wüsste er ganz genau, dass er mir total überlegen ist, ein Wesen von einer anderen, höher entwickelten Galaxie, zu der jemand wie Parker Saturn gar keinen Zutritt erhielte.

Am großen Fenster des Restaurants schwärmen Scharen von Menschen vorbei, deren schiere Menge für Rubleski unmöglich zu übersehen sein kann. Doch obwohl ich fest davon überzeugt bin, dass er nicht zögern würde, mich auf der Stelle umzubringen, sollte ich zu fliehen versuchen, ist das Schwinden meiner Kräfte und meines Wunsches, ihm zu entkommen, inzwischen etwas anderem geschuldet. Immer stärker setzt sich in mir eine neue Befürchtung fest. Selbst wenn es mir gelingen sollte, diesem Psychopathen zu entkommen, werde ich – und nicht er – derjenige sein, auf den die Polizei Jagd macht ...

Wie ein plötzlich losbrechendes Gewitter lässt dieser entmutigende Gedanke meine Kopfschmerzen wieder mit voller Wucht zurückkehren. Mein Blickfeld flimmert in allen Farben des Regenbogens. Ich fummle die Advil-Packung, bei der ich schon den ganzen Vormittag Zuflucht suche, aus der Tasche, schüttle zwei Tabletten heraus und spüle sie mit dem letzten Rest Wasser in meinem Glas hinunter.

»An deiner Stelle wäre ich mit diesen Dingern lieber etwas vorsichtig, mein Freund – schlecht für die Leber.«

»Genau, meine Leber.«

»Übrigens.« Rubleskis Augen leuchten auf. »Was hältst du davon?«

»Wovon ...?«

»Fahren wir doch ein bisschen raus aus der Stadt, wir beide, du und ich. Lass uns einen kleinen Ausflug machen. Du kannst mir was von der Provinz und den Vororten zeigen, oder wie man das hier nennt. Bis zum Schlafengehen sind wir wieder zurück. Was hältst du davon, Mister Saturn? Lust auf ein neues Abenteuer? Wenn mich nicht alles täuscht, findest du es hier nämlich nicht so berauschend.«

Rubleski schafft es wieder einmal, mich in Erstaunen zu versetzen, obwohl ich seinen Vorschlag gar nicht so schlecht finde.

»Oder glaubst du etwa, wir haben für einen einzigen lächerlichen Tag schon genügend Abenteuer erlebt?«

Inzwischen weiß ich, dass Rubleski, wenn er sich einmal etwas in den Kopf gesetzt hat, unmöglich davon abzubringen ist. »Dieser Junge heute Morgen im Hotel? Das war noch gar nichts.«

»Gar nichts ...?«

In diesem Moment taucht die Bedienung wieder auf.

»Darf ich Ihnen noch etwas bringen?«

Wie ich das schon bei der anderen Bedienung versucht habe, will ich ihr sagen, dass ich gewaltig in der Klemme stecke, merke aber, dass es keinen Sinn hätte, sogar noch weniger als bei der ersten.

»Nein, danke. Nur die Rechnung«, sagt Rubleski.

Er sieht der Frau lüstern hinterher, als sie sich entfernt. Wie eine dunkle Gewitterwolke liegt eine unheilvolle sexuelle Spannung in der Luft.

»Hören Sie, Rubleski, ich will im Moment nirgendwo anders hin. Mir reicht's. Machen Sie einfach, was Sie wollen, und lassen Sie mich nach Hause gehen. Ich stehe jetzt einfach auf und gehe, und wir tun so, als ob der ganze Tag nie passiert wäre. Ich habe keine Ahnung, wie ich das alles der Polizei erklären soll, wenn sie mich schnappen, aber irgendwas wird mir schon einfallen. Sie werde ich mit keinem Wort erwähnen, das schwöre ich beim Leben meiner Kinder. Lassen Sie mich also einfach laufen, bitte ich Sie in aller Freundlichkeit und Vernunft. Ich appelliere an ihren Anstand. Lassen Sie uns getrennter Wege gehen, hier und jetzt, ohne dass einer von uns eine Szene macht ...«

Rubleskis Oberkörper beugt sich zu mir. »Warum? Du wirst dich vorerst nirgendwo sicher fühlen können, egal, wohin du gehst – jedenfalls nicht heute. Vergiss nicht, was passiert ist, Parker! Könnte vielleicht gefährlich für dich werden, jetzt nach Hause zu fahren. Je länger du zunächst mal untertauchst, desto besser für dich. Lieber solltest du eine Weile aus der Stadt verschwinden.«

»Herrgott noch mal, Rubleski! Ich will aber nicht an

das denken, was passiert ist! Und außerdem, was passiert ist, ist nicht einfach ›passiert‹ – es ist Ihretwegen passiert! Sie haben es verursacht! *Sie* waren es, ganz allein Sie! Ihretwegen ist diese ... diese ganze Scheiße passiert, dass ich binnen weniger Stunden von einem unbescholtenen, ganz normalen Bürger zu jemandem geworden bin, der ... der sich vor der Polizei verstecken muss. Oder Schlimmeres. Und jetzt darf ich mir auch noch den Kopf darüber zerbrechen, ob mir die Polizei glauben wird, was ich ihnen über den Hergang der Dinge in Zimmer 1503 erzähle. Wie konnte mir so etwas passieren?«

»Ha-ha! Ganz schön narzisstisch, Parker! Es geht immer nur um dich, oder?«

»Rubleski!« Ich haue so fest auf den Tisch, dass das Geschirr klimpert.

»Reg dich mal ab, mein Freund! Dich hier groß aufzuführen, wird dir nichts bringen, und schon gar nicht wird es etwas an dem ändern, was sich nicht mehr ändern lässt ...« Es lässt sich nicht leugnen. Am meisten bringt mich aus der Fassung, dass Rubleski nach wie vor völlig unbeeindruckt erscheint von dem, was er getan hat. Als ob er ein As im Ärmel hätte, das ihm, egal, was passiert, aus der Klemme helfen wird. Was könnte das sein? *Zählt er vielleicht darauf, dass ihm die Polizei abnimmt, dass ich Dominic schon ermordet hätte, bevor er ins Hotel gekommen sei?* Am liebsten würde ich ihn das ganz offen fragen, aber wann habe ich schon eine vernünftige Antwort von ihm bekommen ...? Nachdem er die Rechnung bezahlt hat und wir wieder draußen auf der Straße sind, lässt er die nächste Bombe hochgehen.

»Ich habe ein Auto, Parker.«

»Was?«

»Doch, im Ernst. Ich habe ein Auto.«

»Wo?«

»Das wirst du gleich sehen.«

Dieser Dreckskerl! Wann hat er die Zeit gefunden, einen Wagen zu mieten? Oder hat er einen geklaut, bevor er ins Hotel gekommen ist? Hat er gar nicht den Nachtflug aus Frisco genommen ...?

Er hat ein Auto ...

Alles ergibt noch weniger einen Sinn als zuvor.

»Jetzt komm schon, Parker. Gehen wir.«

Ohne aus dem Tritt zu geraten, marschiert Rubleski mit mir im Schlepptau die Canal Street hinunter. Häuser, Fahrzeuge, Menschen, Hunde an der Leine – alles zieht wie in einem Traum an mir vorüber. Es ist nur ein Traum, denn real kann das alles gar nicht sein.

Keine Ahnung, wie lang es dauern wird, bis wir unser Ziel erreichen. Jeder einzelne Schritt läuft ab wie in einer Unterwasserfantasie.

Rubleskis fahrbarer Untersatz, der nicht weit vom Fluss in einem der mehrgeschossigen Parkplätze in der Canal Street steht, entpuppt sich als silberner Nissan Sentra, neuestes Modell. Der Wagen ist so unauffällig, dass er selbst unter wenigen Fahrzeugen nicht herausstechen würde.

Mit mir an seiner Seite bezahlt Rubleski bar und gibt dem Parkwächter zwanzig Dollar Trinkgeld. Ich öffne die Tür und plumpse auf den Beifahrersitz.

Eigentlich ist es absurd, trotzdem schnalle ich mich an.

Mit einem Irren am Steuer gleitet der Sentra mit dem Rest des Nachmittagsverkehrs gemächlich in das schwarze Maul des Holland Tunnel ...

Der Wirklichkeit ist mit der Logik nur zum Teil beizukommen.
— Friedrich Dürrenmatt

Die Straße nach Nirgendwo

Eigenartigerweise bittet mich Rubleski nicht, ihm zu sagen, wie er fahren soll – wobei ich auch gar nicht wüsste, wohin ich ihn lotsen sollte, wenn er es wollte.

»Wo fahren wir hin? Rubleski? Wo fahren wir hin, verdammt noch mal?«

Er macht sich nicht die Mühe, mir zu antworten. Wie üblich setzt er nur sein dämliches Grinsen auf, wie ein Familienvater, der seine Kinder überraschen will. Mit Sicherheit führt er etwas im Schilde. Daran lässt die Entschlossenheit in seiner Miene keinen Zweifel.

Je weiter wir uns von der Insel Manhattan entfernen, desto weniger vertraut ist mir die Umgebung, hauptsächlich ein Labyrinth aus Unter- und Überführungen, Highways und Brücken. Jersey City, Harrison, Newark, eine Stadt nach der anderen zieht in einem trostlosen grauen Einerlei an uns vorbei. Es sind Orte, die ein New Yorker wie ich nicht kennt und auch nicht kennenlernen will ...

Andererseits kann ich nicht leugnen, dass ich umso entspannter werde, je weiter wir uns vom Schauplatz von Rubleskis Verbrechen entfernen. Zugleich ist mir klar, dass dies eine Illusion ist. Inzwischen ist die Welt nämlich ein sehr kleiner Ort. Dank der Wunder der Technologie, für die ich zum Teil selbst verantwortlich bin, lässt sich jedes lebendige menschliche Wesen irgendwie orten. Dennoch gilt nach wie vor, dass viele Menschen, die einen Mord begangen haben, es schaffen, dem angeblich so langen Arm des Gesetzes zu entkommen, in manchen Fällen, ungeachtet aller technologischen Möglichkeiten, sogar für immer. Man denke nur an Gestalten wie den West Mesa Bone Collector, den Long Island Killer und den Highway of Tears, um nur ein paar zu nennen . .

Was denke ich da gerade? Ich bin nicht wie Rubleski. Ich bin ganz und gar nicht wie er. Ich habe nichts zu tun mit ihm oder seiner grausigen Unterwelt oder dem, was er getan hat. Was mir an diesem unsäglichen Tag zugestoßen ist, ist nichts anderes als unglaubliches Pech. *Ist es das wirklich?* Ist der Mord an dem armen, unglückseligen Dominic etwas, das ich mir in einem dunklen Keller meiner Seele – wo auch immer dieser Ort sein mag – insgeheim gewünscht habe? Der Gedanke atomisiert mich.

Und unwillkürlich denke ich, dass Alana und meine Kinder in diesem Moment unter der angenehmen Wolke eines Märchens leben, unter einem flauschigen weißen Wattebausch, der sich schwarz verfärben und in einen rasenden Wirbelsturm verwandeln wird, wenn sie erfahren, in was ich da geraten bin.

Gleichzeitig kann ich nicht leugnen, dass ein Hochgefühl in mir aufgeflackert ist. Warum? Die Erklärung ist eigentlich ganz einfach: *Freiheit.* War ich denn jemals wirklich frei? Schule um Schule um Schule, dann Uni und Karriere, anschließend Frau und Kinder. Das alles war eigentlich ganz schön, sogar mehr als das, und nach gängigen Maßstäben habe ich großes Glück gehabt, aber war ich jemals wirklich *lebendig*, stand jemals alles Spitz auf Knopf für mich?

Dieses abwegige Aufflackern von Euphorie heißt nicht, dass ich mich wirklich in dieser Lage befinden will – keinesfalls. Es war nur ein flüchtiger Gedanke, mehr nicht.

Jedenfalls versuche ich, mir das einzureden, weil es das ist, was ich mir einreden soll. Nein, oberstes Gebot ist nach wie vor, eine Möglichkeit zu finden, Rubleski zu entkommen. Das habe ich keineswegs aufgegeben. Vielleicht stehen meine Chancen außerhalb der Stadt sogar besser. Auch das muss ich mir einreden.

»Wo sind wir eigentlich?«, blaffe ich heraus.

Hinter der Windschutzscheibe hat die Sonne ihren täglichen Abstieg zum westlichen Horizont angetreten. Die dichtbesiedelten Gebiete um New York weichen nach und nach einem anderen Ambiente: öde Einkaufsstraßen mit den üblichen Geschäften, von Kleidungsdiscountern bis zu Delis, Reihen von eintönigen Gartenwohnungen, eine Mixtur aus Wertstoffhöfen, Bürogebäuden, Tankstellen, Reparaturwerkstätten und kleinen Supermärkten.

»Keine Ahnung, und es interessiert auch niemand, Parker. Das ist doch gerade das Schöne daran!«

Seine Blicke schießen hektisch durch die Gegend, als hielte er nach etwas Ausschau. Gleichzeitig hört er nicht auf, sich ohne Punkt und Komma über alle nur erdenklichen Themen von Sport bis Politik auszulassen. Auf welcher Seite steht er bei Letzterer? Schwer zu sagen.

»Du solltest dir mal die Mühe machen, die Nachrichten von der anderen Seite des Atlantiks zu lesen, Parker. Trotz all eurer Fortschrittlichkeit in Sachen Smartphone-Prozessoren kommt ihr Amerikaner für den Rest der Welt ganz schön unreif rüber.«

»Dessen bin ich mir durchaus bewusst.«

»Liest man die Meldungen aus Amerika, möchte man fast meinen, dass dieser ganze Quatsch mit sexueller Belästigung und Niederknien bei Footballspielen und Polizeigewalt und Abreißen von Standbildern toter weißer Männer tatsächlich wichtig für euch ist! Auf der anderen Seite des Atlantiks erweckt das aber eher den Eindruck, dass ihr nur ein Haufen verwöhnter Fratzen seid! Wie Kinder, die keine Ahnung vom Leben haben!«

»Jetzt übertreiben Sie aber, Rubleski!«

»Nein, das meine ich vollkommen ernst. Wenn ihr Amerikaner jemals unter einem wirklich repressiven System leben müsstet, wärt ihr komplett aufgeschmissen! Nimm doch mal Venezuela, Nordkorea, den Kongo – keiner von euch verwöhnten *Delikatnijs* würde an so einem Ort auch nur einen Tag überleben!«

Damit hat er nicht unbedingt unrecht, aber trotzdem fühle ich mich in meinem Nationalstolz verletzt, von dem ich bisher gar nicht wusste, dass ich ihn habe.

»Wer würde auch in so einem Drecksloch von Land leben wollen?«, keife ich zurück. »Vielleicht hätten Sie lieber auf der anderen Seite des Atlantiks bleiben sollen.«

»Keiner von euch Amerikanern weiß, was es heißt, mit richtigen Problemen konfrontiert zu sein ... Wenn eure so genannten Möchtegernrevoluzzer und Anarchisten unter einem wirklich totalitären Regime leben würden, wo angeblich alle ›gleich‹ gemacht worden sind, würden sie zerbröseln wie Käsecracker! Ihr Heulsusen hattet es alle viel zu einfach im Leben, das ist euer Problem ... « Das Wageninnere ist erfüllt von dem Dampf, den Rubleski ablässt. Als er endlich die Klappe hält, wende ich mich ihm zu.

»Woher kommen Sie? Jetzt mal ohne Scheiß.«

»Habe ich dir nicht gesagt, dass das keine Rolle spielt?«

»Hören Sie endlich auf, dieser Frage auszuweichen. Ich will es wissen. Vielleicht verstehe ich dann besser, was das alles hier soll.«

Das ist ein Ansatz, mit dem ich es bisher noch nicht versucht habe: direkte, ehrliche Kommunikation, von Mann zu Mann, ohne Ärger oder Tücke.

»Ich bin Weltbürger, Parker! Und alles, was zählt, ist, dass ich weiß, was ich sehe ... Aber versteh mich nicht falsch: Ich liebe Amerika! Was für ein Land! Amerika, das Ein und Alles, das Alpha und Omega! Das Unvergleichliche!«

Ich blicke aus dem Fenster auf die normale Welt hinaus. Nein ... es funktioniert nicht. Es war dumm von mir, das zu glauben.

Plötzlich bleibt mir die Luft weg. Auf meinen Handflächen hat sich ein Schweißfilm gebildet. In diesem Auto mit dem unaufhörlich labernden Rubleski festzusitzen, hat mich unterschwellig in heftige Klaustrophobie versetzt. Wenn ich nicht bald mit einem normalen Menschen in Kontakt komme, verliere ich noch den Verstand.

»Hören Sie, Rubleski ... könnte ich mal mit Ihrem Handy telefonieren? Ich muss meine Frau anrufen.«

Ohne Zögern holt Rubleski das Telefon aus seiner Jackentasche und reicht es mir.

Ich drücke auf die Buttons, aber das blöde Ding funktioniert nicht. Sogar die übliche Anzeige auf dem Display, dass der Akku leer ist, erscheint nicht.

»Was soll dieser Scheiß, Rubleski?«

Ich drehe das Handy herum und entferne die Abdeckung: kein Akku.

»Was sollen diese Spielchen, Mann?«

»Reg dich ab, Parker. Durch das Entfernen des Akkus setzt man das Ding außer Betrieb. Wenn es keinen Akku hat, kann es nicht geortet werden. Hast du das etwa nicht gewusst?«

»*Verdammte Scheiße!*«

»So was solltest du eigentlich wissen, mein Freund.«

Inzwischen steht völlig außer Frage: Nur er kann dieses Arschloch sein, das mir in dem New Yorker Restaurant das Handy geklaut hat.

»Ich bin doch nicht blöd – natürlich weiß ich, dass man einen Akku braucht. Warum geben Sie mir dann ein unbrauchbares Handy? Wie soll ich damit anrufen?«

»Keine Angst! Ich habe den Akku noch ... Aber vergiss unsere Situation nicht, Parker – niemand weiß, wo wir sind! Wir befinden uns jetzt in dieser seltenen Zone vollständiger und totaler Befreiung! Freiheit! Fällt dir sonst noch jemand ein, der sich in dieser glücklichen Position befindet?«

Jetzt liest er meine Gedanken, was mich nur noch mehr gegen ihn aufbringt.

»Ja, ein paar Milliarden Leute! Ein paar Milliarden, die nicht vollkommen grundlos in einem New Yorker Hotelzimmer einen jungen Zimmerkellner erstochen haben! Und überhaupt, Sie erzählen nichts als einen Haufen Scheiße, Rubleski – die Polizei kann uns jederzeit aufspüren. Außerdem interessiert mich Ihre so genannte Freiheit nicht. Ich war glücklich mit meinem Leben – so, wie es war.«

Als ich fertig damit bin, ihm was vorzumachen, deutet er mit dem Zeigefinger auf meine Nasenspitze.

»*Nein, warst du nicht!* Du warst ganz und gar nicht glücklich, Parker. Nicht mal zufrieden, nicht annähernd. Es ist dir vielleicht nicht bewusst, aber ich verstehe dich besser als irgendjemand sonst, deine Frau eingeschlossen. Dein Leben hat dich zu Tode gelangweilt. Das habe ich in dem Moment gewusst, gespürt, gesehen, als ich Zimmer 1503 des Hilton betreten habe. Du warst so leicht zu durchschauen wie eine saubere Glasscheibe. Du hast dich nach etwas *anderem* gesehnt. Du wolltest unbedingt eine Veränderung, bevor du noch durchgedreht wärst, ist es nicht so? Nur deshalb bist du jetzt hier. Und ich bin derjenige, der zufällig vorbeigekommen ist und die Tür deines Käfigs aufgerissen hat. Du solltest mir dankbar sein, Parker! Und weil ich es war - ich, Iwan Rubleski –, der plötzlich aufgetaucht ist und dein Leben auf den Kopf gestellt hat, ist dein Gewissen rein!«

»O Gott. Verschonen Sie mich mit diesem Unsinn, Rubleski.«

»Du überrascht mich wirklich, Parker. Du bist genau wie ich, du willst es dir bloß nicht eingestehen.«

»Ich bin absolut nicht wie Sie, Rubleski - absolut nicht.«

»Nein? Siehst du nicht, wie viel wir gemeinsam haben? Begreifst du nicht, wie ähnlich wir uns sind? Nur deshalb bist du doch hier - weil wir Brüder im Geiste sind.«

»Jetzt kommen Sie mir bloß nicht mit so einem Unsinn, Rubleski.«

Das ist natürlich nichts anderes als ein billiger Trick, mit dem er eine vermeintliche Seelenverwandtschaft, eine falsche Kameraderie zwischen uns herzustellen versucht und auf den ich sicher nicht hereinfallen werde, selbst wenn er damit durchaus Zweifel in mir geweckt hat.

»Wahrscheinlich kapierst du bloß nicht, dass ich mir gegenüber ehrlicher bin als du zu dir, Parker.«

»Ich weiß beim besten Willen nicht, wovon Sie reden.«

Und ich weiß es tatsächlich nicht.

Trotzdem fallen mir keine Gegenargumente ein. Auch jetzt wieder ergibt sein Gerede einen gewissen Sinn, und ich kann nicht leugnen, dass er auf eine abwegige, diabolische, mansoneske Art eine verquere Version der Wahrheit ausspricht. Und der Umstand, dass er in der Lage ist, sie auch noch in die Tat umzusetzen, macht alles nur noch beängstigender – sehr, sehr beängstigend.

In diesem Moment setzt sich ein riesiger Lkw mit dem Whole-Foods-Logo so knapp vor uns, dass Rubleski fast in sein Heck kracht.

»*Passen Sie doch auf!*«, entfährt es mir erschrocken, als ich mit dem Oberkörper nach vorn schnelle.

Rubleski findet den Beinahezusammenstoß nur komisch und lacht wiehernd los. »Was habe ich dir gerade gesagt, Parker? Ich weiß, was ich tue. Kein Grund, dich aufzuregen.«

Das Herz schlägt mir bis zum Hals. »Wie soll ich mich nicht aufregen, wenn Sie nicht nur Dominic auf dem Gewissen haben, sondern jetzt auch noch versuchen, uns beide umzubringen?«

Und im selben Moment kehren meine fürchterlichen Kopfschmerzen zurück. Rubleski hat vollkommen recht – meine Nerven sind zum Zerreißen gespannt. Wenn ich nur noch etwas von dem Xanax hätte, das ich auf Langstreckenflügen nehme – obwohl ich meine Zweifel habe, dass mich selbst ein halbes Dutzend dieser kleinen gelben Pillen aus dieser verfahrenen Situation befreien könnte.

Meine Panik nimmt immer mehr zu, bis sie plötzlich wie durch ein Wunder von mir abfällt und mein Geist sich an einen anderen Ort begibt. Inzwischen sind Ezra und Clementine aus der Schule zurück. Ihre Mutter hat ihnen einen kleinen Imbiss gemacht und eingeschärft, sich vom Fernseher und der Spielekonsole fernzuhalten und sich stattdessen auf ihre Hausaufgaben zu konzentrieren, und je nachdem, wie gut sie damit vorankommen, dürfen sie dann vor dem Abendessen noch ein bisschen fernsehen. Alana hat es sich beruflich so eingerichtet, dass sie unter der Woche – meistens um die Zeit, wenn die Kinder aus der Schule kommen – relativ oft bei ihnen zu Hause sein kann, und heute ist einer der Tage, an denen sie nachmittags nicht ins Büro muss. Wir sind heilfroh, dass sie sich mit ihren Chefs auf diese Regelung einigen konnte, aber da sie sehr tüchtig ist und ihre Firma sie dringend braucht, haben sie sich darauf eingelassen.

Vielleicht hat dabei auch ein gewisses Mitleid eine Rolle gespielt. Ich sage ausdrücklich ›vielleicht‹, weil das amerikanische Geschäftsleben nicht für seine Empathie bekannt ist.

Allerdings steht völlig außer Frage, dass Alana einiges Verständnis verdient; sie hat eine schwere Krebserkrankung hinter sich. Sie war jung, viel zu jung für eine solche Diagnose, doch das hat nichts an der Sache geändert, ein ebenso schrecklicher wie unerwarteter Schicksalsschlag. Wenn ich auch sage, dass sie es ›hinter sich‹ hat, ist uns dennoch allen klar, dass bei Krebs die Vergangenheit sehr schnell wieder zur Gegenwart werden kann.

Es war eine schlimme Zeit, eine Zeit langer quälender Ungewissheit. Die vielen bedrückenden Aufenthalte in Arztpraxen und Kliniken. Die Biopsien, die so genannten »Therapien«, die Nebenwirkungen, die ungewissen Prognosen. Die Angst in den Augen der Kinder, die vermutlich das Entsetzen widerspiegelten, das sie in meinen gesehen haben.

Und dann – die Remission. Alanas Kontrolluntersuchungen blieben ohne Befund. Es war vorüber. Und es war wie ein Wunder. Sie fühlte sich besser, wurde wieder die alte. Sie nahm das Laufen, das Klavierspielen, ihr sonstiges Leben und sogar ihre Arbeit wieder auf. Es war, als wäre nie etwas gewesen.

Danach war ich monatelang total ausgelaugt. Selbst wenn ich nicht der Erkrankte war, waren die Strapazen fast zu viel für mich. Um uns herum ging jedoch alles weiter seinen Gang, als wäre nichts passiert: Die Kinder mussten in die Schule, ich musste meinen Verpflichtungen gegenüber Trusonics nachkommen, und natürlich mussten die Rechnungen bezahlt werden – vor allem Letzteres änderte sich nie. Der Krebs war nur ein Teil des Lebens, ein Teil der Gleichung, und man konnte keinen Dispens von höchster Stelle erwarten, bloß weil jemand, der einem nahestand, daran litt ...

Als meine Lebensgeister zurückkehrten, wusste ich, dass es wieder bergauf gehen würde. Das Leben verlief wieder in normalen Bahnen. Und das sogar in einem Maße, dass ich nach einer Weile fast vergaß, was passiert war, und mich wieder zu langweilen begann. Ja, mit meiner Frau und den Kindern und dem Job und dem Leben ...

Bis Rubleski kam.

Alle drei – Alana, Ezra und Clementine – gehen natürlich davon aus, dass Daddy am Abend, wenn auch vielleicht etwas später, zum Essen nach Hause kommen wird. Aber diesmal täuschen sie sich. Heute Abend wird Daddy nicht nach Hause kommen, das weiß ich inzwischen ganz sicher. Daddy weiß nicht einmal, ob er in nächster Zukunft am Esstisch sitzen wird – wenn überhaupt jemals wieder.

Wie soll ich ihnen erklären, was heute mit mir passiert ist? Nicht einmal ich würde an ihrer Stelle meine Geschichte glauben. Bei Alana hätte ich vielleicht den Hauch einer Chance. Sie war immer sehr verständnisvoll, egal, in welchem Dilemma ich im Lauf der Jahre steckte. Aber wenn sie das Wort *Mord* hört ... wenn sie erfährt, dass ich buchstäblich neben Rubleski stand, als er diesen Jungen erstochen hat, und ich nicht einmal den schwachen Versuch unternommen habe, ihn daran zu hindern ... Wenn ihr die Staatsanwälte versichern, dass ich nach der Tat freiwillig mit dem Täter durch die Gegend gefahren bin – denn so wird es aussehen –, wird sie dann immer noch zu mir stehen?

»Da, Parker, schau! Genau, was wir brauchen!«

Rubleskis Stimme reißt mich aus meinen Gedanken. Seine Augen leuchten wie Suchscheinwerfer.

Aus einem plötzlichen Impuls heraus wechselt er zweimal die Spur und fährt auf den Parkplatz einer heruntergekommenen Einkaufsstraße. Schilder werben für heiße Bagels und Blumen und Pizza, die beste Pizza des ganzen Bundesstaats. Hinter dem Schaufenster des Ladens am Ostende der Reihe bildet blauer Neondraht die Wörter ›ASIATISCHE MASSAGE 24 STUNDEN‹.

Das kann nur mit Rubleskis Vorliebe für die exotischen Schönheiten des Fernen Ostens zu tun haben. Er fährt auf die Rückseite des Gebäudes.

»Für deine Nerven, Parker! Du brauchst was, um wieder auf den Teppich zu kommen!«

Er führt etwas im Schilde.

Seltsamerweise hat schon der bloße Gedanke, auszusteigen und unsere Flucht nach nirgendwo zu unterbrechen, etwas Tröstliches und Beruhigendes.

Trotzdem schießt mein Angstlevel abrupt in die Höhe.

»Jetzt mach schon, Parker! Lassen wir uns ein bisschen verwöhnen.«

Ehe ich etwas erwidern kann, ist er ausgestiegen. Die Hände in die Hüften gestemmt, steht er da und wartet auf mich. Behielte er mich nicht so scharf im Auge, würde ich mir seinen Koffer schnappen, eine seiner Pistolen herausreißen und eine Entscheidung herbeiführen – versuche ich mir jedenfalls einzureden. Aber vielleicht täte ich selbst bei einer reellen Fluchtchance genau das Gleiche, was ich schon die ganze Zeit tue – nichts.

Als ich aussteige und Rubleski folge, drückt er auf die Fernbedienung und schließt den Sentra mit einem kurzen Plopp ab.

Der hintere Teil des Massagesalons liegt verborgen hinter einer Glaswand, die in einem schrägen Violett erstrahlt. Als Rubleski die Tür aufdrückt, kündigt ein tiefer Summton unser Erscheinen an. Bis auf einen Geldautomaten, einen Kalender mit dem aufreizenden Foto eines halbnackten Models für den Monat September und ein Sofa mit rissigen Kunstlederpolstern ist der Vorraum leer. Auf einem Tischchen in einer Ecke steht eine Vase mit Plastikblumen. In der Mitte des Raums ist ein Metallschreibtisch, auf dem nichts ist und allem Anschein nach auch lange nichts gewesen ist.

Es riecht nach Bleiche oder starkem Desinfektionsmittel.

Aus dem Innern des Etablissements nahen Schritte. Der Körper, der die Perlenschnüre der Tür teilt, ist in ein smaragdgrünes geblümtes Teil gehüllt. Zunächst sind ihre von zarten Spinnweben umgebenen schwarzen Augen wachsam, misstrauisch. Dann legt sich ein Lächeln über ihre Lippen. Sogar ihre Zähne sind ein bisschen schräg.

Sie hat etwas ... Unwiderstehliches, gerade so, als wüsste sie sofort Bescheid über die Sehnsüchte und Bedürfnisse eines jeden, der hier eintritt. Wegen ihres dick aufgetragenen Make-ups versuche ich erst gar nicht, ihr Alter zu schätzen. Jung ist sie jedenfalls nicht. Neben der dicken Grundierung ist ihre Haut auch noch von einem dünnen Schweißfilm überzogen. Ihre Füße stecken in kleinen weißen Ballerinas, wie sie Balletttänzerinnen gern tragen.

Sie entspricht so gar nicht den üblichen Vorstellungen von einer normalen Masseuse, hausbacken, schon etwas älter und auf keinen Fall erotisch oder gar attraktiv.

»Mein Name Jin«, trällert sie. »Sie wollen Massasch?«

»Ja, ich hätte gern Service«, antwortet Rubleski mit unüberhörbarer Ironie.

»Ich mich um Sie kümmern. Jin schon machen.«

»Gibt es hier auch jemand für ihn?« Er deutet auf mich. »Wir brauchen zwei – zwei Masseusen. Gibt es hier noch eine andere schöne Lady, wie Jin?«

Jin errötet nicht. Durch und durch Profi eben. Hatte sie alles schon zur Genüge.

»Okay? Sie auch?«

In diesem Moment erhasche ich in dem langen, blinden Spiegel neben der Tür einen Blick auf mein schlaffes Gesicht und meine verdutzten Augen. Bisher ist es mir noch nicht aufgefallen, aber ich muss zugeben, dass ich vielleicht tatsächlich eine gewisse Ähnlichkeit mit Rubleski habe: das blonde Haar, die gerade Nase mit den breiten Flügeln, das kantige Kinn, die Körpergröße. In diesem Spiegel gebe ich das perfekte Bild eines schockierten Mannes ab. Schockiert nicht nur, weil mir die erstaunliche Ähnlichkeit mit Rubleski nicht schon früher aufgefallen ist, sondern weil jetzt auch noch die Befürchtung hinzukommt, dass mich die Polizei – die bekanntermaßen dazu neigt, erst zu schießen und dann Fragen zu stellen – ohne weiteres mit ihm verwechseln könnte und umgekehrt. Es ist, als wären wir Doppelgänger oder Zwillinge oder sonst etwas in der Art – ein verstörender Gedanke ...

Plötzlich steigt eine Erinnerung in mir hoch. Ist es zwei Jahre her? Oder drei? Ich weiß es nicht mehr. Es ist ein heißer Sommernachmittag, und ich stehe an der Ecke Eighth Avenue und Eighteenth Street und warte, dass die Fußgängerampel auf Grün schaltet. Ich weiß nicht mehr, wohin ich wollte oder woher ich kam, jedenfalls wurde ich auf einen Mann aufmerksam, der aus einem Taxi stieg, vor einem wie in Neuengland weiß gestrichenen Seafood-Restaurant stehenblieb und die Speisekarte im Fenster studierte. Er war fast genauso angezogen wie ich, graue Hose und rosa Hemd – deshalb war ich ursprünglich auf ihn aufmerksam geworden. Doch als ich sein Gesicht genauer betrachtete, merkte ich schnell, dass er mir zum Verwechseln ähnlich sah – mein Doppelgänger. Haare, Augen, Kieferpartie, Wangen, er war mir wie aus dem Gesicht geschnitten. Grundsätzlich nicht dazu geneigt, unheimlichen Zufällen große Bedeutung beizumessen, musste ich lachen. Und es war tatsächlich witzig: mein eineiiger Zwilling, direkt vor meinen Augen ...

Nur habe ich eben keinen Zwillingsbruder – oder zumindest habe ich nie von einem gehört. Einem alten Ammenmärchen zufolge hat jeder einen Doppelgänger, der irgendwo auf der Welt herumläuft. Allerdings habe ich nie daran geglaubt.

Die Ampel schaltete auf Grün, aber ich blieb stehen. Der Mann sah mich nicht an, auch nicht, als ich mich ihm näherte. Als ich über seine Schulter hinweg die Speisekarte zu lesen versuchte, schaute er endlich in meine Richtung. Und dieser Blick räumte meine letzten Zweifel aus: Ja, der Fremde sah *genauso* aus wie ich.

Er zuckte nicht mit der Wimper. War ihm die Ähnlichkeit nicht aufgefallen?

Mehr als nur ein bisschen verwirrt, wich ich zurück. Ich wusste nicht, was ich tun sollte, deshalb kehrte ich an meinen Platz an der Kreuzung zurück und wartete erneut darauf, dass die Ampel auf Grün schaltete. Der Mann wandte sich, die Hände in den Hosentaschen, beiläufig in Richtung Eighth Avenue. Offensichtlich wartete er auf jemanden. Ich holte mein Handy heraus und machte schnell ein Foto von ihm, und dann noch eines und noch eines ...

Und damit hatte es sich. Ich ging weg.

Wenn ich mir die Fotos danach hin und wieder einmal ansah, fand ich mich in meiner Meinung bestätigt, und auch Alana gab mir recht, als ich sie ihr zeigte. »Tatsächlich ... er sieht dir auffallend ähnlich.«

Und jetzt frage ich mich unwillkürlich: *War dieser Mann Rubleski?*

»Ja – er auch. Er muss mal richtig durchgeknetet werden«, antwortet Rubleski und holt mich in die Realität zurück.

Jin winkt mit flatternden Fingern und führt uns durch den schwingenden Perlenvorhang in einen Raum mit zwei gepolsterten Tischen. Die Beleuchtung ist schwach, und im Hintergrund trillert eine Flöte zu esoterischer Percussion. Hier ist der aseptische Geruch am stärksten. Auf einem Stuhl an der Wand sitzt eine andere Frau. Sie ist fast genau wie unsere Hostess gekleidet – hautenges

Kleid, dickes Make-up, das gleiche üppige schwarze Haar, ebenfalls zu einem Pferdeschwanz gebunden. Vom Fuß ihres übergeschlagenen Beins baumelt ein zierlicher Schuh mit hohem Absatz. Sie lächelt, als wir eintreten, und zeigt dabei kreuz und quer stehende, mit knallrotem Lippenstift verschmierte Zähne.

»Das Ying«, sagt Jin.

»Einen schönen guten Tag, Ying«, sagt Rubleski galant.

»Sie hier hinlegen.« Jin deutet auf eine der Massagebänke.

Obwohl so etwas nie mein Ding war, hat der Gedanke an eine Massage trotz des schäbigen Ambientes plötzlich etwas unglaublich Reizvolles. Ich denke an nichts weiter als ein paar Momente der Entspannung und an zwei geübte Hände, die mir die Verspannung aus Schultern und Nacken kneten. Ich steuere auf die Massageliege zu, aber Jin legt mir eine manikürte Hand auf die Brust und hält mich zurück.

»Zweihundert. Sie zuerst zahlen.«

»Ja«, sagte Rubleski. »Zuerst zahlen wir.«

»Sie wollen mehr«, fügt sie rasch hinzu, »Sie zahlen mehr.«

Rubleski fasst in seine Tasche und zieht den dicken Packen Geldscheine heraus. Jins Augenbrauen schießen in die Höhe – was sie sieht, gefällt ihr. Rubleski puhlt ein paar große Scheine ab und reicht sie Jin, die sie in einer Falte ihres Kleids verschwinden lässt.

Ich will mich auf eine der Bänke legen, aber sie streckt den Arm aus und zieht an meiner Jacke.

»Du jetzt Kleider ausziehen. Kleider runter.«

Rubleski muss das nicht extra gesagt bekommen. In Windeseile hat er sich seiner Sachen entledigt, während ihn Ying mit einem Roboterlächeln beobachtet.

Als ich mich aus meiner Jacke winde, steigt mir der peinliche Geruch meines Schweißes in die Nase. Es war ein harter Tag, aber eine Dusche ist nirgendwo in Sicht. Als ich mit nacktem Oberkörper auf dem Rücken liege, zieht mir Jin die Schuhe aus und öffnet Gürtel und Hosenknopf. Dann kommt alles runter. Hart wie Holzstifte, bohren sich ihre Finger in meinen Trapezmuskel, und sie legt los. Trotz der Schrecken des Tages ergreift eine seltsame Gelassenheit von mir Besitz, ein entspanntes Loslassen nach all dem Stress, in den ich wegen Rubleski und seines Wahnsinns geraten bin. Unter den versierten Händen meiner Masseuse wird mir ein bisschen schwummrig, aber endlich sind diese verfluchten Kopfschmerzen weg ...

Und auf einmal, Jins geschickte Hände kneten immer weiter meinen Nacken, meine Schultern, meinen Rücken, dämmere ich langsam weg. Ich bilde mir ein zu schlafen, denn mit einem Mal befinde ich mich in einem seltsamen Traum, in dem ich planlos durch die Gegend renne und nach etwas suche oder vor etwas davonlaufe ...

Jin dreht mich behutsam auf die Seite. Als ich die Augen einen Spaltbreit öffne, fällt mein Blick auf Rubleski und Ying hinter dem hauchdünnen Vorhang, der vermeintlich jedem Paar zu einer gewissen Privatsphäre verhelfen soll. Was dort drüben vor sich geht, hat etwas von einem Porno in Zeitlupe: Ying, die bis auf einen lavendelfarbenen Slip nackt ist, ist über Rubleski gebeugt und bearbeitet seinen Penis mit versierten, abwechselnd schnellen und langsamen Bewegungen bis zum klassischen Happy End. Er hebt den Kopf und murmelt etwas.

»Was?« Sie hält ihr Ohr an seine Lippen.

»Lutsch. Meinen. Schwanz. Meinen Schwanz. Was ein Schwanz ist, weißt du doch, oder?«

»Ah!« Sie macht einen tiefen Atemzug.

»Lutschen Schwanz!«

»Hätte mich auch gewundert, wenn du's nicht checkst!«

Ohne ein weiteres Wort beugt sie sich tiefer über ihn, nimmt seinen Steifen in den Mund und bewegt ihren Kopf so gekonnt auf und ab, als hätte sie das schon unzählige Male getan – was wahrscheinlich auch der Fall ist.

Das obszöne Geschehen hinter dem Vorhang zu beobachten ist für mich wie eine Offenbarung. Ich habe nie die Dienste einer Prostituierten in Anspruch genommen, denn ich bin immer davon ausgegangen, dass diese Frauen als Opfer von Menschenhandel und brutalen Zuhältern niemals Gefallen an dem finden können, wozu sie gezwungen werden, um Geld zu verdienen. Aber was dort drüben passiert, erweckt nicht den Anschein von etwas Erzwungenem. Für mich sieht es eindeutig so aus, als hätte Ying ihre Freude an Rubleskis gutem Aussehen. Vielleicht ist er nicht der Typ Kunde, mit dem sie normalerweise zu tun hat: gut aussehend, gepflegt, kultiviert, charismatisch, witzig. Aber vor allem ist sie wahrscheinlich an dem Packen Geldscheine interessiert, den er kurz zuvor aus der Tasche geholt hat.

Nachdem sie ein paar Minuten zugange gewesen ist, packt Rubleski sie an ihren glänzenden schwarzen Haaren und zieht sie auf sich. Sein Gesichtsausdruck ist verzückt. Er ist erregt, er ist glücklich. Wird da gerade seine schönste Fantasie wahr?

Meiner letzten Reste von Willenskraft beraubt, lasse ich die gleiche Behandlung über mich ergehen. Ich kann nicht behaupten, dass ich Jin zu irgendetwas aufgefordert habe – sie hat einfach damit angefangen und legt jetzt los. Und ich bin außerstande, sie davon abzuhalten.

O Gott, schießt es mir durch den Kopf, *zum ersten Mal bin ich meiner Frau untreu.*

Ying und Rubleski, Jin und ich befinden uns jetzt im Tandem in einem erotischen Fiebertraum, in dem alles sowohl wirklich als auch unwirklich ist, eine sinnliche Variante des Vorfalls heute Morgen im Hotel, der bereits eine Ewigkeit zurückzuliegen scheint.

Von der anderen Liege dringen Ächzen, Stöhnen und Wimmern herüber. Ein lustvoller Aufschrei von Ying und ein tiefes, zufriedenes Brummen ihres Partners.

Sekunden später ... ein Aufschrei, anders als die bisherigen, ein schriller Laut, der aus Yings Innerstem zu kommen scheint, als hätte sie gerade den Orgasmus ihres Lebens.

Dann – Stille ... gefolgt vom Gurgeln einer zähen Flüssigkeit, ähnlich dem Blubbern von Motorenöl, wenn ein Auto damit aufgefüllt wird ... in Anbetracht dessen, was dort drüben passiert, ein höchst ungewöhnliches Geräusch. Ich stehe selbst kurz vor dem Höhepunkt, als ich den Kopf drehe. Und was bisher eine angenehme Verschnaufpause war, entpuppt sich als der Beginn des nächsten Albtraums.

Ich stoße Jin von mir und reiße den Vorhang zurück. Rubleski ist auf den Beinen, aber aus Ying entweicht bereits alles Leben, und die Hälfte ihres nackten Oberkörpers hängt zuckend über den Rand der Massageliege. Das seltsame Blubbern kommt von dem Blut, das aus dem zarten Hals der armen Frau spritzt.

Rubleski hat wieder zugeschlagen – Rubleski hat Ying

mit einer dieser fiesen Klingen aus seinem Waffenkoffer die Kehle durchgeschnitten. Ich hatte keine Ahnung, dass er sie bei sich hatte.

»Rubleski ... *Nein! Nicht!*«

Aber es ist bereits zu spät, um dem Grauen ein Ende zu machen: Ying ist tot, daran lässt der leere, glasige Blick ihrer weit aufgerissenen schwarzen Augen keinen Zweifel.

Warum ist mir nach dem, was mit dem Jungen im Hotel passiert ist, nie der Gedanke gekommen, dass so etwas noch einmal passieren könnte? Warum habe ich nicht damit gerechnet, dass sich, bloß weil Rubleski auf dieser Liege lag und Sex mit seinem Traumbild von einer Frau hatte, seine brutale, mörderische Ader nicht wieder Geltung verschaffen könnte?

»Nein, Rubleski, nein ...«

»Was hätte ich denn tun sollen, Parker? Sie wollte mir mein Geld stehlen.«

Wie gelähmt vor Entsetzen, starrt die nackte Jin reglos auf das Blutbad vor ihr.

»Lauf!«, brülle ich sie an. »Schnell weg!«

Statt meiner Aufforderung nachzukommen, stößt sie ein markerschütterndes Heulen aus. Ihr ganzer Körper beginnt haltlos zu zittern und zu zucken.

Mit dem blutigen Messer in der Hand dreht sich Rubleski langsam, seelenruhig, als hätte er alle Zeit der Welt, zu seiner Jacke, die von einem Haken an der Wand hängt. Er wirft das Messer auf Yings leblosen Rücken, zieht eine schwarze Pistole aus einer Jackentasche, stellt sich vor die reglos dastehende Jin und jagt ihr, bevor sie auch nur einen Gedanken an Flucht fassen kann, eine Kugel in die Stirn.

Ich kann nichts anderes tun, als ihn erneut anzuschreien.

»*Was machen Sie da, Rubleski? Warum? Warum ...?*«

Er sieht mich mit seinem typischen Grinsen an. »Du meinst doch wohl, was wir da tun, Parker?«

»Nein – *nein!* Das – dieser ganze Wahnsinn – das sind nur *Sie*, Sie gottverdammter Irrer! Ich habe damit nichts zu tun! Absolut nichts! *Ich weiß, wer ich bin – und ich bin nicht Sie!*«

Ich suche meine Sachen zusammen und versuche, dabei nicht auf Jins reglosen Körper zu schauen, der auf dem Linoleumboden liegt. Doch dann kann ich einfach nicht anders und lege meine Finger an ihre Wange, die sich noch warm anfühlt. Trotz ihrer Sinnlosigkeit scheint mir das die einzig menschliche Geste zu sein, die ich machen kann.

»Sie ist tot! Tot, Rubleski, und Sie haben ihr ohne jeden Grund das Leben genommen!«

Er geht in die Knie und inspiziert die Verletzung, die er dem Schädel der Toten zugefügt hat. Wie ein Kind, das mit seinem Essen spielt – oder ein Serienkiller, der mit dem spielt, was von einem seiner Opfer noch übrig ist –, weitet er mit den Fingern das Loch und starrt mit perverser Faszination in die feuchte Schwärze dahinter.

»Rubleski – was ... *was in Gottes Namen ... tun ... Sie ... da?*«

Darauf hat er nichts zu erwidern. Er befindet sich an einem Ort, den ich mir nicht einmal vorzustellen wage. Gleichzeitig spüre ich, wie meine Panik ganz neue Dimensionen annimmt.

»Wenn Sie jetzt nicht sofort die Polizei rufen« – und ich weiß ganz genau, das wird er nicht tun –, »dann verschwinden wir jetzt hier. Wenn wir nicht auf der Stelle ...«

Mir ist nämlich klar geworden, dass wir noch einmal

einen – deutlich gefährlicheren – Schritt weitergegangen sind, einen Schritt, hinter den es kein Zurück gibt. Nach dieser Eskalation ist es vielleicht vollends unmöglich, mich aus Rubleskis Fängen zu befreien.

Aber er hört nicht auf mich. Was ich sage, interessiert ihn nicht im Geringsten. Langsam, ganz zielgerichtet, steckt er seinen Zeigefinger in das Loch, das seine Pistole – eine Glock, kann ich jetzt sehen – in Jins Stirn gerissen hat. Dann dreht er ihn wie ein Arzt, der eine Untersuchung vornimmt. Und als er ihn herauszieht, klebt graue Hirnmasse an seiner Fingerkuppe.

Bei diesem Anblick kommt mir alles hoch, und ich übergebe mich auf den Fußboden. Aus dem chinesischen Essen, das aus mir platzt, ist pure Säure geworden, die auf dem Weg aus meinem Magen meine Speiseröhre und meine Mundhöhle verätzt.

Das reicht – Schluss jetzt! So kann das nicht weitergehen. Ich verschwinde ... Ich bleibe nicht mehr länger bei Rubleski, und wenn er mich in den Rücken schießt, meinetwegen. Jedenfalls tue ich mir diesen Irrsinn nicht mehr länger an.

»Mir reicht's, jetzt ist endgültig Schluss«, stoße ich zwischen heftigen Bauchkrämpfen hervor.

»Wo willst du denn hin, Parker?«, fragt Rubleski, während ich mich hektisch anziehe. Sein Ton bleibt ungerührt, als könnte er sich nicht vorstellen, dass dieses Blutbad Konsequenzen haben könnte. Und wie ein fieser Magnet lässt mich seine Frage abrupt innehalten. Meine Beine – es ist, als steckten sie in tiefem Sand fest – wollen sich einfach nicht bewegen. Er greift nach meiner Jacke und zieht daran.

»Wie hast du dir das gedacht, Parker? Wenn du hier rausrennst wie ein Geisteskranker, der seine Pillen nicht eingenommen hat, wirst du nur unnötig Aufmerksamkeit erregen. Wenn du dagegen rausgehst, als hättest du gerade eine entspannende Massage bekommen, sieht die Sache völlig anders aus.«

Er dreht mich herum, bis wir uns direkt gegenüberstehen.

»Das kann doch nicht Ihr Ernst sein, Rubleski. Glauben Sie etwa, da draußen hat niemand den Schuss gehört?«

Er schüttelt nur den Kopf.

»Also. Sollen wir es so machen, wie ich sage? Auf die vernünftige Tour?«

Vernünftig – es ist fast zum Lachen. Was ist schon noch vernünftig? Wenn ich nach draußen stürme und um Hilfe rufe, bringt mich Rubleski auf der Stelle um. Wenn nicht, wenn es mir irgendwie gelingt, die Polizei zu verständigen, ist jedoch mehr als wahrscheinlich, dass von all dem auch an mir etwas hängen bleibt. Nein, das ist alles Wahnsinn, der reinste Wahnsinn ...

Und dann ein neuer, niederschmetternder Gedanke, aber einer, an dem kein Weg vorbeiführt: Über Jins Leiche, die wie ein Sack Müll auf dem Boden liegt, ist meine DNA verteilt. Eigentlich sollten wir mit ihr und Ying etwas machen, das wenigstens ein gewisses Maß an Respekt für die Toten erkennen lässt. Stattdessen bekommt Rubleski immer größere Augen vor lauter wilder, widernatürlicher Erregung.

Es dauert ein paar lange Sekunden, bis mir klar wird, was er vorhat.

Nein ... nein ... nein ... er wird doch nicht etwa tun ... was ich glaube, dass er tun wird ...?

Was ich gleich werde ansehen müssen, spottet jeder

Beschreibung, der denkbar widerwärtigste Akt, zu dem nur die übelsten Serienkiller wie Bundy und Konsorten imstande waren. Aber Rubleski kennt da nichts und tut es einfach, und das auch noch mit sichtlichem Gusto. Da er gerade mit Ying fertiggeworden ist, wundert es mich, dass er jetzt auch noch in der Lage ist, sich über Jin herzumachen, und doch tut er genau das.

Aber jetzt ... wie komme ich bloß raus aus dieser widerwärtigen Ecke der Hölle ...?

Gott sei Dank, bringt er es rasch hinter sich. Sich den Hosenlatz zuziehend, steigt er über Jins nackte Leiche. Dann säubert er in der kleinen Toilette sein Messer.

»So – gehen wir«, verkündet er kurz und bündig.

Unsere Schritte ticken wie die Uhr eines Bestattungsinstituts, als ich ihm wie ein Zombie durch den verlassenen Vorraum folge.

Jetzt gehöre ich ihm endgültig, mit Leib und Seele.

Vielleicht lohnt es sich ohnehin nicht mehr, meine Frau anzurufen; mein ganzes bisheriges Leben ist endgültig vorbei, hinweggefegt von einem Tsunami, einfach so, an einem einzigen Tag, innerhalb weniger Stunden. Als wäre ich einer tödlichen Seuche, die unbemerkt über das Meer herangespült wurde, zum Opfer gefallen, ist mein Leben einfach ausgelöscht worden. Inzwischen steht fest, dass ich nicht einmal den Versuch unternehmen könnte, Alana – oder sonst jemandem – zu erklären, was heute mit mir passiert ist.

Und noch etwas weiß ich, etwas, das ich immer befürchtet habe: Ich bin allein. Vollkommen allein. Ein für alle Mal. Und ich bin noch einmal einen Schritt weiter gegangen und habe eine Grenze überschritten, vor der jeder halbwegs anständige Mensch nur zurückschrecken kann, denn an den finsteren Ort, der sich dahinter befindet, begibt sich nur der Abschaum dieser Erde: Mörder, Vergewaltiger und Kinderschänder, Auftragskiller, Terroristen und Serienmörder. Der einzige Mensch, mit dem ich momentan richtigen Kontakt habe – und ob er überhaupt noch menschliche Züge hat, sei dahingestellt –, ist dieses Monster an meiner Seite.

Wir steigen in aller Ruhe in unser Auto. Doch kaum sind wir losgefahren, tritt Rubleski abrupt auf die Bremse.

»Was ist denn jetzt schon wieder?«

Wie eine auf der Lauer liegende Schlange gibt er keinen Laut von sich, als seine Augen wie Suchscheinwerfer über den Parkplatz gleiten. Hat er etwas Verdächtiges bemerkt – Polizei? Ich sehe nirgendwo einen Streifenwagen.

»Dort. Dort drüben.«

»Was soll da sein?«

»Sie. Ihr Wagen gefällt mir. Wir tauschen die Autos, Parker.«

Rubleskis Blick ist auf eine Frau mittleren Alters gerichtet, die vor Lerton's Florist Shoppe ihre Handtasche aus einem weinroten Honda SUV nimmt. Er legt den Rückwärtsgang ein, dann schießt er quer über den Parkplatz, bis wir auf gleicher Höhe mit dem SUV stehen.

»Entschuldigung, Ma'am«, spricht Rubleski sie an, nachdem er das Fenster heruntergelassen hat.

Die Frau erschrickt leicht. Zuerst ist ihr nicht klar, dass sie gemeint ist. Doch als sie das freundliche Lächeln in Rubleskis offenem Gesicht sieht, erwidert sie es.

»Könnten Sie mir vielleicht helfen?«

Sie legt den Kopf mit den üppigen graumelierten Locken auf die Seite. Unter anderen Umständen fände ich sie attraktiv.

Rubleski holt einen Zettel aus der Türablage und hält ihn der Frau hin.

»Ich suche diese Adresse ...«

Während sie sich auf den Zettel zu konzentrieren versucht – ein Rezept, wie es scheint –, stößt er die Tür auf, springt aus dem Sentra und bringt sie dabei aus dem Gleichgewicht.

»Einsteigen!«

»Was...?«

Die Frau begreift nicht, was das soll. Ich kann sie vor Schreck schlucken hören.

»*Steigen Sie in Ihren Wagen! Sofort!*«

Bevor sie einen Schrei ausstoßen kann, hat ihr Rubleski bereits die Hand auf den Mund geklatscht und stößt sie in ihren SUV zurück.

»Mach schon, Parker«, fährt er mich über seine Schulter an. Am anderen Ende des Parkplatzes, gegenüber vom Massagesalon, schaut ein älterer Afroamerikaner mit einer Einkaufstüte argwöhnisch in unsere Richtung. Er beobachtet uns ein paar Sekunden, bevor er in einen verbeulten Kleinwagen steigt. Nein, beschließt er, damit will er nichts zu tun haben; das sollen die Weißen unter sich ausmachen, für ihn kann das nur Ärger bedeuten.

»Vergiss das Gepäck nicht! Und stell den Motor aus!«

In mir ist der letzte Funke Widerstandsgeist erloschen. Ich schnappe mir unsere Koffer, stelle den Motor ab, werfe die Türen des Sentra zu und springe auf den Rücksitz des SUV. Rubleski hat dessen Besitzerin bereits außer Gefecht gesetzt. Reglos wie eine Puppe sitzt sie zusammengesunken auf dem Beifahrersitz. Inzwischen kenne ich diesen Kerl gut genug, um nicht lange überlegen zu müssen, wie er das geschafft hat.

»Was machen wir jetzt mit ihr?«, frage ich, als wir vom Parkplatz fahren.

»Wir setzen sie irgendwo ab. Sie bekommt eine schöne letzte Ruhestätte. Keine Sorge, Parker, keine Sorge.«

»Soll das heißen, sie ist schon tot?«

»Sieh doch selbst.«

Nein, ich werde keine Leiche anfassen – nicht noch eine Leiche.

Er tätschelt das gepolsterte Lenkrad. »Fährt sich echt klasse, ihre Karre.«

Mir fällt nichts Besonderes auf, außer dass der Wagen sauber und relativ neu zu sein scheint – obwohl ich mich mit Autos nicht auskenne und das neueste Modell nicht vom vorigen unterscheiden könnte.

Mein Blick ist auf Rubleskis blonden Hinterkopf geheftet. Aus irgendeinem Grund muss ich immer wieder an die Begegnung mit seinem Doppelgänger in Chelsea denken. Vielleicht war tatsächlich er dieser Mann, damals, an diesem heißen Sommertag, so unheimlich und unwahrscheinlich es auch sein mag. Schließlich weiß ich absolut nichts über ihn: wer er ist, wo er war, woher er kommt – nichts. Vielleicht ist er gar nicht von San Francisco an die Ostküste geflogen. Vielleicht ist er nie in Los Gatos gewesen. Vielleicht hat er sich die ganze Zeit in New York – und anderen Orten – herumgetrieben ... Vielleicht hat er mich beschattet, mich aus nichts Gutes verheißenden Gründen ausgekundschaftet ...

Und vielleicht bin ich im Moment nur ziemlich durcheinander, furchtbar durcheinander.

Rubleski fährt. Keiner von uns sagt etwas. Nachdem wir uns mit einer Toten auf dem Beifahrersitz durch Vorstadtstraßen mit 08/15-Namen geschlängelt haben, erreichen wir irgendwann die Interstate 78 und entfernen uns von der Stadt. Die dichtbesiedelten Vororte weichen nach und nach einer idyllischeren ländlichen Szenerie – Farmen, Wälder, sogar die violetten Umrisse von Bergen in der Ferne.

Aber auf dem Highway herrscht dichter Verkehr: Sattelzüge, Fernlaster, Pkws, alle mit unterschiedlicher Geschwindigkeit unterwegs.

»Was ist, wenn wir mit einer Toten im Auto von der Polizei angehalten werden?«, frage ich Rubleski, obwohl er sich an die Geschwindigkeitsbegrenzung hält.

»Wieso? Was soll schon sein? Wir tun nichts Unrechtes.«

Ich schüttle den Kopf. »Nein, aber falls Sie's noch nicht gemerkt haben, Sie blödes Arschloch: Neben Ihnen sitzt eine Tote. Das könnten die Cops vielleicht eigenartig finden.«

Rubleski lacht schallend. Er ist begeistert, dass er mich dazu gebracht hat, ihn zu beschimpfen.

»Wenn uns die Polizei anhält, sagen wir, dass die arme Frau ohnmächtig geworden ist und wir sie ins Krankenhaus bringen.«

»Ohnmächtig? Und wenn sie merken, dass sie schon blau anläuft? Und außerdem, wir wissen nicht mal, wie sie heißt.«

»Sieh in ihrer Handtasche nach«, schlägt er vor, als wäre das überhaupt kein Problem. »Dort finden wir alles, was wir wissen müssen.«

Ich greife nach der schlichten Lederhandtasche, die zwischen die Schalensitze geklemmt ist, öffne sie und krame mit zitternden Fingern darin herum, bis ich die Geldbörse finde. Fügen Sie das der Liste meiner Straftaten hinzu.

»Sie heißt Linda Levinworth«, lese ich von ihrem Führerschein ab. Das Gesicht auf dem Foto wirkt ziemlich unglücklich – als hätte sie damals schon gewusst, was ihr eines Tages blühen wird.

»Und?«

»Sie wohnt im Ashdale Place 221, in einer Stadt in New Jersey, die sich Watchung nennt ...«

»Klasse.«

»Ja, wirklich klasse ...«

Rubleski reagiert nicht auf meinen Sarkasmus – er lässt ihn kalt. Ich krame weiter in Linda Levinworths persönlichen Dingen herum, schiebe Lippenstift, Puderdose und Medikamentenfläschchen beiseite, bis ich ein paar Visitenkarten und weitere Ausweise finde. »Anscheinend ist sie bei einer Firma, die sich United Credit Insurance nennt – als Kundenbetreuerin. Nie gehört ...«

»Na ja, morgen wird sie jedenfalls nicht ins Büro kommen, so viel steht fest.« Rubleski lacht mit einem Anflug von Zynismus, als wäre jemand anderes als er für ihr Ableben verantwortlich, als hätte er Linda Levinworth tot am Straßenrand entdeckt und nichts mit der ganzen Sache zu tun. »Und ich kann nur hoffen, dass sie heute nicht zu viele Meetings in ihrem Terminkalender stehen hat.«

»Sehr witzig ... darf ich Sie was fragen, Rubleski?«

Er sieht mich im Rückspiegel an. »Nur zu.«

»Sie haben mir erzählt, dass Ihnen asiatische Frauen am besten gefallen – Ihr Ideal, richtig?«

»Richtig.«

»Warum haben Sie dann diese zwei armen Mädchen in dem Massagesalon umgebracht?«

»Um etwas zu beweisen.«

»Und was?«

»Dass es nichts zu beweisen gibt, Parker.«

»Und was ist mit der ganzen Liebe, von der Sie geredet haben? Sie haben gesagt, Sie lieben diese Frauen, Rubleski. Wie soll ich das verstehen?«

»Du hast mir wohl nicht zugehört, hm?«

Im Wagen wird es wieder still.

Je weiter wir fahren, desto dünner wird der Verkehr. Die Tachonadel wandert immer weiter. Rubleski scheint irgendwohin kommen zu wollen. Wohin? *Und was sollte dieser ganze Schwachsinn, dass ich sein Fremdenführer bin?* Das alles scheint längst vergessen ...

Am späten Nachmittag hat die in goldenes Licht getauchte Landschaft etwas von einem alten Gemälde – das passt so gar nicht zu dem Tag, an dem so viele grauenhafte Dinge geschehen sind. Dichte Wälder, Bäche, mit bunten Blumen gesprenkelte Wiesen – wie ein Postkartenmotiv oder ein aus einem Albtraum platzender Monet.

Aus meinem tiefsten Inneren steigt ein Schluchzen hoch und schnürt mir die Kehle zu. Vier Tote gehen jetzt schon auf Rubleskis Konto, und es ist noch nicht einmal Abend. Und das heißt, dass Alana, Ezra, Clementine und ich nie in den Genuss dieser ländlichen Idylle kommen werden, die gar nicht so weit von unserem Zuhause entfernt liegt, es sei denn mir fällt wie durch ein Wunder etwas ein, wie ich mich aus diesem Morast aus Tod und Zerstörung befreien kann.

Wieder branden alle nur erdenklichen Bedenken wie eine gewaltige Flutwelle über mich hinweg. *Und wenn es das Letzte ist, was ich tue – ich muss Rubleski entkommen.* Hätte dieser Dreckskerl den Koffer mit seinem gesamten Waffenarsenal nicht von der Ablage hinter dem Rücksitz geholt und auf den Boden vor dem Beifahrersitz gelegt, bevor wir vom Parkplatz losgefahren sind, könnte ich mir jetzt eine Pistole schnappen und ihm damit drohen, ihn abzuknallen, wenn er nicht auf der Stelle anhält und mich aussteigen lässt. Ich könnte sogar versuchen, ihn ohne Waffe von hinten anzugreifen, doch wenn ich versuche, ihn bewusstlos zu schlagen oder zu strangulieren, wird er einen Unfall verursachen, bei dem wir beide ums Leben kommen. Trotz allem bin ich noch nicht bereit zu sterben.

Wie gelähmt sitze ich da und warte ab, was als Nächstes passieren wird. Ohne zu blinken, fährt Rubleski von der Interstate ab, und plötzlich sind wir auf einer Landstraße, die weiß Gott wohin führt. Inmitten großer üppiger Weiden tauchen die Umrisse großer Villen, Inbegriff alten Geldes, vor uns auf. Gelegentlich kommt uns ein Fahrzeug entgegen, aber ansonsten könnten Rubleski und ich die einzigen Menschen auf der Welt sein.

»Was machen wir eigentlich hier? Wohin fahren wir?« Immer wieder die gleichen Fragen.

»Wir müssen Ms. Levinworth loswerden, Parker. Oder was hast du gedacht?«

Sein Ton ist flapsig. Er spielt ein Spielchen mit mir. Ja, wir müssen sie loswerden – zumal sie für Rubleski ohnehin nur ein Haufen Müll ist. Eine Weile war es fast normal, dass sie reglos auf dem Beifahrersitz gesessen hat, als würde sie einfach mit uns mitfahren ...

Am Straßenrand taucht der Stand eines Farmers auf, der Maiskolben, Tomaten und Äpfel verkauft. Angesichts der unschuldigen Bodenständigkeit des Schilds ist mir schon wieder zum Heulen zumute. Um den Stand herum stehen ein paar Autos. Eine junge Frau in Jeans trägt im ersten Anflug der Dämmerung einen Korb mit Topfpflanzen zu ihrem Auto. Wenn ich doch sie wäre ...

Rubleskis Kopf schwingt hin und her wie der Zeiger eines Metronoms. Sekunden später, als orientierte er sich an einer Karte, die nur er sehen kann, holpert er mit dem gestohlenen SUV über den Randstreifen und biegt in eine unbefestigte Straße, die von hohen Bäumen – Eichen, Platanen, keine Ahnung was – gesäumt wird.

Und jetzt? Ist das Privatgrund? Öffentlich zugänglich? Nach etwa hundert Metern zieht er das Lenkrad mit dem Zeigefinger nach rechts und steuert den SUV in eine von Bäumen und dichtem Unterholz umgebene Lichtung.

»Die Stelle sieht doch gut aus. Genau richtig für unsere Zwecke. Was meinst du?«

Er sieht sich das ganze Nichts an, steigt aus und kommt dann gemächlich auf die Beifahrerseite. Er packt Linda Levinworths leblosen Arm, zieht ihre Leiche aus dem Auto und lässt sie ins Gras sinken.

»Parker – könntest du mir vielleicht mal helfen!«

Dabei braucht er meine Hilfe gar nicht. Eigentlich sollte ich, statt ihm zu helfen, über den Beifahrersitz hechten und mir seinen Koffer schnappen. Aber ich traue mich nicht. Rubleski ist zu nahe. Ich steige aus und packe den anderen schlaffen Arm der Toten; gemeinsam ziehen wir sie zu einer mit Setzlingen bepflanzten Stelle.

»Begraben wir sie jetzt?«, frage ich dämlich, als wir ihre Arme loslassen. Ich bringe es nicht über mich, in ihr Gesicht zu schauen.

»Womit?«

»Aber irgendwie sollten wir sie doch ...«

»Die Tiere, Parker. Die werden das erledigen. Sobald

sie die Leiche finden, wird nichts mehr von ihr übrig bleiben. Es wird nicht lange dauern, glaub mir. Aber es wird Monate, wenn nicht Jahre dauern, bis jemand herausfindet, was mit ihr passiert ist – falls es überhaupt herauskommt.«

»Klar ...« Darauf hätte ich vermutlich selbst kommen können. Trotzdem habe ich den Eindruck, dass die arme Frau eine geringere Gefahr für uns darstellen würde, wenn sie tief unter der Erde wäre oder sogar dort, wo Rubleski sie getötet hat, auf dem Parkplatz des Einkaufszentrums. Aber was verstehe ich schon von solchen Dingen? So etwas habe ich schließlich noch nie getan.

»Weißt du was ... wir bringen das jetzt schnell hinter uns, und dann gehen wir einen trinken. Und was essen! Wie man in Amerika gern sagt: Ich komme um vor Hunger!«

Nichts – nicht einmal ein Mord – kann diesem Kerl den Appetit verderben. Tatsache ist, dass auch ich was zu trinken vertragen könnte. Und nicht nur ein Glas. Und am besten noch eine Spritze mit einem starken Betäubungsmittel ...

Inzwischen hat sich fast völlige Dunkelheit über die Erde gelegt. Das Licht reicht gerade noch aus, um die Umrisse der meisten Gegenstände zu erkennen. Aber es herrscht Totenstille. Nicht einmal das Knacken eines Zweigs oder das Jaulen eines Tiers durchbricht die Stille. Bevor ich den SUV erreiche, drehe ich mich um und werfe einen letzten Blick auf Linda Levinworth. Sie sieht aus, als wäre sie bloß eingeschlafen – ein Körper im Zustand der Ruhe. Auf eine aberwitzige Weise hat das etwas Tröstliches.

Plötzlich kommt mir ein Gedanke. Werde ich diese

Stelle eines Tages vielleicht wiederfinden müssen, um der Polizei zu zeigen, wo Rubleski die Leiche zurückgelassen hat ...?

Gerade als ich in den SUV steigen will, nähern sich von der Hauptstraße zwei gelbe Lichtkegel, die das zunehmende Dunkel durchschneiden.

»Sieht so aus, als bekämen wir Besuch«, sagt Rubleski unbekümmert. Er hört sich an, als wäre er sogar froh darüber.

Ich hoffe inständig, dass es nicht die Polizei ist.

»Keine Bewegung, Parker«, warnt er mich, als er merkt, dass ich abhauen will.

Als der Fahrer des näher kommenden Fahrzeugs unseren SUV sieht, beginnt er, langsamer zu fahren. Wenn wir nicht gerade ein paar Bäume niederwalzen, kommen wir nicht mehr weg von hier.

Langsam geht die Fahrertür der grünen Limousine auf, und ein zierlicher Mann mit akkurat gestutztem Schnurrbart und silbergrauem Bürstenschnitt schwingt seine Beine aus dem Wagen. Er trägt ein langärmeliges, kragenloses Hemd und eine Khakihose und bewegt sich mit unübersehbarem Selbstbewusstsein. Er strahlt etwas Selbstzufriedenes, ja sogar Selbstgefälliges und Überhebliches aus. Er ist mir sofort unsympathisch, obwohl er gerade in ein Wespennest getreten ist.

Einen kurzen Moment lang zögert er.

Warum stehen zwei gut gekleidete Typen in dieser gottverlassenen Gegend im Gras herum? Die angespannte, arrogante Körpersprache des Mannes lässt keinen Zweifel daran, dass er über unsere Anwesenheit nicht gerade begeistert ist – er weiß nur zu gut, dass wir hier nichts zu suchen haben.

»Kann ich Ihnen vielleicht helfen?«

»Nein, aber trotzdem vielen Dank«, erwidert Rubleski freundlich.

Wenn ich dem Mann zurufe, dass er die Beine in die Hand nehmen und schnellstens das Weite suchen soll, kostet uns das vielleicht beide das Leben. Beiße ich mir dagegen auf die Zunge, besteht zumindest die Chance, dass wir beide am Leben bleiben. Mehr fällt mir dazu nicht ein. Ob das ausreicht, muss jeder für sich selbst entscheiden.

»Gut, Sie befinden sich hier nämlich auf Privatgrund. Das ist Ihnen doch hoffentlich klar?«

»Nein, das war mir nicht klar.«

Typisch Rubleski – er lässt sich von nichts und niemandem einschüchtern. Wenn ich nur seine Chuzpe hätte.

»Sie benutzen mein Land doch hoffentlich nicht als Privattoilette?«

»Selbstverständlich nicht! Für wen halten Sie uns?« Der Sarkasmus in Rubleskis Stimme ist nicht zu überhören.

Ein neuer, argwöhnischer – und verärgerter – Ausdruck legt sich über die Züge des Mannes.

»Jedenfalls haben Sie hier nichts zu suchen«, fährt er fort, als ich ihn gerade warnen will, vorsichtig zu sein. Hoffentlich fängt er jetzt nicht an, den herrischen Großgrundbesitzer raushängen zu lassen. Er kann schließlich nicht wissen, mit wem er es zu tun hat.

»Das gehört alles mir.« Er macht eine weit ausholende Handbewegung. »Und Sie stehen auf meinem Grund und Boden, obwohl Sie hier nichts zu suchen haben.«

»Schon klar, verstehe«, werfe ich hastig ein, um den

Mann zu besänftigen und die Situation zu entschärfen, bevor etwas Schlimmes passiert. Unter normalen Umständen würde mich seine Überheblichkeit aggressiv und wütend machen, aber im Moment möchte ich ihn nur milde stimmen und von hier wegkommen, bevor es richtig Ärger gibt.

Doch Rubleski ist nicht bereit einzulenken, er macht sich sogar ein bisschen lustig über den Mann, was diesen noch mehr aufbringt. Das ist ein schwerer Fehler, was er natürlich nicht wissen kann. Er ist jemand, der im Leben meistens seinen Willen bekommen hat, so viel ist klar. Ich kann nur hoffen, dass seine Ahnungslosigkeit keine fatalen Folgen hat.

»Deshalb ... Würden Sie mir vielleicht erklären, was Sie hier wollen?« Offensichtlich ist er nicht bereit, die Sache auf sich beruhen zu lassen. Woher soll er auch wissen, dass das alles andere als klug ist?

»Wir haben uns verfahren«, sage ich in der Hoffnung, doch noch von hier wegzukommen, ohne dass etwas Schlimmes passiert.

Der Landjunker grinst. »Was Sie nicht sagen. Diese Stelle ist selbst unter den besten Voraussetzungen schwer zu finden. Nicht umsonst steht auf dem Schild vorne an der Einfahrt ›Privatstraße‹.«

»Das müssen wir irgendwie übersehen haben ... Jedenfalls fahren wir sofort weg. Und entschuldigen Sie bitte die Störung.«

Ich greife nach der Tür des SUV, als der Mann in Richtung der Bäume deutet.

»Moment mal, was ist denn das dort?«

Rubleski und ich schützen Unwissenheit vor.

»Was ist hier eigentlich los?«

»Nichts, absolut nichts.«

»Das ist keine Müllkippe!«

Wieder tun wir so, als hätten wir keine Ahnung, was er meint.

»Wenn Sie hier Ihren Müll abgeladen haben ...!«

»Haben wir aber nicht, das waren wir nicht.«

Noch immer bin nur ich am Reden. Rubleski steht, völlig untypisch für ihn, mit den Händen in den Hosentaschen einfach nur da und grinst dämlich, als wäre er bloß ein unbeteiligter Zuschauer. Ich habe keine Ahnung, was in ihm vorgeht.

»Verdammt noch mal! Was stellen Sie sich eigentlich vor? Sich einfach auf meinem Grundstück herumzutreiben? Ich habe doch gesehen, wie Sie beide gerade unter den Bäumen hervorgekommen sind. Erzählen Sie mir also nichts!«

Dem Landjunker wird gleich eine Ader platzen. Endlich meldet sich Rubleski zu Wort. »Wir haben vorhin nicht die Wahrheit gesagt. Wir haben tatsächlich unsere Blasen entleert.«

»So? Wirklich? Und was ist dann das, was ich dort drüben sehe? Dieser dunkle Haufen unter den Bäumen? Was ist das?«

Er geht um mich herum und späht in das zunehmende Dunkel. »Das dort – dort drüben! Das meine ich!«

Er sticht förmlich mit dem Zeigefinger darauf. Keine Frage, er hat Rubleskis blutiges Werk entdeckt. Aber er kann natürlich nicht wissen, was Rubleski mit diesem dunklen Haufen angestellt hat.

»Ihre Blase erleichtert, wie? Das können Sie jemand anderem erzählen! Ich hätte gut Lust, die Polizei zu rufen!«

Während er auf die Stelle zustapft, um nachzusehen, was dort ist, duckt sich Rubleski in den SUV. Dort kann er nur eins machen, und ich weiß bereits, was das ist. Als er sich umdreht, hält er eine Glock in der Hand. Die Hand mit der Pistole baumelt lässig an seiner Seite, als er dem Mann hinterhergeht.

»*Rubleski ... nicht!*«

Nur unter Lebensgefahr könnte ich verhindern, was gleich passieren wird. Ich renne auf das Auto des Krautjunkers zu. Kurz bevor ich es erreiche, höre ich hinter mir zwei schnell aufeinander folgende Schüsse und weiß, dass es bereits vorbei ist. Wenigstens musste der Mann nicht leiden. Wahrscheinlich hat er es gar nicht richtig mitbekommen.

Ich sitze bereits im Auto des Toten und will gerade den Motor anlassen, als Rubleski mit der rauchenden Glock am Seitenfenster erscheint.

»Was soll das, Parker? Du willst doch nicht etwa ohne mich wegfahren?«

Er hebt die Pistole und hält sie an mein Ohr. Prompt ziehe ich die Hand vom Anlasser zurück.

»Natürlich nicht.«

Die Luft entweicht aus meiner Lunge wie aus einem durchlöcherten Ballon. Rubleski blickt sich im Wageninnern um, das bis auf zwei auf dem Boden liegende Starbucks-Becher piccobello sauber ist.

»Rutsch doch mal rüber, mein Freund ...«

Er lässt die Glock sinken, steigt ein, rückt sich den Sitz zurecht. »Nicht übel, die Karre, hm? Vielleicht sollten wir jetzt sie nehmen – was meinst du, Parker?«

Die Erinnerung an die heiße Pistolenmündung an meinem Kopf macht mich für jeden Vorschlag empfänglich.

Nachdem wir im SUV alle Fingerabdrücke abgewischt und unser Gepäck in der grünen Limousine, einem neuen Chrysler-Modell, verstaut haben, fahren wir auf dem Feldweg zur Landstraße zurück, die wir rasch erreicht haben.

Als wir einmal anhalten, taste ich nach dem Türgriff und versuche, daran zu ziehen, aber Rubleski hat die Innenverriegelung betätigt. Wie es scheint, fährt er zur Interstate zurück. Inzwischen ist es völlig dunkel, und ich komme mir vor wie ein durch die Weiten des Alls schwebendes Stäubchen. Der Wagen hat kein Navi, und Rubleski hat sein Handy nicht an. Es ist mir ein Rätsel, woher dieser durchgeknallte Dreckskerl weiß, wohin wir fahren müssen – falls er es überhaupt weiß. Jedenfalls summt er gut gelaunt vor sich hin. Hätte er gerade nicht schon wieder ein Blutbad angerichtet, könnte es ein lauer Spätsommerabend sein ...

»Tu mir einen Gefallen«, sagt er, als wir die Auffahrt zum Highway erreichen, »und wirf die raus. Fast hätte ich vergessen, dass ich sie noch einstecken habe.«

Er hält mir die Schlüssel von Linda Levinworths SUV hin, und ich werfe sie aus dem offenen Fenster in die Nacht hinaus.

»Die Kaffeebecher auch.«

Wieder verfolgt mich das Schreckgespenst Polizei. Vielleicht sind sie wegen einer vermissten Frau namens Linda Levinworth und ihres verschwundenen weinroten SUV bereits in höchster Alarmbereitschaft. Andererseits, wie sollen sie das Auto so schnell finden und woher wissen, dass Rubleski und ich bereits einen anderen fahrbaren Untersatz gefunden haben und inzwischen in einem metallicgrünen Chrysler unterwegs sind, der so unauffällig ist wie die in der milden Abendluft schlummernden Wiesenblumen.

»Na, wie sieht's aus, Parker? Ich hätte jetzt richtig Lust auf einen schön saftigen amerikanischen Cheeseburger – so richtig fetttriefend! Mit rohen Zwiebeln und ordentlich Senf und Ketchup. Vielleicht auch ein bisschen Mayonnaise. Dazu eine Coke – eine richtige, nicht dieses kastrierte Diätgesöff – und Pommes! Und als Nachspeise einen Eisbecher und Kaffee. Was hältst du davon?«

Es fällt mir schwer zu sprechen.

»Ich weiß nicht ... ich weiß nicht mehr, was ich denken soll ...«

Rubleski senkt den Kopf und späht mit zusammengekniffenen Augen auf das schwach beleuchtete Armaturenbrett.

»Echt nett von unserem Freund, uns seine Karre voll aufgetankt zu überlassen.«

Ich kann es kaum glauben, aber ich bin tatsächlich ein bisschen hungrig. Und ein schön saftiger Burger hört sich im Moment ziemlich verlockend an. Wenn ich etwas im Bauch habe, lenkt mich das vielleicht ein bisschen ab, und ich mache mir nicht mehr so viele Gedanken über den weiteren Verlauf des Abends ...

Mein Chauffeur setzt unsere Fahrt ins Nirgendwo in stetem Tempo fort. Das ist einer der Vorteile, wenn man nach Einbruch der Dunkelheit unterwegs ist. Es herrscht kaum Verkehr, und wir kommen zügig voran. Die Straßenbaukolonnen haben Feierabend gemacht, und wenn man die Geschwindigkeitsbeschränkung nicht gerade drastisch überschreitet, lassen einen auch die Cops in Ruhe. Aber vielleicht spielt das auch gar keine Rolle.

Rubleski scheint sich weiterhin für nichts anderes zu interessieren als seine privaten Pläne – wie auch immer sie aussehen. Dieser Irre scheint über geradezu übernatürliche Energiereserven zu verfügen. Woher er sie hat, ist mir unerklärlich. Dopt er sich mit Meth oder Steroiden oder sonst etwas in der Art? Schon möglich – allerdings habe ich ihn nie etwas anderes zu sich nehmen sehen als normale Nahrung.

Wie üblich ist es zwecklos, ihn nach dem Ziel unserer nächtlichen Fahrt zu fragen. Die Dunkelheit, die stumpfe Stille hinter den Autofenstern, die unerwarteten Momente der Langeweile, das alles lässt mich immer wieder kurz einnicken, und wenn ich dann wieder hochschrecke, sausen wir weiter durchs All wie ein vom Kurs abgekommenes Raumschiff, die Leere unserer Umgebung nur gelegentlich durchbrochen von den Mauern eines Kohlebergwerks, einer Gruppe undefinierbarer Lichter in der Ferne, einem kurzen Aufleuchten der Sterne und Planeten über uns. Es hat etwas Beängstigendes, den Blick über die Grenzen des Nachthimmels hinaus zu richten. Dann beginnt man, sich als Mensch plötzlich sehr, sehr klein zu fühlen, eine Schneeflocke inmitten all der Asteroiden und erlöschenden Galaxien. Und es drängt sich einem der Verdacht auf, dass dort oben nichts ist, nichts und niemand, dass wir nur zum Spaß auf der Erde abgesetzt worden sind und niemand, auch nicht die genialsten Wissenschaftler und die tiefschürfendsten Philosophen, die leiseste Ahnung hat, welchen Sinn das alles haben soll. Und das liegt schlicht und einfach daran, dass es keinen hat.

Vielleicht hat Rubleski tatsächlich recht.

»Irgendwo muss es doch hier was Gescheites zu essen geben, glaubst du nicht?«

Wieder fahren wir vom Highway ab. Rubleskis Frage holt mich in die irdische Realität zurück.

Ich weiß nicht, was ich darauf antworten soll. Wahrscheinlich gibt es hier meilenweit nichts ›Geschei tes‹. Inzwischen haben wir den Delaware River überquert und sind im grauen Staat Pennsylvania angelangt. Hier fühlt sich die Nacht dicker und schwerer an, die Gerüche und Aromen mehr nach tiefem Wald. Nach ein paar Minuten auf einer Landstraße taucht hinter der beschlagenen Windschutzscheibe in der Nähe eines Dorfs mit dem Namen Spottingsville ein Schild auf: NICK'S DINER – STEAKS KOTELETTS BURGER HÄHNCHEN.

Nick's Diner ist wie aus einem früheren Jahrhundert, ein langgezogener, eingeschossiger Bretterbau am Arschende eines gekiesten Parkplatzes unter zwei baumähnlichen Straßenlaternen. Darauf stehen eine Handvoll Fahrzeuge herum, darunter zwei riesige Sattelzüge. In solchen Gegenden ist es für die meisten Leute, abgesehen von Nachtschwärmern, Fernfahrern, schrägen Vögeln – und Polizisten –, längst zu spät, um noch auswärts etwas zu essen.

»Was meinst du, Parker? Wie findest du Nick's Diner? Gut genug für dich?«

Rubleski steuert allerdings längst auf die Klitsche zu. Seit wann interessiert ihn schon meine Meinung?

»Klar, warum nicht?«

Aber ich habe meine Zweifel. Eines weiß ich mit Sicherheit: Wir sollten keine Aufmerksamkeit erregen. Allerdings weiß ich nicht, wie das gehen soll, vor allem hier, spät nachts in der tiefsten Provinz.

»Halten Sie das wirklich für eine gute Idee, Rubleski?

Und wenn jemand auf uns aufmerksam wird – oder uns sogar erkennt?«

»Erkennen? Woher?«, fragt er spöttisch. »Es ist ja nicht so, dass wir im Fernsehen oder sonstwo gekommen sind.«

»Woher wollen Sie das wissen?«

»Was versuche ich dir schon die ganze Zeit klarzumachen, Parker? Entspann dich! Was regst du dich eigentlich auf?«

»Klar. Ich versuche mir einfach einzureden, dass wir nicht reihenweise Leute abmurksen und mitten in der Nacht am Arsch der Welt essen gehen, sondern irgendwo in der Karibik am Strand liegen ...«

Wie üblich beißt mein mordlustiger Gefährte nicht auf den Köder an. Vielleicht versteht er meinen aufmüpfigen Humor nicht einmal. Stattdessen fährt er auf den Parkplatz des Diners und stellt den Chrysler im Dunkel hinter dem Lokal ab.

»Die Jacken lassen wir im Auto, Parker.«

Ein vernünftiger Vorschlag, das muss ich ihm lassen, es ist ein warmer Abend. Was nicht heißt, dass er unbewaffnet wäre. Drinnen deutet eine leicht übergewichtige junge Frau in einer erstaunlich properen, rosa Kellnerinnenuniform auf die leeren Tische und Nischen, von denen es einige gibt – wir können uns setzen, wo wir wollen.

Auf dem Weg zur letzten Nische am Vorderfenster kommen wir an ein paar allein essenden Gästen vorbei. Die wässrigen Augen eines weißhaarigen Mannes folgen uns bis zu unseren abgewetzten Plastiksitzbänken, bevor er das Interesse an uns verliert und sich wieder über seinen Hackbraten mit Kartoffelbrei hermacht. Wenn wir Glück haben, ist er der Sheriff des Orts.

Noch bevor wir richtig sitzen, ist die pummelige Bedienung bereits mit zwei überdimensionalen laminierten Speisekarten an unserem Tisch. »Danke, meine Liebe«, sagt Rubelski und grinst sie flirtend an. Von seiner schmierigen Anmache läuft es mir kalt den Rücken hinunter.

»Ich heiße Tracy und bin heute Abend Ihre Bedienung. Darf ich Ihnen schon was zu trinken bringen?« Der Bestellblock ist bereits vor ihrem Gesicht, das mit ein bisschen Make-up und ein paar Pfunden weniger richtig hübsch wäre.

Tracys Augen sind gleichzeitig wach und müde, und ihr gelbzahniges Lächeln ist breit und aufgesetzt. Ich kann gut mitfühlen mit ihr. Wer hätte in diesem Saftladen schon gern die Nachtschicht?

Ich bestelle koffeinfreien Kaffee, Rubleski die Coke, auf die er sich schon die ganze Zeit gefreut hat. Als Tracy zwei Minuten später mit unseren Getränken zurückkommt, bestellt er, ohne auf die Speisekarte zu schauen, einen doppelten Cheeseburger mit rohen Zwiebeln, Pommes frites, Mayonnaise und Senf. Eine Heinz-Ketchupflasche steht bereits neben Salz- und Pfefferstreuer auf dem Tisch.

»Für mich das gleiche«, sage ich zu Tracy. Wider besseren Wissens regt sich bei der Aussicht auf eine ordentliche Portion Junkfood mein Appetit.

»Ein andermal, Parker, hm?« Rubleski seufzt, als unsere Bedienung wieder davoneilt.

Ich schüttle den Kopf. Die Frage treibt mir wieder einmal beinahe Tränen in die Augen.

»Versuch erst gar nicht, daraus schlau zu werden.«

»Wie meinen Sie das?«

»Bei dem, was heute passiert ist, kommst du mit deiner Küchenpsychologie nicht weiter.«

»Allerdings nicht. Aber bloß weil ich das weiß, verstehe ich es auch nicht besser.«

Rubleski beugt sich über den Tisch. »Und du wirst es auch nie verstehen. Hoffnungslos veraltete Standardpsychologie auf den menschlichen Geist – oder sonst etwas – anwenden zu wollen, bringt in einer postmodernen Welt nichts. Die Wissenschaft, die ganzen sogenannten Experten wollen dir natürlich etwas anderes weismachen, aber sie liegen völlig daneben. Ihre Theorien sind sogar gefährlich irreführend.«

Rubleskis Blick ist klar, ausgeglichen, entschlossen. Er ist wie ausgewechselt. Plötzlich nicht mehr der Manson-Klon, sondern ein seriöser, ernst zu nehmender Denker, durch und durch rational, geradezu wissenschaftlich. Zumindest will er mich das glauben machen.

»Psychologie ist nicht mehr zeitgemäß – vollkommen überholt. Schlimmer noch, sie kann in keiner Weise erklären, was heute in der Welt passiert. Nicht dass sie das jemals gekonnt hätte. Verstehst du, worauf ich hinaus will, Parker? Das wollte ich dir schon im Zusammenhang mit den beiden Asiatinnen erklären – warum ich sie töten musste. Ich weiß, was du jetzt denkst, aber du legst an das, was ich tue, einen völlig falschen Maßstab an. Das Problem ist allerdings, dass der Maßstab, der es erklären könnte, erst noch erfunden werden muss.«

Wenn Rubleski so ist – nachdenklich, analytisch, sachlich –, finde ich ihn immer am gefährlichsten. In solchen Augenblicken wirkt er *rational*, sogar klug und weitsichtig, aber ich weiß, dass das genaue Gegenteil der Fall ist.

Ich schüttle den Kopf. »Nein. Das verstehe ich nicht. Wovon wollen Sie mich also überzeugen? Dass es so etwas wie Ursache und Wirkung nicht gibt? Keinen

Grund, weshalb Menschen die Dinge tun, die sie tun?«

»Genau das will ich damit sagen.«

Kurz ist Rubleskis allgegenwärtiges Lächeln verflogen, und er ist ernster denn je. »Weißt du, Parker, wir – du, ich, die Menschheit –, wir sind nichts anderes als leere Gefäße. Aber selbst diese Gefäße existieren nicht. Lebende, atmende, denkende, lächelnde *Nichtse.* Wir sind der größte Trick des Universums. Unter der Oberfläche von *etwas* ist in Wirklichkeit *nichts.*«

»Das ist absurd, Rubleski.«

»Wirklich?«

Da blüht dieses Lächeln schon wieder auf wie eine Blume, und ich kann sehen, wie Manson mit voller Wucht zurückkehrt.

»Denn nichts ist in Wirklichkeit *etwas.* Wenn wir Teil von etwas sind, das sich Universum nennt, und wenn dieses Universum existiert, dann sind wir nicht nur eine Illusion. Sie haben die Phänomenologen nicht gelesen, und Ihr ganzes Gerede ergibt keinerlei Sinn.«

Rubleskis Hände flattern in der Luft.

»*Genau das will ich doch damit sagen!* Wenn wir nicht damit beschäftigt sind, uns Nahrung zu beschaffen, Parker, versuchen wir, uns zu amüsieren. Das ist bereits alles, überleg doch mal. Erst kommt der Lebensunterhalt, dann die Unterhaltung! Und Unterhaltung wird von den Unintelligenten oft als sinnlos oder gar böse angesehen, obwohl sie das keineswegs ist ...«

»Das ist eine grobe Vereinfachung. So etwas Absurdes habe ich noch nie gehört, Rubleski. Nichts von dem, was Sie sagen, ergibt einen Sinn.«

So drehen wir uns ein paar Minuten weiter im Kreis. Rubleski versucht, mich von einer Hypothese zu überzeugen, die jeder Logik entbehrt, und irgendwann schafft er es, mich dermaßen zu zermürben, dass ich anfange zu glauben, dass meine Argumentation fehlerhaft ist und sein Standpunkt durchaus berechtigt und ich ihn bloß nicht begreife.

Das Essen kommt. Gott sei Dank, denn es beendet die Diskussion, zumindest vorerst. Geschickt stellt Tracy unsere Teller auf den Tisch und fragt, ob wir noch etwas wollen.

Vor Gier treten Rubleski die Augen aus den Höhlen.

»Nein danke, vorerst nicht, Schätzchen!«

Sie entfernt sich, und wir machen uns über das Essen her. Die Burger sind schwer, fettig und saftig, die Pommes schlaff, durchgeweicht und geschmacklos. Ich überlege, ob ich sie zurückgehen lassen soll, entscheide mich aber dagegen. Wir sollten uns nicht zu lange hier aufhalten, auch wenn Rubleski die Ruhe in Person ist.

Tu nichts, was Aufmerksamkeit erregen könnte, rufe ich mir in Erinnerung.

Ich halte nach Tracy Ausschau und frage mich, ob sie gerade in die Küche gegangen ist, um den Geschäftsführer auf uns aufmerksam zu machen.

»Diese zwei Typen da draußen, die die Cheeseburger bestellt haben ... Sie sind doch irgendwie eigenartig, finden Sie nicht auch? Ihre Klamotten passen hier nicht rein. Jemanden, der so angezogen ist, habe ich hier noch nie gesehen. Und etwas eigenartig benehmen sie sich auch. Ständig tuscheln sie, oder sie streiten sich über Dinge wie die Natur des Universums und Asiatinnen ... Glauben Sie, die sind auf der Flucht vor der Polizei?«

Allein bei dem Gedanken daran bleibt mir der letzte Bissen im Hals stecken. Aber nichts passiert. Der Geschäftsführer, wer immer er oder sie ist, kommt nicht aus der Küche, um sich einen Eindruck von uns zu verschaffen. Tracy hastet gelegentlich durch die Schwingtüren, holt eine Bestellung oder gibt eine auf, scheint sich aber ansonsten nicht um Rubleski und mich zu kümmern, bis wir sie an unseren Tisch winken.

Nachdem er seinen Teller leergegessen hat, will Rubleski noch einen Vanille-Shake, mit einem kräftigen Schuss Sirup. »Ginge das?«, fragt er die Bedienung.

»Schlecht fürs Herz«, rede ich ihm resigniert ins Gewissen, nachdem Tracy sich entfernt hat. Kümmert mich das? Sicher nicht. Am besten, er fällt auf der Stelle tot um.

»Heißt es immer. Aber wenn einen was nicht umbringt, bewirkt es was anderes. So ist es doch, oder?«

Aber egal, er hat fest vor, sich Zeit zu lassen und den Rest seines Abendessens zu genießen.

Er nimmt den Strohhalm, mit dem er gerade den letzten Rest Coke geschlürft hat, von den Lippen. »Was hast du denn, Parker? Irgendwie wirkst du ein bisschen deprimiert.«

Will er sich über mich lustig machen? Was natürlich nicht der Fall ist.

»Nein, wirklich. Was ist, Mann? Du wirst mir hier doch nicht ausflippen.« Sein Gelächter platzt aus der Brust, als hätte er gerade einen erstklassigen Witz gehört.

»Nein, wirklich. Mir fehlt nichts.«

»Was ist dann los mit dir? Ich habe keine Lust, ständig gegen eine Wand zu reden.«

»Was sind Sie doch für ein ausgesprochen sensibler Mensch, Rubleski.«

»Du würdest dich wundern.«

Tatsache ist, dass ich an einen extrem finsteren Ort

abgerutscht bin, einen Ort, der noch trostloser ist als alles andere, was ich erlebt habe, seit dieser Wahnsinn seinen Lauf genommen hat. Angefangen hat alles mit den lächerlichen Argumenten, mit denen Rubleski jegliche Psychologie als sinnlos abgetan hat. Als ob Mord und Nekrophilie nicht genug wären.

»Ich habe an meine Kindheit gedacht.«

Er sieht mich unverwandt an, und seine kräftigen Finger schieben die Stirn hoch, sodass die Falten den Buchstaben V perfekt nachbilden.

»Wieso das denn? Du wirst mir doch hier nicht in Trübsal verfallen?«

»Nein ... aber vielleicht finden Sie meine Kindheit amüsant.«

»Wenn's was zu lachen gibt, bin ich immer dabei, Parker ... Weißt du doch.«

»Blödes Arschloch«, zische ich leise.

Rubleskis Augenbrauen vollführen einen kleinen Hüpfer.

»Mein Vater war Arzt, Kinderarzt. In den Außenbezirken von Cincinnati, Ohio.«

»Was du nicht sagst? Nicht schlecht.«

Ich nicke. »Dort bin ich aufgewachsen – in Cincinnati. Meine Schwestern und ich, wir hatten eine glückliche Kindheit. Wir haben in Mount Lookout gewohnt, dem wohlhabendsten Viertel der Stadt. Die Saturns waren finanziell gut gestellt; als Kinder eines Arztes hat es uns an nichts gefehlt. Heute würde es wahrscheinlich unter ›Weiße Privilegien‹ laufen. In unserer Garage standen immer drei Autos, darunter eines dieser klassischen Alfa-Romeo-Cabrios und ein nagelneuer Mercedes. Jeden Sommer sind wir mindestens einmal, wenn nicht sogar öfter, in Urlaub gefahren – zum Grand Canyon, nach Kanada in die Rocky Mountains, ein paarmal sogar nach Europa. Um der brutalen Kälte im Mittleren Westen zu entkommen, waren wir im Winter öfter an der Golfküste in Florida oder auf den Virgin Islands ...«

Rubleski macht ein Gesicht. »Da hattest du ja keinen Grund zur Klage.«

»Nein. Hatte ich wirklich nicht.«

»Und jetzt langweilt dich dein Leben zu Tode.«

»Wer hat das gesagt? Wann habe ich das gesagt?«

»Jetzt mach mir doch nichts vor, Parker. Ich kenne dich besser als du dich selbst.«

In diesem Moment kommt Tracy mit einem aufgeschäumten weißen Etwas in einem hohen, breiten Kelch an unseren Tisch.

»Danke«, sagt Rubleski, und seine kornblumenblauen Augen blitzen auf. »Sieht köstlich aus.«

Auch Tracys Miene hellt sich auf. Vermutlich spekuliert sie auf ein großzügiges Trinkgeld von diesen zwei komischen Typen in der Ecke. »Ich kann jedenfalls garantieren, dass das ein fantastischer Milkshake ist Ich hab ihn nämlich selbst gemacht.«

Damit entfernt sie sich wieder. Rubleski begutachtet ihren wabbligen Hintern und nuckelt wie ein Teenager in einem Eiscafé an dem frischen Strohhalm. So vieles an diesem Mann stößt mich ab. Ich kann kaum glauben, dass ich gezwungen bin, mit ihm zu reden.

»Und weiter? Du hast gerade erst angefangen.«

»Meine Mutter und mein Vater kamen gut miteinander aus. Natürlich hatten sie hin und wieder kleine Auseinandersetzungen, aber insgesamt waren wir alle glücklich. Das hätte jeder, der uns kannte, bestätigt. In einer unvollkommenen, verkorksten Welt gehörte die Familie Saturn zu den wenigen, die mit ihrem Leben zufrieden waren ...«

Irgendetwas lenkt Rubleskis Blick aus dem Fenster. Vielleicht langweilt er sich, vielleicht denkt er bereits an etwas anderes. Vielleicht ist etwas von dem, was ich gesagt habe, nicht ohne Wirkung auf ihn geblieben – obwohl ich mir das schwer vorstellen kann.

»Das ist etwas, das man mir nicht nehmen kann, Rubleski – meine Kindheit. Meine Erinnerungen. Sie sind heilig. Unantastbar. Aber mehr werde ich Ihnen darüber nicht erzählen. Das haben Sie nicht verdient. Gut möglich, dass Sie alles andere in meinem Leben zerstört haben, aber das werden Sie nicht zerstören.«

Rubleskis Blick ist immer noch nach draußen gerichtet, auf etwas in der dunklen Nacht von Pennsylvania. Es lässt sich unmöglich sagen, was er denkt – vielleicht überlegt er, wohin wir als Nächstes fahren.

Mein Herz pocht wie ein schweres Metall-Tomtom. Die Vergangenheit heraufzubeschwören, hat mich stark aufgewühlt. Mehr habe ich zu diesem Thema aber nicht zu sagen. Ich weiß nicht einmal, was ich eigentlich sagen wollte, und ich weiß auch nicht, welche Reaktion ich mir von Rubleski erhofft habe. Dass er aggressiv wird? Dass er mich laufen lässt? Ich weiß es nicht. Manchmal kann ich nicht einmal sagen, was in mir selbst vor sich geht ...

»Darf ich dich was fragen, Parker?«

»Klar. Nur zu.«

»Du hast doch bestimmt einige Zeit in der Kirche verbracht?«

»Komische Frage. Natürlich.«

»Du hast da gekniet und zu Gott gebetet, oder?«

Obwohl überzeugter Agnostiker, wenn nicht sogar Atheist, gebe ich nur widerstrebend zu, dass er recht hat. Trotzdem, früher habe ich das gemacht – als ich zu jung war, um es besser zu wissen. In Krisensituationen habe ich jede Gottheit, die es da oben vielleicht gibt, angefleht, mir zu helfen, mich zu retten, bei Gelegenheit auch den Himmel. Das hätte ich auch heute getan, wenn ich daran gedacht hätte und nicht so panisch und mutlos gewesen wäre. Es ist, als hätte ich dieser Inkarnation des Satans ein Fenster zu meiner Seele geöffnet.

»Ist dir mal aufgefallen, dass man sich unwillkürlich von einer göttlichen Präsenz umgeben fühlt, wenn man in einem leeren Gotteshaus sitzt?«

Ich könnte nicht behaupten, dass er damit falschliegt. »Doch, schon. Und? Was soll das womit zu tun haben?«

Rubleski hebt den Zeigefinger.

»Und hast du in einer solchen Situation mal befürchtet, dass du einem Schwindel aufgesessen bist?«

»An diesen Punkt ist wahrscheinlich jeder von uns schon einmal gekommen, das liegt in der Natur der Sache ... Aber ich bin nicht sicher, ob ich verstehe, worauf Sie hinauswollen.« Ich habe längst die Geduld mit seinen Spielchen verloren.

»Und dass die ehrfürchtige Stille um dich herum nichts anderes ist als die Stille der Banalität? Dass du dachtest, du befindest dich in der Präsenz eines Wesens, das unendlich viel größer ist als du selbst, obwohl es nichts anderes ist als abgestandene Luft? Und dass diese tiefe, tröstliche Ruhe, bei der du Zuflucht suchst, nur darauf zurückzuführen ist, dass du in einer großen steinernen Behausung sitzt, in die kein von Mensch oder Natur erzeugtes Geräusch vordringen kann? Dass statt Gott nur hölzerne Kirchenbänke und leblose Sakralbilder diesen angeblich heiligen Raum füllen? Dass du bloß vorgegaukelt bekommen hast, dass es einen Himmel, ein Nirwana oder ein Paradies gibt, und nicht nur dieses erbärmliche kleine Geschöpf, das da sitzt und in die Betrachtung seiner göttlichen Bestimmung versunken ist ...?«

»Ich kann nur wieder die gleiche Frage stellen, die ich Ihnen schon die ganze Zeit zu stellen versuche, Rubleski. Was soll das alles womit zu tun haben?«

»Überleg doch mal, Parker. Überleg einfach mal. Aber erst mal lass uns hier verschwinden. Ich habe genug von deinen Kindheitserinnerungen.«

Sein Körper bebt vor Energie, wie ein Wesen mit Superkräften, dessen Batterie nie leer wird. Er ist bereit weiterzuziehen – wohin uns diese irre Elektrizität auch treibt.

Er bittet Tracy um die Rechnung. Als wir den Tisch verlassen, sehe ich, dass er ihr fünfzig Dollar Trinkgeld gegeben hat.

Wenn es keinen Gott gibt, dann ist alles erlaubt.
– Fjodor Dostojewski

Etwas Großes

An eins werde ich mich später bestimmt erinnern, da bin ich ganz sicher: Wie wir endlos durch die Nacht fahren, immer weiter, Meile um Meile, immer weiter. Und wie es fast etwas ... *Tröstliches* hat, sich darin zu verlieren und von diesem schützenden Mantel aus Dunkelheit umhüllt zu werden. Wie wir in einer gottverlassenen Gegend in Pennsylvania an einer Tag und Nacht geöffneten Tankstelle mit einem kleinen Supermarkt halten. Wie ich mich darüber wundere, dass wir immer noch nicht von der Polizei angehalten worden sind. Wie Rubleski auf einem Snack herumkaut – Beef Jerky, ein Müsliriegel oder eine Lakritzstange –, als wir uns wieder in das Dunkel stürzen ...

... und wie es sich anfühlt, total ausgelaugt zu sein, so ausgelaugt, dass ich kaum mehr die Augen offen halten kann und irgendwann einschlafe und mich einen Dreck darum schere, ob wir von der Polizei angehalten werden, solange ich mich nur auf einer Matratze hinhauen kann, selbst wenn sie sich hinter Gittern befinden sollte ...

Schließlich ein unbekümmert dahinlabernder Rubleski, der sich nicht die geringsten Sorgen zu machen scheint, gefasst zu werden – als wäre er wirklich der unangefochtene Herrscher dieser ganz speziellen Unterwelt und hätte sich einfach dazu entschlossen, im Schutz der Nacht aufs Geratewohl quer durchs ganze Land zu brausen, ohne dass ihn jemand daran hindern kann. Dabei kommen mir immer wieder Bruchstücke seines irren Sermons in Nick's Diner in den Sinn, und wenn sie auch weiterhin keinen Sinn ergeben, lassen sich mich trotzdem nicht los, ähnlich wie bei einem besonderen Traum, der einem nicht mehr aus dem Kopf geht, weil er so faszinierende Wendungen nimmt.

Wie aus dem Nichts leuchtet uns irgendwann das knallbunte Schild einer Raststätte aus der endlosen nächtlichen Weite entgegen – eine Unterkunft, an deren Rezeption ein Nachkomme von Norman Bates lauern könnte, wäre er nicht lediglich eine Fantasiegestalt. Rubleski steuert darauf zu, steigt aus und geht nach drinnen, während ich fast wohlig weiterdöse. Mir ist nicht entgangen, dass er den Motor ausgemacht und den Schlüssel stecken gelassen hat und dass es ihm nichts ausmacht, mich ganz allein mit dem Waffenkoffer im Auto zu lassen. Ich bin zu erschöpft, um diese Gelegenheit zu nutzen, und er scheint es zu wissen.

Er bleibt eine ganze Weile an der Rezeption, und als er schließlich wieder nach draußen kommt und mich wachrüttelt, baumelt ein Schlüssel von seinen Fingern.

»Hundertneun, Parker.«

Es braucht ein paar Sekunden, um zu mir durchzudringen. »Den Typen an der Rezeption haben Sie aber nicht kaltgemacht, oder?«

»Warum sollte ich das denn tun?«

Rubleski fährt auf die Rückseite des Gebäudes, wo die einzige Lichtquelle ein auf dem Dach angebrachter schmutziger Scheinwerfer ist. Wir tappen durch tiefes Dunkel, bis wir Zimmer 109 finden. Dort ist es modrig und kalt, eine schimmlige Höhle für Jäger und Fischer. Es riecht, als wäre jahrelang nicht mehr gelüftet worden.

Wahrscheinlich gibt es in diesem Loch Spinnen und

Mäuse – und sicher auch noch alles mögliche andere Getier –, aber im Moment ist mir das völlig egal. Auf den beiden Seiten des Zimmers stehen zwei straff bezogene Einzelbetten. Ich habe nicht einmal mehr die Kraft, mich auszuziehen, sondern plumpse sofort auf die nächste Matratze und versinke taumelnd in den Schlaf eines Toten ...

Es kommt mir vor, als wären nur wenige Sekunden vergangen. Meine Augen sind weit offen.

Wie spät ist es?

Welchen Tag haben wir?

Wo bin ich?

Ich habe keine Ahnung.

Ich bin vollkommen desorientiert.

Die gelbliche Morgendämmerung, die durch die Ritzen der Plastikjalousie dringt, taucht Zimmer 109 in völlig neues Licht, und zum Vorschein kommen darin eine kotzgrüne Decke und trostlose beige Wände, an denen billige Illustrationen von Bächen und Tieren und Bergen hängen. Bei unserer Ankunft habe ich nichts von all dem mitbekommen.

Langsam kehrt alles zurück, wie ein Traum, so seltsam, so bizarr, so verrückt, dass der Träumende weiß, es kann nur eine fantastische, von Drogen ausgelöste Halluzination ohne jeden Bezug zur Realität sein. Als ich mir die schrecklichen Ereignisse des Vortages vergegenwärtige, bleibt mir nur die Hoffnung, dass sie Bruchstücke eines besonders abgefahrenen Traums sind, der einem so lange einredet, dass alles, was das Gehirn heraufbeschworen hat, tatsächlich geschehen ist, bis er einen aus den Klauen lässt und die alte, vertraute Wahrheit zurückkehrt.

Ich wälze mich herum, und da steht Rubleski vor der Innenseite der Badezimmertür ... Er posiert vor dem winzigen Spiegel und kämmt sich das nasse Haar. Allem Anschein nach hat er bereits geduscht und sich rasiert, und er hat auch seinen erstaunlich proper aussehenden Anzug schon wieder an, bereit in einen neuen Tag zu starten, von dem nur Gott weiß, was er bringen wird.

Bei seinem Anblick sinkt mir der Mut, wie ein Stein in einem Swimmingpool. Ja – alles ist real. Rubleski ist real, nur zu real, und keineswegs eine Hervorbringung meiner überreizten Fantasie.

Sein großer Koffer liegt auf dem verlassenen Bett, das er wie ein pflichtbewusster Soldat in der Kaserne bereits gemacht hat. *Das tödliche Behältnis ist nur wenige Schritte entfernt.* Wenn ich schnell genug bin, kann ich die Kontrolle über die Situation an mich reißen und endlich fliehen, Rubleski vielleicht dabei sogar töten. Dann müsste ich bei der Polizei mein Glück versuchen und wider alle Hoffnung hoffen, dass sie mir glauben, wenn ich ihnen beim Leben meiner Frau und meiner Kinder schwöre, dass ich mit den blutigen Morden vom Vortag nichts zu tun habe.

Rubleski summt leise vor sich hin, während er sich fertig macht. An den Titel der Melodie kann ich mich nicht erinnern, aber ich weiß, es ist ein aktueller Pop-Hit von einer dieser jungen Schnulzensängerinnen, die gerade schwer angesagt sind. In dem Song geht es darum, dass man an einem trägen Nachmittag mit einer Flasche am Strand herumgammelt – jedenfalls ist der Text ziemlich einfallslos und der Rhythmus fade, aber die Melodie hat eindeutig Ohrwurmqualitäten. Schon nach wenigen Takten wird mir klar, was das Ganze sein soll: eine Hymne auf weibliche Selbstermächtigung, die einem sofort ins Ohr geht, bis man sie ein paarmal gehört hat und merkt, dass sie in Wirklichkeit total banal und austauschbar ist.

You can't hold me down
It's impossible
I was made to take on the world
And I won't back away
You can't make me back down
Even when I'm lying on the beach
With my bottle of fire
And my main squeeze squeeze squeeze

Rubleski diesen Song summen zu hören ist zunächst komisch. Aber dann bekommt das Ganze etwas Gruseliges.

Sorgsam darauf bedacht, möglichst leise zu sein, schlage ich die Decke zurück und schwinge die Beine langsam über die Bettkante. Ich bin bereits auf den Beinen und will mich auf Rubleskis Koffer stürzen, als er wie ein aufmerksamer Wachhund blitzartig zu mir herumwirbelt.

»Parker, du faules Aas! Ich dachte schon, du hörst gar nicht mehr auf zu schlafen!«

Und schon, einfach so, hat er meinen kleinen, ohnehin nicht sehr einfallsreichen Plan durchkreuzt. Hätte ich mir das nicht gleich denken können? Hätte mir nicht klar sein müssen, dass dieser durchtriebene Dreckskerl den Instinkt eines Leoparden hat – oder einer Kobra? Dass ihm nichts entgeht und er sich unter keinen Umständen überrumpeln lässt?

»Zieh dich schon mal an und lass uns hier abhauen«, sagt er und greift nach dem Koffer, als hätte er schon, bevor ich selbst auf diese Idee gekommen bin, gewusst, dass ich versuchen würde, ihn mir zu schnappen. »Was zu essen besorgen wir uns unterwegs.«

»Unterwegs wohin?«

Er zuckt die Achseln. Er verrät es mir zwar nicht, aber er weiß es. Er weiß ganz genau, wohin wir fahren, aber mir, seinem störrischen unfreiwilligen Mitreisenden, verrät er es nicht.

Als wir gerade das Zimmer verlassen wollen, schaue ich mich noch einmal um. Eine alte Gewohnheit von mir. Obwohl leere Motelzimmer für mich etwas Unheimliches haben, würde ich am liebsten ewig in Zimmer 109 bleiben, um mich nicht dem Licht eines weiteren Tages aussetzen zu müssen ...

Laut Kalender ist zwar immer noch Sommer, doch der Morgen ist kühl und frisch, ein Vorbote dessen, was kommen wird. Die Bäume hinter dem Parkplatz, die ich bei unserer nächtlichen Ankunft nicht gesehen habe, leuchten bereits in den Farben des Herbstes: orange, rot, gold. Es ist die Sorte von Morgen, an dem man froh, sogar begeistert sein sollte, am Leben zu sein, wäre da nicht das klitzekleine Problem von ein paar blutigen Morden ...

Am Büro hält Rubleski an und steckt den Schlüssel in den Briefkastenschlitz. Normalerweise sollte sich ein Gast an der Rezeption abmelden, aber wie immer hält er sich nicht an die Regeln. Hat er dem Portier letzte Nacht die Kehle durchgeschnitten, nachdem er den Zimmerschlüssel von ihm erhalten hatte? Das kann ich inzwischen nicht mehr ausschließen. Aber so früh am Morgen will ich an so etwas noch nicht denken ...

Und dann sind wir wieder unterwegs. Einfach so.

Wie ein Bataillon von Gespenstern steigt aus Wald und Wiesen, sogar vom Asphalt, ein pittoresker Nebel auf, sodass man in unserer gekaperten grünen Limousine den Eindruck hat, als glitte man in einem Schiff über ein nebelverhangenes Meer. Wie gewohnt ist Rubleski bester Stimmung, singt zur Musik aus dem Radio, freut sich an der idyllischen Umgebung. Das erste Esslokal, auf das wir stoßen, ist Lily's Café in dem Dorf Brompton – stand zumindest auf dem letzten Ortsschild. Nie davon gehört. Aber auch von den anderen Ortschaften, durch die wir gekommen sind, habe ich nie etwas gehört. Wir halten trotzdem – oder gerade deswegen – an. Wir gehen hinein und setzen uns an die Theke, als wären wir zwei Einheimische, die sich für einen Arbeitstag auf der Farm stärken wollen. Die grauenhafte Country-Musik, die aus den Lautsprechern blökt, passt wie die Faust aufs Auge.

Rubleski lässt es vollkommen kalt, dass sein Gesicht oder auch meines, Herrgott noch mal, wahrscheinlich im ganzen Internet und auf den Titelseiten aller Zeitungen des Landes zu sehen ist. Vielleicht liegt es gerade an dieser unbekümmerten Dreistheit, dass wir noch nicht gefasst worden sind – wir sehen einfach nicht schuldbewusst genug aus.

Die hennagefärbte Mittfünfzigerin hinter der Theke nimmt kaum Notiz von uns. Der Umstand, dass sie nicht aufschaut und uns lediglich unter ihren fetten falschen Wimpern hervor eingehend mustert, lässt mich deutlich ruhiger atmen.

»Wissen Sie schon, was Sie möchten? Oder brauchen Sie noch ein bisschen?«

Wir ziehen die Speisekarten aus den Metallhaltern. Wir bestellen beide Eier-mit-Speck-Sandwiches und dazu Kartoffeln.

»Und Kaffee! Eine Riesenkanne Kaffee!«, ruft Rubleski der Bedienung hinterher, als sie sich entfernt, um unsere Bestellung an die Küche weiterzugeben.

Das Essen kommt schnell, und wir machen uns mit Appetit darüber her. An diesem Morgen haben Rubleski und ich uns nicht viel zu sagen. Während wir kauen und schlucken, spitze ich argwöhnisch die Ohren, was die wenigen anderen Gäste in unserer Nähe reden. Tuscheln sie über zwei flüchtige Kriminelle, deren Mordserie in einem New Yorker Hotelzimmer ihren Anfang genommen hat? Oder über den brutalen Mord an zwei Masseusen in einer schäbigen Einkaufsstraße in New Jersey? Über eine spurlos verschwundene Hausfrau? Oder vielleicht über die rätselhafte Ermordung eines Grundbesitzers in den sanft gewellten Hügeln des idyllischen Hunterdon County ...?

Zwischen den einzelnen Bissen beobachte ich von meinem Hocker aus verstohlen die Gäste. Abgesehen von dem einen oder anderen teilnahmslosen Blick ist kein übermäßiges Interesse an Rubleski und mir zu erkennen. Im Gegenteil, die übrigen Gäste nehmen so gut wie keine Notiz von den zwei Fremden, die sich an der Theke den Bauch vollschlagen – denn so, wie wir angezogen sind, können wir keine Einheimischen sein.

Aus dem großen Fernseher über der Durchreiche zur Küche tönt Fox News. Wie üblich ist im Nahen Osten wieder etwas Fürchterliches passiert. Auf dem Bildschirm sind spektakuläre Explosionen zu sehen. Auf einer Straße liegen Tote herum, Bilder, die mir immer gestellt vorkommen, weil die Leichen so hindrapiert aussehen. Und wo ist das Blut? Diese Menschen können unmöglich tot sein, obwohl ich weiß, dass sie es sind ...

Ich schiebe mir weitere fünf Zentimeter knusprigen

Speck mit Ei in den Mund. In meinem bisherigen Leben habe ich mich praktisch vegan ernährt, aber dieses tote Schwein schmeckt köstlich. Der nächste Nachrichtenbeitrag dreht sich um eine Hollywood-Schauspielerin. Zuerst spricht sie über ihren neuen Film, eine seichte Komödie, dann über die Flüchtlingsmisere in Europa, über die Krise in Venezuela und dass sie eine Folge der Lateinamerikapolitik der USA sein könnte, und schließlich über den dringend nötigen Verzicht auf fossile Brennstoffe, damit wir nicht alle an den Folgen des Klimawandels zugrunde gehen ...

Als ich die Bedienung bitte, mir Kaffee nachzuschenken, merke ich, dass Rubleski und ich inzwischen die einzigen Gäste sind. Das lässt die Anspannung ein wenig von mir abfallen. Eine Werbepause, dann kündigt die Fox-Moderatorin, eine elegante, attraktive Afroamerikanerin, einen weißhaarigen Psychiater in Hemd und Krawatte an, der per Video zugeschaltet wird. Er wird über den Mann sprechen, der vor ein paar Jahren mehrere Besucher eines Country-Konzerts in Las Vegas erschossen hat.

Das lässt mich aufhorchen – aus offensichtlichen Gründen. Ich werfe einen Seitenblick auf meinen Begleiter, der immer noch mit seinen Kartoffeln beschäftigt ist, die er wie ein Teenager mit reichlich Ketchup vermanscht hat.

» ... *Wenn ich Sie also recht verstanden habe, Doktor Eastheim, halten Sie den Abschlussbericht des FBI für besorgniserregend.*«

»*Allerdings. Nicht, weil er nicht gründlich wäre – er lässt nichts unberücksichtigt –, sondern weil das FBI erklärt, dass es nach eingehender Prüfung aller Beweise im Zusammenhang mit dieser Straftat kein Motiv oder zumindest keinen einzelnen, eindeutig motivierenden Faktor für Stephen Paddocks grauenhaften Amoklauf finden konnte.«*

»Und weshalb halten Sie diesen Schluss für besorgniserregend, Doktor Eastheim?«

»Weil er bedeutet, dass wir einfach nicht wissen, was einen Menschen dazu veranlasst, zu tun, was er tut, und darunter fällt bedauerlicherweise auch Mord im großen Maßstab. Eine Obduktion hat ergeben, dass bei Mister Paddock organisch alles in Ordnung war. Kein Hirntumor, keine sonstigen schwereren Erkrankungen, keine Psychose, die Bekannten von ihm aufgefallen wäre, kein Abschiedsbrief, in dem er Gründe für seine Tat angibt, so es überhaupt welche gab. Die Abschlussanalyse erweckt den Eindruck, dass Stephen Paddock so gehandelt hat, weil er es so wollte. Und das, möchte ich zu bedenken geben, ist beängstigend. Extrem beängstigend.«

»Können Sie uns Genaueres zu den Problemen sagen, vor die das die Ermittlungsbehörden stellt, Doktor Eastheim?«

»Das betrifft nicht nur die Ermittlungsbehörden, sondern uns alle, die wir gern eine kausale Begründung hätten. Wenn man keine Anzeichen hat, nach denen man Ausschau halten kann, wie will man dann solche schrecklichen Vorfälle in Zukunft verhindern? Die Antwort darauf lautet: Man kann es nicht. Wenn es nicht möglich ist, ein politisches oder gesellschaftliches Ziel zu erkennen, wenn man im Voraus kein psychiatrisches Profil hat, wenn es kein persönliches Motiv gibt, was bleibt uns dann noch, vor allem, wenn die fragliche Person keinerlei Symptome aufweist und vorher keine Hinweise auf ihr Vorhaben gibt?«

»Dann haben wir es also mit einem neuen Typus von, in Ermangelung eines besseren Begriffs, Mörder zu tun?«

»Ähm … ich fürchte, ja. Ich fürchte, dass er – oder sie – jemand ist, mit dem wir uns künftig eingehender befassen müssen. Das heißt, eigentlich schon jetzt.«

»Aber wie soll das gehen, wenn es, wie Sie selbst zugeben, praktisch unmöglich ist, solche Personen im Voraus zu erkennen?«

»Genau das ist das Problem.«

»Vielen Dank, dass Sie bei uns waren, Doktor Eastheim.«

»Gerne ...«

Auf den Beitrag folgt eine Toyota-Werbung.

»Genau das versuche ich dir schon die ganze Zeit klarzumachen, Parker.«

Rubleski sieht mich mit großen Unschuldsaugen an.

»Ich wusste gar nicht, dass Sie mir etwas klarmachen wollen.«

»Muss ich es dir wirklich bis ins Kleinste ausbuchstabieren? *Es gibt keinen Grund. Es muss keinen Grund geben.* Es muss nicht *irgendwas* sein. Und letztlich wird sich der Versuch, Gründe zu finden, als vollkommen vergeblich erweisen. Will das denn nicht in deinen Kopf, Parker? Was ist, ist schlicht und einfach das, was du möchtest, dass es so ist. Ist das so schwer zu kapieren?«

Einerseits verstehe ich es und andererseits nicht. Vielleicht hat Rubleski recht, und vielleicht ist jede Erklärung so gut wie eine andere. Aber wohler ist mir deswegen ganz und gar nicht.

Rubleski holt seinen Packen Geldscheine aus der Tasche. Wieder die übertriebene Großzügigkeit. Woher kommen die ganzen grünen Scheine? Sie sind wie himmlisches Manna. Der Packen scheint nie dünner zu werden als beim letztem Mal, als er ihn herausgeholt hat. Ein weiteres Rätsel ...

Nach einem kurzen Ausflug auf die Toilette klopfen wir weiter Meilen herunter. Der Nebel hat sich inzwischen vollständig aufgelöst, und es sieht nach einem weiteren herrlichen Tag aus.

»Einfach traumhaft, dieses Wetter, findest du nicht auch, Parker?« Rubleski ist begeistert. Er hat es bestimmt schon ein halbes Dutzend mal gesagt, und das mit solchem Enthusiasmus, dass ich gar nicht anders kann, als mich seiner Ansicht anzuschließen. Der immerblaue Himmel, das satte Grün um uns herum, der strahlende Sonnenschein – alles gibt seiner Begeisterung recht. Doch immer, wenn er es erwähnt, passiert etwas Schlimmes.

»Ja. Herrlich.«

»Was ist los mit dir, Mann – magst du keinen Sonnenschein?«

»Witzig. Wirklich sehr witzig ...«

Aber es ist überhaupt nicht witzig. Es ist jetzt vierundzwanzig lange Stunden her, dass ich auf Rubleski getroffen bin, und infolge dieser verfluchten Begegnung ist mein Leben aus den Fugen geraten, und das so sehr, dass es mir vollkommen entglitten ist und nicht mehr in der Form existiert, in der es gestern Morgen noch existiert hat.

Während wir über den Highway rauschen, muss ich an eine Fernseh-Doku denken, die ich so interessant fand, dass ich mich danach noch eingehender über das Thema informiert habe. Es ging darin um eine reiche amerikanische Erbin, die in den siebziger Jahren von einer Gruppe linker Terroristen entführt und vergewaltigt wurde, und um die hitzigen öffentlichen Debatten, zu denen es kam, als sie die Seiten wechselte und sich bereitwillig an den gegen die Gesellschaft gerichteten Straftaten ihrer Peiniger beteiligte. Hatte man sie einer Gehirnwäsche unterzogen, lautete die unvermeidliche Frage, oder stand sie schon die ganze Zeit auf der Seite der Revolutionäre? *Warum versuchte sie nicht zu entkommen, als sie die Gelegenheit dazu hatte?* Allem Anschein nach boten sich ihr nämlich immer wieder Fluchtmöglichkeiten ...

Oder weckte die Erfahrung, entführt und vergewaltigt zu werden, etwas in ihr, irgendeinen latenten Drang, der nur darauf wartete, freigesetzt zu werden? Die Grenzen zwischen den verschiedenen möglichen Realitäten waren schon damals unklar, und sie sind es bis zum heutigen Tag. Es ist schwer zu ergründen, was mit dieser jungen Frau passiert ist, und Gewissheit werden wir in dieser Frage wohl nie erlangen.

Es versteht sich fast von selbst, dass man meinen Fall ganz ähnlich sehen kann. Was wird man über Parker Saturn sagen, wenn diese Geschichte irgendwann zu Ende ist?

Mit vollem Bauch und entleerter Blase ist man versucht, unsere Fahrt als entspannten Wochenendausflug zu betrachten.

»Hey – warum fahren wir nicht einfach mal da hin ...?«

Rubleskis Augen leuchten vor Begeisterung, als er auf die Bremse tritt. Vor uns kündigt ein Schild den Raystown Lake mitsamt Badestrand und Bootsverleih an. Was will er denn dort?

Bevor ich ihn das fragen kann, hat er den Wagen bereits in die Einfahrt des Erholungsgebiets gelenkt, und wir folgen dem Wegweiser zum Strand.

Weit und breit ist kein anderes Fahrzeug zu sehen. Wie es scheint, haben wir den See ganz für uns allein. Es ist ein Tag unter der Woche – alle sind auf der Arbeit oder in der Schule.

Die Straße schlängelt sich durch den Wald, bis wir zum Parkplatz kommen. »Wie wär's mit einer Wanderung durch die Wildnis, Parker?«

Da muss ich nicht lange nachdenken. Es ist auf jeden Fall besser, mit Rubleski irgendwo in der Pampa unterwegs zu sein als auf dem Highway, wo ich ihm nicht entkommen kann. Kurz überlege ich, ob ich wegrennen und mich so lange im Unterholz verstecken soll, bis er die Suche nach mir aufgibt.

Vorausgesetzt natürlich, dass er nicht vorhat, mich hier draußen umzubringen.

Fünfzig Meter vor der Motorhaube, ein verlassener Sandstrand ... ringsum Flecken mit grünem Gras ... gelb und orange getönte Hügel, die, wie gemalt, über der grauen Wasserfläche vor uns aufragen. Was kann man bei einem solchen Ausflug mehr erwarten?

»Klar, warum nicht ...?«

Rubleski parkt in einer Ecke des Parkplatzes unter einer Laterne und neben einem Müllcontainer. Wir steigen aus und folgen einem Pfad, der unter einem Dach aus Blättern und Zweigen verschwindet. Zuerst ist er betoniert, doch dann führt er uns auf gestampfter Erde immer tiefer in den Wald hinein.

»Komm schon, Parker – schlaf nicht ein!«

Rubleskis Schritt hat etwas Federndes. Er ist sogar noch energiegeladener als sonst, weshalb es fast unmöglich ist, mit ihm Schritt zu halten. Über kurz oder lang erreichen wir eine Lichtung, nicht unähnlich der, auf der Rubleski den Landjunker erledigt hat. Vor dem Gehölz dahinter befinden sich mehrere Haufen feiner brauner Erde, die von einem Schwarm Monarchfalter umschwirrt werden. Ein geradezu magischer Anblick.

»Hab ich's dir nicht gesagt, Parker? Hab ich's dir nicht gesagt?«

»Was ... Was haben Sie gesagt?«

Wie immer versteht es Rubleski meisterhaft, meine kleinen Spitzen zu ignorieren. Wir marschieren weiter den Hügel hinauf, bis wir eine Lichtung erreichen, auf der sich ein großer flacher Felsen in der Sonne aufheizt.

Rubleski zieht sein Jackett aus, rollt es zusammen und wirft es auf den Granit.

»Mach's dir bequem, Parker«, fordert er mich auf, nachdem er auf den Felsen geklettert ist. Er legt sich auf den Rücken und verschränkt, mit der Jacke als Kissen, die Arme hinter dem Kopf.

Auf dem Felsen ist Platz für mehr als nur ein paar Personen. Ich klettere hinauf und starre in das unsichtbare Himmelsgewölbe. Der Zeitpunkt erscheint mir nicht schlechter als irgendein anderer, um ein ganz bestimmtes Gespräch anzuleiern.

»Warum, Rubleski? Warum tun Sie das?« Mein Ton ist unterwürfig, alles andere als aufmüpfig.

Er hat wegen der grellen Sonne die Augen fest zusammengekniffen und stöhnt nur.

Aber ich lasse nicht locker. »Was haben Sie davon? Jetzt mal im Ernst, warum tun Sie mir das an, warum tun Sie sich selbst das an? Warum? Nicht zu reden von diesen armen Menschen, die Sie ...«

»Hast du nicht gehört, was dieser Seelenklempner im Fernsehen gesagt hat, Parker?«

Ich erinnere mich gut daran. Seit dem Frühstück denke ich an nichts anderes. »Na ja, er hat gesagt, dass er nicht weiterweiß. Bloß hatte dieser Typ nicht den blassesten Schimmer. Total unfähig. Was hat so jemand im Fernsehen zu suchen, wenn er keine Antworten parat hat, egal welche?«

Halb bluffe ich, aber zugleich wüsste ich gern, was ich

Rubleski entlocken kann, wenn er nicht auf meine Fragen gefasst ist.

Sein Kopf bewegt sich auf dem harten Untergrund hin und her. »Falsch! Falsch, falsch, falsch. Er war durchaus auf der richtigen Spur. Bloß hat er es nicht gemerkt.«

»Was soll das jetzt wieder heißen? Wie soll er etwas auf der Spur gewesen sein, ohne etwas darüber zu sagen, was ...«

»Der entscheidende Punkt ist die Sinnlosigkeit des Ganzen. *Es gibt keinen Grund.* Ich dachte, das hätte ich dir längst klargemacht. Aber offensichtlich hörst du mir nicht zu, Parker.«

»Sie können ja gern behaupten, dass es weder einen Sinn, noch einen Grund, noch sonst irgendetwas gibt. Bloß stimmt das einfach nicht. Es ist sogar eine gigantische Lüge, nur ein Versuch, irgendwie zu rationalisieren, was Sie getan haben. Letztlich ist das alles nichts weiter als eine billige Ausrede, um vor allen, Sie eingeschlossen, die Wahrheit zu verschleiern. *Sie* sind derjenige, der *das* nicht zu kapieren scheint, Rubleski. Sie wissen sehr wohl, warum Sie dieses Gemetzel veranstalten. Ganz genau sogar!«

Ein weiterer Bluff meinerseits, denn in meiner Verzweiflung greife ich nach jedem Strohhalm. Ich weiß, dass es ein Fehler ist, Rubleski mit meinen Fragen zu bedrängen, statt ihn so weit einzulullen, dass er irgendwann einschläft. Aber ich kann einfach nicht anders. Ich versuche, mir meine Beharrlichkeit damit zu erklären, dass ich mir später vielleicht zunutze machen kann, was ich ihm jetzt entlocke.

»Ich mag dich, Parker, wirklich, aber ich bin nicht mehr sicher, ob es sich lohnt, mit dir zu diskutieren.«

Rubleski kläfft wie ein Seehund, ein herzhaftes, amüsiertes Schnauben, das mir das Gefühl gibt, herabgesetzt und nicht ernstgenommen zu werden.

»Ich will ja nicht mit Ihnen streiten, Rubleski. Es ist nur ... wie soll ich es Ihnen erklären ... wenn Sie glauben, gegen etwas zu protestieren, indem Sie wildfremde unschuldige Menschen ermorden, dann ist das ein billiger Protest. Und vor allem ist er unmoralisch – und böse. Wenn Sie gegen den American Way of Life aufbegehren, oder gegen den Kapitalismus, den Konsumwahn, unsere Maßlosigkeit oder gegen Rassismus und puritanische Sexualmoral – oder was weiß ich wogegen –, dann gehen Sie völlig falsch an die Sache heran. Zugleich behaupten Sie, alles an diesem Land großartig zu finden. Wie soll das zusammenpassen? Das will mir nicht in den Kopf. Ich verstehe beim besten Willen nicht, was Sie eigentlich wollen. Wissen Sie, was ich meine?«

Es ist immer noch hauptsächlich hohles Getöse, was ich von mir gebe. Ich könnte nicht einmal selbst sagen, was ich damit meine. Rubleskis Kopf beginnt wieder zu oszillieren.

»Du checkst einfach nicht, worum es geht, Parker. Du kapierst rein gar nichts. Was du zu fassen bekommen willst, ist ein Widerspruch in sich und zugleich ganz einfach. Die größten Denker der Geschichte, von Laotse bis Heidegger, haben das begriffen, und anscheinend muss ich es dir noch einmal sagen: *Es gibt keinen Grund. Es gibt keine Erklärung.*«

»Und was soll das jetzt sein? Existenzialistischer Nihilismus, so etwas in der Richtung?«

Rubleski gähnt. »Nenn es meinetwegen, wie du willst. Völlig egal ...«

Wie üblich, Ende der Diskussion. Es ist hoffnungslos. Aber ich gebe mich noch nicht zufrieden. Mir war praktisch von Anfang an klar, dass ich mit Rubleski nicht wirklich reden kann. Ich weiß nicht, was ich von ihm will, und er will – oder kann – es mir nicht geben. Und das weckt in mir den Wunsch, *ihn* zu ermorden. Wenn ich überzeugt wäre, dass ich dazu in der Lage wäre und ungestraft davonkäme, täte ich es. Aber ich weiß, dass ich es nicht könnte und dass mich seine idiotischen Nicht-Antworten weiter an den Rand des Wahnsinns treiben werden, bis sich unsere Wege ein für alle Mal trennen.

Und der Umstand, dass ich ihm nicht entkommen kann, ist so frustrierend und zugleich lächerlich, dass ich lauthals loslachen muss.

»Das ist die richtige Einstellung, Parker! Jetzt checkst du's! Du musst einfach chillen ... loslassen ... entspannen!«

Bis auf das Zwitschern der Vögel und das eine oder andere rätselhafte Geräusch aus dem Unterholz herrscht tiefe Stille. Von unserem Aussichtspunkt auf dem Felsen kann ich in der Ferne ein paar Wanderer sehen. Einige drehen den Kopf in unsere Richtung, aber niemand kommt in unsere Richtung. Vielleicht halten sie uns für Lover und wollen unsere Zweisamkeit nicht stören. Rubleski hat die Augen gegen die Mittagssonne geschlossen, aber ich gebe mich keinen Illusionen hin: Er weiß genau, was ich tue, wo ich bin, was ich denke. Bald werden auch meine Lider schwer, und meine Gedanken schwirren mir zusammenhangslos wie ein Mottenschwarm durch den Kopf. Alles wird nebulös, unsinnig ... Habe ich tatsächlich eine Frau und Kinder? ... Existieren sie wirklich? Vielleicht sind sie, wie Rubleski, nur Auswüchse meiner überspannten Fantasie ... Vielleicht, vielleicht ... vielleicht existiere ich nicht einmal ... Ich beginne einzunicken ... und auf einmal höre ich einen von uns schnarchen.

»Parker!«

Als ich zu mir komme, ist sein Gesicht ganz dicht an meinem, und er macht sich lustig über mich.

»Uuuh ... ich bin wohl eingeschlafen ...!«

Ich rutsche vom Felsen und gehe neben Rubleski her. Unser nächster Halt ist die Kuppe eines nahen Hügels, wo wir uns auf den Boden setzen und uns an der ländlichen Idylle erfreuen, die sich unter uns ausbreitet.

»Sieh mal da unten«, sagt er nach einer Weile und deutet auf ein Pärchen, das unten am Strand eine Decke auf dem Sand ausbreitet.

»Ja ... und?«

Ohne ein weiteres Wort steht er auf und bürstet mit den Händen seine Hose ab. Wir tippeln mit seitlich versetzten Füßen durch violette Wiesenblumen und verdorrtes Gras den Hügel hinunter, bis wir das dichte Gehölz erreichen, das den Sandstrand umgibt. Aus seinem Schatten heraus beobachten wir die Neuankömmlinge.

Es ist bereits brüllend heiß, ein idealer Tag, um mit einem Buch am Strand zu liegen, und das Pärchen, ein etwa zwanzigjähriger Junge in einem Philly-76er-Trikot und ein gleichaltriges Mädchen in einem schwarzen Bikini, hat das Seeufer ganz für sich allein – glaubt es zumindest. Der Junge schaut aufs Wasser hinaus, während sich seine Begleiterin streckt wie eine Katze, bevor sie sich auf den Rücken legt. Ein echter Hingucker in diesem winzigen Etwas von Badeanzug ...

Rubleski schiebt die Hand in die Hosentasche. In einem gelben Sonnenstrahl, der sich durch das Geäst über uns gestohlen hat, blitzt der Griff seines Dolchs auf.

»Was soll das ...? Rubleski ... was machen Sie da?«

Er hört mich nicht. Er will mich nicht hören. Wie ein lüsterner Spanner stiert er auf das junge Paar. Nachdem er es ein paar Sekunden beobachtet hat, geht er in Richtung Strand los.

»Los, Parker, gehen wir!«

»Wohin?«

»Komm einfach mit!«

»Was ... was haben Sie vor?«

»Nichts. Nur hallo sagen, mehr nicht.«

»Nein. Nein, das will ich nicht. Ich werde nicht ...«

»Jetzt stell dich nicht so an, Parker.«

»Verdammte Scheiße noch mal! Damit hat das doch nichts zu tun. Ich glaube Ihnen nicht, Rubleski. Machen Sie mir doch nichts vor! Sie wollen diesen beiden was antun. Und bei so etwas mache ich nicht mehr mit. Haben Sie gehört? Ich will nicht an etwas beteiligt sein ...«

»Mach doch nicht so ein Theater, Parker. Wir wollen bloß ihre Bekanntschaft machen. Du kannst mir ruhig glauben.«

Ich erhasche einen Blick auf Rubleskis Waffe und gelange zu der Ansicht, dass es für alle Beteiligten das Beste ist, wenn ich ihm folge. Da ich darauf gefasst bin, kann ich diesmal vielleicht zumindest versuchen, ein Leben zu retten ...

Der Junge am Strand spürt, dass wir kommen. Er dreht den Kopf, und seine Lippen bewegen sich. Was er auch sagt, veranlasst seine Begleiterin, sich auf die Ellbogen aufzustützen und den Blick über den Horizont wandern zu lassen, bis die Gläser ihrer Sonnenbrille die zwei ungewöhnlich gekleideten Fremden spiegeln, die über den Sand auf sie zukommen.

»Hallo, ihr beiden«, flötet Rubleski, als wir die Decke erreichen.

Der Junge legt seine Hand an die Stirn und schaut zu uns hoch. Ich merke, dass er bereits misstrauisch ist.

»Hi ... kann ich Ihnen irgendwie helfen?«

»Ja, vielleicht.« Rubleski lächelt und lässt seine großen weißen Zähne erstrahlen.

Irgendetwas an ihm – seine Stimme, sein Grinsen, seine Zähne, seine enorme körperliche Präsenz – scheint nicht ohne Wirkung auf die junge Frau zu bleiben. Es ist nie zu übersehen, wenn sich eine Frau von einem Mann angezogen fühlt, und nur zu offensichtlich funkt es zwischen den beiden. Dieses kaltblütige Reptil kann magnetische Anziehungskraft auf andere Menschen ausüben. Nur so lässt sich erklären, wie er so nah an seine Beute herankommt, ohne dass diese misstrauisch wird.

»Wo ist hier die beste Stelle, um eine Leine auszuwerfen?«

Der Junge blinzelt. Er versteht nicht, was Rubleski meint. Und irgendetwas an der Frage kommt ihm seltsam vor.

»Meinen Sie, wo man hier angeln kann?«

»Genau.«

Der Junge nickt. »Also, dort drüben habe ich vorher ein paar Leute mit Angeln gesehen.« Er deutet mit dem Zeigefinger übers Wasser. »Ein Stück hinter dem öffentlichen Strand mit den Absperrungen und Bojen. Aber mehr kann ich Ihnen da auch nicht sagen. Angeln ist nämlich nicht so mein Ding.«

Das Mädchen lächelt immer noch hingerissen und hat den Blick weiter auf Rubleski gerichtet.

Rubleski nickt. »Wir haben oben auf dem Parkplatz

ein kleines Boot und bräuchten Hilfe, um es hier runter zu bringen. Auf dem Schild dort oben steht, dass man nicht zum Strand runterfahren darf. Könntest du uns da vielleicht helfen?«

Das ist mir natürlich völlig neu. Das Pärchen wechselt Blicke. Weckt der Anblick von zwei Männern im Anzug, einer mit einem komischen Akzent und eindeutig nicht von hier, ihren Argwohn? Sind die beiden Fremden wirklich zum Angeln hier?

»Klar, kein Problem.« Der Junge, ganz das freundliche, ein wenig unbedarfte Landei, erklärt sich einverstanden und vergewissert sich noch mal, dass seine Freundin nichts dagegen hat.

In diesem Moment – bevor ich dazu komme, die zwei barmherzigen Samariter zu warnen – erscheint oben am Strand die schwarze Motorhaube eines Streifenwagens.

»Wer kommt denn da?«

»Na, super«, schnaubt Rubleski und richtet sich zu voller Größe auf. »Wir gehen dann schon mal zum Parkplatz und kommen zurück, wenn wir so weit sind.«

»Alles klar ...«

»Komm mit, das Boot fertig machen«, sagt Rubleski zu mir, und wir gehen in Richtung Parkplatz los. Dabei lässt er das Polizeiauto, das oben am Rand des Strands steht, keine Sekunde aus den Augen.

»Schau nicht dort rüber, Parker. Und lauf nicht. Jetzt bloß keinen Verdacht erregen.«

Es ist das erste Mal, dass Rubleski einen Anflug von Besorgnis zeigt. Das lässt mein Herz abrupt schneller schlagen.

»Ich mache das nicht ...«

»Was? Was machst du nicht, Parker?«

»Ich mache das nicht mehr länger mit. Ich stelle mich.«

Rubleski lacht. »Wie stellst du dir das vor? Überleg doch mal. Oder möchtest du von diesem Cop mit vorgehaltener Pistole abgeführt werden?«

»Wieso? Ich werde ihm einfach die Wahrheit sagen, mich ihm ergeben und hoffen, dass ...«

»Und wenn ich ihm sage, dass du mich umzubringen versucht hast? Was dann, Parker?«

Wie immer habe ich darauf keine Antwort. Dieser Dreckskerl ist mir immer einen Schritt voraus.

Wir gehen auf kürzestem Weg über den Parkplatz und springen in unser Auto. Rubleski fährt sofort los.

Wir müssen nicht groß darüber reden; jeder von uns weiß, was da unten am Strand beinahe passiert wäre. Wäre da nicht die Gefahr, in die es uns bringt, wäre ich begeistert, dass der Streifenwagen aufgetaucht ist ...

Noch bevor wir das Erholungsgebiet verlassen haben, ist Rubleski wieder ganz der alte und pfeift ein Lied, das vage an die Erkennungsmelodie eines alten europäischen Films erinnert. Doch dann ertönt plötzlich eine Sirene.

Ich schaue durchs Heckfenster. Hinter uns nähert sich rasch der schwarz-weiße Streifenwagen, den wir unten am Strand gesehen haben.

Unwillkürlich beginne ich am ganzen Körper zu zittern. Obwohl mein Herz vor Angst heftig zu schlagen beginnt, durchströmt mich gleichzeitig eine Welle unendlicher Erleichterung.

»Die Cops«, stammle ich, als ob Rubleski das nicht wüsste. »Was sollen wir jetzt machen?«

»Keine Sorge«, antwortet er leichthin. Nichts kann ihn aus der Fassung bringen. Er fängt sogar wieder an, vor sich hin zu pfeifen. Wohin ist die Alarmstimmung von eben verflogen?

Der Streifenwagen kommt immer näher. Das Rotlicht auf seinem Dach leuchtet auf und beginnt sich hektisch zu drehen.

»*O Scheiße, Mann, Rubleski!*«

Wenn uns der Cop anhält, können wir einpacken. Versuchen wir, ihn abzuhängen, genauso. Das Beste wäre, Rubleski fährt einfach gegen eine der mächtigen Buchen am Straßenrand und macht dem Ganzen ein Ende.

Vor uns taucht bereits die Ausfahrt des Parks auf. Rubleski lässt den Wagen ausrollen und hält an einer Reihe leerer Picknicktische mit einer altmodischen Wasserpumpe und einem Steingrill.

Ich sehe seine Hand im Seitenfach der Fahrertür verschwinden.

»*Rubleski* ...«

Als er sie herauszieht, hält er die Glock in der Hand. Die Pistole war die ganze Zeit dort, ohne dass ich es gemerkt habe. Mit einer geschickten Bewegung wechselt er die Waffe von der linken in die rechte Hand und steckt sie zwischen die Vordersitze.

»Rubleski ...?«

Der Streifenwagen hat zehn Meter hinter uns angehalten. Die Sirene ist verstummt, aber die Lichter sind weiterhin am Blinken.

Der Polizist lässt sich beim Aussteigen Zeit. Erst setzt er den linken Fuß auf den Asphalt, dann den rechten.

Er ist kein typischer aufgedunsener Kleinstadtbulle, dessen Oberschenkel sich beim Gehen aneinander reiben. Nein, er ist durchtrainiert, der Bizeps spannt den Stoff seiner grauen Uniform, und sein blonder Bürstenschnitt reflektiert die Sonnenstrahlen, bevor er seine Dienstmütze mit dem großen Schirm aufsetzt.

»Immer schön ruhig bleiben, Parker«, ermahnt mich Rubleski, während er in den Rückspiegel schaut.

»Was wollen Sie jetzt machen?«, frage ich noch einmal, weil ich nicht möchte, dass etwas Schreckliches passiert. Das habe ich schon zur Genüge erlebt.

Es erscheint mir wie eine Ewigkeit, bis der Polizist am Fahrerfenster auftaucht. Rubleski schaut lächelnd zu ihm hoch und lässt das Fenster herunter.

»Guten Tag, Officer. Kann ich Ihnen irgendwie behilflich sein?«

Rubleskis Ton ist widerlich süß, wie Zuckerwatte.

»Führerschein und Zulassung.« Im Gegensatz dazu könnte die nüchterne Aufforderung des Cops von einem Zombie kommen. Er bückt sich und mustert uns mit seinen eiskalten grauen Augen missbilligend.

»Selbstverständlich, Sir.«

Was dann passiert, könnte aus dem Trailer eines Horrorfilms stammen. Statt ans Handschuhfach zu fassen, schießt Rubleskis rechter Arm zwischen die beiden Sitze, reißt die Glock heraus, richtet sie auf die Stirn des Cops und drückt ab. Begleitet von einem ohrenbetäubenden Knall zerstiebt das Hirn des Polizisten wie Vogelfedern und Goldstaub, die von einem Windstoß aufgewirbelt werden, im klaren Septembersonnenschein.

Trotz allen Entsetzens kann ich nicht leugnen, dass es ein atemberaubender Anblick ist, diese majestätisch durch die Luft wirbelnde Hirnmasse und die wilde Bahn der zuckend zu Boden fallenden Leiche: ein *danse macabre*, ein großartiges morbides Ballett, wie ich es noch nie gesehen habe, nicht einmal in den letzten vierundzwanzig Stunden. Wie ein Cowboy in einem alten Western bläst Rubleski über die rauchende Mündung der Glock.

»Und damit hat sich die Sache ... oder etwa nicht, Parker?«

Wer auch immer der Cop war, er liegt reglos auf dem Boden, seine Stiefel neben unserem Vorderreifen, und in allen Richtungen fließt Blut von ihm fort. Eigentlich sieht es so aus, als müsste dem armen Mann irgendwie geholfen werden, aber er zuckt nicht einmal. Ich kann mich nicht darüber hinwegtäuschen – es ist zu spät, um noch etwas für ihn zu tun.

Rubleski setzt ein Stück zurück und fährt dann mit quietschenden Reifen um den Toten herum.

»Rubleski, sind Sie jetzt vollkommen verrückt geworden? Ist Ihnen eigentlich klar, was Sie gerade getan haben?«

Eine dumme Frage – natürlich weiß er, was er getan hat. Er lacht wiehernd los, als wir auf der verlassenen Landstraße davonrasen. Ein paar Minuten später, als ein Schild mit einem Pfeil und der Aufschrift ›Clingerville 2‹ vor uns auftaucht, lenkt er den Wagen schlingernd um die Kurve und steigt so aufs Gas, dass Staub und Steine hinter uns hochwirbeln.

Keiner von uns sagt etwas, als wir an den Maisfeldern, Gemüsefarmen und schäbigen Behausungen entlang der Keystone Road vorbeirauschen.

»Solange uns niemand gesehen hat«, murmelt Rubleski schließlich zu sich selbst, als wir uns langsam einer weiteren ländlichen Kreuzung nähern. »Und das hat auch niemand.« Er zögert, überlegt kurz und fährt dann nach rechts, auf eine weitere verlassene Landstraße.

Nach ein paar Meilen tauchen Spuren moderner Zivilisation vor uns auf: ein zweistöckiges Versicherungsbüro mit viel Glas, das Lydman & Sons gehört und aussieht, als wäre es in den fünfziger Jahren des letzten Jahrhunderts oder noch früher gebaut worden, das Lager eines Reifenhändlers, eine Methodistenkirche, die schon einige Jahre für Gläubige nicht mehr zugänglich gewesen zu sein scheint. Wir befinden uns in den Außenbezirken einer Ortschaft. Sie sieht genauso aus wie alle anderen in dieser Gegend, und auch ihren Namen habe ich noch nie gehört. Hinter der nächsten Kuppe liegt ein kleines Einkaufszentrum mit einem Imbiss, in dem es Pizza und Grinder gibt, was immer das ist. Außerdem gibt es hier einen Supermarkt und eine Autowerkstatt, in der nur Fahrzeuge aus der näheren Umgebung repariert werden. Wie immer – und vor allem nach einem Mord – braucht Rubleski etwas zu essen, und wir halten ein Stück weiter auf dem Parkplatz des Best Donut Shoppe. Er beschließt, reinzugehen.

»Was ist mit dir, Parker?«

Mir wird schon von dem bloßen Gedanken an Essen schlecht. Ich schüttle den Kopf. Ich will nicht, dass mich jemand anschaut, will nicht, dass mich jemand sieht, will nicht einmal, dass jemand *glaubt*, mich gesehen zu haben, und schon gar nicht will ich etwas essen oder trinken.

Damit ich nicht wegfahren kann – obwohl ich das inzwischen nicht einmal mehr versuchen würde –, nimmt Rubleski natürlich die Schlüssel mit, als er nach drinnen geht.

Schon wenige Minuten später kommt er mit seinem Junkfood zurück, und wir fahren weiter. Dreihundert Meter weiter ist ein Schulhof. Es wimmelt von kleinen Kindern, die gerade Pause haben. Rubleski fährt auf einen kleinen daran angrenzenden Parkplatz und hält an.

Er schüttet ein Päckchen Coffee Creamer und Zucker in seinen Kaffee und rührt kräftig um, bevor er den Deckel wieder auf den Becher drückt.

»Weißt du, Parker«, sagt er nachdenklich und fährt mit dem Nagel seines kleinen Fingers den schmalen Spalt zwischen seinen Vorderzähnen hinab, während er mit seinen meerschaumgrünen Augen die Kinder beobachtet, die begeistert juchzend auf den Spielgeräten herumtollen, »ich bin in dieses Land gekommen, um etwas Großes zu vollbringen. Das ist doch der Grund, weshalb die Menschen nach Amerika kommen – um etwas Großes zu vollbringen, etwas *richtig* Großes. Jetzt kann man dir natürlich nicht zum Vorwurf machen, dass du nicht wirklich verstehst, was das heißt. Du bist ja hier geboren, du hast dein ganzes Leben hier verbracht, du bist weiß, du bist privilegiert und was sonst noch alles dazugehört. Jedenfalls sehen es diejenigen von uns so, die aus anderen Ländern hierher kommen. Sie sehen Amerika als den einzigen Ort auf Erden, in dem man ein Zeichen setzen kann – ein bedeutendes Zeichen. Etwas, das die Welt nie vergessen wird.«

Geht das schon wieder los, denke ich.

»Was wir die letzten zwei Tage getan haben, war nichts – ein Peanuts, wie ihr hier in Amerika sagt, oder?«

»Finden Sie? So belanglos kommt es mir nicht vor. Sogar alles andere als das. Und wenn wir irgendwann gefasst werden, wird es auch niemand für eine Lappalie halten.«

Dass Rubleski die Kinder beobachtet, macht mich nervös, sehr nervös sogar, weil ich nicht weiß, was in ihm vorgeht – oder vielleicht, weil ich es sehr wohl weiß. *Überlegt er, ob er das Feuer eröffnen und alle erschießen soll?* Ist es das, was er sich unter was richtig Großem vorstellt?

Nein, vollkommen ausgeschlossen. Das ist schlicht und einfach undenkbar ...

»Und wozu das Ganze?«, halte ich dagegen, vor allem, um ihn von den Kindern abzulenken.

»Ich sage das nur, weil es in diesem großartigen Land immer etwas Großes gibt. Es liegt direkt vor der eigenen Nase, man muss nur die Hand danach ausstrecken. Das ist Amerika! Wenn man den Mumm dazu hat, einfach zuzugreifen, ist es wie ein gigantischer Kuchen, der nur darauf wartet, aufgeteilt und verschlungen zu werden. Und außer seinen eigenen persönlichen Wünschen braucht man auch keinen Grund dafür. Sagt man das nicht auch über den Mount Everest? Die Leute besteigen ihn nur, weil er da ist – einen anderen Grund gibt es dafür nicht.«

»Das ist wieder mal kompletter Schwachsinn, Rubleski. Wie immer.«

»Das hatten wir doch alles schon, Parker. Diese blöde Sinnfrage. Hat das Leben als solches einen Sinn? Hat es einen Sinn, dass wir alle sterben müssen? Und was ist mit den Tiefen des Ozeans – haben die einen Sinn? Steht hinter den Sternen am Firmament irgendeine Logik?«

»Natürlich nicht, aber ...«

»Auf einer ganz elementaren Ebene – auf der von Plasma oder Ektoplasma oder was auch immer – hat das Leben keinerlei Sinn. Seinem Wesen nach ist es, angefangen bei der winzigsten Zelle, vollkommen unsinnig. Ihm irgendeine Bedeutung überzustülpen, ist nicht nur falsch, sondern obszön, um nicht zu sagen, gotteslästerlich – letzteres natürlich nur, wenn es in diesem Universum irgendetwas Göttliches gibt. Ein Mensch kann in seinem Leben nur eine gewisse Erfüllung finden, indem er sich dem nie endenden irrationalen Flow ausliefert. Und das heißt, es wird und kann nie irgendeine Befriedigung oder Zufriedenheit geben ... während man sich gleichzeitig dessen bewusst bleiben muss, dass in den physischen Manifestationen, die wir um uns herum zu sehen glauben, alles möglich – und erlaubt – ist ...«

O Gott, verschone mich mit diesem Unsinn. Rubleski ist wieder mal voll in Fahrt, wieder mal Charles Manson in Reinkultur, und wie bei den früheren Gelegenheiten, wenn er ins Schwadronieren geraten ist, ergibt sein Gefasel beängstigenderweise sogar einen gewissen Sinn und versetzt seinen Zuhörer – in diesem Fall mich – in ein irrwitziges, wie von Drogen hervorgerufenes High.

»Das ist doch nichts als gequirlte Scheiße, Rubleski«, versuche ich das Ganze zu relativieren. »Was sollen wir denn tun, jeder von uns? Wie hirnlose Irre plündernd, mordend und vergewaltigend durch die Welt ziehen ...?«

Er schüttelt den Kopf. »Merkst du denn nicht, dass das längst der Fall ist, in diesem Moment, überall auf der Welt, sogar während wir uns hier unterhalten?«

»Das mag ja durchaus sein, aber ... möchten Sie etwa, dass alles nur noch schlimmer wird?«

»Jedenfalls nimmst du alles viel zu ernst, Parker. Kennst du nicht diesen alten Spruch? ›Die Menschen leiden nur, weil sie zu ernst nehmen, was Gott zum Spaß geschaffen hat.‹ Du musst *spielen*! Genau darum geht es – du musst spielen! Und genau das haben wir beide in den letzten vierundzwanzig Stunden gemacht – gespielt.«

»*Gespielt?*«

»Spielen kann viele unterschiedliche Formen annehmen – und die sind nicht immer angenehm und erfreulich. Wie die Schöpfung – hauptsächlich nichts anderes als unvorhersehbare Explosionen und Feuerwerke. Die Entstehung eines Sterns erscheint zuerst wie ein Werk der Zerstörung in Reinkultur. Dabei ist das genaue Gegenteil der Fall. Hast du mal zwei Tiger oder Löwen aufeinander losgehen sehen? Oder ein paar Hunde miteinander scherzen? Dabei können sie aussehen, als würden sie sich gleich an die Gurgel gehen. Aber es bedeutet nicht das, wonach es aussieht. Gott und der Teufel bedienen sich der gleichen Methoden. Sie sind sogar zwei Seiten derselben Medaille. Und jetzt erzähl mir bloß nicht, das weißt du nicht!«

Ich versuche, erneut Protest einzulegen, aber Rubleski schenkt mir keine Beachtung mehr. Und es ist mir nicht gelungen, ihn von den Kindern abzulenken. Inzwischen hat sich tödliche Stille über das Wageninnere gelegt. Keiner von uns bewegt sich.

»Rubleski ... Sie haben doch nicht etwa vor ...?«

Natürlich kann dieser Wahnsinnige meine Gedanken lesen – das war schon von Anfang an so, von dem Moment an, als ich die Tür dieses unseligen New Yorker Hotelzimmers geöffnet habe.

Mein sogenannter Doppelgänger, der mir vor nicht allzu langer Zeit in Chelsea auf der Straße aufgefallen ist, sucht mich jetzt in meinem Kopf heim. Eigentlich kann dieser Mann unmöglich Rubleski gewesen sein, das war mir immer klar ... doch jetzt kommt mir ein anderer, wesentlich verstörenderer Gedanke: *Was ist, wenn Rubleski gar nicht existiert? Was, wenn der Mann, der neben mir sitzt, der Mann, der sich Rubleski nennt, nur ein Hochstapler ist? Was, wenn er nicht, wie behauptet, Iwan Rubleski heißt und nicht für Trusonics in Los Gatos, Kalifornien, arbeitet, sondern für jemand ganz anderen, für eine unbekannte Person, und wenn er nur nach New York gekommen ist, um mich hinters Licht zu führen und auf diesen Wahnsinnstrip mitzunehmen ...?*

Aber wozu das alles? Parker Saturn ist jemand, der keine Feinde hat, zumindest keine, von denen ich weiß, und bestimmt gibt es niemanden, der mir, auch nur annäherungsweise, antun würde, was dieser Mann mir angetan hat. Wozu also?

Diese Überlegung lässt nur einen einzigen Schluss zu: *Ich habe bereits den Verstand verloren.* Ich habe jeden Bezug zur Realität verloren ... und doch ...

Ja, es ist nicht auszuschließen. Manchmal drehen Menschen einfach durch. Eines schönen Tages bekommen sie einfach einen Knacks, aus heiterem Himmel, ohne Vorwarnung. Eine Krankheit, Probleme im Job, Schulden, Zurückweisung ... alles Mögliche kann eine solche Explosion auslösen. Druck. Jeder steht unter Druck. Es passiert ständig. Es passiert Tag für Tag, jeden einzelnen Tag in Amerika. Das Leben wächst einem über den Kopf, und man bekommt einen Knacks ...

Das Leuchten in Rubleskis unecht wirkenden, türkisen Augen hat etwas Fanatisches, Besessenes. So habe ich ihn noch nie erlebt, nicht einmal, wenn er kurz davorstand, eine seiner Wahnsinnstaten zu begehen.

Die Muskeln in meinen Beinen beginnen zu zittern. Meine Handflächen sind schweißnass – wie jemand mit Höhenangst auf dem Zehnmeterturm. Wenn ich Rubleski nicht schnellstmöglich von hier weglocken kann, wird etwas Furchtbares passieren, ich spüre es ganz deutlich.

Er schüttelt den Kopf.

»Kinder ... nein. Das wäre zu einfach. Etwas Großes muss komplexer sein – und schwieriger, verstehst du? Es ist keineswegs leicht, etwas Geeignetes zu finden ...« Und als könnte er wieder einmal meine Gedanken lesen, fügt er hinzu: »Das hier wäre im wahrsten Sinn des Wortes ein Kinderspiel, oder etwa nicht?«

»Ja, das trifft es genau: ein Kinderspiel.«

Rubleskis Hand sinkt auf den Schalthebel. Ich bekomme wieder Luft. Nicht dass ich inzwischen ein Wort von dem glaube, was er sagt. Ich will bloß, dass wir endlich hier verschwinden, bevor einer der Lehrer, die ihre Schützlinge beaufsichtigen, wegen der zwei Fremden, die sich so verdächtig in der Nähe des Schulhofs herumtreiben, die Polizei ruft.

»Fahren wir endlich, Rubleski.«

»Gut, fahren wir«, sagt er, als wüsste er, was mir durch den Kopf geht und dass es besser so ist.

Als wir unsere Fahrt durch das Hinterland fortsetzen, hallen mir Rubleskis ominöse Worte hartnäckig weiter durch den Kopf: *»Etwas Großes ... etwas Großes ... etwas Großes.«* In gewisser Weise hat es sogar etwas Tröstliches – wenn man in diesem Zusammenhang alles, was nicht gerade mit Mord zu tun hat, als tröstlich bezeichnen will –, dass er in dieser Gegend nichts Großes finden wird. Und das heißt, ich kann wieder frei atmen, jedenfalls eine Weile ...

Inzwischen sind wir wieder auf der Interstate, wo wir schneller vorankommen, aber zugleich habe ich das Gefühl, dass wir uns in größerer, sogar viel größerer Gefahr befinden. Der gesunde Menschenverstand sagt mir, dass die Polizei längst nach einer gestohlenen grünen Limousine Ausschau hält, deren Besitzer von einem Unbekannten – oder Unbekannten – kaltblütig erschossen worden ist.

Denkt auch Rubleski, was ich denke?

Er macht ständig am Radio herum, schaltet von einem Sport- auf einen Popmusik-Kanal, dann wieder auf einen Nachrichtensender und bleibt schließlich auf letzterem. In einem Abpackbetrieb in Oklahoma wütet ein verheerendes Feuer. Ein Bürgerkrieg in Afrika spitzt sich immer weiter zu. Eine Hollywoodgröße ist im Alter von fünfundneunzig Jahren gestorben. Die New York Knicks haben es geschafft, gegenüber einem bekannten Spielervermittler den Kürzeren zu ziehen. Die Welt wird vor dem Ausbruch einer Pandemie gewarnt, ausgelöst von einem neuen, tödlichen Virus aus Asien ... Es ist kaum zu glauben, aber nichts über zwei Irre, die ausgehend von New York ihre blutige Spur durch die verschlafenen Vororte New Jerseys und in die Einsamkeit des westlichen Pennsylvania ziehen. Wie ist das möglich?

»Hab ich s dir nicht gesagt, Parker?«

»Was haben Sie mir gesagt?«

Nach einer Weile weicht diese Achterbahnfahrt des Grauens öder Langeweile, schlechter Musik und dämlichen Diskussionsrunden, begleitet von wachsender Benommenheit und schließlich etwas wie Schlaf ...

Träume ...

Träume ...

Mehr Träume ...

Träume, die von weiß Gott woher kommen, und sich endlos ziehen, wie Märchen um Märchen, die einem Kind erzählt werden ...

Das vielsagende Quietschen eines Bettgestells. Ich schlafe mit meiner Frau. Es ist ein strahlender, sonniger Samstagmorgen, es steht nichts an, was erledigt werden muss, und die Kinder sind bei Freunden und werden nicht so schnell nach Hause kommen. Nichts anderes zu tun zu haben, als miteinander zu schlafen, ist ein echter Luxus, aber bald verblasst dieser Traum und geht in einen anderen über, in dem ich mit einem meergrünen Drink in der Hand an einem exotischen Strand liege, an dem die Wellen auf Sand mit der Farbe von Salz aus dem Himalaya plätschern ... In einem anderen Traum kann ich fliegen und schwirre wie ein Kolibri oder Schmetterling über einer Wiese mit bunten Blumen, getragen von dem erhebenden Gefühl, dass ich ewig leben werde ...

Als ich aufwache und mir die Augen reibe, sind wir auf einer anderen Interstate, die durch eine flache, öde Landschaft führt.

»Wie lange habe ich geschlafen?« Es fühlt sich wie Stunden an.

Mit seinen wachen, weit offenen Augen wirkt Rubleski so frisch wie eine Frühlingsrose, und wieder einmal muss ich mich fragen, woher er diese übermenschliche Energie nimmt.

»Ich versuche es dir mal so zu erklären, Parker. Du hast so lang gepennt, dass ich in der Zwischenzeit auf den Parkplatz eines Einkaufszentrums im Osten von Pittsburgh gefahren bin und die Nummernschilder unserer Karre ausgetauscht habe. Aber das Schönste kommt erst noch. Das andere Auto war das gleiche Modell und Baujahr und hatte auch noch die gleiche Farbe! Und du hast die ganze Zeit keinen Mucks getan! Du solltest wirklich aufpassen – langsam bist du mir fast ein bisschen zu entspannt!«

»Rubleski – wo fahren wir hin?«

»Wohin es uns eben verschlägt, Parker, wohin es uns verschlägt.«

»Herrgott noch mal, Rubleski! Lassen Sie endlich diesen Scheiß!«

»Ha, ha, ha! Was heute passiert, passiert! Wenn wir Glück haben, warten noch ein paar Überraschungen auf uns.«

»*Überraschungen?* Davon hatten wir weiß Gott mehr als genug.«

»Überraschungen, Parker, Überraschungen!«

»Das heißt also, Sie haben keinen Plan. Das heißt, es gibt keinen Plan. Es heißt, wie üblich wissen wir nicht, wohin wir fahren, und was das Warum angeht, haben wir auch nicht die leiseste Ahnung.«

»Einen Plan hat es von Anfang an nicht gegeben, mein Bester.«

»Dann hätte ich trotzdem eine Frage, Mr. Oberschlau. Wie wollen wir verhindern, dass uns irgendwann die Polizei aufgreift? Ich meine, bisher hatten wir zwar Glück, aber das wird nicht ewig so bleiben, auf gar keinen Fall. Das ist Ihnen doch hoffentlich klar?«

»Was schaust du mich so an, Parker? Selbst wenn du es immer noch nicht gemerkt haben solltest: Ich bin ein hochintelligentes Wesen, das sich auch von seinem Instinkt leiten lassen kann.«

»Und wofür soll das bitte eine Erklärung sein? Es erklärt rein gar nichts.«

Inzwischen habe ich keine Angst mehr, mich mit Rubleski anzulegen. Viel mehr, als er mir bereits angetan hat, kann er mir nicht mehr antun. Aber egal, was ich ihm an den Kopf werfe, alles prallt einfach an ihm ab.

»Jetzt hören Sie mal gut zu, Rubleski. Bisher haben wir *Glück* gehabt. Sehr viel Glück sogar. Wir haben keinerlei Plan, was wir eigentlich machen, Sie genauso wenig wie ich, und wenn wir der Polizei ins Netz gehen, werden Sie ganz schön dumm dastehen – wie der letzte Trottel. Und ich genauso. Der einzige Unterschied zwischen uns ist, dass ich nichts Unrechtes getan habe ...«

Statt ärgerlich zu werden, zieht Rubleski nur amüsiert eine Augenbraue hoch.

»Das denkst du tatsächlich?«

»Ja, das ist, was ich denke. Das ist sogar genau, was ich denke.«

»Was macht dich so sicher, dass du nicht völlig falsch liegst, Parker?«

Inzwischen sind eine Nacht und zwei Tage vergangen, seit ich nicht mehr mit meiner Frau und den Kindern gesprochen habe. Inzwischen ist Alana bestimmt außer sich vor Sorge. Sicher hat sie mein verschwundenes Handy schon zigmal angerufen. Wer ist drangegangen? Rubleski, als ich geschlafen habe? *Was hat ihr der Scheißkerl erzählt?* Etwa, dass ich aus eigenen Stücken abgehauen bin? Dass ich nichts mehr mit ihr und den Kindern und meinem alten Leben zu tun haben will?

Wie ich sie allerdings kenne, hat sie inzwischen bei der Polizei angerufen und mich vermisst gemeldet. Und das heißt, es ist nur eine Frage der Zeit, bis jemand zumindest ein paar der widerlichen Puzzleteilchen zusammensetzt und auf mich und dieses Monster kommt, das seelenruhig neben mir am Steuer sitzt.

»Ich weiß, was passieren wird, Rubleski. Unsere Tage sind längst gezählt. Und ich will endlich weg von Ihnen, bevor die Kacke vollends am Dampfen ist. Sie müssen mich laufenlassen, Mann. Und zwar sofort.«

»Ach, ihr Kleingläubigen«, singt er.

»Kleingläubig? Woran sollte ich denn glauben, hm?

An Sie etwa? Wenn es bei Ihnen etwas gibt, woran man glauben kann, dann sind es Brutalität, Blut und Mord.«

Meine wutschäumende Tirade bringt wieder einmal dieses dämonische Grinsen auf seine Lippen.

»Du kannst jederzeit gehen, Parker. Niemand hält dich zurück. Niemand zwingt dich zu bleiben. Habe ich dir gestern nicht gesagt, dass du jederzeit gehen kannst? Jederzeit.«

»Wenn ich das recht in Erinnerung habe, haben Sie mir gestern gesagt, dass Sie mich umbringen, wenn ich abzuhauen versuche. Oder haben Sie das schon wieder vergessen? Also, was jetzt, Rubleski? Sie haben von Anfang an Ihr mieses Spiel mit mir getrieben.«

»*Du willst doch gar nicht wirklich gehen, Parker. Das weißt du ganz genau*. Du hast den Rubikon, den Punkt ohne Wiederkehr, längst überschritten. Und du hast es *freiwillig* getan, aus eigenem Antrieb. Überleg doch nur, wie oft du schon hättest abhauen können – aber du hast es nicht getan. Gestern Abend zum Beispiel. Warum hast du nicht einfach gewartet, bis ich einschlafe? Du hättest dich problemlos zur Tür rausschleichen können. Es wäre wirklich nicht so schwierig gewesen abzuhauen. Du hättest bloß die Autoschlüssel klauen, zur nächsten Polizeistation fahren und ihnen alles erzählen müssen. Du hättest sie wahrscheinlich sogar davon überzeugen können, dass du absolut nichts mit der ganzen Sache zu tun hast. Aber du bist nicht abgehauen. Stattdessen hast du lieber geschlafen. Du hättest dir ohne weiteres eine meiner Knarren nehmen und mir die Birne wegpusten können, als ich im Bett lag – aber ich kann nur immer wieder das Gleiche sagen: Du hast nichts dergleichen getan. Und dass du nichts getan hast, sagt mir einiges. Dir nicht auch ... Parker?«

»Ja, es sagt mir, dass ich zu kaputt war, um zu fliehen. Und es sagt mir, dass ich kein Mörder bin. Und das ist die Wahrheit.«

Wir haben gerade die Grenze zu einem anderen Bundesstaat überquert: Ohio, mein Heimatstaat, aber das andere Ende, der Teil, den ich nicht kenne. Die Landschaft hat sich deutlich verändert. Nach herbstbunten Wäldern und Bergen sind wir jetzt in einem öden und nichtssagenden Flachland mit Fernfahrerraststätten und Wohnwagenparks. Ein paar Minuten später wechseln sich Weiden mit grasenden Kühen und riesige Getreidefelder mit Einkaufszentren, Supermärkten und Wohn- und Bürokomplexen ab. Mit anderen Worten, die wahre Mitte Amerikas.

Ich will Rubleski nicht mehr zuhören, ich habe die Nase voll von seiner Stimme, aber ich bin auf seiner Insel gestrandet und komme nicht von ihr weg.

»Soll ich dir mal was sagen, Parker? Du bist jetzt ein Verbrecher, ein Krimineller. Einer von der übelsten Sorte! Ein Polizistenmörder. Und du fliehst vor dem langen Arm des Gesetzes. Wenn ich schuldig bin, bist du keinen Deut weniger schuldig. Es spielt keine Rolle, dass ich das, was passiert ist, nicht als falsch, kriminell oder sonst etwas in dieser Richtung betrachte. Andere – die Verfechter der sogenannten zivilisierten Gesellschaft – werden es nicht so sehen, egal, was ich, oder auch du an Gegenargumenten vorbringst. Und was die Cops angeht, könntest *du* der Strippenzieher hinter allem sein und nicht ich – ist dir dieser Gedanke schon mal gekommen? Der Verantwortliche für das, was in den letzten Tagen passiert ist, könntest durchaus du sein – und nicht der arme Iwan Rubleski. Es könnte durchaus möglich sein, dass du *mich* zu allem angestiftet hast und nicht umgekehrt, und selbst wenn ich versuchen sollte, sie vom Gegenteil zu überzeugen, warum sollten sie mir glauben? Dann steht mein Wort gegen deines – oder deines gegen meines. Wie es sich für die Polizei darstellt, waren wir *Lover*, du und ich, und ich könnte zum Beispiel lügen, um dich zu decken. Leuchtet doch ein, oder nicht? Wie ließe sich sonst erklären, was in den letzten zwei Tagen passiert ist? Gar nicht! Alles andere ergäbe nämlich keinen Sinn. Und es könnte einfach daran liegen, dass du komplett durchgedreht bist und mich gezwungen hast, die ganze Zeit bei dir zu bleiben! Warum auch nicht? Das ist genauso glaubhaft wie die Geschichte, die du ihnen auftischen willst ... Und weißt du was, Parker? Wenn du auf eigene Faust weitermachen willst, nur zu, kein Problem. Um dir die Sache zu erleichtern, kann ich gern an der nächsten geeigneten Stelle anhalten und dich aussteigen lassen – wie fändest du das?«

Rubleskis aberwitzige Argumentation hat ein neues Maß schauriger Brillanz erreicht.

»Ich werde es erst glauben, wenn ich es sehe – und ich glaube nicht, dass ich es sehen werde. Weil Sie die Hosen voll haben, Rubleski. Sie trauen sich nicht, mich laufen zu lassen. Bisher habe ich immer geglaubt, ich wäre derjenige, der Angst hat, aber jetzt sehe ich klarer. Der Feigling sind Sie, nicht ich.«

Zu meiner Überraschung fährt Rubleski an der nächsten Ausfahrt von der Interstate ab, und wir geraten auf einen relativ befahrenen County-Highway mit Gulf- und Shell-Tankstellen, Kwik Trips, Burger Kings und dergleichen. Er hält an einem großen Ziegelbau, in dem ein Doktor Kumesh Ujjwal sowie Quest Diagnostics und die

Comfort Keepers For The Aged ihre Geschäftsräume haben.

»Viel Glück, Parker.«

Rubleski will mir die Hand reichen, aber ich ergreife sie nicht.

Ich kann es kaum glauben: *Diesmal will er mich tatsächlich nicht daran hindern zu gehen.* Oder schießt er mir in den Rücken?

Bevor er es sich anders überlegen kann, öffne ich hastig die Tür und springe aus dem Auto. Als ich sie zuwerfe, stößt Rubleski zurück und fährt mit aufheulendem Motor davon.

Ich schaue ihm hinterher und sehe, wie die grüne Limousine vom Verkehrsstrom auf dem Highway verschluckt wird.

Endlich. Da stehe ich, ganz auf mich gestellt, endlich frei

Und am Leben.

Und jetzt? Ich habe kein Handy und keine Ahnung, wo ich bin, außer dass ich mich irgendwo im Bundesstaat Ohio befinde. Statt zu schlafen, hätte ich mehr auf meine Umgebung achten sollen.

Zuerst gehe ich im Kreis herum und überlege, welche Richtung ich einschlagen soll. Ich habe die ganze Zeit angenommen, ich wäre außer mir vor Freude und Erleichterung, wenn ich Rubleski endlich entkommen bin, doch jetzt ...

Ich bin immer noch ratlos und weiß nicht, was ich tun soll. Ich bin todmüde, so müde wie noch nie in meinem Leben, aber ich kann nicht einfach hier herumstehen Ich muss etwas tun. In einer der medizinischen Einrichtungen um Hilfe zu bitten, scheint mir keine gute Idee zu sein. Warum, kann ich nicht sagen. Ich habe das Gefühl, dass ich möglichst schnell von hier verschwinden sollte, falls Rubleski es sich noch einmal anders überlegt und zurückkommt. Deshalb beginne ich, am Highway entlangzuwandern, auf eine im Dunst verschwimmende Ansammlung von Schildern zu, die Benzin, mexikanische Restaurants und Ramschläden ankündigen. Ich habe nicht nur kein Handy, merke ich, nein, ich habe auch meine Geldbörse nicht einstecken - sie ist in meinem Koffer, den ich vor lauter Eile, Rubleski zu entkommen, in seinem grünen Chrysler zurückgelassen habe.

Ich bin total aufgeschmissen, nicht einmal eine Flasche Wasser kann ich mir kaufen.

Für den Durchschnittsamerikaner verläuft das Leben entlang des Highway in den gewohnten Bahnen, aber für mich scheint diese Normalität jetzt unendlich weit entfernt. Auf der anderen Seite des Mittelstreifens schießt ein Streifenwagen mit eingeschaltetem Rotlicht vorbei. Mein spontaner Impuls ist wegzulaufen, bis ich merke, dass er nicht hinter mir her ist.

Auf eine kranke Art vermisse ich Rubleski bereits. Er ist zwar geistesgestört und das personifizierte Böse, aber er ist *jemand*. Und selbst wenn dieser Wahnsinnige mein Leben ruiniert hat, ist er jetzt, wo ich nicht mehr weiß, wer ich bin, wenigstens eine Orientierungshilfe für mich, der einzige Bezugspunkt, während ich durch mein eigenes Weltall wirble. Doch jetzt ist er auf einmal weg.

Wenig später erreiche ich Biggie's Auto Care, eine Reparaturwerkstatt, die Rundumservice fürs Auto verspricht. Ich gehe hinein. Bis auf Stapel zerlesener Hefte von *Car and Driver* und *Motor Trend*, windschiefe Regale und einen auf September aufgeschlagenen Cleveland-Browns-Kalender ist das schmuddelige kleine Büro leer.

In der Werkstatt sind laute Stimmen zu hören. Als ich im Durchgang stehenbleibe, blickt ein Mann, der unter einer Hebebühne den Motorblock eines schwarzen Chevrolet-Pick-up inspiziert, in meine Richtung und lässt seinen Schraubenschlüssel sinken. Seine Miene verdüstert sich. Vielleicht missfällt ihm mein zerknitterter Anzug.

»Was gibt's, Chef? Kann ich Ihnen helfen?«

»Äh ... Ich hätte da ein Problem. Ich habe mein Handy verloren. Dürfte ich vielleicht Ihr Telefon benutzen?«

Mir ist bereits aufgefallen, dass nirgendwo ein Festnetzapparat zu sehen ist. Sonst hätte ich ihn längst benutzt.

Der Mann mustert mich immer noch von Kopf bis Fuß. Irgendwas an mir kommt ihm spanisch vor.

»Ich hab meins leider gerade nicht einstecken.«

»Nicht?«, frage ich verständnislos. Wie führt er dann sein Geschäft?

»Nein. Kein Handy.«

»Es handelt sich aber um einen Notfall, und ich brauche dringend Hilfe ...«

»Was ist? Was haben Sie für ein Problem?«

Ich will erst gar nicht versuchen, ihm alles zu erklären. Das brächte nichts. Und wenn ich ihm sage, dass mit meinem Wagen etwas nicht in Ordnung ist, bietet er mir nur an, mich abzuschleppen. Und die Polizei lasse ich lieber auch aus dem Spiel, weil ich mich auf keinen Fall verraten will. Ich kann jemandem wie diesem Mechaniker unmöglich erklären, was passiert ist. Es wäre zu kompliziert.

Er wirft den Kopf in Richtung der anderen Arbeitsplätze herum. »Sonst jemand hier, der sein Handy rausrückt?« Seinem überdrüssigen Ton nach zu schließen, will er mir nicht wirklich helfen.

Einer der anderen Mechaniker kommt hinter dem Kotflügel eines Silverado hervor, um zu schauen, worum es bei dieser seltsamen Diskussion geht, oder um mich genauer in Augenschein zu nehmen.

»Wen wollen Sie anrufen?«, fragt er mit kaum verhohlenem Argwohn.

Das gefällt mir nicht, ganz und gar nicht.

»Schon gut.« Ich grüße die Männer kurz und versuche, den Eindruck zu erwecken, dass ich es auch so geregelt kriege und nicht sauer bin.

Dann eben nicht. Diese Dumpfbacken sollen auf keinen Fall mitbekommen, dass ich anonym die Polizei anrufen möchte. Ich will nicht, dass sie den Cops später erzählen, was sie gesehen und gehört haben, als dieser komische Fremde in der Werkstatt aufgetaucht ist und gefragt hat, ob ihm einer von ihnen sein Handy leiht.

Ohne ein weiteres Wort drehe ich mich um und gehe in Richtung Ausgang. Draußen versuche ich mir vorzustellen, was sie jetzt in der Werkstatt reden und tun. Wird einer dieser Dödel sein Handy rausholen und die Polizei anrufen, um zu melden, dass ein komischer Vogel, der mir ähnlich sieht, die Werkstatt ausgekundschaftet hat, um vielleicht später dort einzubrechen – oder Schlimmeres?

Auf dem Seitenstreifen des Highway zwinge ich mich, weiterzugehen und nach einer gastfreundlicheren Lokalität Ausschau zu halten. Das Red Roof Inn? An der Rezeption könnte ich mich dort allerdings auf keinen Fall länger aufhalten – zu viele Überwachungskameras. Diese Dinger sind heutzutage überall. Das gleiche gilt für das International House Of Pancakes. Im 7/Eleven stehen zu viele Kunden in den Schlangen vor den Kassen –

Kunden, die später aus irgendeinem Grund mit dem Finger auf mich zeigen könnten ...

Ich bleibe stehen und lache los wie ein Irrer: *Jeder auf dieser gottverdammten Welt hat ein Telefon – nur ich nicht.* In diesem Moment sehe ich auf dem Parkplatz des 7/Eleven eine junge Frau in engen Jeans, rotem Sweater und einer grauen Baseballkappe, die mit zwei großen Bechern Kaffee zu ihrem Auto geht.

»Entschuldigung ...!«, rufe ich ihr aus einem spontanen Entschluss heraus zu. »Dürfte ich Sie um einen Gefallen bitten ...?«

Zuerst ignoriert sie mich. Als ich noch einmal rufe, dreht sie den Kopf und beschleunigt ihre Schritte. Hat dieser Kerl vor, sie zu überfallen oder ihr Auto zu klauen? Anscheinend sind die Gefahren des modernen Lebens inzwischen auch bis hierher vorgedrungen, in die Mitte des Landes.

Ich hebe in einer besänftigenden Geste die Hände, als sie endlich in meine Richtung schaut.

»Entschuldigung, bitte, ich will Sie nicht ...«

Ich gebe mir allergrößte Mühe, so aufrichtig wie möglich zu klingen. Sie blinzelt ein–, zweimal und schenkt mir widerstrebend Gehör. Gleichzeitig versucht sie sich darüber klarzuwerden, ob sie mir trauen kann.

»Ich stecke in der Klemme und habe mein Handy verloren. Dürfte ich vielleicht ganz kurz Ihres benutzen?«

Nach einem kurzen Blick zurück auf den 7/Eleven – wegen etwaiger Verstärkung? – setzt sie ihren Weg zu einem roten Ford Escape fort.

»Ich kann Ihnen leider nicht helfen. Ich muss zur Arbeit und bin sowieso schon spät dran.«

»Bitte ...«

Sie wendet sich ab. Sie hat Angst – was ich ihr nicht einmal verdenken kann. Was soll's? Ich kann diese Frau nicht weiter bedrängen. Sonst bekommt sie bloß Panik und schreit um Hilfe. Und ich habe die Cops noch aus einem weiteren Grund am Hals.

»Wenn Sie möchten, kann ich unter der Notrufnummer für Sie anrufen.«

»Nein – trotzdem danke ...«

Meine seltsame Reaktion macht sie noch misstrauischer. Ich winke ihr freundlich zu, bevor ich meinen Weg fortsetze. Sie soll auf keinen Fall zu der Ansicht gelangen, dass ich jemand bin, über den man sich Gedanken machen sollte ...

Ein Stück weiter ist eine Tankstelle mit einem kleinen Supermarkt. An allen Zapfsäulen haben sich Schlangen gebildet. Die Tore der Reparaturwerkstatt, die zu der Tankstelle gehört, stehen weit offen. Auf den Hebebühnen sind vier Fahrzeuge verschiedener Fabrikate, an denen sich mehrere Mechaniker zu schaffen machen, das Ganze untermalt von metallischem Scheppern, durchdringendem Bohrersirren und scheußlichem Eighties Pop. In dem kleinen dazugehörigen Laden kassiert ein magersüchtiges, missmutig dreinschauendes Mädchen mit einer schwarzen Wraparound-Sonnenbrille einen abgerissenen Mann ab, der mehrere Plastikcontainer mit Coke Zero Cherry Flavor auf den Ladentisch gestellt hat.

»Ich könnte baden in dem Zeug«, sagt das Mädchen. Dann wird sie auf mich aufmerksam, schaut ein paar Sekunden in mein Gesicht und nimmt sofort wieder ihre Tätigkeit auf.

Ich beginne am ganzen Körper zu zittern. Ich bin mit den Nerven am Ende. Die zwei fehlgeschlagenen Versuche, an ein Telefon zu kommen, haben alles nur noch schlimmer gemacht, und weit und breit kein Xanax oder Ativan in Sicht ...

Ich rede mir gut zu, Ruhe zu bewahren und mich langsam zu bewegen, und taste mich auf wackligen Beinen durch den Gang mit den Snacks, bis ich den Werkstatteingang erreiche. Das winzige Büro ist verlassen, aber auf dem Metallschreibtisch sind ein unbeaufsichtigtes altmodisches Festnetztelefon und ein Handy. *Halleluja.* Die Mechaniker sind beschäftigt. Sie werfen nicht einmal einen Blick in meine Richtung – sie haben genügend zu tun, und der neue Kunde wird einfach warten müssen, bis sie Zeit haben, sich seiner anzunehmen.

Und genau das ist es, was ich will. Das Herz schlägt mir bis zum Hals, als ich nach dem Handy greife, es in meine Tasche stecke und mich dann, als wäre nichts geschehen, durch den Laden zurückziehe. Soweit ich das erkennen kann, nimmt niemand Notiz von mir.

Entgegen allem, was mir Rubleski keine Stunde zuvor einzureden versucht hat, ist das der erste Gesetzesverstoß, dessen ich mich ganz allein schuldig mache, seit ich ihm begegnet bin.

Wieder im Freien, setzte ich meine Wanderung am Highway entlang fort. Eigentlich will ich nur eins: gehen und in Bewegung bleiben.

Aber vor allem, rufe ich mir in Erinnerung, *muss ich mit jemandem reden.* Das ist alles, was ich tun muss – *mit jemandem reden,* und vielleicht, aber nur vielleicht, gelingt es mir dann, einen Ausweg aus dieser verfahrenen Situation zu finden.

Wegen des Verkehrslärms ist es praktisch unmöglich, direkt an der Fernstraße zu telefonieren. Der Elite Rug

And Carpet Outlet ist von einem großen Parkplatz umgeben, und ich gehe hinter das große Gebäude, bevor ich die Tasten des geklauten Telefons berühre.

Das Display zeigt an, dass heute Donnerstag, der 14. September ist – und am unteren Rand lese ich zu meiner Bestürzung: *Zum Entsperren auf Home drücken.*

Es ist so komisch, so wahnsinnig komisch, dass ich den Kopf in den Nacken werfe und laut loslache. Daran habe ich nicht gedacht. Nachdem ich es unter vielen Mühen endlich geschafft habe, an eins von diesen blöden Scheißdingern zu kommen, habe ich jetzt nicht den blassesten Schimmer, wie das Passwort lautet. Was bin ich doch für ein Idiot!

Ich drücke auf das Steuerelement am unteren Rand des Gehäuses, aktiviere die Tastatur und versuche verschiedene Zahlenkombinationen.

1 ... 2 ... 3 ... 4.

2 ... 2 ... 3 ... 4.

4 ... 3 ... 2 ... 1 ...

Schon bald verliere ich den Überblick, was ich schon alles eingegeben habe. Mit wachsender Panik bricht mir am ganzen Körper der Schweiß aus.

Dann versuche ich es anders herum und mache mich wieder daran, Zahlen einzugeben.

9 ... 9 ... 9 ... 9.

9 ... 9 ... 9 ... 8.

9 ... 9 ... 9 ... 7.

Ich stehe kurz davor, das blöde Ding auf den Asphalt zu knallen, als sich etwas tut und ich wie durch ein Wunder Zugang erhalte. Was war die Zahlenkombination gleich wieder? Ich kann mich beim besten Willen nicht mehr erinnern.

Ich aktiviere die Wähltastatur und drücke die Null. Es dauert eine Ewigkeit bis jemand drangeht.

»Auskunft. Was kann ich für Sie tun?«

Endlich eine andere Stimme als die von Rubleski.

»Könnten Sie mich mit der Polizei verbinden?«

»Ist das ein Notfall?«

»Nicht wirklich. Das heißt – doch. Doch, es ist einer.«

»Dann legen Sie auf und wählen 911.«

»Nein. Nein, ich muss mit einem richtigen Polizisten sprechen. Bitte glauben Sie mir.«

»*Okay*. Mit welcher Station soll ich Sie verbinden? Mit Cambridge, New Concord, Zanesville oder ...«

Ich habe nie von einem dieser Orte gehört. Und es ist auch keine große Hilfe, dass ich immer noch nicht weiß, wo ich überhaupt bin.

»Das ist egal. Einfach mit irgendeiner.«

»Na schön ... können Sie mir sagen, wo Sie sind, Sir? Dann verbinde ich Sie mit der nächsten Station.«

Die junge Frau ist sehr nett, sehr bemüht, sie versucht ihr Bestes, aber sie macht sich natürlich keine Vorstellung, wen Sie da am Apparat hat.

»Nein, kann ich nicht. Ehrlich gestanden, weiß ich nicht, wo ich bin. Bitte – verbinden Sie mich einfach mit der Polizei, egal mit welcher Station.«

»Sir, beruhigen Sie sich bitte erst mal. Dann verbinde ich Sie mit Zanesville.«

Inzwischen klingt sie etwas skeptischer – als ob sie es mit einem Verrückten zu tun hätte, womit sie möglicherweise gar nicht so unrecht hat.

Als der Anruf nach Zanesville weitergeleitet wird, wo auch immer das ist, blubbert mir eine ätzende Masse die Kehle hoch – die geballte Angst und Panik und Verbitterung und Wut der letzten vierundzwanzig Stunden. Ich kann nur hoffen, dass ich meine Zunge finde, wenn ich sie brauche.

»Zanesville Police. Surkonec am Apparat.«

»Ich weiß nicht, ob ich bei Ihnen richtig bin«, stammle ich.

»*Hallo?*«

Ich muss mich zusammenreißen, um mit diesem Kloß im Hals fertig zu werden. »Ich möchte einen Mord anzeigen – das heißt, mehrere Morde.«

»Ich weiß nicht, ob ich Sie recht verstanden habe. Könnten Sie das bitte ... wiederholen?«

Jetzt habe ich seine uneingeschränkte Aufmerksamkeit.

»Würden Sie mir bitte Ihren Namen sagen?«

Das ist ein kritischer Punkt, aber ich bin auf diese Frage vorbereitet. Eigentlich sollte ich Surkonec jetzt sagen, wer ich bin, aber ich weiß, dass ich es nicht muss. Problematisch wird die Sache nur, wenn er mir nicht glaubt und wenn er zu der Ansicht gelangt, dass ich irgendein Spinner bin.

»Das spielt im Moment keine Rolle. Sie müssen mir glauben. Was zählt, ist ...«

»Sir. Wenn ich nicht weiß, wer Sie sind und wo Sie sind, kann ich Ihnen nicht helfen. Ist dort, wo Sie gerade sind, jemand verletzt?«

»Nein, nein. Im Moment nicht ...«

»Gut. Dann brauche ich zuerst ein paar Informationen von Ihnen, verstehen Sie?«

Das fängt nicht gut an, aber davon darf ich mich nicht abschrecken lassen.

»Sorry. Ich muss ehrlicherweise zugeben, dass ich nicht weiß, wo ich bin, okay? Was ich Ihnen zu sagen versuche, ist sehr, sehr ernst – es ist ein echter Notfall. Und wenn Sie nichts unternehmen, wird alles nur noch schlimmer . .«

Drüben in Zanesville ein genervtes Stöhnen.

»*Sir* ... noch mal, ich tue mein Bestes, um Ihnen zu helfen, aber ohne ein paar grundlegende Informationen kann ich nicht viel für Sie tun.«

»Also gut, dann hören Sie: Der Name des Mörders ist Rubleski. Das ist der Mann, den Sie fassen müssen.«

»Können Sie mir das buchstabieren? Laut und deutlich?«

Gewissenhaft, Buchstabe für Buchstabe, tue ich, was er von mir verlangt.

»Und der Vorname dieses Mannes?«

»Iwan, glaube ich.«

»Sie glauben, er heißt Iwan ... Ist er Ausländer?«

Zuerst verstehe ich das letzte Wort nicht.

»Was?«

»Ist er *Ausländer*? Kommt der Mann, den Sie meinen, aus dem Ausland?«

»Ich denke schon. Aber sicher weiß ich es nicht. Da ist so vieles, was ich nicht über ihn weiß.«

»Und wo ist er jetzt, dieser, äh, Rubleski?«

»Auch das weiß ich nicht. Er hat mich als Geisel genommen, und es ist mir erst vor Kurzem gelungen, ihm zu entkommen. Deshalb rufe ich an. Ich habe keine Ahnung, wohin er gefahren ist. Aber er ist gefährlich. Unglaublich gefährlich. Er hat in den letzten vierundzwanzig Stunden fünf Menschen ermordet.«

»Fünf Menschen? Und Sie waren die ganze Zeit bei ihm – als er diese Morde begangen hat, meine ich?«

Ich kann hören, wie sich Skepsis in Surkonecs Stimme schleicht.

»Ähm ... ja, aber ...«

»Und haben Sie ihn daran zu hindern versucht?«

»Das konnte ich nicht. Er hat damit gedroht, mich umzubringen. Wie gesagt, ich war seine Geisel.«

»Verstehe ... aber jetzt hat er sie laufen lassen?«

»Ja. Wir haben gestritten, ich habe ihn angefleht, und dann hat er mich aussteigen lassen.«

»Aha. Wo? Wo sind diese Morde passiert?«

»In New York City. In New Jersey. In Pennsylvania.«

»Wann?«

»Angefangen hat es gestern Morgen. Er läuft richtig Amok, dieser Rubleski. Und ich weiß, dass er es wieder tun wird. Er wird immer weiter morden, wenn ihn niemand aufhält.«

Die Sekunden, die daraufhin verstreichen, erscheinen mir wie eine Ewigkeit. Im Hintergrund höre ich das leise Klacken einer Computertastatur. Je länger Surkonec mich warten lässt, desto nervöser werde ich. Was macht der Kerl bloß so lange?

»Tut mir leid, aber mir liegt nichts über diesen Mann vor«, sagt Surkonec endlich. »Sind Sie sicher, dass Rubleski sein richtiger Name ist?«

Nein, das weiß ich natürlich nicht. Ich weiß nicht, wo ich bin, wer ich bin oder was ich auf diesem Planeten überhaupt zu suchen habe.

»Nein, das weiß ich nicht. Ich bin nicht sicher ...«

Surkonecs Finger tanzen wieder über die Tasten. »Und Sie sagen, diese Morde sind in New York, New Jersey und Pennsylvania passiert?«

»Richtig.«

»Und Sie waren dabei? Sie waren Zeuge dieser Morde?«

»Ich habe direkt daneben gestanden, und wie gesagt, ich konnte nichts tun, um sie zu verhindern. Er hätte auch mich umgebracht.«

»Aber jetzt sind Sie allein?«

»Ja.«

»Und dieser Rubleski, oder wie auch immer er heißt, ist nicht bei Ihnen?«

»Das habe ich doch gerade gesagt.«

»Und er ist auch nicht irgendwo in der Nähe?«

»Das ... das kann ich nicht mit Sicherheit sagen. Aber ich glaube nicht. Höchstwahrscheinlich ist er weggefahren. Aber ich traue diesem Mann nicht. Man kann ihm einfach nicht trauen.«

»Warum sagen Sie mir dann Ihren Namen nicht, wenn er nicht bei Ihnen ist? Wovor haben Sie Angst?«

Ich weiß nicht, wovor ich Angst habe, aber ich habe Angst. Wenn es um Rubleski geht, habe ich vor allem Angst.

»Wie gesagt, ich traue ihm nicht ...«

Mehr hastiges Tippen am anderen Ende der Leitung. Für einen Polizisten hat Surkonec auf jeden Fall flinke Finger. Diesmal zieht sich das Schweigen zwischen uns länger hin.

»Sir, leider muss ich Ihnen mitteilen, dass ich über diese Morde nichts vorliegen habe«, sagt er schließlich mit unüberhörbarer Endgültigkeit.

»Das ist unmöglich, vollkommen ausgeschlossen ...«

Ich lasse nicht locker. Es ist über vierundzwanzig Stunden her, dass Dominic, der junge Zimmerkellner, von Rubleski erstochen worden ist. Seine Leiche muss längst entdeckt worden sein.

»Das mag durchaus sein, aber mir liegt nichts vor ...«

»Ich sage Ihnen, das ist schlichtweg unmöglich.«

»Was ist mit den Namen der Opfer? Können Sie mir wenigstens da weiterhelfen?«

Ja, das kann ich, zumindest zum Teil.

»Dominic. Das erste Opfer hieß Dominic. Seinen Nachnamen weiß ich nicht. Dann zwei Asiatinnen in einem Massagesalon irgendwo in Jersey, Ying und Jin. Auch ihre Nachnamen weiß ich nicht. Das vierte Opfer war eine Linda Levinworth – ja, so hieß sie, glaube ich. Dann ein Mann im Westen von New Jersey. Von ihm weiß ich keinerlei Namen. Dann ein Polizist in Pennsylvania. Auch seinen Namen weiß ich nicht ...«

»Da haben Sie aber ganz schön zugelangt, würde ich sagen.«

In die Stimme des Polizisten hat sich ein sarkastischer Unterton eingeschlichen.

»Ich? Nein, ich doch nicht! Ich hatte mit all dem nicht das Geringste zu tun ...«

Seine Finger attackieren wieder die Tastatur. Als sie innehalten, höre ich ein Seufzen am anderen Ende der Leitung.

»Also gut, Sir. Sie können uns gern wieder anrufen, wenn Sie bereit sind, uns Ihren Namen und Ihren Standort zu nennen, und wenn Ihnen weitere Einzelheiten einfallen. Bedauerlicherweise kann ich nämlich nichts von dem bestätigen, was Sie mir erzählt haben. Es ist bestimmt eine interessante Geschichte, aber ich habe im Moment auch noch anderes zu tun.«

»Aber ...«

»Einen schönen Tag noch, ja?«

Und damit hat es sich. Die Verbindung ist unterbrochen. Für mich gibt es nicht viel zu überlegen – der Cop in der Polizeistation von Zanesville hält mich schlicht und einfach für einen Spinner, für einen dieser ganz speziellen Irren, die in die Station kommen oder dort anrufen und von Entführungen über Attentate auf den Präsidenten bis hin zu Serienmorden alles gestehen, was man sich nur vorstellen kann. Das kommt anscheinend ständig vor.

Abgesehen davon, dass mir der Polizist nicht geglaubt hat, war das Beunruhigendste an dem Telefonat, dass *anscheinend über keinen von Rubleskis Morden etwas bekannt geworden ist*. Warum? Besteht auch nur im Entferntesten die Möglichkeit, dass die Leiche des jungen Zimmerkellners immer noch nicht entdeckt worden ist? Die einzige Erklärung hierfür wäre, dass das NYPD aus irgendeinem Grund beschlossen hat, keinerlei Informationen über die Tat an die Öffentlichkeit dringen zu lassen, zum Beispiel weil die Angehörigen des Opfers noch nicht verständigt werden konnten. Zumindest glaube ich, dass das normalerweise so gehandhabt wird.

Und was die zwei Frauen aus dem Massagesalon angeht: War dort vielleicht niemand mehr, seit Rubleski und ich uns aus dem Staub gemacht haben? Hätte andererseits nicht jemand wenigstens eine der beiden Asiatinnen vermisst melden müssen? Vielleicht nicht, falls sie, wie die meisten Sexarbeiterinnen, ihrem Gewerbe nachgegangen sind, ohne dass irgendjemand davon wusste ...

Aber was ist mit dem aufgeblasenen Grundbesitzer? Zumindest er muss doch eine Beziehung zu einem menschlichen Wesen gehabt haben, das ihn seit gestern Abend vermisst? Eine Ehefrau, Kinder, Leute, die für ihn arbeiten? Und der Polizist an dem See in Pennsylvania: Müsste es dieser Mord nicht in die Nachrichten des

Bundesstaats, wenn nicht sogar des ganzen Landes geschafft haben?

Irgendetwas an der Sache ist eigenartig.

Mit dem Handy in der Hand überlege ich, was ich als Nächstes tun soll.

Genau nördlich von der Stelle, wo ich stehe, ist, so weit das Auge reicht, offenes Land. Wenn ich in dieser Richtung losmarschiere, einfach weiter und immer weiter, bis es irgendwann nicht mehr weitergeht ... bis ich wie ein schwarzer Punkt am Horizont verschwinde ... und wenn ich dann auf einen vorbeirumpelnden Güterzug aufspringe oder einen Bus nehme oder von einem leicht verrückten, zahnlosen Fernfahrer in den Pazifischen Nordwesten – oder noch weiter – mitgenommen werde ...

Einfach wundervoll, dieser Tagtraum: sich in Luft auflösen, für immer verschwinden; an einem unbekannten Ort, so weit weg, dass niemand ihn finden kann, ein völlig neues Leben beginnen. In einem verborgenen Hinterstübchen ganz weit hinten in meinem Kopf hatte ich diesen Traum schon immer. Doch statt mich von diesem Wunschtraum leiten zu lassen, gehe ich wieder auf die Vorderseite des Gebäudes und setze, an dem geklauten Handy herumfummelnd, meine Wanderung auf dem Standstreifen des Highway fort. Wenigstens bin ich jetzt Rubleski los, sage ich mir, zumindest das habe ich geschafft.

»*Hast du dich verlaufen, Kleiner?*«

Die Stimme hört sich so gar nicht nach ihm an, aber wer sonst würde mich auf diesem Highway im Herzen Amerikas ansprechen?

»An deiner Stelle wäre ich lieber vorsichtig, Parker. Oder willst du von einem Truck überfahren werden?«

Ich beschirme meine Augen gegen die tief stehende Spätnachmittagssonne. Rubleski hat jetzt ein anderes Auto, einen lavendelblauen, viertürigen Buick Regal, der aussieht, als käme er direkt vom Fließband. Das kann nur heißen, dass er wieder etwas verbrochen hat und erneut damit davongekommen ist. Ich habe nicht die geringste Lust, mir wegen seiner jüngsten Eskapaden den Kopf zu zerbrechen.

»Steig ein, Parker – außer du hast was Besseres vor.«

Ich lege meinen Arm auf das offene Beifahrerfenster.

»Wo haben Sie den neuen Wagen so plötzlich her, Rubleski?«

»Na ja, was soll ich sagen ... ich habe zufällig jemanden kennengelernt, der unbedingt einen Deal mit mir machen wollte. Und ich habe ihm ein Angebot gemacht, das er nicht ablehnen konnte.«

Ich schließe die Augen und schüttle den Kopf.

»Hast du nicht langsam die Schnauze voll davon, ganz allein durch die Gegend zu latschen?«

»Lassen Sie mich bloß in Ruhe, Mann. Lassen Sie mich einfach in Ruhe.«

Rubleski lacht nur über meine Aufmüpfigkeit. »Genau das habe ich vor ein paar Stunden getan. Und trotzdem stehst du immer noch hier rum und weißt nicht, was du mit dir anfangen sollst.«

»Und wessen Schuld ist das, Sie mieser Dreckskerl?«

»Wenn du wirklich nicht mit mir reden wolltest, würdest du es auch nicht tun, Parker. Vergiss das nicht. Aber jetzt steig lieber ein, bevor du noch über den Haufen gefahren wirst. Das ist zwar Ohio, aber mit den Autofahrern hier ist nicht zu spaßen.«

»Inzwischen wäre ich besser dran, wenn ich von einem Sattelzug plattgewalzt worden wäre. Was ist denn jetzt noch von meinem Leben übrig, Sie blödes Arschloch? Ja, was, frage ich Sie, nach allem was Sie getan und in was Sie mich reingezogen haben.«

Da ist es wieder, das gute, alte Rubleski-Grinsen. »Es gibt immer was, wofür es sich zu leben lohnt, Parker.«

»Sie sind so voller Scheiße, Mann. So voller Scheiße. Wirklich.«

»Hältst du es für schlau, mit diesem Handy durch die Gegend zu fahren?«

Ich schaue in meinen Schoß und sehe, dass ich immer noch das schwarz-silberne Telefon in der Hand halte, das ich in der Mobil-Tankstelle abgestaubt habe. Komisch, dass es nicht läutet. Hat sein Besitzer noch gar nicht gemerkt, dass es verschwunden ist?

»Ich ... Ich wollte gerade meine Frau anrufen.« Der Gedanke an Alana treibt mir die Tränen in die Augen. Ich bin verlorener denn je, verlorener, als wenn ich über diesen gelben Hügel direkt ins Reich des Vergessens gestapft wäre.

»Vielleicht solltest du was damit tun.«

Alana anzurufen, wenn Rubleski mithört, kommt nicht in Frage. Niedergeschmettert, am Boden zerstört und schuldbewusst, wie ich mich gerade fühle, ist mir im Moment noch nicht danach, mit ihr zu reden. Was sollte ich ihr außerdem sagen? Obwohl ich mich unendlich nach ihr und den Kindern sehne, fühle ich mich nach wie vor außerstande, ihr zu vermitteln, was hier vor sich geht.

Ich entferne die Rückseite des Handys und fummle den Akku heraus. Dann lasse ich das Fenster runter und werfe es hinaus. Das fühlt sich an, als spränge ich mitten auf dem Meer von einem Rettungsfloß ...

Die Ausstattung des Buick ist besser als die der grünen Limousine. Im Armaturenbrett ist ein Kompass, der anzeigt, dass wir in Richtung Nordwesten fahren. Die Ledersitze sind bequemer. Jedesmal, wenn wir in die Nähe eines anderen Fahrzeugs kommen, warnt uns ein hoher Piepton.

Rubleski wirkt nicht ganz so aufgekratzt wie sonst. Vielleicht geht auch ihm das Zerstörungswerk, das er angerichtet hat, langsam an die Nieren. Vielleicht bekommt er es aus irgendeinem Grund mit der Angst zu tun, gefasst zu werden. Vielleicht hat er endlich begriffen, dass dieser ungezügelte Wahnsinn nicht ewig so weitergehen kann.

Doch schon sein nächster Vorschlag reißt mich aus meinen düsteren Gedanken und katapultiert mich in eine andere Wirklichkeit.

»Es wird Zeit, dass wir uns neu einkleiden.«

»Neu einkleiden ...?«

»Ja, wir sollten uns neue Klamotten zulegen. Was ist daran so schwer zu verstehen?«

»Haben Sie denn nichts zum Wechseln in Ihrem Koffer?«

»Klar, aber eigentlich habe ich dabei mehr an dich gedacht. Sieh dich doch mal an, Parker. Du brauchst irgendwas Gescheites zum Anziehen.«

Ich schaue an mir herab. Meine Garderobe hat in den letzten Tagen ziemlich gelitten. Lauter Flecken, Löcher, Risse, die ich nicht zuordnen kann. Reste von Erbrochenem, wahrscheinlich sogar von Blut. Ich hätte nichts gegen neue Sachen, muss ich zugeben.

»Doch, schon, aber wie sollen wir das anstellen?«

»Ganz einfach, wir gehen einkaufen.«

»Nur damit ich das nicht falsch verstehe ... Wir beide marschieren einfach in einen Nordstrom's rein, falls wir hier irgendwo einen finden, und sehen uns wie zwei harmlose Junggesellen Hemden, Hosen und Socken an?«

»So in etwa habe ich mir das vorgestellt, ja.«

Ich schaue aus dem Fenster und schüttle den Kopf. »Klar, Rubleski. Wenn Sie meinen.« Ich habe aufgegeben, ihm zu sagen, dass er wahnsinnig ist.

Binnen weniger Minuten sind wir auf dem Weg zu einem Kohl's Department Store, der direkt an der Interstate liegt.

»Halten Sie das immer noch für eine gute Idee?«, frage ich, als wir das Kaufhaus betreten.

»Ich habe es einfach satt, dich ständig in diesen abgerissenen Klamotten ansehen zu müssen. Es wird wirklich Zeit, dass du dir wieder einen halbwegs menschenwürdigen Aufzug zulegst.«

»Schon klar. Aber Sorgen mache ich mir vor allem Ihretwegen. Sehen Sie sich doch mal an. Auch Sie brauchen was Neues anzuziehen.«

Es kann auf keinen Fall schaden, unser Erscheinungsbild ein wenig zu verändern. Und bestimmt fühlt es sich auch wesentlich besser an, saubere Sachen anzuhaben.

»Kümmern wir uns lieber erst mal um dich«, schlägt Rubleski vor, als wir durch die Kleiderabteilung gehen, vorbei an T-Shirts und Joggingschuhen, Gürteln und Krawatten. Als wir in den Bereich mit den Hemden kommen, fällt mir als Erstes ein blaukariertes, kurzärmeliges Joseph-Abboud-Sporthemd auf.

»Bloß, wie soll ich das bezahlen?«, stoße ich zwischen zusammengebissenen Zähnen hervor.

»Keine Sorge, das regle ich schon. Und such dir ruhig noch zwei mehr aus.«

Seine fette Geldscheinrolle ... Ich greife nach einem anderen Hemd, diesmal mit einem blauen Blumenmuster. Und dazu ein anthrazitgraues T-Shirt mit V-Ausschnitt.

Ganz in der Nähe sind Tische mit Stapeln von Hosen. Ich suche eine silberne Jeans und beige Chinos aus.

Rubleski nimmt ein lavendelblaues, langärmeliges Hemd von einem fahrbaren Ständer und hält es sich an die Brust.

»Wie findest du das, Parker?«

»Umwerfend.«

»Jetzt sei nicht so ein Arschloch.«

»Das müssen ausgerechnet Sie sagen.«

»Ich finde die Farbe richtig klasse.«

»Schauen Sie doch, was ich mir ausgesucht habe, Rubleski. Was Dezentes. Worin man keine Aufmerksamkeit auf sich lenkt. Würde ich Ihnen auch empfehlen.«

Sich mit dem Mann anzulegen ist nach wie vor vergeblich. Er wählt ein paar weitere knallige Hemden aus, dann eine Packung Calvin-Klein-Unterwäsche und mehrere Paare Gold-Toe-Socken, und rät mir, das Gleiche zu tun. Bis wir an die Kasse kommen, sind wir schwer bepackt mit Einkäufen.

Rubleski holt seine grüne Rolle heraus und beginnt, Scheine abzuzählen. Er unternimmt keinerlei Anstrengungen, sein Gesicht zu verbergen. Ich weiß, dass solche Kaufhäuser mit Überwachungskameras verseucht sind. Seine Unverfrorenheit erstaunt mich immer wieder von Neuem – und seine geradezu unheimliche Fähigkeit, damit davonzukommen.

Die Kassiererin mit ihrem schwarzen Kopftuch sieht uns desinteressiert an.

»Irgendwelche Gutscheine?«

»Hab ich vergessen«, witzelt Rubleski. Die Frau findet es nicht komisch.

»Am besten werfen wir die alten Sachen einfach weg«, schlägt Rubleski vor, als wir wieder im Auto sitzen. Wir ziehen unsere alten Klamotten aus und winden uns in die neuen. Als wir fertig sind, fährt Rubleski zu den Abfallcontainern hinter dem Kaufhaus, und ich steige aus und werfe die alten Sachen hinein.

»Da fühlt man sich doch gleich wie ein neuer Mensch, oder etwa nicht, Parker? Du hast wirklich schon ein bisschen gemuffelt. Das nächste Mal besorgen wir uns auch noch neue Schuhe.«

Wir halten hier auf einen Kaffee, da zum Tanken und Pinkeln, an einem Laden ein paar Meilen weiter auf ein paar Schnitten zweitklassiger Pizza. Ausgelaugt, wie ich bin, habe ich keinen großen Appetit, esse aber aus purer Gewohnheit trotzdem etwas. Dann geht es weiter, wohin, weiß kein Mensch.

»Warum lassen Sie eigentlich nie mich fahren, Rubleski? Soll ich Sie nicht mal eine Weile ablösen?«

Seine einzige Reaktion darauf ist ein amüsiertes Lachen.

»Da fällt mir ein, Parker ... Ich habe dir doch nie von meiner Kindheit erzählt, oder?«

»Nein.«

Ich bin gespannt. Das könnte einiges erklären, aber zugleich will ich nichts darüber hören.

»Man könnte sagen, sie war nicht unbedingt normal.«

»Nicht? Ich bin schockiert.«

»Hör gut zu, Parker. Du könntest was daraus lernen.«

Anscheinend will er mich mit einer Geschichte beglücken, ob ich will oder nicht.

»Wo sind Sie aufgewachsen?«

»Das spielt keine Rolle. Kannst aber gern raten. Zumindest so viel kann ich allerdings verraten: nicht in diesem großartigen Land hier.«

»Das wundert mich nicht im Geringsten.«

»Aber keine Angst, ich werde dich hier nicht mit einem minutiösen Bericht über meine Kindheit langweilen.«

»Umso besser.«

»Du bist ja richtig witzig heute, Parker, richtig witzig.«

»Klar, ein Zirkusclown ist nichts dagegen.«

»Kopf hoch, mein Freund! Es gibt nichts Langweiligeres, als sich die Kindheit von jemandem anzuhören, selbst wenn es die von Hitler, Stalin oder Einstein ist. Aber ich glaube, dass du meine Geschichten amüsant finden wirst – mehr nicht. Jedenfalls, um endlich anzufangen: Die Geschicke meiner Familie waren wechselhaft, manchmal sogar sehr. Die Rubleskis – ich, mein Bruder, meine Mutter und mein Vater – waren bettelarm, dann hin und wieder steinreich, aber dann passierte immer etwas, und wir waren wieder arm.«

»Woher kam das viele Geld?« Wenn ich schon zuhören muss, möchte ich auch mehr aus ihm herauskitzeln.

»Keine Ahnung. Ich habe von meinem Vater nie eine klare Antwort bekommen. Er war da nicht sehr mitteilsam. Drogen? Prostituierte? Waffen? Hühnereier? In dem Land, in dem ich aufgewachsen bin, war Korruption, vorsichtig ausgedrückt, weit verbreitet.«

»Bisher ist Ihre Story leider noch nicht wahnsinnig witzig oder interessant, Rubleski.«

»Nur Geduld. Das kommt schon noch ... Als wir uns mal wieder im weniger erfreulichen Bereich dieses Kreislaufs befanden, hatten wir irgendwann überhaupt nichts mehr zu essen. Nicht mal ein verschimmeltes Stück Zwieback. Sogar die Mäuse hatten sich aus dem Staub gemacht. Mein Vater hatte keine andere Wahl, als loszuziehen und zu schauen, ob er irgendwo etwas Essbares auftreiben konnte, damit wir nicht alle verhungerten. Er nahm mich in seinem kleinen Wagen mit, einem klapprigen gelben Lada. Aber wohin sollten wir fahren, um etwas zu essen zu beschaffen? Das habe ich ihn die ganze Zeit gefragt. Da, wo wir damals gewohnt haben, gab es keine Supermärkte oder auch nur Geschäfte, in denen wir was hätten klauen können. Und der Staat? Mit dem Staat hat man sich da, wo ich herkomme, lieber nicht angelegt, Parker. Verbrechen hat sich dort eindeutig nicht ausgezahlt. Und deshalb sind wir einfach in der Hoffnung, das Benzin würde uns nicht ausgehen, in den Außenbezirken der Stadt rumgefahren, bis wir einen Waschbären gesehen haben, der plattgewalzt auf der Straße lag ...«

»Da haben Sie aber Glück gehabt.«

»In anderen Teilen der Welt ist es in schweren Zeiten durchaus üblich, irgendein überfahrenes Tier fürs Abendessen mit nach Hause zu nehmen – natürlich nur, wenn man eins findet und wenn es noch frisch genug ist. Und du brauchst erst gar nicht die Nase zu rümpfen über unsere Gepflogenheiten beim Essen, Parker. Ihr Amerikaner habt keine Ahnung, wie es ist, nichts zu essen zu haben!«

Plötzlich ist, mit einem lauten, herzhaften Lachen, der alte Rubleski zurück.

»Wir hielten also an, packten das tote Vieh in einen Sack, den wir dabeihatten, warfen alles in den Kofferraum und fuhren zu unserer Wohnung zurück.«

Unwillentlich hat Rubleski inzwischen meine Neugier geweckt, aber die Genugtuung, dass er es merkt, will ich ihm nicht lassen.

»Haben Sie davor schon mal Waschbärenfleisch gegessen?«

»Nein. Aber es gibt für alles ein erstes Mal, und wir haben keine andere Möglichkeit mehr gesehen. Und was macht man nicht alles in seiner Verzweiflung? Man versucht es mit Salz und Pfeffer zu richten – wenn man welchen hat. Da war nur ein Problem mit unserem Waschbären, Parker.«

»Aha?«

»Als wir ihn zu Hause auf den Küchentisch legten, merkten wir, dass es auf seiner Unterseite vor Maden wimmelte – Unmengen davon.«

»Mmm. Da bekommt man ja richtig Appetit, Rubleski.«

»Ich war natürlich dafür, den Kadaver auf der Stelle loszuwerden. Das hätte jeder normale – vernünftige – Mensch getan.« Er seufzt. »Aber mein alter Herr hat das anders gesehen. Dazu musst du wissen, Parker, dass er ein schwieriger Mensch war – ein extrem schwieriger Mensch. Er war der Typ Mensch – in Osteuropa übrigens sehr oft anzutreffen –, der das Zeigen von Gefühlen als Schwäche ansieht, die es von Grund auf auszumerzen gilt, und ich war damals schon schlau genug, um zu begreifen, was das Beste für mich ist. Deshalb habe ich meine Gefühle für mich behalten. Mein Vater hat sich jedenfalls den plattgewalzten Kadaver noch einmal genauer angesehen und mich dann angeschnauzt: ›Mach Feuer im Ofen, Junge!‹

Ich mache mich also an die Arbeit, während er mehr schlecht als recht den Waschbären häutet und dann wie ein Irrer in der Küche rumrennt, um zusammenzusuchen, was wir von unserer letzten anständigen Mahlzeit noch an Gewürzen haben – Nelken, Curry, Knoblauchsalz. So wird das Ganze in den Ofen geschoben, bis es schließlich heißt: ›Tisch decken!‹ Wieder gehorche ich. Fünfundvierzig Minuten später holt er den Waschbären aus dem Rohr. Dank der ganzen Gewürze – auch wenn sie nicht richtig zusammengepasst haben – hat er richtig gut gerochen. Ohne Übertreibung! ›Was machen wir jetzt damit?‹, frage ich meinen Vater. Denn natürlich denke ich, dass es sich dabei um eine Art Witz oder Experiment handelt. ›Essen natürlich, Junge! Nicht ich, nicht wir, aber *du*!‹«

Allein bei der Vorstellung beginne ich zu würgen.

»Ganz recht, Parker! Er befahl uns allen – meiner Mutter, meinem Bruder und mir –, sich an den popligen kleinen Tisch zu setzen und ihm zuzusehen, wie er mir den madenbefallenen, krankheitsverseuchten Kadaver servierte, als wäre es eine Portion teuersten Kaviars! ›Und jetzt mach den Mund auf und iss!‹, brüllte er mich dann an. ›Du hast doch Hunger, oder nicht? Was willst du also? *Iss!*‹«

»Was haben Sie gemacht?«

»Erst habe ich versucht, es ihm auszureden. Dann habe ich Argumente vorgebracht. In diesem Teil der Welt war die Tollwut weit verbreitet, und ich wollte auf keinen Fall verseuchtes Fleisch essen, auch wenn es noch so gut durchgekocht war. Ich bin vom Tisch aufgestanden. Ich habe mich ihm widersetzt und die Fäuste gehoben und mich mit aller Kraft gegen ihn zu wehren versucht, aber ich war noch ein Junge und er ein erwachsener Mann. Und am Ende hat er natürlich gewonnen. Er legte mir den Arm um den Hals und drückte mir das Gesicht in das noch dampfende Fleisch und zwang mich, einen kräftigen Bissen davon zu nehmen ...«

»Ich sehe schon, Ihr Vater war einer von der einfühlsamen Sorte.«

»Und weißt du was, Parker? Es war gar keine so schlechte Medizin, Waschbärenbraten mit nicht zusammenpassenden Gewürzen und Maden als Beilage. Es hat mich hart gemacht, das auf jeden Fall. Und ich habe gelernt, mich nicht zu beklagen. Und gelernt, nie zu heulen. Und weißt du, was das Beste daran war? *Dieser Waschbär hat echt gut geschmeckt!*«

»Kann ich mir lebhaft vorstellen.«

»Aber als ich noch versuchte, den ersten Bissen hinunterzubekommen, hielten es meine Mutter und mein Bruder nicht mehr aus. Am Küchentisch brach plötzlich der dritte Weltkrieg aus. Während mein Vater dafür sorgte, dass ich alles aufaß, rannten die anderen weg und ließen mich allein mit ihm zurück. Er saß mir gegenüber und sah mir mit einem komischen Grinsen dabei zu, wie ich dieses vergammelte Scheißvieh Gabel für Gabel runterwürgte.«

»Sie werden es vielleicht nicht gern hören, Rubleski. Aber Sie sind genau wie Ihr alter Herr.«

»Ich bin ohne Frage der Sohn meines Vaters. Einige würden mir allerdings vorwerfen, dass ich mehr nach meiner Mutter geraten bin.«

»Wie das?«

Rubleski rutscht auf dem Sitz herum, während er sich für ein neues Kapitel der Geschichte erwärmt.

»Nachdem sich meine Mama von meinem Vater hat scheiden lassen – und du kannst mir glauben, es war alles andere als einfach, von ihm loszukommen, denn er war brutal und unnachgiebig, ein richtiger Tyrann –, hat sie sich einen anderen angelacht. Einen jüngeren diesmal. Hier würde man ihn wohl als Lackaffen bezeichnen. Er sah richtig gut aus. Der Inbegriff eines Frauenhelden.

Viel Geld hatte er nicht, aber darum ging es meiner Mutter auch nicht. Sie sah immer noch sehr gut aus, meine Mama. Eine richtige Schönheit, und das war der Hauptgrund für die Probleme, die sie mit meinem Vater hatte. Der wollte sie nämlich möglichst an der kurzen Leine halten, was er damit zu erreichen versuchte, dass er sie regelmäßig verprügelte. Sie hatte jahrelang mit einem Monster zusammengelebt und hielt es irgendwann nicht mehr aus. Sie sehnte sich nach etwas anderem. Nach Spaß, Lebensfreude, nicht erzwungenem Sex. Und deshalb hat sie sich diesen jungen Kerl – er hieß Ramon – geangelt. Sie hat ihn in der Stadt, in der wir, weit weg von meinem Vater, gelebt haben, auf der Straße kennengelernt. Es fiel ihr nicht schwer, Männerbekanntschaften zu machen ...

Woher er war? Keine Ahnung. Aber eins hat schnell zum anderen geführt, und ein paar Monate haben wir alle zusammengelebt, meine Mutter, mein Bruder, Ramon und ich. Es war eine richtig coole Zeit, viel besser als das Leben mit meinem leiblichen Vater. Wir sind alle gut miteinander klargekommen. Ramon schien mich und meinen Bruder echt zu mögen, und ich war froh, dass er bei uns war, weil meine Mutter dann nicht so viel an das dachte, was früher passiert war. Ramon war gar nicht so viel älter als ich, und er hat es gern ruhig angehen lassen und viel gechillt, und das haben wir auch gemacht, nachdem wir nicht mehr ständig unseren Vater am Hals hatten. Er hatte einen klasse Wagen, einen alten Triumph, und hat uns damit überallhin mitgenommen. Wir haben auf der Straße reihenweise Mädchen angequatscht und ein paarmal hat er mir den Wagen sogar geliehen. Ramon war richtig cool.

Aber das war, bevor alles anders wurde. Sagen wir mal, bevor es zwischen meiner Mutter und Ramon nicht mehr so gut lief. Jeden Abend, wenn wir von der Schule nach Hause kamen, konnten wir sie durch die Wand hören, wie zwei kämpfende Katzen. Keiner der beiden schien irgendwas zu arbeiten, deshalb mussten sie ihre überschüssige Energie anders loswerden. Jedenfalls ist das Ganze immer mehr aus dem Ruder gelaufen, und meine Mutter hielt es nicht mal mehr für nötig, das Ganze vor meinem Bruder und mir zu verbergen. Sie hat es gerade noch geschafft, sich um die Wäsche zu kümmern und dafür zu sorgen, dass jeden Tag was zu essen auf dem Tisch stand. Außerdem war jetzt die Situation genau umgekehrt wie mit meinem Vater, jetzt wollte sie Ramon total unter ihrer Fuchtel haben ...

Doch wenn etwas so heiß lodert, kann es nicht auf Dauer so bleiben. Unabhängig davon, wer am längeren Hebel sitzt, beginnt das Feuer irgendwann zu erlöschen. Und nur damit wir uns da nicht falsch verstehen, inzwischen war der fesche Ramon am Drücker.«

»Und wer hat die Schlacht gewonnen?«

»Nicht, was du wahrscheinlich denkst, Parker, nämlich keineswegs der, von dem du es erwarten würdest. Eines

Tages fand meine Mutter heraus, dass sie nicht die einzige Stute in Ramons Stall war. Extremes Verlangen schürt extreme Eifersucht. Eines Tages ist ihm Mama gefolgt. Angeblich wollte er sich mit Freunden in einem Café treffen, aber in Wirklichkeit ist er in die Wohnung einer anderen Frau gegangen. Mama hat gewartet, und als er wieder nach draußen gekommen ist, hat sie ihn auf der Straße zur Rede gestellt. Ramon hat alles abgestritten und behauptet, er hätte nichts Unrechtes getan und sich mit dieser Frau nur deshalb getroffen, weil sie ihm einen Job beschaffen wollte. Irgendetwas in der Art jedenfalls. Aber Mama hat es ihm nicht abgenommen. Der Streit zwischen ihnen zog sich tagelang hin, und die Stimmung zwischen den beiden blieb extrem gereizt.

Außerdem hat Mama nach diesem Zwischenfall angefangen, Ramon überallhin zu folgen, und ein paar Wochen fand sie an seinen Aktivitäten auch nichts auszusetzen. Vielleicht hat er sich sogar absichtlich zusammengerissen, um meine Mutter weiter verrückt zu machen. Aber keine Ahnung, wer kann schon sagen, was in ihm vorging? Ich konnte es mir jedenfalls nicht so recht vorstellen.

Bis sich dann eines Abends herausgestellt hat, dass er doch etwas mit dieser Frau gehabt hat – was an sich nicht so wahnsinnig überraschend war. Jedenfalls hat Mama Ramon erwischt, wie er wieder zu dieser Schlampe gegangen ist, zu derselben, bei der er beim ersten Mal war. Jetzt stand für sie endgültig fest, dass er mit diesem Flittchen ein Verhältnis hatte, was auch sicher gestimmt hat. Aber statt ihm wieder eine Szene zu machen, hat sie in dieser Nacht gewartet, bis Ramon eingeschlafen war.«

Rubleski schüttelt den Kopf über etwas, vielleicht ein Bild, das er vergessen will.

»Und ...?«

»Als Ramon tief und fest schlief, nahm Mama einen Hammer und schlug damit auf seinen Schädel ein ... immer und immer wieder ... so lange, bis er tot war.«

Ich betrachte Rubleskis Profil im letzten Aufleuchten der Abendsonne, und halb rechne ich damit, dass er laut loslacht und sagt, dass alles nur gelogen ist. Aber das tut er nicht.

»Ich konnte nie verstehen, warum Ramon bei meiner Mutter nicht vorsichtiger war. Warum ist er in unsere Wohnung zurückgekommen? Warum hat er es darauf ankommen lassen? Andererseits muss man natürlich irgendwo schlafen, und letztlich konnte er auch nicht ahnen, dass sie zu so etwas imstande sein könnte. Eigentlich wusste keiner von uns was über den anderen.«

»Echt schlimm, Rubleski. Wirklich schlimm.« Kein Wunder, dass er ein Psychopath ist. Bei so einem Vater und einer solchen Mutter hat ein Kind keinen guten Start ins Leben – falls man ihm die Geschichte glauben darf. Andererseits gibt es auch Menschen, die ähnlich Schlimmes oder sogar Schlimmeres durchgemacht haben, und sich zu vorbildlichen Mitmenschen entwickeln.

»Aber damit hatte Mama noch keineswegs genug. Im Nachthemd und über und über mit Ramons Blut bespritzt, marschierte sie mitten in der Nacht mit einem Küchenmesser los und erstach ihre Rivalin, als sie ihr nichtsahnend die Wohnungstür öffnete. Die Polizei hat hinterher siebenundzwanzig Einstiche im Körper der armen Frau gezählt.«

An diesem Punkt bin ich es, der schallend loslacht. »Alles schön und gut, Rubleski, aber das haben Sie sich doch alles gerade ausgedacht. Diese Geschichte ist einfach ... lächerlich! Nichts als ein dampfender Haufen Sch...!«

»Nichts davon habe ich mir ausgedacht.« Er hört sich leicht gekränkt an. »Ich erfinde nie etwas. Niemals. Das entspricht nicht meiner Natur. Wenn du dich bei mir auf etwas hundertprozentig verlassen kannst, Parker, dann darauf, dass ich immer die Wahrheit sage. Immer.«

»Dann ist es wirklich eine schreckliche Geschichte. Und was ist danach aus Ihrer Mutter geworden?«

»Sie wurde vor Gericht gestellt, für unzurechnungsfähig erklärt und in eine Nervenheilanstalt eingeliefert. In meinem Heimatland ist ein Irrenhaus kein Ort, an dem man gern ist. Es ist dort mindestens so schlimm wie im Gefängnis, wenn nicht schlimmer. Aber wohin, wenn nicht ins Gefängnis, hätte man sie stecken sollen?«

»Wirklich traurig.«

»Es ist, wie es ist, wie es so schön heißt. Sie ist immer noch dort, soviel ich weiß.«

Ein paar Sekunden vergehen. In diesen kurzen Momenten ist mir ein Gedanke gekommen.

»Sie sind aus so einer Anstalt ausgebrochen, stimmt's, Rubleski?«

Das zieht einen Lachanfall nach sich.

»Nein, das ist mein voller Ernst. Dort waren Sie doch ursprünglich – in einer Anstalt für psychisch kranke Straftäter.«

»Mach dich doch nicht lächerlich, Parker. Du wirst niemanden finden, der sich besser im Griff hat als ich.«

»Ich glaube Ihnen nicht.«

»Das ist dein gutes Recht. Aber ob es dir nun passt oder nicht, was ich dir gerade erzählt habe, ist die reine Wahrheit.«

»Und was ist aus Ihnen und Ihrem Bruder geworden?«

Er zuckt mit den Achseln. »Dasselbe, was aus allen Kids wird, die niemand haben will. Wir sind streunende Hunde geworden, die auf der Straße leben.«

In Rubleskis Stimme schwingt nicht einmal ein Anflug von Selbstmitleid mit. Er wirkt ruhig und bedächtig. Seine Gefühle – so er welche hat – sind völlig von seinem Gedächtnis isoliert. Es ist, als würde er einer Gruppe von Bürokraten die wichtigsten Punkte einer Regierungsverlautbarung vortragen.

Plötzlich erhellt sich seine Miene. »Aber ich habe etwas aus mir gemacht, Parker! *Ich habe etwas aus mir gemacht.* Ich habe nicht zugelassen, dass meine persönliche Tragödie mein Schicksal bestimmt oder mich in irgendeiner Weise beeinträchtigt! Wenn du dich mit dem Leben der größten Gestalten der Weltgeschichte befasst, wirst du wahrscheinlich auf viele Geschichten wie meine stoßen ... Wusstest du übrigens, Parker, dass ich eine Top-Position in einer großen Elektronikforschungsfirma hatte, bevor ich zu Trusonics gestoßen bin?«

»Woher sollte ich das wissen? Darf ich Sie was fragen: Warum ziehen Sie diese miese Nummer hier ab, Rubleski, wenn Sie mal so ein toller Hecht waren? Warum setzen Sie das alles aufs Spiel? Da kann man doch nur von einem ausgeprägten Todeswunsch sprechen.«

»Habe ich dir nicht gesagt, dass alle diese alten Lebensmodelle vollkommen überholt sind? Selbstverwirklichung oder beruflicher Aufstieg, alles unwichtig – darum geht es nicht. Mein Ziel ist einzig und allein, über meine Grenzen, meine angeborenen Fähigkeiten hinauszuwachsen. Habe ich dir nicht gesagt, dass ich eine höhere Daseinsform bin, Parker? Dass ich nicht dafür geschaffen bin, mich an

Regeln zu halten, die für deinen Vater und Großvater und dessen Großvater und Urgroßvater aufgestellt worden sind?«

»Sie verzapfen nur irgendwelchen aufgeblähten, nietzscheanischen Mist, den Sie mal in einem Volkshochschulkurs aufgeschnappt haben – oder in einem Antiquariat.«

»Von wegen! Aber versteh mich nicht falsch. Ich bin ein großer Bewunderer dieses deutschen Denkers. Er hatte durchaus einige revolutionäre – und sehr fortschrittliche – Theorien über die Menschheit und das Leben. Ein bisschen unausgegoren vielleicht, das ja, und vor allem ist er vor dem letzten Schritt, sie in die Tat umzusetzen, zurückgeschreckt, weil er schwach war und nicht die leiseste Ahnung hatte, wie er das anstellen sollte. Aber habe ich dir nicht schon kurz nach unserer ersten Begegnung erzählt, Parker, dass Iwan Rubleski ein vollkommen andersartiges Wesen ist? Ich bin im wahrsten Sinn des Wortes die Verkörperung meiner Ideen! Für dich bin ich gar nicht richtig *menschlich*. Für dich, Parker, bin ich etwas, das nicht einmal annäherungsweise als menschlich bezeichnet werden kann.«

»Sind Sie dann etwa ein Bot?«

»Mach dich doch nicht lächerlich! Ein Roboter könnte nie tun, was ich tue.«

»Gott sei Dank!«

»Nur zu, lach ruhig, Parker! Lach, soviel du willst! Aber wie es scheint, will einfach nicht in deinen Kopf, dass ich bereits weit hinter mir gelassen habe, was jede revolutionäre Bewegung in der Geschichte der Menschheit zu erreichen versucht hat. Wie du siehst, habe ich mich längst von diesem ganzen verfaulten System verabschiedet. Ich weiß, es ist vollkommen aussichtslos. Ich bin fest davon überzeugt, dass die Menschheit nicht mehr zu retten ist – nach allem, was wir der Erde angetan haben, ist sie dem Untergang geweiht. Deshalb bleibt nur noch der Tod. Willkürlicher, allumfassender Tod, bis praktisch niemand mehr übrig ist ...«

»Bis auf Sie, Rubleski?«

»Begreifst du denn nicht, Parker? Eines Tages werden außergewöhnliche Geschöpfe wie ich die *Erlaubnis* erhalten, Morde zu begehen, ohne dafür Rechenschaft ablegen zu müssen. Auch nachträglich wird es keine Schuldzuweisungen geben. Nicht so wie heute, wo der weiße Mann Rechenschaft dafür ablegen muss, was er der indigenen Bevölkerung Amerikas oder den afrikanischen Sklaven und allen Frauen angetan hat, oder die Nazis für ihre Verbrechen an den Juden zur Verantwortung gezogen werden ...«

»Das ist doch längst auf der ganzen Welt der Fall, Rubleski. Oder glauben Sie im Ernst, irgendjemand macht unsere Soldaten dafür verantwortlich, was in Afghanistan geschieht? Oder den IS für das, was in Syrien passiert, oder Boko Haram für die Gräueltaten in Nigeria?«

»Schon, aber du redest hier von der – wie nennt man sie gleich wieder – Dritten Welt! Auf die so genannten fortschrittlichen, zivilisierten Nationen trifft das nicht zu – *und genau das wird sich ändern!* Es ist sogar schon dabei, sich zu ändern, bloß sind viele dieser Veränderungen mit bloßem Auge noch nicht zu erkennen! Glaub mir, Parker, während wir hier reden, durchläuft die Welt bereits eine tiefgreifende Metamorphose, und eine ihrer Folgen wird sanktionierter privater Mord sein – und damit meine ich keineswegs rein pragmatische Sterbehilfe!«

Der Unterschied zwischen meinem ungewöhnlichen

Begleiter und Charles Manson besteht darin, wird mir jetzt klar, dass sich Rubleski, wenn er seine Argumente vorbringt, nicht wie ein Geisteskranker *anhört*, wie das bei Manson immer der Fall war, selbst wenn er halbwegs vernünftige Dinge von sich gegeben hat. Nein, Rubleski ist ausgesprochen eloquent und kann sehr seriös wirken, und wenn er will, erscheint er – in Ermangelung eines besseren Wortes – wie ein perfekter Gentleman. Und selbst wenn Charles Mansons Äußerungen manchmal einen gewissen Sinn ergaben, schimmerte bei ihm immer das grundlegende Fehlen einer *höheren* Intelligenz durch – man sehe sich nur einmal seine Anhänger an. Rubleski dagegen verfügt über eine angeborene Intellektualität und die Fähigkeit, sich sprachlich zu artikulieren, wobei man bei ihm sogar von einer Art abseitiger Genialität sprechen könnte, was ihn noch beängstigender macht als den zwergenhaften Kultführer.

Das ist alles nichts Neues, aber trotzdem habe ich gewaltig die Hosen voll. »Wo fahren wir hin, Rubleski? Wohin fahren wir, verdammt noch mal?«

»Du stellst ständig die gleiche Frage, Parker. Als ob das irgendeine Rolle spielen würde! Das hatten wir doch alles schon. Du musst lernen loszulassen. Du hast doch sicher schon von Zen gehört? Dort geht es vor allem darum, sich von seiner irdischen Umgebung und allem, was in ihr geschieht, zu lösen. Stell dir das Ganze einfach als total entspannten Sonntagsausflug vor ...«

»Nur ist heute eben nicht Sonntag. Zumindest glaube ich das.«

Ich habe die Nase voll von diesem ganzen Affentheater. Unsere Unterhaltung kommt zum Erliegen. Unaufhörlich ziehen Ortsschilder an uns vorbei: Columbus ...

Cleveland ... Indianapolis ... Chicago. Die Landschaft des Mittleren Westens ist zu eintönig, um meine Aufmerksamkeit zu fesseln ... In mir macht sich ein unbeschreiblicher Überdruss breit, eine Erschöpfung, wie ich sie noch nie in meinem Leben verspürt habe ... Wieder einmal gleite ich in ein verstörendes Koma ab, in dem Träume von tollwütigen Waschbären und messerschwingenden Prostituierten die Ränder der hereinbrechenden Nacht bevölkern ...

Warum musste es so ein großes Rätsel sein? Wir würden alle wesentlich weniger Zeit damit verbringen, uns den Kopf darüber zu zerbrechen, wenn wir nur Gewissheit hätten. Danach gibt es nichts. Warum konnten sie uns das nicht einfach sagen, statt unsere Köpfe mit ihren furchteinflößenden Märchen vollzustopfen ...

– Pascal Garnier

Hollywoodland

Irgendwie bin ich mir vage bewusst, dass sich der Boden unter mir bewegt. Was bisher passiert ist, schwirrt im Hintergrund herum wie eine Wespe, die sich in mein Zimmer verirrt hat und immer wieder gegen die Fensterscheiben fliegt, oder wie ein weit zurückliegender Albtraum, der unablässig vollkommen unvorhersehbar aufblitzt. Nichts von all dem ist ganz real.

In meinem Kopf springen seltsame, ständig aneinander prallende Gegenstände herum. Ich stelle mir alberne Fragen: Gibt es alternative Realitäten? Ist es wirklich möglich, in einem Kaninchenbau zu verschwinden? Und was ist, wenn wir sterben und in einem anderen Seinszustand erwachen, den wir uns nicht einmal annäherungsweise vorstellen können ...?

Rubleski und ich sind ständig am Fahren, ohne Pause, ohne Halt, immer weiter und weiter ... und die meiste Zeit schlafe ich. Meine Knochen schmerzen. Meine Muskeln sind von dem langen Bewegungsmangel übersäuert. Meine Erschöpfung ist grenzenlos. Erst jetzt wird mir bewusst, wie kaputt ich bin. Aber das ist nicht weiter verwunderlich. Jeder, der durchgemacht hätte, was ich durchgemacht habe, wäre mit seinen Kräften am Ende.

Hin und wieder gehen meine Augen auf. »Wo ... sind ... wir?«, frage ich wie ein quengelndes Kind, aber Rubleski reagiert nur mit Schweigen oder einem abweisenden Kopfschütteln. Ich erkenne nicht viel von dem, was an den Autofenstern vorbeizieht. Häuser wie winzige Blumen auf einem fernen Berghang. Ein lautloser Vogelschwarm in V-Formation. Ein mit weißen und rosa Wolken gesprenkelter blauer Himmel.

»Wohin, Rubleski? Wohin?«

Bevor ich eine Antwort erhalte, bin ich bereits wieder eingeschlafen.

Als ich an einem weiteren Punkt unserer endlosen Reise an die Oberfläche treibe, kommt mir der Gedanke, dass ich deshalb so viel schlafe, weil ich krank bin. Nicht nur ein bisschen, nein, schwer krank.

»Ich fühle mich hundeelend, Rubleski«, bringe ich zwischen rissigen Lippen hervor. Mir ist so heiß, als würde ich innerlich verbrennen. Ich muss hohes Fieber haben.

»Was willst du damit sagen?« Wie immer ist sein Blick wie der eines hochklassigen Rennpferds auf das Ziel vor ihm gerichtet. Und wie immer – und das macht mich vollends verrückt – scheinen ihm die Strapazen nichts auszumachen.

»Ich bin krank. Irgendwas stimmt nicht mit mir. Vielleicht muss ich sterben.«

»Jetzt spiel hier nicht die mimosenhafte Diva, Parker. Dir fehlt nichts, was sich nicht mit einer kräftigen Mahlzeit richten ließe.« Er reicht mir eine Plastikflasche. »Hier – trink.«

»Sie täuschen sich, Rubleski. Diesmal täuschen Sie sich. Ich bin krank ... schwer krank ...«

»Quatsch! Du bist nur ein bisschen müde, mehr nicht.

Sei lieber froh, dass ich die ganze Zeit fahre. Schlaf einfach, Parker. Halt die Klappe ... und schlaf einfach ...«

Von Zeit zu Zeit verstummt das leise Summen des Motors. Vage erinnere ich mich, dass wir in einer Raststätte auf der Toilette waren. Bei einer anderen Gelegenheit steigt Rubleski aus, sperrt mich im Auto ein und verschwindet. Ohne mich loszuschnallen kippe ich in meinem Dämmerzustand den Sitz bis zum Anschlag nach hinten. Als Rubleski zurückkommt, hat er ein Tablett voll abgepacktem Essen dabei – Sandwiches, Pommes frites, Getränke und Plastikbesteck. Ich versuche, etwas davon hinunterzubekommen, fühle mich aber zu schlecht, um etwas bei mir behalten zu können. Egal, was passiert, ich schlafe sofort wieder ein.

Als ich das nächste Mal zu mir komme, ist alles um mich herum schwarz. Entweder ist es Nacht, oder ich bin wirklich tot, was nicht das Schlechteste wäre.

»Komm schon, Parker, auf, auf ...«

Diesmal liege ich auf dem Rücksitz. Wie bin ich dorthin gekommen? Ich kann mich nicht erinnern, den Platz gewechselt zu haben.

Rubleski öffnet die Tür, packt mich an den Fußgelenken und zieht mich aus dem Auto. Ich leiste keinen Widerstand, und es bereitet mir Mühe, mich auf den Beinen zu halten.

»Geh schon mal rein und leg dich schlafen.«

Er ist bereits dabei, unser Gepäck aus dem Auto zu nehmen. Ich falle beinahe hin, als ich auf den Eingang einer hell erleuchteten Hütte zustolpere, die eine deutliche Verbesserung gegenüber unserer letzten Unterkunft im Hinterland von Pennsylvania darstellt.

Im Innern ist es kühl, und es riecht nach Fichtennadeln, als wäre es mit einem Raumspray desinfiziert worden. Für jemanden mit hohem Fieber ist das sicher gut. Die Beleuchtung verbreitet eine angenehme Atmosphäre, als hätte ein netter Gastgeber alles für uns vorbereitet.

»Dein Zimmer ist dort drüben.« Rubleski deutet auf eine halb offene Tür auf der anderen Seite des Raums.

Ich bin begeistert über die Aussicht, meine müden Glieder auf sauberen Laken ausstrecken zu können. Eigentlich will ich Rubleski fragen, wie er diese nette Unterkunft gefunden hat, über Airbnb oder Vrbo, aber ich bin schon viel zu müde, und kaum habe ich mich aufs Bett plumpsen lassen, bin ich bereits wieder eingeschlafen und vollkommen weg ...

Ich höre Rubleski pfeifen.

Das kann nur heißen, dass ich wach bin.

Es ist die gleiche Melodie, die er im Auto gesummt hat. Er hört sich so gut gelaunt an wie eh und je.

Ich könnte schwören, dass ich mitten in der Nacht Wölfe heulen gehört habe – ein sehr, sehr beunruhigendes Geräusch, wie das Heulen des Sturms der Apokalypse. Aber wie ist das möglich? Es kann nur heißen ...

An der Wand hängen mehrere Geweihe und der riesige Kopf eines Grizzlybärs, in der Ecke lehnt ein Paar altmodischer Schneeschuhe.

Als ich mich auf die Seite drehe und aus dem Bett steige, fühlt sich mein Körper leicht an, fast wie eine Feder. Was auch immer mich befallen hat, ich scheine davon genesen zu sein.

»Parker, du Faulpelz«, begrüßt mich Rubleski, als ich ins Wohnzimmer tapse. »Ich dachte schon, du würdest überhaupt nicht mehr aufhören zu schlafen.«

»Wie lang war ich weg?«

»Heute ist Montag, wenn dir das was sagt.«

Tut es nicht. Ich habe schon lange jedes Zeitgefühl verloren.

»Hör zu ... in zwanzig Minuten, spätestens in einer halben Stunde, müssen wir los. Schaffst du das?«

Durch die Fenster kann ich sehen, dass wir von den Umrissen imposanter violetter Berge und dichter Wälder umgeben sind, und in der Ferne ist eine endlos weite, golden schimmernde Ebene voller großer Tiere – Elche oder Hirsche oder sonst etwas in der Art. Mit anderen Worten, wir sind wieder irgendwo am Ende der Welt gelandet, aber an einem Ende der Welt, das noch abgelegener ist als bisher.

»Weshalb die Eile?«

»Glaub mir einfach, Parker. Wir müssen los. Du hast gerade noch genügend Zeit, um zu duschen, aufs Klo zu gehen und eine Tasse Kaffee zu trinken ...«

Er deutet auf eine halbvolle Kanne auf der Arbeitsplatte in der Küche.

»Wo sind wir eigentlich, Rubleski?«

»Schon mal in Wyoming gewesen, Parker?«

»Nein.«

»Dann bist du's jetzt. Wie du siehst, ist die Landschaft fantastisch.«

Ich mache kehrt und ziehe mich in mein Zimmer zurück. Meine Sachen liegen ordentlich gefaltet auf einem Korbstuhl. Als ich sie anziehe, merke ich, dass sie frisch gewaschen sind. Ich kann mir Rubleski zwar nicht als Hausmädchen vorstellen, aber sonst ist niemand hier ...

Als Rubleski wieder am Steuer sitzt, scheint er es nicht

eiliger zu haben als sonst. Wir fahren von der Hütte auf einer kurvenreichen einspurigen Forststraße zum Highway hinunter, wo wir auf einen kristallblauen, von vielen Felsen durchsetzten Fluss stoßen.

»Wyoming ...«

Ich wiederhole das Wort, als hätte ich es einmal in einem Traum gehört.

»Und das ist der Snake River«, fügt Rubleski hinzu.

Woher weiß er das alles?

Er fängt wieder an, diese Melodie zu pfeifen, mit lauter neuen Variationen, wie ein Jazzmusiker, der neue Riffs ausprobiert. Inzwischen hört es sich sogar ganz gut an, während es zuvor eher nervig war. Vielleicht liegt es an mir. Heute Morgen fühle ich mich trotz allem wieder wie ein Mensch.

An der ersten Ampel biegen wir nach rechts auf einen Highway, wo die Wegweiser in alle möglichen Richtungen zeigen – nach Idaho, Utah, Colorado, South Dakota, Nebraska, Entfernungsangaben inklusive. Es ist wie auf einem anderen Planeten: die gewaltige blaue Himmelskuppel, die schneebedeckten Berge in der Ferne und davor endlose Prärie, durch die ein einsamer Bison zieht. Im Gegensatz zu mir scheint er genau zu wissen, wohin er will.

»In diese Hütte sind Sie doch eingebrochen, Rubleski, oder?«

»Hat sie dir nicht gefallen? Ich fand sie sehr gemütlich.«

»Wie wären wir sonst hineingekommen? Sie haben doch sicher keinen Vertrag mit dem Besitzer gemacht.«

»Ich habe getan, was ich tun musste, Parker. Dabei sind auch keine Tiere zu Schaden gekommen.«

»Sehr witzig.«

»Schlag dir doch diesen ganzen Unsinn aus dem Kopf, Parker. Schau dich lieber um. Ist sie nicht fantastisch, die Landschaft hier? Wer weiß, wann du wieder durch den Garten Eden kommst?«

Da hat er nicht ganz unrecht. Wenn mich nicht alles täuscht, habe ich mal irgendwo gelesen, dass Wyoming die Wiege der Dinosaurier war, und wenn ich mich hier so umsehe, erscheint mir das durchaus nachvollziehbar.

»Denk doch nur mal, wie gut du es gerade hast, Parker. Keine Social Media, die dich ablenken ... kein Telefon, das ständig läutet ... kein Job, um den du dich kümmern musst ... keine Frau und keine Kinder, bei denen du dich melden musst. Und vor allem *empfindest* du endlich mal was. Du fühlst dich gut. Du fühlst dich frei. Du bist nicht mehr *empfindungslos*, wie du das die letzten zwanzig Jahre warst ...«

Kein Zweifel – dieses Monster kann meine Gedanken lesen. Er hat begriffen, warum ich nicht von ihm loskomme. Er kennt die von außen nicht zu sehenden Gifte, die wie unterirdische Flüsse durch das Innere eines Menschen strömen.

Wir machen Halt, um etwas zu essen ... zu tanken ... auf die Toilette zu gehen ... furchtlos in jedes Lokal zu marschieren, als würde es uns gehören. Nach einer Weile erreichen wir Utah, einen weiteren Bundesstaat, der nicht von dieser Welt zu sein scheint, in dem die Landschaft so fremdartig ist wie auf dem Mars. Ähnlich wie in Wyoming sind kaum Menschen oder Fahrzeuge zu sehen. Es ist, als wären Rubleski und ich die einzigen Menschen auf der Welt, wie wir unter dem klaren kobaltblauen Himmel über die sienabraune Erde rauschen ...

»Wie wär's mit einer kleinen Pause?«

Rubleski steuert den Wagen unter ein Betongewölbe am Rand einer weiten Salzebene, eine kahle weiße Landschaft, eingefasst von einer Kette zerklüfteter Berge.

Wir haben den Platz ganz für uns allein. Rubleski massiert sich die Schläfen, dann betätigt er einen Hebel an seinem Sitz und lässt sich in eine liegende Position zurücksinken.

»Ich muss mich ein bisschen ausruhen, Parker. Ich schlage vor, du machst das auch ...«

Es ist das erste Mal – das allererste Mal –, dass ich mitbekomme, dass sich Rubleski tagsüber eine Ruhepause gönnt. Vielleicht ist er doch ein Mensch.

Und vielleicht hat er recht, vielleicht sollte auch ich mich ausruhen. Wer weiß schon, was noch auf uns zukommen wird.

Andererseits finde ich, nein, ich darf jetzt nicht schlafen, ich habe tagelang nur geschlafen, und es hat keinen Sinn, noch mehr zu schlafen.

Ich sitze da, starre durch die schmutzige Windschutzscheibe und denke nichts. Ab und zu höre ich auf dem Highway ein Auto vorbeirauschen. Dann endlich das stete, verräterische Geräusch des Atems, der durch Rubleskis Nase strömt.

Er ist eingeschlafen.

Vorsichtig öffne ich das Handschuhfach und krame darin herum. In einer Lederhülle sind Fahrzeugpapiere und Versicherungskarte, aber ich sehe sie mir nicht an. Ich will genauso wenig wissen, wem dieser Wagen in Ohio gehört hat, wie ich wissen will, was mit dieser Person passiert ist.

Ich krame weiter herum und ziehe schließlich von ganz

hinten einen roten Spiralblock hervor, in dessen Drahtspirale ein Kugelschreiber steckt. Auf der ersten Seite ist eine Einkaufsliste:

Waschmittel
Hundefutter
Salat
Tomaten
Mandeln
Ahornsirup
Putenhackfleisch
Brot
Cheddar (gerieben)
Butter

Die Handschrift ist ordentlich und elegant und gehört, wenn mich nicht alles täuscht, einer Frau.

Der Rest der Seiten ist leer, als ob der Block für Einkaufslisten gekauft, dann aber im Handschuhfach vergessen worden wäre.

Das ist genau, was ich im Moment brauche. Mich beschäftigt nämlich noch etwas anderes als Rubleski.

Meine liebe Alana,

inzwischen überrascht es dich wahrscheinlich nicht mehr, dass etwas ganz und gar nicht stimmt. (Es ist übrigens richtig eigenartig, das alles von Hand zu schreiben und nicht mit einer Tastatur, aber ich habe schon seit Tagen nichts mehr, nicht einmal ein Handy.) Es wäre unmöglich, dir in den wenigen Minuten, die mir bleiben, zu erklären, wie ich in diese Lage gekommen bin, aber bitte glaub mir, wenn ich dir sage, dass sie kaum schlimmer sein könnte. Ich schwebe in Lebensgefahr. Deshalb werde ich dir erst ausführlicher über alles berichten können, wenn ich dich wiedersehe. Allerdings lässt sich nicht sagen, wann das sein wird.

Ich wollte nicht, das es zu all dem kommt, es ist einfach total verrückt, aber ich habe keinerlei Kontrolle mehr über das, was um mich herum geschieht – wie in einer dieser Geschichten, die so beginnen: »Eines Tages verließ ich das Haus und landete mitten in einem Albtraum.« Bisher habe ich das immer für einen blöden Spruch gehalten, aber jetzt habe ich am eigenen Leib erfahren, dass so etwas passieren kann.

Aber in Gedanken bin ich immer noch bei dir und Clementine und Ezra. Es vergeht keine Minute, in der ich nicht an euch denke, und ich wünsche mir nichts sehnlicher, als wieder mit euch zusammen sein zu können. Aber es geht nicht. Und glaub mir, das macht mich unsagbar traurig. Sobald ich eine Möglichkeit finde, mich aus dieser fürchterlichen Situation zu befreien, werde ich zu dir zurückkommen, und, so Gott will, wird so etwas nie wieder passieren. Denn ich schwöre dir, du machst dir keine Vorstellung, wie schrecklich das alles ist, aber wie könntest du auch?

Was ich dir noch sagen möchte, Liebling: Du musst dich unbedingt um die Kinder kümmern. Ich weiß nämlich nicht, ob und wann dieser Wahnsinn endlich ein Ende nimmt. Ich weiß, dass du wegen deiner gesundheitlichen Probleme keinen größeren Belastungen ausgesetzt werden solltest, aber leider kann ich im Moment wenig tun, um dir beizustehen. Deshalb musst du den Kindern bis auf Weiteres sowohl Vater als auch Mutter sein. Du musst jetzt das Ruder des Schiffs übernehmen und künftig für ihr Wohlergehen sorgen, denn ich weiß nicht, ob ich dazu jemals wieder in der Lage sein werde. Hab bitte Verständnis dafür, dass es im Moment keine andere Möglichkeit gibt ...

Bevor ich Schluss mache, möchte ich dir noch sagen, wohin mich dieser ganze Wahnsinn geführt hat: an einen unbekannten Ort an einem Highway, der direkt in die Hölle führt. Es macht nichts, wenn du aus all dem nicht klug wirst. Ich verstehe es ja selbst nicht einmal. Ich kann nur beten, dass irgendwann der Tag kommt, an dem ich dir alles erklären kann.

Dein Dich liebender Mann
Parker

Ich lese den Brief noch einmal durch, nehme ein paar hastige Korrekturen vor und wünsche mir, einen Umschlag und eine Briefmarke zur Hand zu haben, und zu wissen, wo in dieser Mondlandschaft ein Postamt sein könnte.

Als ich alles noch einmal lese, finde ich, nein, es ist nicht die Wahrheit, ganz und gar nicht, kein Wort davon trifft es wirklich, selbst wenn ich mein Bestes versucht habe. Ich öffne vorsichtig die Tür und gehe im Kreis um das Auto herum. Dann reiße ich den Brief vom Block, zerreiße ihn und schleudere die Fetzen in den Wind, der sie in Richtung Salzebene davonträgt.

Meine ohnmächtige Wut treibt mir Tränen in die Augen. Ich sinke auf die Betonbank unter dem gewölbten Dach und starre auf das Auto, in dem sich nichts gerührt hat, seit ich zu schreiben begonnen habe.

Ich stehe auf und versuche, so leise wie möglich aufzutreten, als ich auf die Fahrerseite gehe.

Rubleski schläft immer noch tief und fest. Ich blicke hinunter auf sein Gesicht. Unglaublich, welche Ruhe er ausstrahlt. Er zeigt nicht die leisesten Anzeichen von Unbehagen oder Besorgnis; auf seinen wurmartigen, rosa Lippen liegt sogar der Anflug eines Lächelns. Kein schlechter Traum lässt seine reglosen Lider zucken. Ich höre die Luft, die wie eine sanfte Brise in seine Lunge strömt und wieder aus ihr entweicht. Zum ersten Mal, seit wir auf unserem Trip in den Hades aneinander gekettet sind, bin ich wach und er tot für die Welt.

Wenn ich all dem ein Ende machen will, ist jetzt der Moment gekommen.

Rubleskis Koffer liegt hinter dem Fahrersitz auf dem Boden. Wenn ich die hintere Tür öffne und ihn an mich zu bringen versuche, wird er vermutlich wach werden. Eine der Glocks ist in seiner Jackentasche – an sie komme ich auch nicht heran.

Auf Zehenspitzen schleiche ich um das Auto und suche nach etwas ... etwas, um ihn umzubringen. *Verdammt aber auch.* In dieser malerischen Öde gibt es nichts, rein gar nichts, nicht einmal einen abgestorbenen Ast, den ich dafür verwenden könnte ...

Mir kommt eine andere Idee. Im Kofferraum ist bestimmt ein Montiereisen – so ein Ding gibt es in jedem amerikanischen Auto. Ich gehe ans Heck und ziehe am Deckel, aber er geht nicht auf. Auch hier komme ich nicht weiter.

Das heißt, mir bleibt nur eins.

Lautlos wie eine Katze schleiche ich zur Fahrertür zurück. Da Rubleski das Fenster ganz heruntergelassen hat, müsste mein Vorhaben klappen.

Jetzt ist es endlich so weit. Ich muss diesem Wahnsinn ein Ende machen, egal, welche Konsequenzen es für mich haben wird. Ich weiß, kein Mensch wird mir glauben, was ich über diese letzten Tage erzähle, aber inzwischen sehe ich keine andere Möglichkeit mehr, als das zu tun, was getan werden muss. *Reiß dich am Riemen, Mann, tu's einfach. Mach endlich.* Ich nehme einen tiefen Zug von der frischen Bergluft und halte sie so lange wie möglich an. Und dann, ohne weiter nachzudenken, stürze ich mich auf ihn und packe zu.

In dem Moment, in dem sich meine Hände um Rubleskis Hals schließen, fliegen seine Augen auf. Er reißt am Türgriff, und ich verliere das Gleichgewicht, als er die Tür aufstößt. Er springt aus dem Wagen, und beide taumeln wir über den weißen Boden ...

Auch ich habe jetzt die unbändige Energie eines Wilden in mir. Wir liefern uns einen erbitterten Kampf, aber ich komme einfach nicht gegen Rubleski an, und schon nach kurzer Zeit endet unser Handgemenge damit, dass er auf mir zu hocken kommt und die Hände um meinen Hals legt, also genau das, was ich eigentlich bei ihm vorhatte.

Und er lacht sich kaputt, so leicht fällt es ihm.

»Nicht schlecht, Parker, nicht schlecht! Aber was bist du bloß für ein blöder Idiot? Inzwischen müsstest du eigentlich wissen, dass du schneller sein musst, geschickter und tödlicher als ich, um mich zu überrumpeln!«

Meine einzige Antwort ist ein hilfloses Röcheln. Vor meinen Augen explodieren Sterne. Wenn er nicht loslässt, und zwar schnell, wird es das Letzte sein, was ich von mir gebe.

»*Und jetzt, Parker ... soll ich dich jetzt töten?*«, zischt er und drückt fester zu. »Na, was meinst du, mein Freund? Soll ich?«

Ich weiß nicht, wie ich für Rubleski aussehe, jedenfalls fühle ich mich, als wäre mein ganzes Gesicht blau angelaufen. Mein Blick ist auf den extrem klaren Himmel gerichtet, und als ich beginne, mich von dieser Welt zu verabschieden, frage ich mich, was sich dahinter befindet oder ob es dahinter überhaupt etwas gibt ...

Ich stehe kurz davor, das Bewusstsein zu verlieren, als er endlich loslässt.

»Komm schon, Parker. Steh auf. Und lass endlich diesen Scheiß. Wann wirst du endlich mal kapieren, dass wir da gemeinsam drinstecken?«

Auf Rubleskis Lippen liegt das altbekannte Lächeln. Er hält mir die Hand hin, um mich vom Boden hochzuziehen. Nach kurzem Zögern lasse ich mir von ihm aufhelfen.

»Steig ein. Wir haben noch einen weiten Weg vor uns.«

Die Landschaft, durch die der Highway in Nevada führt, ist durchsetzt von seltsamen, traumartigen Objekten: scharf umrissene, manchmal geometrische Flächen aus grauem, rotem und gelbem Nichts, orange und violett gestreifte Steinhaufen und hin und wieder Berge mit weiß gezuckerten Spitzen am Horizont. Aber das Beste von allem ist: Hunderte von Meilen am Stück ist keine Menschenseele zu sehen. Ich habe mich immer schon gefragt, wie tiefste Wüste aussieht. Jetzt weiß ich es.

In einer Landschaft wie dieser geraten die Gedanken ins Schweifen. Dem üppigen Grün der Ostküste, wo wir unsere Reise begonnen haben, haftet eine irrationale Poesie an, danach haben wir die goldenen ländlichen Ebenen des Mittelwestens durchquert, dann gesehen, wie sich alles in vielfarbige verdorrte Ödnis aufgelöst hat. Wie Rubleskis Monologen und Tiraden wohnt den Versen dieser Landschaft eine gewisse Bedeutung inne, aber wie immer bin ich nicht in der Lage, sie zu ergründen ...

Die Hitze hinter den Autofenstern ist gewaltig, geradezu einschüchternd. Doch nach einer langen, fast endlosen Fahrt durch die Flammen des Fegefeuers beginnt sich schon wieder alles zu verändern. Rubleski scheint vergessen zu haben, dass ich erst vor wenigen Stunden versucht habe, ihn umzubringen. Der Tag weicht der Nacht. Die Luft kühlt ab. Als es wieder hell wird, sehen wir smaragdgrüne Rasenflächen, Palmen, Orangen- und Zitronenbäume, das herrliche Türkis von Swimmingpools, Glashäuser in Canyons und spanische Villen an bernsteinfarbenen Klippen. An einem verdorrten Berghang verkünden leicht windschiefe weiße Großbuchstaben HOLLYWOOD. Eine Vision vom Paradies. Wir sind angekommen.

Wenig später kriechen wir über die verstopften Highways von Los Angeles.

»Klasse hier, was, Parker?«

Rubleskis Augen leuchten. Ich war nur ein einziges Mal kurz in der Stadt der Engel, weshalb ich sie kaum kenne.

»Gefällt es dir hier etwa nicht?«

»Na ja ...«

»Das ist sie, Parker, die Metropole der Zukunft! Die Stadt der Träume!«

Er scheint vergessen zu haben, dass er das gleiche auch schon über Manhattan gesagt hat, und äußert sich in den höchsten Tönen über unsere Umgebung, angefangen bei den unglaublich hohen Fächerpalmen bis hin zu dem menschlichen Abschaum auf dem Sunset Strip.

Wir fahren ziellos durch die Gegend. Die Straßen sind verstopft von Autofahrern wie uns, die nur ihre Zeit vergeuden. Es ist eine einzige Sünde wider das Leben.

Die Sonne hat gerade den Zenit überschritten. Meine fransige Zunge ist von einem schalen Belag umhüllt.

»Und wie soll es jetzt weitergehen, Rubleski?«

Am Pazifik ist natürlich Endstation – weiter können wir nicht mehr fahren. Vielleicht ist hier endlich Schluss. Über der aufgeheizten Motorhaube des Wagens taucht wie eine Fata Morgana in der Sahara das blaue Meer auf. Der Anblick ist atemberaubend, ein Mirakel. Ich bekomme kaum mit, dass Rubleski auf den Parkplatz eines kleinen Outdoor-Einkaufszentrums fährt. Doch dann steigt mir der Duft von Meer und Zitrusfrüchten und Eukalyptus in die Nase, und schlagartig bin ich hellwach.

»Was meinst du, Parker? Sollen wir die Beine ein bisschen hochlegen? Vielleicht ein bisschen Energie tanken?«

Nichts dagegen einzuwenden ... bloß, wofür Energie tanken?

Vorerst ist es auf jeden Fall besser, in einem schicken Einkaufszentrum herumzuschlendern, als angespannt im Auto zu sitzen und darauf zu warten, von der Polizei kontrolliert zu werden.

Wir beide fügen uns mühelos in den Strom von Menschen ein, die entweder irgendetwas zu erledigen haben oder einfach nur einen Bummel machen. Wir gehen sogar in ein paar Läden – in ein Bekleidungsgeschäft und eine Buchhandlung – und sehen uns in aller Ruhe das Warenangebot an. Rubleski greift nach den eben erschienenen Memoiren einer ehemaligen First Lady und inspiziert sie so interessiert, als würde er gleich an die Kasse gehen und sie kaufen. Im letzten Moment legt er sie auf den Tisch zurück. Ich merke, dass er sich langweilt, und das verheißt in der Regel nichts Gutes ...

Er lässt sich in einem Grill, der sich Hollows nennt und zwischen einem japanischen Take-away-Restaurant und einem Burger-Laden liegt, einen Tisch zuteilen.

Sobald wir gegenüber einem Springbrunnen Platz genommen haben, erscheint ein Kellner. Rubleski studiert die auf den Tischsets stehende Speisekarte ausgiebig, bis er sich schließlich für die Wolfsbarsch-Tacos entscheidet. Mir ist alles egal. Mir ist endgültig der Appetit vergangen. Trotzdem bestelle ich einen Chicken Wrap. Dazu Fresh-cut Fries. Kaffee. Was soll's? Es könnte für lange, lange Zeit meine letzte anständige Mahlzeit sein. Oder meine letzte überhaupt.

Wir sitzen da und lassen die Menschen an uns vorüberziehen. Kinder halten ihre Hände in den Springbrunnen. Rubleski scheinen es vor allem die Gesichter angetan zu haben. Das ist hier ein Tummelplatz der Reichen, Berühmten und Privilegierten, und wahrscheinlich hält er nach Prominenten Ausschau. Mich beschleicht das Gefühl, dass wir aus einem durch und durch kranken Grund hier sind.

Und als könnte er meine Gedanken lesen, sagt er: »Wusstest du übrigens, Parker, dass Jennifer Aniston mit fünfzig genauso aussieht wie mit zwanzig?«

»Darüber habe ich mir, ehrlich gestanden, noch nie Gedanken gemacht ...«

Als Rubleskis Tacos kommen, schlingt er sie sofort heißhungrig hinunter. Ich könnte nicht sagen, ob er das Essen genießt oder auch nur schmeckt. Er mampft wie ein Tier – mehr zur Energieaufnahme als zum Vergnügen.

Als er fertig ist, lässt er sich mit zufriedener Miene in seinen Stuhl zurücksinken, wie ein Löwe, der sich gerade mit dem Fleisch einer Antilope vollgefressen hat.

»Lass dir noch Kaffee nachschenken«, sagt er gähnend.

Er winkt unserem Kellner, der wenig später eine frische Tasse bringt. Ich gebe Zucker und Sahne hinein, nehme einen Schluck. Es ist eine hervorragende, sehr hochwertige Sorte, laut Speisekarte Tanzanian Peaberry.

»*Genau hier*«, flüstert Rubleski, als der Kellner weg ist.

»Was hier?«

»*Die zwei dort drüben.*«

Rubleskis Blick ist über meine linke Schulter gerichtet. Ich drehe mich um und schaue in die Richtung. Eine von den ›zwei dort drüben‹ ist eine Frau um die fünfzig, mit platinblonden Strähnen in ihrem schulterlangen Haar, sehr attraktiv – selbst für Hollywood-Verhältnisse auffallend gut aussehend. Es würde mich nicht überraschen, wenn sie mal Schauspielerin oder Model war. Auf jeden Fall eine richtige Schönheit – eine Malibu-Schönheit. Das Mädchen, das mit ihr am Tisch sitzt, ist vermutlich ihre Tochter, denn die beiden sehen wie Zwillinge aus. Sie haben zwei Pizzen, Salate und hohe Gläser mit einer bernsteinfarbenen Flüssigkeit, die wie Ingwer-Eistee aussieht, vor sich stehen. Gewissermaßen die Bilderbuchausgabe einer attraktiven Hollywood-Mutter und ihrer verwöhnten dreizehnjährigen Tochter, die auf ihrem nachmittäglichen Einkaufsbummel eine Pause einlegen.

»Was soll mit den beiden sein?«

»Sie sind ... interessant, findest du nicht?«

»Sie sehen sehr gut aus, das schon. Aber ... in welcher Hinsicht interessant? Hier wimmelt es nur so von solchen Frauen.«

Rubleski sagt nichts. Mir wird nur wieder einmal klar, dass er mich nach wie vor verdammt nervös machen kann.

Wir beobachten die vorbeiflanierenden Menschen, genießen unsere Getränke, bestellen sogar einen Nachtisch:

Haselnuss-Gelato für mich, ein Stück Schokoladenkuchen mit Sahne, Erdnussbutter-Crunch und Erdbeeren für Rubleski, der sich wie ein ausgehungerter Teenager darüber hermacht. Wir unterhalten uns über Belanglosigkeiten. Was das Eigentliche angeht – warum ich zum Beispiel nicht einmal mehr versuche, ihm zu entkommen, was wir da eigentlich machen auf unserer Fahrt quer durchs ganze Land und warum uns die Polizei noch nicht gefasst hat –, all das, wie auch alles, was einstmals nur den leisesten Sinn ergab, habe ich längst hinter mir gelassen. Ich bin mit diesem Kerl in einen Kokon eingesponnen, in den keine Kraft von außen eindringen kann. Und in dieser schützenden Hülle bin ich wie taub, ohne jedes Gefühl. Am ehesten ließe sich dieser Zustand mit einem Jetlag vergleichen – wenn man sich wie unter Wasser fühlt und alles um einen herum wie in Zeitlupe, wie in einem hirntoten Stupor abläuft. Der Hauptunterschied ist natürlich, dass sich ein Jetlag irgendwann gibt ...

Eine Bedienung mit grünen Haaren und mehreren Nasenringen bringt den zwei blonden Frauen die Rechnung. Rubleski winkt unserem Kellner, der gerade einer Dreiergruppe am Nebentisch das Essen serviert.

Er schaut nur flüchtig auf den Beleg, zieht seinen Packen Geldscheine heraus und schiebt ein paar davon unter meine Untertasse.

»Wirst du schon sehen«, sagt er in Beantwortung meiner Frage.

Die zwei Blondinen winden sich aus ihren Stühlen hoch und stöckeln mit ihren Einkaufstüten über die Terrasse davon.

»Los, Parker.«

Der wolfsartige Laut, den er dabei hervorstößt, hat

etwas zutiefst Bösartiges und geht mir durch Mark und Bein.

Mutter und Tochter steuern auf den Parkplatz zu. Wir sind nur zehn, fünfzehn Schritte hinter ihnen.

»Was soll das, Rubleski? Was haben Sie vor?«

Mein Begleiter spricht nicht mehr. Die zwei Ladys schlängeln sich zwischen Mercedes-Limousinen, BMWs und Porsches hindurch und erreichen einen cremefarbenen, viertürigen Audi. Der Kofferraum reißt sein Maul auf, und sie legen ihre Einkäufe hinein, dann steigen sie ein, die ältere auf der Fahrerseite.

»Komm endlich, Parker. Beeilung.«

»Warum? Was haben Sie vor?«

»Wenn du nicht auf der Stelle deinen Arsch hochkriegst, mache ich dich kalt, kapiert?«

Mein Magen krampft sich von einer neu erwachenden Angst zusammen, als mir Rubleskis Worte aus dem Diner in Pennsylvania durch den Kopf hallen.

» *... etwas Großes ... etwas Großes ... etwas Großes ...*«

Dann sage ich mir: *Alles nur halb so wild. Mal nicht immer gleich den Teufel an die Wand.* Zwei Malibu-Schönheiten in einem schnieken Auto sind nicht gerade etwas ›Großes‹. Andererseits kann man bei Rubleski nie wissen. Er ist vollkommen unberechenbar.

Wir steigen in unser letztes gestohlenes Fahrzeug. Der Audi fährt langsam vom Parkplatz. Als auch wir uns in den Verkehr einfädeln, sind ein paar Autos zwischen uns, aber Rubleski lässt den Audi nicht aus den Augen. Tut sich irgendwo eine Lücke auf, rückt er auf, bis wir nur noch ein paar Meter hinter ihrer Stoßstange sind.

»Lassen Sie doch den Scheiß, Rubleski. Was soll der Quatsch?«

»Was soll ich lassen?

»Diesem Auto zu folgen. Nein, wirklich. Lassen Sie diesen Blödsinn?«

»Was heißt hier Blödsinn, Parker? Ich will nur ein bisschen Spaß haben! Bist du nicht auch neugierig, wie das ›eine Prozent‹ lebt?«

»Dafür brauchen Sie mich doch nicht! Und was ist, wenn die beiden nur ins nächste Einkaufszentrum fahren? Wozu das Ganze? Warum folgen wir ihnen? Es ist total idiotisch – und überhaupt nicht witzig. Und wie das ›eine Prozent‹ lebt, ist mir scheißegal!«

Rubleski sagt nichts. Er ist gleichgültig wie ein Stein.

Ich balle die Hand, meine zarte weiße Hand, die den ganzen Tag nichts anderes tut, als eine Computertastatur zu bedienen, zur Faust und schlage Rubleski mit aller Kraft gegen den Kopf.

Der lahme Punch wird begleitet vom Klatschen von Fleisch auf Fleisch, aber Rubleski zuckt nicht einmal zusammen. Seine linke Hand lässt das Lenkrad nicht los, er zuckt mit keiner Wimper, nicht einmal seine Lippe blutet, und dann, so schnell, dass ich nicht mehr reagieren kann, schlägt er mir mit dem Handrücken so fest ins Gesicht, dass mir kurz schwarz vor den Augen wird. Reflexartig versuche ich mich am Armaturenbrett abzustützen, aber meine Hände rutschen ab, und mein Oberkörper beginnt vor und zurück zu wippen wie ein Schaukelpferd. Als ich mit der Zunge meine Mundhöhle abtaste, spüre ich warmes Blut von meinem Zahnfleisch triefen.

»Hast du denn deine Lektion immer noch nicht gelernt, Parker?«

Bevor ich wieder halbwegs klar sehen kann, sind wir

vom Pacific Coast Highway abgefahren und in einer schattigen Wohngegend mit den unterschiedlichsten Behausungen unterwegs. Teils bescheidene Bungalows, teils terrassierte Häuser, die eigentlich an die Ostküste gehören, manche sehr modern und größtenteils verglast, manche unanständig protzige Villen. Alle sind hervorragend in Schuss, genauso wie die tadellos gepflegten Rasenflächen und Bäume auf den dazugehörigen Grundstücken. Ein kalifornisches Nobelviertel wie aus dem Bilderbuch, könnte man sagen.

Auf einem Schild vor der Kirche an der Ecke steht ›Pacific Palisades‹. Der Audi vor uns fährt inzwischen nur noch im Schritttempo. Zwei, drei Straßen weiter biegt er abrupt in eine lange Einfahrt, die zu einer von Eukalyptusbäumen und bunt blühenden Sträuchern umgebenen Villa im Stil eines englischen Herrenhauses führt, die auf einer kleinen Erhebung liegt.

Bevor sich das Tor wieder schließen kann, gibt Rubleski Gas und fährt auf das Gelände.

»Rubleski – verdammt noch mal! Wir haben hier nichts zu suchen!«

Natürlich ignoriert er mich einfach. Die blonden Frauen, die gerade aussteigen, erschrecken beim Anblick des Wagens mit den zwei fremden Männern.

Bevor sie in irgendeiner Form reagieren können, ist Rubleski bereits mit seinem gewinnendsten Lächeln ausgestiegen.

»Entschuldigung, wenn ich Sie erschreckt habe, aber wir haben uns leider verfahren ...«

Moms Argwohn beginnt bereits zu verfliegen. Wie ich selbst nur zu gut weiß, können Rubleskis Ausstrahlung und Auftreten etwas sehr Entwaffnendes haben.

»Ach so!«, stößt sie erleichtert hervor. »Wen suchen Sie denn?«

Nur zu offensichtlich hat sie nicht die leiseste Ahnung, worauf sie sich da einlässt. Vielleicht glaubt sie auch, dass wir ihr auf das Grundstück gefolgt sind, um ihr etwas anzudrehen, ihr vielleicht einen Kostenvoranschlag für die Pflege des Gartens oder die Müllabfuhr zu machen.

Rubleski fährt seinen Charme weiter hoch. »Wahrscheinlich Sie ...!«

Das Mädchen ist keineswegs begeistert von diesem Besuch.

»Wie sind Sie hier reingekommen? Sie haben hier nichts zu suchen. Wer sind Sie überhaupt?«

»Ashley ...«

»Mom, die Haushaltshilfe sollte doch vorher einen Termin mit uns machen, bevor sie ins Haus kommt.«

»Ashley ...«

»Wahrscheinlich wollen sie uns nur irgendwas *andrehen.* Aber sie sollten hier nicht einfach so reinkommen.«

Der Ton der Kleinen ist arrogant, wenn nicht sogar hochnäsig, ganz anders als bei meinen Kindern. Wenn Ashley allerdings glaubt, ihre Überheblichkeit könnte Rubleski abschrecken, hat sie sich getäuscht, ganz gewaltig sogar.

»Wissen Sie überhaupt, wer ich bin?«, fragt sie als Nächstes. Ihre Augen blitzen vor selbstgefälligem Ärger.

»Nein. Wer bist du denn?«, antwortet Rubleski ohne den leisesten Anflug von Verstellung.

Ashley verdreht genervt die Augen. Dieses Arschloch weiß nicht, wer sie ist – selbst wenn sie niemand ist?

Rubleski zieht die Glock aus seiner Jacke.

»Aussteigen, Parker! Los!«

Bevor ich ihn aufhalten kann, hat er die zwei Frauen wie ein Hirtenhund zusammengetrieben.

»Gehen wir!« Er winkt mit der Pistole. »Und keinen Mucks!« Wir sind so weit von der nächsten Behausung entfernt, dass niemand einen Schrei – oder auch einen Schuss – hören würde. Rubleski weiß einfach, wie man so was macht.

Die Überraschung in den Mienen der Frauen ist blankem Entsetzen gewichen. Sie sind zu schockiert, um zu schreien. Plötzlich drückt sich Ashley an ihre Mutter und schlingt die Arme um ihre Taille. Auf einen Schlag ist sie vom Teenager zum Kind mutiert.

»Mommy!«

Von der verzogenen Beverly-Hills-Göre ist nichts mehr zu spüren.

»Ganz ruhig, Liebes, alles nur halb so wild«, versucht Mommy sie zu trösten, obwohl sie bestimmt längst gemerkt hat, dass mehr als genug Anlass besteht, beunruhigt zu sein, und nichts mehr so sein wird wie früher.

»Hopp, hopp, Mädels. Ab ins Haus! *Und zwar ein bisschen dalli!*«

In Rubleskis Augen leuchtet eine völlig neue Blutgier auf, eine Wildheit, die ich in ihnen noch nie, nicht einmal bei seinen früheren Eskapaden, gesehen habe. Sie kündigt eine neue Dimension des Grauens an. Die wahnwitzige Elektrizität in ihnen bringt sie zum Leuchten wie die Augen eines halb verhungerten wilden Tiers, das gerade auf leichte Beute stößt. »Parker!«

Ist das etwa, was er mit ›etwas Großem‹ meint? Wenn er diesen unschuldigen reichen Frauen etwas antut, wird es ihn – und mich – auf die Fernsehschirme des ganzen Landes katapultieren.

Das ist endgültig der letzte Moment – der allerletzte –, in dem ich noch etwas tun kann, um diese tödliche Flutwelle in Gestalt Rubleskis aufzuhalten. Jetzt geht es nicht mehr nur um meine Angst, festgenommen und schrecklicher Gräueltaten angeklagt zu werden. Jetzt ist etwas anderes gefordert – ein Akt elementarer Menschlichkeit.

Doch statt den Versuch zu machen, Rubleski auf der Stelle zurückzuhalten – ich weiß, dass das zum Scheitern verurteilt wäre –, ziehe ich mich in Richtung Auto zurück, durchsuche den Koffer hektisch nach einer anderen Waffe – und finde eine zweite Glock. Ich stecke sie mir am Rücken in den Hosenbund, und gemeinsam treiben wir die Frauen zum Haus.

Sobald mich dieser Dreckskerl auch nur einen Moment aus den Augen lässt, knalle ich ihn ab. Das ist mein Plan.

»Wenn eine von euch schreit oder sich auch nur räuspert, ist es das Letzte, was ihr getan habt«, flüstert Rubleski seinen zwei Geiseln zu. Gleichzeitig bedenkt er mich mit einem Halloween-Grinsen. Seine Worte gelten mir genauso wie ihnen. Er traut mir nämlich nicht mehr und weiß, dass ich versuchen könnte, ihn auszuschalten. Zweimal habe ich es bereits versucht.

Wir setzen uns in Bewegung, Rubleski als Letzter, damit er uns alle im Blick hat. Die Eingangstür ist aus massivem, mit Schnitzereien verziertem Mahagoni und hat, ganz im Trend, mattierte Beschläge.

Als die zwei Frauen reglos davor stehen bleiben, wird Rubleski ungeduldig. »Der Schlüssel! Wo ist der *Schlüssel*?«

Die Mutter kramt in ihrer teuren Kalbslederhandtasche. Währenddessen strecke ich die Hand nach der Türklinke aus. Sie lässt sich niederdrücken, und die Tür geht auf.

»Es ist gar nicht abgeschlossen.«

»Warum gehen Sie nicht einfach wieder? Mommy – sag ihnen, sie sollen uns in Ruhe lassen!«

»Ash...«

»*Verschwinden Sie. Lassen Sie uns in Frieden!*«

In die Stimme des Mädchens hat sich wieder dieser herablassende Ton geschlichen, und jetzt, fast gegen meinen Willen, ärgere ich mich darüber.

Und wenn ich bereits auf der anderen Seite bin ...

Wie von einem anderen Wesen gesprochen, hallen die Worte durch meinen Kopf. In diesem Moment ändert sich wieder einmal alles. Für immer. Wenn ich dachte, das wäre schon so gewesen, als Rubleski zum ersten Mal in mein Leben trat, habe ich mich getäuscht.

Es ist, als wäre ein Damm in mir gebrochen. Jetzt erfasst auch mich ein Blutrausch.

Ja, ich bin am anderen Ufer des Flusses gestrandet und weiß, dass es kein Zurück mehr gibt ... deshalb bleibe ich am besten gleich hier.

Rubleski drückt dem Mädchen den Lauf seiner Pistole in den Rücken.

»Klappe! Wir werden nicht gehen. Und jetzt los. *Hopp!*«

Der Eingangsbereich ist in vollkommen symmetrische Bänder aus Spätsommmersonnenschein und Schatten getaucht, durch die, Protonen ähnlich, goldene Staubteilchen schwirren. Ich sehe sofort, dass das Haus auch innen sehr schön ist: offen, lichtdurchflutet, geschmackvoll eingerichtet. Auf dem breiten Sims über dem marmornen Kamin, so platziert, dass ein Besucher sie nicht übersehen kann, stehen zwei goldene Oscar-Statuetten.

Dennoch haftet dem Raum etwas von einem Bestattungsinstitut an. Um sicherzugehen, dass ich die Auszeichnungen bemerke, deutet Rubleski mit einer Kopfbewegung auf sie. Hat er schon die ganze Zeit gewusst, dass sie hier sind? Ist das der Grund, weshalb wir hergekommen sind?

Nein – vollkommen ausgeschlossen. Und doch weiß ich, dass diesem Kerl alles zuzutrauen ist.

Unsere Gefangenen, wimmernd vor Angst, stolpern in ihren Fendis oder Guccis oder was auch immer durch das Wohnzimmer. Sie wissen nicht, was sie tun sollen. Woher auch? In ihrer Lage wüsste niemand, nicht einmal Gott, was er tun sollte.

Plötzlich ertönt vom oberen Ende der Treppe, hinter dem Kamin, ein leises Knarren.

»*Joan ... Joanie? Ashley? Seid ihr das? Seid ihr gerade nach Hause gekommen? Was ist da unten los?*«

Eine Männerstimme. Wer immer da oben ist, spürt, dass etwas nicht stimmt, aber er kann natürlich nicht ahnen, welches Verhängnis eben über sein Zuhause hereingebrochen ist.

Aller Blicke, auch meine, sind auf Rubleski gerichtet, der den Zeigefinger an die Lippen legt. Er nimmt den Lauf der Glock vom Rücken des Mädchens und drückt ihn an die perfekt gepuderte Wange der Mutter.

»*Mädels?*«

Ein Knarren der Stufen deutet darauf hin, dass der Mann nach unten kommt.

»Daddy, n...«

Bevor sie wieder kreischen kann, lege ich Ashley die Hand auf den Mund. Sie versucht, mich zu beißen, aber ich drücke so fest zu, dass sie kaum mehr Luft bekommt.

»*Ashley? Schatz?*«

Daddys Stimme zittert; er ist argwöhnisch, alarmiert.

Und er steckt in einem Dilemma: Er muss die Treppe ganz herunterkommen, wenn er wissen will, was mit seinen Mädchen los ist, aber er weiß nicht, ob er sich das trauen soll. Er muss eine schreckliche Entscheidung treffen, eine Wahl, vor die kein Mensch je gestellt werden sollte.

»*Ash? Joanie? Alles okay bei euch? Stimmt da unten etwas nicht?*«

»Sag ihm, alles ist bestens«, zischt Rubleski in Joans Ohr.

»Alles okay, Schatz.« In ihrer Todesangst bringt sie es nur mit scheinbar gutgelaunter zittriger Stimme heraus.

»So hört sich das aber nicht an ... Ist irgendwas passiert? Hattest du einen Unfall oder was?«

Stille. Von unten vollkommene Stille. Der Mann auf der Treppe gelangt zu der Ansicht, dass er nicht länger warten kann, und kommt weiter nach unten.

Rubleski nimmt die Pistole vom Kopf seiner Geisel und richtet sie auf den Mann, der auf der Treppe erscheint.

Daddy ist gepflegt, gutaussehend und leger gekleidet, schwarz-rotes Flanellhemd und Khakihose. Ich brauche ganze zwei Sekunden, um ihn zu erkennen. Ich habe sogar das Gefühl, ihn zu kennen – was natürlich nicht der Fall ist, nicht richtig jedenfalls. Er ist weltberühmt, jeder kennt sein Gesicht, als Schauspieler, Regisseur und Produzent hat er unzählige Preise gewonnen, darunter auch die Oscars. Aber das ist der Tag, an dem seine Glückssträhne und sein unglaublich privilegiertes Leben zu Ende gehen.

»*Nein, Beau!*«

»*Daddy, nicht!*«

»Keine Angst, mein Freund, kommen Sie ruhig runter«, lockt Rubleski mit zuckersüßer Stimme und hält die Pistole wieder an den Kopf seiner Geisel.

»*Was soll das ...?*«

Beau Ashford sieht es. Jetzt sieht er alles. Er versucht, es zu begreifen, aber das ist unmöglich. Darauf war er nicht vorbereitet. Er überlegt, wie Rubleski und ich in sein Haus gekommen sind und warum die Alarmanlage nicht funktioniert hat. Die Verständnislosigkeit in seinen Filmstaraugen lässt keinen Zweifel daran, dass er nicht weiß, was er angesichts von Rubleski und seiner Pistole – und meiner Wenigkeit – tun soll. Sein ganzes Leben ist an diesem harmlosen kalifornischen Nachmittag aus den Fugen geraten, und dabei begreift er noch nicht einmal, in welchem Umfang.

Er wirbelt herum und beginnt, die Treppe wieder hinaufzurennen. In der vorletzten Krise seines Lebens ist er ein Nichts. Vielleicht hat das mein Begleiter schon die ganze Zeit gewusst.

»Bleib, wo du bist, Freundchen«, ruft er ihm hinterher. »Schön stehenbleiben. Bei der leisesten Bewegung puste ich deine Frau und deine Tochter in eine andere Galaxie.«

Beau Ashford hat keine Wahl, als zu gehorchen. Vor Angst wird sein Gesicht weiß wie eine Wolke. Und vor Ärger, auch das sehe ich. Ärger, dass er sich von einem Niemand von der Straße so etwas anhören muss, wo er doch eigentlich niemals Befehle entgegennehmen sollte, wo doch er derjenige ist, der fast sein ganzes Leben lang welche erteilt und allen gesagt hat, was sie tun sollen.

Er dreht sich wieder zu uns um. Seine angeborene Arroganz, seine Herablassung, sie sind ihm deutlich anzusehen. »*Ihr miesen Dreckskerle.* Für wen haltet ihr euch eigentlich? Einfach hier reinzuplatzen und meine Familie zu bedrohen ...?«

Auch Rubleski kennt ihn. Bestimmt hat er ein paar seiner beschissenen Filme gesehen. Er kichert, hört sich fast wie beschwipst an.

»Er hat die Hosen voll. Unser toller Filmstar hat die Hosen voll ... Mach was mit ihm, Parker.«

»Kommen Sie«, sage ich zu Beau Ashford.

Es ist ein berauschendes Gefühl, Macht über jemanden zu haben, der von den Massen als Held angesehen wird.

»Jetzt warten Sie erst mal! Das ist bestimmt ein Versehen. Ich glaube, Sie ...«

Jetzt wird er bockig. Er schimpft. Er will sich nicht sagen lassen, was er tun soll.

»Kommen Sie endlich. *Los jetzt.*«

»Lassen Sie uns bitte, bitte in Ruhe«, fleht Joanie.

Ich merke, dass ich auch sie kenne. Natürlich. Sie war Model und Schauspielerin, bevor sie sich unseren großen Leinwandhelden geangelt hat. Aber auch ihre Glückssträhne ist zu Ende. So ein Pech aber auch ...

»Versuch bitte, einen kühlen Kopf zu bewahren, Schatz«, murmelt Ashford hilflos. Seine heliumgefüllte Hybris hat Löcher bekommen. »Hören Sie.« Er wendet sich an Rubleski und versucht krampfhaft, seine gewohnte Selbstgefälligkeit künstlich aufrechtzuerhalten. »Sie können hier nicht einfach reingeschneit kommen und ...«

»Klappe. Klappe. Klappe.«

»*Ist Ihnen überhaupt bewusst, wer ich bin?*«, fragt der Star, dessen gigantisches Ego in den letzten Zügen liegt. »Dann würden Sie nämlich schnell merken, was für einen riesigen Fehler Sie machen. Das alles wird Ihnen noch sehr leid tun, Sie ...«

»Verstehen Sie kein Englisch? *Klappe!*«

»Was wollen Sie von uns? *Bitte!* Nehmen Sie, was Sie wollen! Alles! Wenn Sie Geld brauchen, greifen Sie zu! Wir werden nichts sagen, Ehrenwort! Ich schwöre Ihnen, wir werden keinem Menschen sagen, was heute passiert ist!«

Rubleski lacht, ein sarkastisches, sadistisches Lachen, wie vom Fürsten der Finsternis persönlich. Natürlich wird Mister Hollywood nichts sagen!

Das Mädchen, Ashley, drückt sich schniefend fester an seine Mutter.

»Jetzt, wo Sie's sagen ... doch, wir brauchen tatsächlich Geld.« Rubleski legt den Kopf auf die Seite, als wäre ihm der Gedanke eben erst gekommen. »So ist es doch, Parker, oder? Jeder kann ein bisschen mehr Geld brauchen. In Amerika kann man nie genug davon haben!«

»Klar, kann ich verstehen«, pflichtet ihm Ashford bei. Vorübergehend ist er erleichtert, dass er auf eine einfache Lösung gekommen ist, um sich und seine Mädchen aus dieser schrecklichen Lage zu befreien. »Nehmen Sie, so viel Sie wollen! Sie können alles haben – überhaupt kein Problem!«

Natürlich kann er nicht ahnen, dass für Rubleski nichts ein Problem ist. Für diesen Irren ist niemals etwas ein Problem, und schon gar nicht etwas, das ihm so ein Hosenscheißer wie Ashford zwischen die Beine werfen könnte.

»Wo ist es?«, fragt er, plötzlich neugierig geworden. »Wo ist Ihr Geld?«

»Also, wahnsinnig viel haben wir zwar nicht im Haus, aber im Keller ist schon was.«

»Im Keller? Seit wann haben Häuser in Kalifornien einen Keller?«

»Eigentlich ist es eine Souterrainwohnung, früher hat dort die Haushaltshilfe gewohnt, aber ... Wie gesagt, besonders viel ist dort unten nicht, aber was dort ist, können Sie gerne haben. Und alles, was Sie sonst noch wollen – es gehört Ihnen!«

Beau Ashfords gequälter, glasiger Blick lässt inzwischen keinen Zweifel mehr daran, dass er in dieser unvorstellbaren Situation seinen Einfluss als Hollywoodgröße und amerikanisches Idol gewaltig überschätzt hat. Sein Ton wechselt zwischen wehleidig und besänftigend, und nur zu offensichtlich hofft er, mit seinen Peinigern vernünftig reden und sie, wenn schon nicht mit seinem überlegenen Intellekt, dann mit seiner grenzenlosen Großzügigkeit gnädig stimmen und ausmanövrieren zu können. Aber da kennt er Rubleski schlecht. Er hat keine Ahnung, wozu dieser Mann fähig ist.

»Bring ihn nach unten«, fordert er mich auf.

Ich richte den Lauf meiner Glock auf Ashfords unverdient attraktiven Kopf. Der berühmte Filmstar bekommt vor Angst große Augen. Er weiß immer noch nicht, was er tun soll, hat nicht die leiseste Ahnung, denn nichts, absolut nichts hat ihn in seiner bisher so behüteten Existenz auch nur annäherungsweise darauf vorbereitet, wie er sich in einer Situation wie dieser verhalten soll.

Die nächste Minute ist ein wildes Durcheinander aus Schreien und Flehen, Jammern und Weinen. Verzweifelt sieht Ashford seine Frau und seine Tochter an, die seine eigene unendliche Hilflosigkeit widerspiegeln. Orchestriert wird dieses panische Entsetzen von zwei dubiosen Gestalten – Rubleski und mir –, die sie erst vor wenigen Minuten zum ersten Mal gesehen haben. Es ist, als würden sie von zwei modernen Inkarnationen von Mansons

Anhängern aus dem Abgrund der Hölle heimgesucht. Wie ist das möglich? Vor gar nicht so langer Zeit, noch vor einer lächerlichen Stunde, hätte ich mit ihnen fühlen können. Aber jetzt nicht mehr. Wie grausam das Schicksal sein kann.

Ich ramme dem Filmstar meine Pistole in die Seite. Das kalte Metall ist wie ein unnachsichtiger elektrischer Leiter. Ich spüre, wie der Körper am anderen Ende des Laufs zittert wie ein verängstigter Hund.

»Wo geht es in diesen Keller?«

»Was ist mit meiner Frau und meiner Tochter?«

»Machen Sie sich ihretwegen keine Sorgen.«

»Aber ich kann sie nicht einfach allein ...«

»In den Keller! Sonst kann ich sehr unangenehm werden.«

»Okay, okay«, stammelt Ashford. Ihm bleibt nichts anderes übrig, als mich durchs Wohnzimmer in den hinteren Teil des Hauses zu führen. Dabei kommen wir an Gemälden von städtischen Szenerien und Riviera-Dörfern vorbei, an Landschaften, wie man sie in einer angesagten Galerie finden könnte, an gerahmten Fotos, auf denen Ashford und Joan mit anderen *People*-Berühmtheiten an allen möglichen Filmsets zu sehen sind, und an antiken Fächern, Skulpturen und Masken, vermutlich Souvenirs von den zahlreichen Reisen der Familie.

Er führt mich um eine Ecke und durch eine gigantische, höhlenartige Küche mit einer langen Kochinsel, flankiert von zwei riesigen Herden, einer Mikrowelle und zahlreichen Küchenschränken, und wir erreichen eine weitere Tür.

»Wo führt die hin?«

»In den Keller. Der Safe ist dort unten.«

»Zeigen Sie ihn mir. Und Sie gehen voran.«

»Das geht nicht! Zuerst will ich sehen, dass meiner Frau und meiner Tochter nichts ... gehen Sie doch allein runter, ich sage Ihnen die Kombination ...«

Die unerwartete Fügsamkeit kann mich nicht täuschen.

»Nein. Das geht nicht. Sie müssen mir den Safe aufmachen.«

»Aber ... bitte. Ich weiß ja nicht einmal, wer Sie sind oder wie Sie ausgerechnet auf uns gekommen sind, aber ...«

Beau Ashfords frühere Selbstsicherheit gehört längst der Vergangenheit an. Seine dicken Lippen zittern wie zwei herbstliche Blätter im Wind.

Wilde Wut steigt in mir hoch. Ich ramme ihm die Glock in die Wange, und sein Körper prallt von der Tür zurück wie eine Schweinehälfte. Er fährt sich mit der Hand ans Gesicht und sieht das Blut. Sollte er gedacht haben, mit diesem Fremden hätte er leichtes Spiel, weiß er jetzt, dass er sich gründlich getäuscht hat.

Er fingert an der Tür herum, bis sie aufgeht, drückt auf einen Lichtschalter, und schwankt die Treppe hinunter. Das zum Teil noch nicht fertig eingerichtete Zimmer hat etwas Höhlenartiges, aber es ist riesig, so groß wie eine New Yorker Penthouse-Wohnung.

»Wo ist er? Der Safe?«

»Dort.« Er deutet in eine dunkle Ecke.

»Aufmachen!«

Ashford geht los und zieht ein Tischtuch von einem massiven Stahlwürfel von der Größe eines kleinen Koffers, ein Standardsafe, wie man ihn bei Büroausstattern wie Staples kaufen kann.

Inzwischen hat er tatsächlich zu wimmern begonnen. »Darf ich vielleicht fragen ...«

»Aufmachen! Machen Sie das blöde Ding endlich auf!«

» ... warum machen Sie so etwas? Jemand, der so seriös wirkt wie Sie? Das will mir einfach nicht in den Kopf ...«

»Halten Sie die Klappe und öffnen Sie den Safe!«

Wenn ich die Zeit dazu hätte, wenn die Umstände andere – sehr, sehr andere – wären, würde ich mit dem bedeutenden und berühmten Mann vielleicht darüber sprechen, warum und wie ich in sein Haus eingedrungen bin, warum ich ihn ausraube, warum seine Frau und seine Tochter in Rubleskis Fänge geraten sind und wie es zu diesem ganzen Wahnsinn gekommen ist. Aber dafür ist es längst zu spät.

»*... ich spüre doch ganz deutlich, dass Sie eigentlich gar nicht hier sein und mir und meiner Familie das auch gar nicht antun wollen ...*«

Sein jämmerlicher Versuch, mich mit umgekehrter Psychologie von meinem Vorhaben abzubringen, ist eine Standardtaktik, die vielleicht in einem seiner Blockbuster funktionieren würde und mich vielleicht gestern noch zum Nachdenken gebracht hätte, aber heute nicht mehr, nicht nach all dem, was ich gesehen und durchgemacht habe. Es ist ein uralter fauler Trick, den jeder poplige Desperado in zwei Sekunden durchschaut.

»Aufmachen!«

»Okay, okay, ich muss nur erst den Schlüssel finden«, murmelt er mit seinem ramponierten Kiefer. »Ich muss ihn suchen.«

»Welchen Schlüssel? Sie haben doch gesagt, es ist ein Kombinationsschloss.«

»Ich habe mich getäuscht ... ich war durcheinander. Ich ...«

»Ich würde Ihnen nicht raten, hier irgendwelche Tricks

zu versuchen. Das dürften Sie schnell bereuen! Also, wo ist er? Wo ist der Schlüssel?«

»In dem Schrank dort.«

Oben in der Wand ist eine weiße Tür.

»Aber schön langsam öffnen! Damit ich dahinter alles sehen kann! Und nur damit Sie's wissen. Ich werde nicht lange fackeln, wenn Sie ...!«

»Natürlich. Schon klar ...«

Ashford zieht die Schranktür auf. Dahinter befindet sich alles mögliche Zeug, von Heftpflasterpackungen bis zu staubigen DVDs. Er schiebt alles beiseite und nimmt einen langen, gezahnten Schlüssel vom obersten Bord.

»Und jetzt – aufmachen!«

Er geht zurück zum Safe, kniet davor nieder, steckt den Schlüssel ins Schloss und dreht ihn.

»Räumen Sie ihn aus – ich will alles sehen!«

Er fasst mit beiden Händen hinein. Heraus purzeln Umschläge, Ordner, Pässe, auch etwas Schmuck, Ohrringe, eine Halskette, eine Rolex.

»Ist das alles? Schauen Sie genauer!«

Ashford fasst wieder in den Safe, und plötzlich sehe ich eine kleine schwarze Pistole in seiner Hand.

»Halt! Keine Bewegung, oder ich knalle Sie ab!«

Ashford ist nicht auf den Kopf gefallen. Er gehorcht, denn er hat keine andere Wahl. Ich mache einen Schritt auf ihn zu und kicke ihm die Pistole aus der Hand, worauf sie mit einem metallischen Scheppern auf dem Boden landet und davonrutscht.

»Aber jetzt ... wo ist das Geld?«

»Hier.«

Er greift nach einem dicken Umschlag und reicht ihn mir. »Es ist vielleicht nicht sehr viel, aber es ist alles, was wir im Haus haben. Und den Schmuck können Sie auch haben ...«

»Zählen Sie es!«

»Kann ich es Ihnen nicht einfach geben, und Sie zählen es? Bitte!«

»Wegen der Frauen brauchen Sie sich keine Sorgen zu machen. Sie sind in guten Händen«, lüge ich. »Und jetzt zählen Sie es!«

In diesem Moment ist nicht mehr die leiseste Spur von dem Mann übrig, der einmal Parker Saturn hieß. Ein Dämon ist in meinen Körper gefahren und hat Besitz von mir ergriffen. Allerdings ist er dort schon die ganze Zeit und hat nur auf der Lauer gelegen und auf eine Gelegenheit gewartet, mich von innen heraus aufzufressen. Und jetzt ist das meine Realität – das ist, was ich bin.

Mit zitternden Fingern öffnet Beau Ashford den dicken Umschlag und schüttelt den Inhalt auf den Boden.

»Einhundert ... zweihundert ... zweihundertfünfzig ... dreihundert ...«

Ich verliere rasch das Interesse. Ashford nennt weiter die Beträge, aber meine Ohren sind auf das gerichtet, was oben passiert.

»Okay, das genügt. Jetzt bringen Sie es nach oben. Sie gehen voran.«

Ashford richtet sich mit dem Durcheinander aus losen Scheinen auf. Auf halbem Weg die Treppe hinauf wirft er die Scheine in die Luft, sodass sie in einem grünweißen Konfettiregen zu Boden schweben. Gleichzeitig schießt sein rechter Arm zur Seite und reißt einen Besen von einem Wandhaken. Der Besenstiel kracht mit voller Wucht gegen meine Stirn, als Ashford die Treppe hinaufzustürmen beginnt.

Aber er hat keine Chance. Ich habe immer noch seinen Rücken im Visier. Ich ziele auf die Beine und gebe mehrere Schüsse ab. Kopfüber kippt er die Treppe herunter und landet mit verdrehten Gliedern vor meinen Füßen.

Ich stehe über dem Filmstar und blicke auf ihn hinab.

»Sie sind nicht tot, Ashford.«

Es ist das erste Mal, dass ich mich aktiv an dem Werk der Zerstörung beteilige, das Rubleski in New York in Gang gesetzt hat. Ich bin entsetzt – über mich, über Rubleski, über alles.

»Stehen Sie auf, Ashford. Können Sie stehen?«

»Uh ... äh ... *O Gott* ...«

»Hören Sie auf zu jammern, Ashford. Stehen Sie auf und sehen Sie zu, dass Sie so schnell wie möglich hier rauskommen. Das ist Ihre einzige Chance. Haben Sie gehört?«

»Aaah ... *aaah* ...«

»Lassen Sie das blöde Gestöhne! Verschwinden Sie lieber ... sofort!«

Mühsam richtet sich Ashford auf. Er blickt an sich hinab und versucht, sich ein Bild von den Verletzungen zu machen, die ich ihm zugefügt habe. Als er sieht, dass sie vielleicht gar nicht so schlimm sind, dass sein Unterschenkel nur einen Streifschuss abbekommen hat, beginnt er die Treppe hinaufzuwanken. Ich folge ihm.

Oben schiebe ich ihn zu der Glastür, die in den Garten mit dem Swimmingpool und den benachbarten Villengrundstücken hinausführt.

»Gehen Sie! Gehen Sie einfach!«

»Aber ...«

Ich hebe die Pistole und drücke ihm den Lauf an die

Stirn. »Verschwinden. Sie. Endlich. Ich meine es ernst. Das nächste Mal werde ich nicht danebenschießen.«

Er dreht den Türknauf, und nach einem Moment quälender Unschlüssigkeit rennt er hinkend am flimmernden blauen Wasser des Pools entlang.

Wer hätte das gedacht? Nach ein paar Minuten Wahnsinn habe ich Beau Ashford doch verschont. *Noch habe ich niemanden umgebracht.*

Ich werfe die Tür zu und verschließe sie von innen. Dann mache ich mich auf den Weg ins Wohnzimmer. Es ist leer. Keine Joan, keine Ashley, kein Rubleski.

Dann höre ich über mir ein Geräusch.

Es gibt nur einen Ort, an dem sie sein können.

Ich renne die Treppe ins Obergeschoss hinauf. Auf dem obersten Absatz rutsche ich aus. Ich bin in etwas Warmes, Zähflüssiges getreten: *Blut.* Blut, das erst vor wenigen Minuten vergossen worden ist. Als ich mich hochrapple, sehe ich, dass alles damit vollgespritzt ist: die Wände, sogar die Decke, von der es herabregnet wie in einer Tropfsteinhöhle.

Mein Gott, was hat er jetzt bloß wieder gemacht? Es ist das reinste Schlachthaus.

Ich ziehe mich am Treppengeländer hoch und folge der Blutspur den Flur hinunter und um die Ecke.

Das Geräusch, dem ich folge, ist unverwechselbar.

Vorsichtig nähere ich mich der offenen Tür. Auf dem Nachttisch, vor dem eine zerbrochene Keramikstehlampe auf dem Boden liegt, ist Joans Kopf.

Nur der Kopf – sonst nichts. Wie eine trendige Avantgardeskulptur. Die hübschen grünen Augen sind entsetzt aufgerissen, die blutigen Lippen zu einem gespenstischen Grinsen verzerrt. Neben den Scherben der Lampe liegt ein riesiges Fleischermesser, wie man es zum Zerlegen großer Fleischstücke verwendet.

Wie hat er es geschafft, den Kopf so schnell abzutrennen?

Doch das ist nicht alles.

Der Horror auf dem Nachttisch ist so zum Bett gedreht, dass er mitverfolgen kann, was sich dort abspielt: Ashley ist mit schwarzen Nylonstrümpfen an das Bettgestell gefesselt, und der nackte Rubleski ist mit pumpenden Arschbacken auf ihr zugange.

Als er mich hereinkommen hört, hält er inne und schaut über die Schulter zu mir.

»*Etwas Großes,* Parker. Nur, damit du's weißt – sobald wir hier fertig sind, nehmen wir was *richtig* Großes in Angriff.«

»Was ...? Was soll das heißen?«

»Du bist als Nächster dran. Los, runter mit den Klamotten – ich bin hier gleich fertig ...«

Die Welt wird glauben, dass ich eine schreckliche Sünde – viele schreckliche Sünden – begangen habe. Welchen Unterschied macht es da schon, wenn ich noch eine begehe?

Doch diesmal gibt es einen Unterschied. Er besteht darin, dass meine nächste Sünde eine Wiedergutmachung sein wird. Meine nächste Sünde wird mich vielleicht vor mir selbst retten. Vielleicht wäscht sie mich von der Schuld rein, die seit den letzten zwei Wochen an mir klebt wie heißes Pech ...

Es ist Rubleskis satanisches Lachen, das schließlich den Ausschlag gibt.

Als er mit seinem brutalen Gerammel fortfährt, zwinge ich mich zu warten, bis er kurz vor dem Explodieren ist. Und ich danke Gott, so es einen gibt, dass ich das Gesicht des armen Mädchens nicht sehen kann. Denn selbst wenn sie mir noch vor wenigen Minuten gewaltig auf die Nerven gegangen ist, sollte sie so etwas nicht über sich ergehen lassen müssen.

Lautlos wie eine tödliche Schlange komme ich näher. Als Rubleskis Rhythmus hektischer wird und er zu schnaufen und schnauben beginnt wie ein Rennpferd vor der Ziellinie, hebe ich die Pistole.

»Rubleski.«

Wieder dreht er den Kopf zu mir, wie ein Halloween-Kürbis an einem Stock. In Erwartung der bevorstehenden Ekstase liegt ein glasiger Schimmer über seinen halb geschlossenen Augen. Die Laute, die er von sich gibt – aah-aah, uuh-uuh, aah-aah – werden immer lauter, je näher er dem Höhepunkt kommt.

»*Rubleski ...*«

Beim Anblick der Glock werden seine unwirklich blauen Augen riesengroß.

Ich richte sie auf meine Schläfe. Rubleskis ganze Aufmerksamkeit gilt jetzt mir, aber er befiehlt mir nicht, damit aufzuhören.

Kurz lasse ich mir alles durch den Kopf gehen: dem Ganzen ein Ende machen ... der ewige Frieden des Todes ... die Schmerzlosigkeit und Zuverlässigkeit der Methode.

Es ist sehr, sehr verlockend.

»*Nur zu, Parker. Mach schon. Drück ab. Trau dich.*«

Das sind die Worte, die den Sinneswandel in mir auslösen und mich die Waffe auf ein anderes Ziel richten lassen.

Ein anderes Wesen, nicht ich, drückt ab und reißt einen schwarzen Krater in die Mitte von Rubleskis Stirn.

Ohne einen Laut von sich zu geben, sackt sein blutiger Schädel auf Ashleys Brust.

Ihre Schreie füllen die tote Luft, und sie versucht verzweifelt, ihn von sich zu stoßen.

»Nicht«, flehe ich sie an. »Bitte nicht. Sei still. Es ist vorbei. Alles ist vorbei ...«

Natürlich stimmt das nicht. Es ist für keinen von uns beiden vorbei – jetzt fängt alles erst an.

Aber Ashley hört nicht auf mich. Sie schreit einfach weiter und schluchzt und knirscht mit den Zähnen, alles gleichzeitig.

»Nein, bitte nicht! Bringen Sie mich nicht um!«

Ich schüttle den Kopf. Ich mache einen Schritt nach vorn und stoße den toten Rubleski von ihr. An ihren traumatisierten Augen ist deutlich zu erkennen, dass sie nicht weiß, was sie davon halten soll, als ich sie vom Bettgestell losbinde. Sie kann immer noch nicht glauben, dass ich sie nicht auch töten werde.

Ich kann ihr nur immer wieder gut zureden: »Alles okay, alles okay«, und hoffen, dass sie mir glaubt.

Nachdem ich sie befreit habe und sie verschwunden ist, richte ich mich auf und gehe die Treppe hinunter und nach draußen.

»... für weitere Informationen übergebe ich an unsere Korrespondentin India Linder in Los Angeles ...«

»Bisher wissen wir nur sehr wenig, Keith. Eigentlich liegt in diesem Fall über allem der Schleier eines Geheimnisses. Die Polizei tut ihr Bestes, um anhand der bisher vorliegenden Fakten den Ablauf dieser Tragödie zu rekonstruieren, und laut Aussage verschiedener Quellen interessieren sich im Zusammenhang mit einer Reihe brutaler Morde, die in den letzten zehn Tagen begangen wurden, auch die Ermittlungsbehörden anderer Bundesstaaten – darunter New York, New Jersey, Pennsylvania und sogar Wyoming und Utah – für den Hauptverdächtigen Parker

Saturn, einen leitenden Angestellten eines Elektronikunternehmens mit Sitz in Kalifornien und New York. Unter den mutmaßlichen Opfern sind ein Zimmerkellner in New York, zwei Sexarbeiterinnen, eine Sekretärin und der Erbe eines pharmazeutischen Unternehmens in New Jersey, ein Motelbesitzer und ein Polizist in Pennsylvania sowie möglicherweise ein Immobilienmakler in Wyoming und ein Tankstellenkassierer in Utah. Und dann sind da natürlich noch der Mord an Joan Windber, Model, Schauspielerin und Ehefrau des Filmstars Beau Ashford, der bei dem Überfall auf sein Haus in Pacific Palisades verwundet wurde, sowie die sexuelle Gewalt gegen ihre Tochter, die in ein Krankenhaus eingeliefert wurde.

Und nicht zuletzt der bisher noch nicht identifizierte Tote, der am Tatort im Haus der Ashfords gefunden wurde. Das ist alles, was wir im Moment wissen.«

»Damit hätten wir es auf jeden Fall mit einem selten brutalen Amoklauf zu tun, India. Wer ist der Mann, der dieser Taten verdächtigt wird, und was wissen wir über ihn?«

»Auch hier arbeitet die Polizei auf Hochtouren, um ein Profil dieses Mannes zu erstellen. Soviel ich gehört habe, besteht die Möglichkeit, dass eine, wenn nicht sogar zwei weitere Personen an dieser blutigen Mordserie beteiligt waren.«

»Und wie sieht es mit dem Motiv aus, India? Hat sich die Polizei bereits zum Motiv dieser Taten geäußert?«

»Also, das ist ein besonders interessanter Aspekt dieses Falls, Keith. Obwohl für die Polizei hinsichtlich des Motivs noch Unklarheit herrscht, hat der Verdächtige beim Verhör anscheinend von möglichen politischen Motiven für seine Taten gesprochen.«

»Politische Motive ... Heißt das, wir haben es hier mit einer Serie terroristischer Anschläge zu tun? Wollen Sie das damit sagen?«

»Das ist alles, was ich im Moment weiß. Wie es scheint, ist die Polizei noch nicht bereit, sich definitiv zu den Motiven des

Täters zu äußern. Dafür muss sie ihren eigenen Verlautbarungen zufolge noch mehr Informationen sammeln und alle Beweise erst gründlich prüfen.«

»Danke, India. Das war India Linder live aus dem Gefängnis in Downtown Los Angeles. Wir halten Sie über neue Erkenntnisse in diesem aufsehenerregenden Fall auf dem Laufenden ...«

Viele Stunden später.

Wie viele? Zehn? Zwölf? Es ist schon wieder Morgen, und ich habe noch nicht geschlafen. Aber ich habe keine Kopfschmerzen. Auf seine Art grenzt das fast an ein Wunder.

Seit sie mich in meine Zelle gebracht haben, herrscht hier ein ständiges Kommen und Gehen, rein und raus, rein und raus. Die zwei Detectives, die mich zuerst lange vernommen haben, sind inzwischen von zwei FBI-Agenten abgelöst worden. Ich kann Rubleski lachen hören. *»Richtig große Sache das, Parker, richtig große Sache!«* Aber sie stellen mir immer wieder die gleichen Fragen, immer und immer wieder. Sie werden nicht müde, mir immer wieder, wenn auch anders formuliert, die gleichen Fragen zu stellen. Zu ihrem Glück habe ich noch genügend Energie, um ihnen weiterhin zu antworten, auch wenn sie nicht zufrieden sind.

»Und wer ist nun dieser andere Mann, den Sie immer wieder erwähnen, Mr. Saturn?«, fragt der Ermittler, der sich mit Conklin vorgestellt hat.

»*Rubleski.* Habe ich Ihnen doch schon zigmal gesagt. Er heißt Iwan Rubleski. Er ist der Einzige, den ich umgebracht habe.«

»Und Sie haben ihn erschossen ...«

»Um dem Ganzen ein Ende zu machen. Um allem ein Ende zu machen.«

»Rubleski also ...«, sagt sein Partner, der Zielecki heißt. »Wenn das so ist, haben wir allerdings ein Problem. Das heißt, eigentlich haben wir eine ganze Reihe von Problemen. Eines davon ist – und es ist besonders gravierend –, dass wir überall nach Hinweisen auf die Existenz dieses Mannes gesucht, aber bisher keine gefunden haben. Wir haben uns bei Ihrer Firma erkundigt – Fehlanzeige. Wir haben in allen sozialen Medien nach ihm gesucht – Fehlanzeige. Wir haben alle Ämter und Archive nach seinen persönlichen Daten durchforstet – mit demselben Ergebnis. Es gibt schlicht und einfach keinerlei Hinweise, dass eine Person dieses Namens existiert.«

Ich schüttle den Kopf. Sie haben keine Ahnung – sie haben einfach keine Ahnung.

»Dann hat er mir vermutlich einen falschen Namen genannt. Aber er existiert. Sie haben nur nicht gründlich genug nach ihm gesucht.«

»Heutzutage ist es schwer, sehr schwer sogar, total unter dem Radar zu fliegen«, schaltet sich Conklin wieder ein. »Und solange wir nichts über diesen Mann finden können, müssen wir langsam anfangen, andere Möglichkeiten in Betracht zu ziehen, wenn Sie verstehen, was ich meine.«

»Nein, das verstehe ich leider nicht.«

»Was ich damit sagen will, ist Folgendes: Besteht die Möglichkeit, dass dieser Iwan Rubleski nur in ihrer Fantasie existiert?«

»Nein. Nein, nein, nein. Vollkommen ausgeschlossen, auf gar keinen Fall.« Ich schüttle wieder den Kopf. »Mir ist durchaus klar, worauf Sie hinauswollen. Aber das können Sie vergessen. Sie werden mich nicht dazu bringen, etwas Derartiges zu denken. Ohne mich. Außerdem haben Sie doch am Tatort seine Leiche gefunden, oder nicht?«

»Wir haben *eine* Leiche gefunden. Aber wir wissen nicht, wer der Tote ist. Und wir versuchen keineswegs, Sie dazu zu bringen, irgendetwas Bestimmtes zu denken, Mr. Saturn. Wir schlagen Ihnen lediglich vor, sich ...«

»Alle Verbrechen, die Sie jetzt mir anlasten wollen, hat er begangen – bis ich dem Ganzen schließlich ein Ende gemacht habe.«

Nach ein paar Sekunden sehen Conklin und sein Partner einander an, stehen auf und verlassen den Raum. Ich kann hören, wie sie draußen auf dem Flur eine lebhafte Diskussion führen. Vereinzelte Wortfetzen finden, wie laut summende Fliegen, ihren Weg in das Vernehmungszimmer zurück.

» ... möglicherweise hatte er einen schweren psychotischen Schub?«

»Für mich sieht es eher so aus, als würde er tatsächlich die Wahrheit sagen.«

»Also, ich weiß nicht, Mann. Auf mich wirkt dieser Typ komplett durchgeknallt ...«

»Da wäre ich mir nicht so sicher. Ich habe schon mehrfach erlebt, dass sich solche Menschen dann als vollkommen normal entpuppen.«

»Echt jetzt? Wann?«

»Nimm zum Beispiel diesen Kerl unten in National City, der steif und fest behauptet hat, seine Mutter nicht erdrosselt zu haben. Irgendwann hat sich dann herausgestellt, dass er es tatsächlich nicht war. Erinnerst du dich an den Fall?«

»Also, ich weiß nicht. Ich weiß wirklich nicht ...«

Als sie draußen fertig sind, kommen sie wieder herein und nehmen ihre Plätze ein.

»Lassen Sie uns noch mal von vorn anfangen, Parker.«

Ich nicke, aber es ist keine Geste der Kapitulation. Es ist spät. Oder früh. Ich muss endlich schlafen. Das sage ich Conklin und Zielecki auch.

»Okay. Dann lassen wir Sie jetzt erst mal schlafen. Sie können so lange schlafen, wie Sie wollen. Aber vorher hätten wir noch gern ein paar Fragen von Ihnen beantwortet. Einverstanden?«

Ich blicke unverwandt in ihre ratlosen, glatt rasierten, gereizten Gesichter und schüttle den Kopf.

»Es gibt keine Antworten.«

Nach dem Sturm

»Es ist schon ein paar Tage her, oder?«

»Ähm ... keine Ahnung ...«

»Doch, doch. Sie waren total weggetreten. Stärker als sonst.«

»Na ja ... wenn Sie das sagen.«

»Sie sind aufgegriffen worden, als Sie ziellos durch die Stadt geirrt sind. Das ist – vorsichtig ausgedrückt – nicht ganz ungefährlich.«

»War das etwa mein Fehler? Also das finde ich nicht.«

»Das behauptet ja auch niemand.«

»Ich glaube, die Medikamente ...«

»Ja. Sie können Halluzinationen auslösen.«

»Vielleicht ist es das, was ...«

»Und die Namen, die Sie uns genannt haben. Wirklich sehr ... einfallsreich.«

»Tatsächlich?«

»Ja. Vor allem dieser ›Rubleski‹, von dem Sie ständig erzählt haben.«

»Ach ja?«

»Ich habe diesen Namen vorher nie gehört. Aber ich hatte den Eindruck, dass Sie in Wirklichkeit Jose Mendes gemeint haben, Ihren Arbeitskollegen aus Kalifornien, von dem Sie mir bei unseren früheren Sitzungen erzählt haben. Als Sie zum ersten Mal eingeliefert worden sind.«

»Ich weiß nicht. Ich weiß nicht, was ich dazu sagen soll. Das Schlimmste an den Medikamenten ist, dass man einerseits lebendig ist, aber ... zugleich fühlt man sich wie tot. Das heißt, eigentlich fühlt man gar nichts ...«

»Verstehe. Na ja, jedenfalls hoffe ich, dass es Ihnen mit dem neuen Medikament besser gehen wird. So, wie Sie heute Morgen auf mich wirken, würde ich sagen, wir sind auf dem richtigen Weg, sehen Sie das nicht auch so? Was meinen Sie, Parker?«

»Doch, schon.«

»Und so etwas ist Ihnen ja schon ein paarmal passiert, oder nicht? Vielleicht nicht so extrem, aber ...«

»Wenn Sie das sagen.«

»Es geht eigentlich nicht darum, was ich sage. Langfristig kommt es darauf an, dass Sie endlich begreifen, was in den letzten Tagen passiert ist.«

»Mhm ...«

»Und ich glaube, wir sollten ruhig schon versuchen ... sehen wir doch einfach mal, ob wir einen gewissen Sinn in dem Ganzen erkennen können, was meinen Sie?«

»Hm ... mhm.«

»Wenn etwas passiert, das die Erinnerung an das Trauma freisetzt – wobei ich nicht sicher bin, was diesmal der Auslöser war, obwohl ich da durchaus einen Verdacht habe. Aber vielleicht gelingt es uns ja gemeinsam, den Finger darauf zu legen. Wenn so etwas passiert, neigen Sie jedenfalls dazu, zu regredieren und sich eine andere Welt zu erschaffen ... eine alternative Realität, die zwar Elemente Ihrer leidvollen Erfahrung beinhaltet, zugleich aber einen gewissen Abstand zu ihr herstellt, weil sie zu schwer zu ertragen ist. Was Sie sich da dieses Mal haben einfallen lassen, war sehr komplex und raffiniert. Das ist Ihnen doch inzwischen klar, Parker, oder nicht?«

»Ähm ... doch, schon.«

»Sagen Sie das jetzt nur, um mich zufriedenzustellen, oder finden Sie das wirklich?«

»Ich finde es wirklich so ... glaube ich zumindest.«

»Es ist nämlich sehr wichtig, dass Sie verstehen, wie

diese Abwehrmechanismen funktionieren, wenn Sie eines Tages wieder ein erfülltes Leben führen wollen, ein Leben, in dem Sie nicht immer wieder in eine Einrichtung wie diese hier zurückkehren müssen. Weil Sie immer mit Ihrem schweren Verlust zu kämpfen haben werden, wird es zwar nie hundert Prozent normal sein, jedenfalls nicht so, wie es früher war, aber es besteht zumindest die Aussicht, dass Sie in Ihrem Leben wieder zurechtkommen.«

»Normal ...«

»So normal wie möglich ... nach allem, was Ihnen zugestoßen ist. Das meine ich damit. Parker?«

»Ja?«

»Sie wissen doch, dass Ihr Nachname nicht wirklich Saturn ist, oder?«

»Saturn?«

»Ja, Sie haben bei Ihrem letzten ... Schub Ihren Namen immer wieder mit ›Parker Saturn‹ angegeben.«

»Tatsächlich?«

»Ja, und Sie wissen auch, dass Sie das gemacht haben. Irgendwo in Ihrem tiefsten Innern wissen Sie, dass Sie das gemacht haben. Genauso, wie Sie auch alles andere in dieser ... Geschichte erfunden haben.«

»Mhm.«

»Und wie ist Ihr richtiger Name, Parker? Wie lautet Ihr richtiger Nachname?«

»Ähm ... Mein Name ist ... Linscott. Parker Linscott.«

»Richtig. Weshalb haben Sie sich dann Saturn genannt?«

»Saturn? Keine Ahnung.«

»Ich glaube, das wissen Sie sehr wohl. Bei einem Ihrer früheren Aufenthalte bei uns haben Sie einmal erwähnt, dass es einen mythologischen Zusammenhang gibt zwischen dem Planeten Saturn auf der einen Seite und Grausamkeit und Zerstörung, ja sogar Tod und Kinderopfern auf der anderen. Daher ist es vielleicht kein Zufall, dass Sie sich nach diesem Planeten genannt haben.«

»Wenn Sie das sagen ... keine Ahnung.«

»Genau das ist nämlich eines Tages passiert, oder nicht? All diese schrecklichen Dinge ... Parker?«

»Schon möglich ...«

»Die Figur dieses Rubleski hat sich in Ihrem Kopf mit Jose Mendes vermischt. Mendes ist nämlich ab und zu nach New York gekommen, um geschäftliche Dinge mit Ihnen zu besprechen, und Sie haben sich ein Szenario ausgedacht, in dem er, oder jemand wie er, eine tragende Rolle spielt, weil sich an einem der Tage, an denen sie eine Besprechung mit ihm hatten, in Ihrem Privatleben eine fürchterliche Tragödie ereignet hat. Ist es nicht so, Parker?«

»Ja, vielleicht ...«

»Und dieses ›etwas Großes‹, von dem Sie immer wieder gesprochen haben, hatte nichts mit einem Mann namens Rubleski zu tun, sondern mit dem, was damals in Ihrem richtigen Leben passiert ist, oder?«

»Hm ... ja, wahrscheinlich ... ich ...«

»Und was war das? Was war das, Parker?«

»Ich ... ich ...«

»Parker? Was war das?«

»Ich kann nicht ... ich will nicht ...«

»Aber Sie müssen es. Was ich jetzt sagen werde, sage ich nicht, um Ihnen noch mehr Schmerz zu bereiten. Ich sage es nur, um Ihnen zu helfen, die Realität – die Wahrheit – als das zu erkennen, was sie ist. Das ist Ihre einzige

Möglichkeit, wieder gesund zu werden. Ihre einzige.«

»Ich ... ich weiß nicht, ob ich ...«

»Tatsächlich ist Folgendes passiert: Ihre Frau und Ihre Kinder waren zu Fuß in Lower Manhattan unterwegs, als sie unwissentlich und unschuldig Opfer eines Anschlags wurden – eines Terroranschlags. Der Täter lenkte einen Lieferwagen auf den Gehsteig und tötete sie – auch mehrere andere Passanten. Ihr Tod stürzte Sie in schwere Depressionen, und Sie trugen sich sogar mit Selbstmordabsichten, die Sie aber nicht in die Tat umgesetzt haben. Stattdessen haben Sie sich aus der Realität zurückgezogen. Und das ist der Grund für Ihren letzten Wutausbruch. Ist es nicht so?«

»Wenn Sie das sagen, ja.«

»Und jetzt verstehen Sie doch auch, warum Sie nicht in der Lage waren, diesem monströsen Phantom ›Rubleski‹ zu entkommen? Und warum Sie es auch gar nicht wollten. Ist Ihnen das inzwischen nicht klar?«

»Ich ... ich weiß nicht.«

»Das wissen Sie sehr wohl, Parker. Und der Grund dafür ist, dass Sie nicht loslassen können, so sehr Sie manchmal auch glauben, dass Sie es wollen. So ist es doch, oder?«

»Ich ... ähm ... vielleicht. Ich weiß nicht, was ich denken soll.«

»Sie hatten ein schlechtes Gewissen, weil Sie zum Komplizen dieses Rubleski geworden sind, denn in Wirklichkeit haben Sie sich schuldig gefühlt, dass Sie an dem Tag, an dem Ihre Frau und Ihre Kinder diesem Anschlag zum Opfer gefallen sind, nicht bei ihnen waren. Ist es nicht so, Parker?«

»Ich ...«

»Aber lassen wir das erst einmal. Jetzt wäre es vor allem hilfreich, wenn wir herausfinden könnten, was diese Regression bei Ihnen ausgelöst hat.«

»Wahrscheinlich.«

»Da bin ich ganz sicher.«

»Aber ... wir sind hier doch in Amerika, oder nicht? Wir sind immer noch in Amerika.«

»Richtig, da sind wir.«

»Hier passieren Dinge – grauenhafte Dinge. Es gibt keine Möglichkeit, sie zu verhindern. Keine Möglichkeit, sie jemals zu verhindern.«

»Das hängt davon ab, wie man die Sache sieht.«

»Aber hier ist doch alles möglich, oder etwa nicht? Würden Sie nicht auch sagen, dass hier in Amerika jederzeit jeder nur erdenkliche Horror möglich ist?«

»Na ja ... rein theoretisch vielleicht schon.«

»Nein. Ganz real.«

»Also, ich weiß nicht ...«

»Doch, das wissen Sie sehr wohl. Jeder Horror ist möglich. Jeder Horror ist vorstellbar. Jedes noch so irrsinnige Szenario ist denkbar. Überlegen Sie doch mal.«

»Wir sollten uns lieber wieder unserer Aufgabe hier zuwenden, Parker.«

»Es ist alles verloren, alles ...«

»Wie meinen Sie das?«

»Wir sind alle verloren, jeder von uns ... Es gibt kein Zurück mehr.«

»Ich möchte nicht, dass Sie wieder in Ihre Wahnvorstellungen abrutschen, Parker. Ich bin für Sie da. Ich bin hier, um Ihnen zu helfen, über die Katastrophe in Ihrem Leben hinwegzukommen. Was da passiert ist, ist ganz, ganz schrecklich, keine Frage. Aber Sie haben noch ein

Leben vor sich, wenn Sie das möchten. Und ich bin hier, um Ihnen dabei zu helfen, dieses Leben zurückzugewinnen ... Wollen Sie das denn nicht versuchen?«

»Ich weiß nicht.«

»Aber irgendwo, in Ihrem tiefsten Inneren, müssen Sie es doch wissen, Parker.«

»Mhm ...«

»Dann lassen Sie es uns doch versuchen.«

»Schon, aber ... Sie glauben doch, dass ich ihn umgebracht habe, oder? Oder? Sie glauben doch, dass ich Rubleski umgebracht habe?«

»Hm ... ja, das glaube ich. Natürlich glaube ich es. Sie haben ihn umgebracht.«

»Ja, das habe ich ... Ich habe ihn umgebracht.«

ENDE

God Bless Zajack and the Loners of his Dirty Work: Nowhere Near Hollywood skizziert Michael Grimm ein Porträt von The Prodigy

»Da wir ja alle zumindest in gewisser Weise auch Opfer sind, müssen wir lernen, mit unserem Dasein als Prostituierte in Einklang zu kommen.«
– Mark SaFranko

Bei der Suche nach Büchern von Seymour Shubin stieß ich auf einen kleinen britischen Verlag, Murder Slim Press, der einen mir damals unbekannten Autor groß herausstellte: Mark SaFranko.

Attribute wie »schmutziger Realismus«, »schonungslose Ehrlichkeit wie bei Louis-Ferdinand Céline«, »mit einem Talent für bissige Bukowski-eske Prosa« und Charakterisierungen wie »Man hat das Gefühl, dass die Figuren allein sind, selbst wenn sie mit anderen Menschen zusammen sind,« ließen mich zugreifen.

Ohne dass ich es darauf angelegt hatte, las ich zuerst sein Erstlingswerk, *The Favor* (1987). Ein dünnes Buch, effizient und schnörkellos, die Dialoge treiben die Handlung voran, gespickt mit einem Schuss morbiden Humors. Ein Durchschnittstyp macht den Fehler, dass er aus seinem eintönigen Alltag ausbricht und sich mal so richtig gehen lässt. Von da an geht es bergab: Ein Gefallen für jemanden, den er nur vage kennt, und sein Leben gerät aus den Fugen. Aber anstatt einen Schlussstrich zu ziehen, manövriert er sich nur noch tiefer hinein, schlussendlich ersticht er seine schwangere Frau.

Ab der ersten Zeile sah ich vor meinen Augen einen Film, eine Tour-de-Force mit philosophischen Anklängen bis hin zur Läuterung. Ich kontaktierte Murder Slim Press, und Steve Hussy stellte den Kontakt zu Mark her. Anfang 2009 kaufte ich eine Option auf die Filmrechte. Mark schrieb innerhalb weniger Tage eine Drehbuchfassung. Ich übersetzte das Ganze und adaptierte ein paar Kleinigkeiten für den deutschen Sprachraum. So unkompliziert es bis dahin verlief, desto zermürbender wurde es danach: Leider fand sich für das Projekt bislang kein Produzent.

Mark SaFranko wurde am 23. Dezember 1950 in Trenton/New Jersey geboren, seine Eltern gehörten zur Arbeiterklasse. Als Jugendlicher träumte er davon, Strafverteidiger zu werden, doch er interessierte sich nicht für das Gesetz, sondern für die zwielichtigen Charaktere. Er studierte Englisch und Politikwissenschaft, machte Bekanntschaft mit *Henry Miller On Writing* (1964) und kam zu der Überzeugung, dass er das Zeug zum Schriftsteller haben könnte. Mitte zwanzig und völlig pleite endeckte er in einer öffentlichen Bibliothek Georges Simenon: »Seine Noir-Romane (nicht Maigret!) haben mich geprägt. So ziemlich alles, was ich über das Schreiben weiß, habe ich von ihm gelernt.« Der Prozess des kreativen Schaffens ist SaFrankos Lebenselixier, er ist süchtig danach. Innerer Frieden ist ihm fremd: »Ich mag das Chaos in meinem Kopf. Es ist ein Indikator dafür, dass man lebt. Vielleicht stirbt man, wenn man wirklich zufrieden ist. Vielleicht aber auch nicht.« Sein Freund Dan Fante sagte einmal über ihn: »Der Mann würde lieber schreiben als atmen.« SaFranko benutzt dafür eine Skalpellfeder, mit der er blutige Geschichten aus einer dysfunktionalen Welt herausschneidet. Er macht das instinktiv, ohne psychologisierenden Intellektualismus, aber mit zynischer Klarheit und Esprit. Dabei schöpft er aus einem ziemlich dunklen Abgrund: seiner eigenen Existenz.

Seine Arbeit ist vielfältig: Neben den verlegten Romanen gibt es auch unveröffentliches Material wie *The Prodigy*, sein Lieblingswerk. Stilistisch ganz anders angelegt, erzählt er von einer jungen Violinvirtuosin und darüber, was in ihrem langen Leben passiert, nachdem sie das Instrument aufgegeben hat.

Außerdem gibt es von SaFranko Kurzgeschichten, Gedichte, Essays, bisher noch nicht verfilmte Drehbücher sowie Theaterstücke, von denen einige in New York, Nordirland und Irland aufgeführt wurden. Darüber hinaus ist er noch in anderen Kunstsparten umtriebig: Als Schauspieler sieht man ihn in Werbespots und Filmen wie *Inner Rage* und *A Better Place.* Die Malerei empfindet er als Zen-ähnliche Meditation, weil sein Gehirn abschaltet und Stille eintritt; seine Aquarelle wurden in Frankreich an der Université de Lorraine ausgestellt.

Doch seine Herzensangelegenheit ist die Musik. Zuerst spielte er klassische Stücke auf dem Akkordeon. Als Teenager wechselte er zur Gitarre, später kam noch das Klavier hinzu. Er ist Songwriter und komponiert von Ambient und atonalen Stücken bis hin zu dem, was er als cineastische Musik bezeichnet, so ziemlich alles. Das Album *Music From An Unmade Movie* ist ein Soundtrack für *The Favor.*

Barmusiker war über viele Jahre sein Brotjob. Als Reporter berichtete er über Verhaftungen wegen Drogenhandels bis hin zu Mord. Sein emotionaler Tiefpunkt war ein Jahr als Sachbearbeiter im Büro der Rechnungsprüfung einer Bank. Lesen im Treppenhaus hielt ihn bei Verstand, bis er gefeuert wurde. »Im Grunde sind alle Jobs scheiße, wenn man nicht das tut, was man tun will. Aber möglicherweise helfen sie dem angehenden Schriftsteller, sich zu einem wahren Künstler zu entwickeln.« Er sammelte noch weitere Berufserfahrungen: Ghostwriter für Dating-Ratgeber, Frachtverlader, Zusteller, Assistent eines Landschaftsgestalters, Lkw-Fahrer, Kleiderverkäufer, Astrologe, Koch, Fast-Food-Angestellter, Korrekturleser, Sachbearbeiter für staatliche Renten, Brauereiarbeiter, Telefonakquisiteur, Lagerarbeiter und Chauffeur.

»Schreiben ist der einfache Teil. Der schwierige Teil ist das Geschäftliche, vor allem mit den Agenten. Das ist der Moment, in dem es trostlos und schmerzvoll wird. Und es scheint sich nie zu ändern«, sagt SaFranko. Er gehört zu jenen US-Autoren, die trotz eines üppigen Œuvres hart darum kämpfen müssen, im eigenen Land verlegt zu werden. Fante lotste ihn auf den europäischen Markt. In England wurde ab 2005 einiges publiziert. Und 13e Note Editions, die sich auf die Veröffentlichung von schrägen Autoren aus Übersee spezialisiert haben, holten Max Zajack – SaFrankos literarisches Alter Ego – nach Frankreich. Begeisterte Kritiken brachten eine große Leserschaft. Mittlerweile genießt er dort Kultstatus. Auf seiner Facebook-Seite posten Fans Fotos seiner französischen Ausgaben. Er wird zu Lesungen eingeladen, und im Rahmen des ARIEL-Projekts 2018/19 residierte er vier Monate in Nancy an der Université de Lorraine als Gastautor. Nach einer Veranstaltung in der ostfranzösischen Kleinstadt Saint-Vit wurde SaFranko von einem Buchhändler angesprochen: »Wissen Sie, warum wir Sie hier so schätzen? Weil Sie in Ihren Büchern so schreiben, als würden Sie Amerika nicht mögen.« SaFranko erwiderte: »Europäische Leser geben wahrscheinlich den Charakteren und philosophischer Reflexion mehr Raum. Amerikaner werden schnell ungeduldig, wenn nichts passiert.«

»Erst wenn du inmitten von Kothaufen treibst, merkst du, dass du in einem Strom aus Scheiße schwimmst,« sagt SaFrankos Protagonist Max Zajack, der Sohn polnischer Einwanderer, der sich in den USA durchsetzen will. Sein Leben besteht aus schäbigen Zimmern, Billigjobs, Alkohol und Selbstmordfantasien. Und jedem, der es hören will, erzählt er, dass er Schriftsteller ist. »Alle Bücher der Max Zajack-Reihe sind in hohem Maße autobiografisch geprägt«, erläutert SaFranko. »Es geht um mich. Dennoch ist es Fiktion.« Man könnte sagen, Zajack ist der Held eines Schelmenromans, politisch unkorrekt und amüsant wirft er mit Binsenweisheiten und Zitaten von SaFrankos Lieblingsautoren um sich. Gabino Iglesias schwärmt: »Die Erzählung bewegt sich vorwärts wie ein wütendes Tier, das den Leser an der Kehle packt und brutal mitreißt.« Bislang gibt es fünf Titel in dieser Serie, wobei jedes dieser Bücher auch einzeln für sich stehen kann.

Hating Olivia beschreibt eine obsessive Abwärtsspirale aus Sex, Drogen und gegenseitiger Zerstörung zwischen Zajack und der Kellnerin Olivia, die mit ihm die Leidenschaft für die Literatur und das Schreiben teilt. Rasch sitzen sie auf einem Schuldenberg in einem Sumpf von lähmender Frustration, quälendem Herzschmerz und tiefem Selbsthass. »Es geht um die destruktive Seite der Muse«, sagt SaFranko. »Und den verzweifelten Kampf, als Künstler Fuß zu fassen in einem Land, das keine Verwendung für sie hat.«

In *Lounge Lizard* ist Zajack ein Wrack; arbeitslos und hoch verschuldet durchlebt er eine Schreibblockade. Dann nimmt er einen langweiligen, aber gut bezahlten Bürojob an, und nach Jahren ohne Sex springen plötzlich alle möglichen Frauen mit ihm ins Bett. Doch seine Psychiaterin attestiert ihm, dass er über Olivia längst noch nicht hinweg sei. »Führen mehr Sex und mehr Geld auch zu mehr Glück?«, sinniert SaFranko. »Es entlastet die Psyche. Aber solange der Wunsch in dir schwelt, schreiben zu wollen, und du es nicht tust, wirst du zugrunde gehen.« Also schwimmt Zajack gegen den Strom, spuckt dem amerikanischen Traum ins Gesicht.

»Ich wollte schon immer einen Roman über meine Kindheit schreiben«, sagt SaFranko. »Ich hatte aber nie etwas gelesen, das meinen Vorstellungen entsprach. Bis ich Célines *Tod auf Kredit* entdeckte. Dieser Roman wurde dann zur freien Vorlage für *God Bless America*. Ich arbeitete achtzehn Jahre lang mit Unterbrechungen daran, was für mich sehr ungewöhnlich war. Das erste Manuskript umfasste noch etwa tausend Seiten. Ich habe es immer wieder gekürzt, bis ich es auf ein Drittel reduziert hatte. Dies ist der erste Zajack-Roman, den ich geschrieben habe, obwohl er in der Chronologie der Veröffentlichungen der dritte in der Reihe ist.«

Misshandelnde Eltern, Armut und Dreck, schikanöse Klassenkameraden, religiöse Indoktrination und weitere verkorkste Ereignisse. »Zu Hause war Gewalt der einzige Grund, sich zu berühren. Keine Küsse, keine Umarmungen«, erzählt der junge Zajack. »Im Laufe der Zeit habe ich gelernt, die Qualen mit einer fast masochistischen Freude zu ertragen. Der Vater konnte mich nicht zerstören – das sagte ich mir immer wieder.«

Zajack hat die Schule verlassen und ist auf der Suche nach einem festen Job, der ihm Freiraum fürs Schreiben verschafft. *Dirty Work* beschreibt seine Bemühungen, ein großer Künstler zu werden. Doch statt Ruhm bekommt er einen Brummschädel: beschissene Jobs, beschissene Menschen, beschissene Lebensbedingungen, unerreichbare Frauen. »Wie oft liebt ein Mensch das, was er tut? Einmal oder zweimal im Leben, wenn er Glück hat. Für den Künstler ist es komplizierter. Er ist absorbiert in seiner eigenen Welt. Die Außenwelt, das Reich der Dollars, ist für ihn normalerweise nicht von Interesse.«

»*Nowhere Near Hollywood*«, sagt SaFranko, »reflektiert einen Zeitraum von mehreren Jahren, in dem ich zutiefst frustriert darüber war, dass meine Arbeit nicht veröffentlicht wurde, und ich beschloss, Schauspieler zu werden, um die Aufmerksamkeit auf mich zu lenken. Ich hoffte auf einen Sam Shephard-Effekt. Es war eine verrückte Entscheidung, die zu vielen komischen und tragischen Ereignissen geführt hat.« Zajack hat hervorragende Erklärungen parat, warum er keinen Erfolg hat. Er schiebt die Schuld auf andere, all diese selbstgerechten, ungebildeten, vulgären Menschen, die seine Arbeit verachten und seine Kunst herabsetzen. Säuerliche Reflexionen über die Verlags- und Filmwelt, und über den degenerativen Zustand der Gehirne seiner Landsleute.

Abgrundtiefe Einblicke in die Psyche der Protagonisten liefert *Loners* (2008), ein Band mit acht Kurzgeschichten – dem Allerbesten, was es in dieser Sparte gibt. All diese Charaktere, entwurzelte Einzelgänger, suchen nach einer Verbindung zum Leben, nach Nähe zu ihren Mitmenschen – und schaffen es nicht. Ein heißer Flirt mit dem Außenseitertum. »Amerikanischer Realismus«, schreibt Seymour Shubin im Vorwort, »die Geschichten sind zwar düster, aber sie sind immer erhellend.«

Safranko hat über hundert solcher Stories verfasst, veröffentlicht u.a. in dem renommierten *Ellery Queen's Mystery*

Magazine oder in Steve Hussys *The Savage Kick*; einige wurden prämiert. Auf Französich gibt es die Bände *Incident on the Tenth Avenue*, *The Crash Wave* und *A Slight Towards the Blues*.

Und dann gibt es seine Kriminalromane. Zu dem bereits oben erwähnten *The Favor* gesellen sich weitere Leckerbissen. *Hopler's Statement* (1998) bringt uns in einen kahlen Verhörraum der Bundespolizei im Mittleren Westen, wo ein respektabler Mann mit chamäleonartigen Zügen schildert, wie er in einem wohlhabenden Vorort von New York seinen Nachbarn ermordet hat. In *No Strings* (2013) entpuppt sich ein Mann mittleren Alters, den eine ältere Millionärin aus seinem Bergbauarbeiter-Dasein erlöste und heiratete, als undankbares Arschloch: Er denkt, dass er mit der perfekten Affäre davonkommt. Doch eine Femme fatale stößt ihn in einen Strudel aus Lügen, Täuschung und Verstrickungen, aus dem es kein Zurück gibt. *The Suicide* (2014) handelt von gescheiterten Existenzen, von verzweifelten Menschen, die sich durchbeißen, und solchen, die aufgeben. In einem gentrifizierten Viertel von Hoboken, New Jersey, stürzt eine junge Frau aus einem Fenster im elften Stock. Der Kriminalbeamte, der mit dem Fall beauftragt wird, hat eine Ehefrau, die fremdgeht, und einen Ex-Partner, der nach Bekanntgabe seiner Geschlechtsumwandlung zur Frau vom Dienst suspendiert wurde. (SaFrankos Inspiration kam aus einem Zeitungsartikel über einen Polizisten, der eines Tages in Frauenkleidern im Hauptquartier auftauchte.) Der Protagonist lässt sich von dem Fall zerfressen, seine Wut und Frustration reagiert er an seiner Frau und an einem Verdächtigen in einem Vergewaltigungsfall ab. *One False Step* erschien in Frankreich als *Un faux pas* (2018): Als ein eingefleischter Aufreißer und Chef seiner eigenen Dachdeckerfirma vom Dach stürzt und querschnittsgelähmt ist, werden in seiner Ehe die Karten neu gemischt.

»Die Bedeutung des Titels *Amerigone* bleibt selbst mir ein Rätsel«, räumt SaFranko ein. »Ich habe über Gewalt in Amerika nachgedacht, da ist mir das Wort sprichwörtlich in den Kopf geschossen. Dieses Wort gibt es ja nicht, aber es klingt interessant, und ich wollte es verwenden. Es suggeriert, dass Amerika in Bezug auf Gewalt außer Kontrolle geraten ist.

»Der Ausgangspunkt für meine Geschichten sind Bilder in meinem Hirn, im Fall von *Amerigone* waren es imaginäre Fotos von Massenerschießungen, Explosionen und Terroranschlägen. Meistens lasse ich die Ideen gären, das kann Jahre dauern. Nicht so bei *Amerigone*: Da gab es einen Schwall von Inspiration, diese unerklärliche Mordserie von New York bis an die Westküste, und dieser aalglatte Psycho aus dem ehemaligen Ostblock, der mit Begeisterung sagt: ›Korruption, Gewalt, Mord – das sind die wahren Fundamente des Einzigartigen und Außergewöhnlichen. Und Amerika ist ein einzigartiges und außergewöhnliches Imperium!‹

»Wie in einem Fieberrausch schrieb ich die erste Fassung. Man versucht, das Gefühl und die Stimmung der Idee einzufangen. Das muss schnell gehen, da vertraue ich auf meinen Instinkt. Dann folgen oft zehn, zwölf Überarbeitungen. Durchschnittlich dauert das zwei bis drei Jahre, und nur selten erreicht man das, was man sich vorgenommen hat. Ein Kunstwerk wird nie fertig, es wird aufgegeben.«

›Früher war verrückt zu sein etwas Besonderes. Heute ist jeder verrückt‹, sagt der Psycho, der jeden Psychiater um den Finger wickeln würde. Beim Lesen von *Amerigone* musste ich an Zeltsermans *Alles endet hier* denken. Zwei Geschichten, die nichts miteinander zu tun haben, und doch gibt es einen gemeinsamen Nenner: In beiden Büchern wird ein unbescholtener Bürger von einem Kerl aus dem ehemaligen Ostblock dazu genötigt, Menschen umzubringen. Wenn man sich ansieht, wie oft die Fiktion die Realität bereits vorweggenommen hat, wird es spannend sein zu beobachten, wohin sich die Gewaltspirale in unserer Gesellschaft noch entwickelt.

Mit *Amerigone* ist Mark SaFranko neben Rick DeMarinis (*Götterdämmerung in El Paso*), Dave Zeltserman (*Alles endet hier*), Jim Nisbet (*Powerball*) und Buddy Giovinazzo (*Keiner lebt hier*) bereits der fünfte US-Autor, dessen Werke bei Pulp Master das Licht der Welt erblicken. Chapeau!

Zum Übersetzer:
Sepp Leeb hat Amerikanistik und Germanistik studiert und lebt (nach mehrjährigen Aufenthalten in London und Paläochora, Kreta) in München. Er hat unter anderem Thomas Harris, Lawrence Block, Louise Penny und fast dreißig Titel von Michael Connelly übersetzt.

Zum Lektorat:
Peter Hammans, geboren 1954, Studium der Anglistik/Amerikanistik, Politikwissenschaft und Pädagogik, Promotion in Politischer Theorie und Ideengeschichte, arbeitete 35 Jahre als Lektor in unterschiedlichen Publikumsverlagen mit einem Schwerpunkt auf Spannungsliteratur und betreute dort u.a. zahlreiche Bestsellerautoren aus GB und den USA wie etwa Michael Connelly, John Katzenbach, Val McDermid und Joyce Carol Oates. Seit 2020 selbständiger Lektor und Übersetzer.

Zum Verfasser des Nachworts:
Michael Grimm lebt als Drehbuchautor und Regisseur in Wien. Er entwickelt gerade eine Miniserie über einen Dreibandspieler. 2016 erschien sein Neo-Noir-Roman *Stirb, Ratte stirb!*

Danksagung des Autors:
Mein besonderer Dank gilt Frank Nowatzki, der mich bei Pulp Master an Bord geholt hat, und Michael Grimm, der die erste Verbindung hergestellt hat. Ebenso danke ich Lorrie Foster für redaktionelles Feedback und Unterstützung.

Megan Abbott – Aus der Balance
„Intensität und Präzision" Spiegel Online
Tom Franklin – Wilderer
„auf Political Correctness wird nicht sonderlich geachtet." FAZ
Ted Lewis – Schwere Körperverletzung
„gilt als dessen bester Roman" FAZ
Garry Disher – Moder
„schönes Beispiel für die moderne Kriminalliteratur" BAZ
Garry Disher – Hitze
„neue Folge einer einzigartigen Reihe" Stern
Jim Nisbet – Welt ohne Skrupel
„ein herrlich vergiftetes Abschiedsgeschenk." Rolling Stone
Tom Franklin – Krumme Type, krumme Type
„große Literatur. Punkt." DIE ZEIT
Tom Franklin – Smonk
„die Beschwörung eines Albtraums." Rhein-Zeitung
Dave Zeltserman – Small Crimes
„... mehr noir geht kaum." FAZ
Les Edgerton – Der Vergewaltiger
„Gipfel der radikalen Verachtung." Berliner Zeitung
Gerald Kersh – Die Toten schauen zu
„Ja, es ist furchtbar. Und furchtbar grandios geschrieben." FR
Seamus Smyth – Spielarten der Rache
„Roh, hart, gnadenlos, eiskalt und jenseits aller Moral." WDR
Dave Zeltserman – Killer
„Keine Frage: So geht noir." Stuttgarter Zeitung
Jim Nisbet – Der Krake auf meinem Kopf
„Der Meister des intellektuellen Schundromans." FAZ
Garry Disher – Dirty Old Town
„Der Gangsterroman fürs 21. Jahrhundert!" KrimiZeitSpezial
L.R. Carrino – Der Verstoß
„Hardboiled trifft Hardcore." Tagesspiegel
Dave Zeltserman – Paria
„Brillanter neo-noir" WDR5
Jim Nisbet – Tödliche Injektion
„grausame Poesie von einem der ganz Großen." Buchkultur
Rick DeMarinis – Götterdämmerung in El Paso
„Ein großer amerikanischer Erzähler!" BR
Buddy Giovinazzo – Cracktown
„ein radikales Buch" literaturkurier
Angelo Petrella – Nazi Paradise
„Memoiren eines Neofaschisten" Krimiwelt-Bestenliste

Jim Nisbet – Dunkler Gefährte
„eine literarische Lehrstunde in Dramaturgie" Berliner Zeitung
Thor Kunkel – Kuhls Kosmos
„ein Werk der Nostalgie" SZ
Buddy Giovinazzo – Piss in den Wind
„der beste Titel des Jahres" TAZ
Paul Freeman – Laster und Tugend
„Ausbeuten und Ausgebeutet werden." Watching the detectives
Gerald Kersh – Ouvertüre um Mitternacht
„Hitler, Freud, Sadomaso und wirre Träume" Financial Times
Garry Disher – Niederschlag
„schonungslos und bewegend" 3Sat
Rick deMarinis – Kaputt in el Paso
„ein schwarzer Gesellschaftsroman" FAZ
Paul Freeman – Die Legenden von Ophir
„ein flott geschriebener Thriller" Berliner Literaturkirtik
Charles Willeford – Die Schwarze Messe
„eine großartige Kriminalgroteske" WDR
Charles Willeford – Ketzerei in Orange
„Weltklasse" CRIME CORNER
Garry Disher – Port Vila Blues
„ein komplex konstruierter Spannungsroman" SPIEGEL SPEZIAL
Markus Starck – SexDotCom
„Ein schnörkelloser, brutaler Kriminalroman" WDR
PJ Wolfson – Geißel der Niedertracht
„eine Wiederentdeckung, und was für eine." FR
Garry Disher – Willkür
„Immer wieder eine Bereicherung" PERLENTAUCHER
Buddy Giovinazzo – Potsdamer Platz
„Pulp-Fiction für Fortgeschrittene" POLYLUX
Gerald Kersh – Nachts in der Stadt
„ein heimlicher Klassiker" WDR
Garry Disher – Hinterhalt
„Das liest man gern" FR
Garry Disher – Dreck
„der eiskalte Engel Wyatt als letzter Gentleman" ZEIT
Frank Nowatzki (Hrsg.) – Antihero
„Nix für schwache Nerven" LIT4U
Derek Raymond – Ich war Dora Suarez
„Ein gewaltgeladener Schocker" EKZ
Buddy Giovinazzo – Broken Street
„einfach, geradeaus und streetwise" Pots.NN

Pulp 52

Mark SaFranko
DEAR PROFESSOR ROMANCE

ISBN 9783946582229,
€ 15,00, Ca. 320 S.,
Deutsche Erstausgabe
in Vorbereitung

Doug Guthrie betreibt eine Website namens Professor Romance, die als Idee aus einer Laune heraus auf einem Barhocker in Hollywood entstand. Nun ist Doug trocken und hat seine Dämonen besiegt. Er leitet ein erfolgreiches Unternehmen, das denen, die verzweifelt Frauen kennenlernen wollen, kein langes Rumgetue verspricht. Als Ghostwriter dahinter verdient Lance Bertovich seine Brötchen und berät zahlende Kunden wie z.B. Norman Bright, der als unauffälliger Angestellter eines biomedizinischen Unternehmens sein Dasein fristet und versucht, mit Hilfe des Professors die Zuneigung einer attraktiven Kollegin, Cynthia Collingsworth, zu gewinnen. Mit tödlichen Folgen, als der Fake durchschaut wird …

Dear Professor Romance erinnert an den Klassiker der Beziehungsberatung, an *Miss Lonelyhearts* von Nathanael West. SaFrankos Roman beschwört dessen Zynismus und ist so etwas wie dessen Widerhall im 21. Jahrhundert.

Pulp 45

Les Edgerton
PRIMAT DES ÜBERLEBENS

ISBN 9783927734937,
€ 15,00 Ca. 320 S.,
Deutsche Erstausgabe
in Vorbereitung

Jake Bishop ist voll resozialisiert und träumt gemeinsam mit seiner Frau Paris den amerikanischen Traum, der sich als eigener Friseursalon materialisieren soll. Doch seine kriminelle Vergangenheit holt Bishop ein, und zwar in Gestalt seines ehemaligen Zellenkumpels Walker, der ihm im Knast das Leben rettete und nun, frisch entlassen, im Gegenzug etwas Starthilfe einfordert. Sich des über seinem Kopfe schwebenden Damoklesschwertes bewusst – einer bei der nächsten Verurteilung anstehenden lebenslangen Haftstrafe –, lehnt Jake entschlossen ab. Doch der Auftraggeber im Hintergrund hat Jakes Schwachstelle längst ausgemacht und zwingt ihn, den Einbruch bei einem lokalen Juwelier durchzuziehen …

Ein rabenschwarzer Noir des US-Autors Les Edgerton, der hier eindrucksvoll zeigt, wie schnell Stigmatisierung und gesellschaftliche Unfreiheit in ein Pandämonium menschlicher Abgründe führen können.

Pulp 47

Gerald Kersh
HIRN UND ZEHN FIN-GER

ISBN 9783927734975,
€ 12,00, ca. 120 S.
Deutsche Erstausgabe
in Vorbereitung

Jugoslawien, 1943. Eine kleine versprengte Partisanentruppe wacher, verzweifelter Männer flieht in den Wald, nachdem sie ein Munitionsdepot der italienischen Besatzer überfallen hat. Ihre Beute: Dynamit und Zünder für den Widerstand. Einer stirbt für den anderen, damit der Rest an einem anderen Tag weiterkämpfen kann. Darunter ist der junge Andrej, dessen Dorf in Slowenien von den Faschisten dem Erdboden gleichgemacht wurde und der hier in ebenfalls versprengten Serben und Kroaten Gleichgesinnte gefunden hat. Doch die rettende Holzbrücke wurde vom Hochwasser fortgerissen und die Verfolger sind nicht mehr weit …

Nach dem kurzen, mächtigen Roman über das Massaker von Lidice verneigt sich Kersh nun vor den Menschen des Widerstands, vor aufrechten Menschen, denen ein inneres Licht innewohnt, das in der Dunkelheit sichtbar wird und zur Hoffnung der Menschheit gerät.

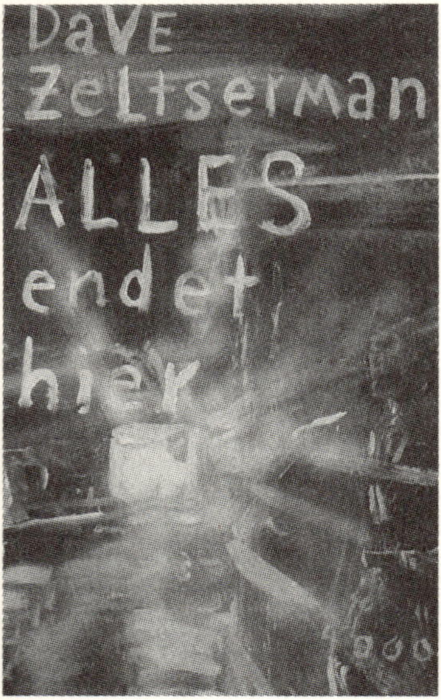

Pulp 48
Dave Zeltserman
ALLES ENDET HIER

ISBN 97839277349824
€ 15,00
Deutsche Erstausgabe
in Vorbereitung

Dan Selby und seine Frau Rachel müssen hilflos mitansehen wie sich ihre finanzielle Situation weiter zuspitzt. Sie haben ihre gut bezahlten Jobs aufgeben und ihre gesamten Ersparnisse in ein kleines vielversprechendes Software-Start-up investiert, das Dan mit seinem Freund Warren Costas gegründet hatte. Doch Costas ist nach Meinungsverschiedenheiten inzwischen auf einem anderen Trip und will die gemeinsame Firma zerstören. Als einer von Dans Freunden betrunken einen Russen erwähnt, der weiß, wie man Probleme wie Warren löst, öffnet Dan eine Tür, die man besser nicht öffnen sollte ….

Ein weiterer düsterer Thriller aus dem Hause Zeltserman über den langen Prozess der Selbsterkenntnis in den Zwängen einer kalten Gesellschaft, in der man zum Erfolg verdammt ist.

Pulp 50

Derek Raymond
ER STARB MIT OFFENEN AUGEN

ISBN 978-3-946582-01-4,
€ 15,00, ca. 320 S.
Deutsche Neuausgabe
in Vorbereitung

Im London der 1980er ermittelt der namenlose Detective Sergeant des A14 – Letzteres besser bekannt als »die Factory« – im Mordfall eines erfolglosen Schriftstellers und nimmt dabei weder Rücksicht auf Vorgesetzte noch auf sein Privatleben. Er kriecht förmlich in den Kopf seines Opfers, spürt dessen Ex-Frauen, Kollegen, Zechkumpane und ehemalige Feinde in tristen Pubs und Mietskasernen auf – so in Acacia Circus, einem Block, der von arbeitslosen Skinheads und Schwarzen bevölkert wird. Voller Idealismus und die Forderung nach Gerechtigkeit verinnerlicht, begibt sich der namenlose Detective Sergeant selbst in allergrößte Gefahr …

Mit seinen existentiellen, im England der Thatcher-Ära angesiedelten Factory-Romanen schuf Derek Raymond faszinierende Noir-Hybride, die zunächst wie gewöhnliche Polizei-Romane daherkommen, um dann die Form zu wechseln und die Leiden der Opfer und das Leben selbst in den Mittelpunkt zu stellen.

PULP MASTER

www.pulpmaster.de

Deutscher
Verlagspreis 22

Für den Hightechmanager Par[illegible]
nige Septembertag in New Yor[illegible]
ihm bis dato unbekannte Ko[illegible]
Niederlassung an der Wes[illegible]
Besprechung in ein Hotel in M[illegible]
Eindruck eines ausser Kontrol[illegible]
verstärkt sich, als Rubleski [illegible]
Todesphilosophie erklärt und [illegible] Beispielen eindrucksvoll demonstriert, wie der neoliberale Raubtierkapitalismus der USA ausgelebt werden sollte.

Amerigone ist mehr als eine tiefschwarze Tragikkomödie, denn hinter der Fassade dieses spannungsgeladenen Thrillers verbirgt sich eine weitere Dimension: Jenseits der Gewalt wird die Tragik des amerikanischen Traums transparent, der, konsequent zu Ende gedacht, durch Fehlen jedweder Empathie und Solidarität in die Katastrophe führen muss.

ISBN 978-3-946582-10-6

Deutscher Verlagspreis 22

Mark SaFranko

9 783946 582106 01500

mtb

Zum Buch:

Nur kurz die Such- und Rettungsstaffel aufbauen und dann schnell abreisen. So lautet Destinys Plan. Nur hat sie die Rechnung ohne Kipling Gilmore gemacht – und ohne seine unglaubliche Anziehungskraft. Doch sie will keinen Extremsportler, sondern einen netten, ruhigen Mann. Allerdings stellt nicht nur er Destinys Welt auf den Kopf, sondern auch ihre Halbschwester, die gerade erst in ihr Leben getreten ist. Die Fünfzehnjährige braucht sie, also bleibt Destiny noch etwas in Fool's Gold. Nur ihretwegen. Mit Kiplings Küssen hat das rein gar nichts zu tun, oder?

„Susan Mallery in Bestform: die perfekte Mischung aus Emotionen, Humor und einer großartigen Geschichte."

Booklist

Zur Autorin:

Susan Mallery wird von den Kritikern als mitreißende Autorin gefeiert und unterhält mit ihren witzigen, emotionalen Romanen über Frauen und ihre Beziehungen Millionen von Leserinnen auf der ganzen Welt. Sie lebt mit ihrem Mann und ihrem unerschrockenen Zwergpudel in Seattle, wo das Wetter zwar nicht gut, der Kaffee dafür aber umso besser ist.

Lieferbare Titel:

Fool's-Gold-Serie

Spiel, Kuss und Sieg
Halbzeit oder Hochzeit
Touchdown für die Liebe

Küsse haben keine Kalorien
Weiter geht es nach der Werbung
Der Für-immer-Mann

Susan Mallery

Vertrauen ist gut, küssen ist besser

Roman

Aus dem Amerikanischen von
Ivonne Senn

mtb

MIRA® TASCHENBUCH
Band 25984
2. Auflage: Januar 2017

MIRA® TASCHENBÜCHER
erscheinen in der HarperCollins Germany GmbH,
Valentinskamp 24, 20354 Hamburg
Geschäftsführer: Thomas Beckmann

Titel der amerikanischen Originalausgabe:
Hold Me

erschienen bei: HQN Books, Toronto

Published by arrangement with
Harlequin Enterprises II B.V./S.ár.l

Leseprobe
Listen to me

erschienen bei: William Morrow, New York

Konzeption/Reihengestaltung: fredebold&partner GmbH, Köln
Umschlaggestaltung: büropecher, Köln
Redaktion: Mareike Müller
Titelabbildung: büropecher, Köln
Satz: GGP Media GmbH, Pößneck
Druck und Bindearbeiten: GGP Media GmbH, Pößneck
Printed in Germany
Dieses Buch wurde auf FSC®-zertifiziertem Papier gedruckt.
ISBN 978-3-95649-637-0

www.mira-taschenbuch.de

Dieses Buch ist einer meiner liebsten Leserinnen gewidmet.

An alle Leserinnen von Susan Mallery:
Mögen Sie ihre Geschichten genauso genießen wie ich.
Eine hingebungsvolle Romance-Leserin, Jan W.

1. Kapitel

Niemand wachte morgens auf und überlegte sich: Heute werde ich mich im Wald verlaufen. Aber selbst ohne Plan konnte dies geschehen.

Vielleicht lag es schlicht an dem den Menschen innewohnenden Forscherdrang. Oder es war schieres Pech. Oder vielleicht waren Menschen einfach nur dumm. Grandma Nell hatte immer gesagt: „Schönheit vergeht, aber Dummheit bleibt." Nicht, dass Destiny Mills das eine oder das andere verurteilen würde. Menschen verliefen sich nun mal, und ihre, Destinys, Aufgabe war es, sicherzustellen, dass sie wiedergefunden wurden. Es war ein wenig so, als wäre sie eine Superheldin. Nur verfügte sie anstelle eines Laserblicks oder der Fähigkeit, sich unsichtbar zu machen, über ein brillantes Computerprogramm und ein gut ausgebildetes Such- und Rettungsteam.

Nun, theoretisch gesehen war es nicht *ihr* Team. Es gehörte zu der Stadt oder dem County, das ihre Firma engagiert hatte. Ihr Unternehmen hatte die Software programmiert, und sie war eine von drei Prozessbegleitern, die denen halfen, die es benutzen wollten. Sie kam vorbei, bildete das Such- und Rettungsteam aus und reiste dann zu ihrem nächsten Auftrag weiter.

Wenn heute Montag ist, muss ich in Fool's Gold sein, dachte sie humorvoll, als sie ihr kleines vorübergehendes Büro betrat. Fool's Gold, Kalifornien, Einwohner: 125.482, wie das Schild verkündete, das sie auf dem Weg hierher gesehen hatte. Am Fuße der Sierra Nevada gelegen, zog die Stadt Touristen zu Tausenden an. Im Winter kamen sie zum Skilaufen, im Sommer zum Wandern und Zelten und das ganze Jahr über, um eines der Dutzenden Festivals zu besuchen, für die der Ort berühmt war.

Nichts davon war jedoch der Grund für ihre Anwesenheit. Sie interessierte sich nur für die mehrere Hunderttausend Hektar Land direkt außerhalb der Stadtgrenze. Unerforschte Wildnis mit unzähligen Abhängen, Rinnen, Flüssen und Höhlen. Plätze, an denen Menschen sich verirrten. Und wenn jemand sich verirrt hatte, wen rief man dann an?

Destiny lachte leise, als die Titelmelodie von *Ghostbusters* durch ihren Kopf hallte. Sie wusste nicht, wie es anderen Leuten ging, aber für sie war das Leben ein Soundtrack. Überall war Musik. Noten bildeten Melodien, und Melodien waren wenig mehr als Erinnerungen, die man jederzeit abrufen konnte. Man musste nur einen Song vom Abschlussball der Highschool hören, und schon lag man wieder in den Armen seines Freundes.

Seufzend setzte sie sich auf ihren Stuhl und stellte ihren Laptop in die Dockingstation. Sie hatte nur gut eine Woche, um sich einzurichten, bevor die echte Arbeit begann. In den nächsten drei Monaten würde sie das Terrain kartografieren, die unglaublich intelligente Software ihrer Firma mit den Informationen füttern und das Such- und Rettungsteam ausbilden. Sie war die Kontaktperson, die menschliche Verbindung. Und in drei Monaten würde sie an einen anderen Ort des Landes ziehen und wieder von vorn anfangen.

Destiny liebte das Vagabundenleben. Sie fand es schön, immer wieder woanders zu sein. Es fiel ihr leicht, Freunde zu finden, und genauso leicht ließ sie alles hinter sich, wenn es an der Zeit war aufzubrechen. An dem neuen Platz würden weitere Freunde warten. Sicher, in ihrem Leben fehlte es an Kontinuität, aber dafür wurde ihr das emotionale Drama erspart, das langfristige Freundschaften mit sich brachten, die mitunter äußerst erschöpfend sein konnten.

Sie war in einer Familie aufgewachsen, die diese „Real Housewives of"-Sendungen im Fernsehen so interessant wirken ließen wie das Lesen des Telefonbuchs. Gegen ihre Eltern war Reality-Fernsehen gar nichts. Als Erwachsene hatte sie wählen können, ob sie das Drama wollte oder nicht, und sie hatte sich dagegen entschieden. Mit Absicht hatte Destiny einen Job und einen Lebensstil gewählt, die es ihr erlaubten, ständig in Bewegung zu sein.

Aber in den nächsten paar Monaten würde sie die kleinstädtische Schrulligkeit von Fool's Gold genießen. Sie hatte sich bereits ein wenig über die Stadt informiert und freute sich schon darauf, das Lokalkolorit in sich aufzusaugen.

Pünktlich auf die Minute öffnete sich die Tür zu ihrem kleinen Büro. Destiny erkannte den großen, blonden, gut aussehenden Mann, der im Türrahmen stand. Sie hatten sich zwar noch nie getroffen – sie war von der Bürgermeisterin engagiert worden, nicht von ihm –, aber sie hatte ihn schon oft auf Zeitschriftencovers, in Fernsehinterviews oder Fotos in Internetartikeln gesehen.

Lächelnd erhob sie sich. „Hi. Ich bin Destiny Mills."

„Kipling Gilmore."

Seine Augen waren von einem dunkleren Blau, als sie erwartete hatte, und er hatte diese leichte Anmut, die vermutlich daher kam, dass er schon immer Sportler gewesen war. Denn er war nicht einfach nur Kipling Gilmore, sondern *der* Kipling Gilmore. Berühmter Athlet. Superskifahrer. Olympischer Goldmedaillengewinner. Die Presse hatte ihn *G-Force* genannt, weil es ihm zumindest auf Skiern nur auf Geschwindigkeit ankam und er allen Regeln der Physik zu trotzen schien. Er konnte Dinge tun, die niemals zuvor jemand getan hatte. Zumindest bis zu seinem Sturz.

Sie schüttelten einander die Hand. Dann reichte er ihr einen kleinen rosafarbenen Karton von einer Bäckerei. „Damit Ihnen das Einleben leichter fällt."

Sie hob den Deckel und entdeckte ein halbes Dutzend Donuts. Der Duft von Zimt stieg ihr in die Nase. Er war berauschend und weckte den Wunsch in ihr, fünfzehn Minuten allein mit diesen zuckrigen Köstlichkeiten zu verbringen.

„Danke“, meinte sie. „Viel besser als Blumen.“

„Freut mich, dass Sie das so sehen. Wann sind Sie angekommen?“

„Gestern. Ich bin am Abend vorher nach Sacramento geflogen und dann gestern Morgen den kurzen Weg hierhergefahren.“

„Sind Sie mit Ihrer Unterkunft zufrieden?“

„Ja, und ich freue mich darauf, mich an die Arbeit zu machen.“

„Dann sollten wir loslegen.“

Sie setzten sich beide, und sie drehte ihren Laptop so, dass er auch etwas sehen konnte, während sie auf der Tastatur tippte.

„Es gibt zwei Voraussetzungen, um die Such- und Rettungssoftware zum Laufen zu bringen“, begann sie. „Das eine ist das Kartografieren der Gegend und das andere, Ihnen und Ihrem Team die Benutzung des Programms beizubringen.“

„Das klingt nicht so schwer.“

„Das höre ich immer – bis einen die Realität einholt.“

Langsam zog er eine Augenbraue hoch. „Ist das eine Herausforderung?“

„Nein. Ich will damit nur sagen, dass der Prozess seine Zeit braucht. STORMS kann sich an beinahe jede Situation anpassen. Der Erfolg oder Misserfolg einer Suche hängt normalerweise von einer Kombination aus Informationen und Glück ab. Mein Ziel ist es, das Glück aus der Gleichung zu streichen.“

STORMS – Search Team Rescue Management Software – unterstützte das Rettungsteam. Das System wurde mit Daten gefüttert, und dann prognostizierte das Programm die wahrscheinlichsten Gegenden, in denen mit der Suche begonnen werden sollte. Je mehr Informationen über die vermisste Person, das Terrain, die Jahreszeit und die Wetterbedingungen vorlagen, desto schneller ging die Suche. Jeder Suchende hatte einen GPS-Tracker bei sich. Dessen Informationen wurden zur Software zurückgeschickt, damit die Suche in Echtzeit aktualisiert werden konnte.

So wurden immer mehr Gegenden eliminiert und das Suchgebiet eingegrenzt, bis die vermisste Person gefunden wurde.

„Ich fange in den nächsten Tagen an, die Gegend zu kartografieren", sagte sie.

„Wie wird das ablaufen?"

„Erst einmal aus der Luft. Wir benutzen einen Helikopter und verschiedene Ausrüstungen, um die uns bereits vorliegenden Satellitendaten zu unterfüttern. Die stark bewaldeten Gegenden und die steilen Berghänge werden zu Fuß erfasst werden müssen."

„Und das machen Sie?"

Auch wenn die Frage durchaus höflich gestellt war, schwang in seiner Stimme eine gewisse Ungläubigkeit mit. Du dummer Mann, dachte sie lächelnd.

„Ja, Kipling, ich kann klettern, wenn nötig. An zu abgelegenen Plätzen nehme ich mir einen Führer mit, der sich in der Gegend auskennt."

„Ich dachte, Sie wären ein Großstadtmädchen. Hat mir nicht jemand erzählt, Sie würden in Austin leben?"

„Dort wohne ich, ja. Aber ich bin in der Nähe der Smoky Mountains aufgewachsen. Ich komme da draußen ganz gut klar."

Unerwähnt ließ sie, dass sie als Kind mehrere Jahre bei ihrer Grandma mütterlicherseits in den eben erwähnten Bergen gelebt hatte. Sie konnte nicht nur klettern, sondern auch angeln und kannte drei Arten, ein Eichhörnchen zuzubereiten. Doch das würde sie ihm nicht verraten. Wenn man jemandem sagte, dass man ein großartiges Steak zubereiten konnte, würde einem applaudiert. Bei gekochtem Eichhörnchen mit Wurzelgemüse hingegen schauten sie einen an, als wäre man ein Kannibale. Die Leute waren seltsam, aber das war nichts Neues für sie.

„Dann vertraue ich darauf, dass Sie wissen, was Sie tun", sagte er. „Wann kommt der Hubschrauber?"

Sie schaute auf den Kalender. „Ende der Woche. Es wird ein geschäftiger Sommer. Sobald wir die Geografie in der Datenbank haben, fangen wir an, das System zu testen. Das bedeutet, nach Menschen zu suchen, die sich nicht wirklich verlaufen haben."

Seine Mundwinkel zuckten amüsiert. „Ich habe die Unterlagen durchgesehen."

„Gut zu wissen. Heißt das, dass Sie auch Bedienungsanleitungen lesen?"

Er zögerte lange genug, dass sie anfing zu lachen.

„Das habe ich mir gedacht", erwiderte sie. „Was ist das nur mit Männern und Anleitungen? Oder dem Fragen nach dem Weg?"

„Wir geben nicht gerne zu, dass wir etwas nicht wissen."

„Das ist lächerlich. Niemand weiß alles."

„Aber wir können es versuchen."

Das überrascht mich nicht, schoss es ihr durch den Sinn. Draufgängertum und Männlichkeit schienen Hand in Hand zu gehen. Ein weiterer Grund, warum sie so viele Probleme damit hatte, den Richtigen zu finden. Sie wollte keinen Angeber mit aufgeblasenem Ego. Wenn die Gefühle verrücktspielten, konnte man darauf wetten, dass das andere Geschlecht durchdrehte, und dafür gab es in ihrem Leben keinen Platz.

„Werden Sie Probleme damit haben, Anweisungen von mir anzunehmen?", hakte sie nach. „Denn falls ja, müssen wir uns gleich jetzt darum kümmern. Ich kann Sie gerne im Armdrücken bezwingen, wenn nötig."

Kipling lachte. „Das bezweifle ich."

„Seien Sie vorsichtig mit Ihren Vermutungen. Meine Grandma hat mir viele schmutzige Tricks verraten. Ich kenne Stellen … Wenn ich dort meine Knöchel reinbohre, schreien erwachsene Männer wie kleine Mädchen. Und nicht auf fröhliche Weise."

„Es gibt eine fröhliche Art, wie ein kleines Mädchen zu schreien?"

Sie kräuselt die Nase. „Ich musste diese Drohung schon früher aussprechen, und manche Männer denken, ich rede über Sex. Aber das tue ich nicht."

Sein Blick ruhte auf ihrem Gesicht. „Interessant."

„Also, werden wir ein Problem miteinander haben?"

„Nein."

„Dann wird es ein guter Sommer. Ich hatte noch nie einen Auftrag in Kalifornien und freue mich darauf, die Gegend kennenzulernen."

„Die Stadt ist ein wenig seltsam."

„Wie meinen Sie das?"

Er lehnte sich locker auf seinem Stuhl zurück. Es gab kein Herumgehampel, kein Anzeichen dafür, dass er lieber woanders wäre. Er hat Geduld, dachte sie. Und die hatte er auch gebraucht. Schlechtes Wetter aussitzen, auf die richtige Jahreszeit und die passenden Bedingungen warten.

Kipling Gilmore hatte bei den Olympischen Spielen von Sotschi groß abgeräumt, dann war ein paar Monate später die Katastrophe passiert. Destiny war nicht sonderlich an Sport interessiert, also kannte sie die Einzelheiten nicht. Aber offensichtlich hatte er sich so weit erholt, dass er den Job als Leiter des Such- und Rettungsteams von Fool's Gold angenommen hatte. Sie fragte sich, ob es ihm schwergefallen war, sich an ein normales Leben zu gewöhnen.

Immerhin wusste sie, dass es für die vom Ruhm Begünstigten nicht gerade leicht war, so zu leben wie die Normalsterblichen.

„Jeder weiß hier über jeden Bescheid“, sagte er.

Ach ja. Sie hatte ihn wegen des Ortes gefragt. „Das ist für Kleinstädte nicht ungewöhnlich.“

„Ja, doch hier ist es anders. Die Menschen bringen sich mehr ein. Wir unterhalten uns in ein paar Wochen wieder, mal schauen, was Sie dann darüber denken. Die Festivals sind interessant, und man muss seine Türen nachts nicht abschließen. Wenn Sie in der Nähe des Zentrums wohnen, brauchen Sie auch nur selten ein Auto.“

„Das klingt nett.“ Obwohl sie ihre Basis in Austin hatte, war sie kein wirkliches Großstadtmädchen. Die Exzentrik einer Kleinstadt lag ihr wesentlich mehr.

„Haben Sie schon Bürgermeisterin Marsha kennengelernt?“, erkundigte sich Kipling.

Destiny schüttelte den Kopf. „Nein. Sie hat mich angeheuert, aber die ganzen Verhandlungen liefen über meinen Chef. Ich treffe mich allerdings nachher mit ihr.“

Das amüsierte Funkeln kehrte in seine Augen zurück. „Ich werde auch dabei sein. Ich glaube, Sie werden sie mögen. Sie ist die am längsten regierende Bürgermeisterin von Kalifornien und sieht aus wie eine süße alte Lady, doch sie ist ehrlich gesagt ziemlich tough und führt ihre Stadt mit eiserner Hand. Sie kriegt Dinge geregelt, und manchmal verlasse ich einen Termin mit ihr und frage mich, was da gerade passiert ist.“

Das waren Qualitäten, mit denen sie sich anfreunden konnte. „Ich mag sie jetzt schon.“

„Das dachte ich mir.“ Er stand auf. „Willkommen in Fool’s Gold, Destiny.“

Sie erhob sich ebenfalls. „Danke.“

Als er ihr Büro verließ, musterte sie ihn verstohlen. Er ist super in Form, dachte sie und gab zu, dass er gerade charmant genug war, um sich zu fragen, ob sich da etwas zwischen ihnen beiden entwickeln könnte.

Sie schüttelte den Kopf, weil sie die Antwort bereits kannte –

sie lautete Nein. Auf keinen Fall. Sie wollte das Normale. Alltägliche. Die Art Mann, die begriff, dass das Leben am besten ruhig zu leben war. Kipling alias G-Force war in Höllengeschwindigkeit Berge hinuntergerast. Er war ein Typ, der den Nervenkitzel suchte, und damit war er nichts für sie.

Sie würde einfach weitersuchen. Denn der Mann ihrer ruhigen, rationalen Träume war irgendwo da draußen, und eines Tages würde sie ihn finden.

Kipling stand am Straßenrand, und während er darauf wartete, dass eine der wenigen Ampeln in Fool's Gold auf Grün umsprang, schaute er zu den Bergen hinauf. Jetzt, im Spätfrühling, konnte er sie ansehen und nichts empfinden. Der einzige verbliebene Schnee lag in Höhen, in denen man nicht Ski fahren konnte. Also gab es kein Gefühl des Verlusts, keine Erinnerung daran, dass er nie wieder gegen den Berg ankämpfen und gewinnen würde. Dass das Gefühl, über den Schnee zu fliegen, für immer verloren war.

Er wusste, was seine Freunde sagen würden, was die Ärzte ihm sagen würden. Dass er verdammtes Glück gehabt hatte, sich wieder so gut zu erholen. Dass er laufen konnte, war an sich schon ein Wunder. Alles andere war nur das Sahnehäubchen obendrauf.

Kipling hörte die Worte. An seinen guten Tagen glaubte er sie sogar. Aber den Rest der Zeit vermied er es, darüber nachzudenken, was er verloren hatte. Wenn es ganz schlimm wurde, hörte er einfach auf, zu den Bergen zu schauen.

Die Ampel zeigte Grün, und er überquerte die Straße. Während er ging, überlegte er, dass es vermutlich einfacher gewesen wäre, sich irgendwo einen Job zu suchen, wo es keine Berge gab. Irgendwo im Flachland. Vielleicht im Mittleren Westen oder in Florida. Nur konnte er sich nicht vorstellen, wie es sein musste, den Blick zu heben und nichts als Himmel zu sehen. Er hatte vielleicht eine ambivalente Beziehung zu den Bergen –

er liebte und hasste sie gleichermaßen –, aber auf keinen Fall konnte er sich von ihnen fernhalten. Sie waren ein Teil von ihm. Es wäre einfacher, sich einen Arm abzuhacken, als ohne sie zu leben.

„Hey, Kipling."

Wie von selbst winkte er der Frau zu, die einen Kinderwagen schob und ihn gegrüßt hatte. Fool's Gold war ein freundlicher Ort. Hier kannten Nachbarn einander, und man freute sich über die Touristen genauso wie über das Geld, das sie mitbrachten.

Er war es gewohnt, dass Leute, die er nie zuvor getroffen hatte, wussten, wer er war. Das kam mit dem Ruhm, den er genossen hatte. Nur war es in Fool's Gold anders. Intensiver vielleicht. Diese Stadt war nicht einfach nur ein Ort. Sie war eine lebende, atmende Essenz.

Kopfschüttelnd fragte er sich, wo diese Gedanken auf einmal herkamen. Normalerweise grübelte er nicht allzu sehr über solche Sachen. Er war eher ein Macher, der es vorzog, zur Tat zu schreiten, als still zu sitzen. Was seine Rekonvaleszenz nach dem Unfall zur reinsten Hölle gemacht hatte. Aber das lag jetzt hinter ihm. Abgesehen von den Narben, dem leichten Humpeln und dem dumpfen Schmerz, der ihn immer begleiten würde, war er geheilt. Und in Bewegung.

Er lief zu seinem Büro an der Ecke Eighth Street und Frank Lande, direkt bei einer der Feuerwachen und dem Polizeirevier. Hier bricht niemand ein, dachte er grinsend. Oder feiert in der Nachbarschaft allzu ausgelassene Partys.

Als er die Tür aufschloss und eintrat, erinnerte er sich daran, dass es ihn vor Jahren noch nervös gemacht hätte, sich in der Nähe irgendeiner Autoritätsperson oder -institution aufzuhalten. Damals hatte er geglaubt, mit seiner Fähigkeit, einen Berg hinunterzufliegen, ginge das Recht einher, so viel und so hart zu feiern, wie er wollte, und dabei auf die Konsequenzen zu pfeifen. Solange er die Uhr um eine Tausendstelsekunde schlug, war er ein Gott. Zumindest bis zum nächsten Rennen.

Aber die Zeit hatte so ihre Art, Menschen reifen zu lassen. Schreiend und um sich tretend war er erwachsen geworden, und hier war er nun und leitete das Such- und Rettungsprogramm der Stadt. Wer hätte das geglaubt?

Und auch wenn sein jüngeres Ich die Autoritäten verspottet hatte, vor den Bergen und den Menschen, die diejenigen retteten, die das Pech oder die Dummheit hatten, sich zu verirren, hatte er schon als Kind Respekt gehabt. Einmal war er selbst in eine Lawine geraten, und die Skipatrouille hatte ihm den Hintern gerettet.

Ich habe immer Glück gehabt, sinnierte er. Bis zum letzten Sommer, als er gestürzt war. Er hatte gewusst, dass sein Glück irgendwann aufgebraucht wäre, und er hatte akzeptiert, dass der Zeitpunkt gekommen war. Jetzt hatte er ein anderes Kapitel in seinem Leben aufgeschlagen. Er hatte ein Problem, und er löste es. Genau so hatte er es gern. Und in seinem Job gab es viel, was aus dem Weg geschafft werden musste. Oder gefunden.

Er schritt zu seinem Schreibtisch und schaltete den Computer ein. Das Büro war so neu, dass er immer noch die frische Farbe riechen konnte und die Blumen, die er als Willkommensgeschenk erhalten hatte, noch nicht verwelkt waren. Kipling hielt sich eher für einen Menschenfreund als für einen Pflanzenfreund. Irgendwann würde er jedoch Mitarbeiter haben, und dann könnte sich einer von ihnen um das Gießen und Düngen der Pflanzen kümmern.

Er drehte seinen Stuhl herum, sodass er die große Landkarte studieren konnte, die an einer Wand hing. Sie zeigte gute fünfzig Quadratmeilen im Umkreis von Fool's Gold. Im Westen lagen die Weinberge, die Straße nach Sacramento verlief in Richtung Süden. Die Hauptregion, für die er zuständig war, lag im Osten und Norden. Dort erhoben sich die zerklüfteten Berge der Sierra Nevada. Es gab tausend Wege, sich dort zu verirren, und er war überzeugt, dass Touristen und Einheimische jeden einzelnen davon finden würden.

Er erhob sich und trat näher an die Karte heran. Nur ein paar Meilen außerhalb der Stadt wurde die Landschaft rauer. Es gab Dutzende beliebte Wanderwege und Plätze zum Zelten. Erst letztes Jahr hatte es auf einem der Campingplätze eine Springflut gegeben. Die rauschenden Wassermassen hatten eine Gruppe von Mädchen und ihre Betreuer bedroht. Er wollte sicherstellen, dass so etwas nicht noch einmal passierte. Dass, wenn jemand sich verlief, er oder sie schnell gefunden und in Sicherheit gebracht wurde.

Mit der neuen Software würde die Suche leichter werden. Er wusste, dass es noch viel zu lernen gäbe, aber am Ende wäre das Ergebnis alle Mühen wert.

Sobald Bürgermeisterin Marsha ihm von der neuen Software erzählt hatte, hatte er angefangen, darüber zu recherchieren. Die Resultate waren beeindruckend, und er freute sich schon darauf, alle Einzelheiten des Programms kennenzulernen.

Und vielleicht auch Destiny Mills, dachte er grinsend. Sie war schön. Groß, kurvig. Und rothaarig – seine persönliche Schwäche. Irgendetwas an der Kombination von roten Haaren und blasser Haut erregte seine Aufmerksamkeit. Und wenn sie dann noch Sommersprossen hatte, umso besser. Ein Mann konnte sich auf die Suche nach Sommersprossen begeben und tagelang damit beschäftigt sein.

Aber sie war auch noch auf andere Weise sein Typ. Single – wenn er dem Gerede trauen durfte – und nur für eine begrenzte Zeit in der Stadt. Er war ein Mann, der die serielle Monogamie genoss. Ein vorherbestimmtes Datum für das Ende einer Beziehung zu haben war seine Vorstellung von Perfektion. Wenn die Lady interessiert war, war er mehr als bereit. Zumindest auf kurze Sicht.

Ab und zu fragte er sich, ob er mehr wollen sollte. Diese „Für immer"-Sache, nach der alle anderen sich zu sehnen schienen. Er hatte Liebe gesehen, glaubte sogar daran. Doch er hatte sie nie empfunden. Zumindest nicht die romantische Form. Lust, klar. Verknalltheit, absolut. Er liebte seine Schwester und sein Land. Für einen Freund würde er alles tun. Aber sich Hals über Kopf auf diese „Lass uns heiraten"-Weise verlieben? Das war nie geschehen.

Inzwischen nahm er an, dass es auch nicht mehr passieren würde. Und damit konnte er leben.

Bürgermeisterin Marsha war Ende sechzig. Sie hatte stechend blaue Augen und ihre weißen Haare zu einem losen Knoten hochgesteckt. Ihr Kostüm war maßgeschneidert, ihre Perlen schimmerten, und sie lächelte so freundlich, dass Destiny sich sofort wie zu Hause fühlte.

„Willkommen in Fool's Gold", sagte die Bürgermeisterin fröhlich. „Ich bin entzückt, Sie endlich kennenzulernen."

„Danke gleichfalls."

Destiny schüttelte die Hand der Bürgermeisterin so, wie Grandma Nell es ihr beigebracht hatte – mit festem Griff, während sie der anderen Person in die Augen schaute. *Du bist ein Mensch, kein Fisch. Und so solltest du dich auch benehmen.* Grandma Nell hatte für jede Situation einen Rat gehabt. Nicht alle davon waren angemessen oder auch nur hilfreich, aber sie waren definitiv erinnerungswürdig.

„Ich freue mich, hier zu sein", erklärte Destiny. „Wir werden einen tollen Sommer haben, während wir STORMS installieren."

„Ihr Chef David sagte, ich würde es genießen, mit Ihnen zu arbeiten, und ich sehe, dass er recht hatte. Ich mag Ihre Einstellung", bemerkte die Bürgermeisterin. Dann blickte sie an Destiny vorbei und nickte. „Hier kommt der Rest unseres kleinen Meetings."

Destiny drehte sich um und sah Kipling ins Büro der Bürgermeisterin schlendern. Anders konnte man die lockere Art, mit der er sich bewegte, nicht beschreiben. Ein netter Trick, dachte sie und bemerkte das leichte Hinken, das ohne Zweifel von dem schweren Sturz stammte, den er im letzten Jahr überlebt hatte. Wie war er wohl vor dem Unfall gewesen?

Wenn ich jemand anderes wäre und nach etwas anderem suchte, wäre Kipling definitiv eine Verlockung, überlegte sie. Doch das war sie nicht. Er war nicht der Richtige für sie, und sie wusste, dass sie besser nicht den falschen Weg einschlug. Sie hatte zu viele emotionale Katastrophen in ihrem Leben miterlebt, um dieses Risiko zu wagen. *Manchmal nimmt man es mit dem Bären auf, und manchmal ist es umgekehrt. Bei Letzterem war es besser, so schnell und so weit zu laufen, wie man konnte.*

Destiny unterdrückte ein Lachen. Ja, Grandma Nell hatte definitiv eine praktische Seite. Sie würde einen Blick auf Kipling werfen, Destiny beiseiteschieben und um ein wenig Privatsphäre bitten. Dann würde sie sich an ihm gütlich tun und ihn wegwerfen. Denn Beziehungsdramen, mit denen Destiny aufgewachsen war, hatten nicht erst mit ihren Eltern angefangen, auch wenn sie die schlimmsten gewesen waren. Nein, schlechte Ehen und gebrochene Herzen reichten auf beiden Seiten Generationen zurück.

Kipling umarmte die Bürgermeisterin und gab ihr einen Kuss auf die Wange, bevor er Destiny zunickte.

„Schön, Sie wiederzusehen", sagte er.

„Gleichfalls."

Bürgermeisterin Marsha führte sie zu einer Sitzgruppe in der Ecke ihres Büros. Sobald alle Platz genommen hatten, eröffnete sie das Meeting.

„Destiny, die Stadt freut sich riesig, Sie hier zu haben – und dass Sie uns helfen, das HERO-Programm auf die Beine zu stellen."

Destiny nickte und warf Kipling einen Blick zu. Sie sah, wie er zusammenzuckte, und konnte nicht anders, als so zu tun, als wüsste sie nicht, wovon die Bürgermeisterin sprach.

„HERO-Programm?"

„Help Ermergency Rescue Operations", erklärte Bürgermeisterin Marsha ihr. „Hilfe und Rettung im Notfall. So nennen wir Fool's Golds Such- und Rettungsorganisation. Wir haben einen Wettbewerb veranstaltet, zu dem die Bewohner ihre Namensvorschläge einreichen konnten. Der Stadtrat hat zehn ausgewählt und dann abstimmen lassen. HERO hat gewonnen."

„Es ist dennoch ein dummer Name", entgegnete Kipling grummelnd.

Destiny unterdrückte ein Grinsen. „Sind Sie nicht gerne ein Held?"

„Sagen wir mal so: Ich muss mir ziemlich viel Unsinn wegen des Namens anhören."

„Herausforderungen sind charakterbildend", murmelte sie und dachte, dass ihm G-Force als Spitzname vermutlich wesentlich besser gefallen hatte.

„Noch etwas, woran es mir nicht mangelt."

Er zwinkerte ihr zu, was sie beinahe zum Lachen gebracht hätte. Aber das hier sollte ein professionelles Meeting sein, also richtete sie stattdessen ihre Aufmerksamkeit wieder auf Bürgermeisterin Marsha.

„STORMS wird für das, was Ihnen vorschwebt, perfekt sein."

„Darauf baue ich", sagte die Bürgermeisterin. „Wir hatten sehr viel Glück, das Geld zu bekommen, das wir benötigen. Dank der bundesstaatlichen und staatlichen Zuschüsse und einer sehr großzügigen anonymen Spende ist die Finanzierung des Programms für die nächsten fünf Jahre gesichert. Einschließlich Ihres Parts."

Beeindruckend, dachte Destiny. STORMS war nicht billig. Mit der Software selbst, der benötigten Ausrüstung, den Kosten für das Kartografieren und die Ausbildung des Teams lag der Preis bei über einer Million Dollar. Und darin waren die Kosten für den Unterhalt eines Such- und Rettungsteams noch nicht enthalten.

„Wir haben bisher exzellente Ergebnisse mit unserer Software erzielt“, erklärte sie. „Ihr Terrain ist hervorragend für das geeignet, was wir am besten können.“

„Wunderbar. Haben Sie und Kipling schon einen Plan?“

Kipling saß so entspannt da wie vorher in ihrem Büro. „Wir stellen ihn gerade auf. Destiny muss die Gegend kartografieren und die Informationen in ihre Software einspeisen. Danach werden wir einen Betatest des Programms durchführen. Der erste August ist unsere Deadline.“

„Gut.“ Bürgermeisterin Marsha nickte Kipling zu und wandte sich dann wieder an Destiny. „Stimmen Sie zu, dass wir diese Deadline halten können?“

„Wir haben geplant, das Programm Mitte Juli fertig installiert zu haben. Die zwei Wochen sind ein Puffer, von dem ich hoffe, dass wir ihn nicht benötigen.“

Destiny mochte keine unerwarteten Probleme. Ein Teil ihres Jobs war es, diese vorauszusehen, bevor sie eintraten. Sie rühmte sich damit, dass bei ihr immer alles glattlief.

„Und wie lebt Starr sich in Fool's Gold ein?“

Der Themenwechsel der Bürgermeisterin überraschte Destiny. Schlimmer noch, sie brauchte eine Sekunde, um sich daran zu erinnern, wer Starr war und warum sie sich nach über zehn Jahren auf einmal noch um jemand anderen als nur um sich selbst kümmern musste.

„Ihr, äh, geht es gut, schätze ich. Wir sind erst gestern hier angekommen.“

Wissend nickte die Bürgermeisterin. „Ja, es muss schwer für Sie beide sein. Sie ist Ihre Halbschwester, nicht wahr? Sie haben den gleichen Vater, aber verschiedene Mütter?“

Destiny spürte, dass ihr der Mund offen stand. Schnell schloss sie ihn. „Ja, das stimmt“, antwortete sie vorsichtig. Ihr war es nicht recht, über ihre Familie zu sprechen. Denn es war so viel besser, wenn die Leute nichts davon wussten.

Sie warf Kipling einen Blick zu, doch er wirkte nur wenig

interessiert an ihrer Unterhaltung. Hatte er eine Ahnung, wer sie war? Bisher hatte er sich nichts anmerken lassen.

„Fünfzehn ist ein schwieriges Alter." Bürgermeisterin Marsha schüttelte den Kopf. „Ungefähr zu der Zeit fingen auch die Probleme mit meiner Tochter an. Sie war ein sehr stures Mädchen. Aber das ist alles lange her. Was Sie und Starr angeht, hoffe ich, dass Sie Fool's Gold als Ihr Zuhause betrachten, solange Sie hier sind. Wenn Sie irgendetwas brauchen, lassen Sie es mich wissen. Oh, und ich habe noch etwas für Sie."

Sie schritt zu ihrem Schreibtisch und nahm einen Prospekt zur Hand. Dann kehrte sie zum Sofa zurück und reichte ihn Destiny.

„Wir haben hier ein Sommercamp. End Zone for Kids. Es liegt in den Bergen und bietet viele interessante Programme für junge Leute. Ich denke, Starr würde die Theaterklasse mögen und natürlich den Musikunterricht. Sie werden viel zu tun haben, und eine Fünfzehnjährige sollte nicht den ganzen Tag allein zu Hause sein."

„Ich, äh, danke Ihnen."

Destiny wusste nicht, was sie sonst sagen sollte. Woher wusste die Bürgermeisterin Starrs Alter? Oder dass sie allein zu Hause war? Auch wenn Letzteres vermutlich nicht schwer herauszufinden war. Immerhin war Destiny nicht bei ihr, und sie waren noch keine zwei Tage in der Stadt.

Dieser Erkenntnis folgten Schuldgefühle. Denn Starr war tatsächlich allein. Mit fünfzehn sollte das nicht so schlimm sein, aber darum ging es nicht.

„Den ganzen Sommer über gibt es ganz entzückende Festivals", fuhr die Bürgermeisterin fort. „Ich hoffe, Sie nutzen die Chance, solange Sie hier sind. Fool's Gold ist ein wundervoller Ort zum Leben."

Irgendwie fand Destiny sich kurz darauf vor dem Büro wieder. Sie konnte sich nicht erinnern, sich verabschiedet oder es verlassen zu haben. Es war ein ganz seltsames Gefühl.

Kipling stand neben ihr und grinste sie an. „Na, fragen Sie sich, was da gerade passiert ist?“

„Ja.“

„Sie werden sich daran gewöhnen. Doch das mit dem Camp für Ihre Schwester war eine nette Idee.“

Destiny nickte. Auf keinen Fall würde sie erklären, dass sie Starr vor zehn Tagen das erste Mal getroffen hatte. Dass ihre Eltern zusammengenommen zwölf- oder vierzehnmal verheiratet gewesen waren und es Dutzende von Stiefschwestern und -brüdern und ein paar Halbgeschwister gab, die über das ganze Land verteilt waren. Niemand konnte den Überblick behalten, und Destiny hatte schon vor Jahren aufgehört, es zu versuchen.

Sie hielt den Prospekt fest in den Händen. „Wo wir gerade von meiner Schwester sprechen, ich sollte vermutlich nach Hause fahren und nach ihr schauen.“

„Sicher. Wir sehen uns später.“

Richtig. Die Arbeit. Sie zwang sich, sich zu konzentrieren. „Wir müssen über den Ausbildungsplan reden.“

„Geben Sie mir Ihr Handy.“

Sie reichte es ihm. Er tippte ein paar Zahlen ein und gab es ihr zurück.

„Jetzt können Sie mich jederzeit erreichen.“

Er winkte und lief in Richtung Treppe. Eine Sekunde schaute Destiny ihm hinterher. Kipling war eine gute Ablenkung. Aber als er aus ihrem Blickfeld verschwand, blieb sie allein zurück – in ihrer gänzlich neuen Welt, bestehend aus einem neuen Job, einer neuen Stadt und einer Schwester, die sie kaum kannte.

Ein Problem nach dem anderen, sagte sie sich entschlossen. Und im Moment bedeutete das, sich um ihre Familie zu kümmern.

2. KAPITEL

Für ihre Arbeit war Destiny ständig unterwegs. Während eines Projekts arbeitete sie vierundzwanzig Stunden am Tag, sieben Tage die Woche, bis der Job erledigt war. Dann hatte sie ein paar Wochen Zeit, bis sie sich an ihrem nächsten Einsatzort melden musste. Abgesehen von einem wunderschönen Sommer in Nordkanada war sie immer nur zu Kunden innerhalb der Vereinigten Staaten geschickt worden.

Sie war es gewohnt, nicht die besten Restaurants zu kennen oder zu wissen, wo sie einen guten Arzt fand, wenn sie einen brauchte. Sie hatte gelernt, Fragen zu stellen und lokal einzukaufen. Und sie zog es vor, in einer Wohnung statt in einem Hotel zu wohnen.

Während ihrer freien Zeit zog sie sich in ihr Apartment in Austin zurück, wo sie sich über alles informierte, was sie während ihrer Abwesenheit verpasst hatte. Allein zu sein war für sie ein natürlicher Zustand. Einer, der ihr gefiel. Klar, ihre Mutter besuchte sie alle drei oder vier Monate. Und ihre Freunde oder die wenigen ihrer Geschwister, mit denen sie zusammen aufgewachsen war, riefen sie an, aber zum Großteil kümmerte Destiny sich allein um sich selbst. Sie musste sich keine Gedanken um die Vorlieben und Abneigungen anderer Menschen machen.

Wenn jemand sie fragte, ob sie sich denn niemals einsam fühlte, lächelte sie nur und schüttelte den Kopf. Grandma Nell hatte sie die Freuden des Alleinseins gelehrt. Wie man mit einem guten Buch oder einer Gitarre niemals wirklich allein war. Bücher und Musik waren ihre konstanten Begleiter. Besser sogar als eine Familie, denn sie stritten nie und verlangten auch nichts. Und sie waren immer vertraut. Anders als die Fünfzehnjährige, die zu Hause auf sie wartete.

Destiny stand vor dem kleinen Haus, das sie für den Sommer gemietet hatte. Es war alt, besaß aber einen gewissen Charme und hatte zwei Schlaf- und zwei Badezimmer. Es gab eine angebaute Garage und einen eingezäunten Garten. Das Haus war gemütlich. Und verglichen mit ihren sonstigen Bleiben sehr groß. Für mich allein hätte ich es niemals gemietet, dachte sie, als sie die Treppe zur Haustür hinaufging. Aber dieser Sommer war anders. In diesem Sommer hatte sie ihre Halbschwester bei sich.

Sie öffnete die Haustür und ging hinein. Starr saß mit angezogenen Knien in der Sofaecke und hatte ihr Tablet auf dem Schoß. Sie schaute auf. Ihre Augen ähnelten denen, die Destiny jeden Morgen im Spiegel sah, auch wenn die Skepsis darin ihr weniger vertraut war. Beide hatten die grünen Augen und die roten Haare von ihrem Vater geerbt, aber in allem anderen waren sie grundverschieden.

Destiny war groß. Sie hatte immer das Gefühl gehabt, nur aus Armen und Beinen zu bestehen. Starr war kleiner und zierlicher. Destiny war Rechtshänderin, Starr Linkshänderin. Destiny stand gern früh auf, während Starr eine Nachteule zu sein schien. Aber sie waren Schwestern, und Destiny wusste, dass das alle Unterschiede überwand.

Vor zwei Wochen hatte Destiny sich gerade auf ihren Trip nach Fool's Gold vorbereitet, als sie einen Anruf vom Anwalt ihres Vaters erhalten hatte. Der Mann arbeitete schon für ihn, solange Destiny sich erinnern konnte, und war verantwortlich dafür, nach jedem Missgeschick von Jimmy Don die Scherben aufzulesen. Ihr Vater war eine Legende, und hinter ihm aufzuräumen war ein Vollzeitjob.

Der Anwalt hatte Destiny erzählt, dass eine von Jimmy Dons Töchtern aus dem Internat nach Hause käme und keinen Ort hatte, an dem sie bleiben könnte. Jimmy Don hielt sich im

Ausland auf, und die Mutter des Mädchens war vor einem Jahr an einer Überdosis gestorben. Es gab niemanden, der Starr Mills den Sommer über bei sich aufnehmen konnte.

Auch wenn es schwierig war, den Überblick über die vielen Frauen ihres Vaters zu behalten, erinnerte sie sich doch an die glühende Affäre mit Starrs Mutter und das Kind, das daraus entstanden war. Nach allem, was sie gehört hatte, war Starr wirklich ganz allein auf der Welt. Es abzulehnen, sie zu sich zu nehmen, war also keine Option gewesen.

Aber auch wenn sie und Starr biologisch gesehen Halbschwestern waren, hatten sie sich vor zehn Tagen, als Destiny den Teenager am Flughafen in Austin abgeholt hatte, zum ersten Mal gesehen. Bislang waren ihre Unterhaltungen alle sehr oberflächlich gewesen. Über mehr als ein „Wie geht es dir" waren sie noch nicht hinausgekommen. Starr war ruhiger, als Destiny erwartet hatte. Es gab auch keine endlosen Telefonate mit Freunden oder hektische Chatsessions.

„Hi", sagte sie und schloss die Tür hinter sich. „Wie läuft's?"

„Gut." Starr legte ihr iPad beiseite. „Ich habe gelesen."

„Warst du heute schon draußen?"

Starr schüttelte den Kopf.

Destiny hatte zwar keine eigenen Kinder, aber sie wusste, dass es keine gute Idee war, wenn eine Fünfzehnjährige sich tagelang in einem fremden Haus verschanzte. Es wäre nicht einmal gut, wenn es ein vertrautes Haus wäre. Kinder mussten rausgehen und Dinge unternehmen. Freundschaften schließen.

Destiny ließ ihren kleinen Rucksack auf den Boden fallen, setzte sich in den Sessel, der neben der Couch stand, und hielt Starr das Infomaterial hin, das Bürgermeisterin Marsha ihr gegeben hatte.

„Ich hatte heute Nachmittag eine interessante Unterhaltung", meinte sie, entschlossen, nicht zu erwähnen, dass die Bürgermeisterin wesentlich mehr über Destinys Privatleben und die nicht existierende Beziehung zu ihrer Halbschwester wusste, als sie eigentlich sollte.

„Wie sich herausgestellt hat, gibt es hier in der Stadt ein Sommercamp. Oder besser gesagt, in den Bergen. Ich habe noch nicht alle Informationen gelesen, aber es ist in der Nähe, und ich dachte, das würde dir vielleicht Spaß machen."

Misstrauisch schaute Starr sie an. „Warum?"

„Da gibt es Leute in deinem Alter. Und unterschiedliche Kurse. Theater, Gesang, Musik. Du wärst viel draußen. Das ist besser, als hier rumzusitzen."

Wenn sie die Wahl hatte, war Destiny immer lieber draußen. Sie war nicht sicher, ob das auch schon so gewesen war, bevor sie zu Grandma Nell gezogen war, aber seitdem definitiv. Der Himmel schien sie zu locken. Die Bäume waren große Freunde, die Schutz und Schatten an heißen, sonnigen Tagen boten. Es gab tausend Dinge zu entdecken und die Magie der Musik, die Mutter Natur mit dem Rascheln der Blätter oder dem Singen der Vögel erschuf.

Starr nahm die angebotene Broschüre und schlug sie auf. „Ich würde gerne Schauspiel studieren", gab sie zu. „Und Musik." Sie schaute auf. „Mich an der Gitarre verbessern."

In der Aussage lag keine Anklage; sie war einfach nur sachlich. Was Destiny dennoch nicht davon abhielt, beinah unmerklich zusammenzuzucken. An dem Tag, an dem sie ihre Halbschwester vom Flughafen abgeholt hatte, hatte Starr gefragt, ob Destiny ihr helfen könnte, ihr Gitarrenspiel zu verbessern. Sie hatte zugegeben, es sich selbst beigebracht zu haben und von dem Mangel an Anleitungen frustriert zu sein. Destiny hatte gelogen und gesagt, dass sie nicht oft spielte und ihr leider nicht helfen könne.

Zwei Wochen später lastete die Lüge immer noch schwer auf ihren Schultern. Musik war genauso ein Teil ihrer Kindheit gewesen wie das Atmen. Angesichts ihrer Eltern war das wohl unausweichlich gewesen. Sie hatte schon Gitarre gespielt, noch bevor sie lesen konnte, und mit sechs Jahren hatte sie angefangen, Klavierunterricht zu nehmen.

Vor knapp zwölf Jahren hatte sie die Entscheidung getroffen, diesen Teil ihres Lebens hinter sich zu lassen. Sich auf das zu konzentrieren, was in ihren Augen die normale Welt war. Sie spielte nur noch selten und bemühte sich nach Kräften, die Liedtexte zu ignorieren, die ständig in ihrem Kopf aufpoppten. Manchmal gab sie nach und verbrachte einen ganzen Nachmittag damit, zu spielen und Songs zu schreiben. Normalerweise reichte das, um sie eine Weile zu beruhigen, bevor sie erneut von diesem Gefühl überwältigt wurde.

Sie sagte sich, dass sie das Recht gehabt hatte, diese Entscheidung zu treffen. Dass sie Starr nichts schuldig war. Und auch wenn das technisch gesehen richtig war, wusste sie, dass sie deswegen nicht hätte lügen dürfen.

„Ich habe schon nachgeschaut“, sagte sie jetzt lächelnd. „Sie bieten dort Gitarrenunterricht an. Und auch Klavier, wenn du daran interessiert bist.“

„Spielst du Klavier?“

„Früher mal.“

„Du hast keins im Haus?“

Nein. Sie hatte stattdessen ein tragbares Keyboard mit sehr guten Kopfhörern. Es lag unter ihrem Bett.

„Ich ziehe zu oft um, um ein Klavier zu haben“, erwiderte sie schulterzuckend. „Es wäre etwas schwierig, es im Handgepäck mitzuführen.“

Starrs volle Lippen verzogen sich ein wenig. Kein richtiges Lächeln, aber näher dran als je zuvor, dachte Destiny.

„Ich glaube, das Camp würde dir Spaß machen. Ich weiß, es ist schwer, von deinen Schulfreundinnen getrennt zu sein. Aber auch in dieser Stadt muss es doch ein paar coole Kids geben, oder?“

„Ich hänge nicht mit den coolen Kids ab“, erklärte Starr ihr. „Aber ich würde gerne ein paar Freunde finden.“

„Super. Dann schau dir das doch mal an, und sag mir, was du davon hältst.“

Starr nickte und fragte nicht nach den Kosten. Jimmy Dons Anwalt hatte erklärt, dass Starrs Mutter eine Lebensversicherung gehabt hatte und das Geld darauf in einen Fonds eingezahlt worden war. Ihr Dad hatte auch noch etwas dazu beigesteuert. Ohne Zweifel ging das Mädchen davon aus, dass seine Ausgaben davon bestritten werden würden.

Auch wenn Destiny wusste, dass sie rechtlich gesehen Geld aus diesem Fonds nehmen konnte, wollte sie es nicht. Sie würde die Kosten für das Camp aus eigener Tasche zahlen, genau wie die Ausgaben für Lebensmittel und Ähnliches. Immerhin waren sie eine Familie. Oder so etwas in der Art. Zumindest waren sie verwandt, und das allein zählte.

„Komm“, sagte sie und stand auf. „Du kannst dich weiter über das Camp informieren, während ich uns etwas zum Abendessen mache.“

Sie gingen in die Küche. Starr setzte sich an den kleinen Küchentisch, während Destiny die Zutaten für gebratenes Hühnchen zusammensuchte. Sie öffnete den Kühlschrank und entdeckte ein paar ihr unbekannte Schüsseln.

„Hast du gekocht?“, fragte sie.

„Nein. Die haben ein paar Frauen vorbeigebracht. Da ist auch eine Anleitung dabei, wie die Sachen aufzuwärmen sind. Sie sehen gut aus, oder?“

Destiny schaute auf die Etiketten. Auf dem einen stand einfach nur *Lasagne*, dazu Vorschläge, wie sie im Ofen oder in der Mikrowelle zu erwärmen wäre. Auf dem anderen stand *Denises mehrlagiger Tamale-Auflauf*. Destiny war ziemlich sicher, noch niemanden namens Denise kennengelernt zu haben, aber das war egal. Leute in Kleinstädten kümmerten sich umeinander. Alles, was irgendwie außergewöhnlich war, verursachte einen Menschenauflauf.

„Die können wir zum Mittag essen, wenn du magst“, sagte sie.

„Klar."

Destiny gab Mehl, Salz, Pfeffer und Paprikapulver in eine große Plastiktüte. Dann wusch sie die Hähnchenteile ab, tupfte sie trocken und legte sie ein paar Minuten in Buttermilch ein, bevor sie sie in die Tüte gab. Nachdem sie ein paarmal kräftig geschüttelt hatte, nahm sie die bemehlten Stücke heraus und legte sie auf einen Teller. Der Trick für ein wirklich gutes gebratenes Hähnchen war, das Öl richtig heiß zu machen und die Mehlmischung ein wenig klebrig werden zu lassen.

Während sie wartete, betrachtete sie Starr. Das Mädchen war ganz in die Broschüre über das Camp vertieft.

Sie strahlte eine ungewöhnliche Ruhe aus. Vielleicht war es auch nur Traurigkeit. Starrs junges Leben war nicht einfach gewesen. Ihren Vater sah sie nur selten, ihre Mutter war immer wieder im Entzug gewesen und schließlich an einer Überdosis gestorben. Jetzt ging Starr auf ein Internat. Sie hatte keine Großeltern, und alle ihre Verwandten waren entweder Halb- oder Stiefgeschwister oder vollkommen Fremde.

Destinys Schuldgefühle kehrten zurück, aber dieses Mal aus einem anderen Grund. Ich muss mir Zeit für Starr nehmen, dachte sie. Sie hatten diesen Sommer zusammen und könnten einander kennenlernen.

Sie schätzte, dass es viele Familien gab, in denen Halbschwestern bestens miteinander auskamen. Aber nicht in meiner, und das liegt daran, dass mein Vater einer schönen Frau nicht widerstehen kann, dachte sie grimmig. Jimmy Don liebte die Ladys, und die erwiderten seine Liebe. Wieder und wieder. Er hatte jung und oft geheiratet, sich scheiden lassen und erneut geheiratet. Und ihre Mutter war nicht anders. Lacey Mills hatte gerade ihren siebten Ehemann. Oder vielleicht auch den achten. Es war schwer, den Überblick zu behalten.

Destiny war die Erstgeborene von Jimmy Don und Lacey. Sie war Zeugin der frühen Jahre ihrer Beziehung gewesen und mit dem Geschrei, dem Werfen von Tellern und dem ganzen

Drama aufgewachsen. Mit der Zeit hatte sie gelernt, sich zu verkriechen, wenn die Gemüter hochkochten. Und sie hatte gelernt, dass die guten Zeiten immer nur vorübergehend waren. Schon damals hatte sie sich geschworen, einmal alles besser zu machen. Sie wollte eine ruhige, stille, vernünftige Ehe. Keine großen Höhen oder Tiefen für sie. Sie suchte nach einem Mann, den sie respektieren und mit dem sie Kinder haben konnte. Nicht nach jemandem, der ihr Herz schneller schlagen ließ.

Dieser Entschluss war ein Grund, warum sie den Kipling Gilmores dieser Welt aus dem Weg ging. Klar, er war ein attraktiver Teufelskerl mit einem angenehmen Lächeln und umwerfendem Charme. Sie war sicher, er kannte Wege, sie um seine Aufmerksamkeit betteln zu lassen. Aber sie wollte nicht betteln. Sie wollte keine Sehnsucht, Lust, Träume oder auch nur Begierde, sondern Sicherheit. Eine solide, verlässliche, bequeme Form der Liebe.

Sex war die Wurzel allen Übels. Das hatte sie ebenfalls sehr früh gelernt. Sie würde niemals die Kontrolle verlieren, worauf sie ein wenig stolz war. Kein Hormon war mächtiger als ihre Entschlossenheit, und daran würde sich niemals etwas ändern.

Das *Man Cave* war eine ehemalige Eisenwarenhandlung. Als Kipling das erste Mal die Idee gekommen war, eine Bar zu eröffnen, in der Männer sich wohlfühlten, hatte er sofort an den zum Verkauf stehenden Laden in der Katie Lane gedacht. Da der Verkäufer auch einer seiner zukünftigen Partner in der Bar hatte werden wollen, hatte Kipling einen guten Preis dafür bekommen.

Die Renovierung war schnell gegangen. Es hatte geholfen, dass einige seiner Geschäftspartner die örtlichen Händler und Handwerker kannten. Jetzt waren es nur noch wenige Wochen bis zur Eröffnung.

Kipling stand an der Eingangstür und schaute sich um. An der östlichen Wand gab es eine lange Theke, in die ein Selbstbedienungskühlschrank für Bier eingebaut war. Im vorderen Bereich standen mehrere Tische. Es gab Billardtische und Dartscheiben, einen Pokerraum weiter hinten und ausreichend Fernseher – sogar in den Waschräumen, damit niemand auch nur eine Sekunde eines Spiels versäumen musste.

Von der Galerie im ersten Stock schaute man auf die Bar hinunter. Dort oben gab es ausreichend Sitzplätze. Sport-Devotionalien bedeckten die Wände. Nicht nur die üblichen Titelbilder der *Sports Illustrated*-Bademodenausgabe, sondern echte Pokale und andere Stücke. Josh Golden, einer der Partner und der Mann, dem das Gebäude gehörte, hatte sogar eines seiner Gelben Trikots von der Tour de France gespendet. Es gab Footballs und Helme von den ehemaligen Spielern bei Score, der örtlichen PR-Agentur, und Dutzende Trophäen von ihnen und dem ehemaligen Quarterback Raoul Moreno. Kiplings Beitrag war eine seiner Goldmedaillen von den Olympischen Winterspielen 2010 in Vancouver.

Aber was ihm am besten gefiel, waren die große Bühne und die moderne Karaokeanlage, die er bestellt hatte. Sicher könnten sie hier auch Bands auftreten lassen, aber Karaoke war für ihn das Beste.

Damals, als er das ganze Jahr über gereist war und an Wettbewerben teilgenommen hatte, hatte Karaoke dafür gesorgt, dass die Mitglieder seines Teams sich miteinander anfreundeten. Egal, wo in der Welt sie waren, sie fanden immer einen Laden mit einer Anlage und verbrachten viele Abende damit, sich zum Affen zu machen. Kipling konnte durchaus einen Ton halten. Nicht gut, aber es ging ja nicht darum, gut zu singen. Sondern darum, Spaß zu haben.

Die Idee für diese Bar begleitete ihn schon eine ganze Weile. Als er nach Fool's Gold gekommen war, hatte er erkannt, dass dies hier der Ort war, an dem er sie in die Tat umsetzen konnte.

Jo's Bar in der Stadt lief gut, war aber hauptsächlich für Frauen. Die Pastellfarben und die Fernseher, auf denen Mode- und Shoppingsendungen liefen, machten ihm ein wenig Angst. Wo konnten hier die Männer abhängen? Ein paar Unterhaltungen später hatte er mehrere Partner und auch gleich einen langfristigen Mietvertrag bei Josh unterschrieben.

Er schaltete das Licht an und schaute sich im Raum um. Noch immer warteten sie auf die Tische und Stühle. Die Lizenz für den Ausschank von Alkohol war vorige Woche erteilt worden. Jetzt standen die Lieferanten bei ihnen Schlange.

In diesem Moment ging die Tür ging auf, und Nick und Aidan Mitchell traten ein.

Die beiden Männer waren in Fool's Gold geboren und aufgewachsen. Soweit Kipling gehört hatte, gab es fünf Mitchell-Brüder, von denen die beiden jüngsten Zwillinge waren. Die Zwillinge und der älteste Bruder Del waren weggezogen.

Auf Vorschlag seines Partners hatte Kipling sich entschieden, Nick als Barmanager anzustellen. Aidan, der ein oder zwei Jahre älter war, führte das Familiengeschäft – Mitchell Adventure Tours. Die Firma bot Touristen alle möglichen Abenteuer von einfachen Tageswanderungen bis zum White-Water-Rafting an.

„Sieht gut aus", sagte Aidan im Näherkommen. „Kann nicht mehr lange dauern bis zur Eröffnung."

„Noch maximal drei Wochen", erklärte Nick. „Ich bin schon dabei, Bedienungen einzustellen."

Die beiden Männer waren groß und hatten dunkle Haare und dunkle Augen. Aidan funkelte seinen Bruder an. „Wirklich? Du stellst Bedienungen ein?"

Nicks entspannter Gesichtsausdruck schwand. „Fang nicht wieder damit an."

„Keine Angst, den Ärger bist du nicht wert."

In Aidans Stimme schwangen sowohl Frust als auch Zuneigung mit. Nach dem, was Kipling sich bisher zusammengereimt hatte, stand sich die Familie sehr nah, hatte aber auch so ihre Probleme. Der Vater war Ceallach Mitchell, der berühmte Glaskünstler. Er war sowohl für seine Begabung als auch für seine Launen bekannt. Nick hatte offensichtlich seine Fähigkeit, aber nicht seine Passion für die Glasbläserkunst geerbt. Soweit Kipling wusste, hatte Nick in den letzten Jahren lieber in Bars gearbeitet, als Glas zu verarbeiten.

Aidan stichelte oft gegen seinen Bruder – er beschwerte sich, dass der jüngere Mitchell so viel mehr tun könnte, als einfach nur eine Bar zu leiten. Da Kipling selbst eine komplizierte Beziehung zu seiner Schwester hatte, wusste er, dass er sich aus dieser Familienangelegenheit besser raushielt.

„Hast du noch mal über das nachgedacht, worüber wir gesprochen haben?", fragte Kipling Aidan jetzt.

Der ältere Bruder zuckte die Schulter. „Du weißt, dass ich keine Zeit habe."

Kipling wusste, wann es besser war, zu schweigen. Das war ein Trick, den er von seinem Coach gelernt hatte. Lass die anderen alle ihre Bedenken äußern, und dann werden sie am Ende schon deiner Sicht der Dinge zustimmen.

„Ja", fuhr Aidan fort. „Ich weiß, es ist eine freiwillige Sache, aber im Sommer haben wir echt viel zu tun."

„Du hast das ganze Jahr über viel zu tun", warf Nick fröhlich ein. „Was, wenn es einer deiner Kunden ist, der sich verirrt?"

Aidan warf seinem Bruder einen giftigen Blick zu. „Dich hat niemand gefragt."

„Ich muss auch nicht gefragt werden."

Kipling unterdrückte ein Lachen.

Aidan verzog das Gesicht. „Setz mich nicht unter Druck."

„Das würde mir nicht im Traum einfallen", erklärte Kipling. „Habe ich schon erwähnt, dass es Bürgermeisterin Marsha war, die vorgeschlagen hat, dass ich dich frage?"

Aidan fluchte erneut. „Na gut", grummelte er. „Dann werde ich eben einer deiner Freiwilligen."

„Gut zu wissen. Ich bringe dir die Papiere morgen vorbei.“

„Es gibt Papiere?“ Aidan schüttelte den Kopf. „Keine gute Tat bleibt ungesühnt.“

Nick schlug ihm auf den Rücken. „Das weißt du doch.“

„Glaub ja nicht, dass du ungeschoren davonkommst“, sagte Aidan.

„Ich hatte es nicht anders erwartet.“

Zwei für den Preis von einem, dachte Kipling zufrieden. Das Such- und Rettungsteam, von dem er sich weigerte, es HERO zu nennen, würde hauptsächlich aus Freiwilligen bestehen. Er hätte die Leitung inne und war gerade dabei, einen Stellvertreter zu engagieren sowie ein paar Mitarbeiter zur Unterstützung. Aber alle anderen würden auf freiwilliger Basis mitmachen. Das war der einfachste Weg, die Kosten niedrig zu halten.

Angesichts der Bereitschaft der Gemeinde, sich einzubringen, glaubte Kipling nicht, dass er ein Problem bekommen würde, alle auszubilden. Er hatte bereits mit den Leitern der Polizei und der Feuerwehr gesprochen, und die hatten ihm versichert, dass sie ausreichend von ihren Leuten schicken würden.

Aidan war jedoch derjenige, den er wollte. Durch seine Firma kannte er die Gegend besser als jeder andere. Wenn sich jemand verirrte, wollte er Aidan am Boden haben, um nach ihm zu suchen.

„Wann fängt die Ausbildung an?“, wollte Nick wissen.

„In ungefähr einem Monat. Die Prozessbegleiterin von STORMS ist vor ein paar Tagen angekommen. Sie muss erst noch die Gegend kartografieren und die Software zum Laufen bringen.“

Aidan nickte. „Die große Rothaarige, oder? Ich habe sie schon in der Stadt gesehen. Wie heißt sie?“

„Destiny Mills.“

Kipling wollte noch mehr sagen. Zum Beispiel, dass ihre

grünen Augen ihn an das erste Frühlingslaub vor dem letzten Schnee der Saison erinnerten. Nur war er kein Mann, der so redete. Das tat niemand. Zumindest keiner, den er kannte.

„Du könntest eine Frau gebrauchen." Nick stieß seinen Bruder an.

„Sie ist nicht mein Typ."

„Woher weißt du das? Du hast sie doch noch gar nicht kennengelernt."

Aidans Miene verfinsterte sich. „Sie ist es einfach nicht. Lass es gut sein." Damit drehte er sich um und verließ die Bar.

Nick wartete, bis sein Bruder weg war, dann schüttelte er den Kopf. „Er geht nie länger als fünfzehn Minuten mit einer Frau aus. Eines Tages wird sich diese Einstellung rächen. Was ist mit dir? Wie sind deine Gedanken über Ms. Destiny Mills?"

Kipling teilte so etwas mit niemandem außer der fraglichen Frau. „Ich gehe nicht mit ihr aus, sondern arbeite mit ihr zusammen. Woher das plötzliche Interesse?"

„Ich bin der Barkeeper. Ich muss auf dem Laufenden sein."

Kipling dachte kurz daran, Nick zu warnen. Er hatte seine eigenen Pläne mit Destiny. Aber dann erkannte er, dass es keinen Sinn hatte. Wenn Destiny an den gleichen Dingen interessiert war wie er, würde er das schon früh genug erfahren. Wenn nicht, war Nick herzlich eingeladen, es bei ihr zu probieren. Kipling hatte nie große Probleme damit gehabt, Frauen zu bekommen oder zu halten. Sein Problem war eher, dass er nie das Gefühl hatte, mehr zu wollen als eine vorübergehende Affäre. Aber bis es an der Zeit war, zu gehen, war er durchaus interessiert, herauszufinden, was Destiny so vorschwebte.

Destiny wachte früher auf als üblich. Als sie geduscht und sich angezogen hatte, war es immer noch erst kurz vor sechs. Sie nahm sich ihr Portemonnaie und steckte es in die vordere Tasche ihrer Jeans, dann ging sie leise zur Haustür und trat nach draußen.

Es war kühl, auch wenn der Wettermann einen schönen warmen Tag vorhergesagt hatte. Der Himmel war klar und das Viertel ruhig. Sie zog den Reißverschluss ihres Hoodies hoch und wandte sich in Richtung Stadt.

Einer der Vorteile des ständigen Umziehens war, die örtlichen Geschäfte zu erkunden. Bislang hatte sie in Fool's Gold einen Foodtruck am Pyrite Park entdeckt, der unglaubliche Sandwiches verkaufte, und die Ambrosia Bakery. Ersterer löste ihr Lunchproblem, und Letztere sorgte dafür, dass sie bald ein wenig mehr Sport treiben müsste.

Sie ging durch die leeren Straßen. Als sie sich der Bäckerei näherte, sah sie ein paar Menschen und wenige Autos. Ein Jogger nickte ihr im Vorbeilaufen zu.

Destiny mochte es, den Rhythmus der Stadt zu entdecken, in der sie arbeitete. Sie waren alle ähnlich, aber doch unterschiedlich genug, um interessant zu sein. Auf gewisse Art war es wie der Rhythmus eines Songs. Die Strophen erzählten eine Geschichte, und der Refrain war die Erkundung des Themas, das Rückgrat, das alles zusammenhielt.

Sie bog auf die Second Street ab und sah vor sich zu ihrer Linken die Bäckerei. Die Tür stand offen, was bedeutete, dass es inzwischen nach sechs Uhr war. Lächelnd trat sie ein und inhalierte die süße Mischung aus Zucker, Zimt und frisch gebackenem Brot. Das hier war der Himmel.

Eine zierliche Blondine stand hinter dem Tresen. Sie hatte blaue Augen und ein hübsches Gesicht. Irgendetwas an ihr kam Destiny bekannt vor, auch wenn sie nicht wusste, wo sie sich schon einmal getroffen haben könnten. Ihr Namensschild verriet, dass sie Shelby hieß.

„Guten Morgen", begrüßte Shelby sie fröhlich. „Sie sind aber früh auf."

„Nicht ansatzweise so früh wie Sie." Destiny nickte in Richtung des frischen Gebäcks in der Auslage. „Außer, die wurden letzte Nacht gebacken."

Shelby lachte. „Leider nicht. Ich war um drei Uhr hier."

Destiny zuckte zusammen. „Okay, ich stehe auch gerne früh auf, aber das wäre selbst für mich eine Herausforderung."

„Ich weiß. Wenn ich einen Tag freihabe, schlafe ich aus. Was bedeutet, ich stehe erst um halb fünf auf. Es ist ein seltsamer Tagesablauf, so viel ist mal sicher. Was darf es für Sie sein?"

Destiny entschied sich für ein halbes Dutzend Plundergebäck. Sie würde die meisten für Starr dalassen und vielleicht eines mit zur Arbeit nehmen.

Shelby legte das Gebäck in einen silber-weiß gestreiften Karton. „Sind Sie neu in der Stadt oder nur zu Besuch?"

„Ich bin neu und den Sommer über hier, um die Software für das Such- und Rettungsprogramm zu installieren."

Shelby nickte. „HERO." Sie lachte. „Mein Bruder ist Kipling Gilmore. Ich weiß nicht, ob Sie ihn schon kennengelernt haben. Er leitet das Programm. Und hasst übrigens den Namen. Wenn Sie ihn quälen wollen oder so, sagen Sie ihn einfach laut."

„Ich habe ihn schon kennengelernt und weiß den Hinweis sehr zu schätzen."

Destiny musterte die andere Frau und wusste nun, warum sie ihr so bekannt vorgekommen war.

Shelby reichte ihr den Karton. „Wissen Sie, Sie müssen für das Gebäck nicht hierherkommen. Nicht, dass ich die Gesellschaft nicht genießen würde. Aber die meisten Leute wollen dazu auch einen Kaffee, den ich nicht anbiete. Es gibt unsere Backwaren jedoch auch drüben im Brew-haha."

„Ich steh nicht so auf Kaffee. Nur auf Zucker." Destiny dachte an ihre Unterhaltung mit Kipling und was Bürgermeisterin Marsha über das Programm gesagt hatte. „Wohnen Sie schon lange hier? Ich hatte den Eindruck, dass Kipling erst relativ neu in der Stadt ist."

„Beinahe ein Jahr." Shelbys Lächeln schwand. „Ich bin letzten Sommer hergezogen. Meine Mom ist gestorben und … na ja, es ist kompliziert. Kipling war bis Januar in der Reha, um körperlich wieder auf die Beine zu kommen. Oh, Sie wissen, wer er ist? Der Skifahrer?“

Destiny nickte. „Ja, das habe ich erraten. Der Unfall war ziemlich schlimm. Ich bin froh, dass es ihm wieder gut geht.“ Sie zögerte, weil sie nicht wusste, was sie zum Tod von Shelbys Mutter sagen sollte. „Das mit Ihrer Mom tut mir leid.“

„Danke. Der Schmerz verschwindet nie ganz, aber ich lerne, damit umzugehen. Kipling in der Nähe zu haben hilft. Er ist die einzige Familie, die mir geblieben ist. Ohne ihn wäre ich verloren.“

„Ja, es ist schön, Familie um sich zu haben“, murmelte Destiny und dachte an Starr. Das Mädchen war erst fünfzehn und mehr oder weniger allein auf der Welt. Es war gut, dass sie diesen Sommer hatten, um einander kennenzulernen.

Zwei Männer betraten die Bäckerei. Sie waren groß und breitschultrig und trugen Shorts und T-Shirts. Sie kamen ihr auch bekannt vor, aber sie konnte sie nicht einordnen. Waren denn alle in dieser Stadt irgendwie miteinander verwandt?

„Der Verlierer bezahlt“, sagte der Dunkelhaarige. „Das bedeutet, du bist dran.“

„Netter Versuch, Sam. Ich werde dir heute auf dem Platz so in den Arsch treten.“

„Wir sehen uns morgen“, verabschiedete sich Destiny von Shelby und steuerte auf die Tür zu.

Dabei ging sie direkt an den Männern vorbei. Beide trugen Eheringe. Nicht, dass sie sich von einem von ihnen angezogen gefühlt hätte. Sie war stark und bedacht und hatte sich noch nie von etwas so Vorübergehendem wie Sex anziehen lassen. Sie hatte Ziele und Regeln und einen Plan. Und wenn das alles nichts half, hatte sie immer noch ihr Gebäck.

Lächelnd machte sie sich auf den Weg nach Hause. Inzwischen waren mehr Leute unterwegs, und die Sonne erhob sich am Himmel. Freundlich grüßte Destiny diejenigen, die ihr zuwinkten. Das Gefühl von Zusammengehörigkeit in dieser Stadt gefiel ihr.

An der Ecke schaute sie nach rechts und links, bevor sie die Straße überquerte. Links von sich sah sie einen Jogger, der sich von ihr entfernte. Seine Schritte waren ein wenig ungleichmäßig, und sein Tempo war langsamer als bei den meisten. Plötzlich fiel der Groschen, und sie erkannte, dass es sich um Kipling handelte.

An den Beinen hatte er Narben, und er humpelte leicht. Sie dachte daran, was er nach seinem Unfall alles hatte durchmachen müssen, und fragte sich, wie viel Mut es wohl brauchte, sich von so etwas zu erholen. Nein, nicht nur zu erholen. Neu durchzustarten. Das sprach für seinen Charakter.

Sie überquerte die Straße und ging zu ihrem gemieteten Haus. Drinnen stellte sie das Gebäck auf den Tisch und eilte ins Schlafzimmer. Nachdem sie die Tür hinter sich geschlossen hatte, holte sie ihre Gitarre aus dem Schrank und setzte sich aufs Bett.

Die Worte sprudelten in einer halb fertigen Melodie aus ihr heraus. Da sie sich bewusst war, dass Starr auf der anderen Seite des Flurs schlief, strich sie ganz leise über die Saiten und hielt ab und zu inne, um ein paar Worte oder Noten aufzuschreiben.

Too many ways and too many days. Testing and hurting, I see you alone. Too many nights of wanting it right and I'm walking …

Zu viele Möglichkeiten und zu viele Tage. Kämpfend und verletzt sehe ich dich allein. Zu viele Nächte, in denen du die Zeit zurückdrehen wolltest, und jetzt sehe ich dich laufen …

Der Song lockte sie. Der Drang, sich in der richtigen Kombination aus Noten und Silben, aus Bedeutungen und Sätzen zu verlieren, wuchs. Sie schaute auf die kleine Uhr an ihrem Bett. Sie musste zur Arbeit und wollte nicht, dass Starr sie hörte. Es wäre besser, wenn sie sich jetzt fertig machte.

Ein paarmal atmete sie tief ein und schloss einen Kompromiss, indem sie den Timer an ihrem Handy auf fünfundvierzig Minuten stellte. Als er piepte, zwang sie sich, ihre Gitarre wegzupacken und das abgegriffene Notizbuch in der Nachttischschublade zu verstauen.

Ich habe einen echten Job, ermahnte sie sich. Ein normales Leben. Der Rest – die Lieder und die Musik – waren nur Spielkram. Sie hatte diese Entscheidung aus einem bestimmten Grund getroffen. Die Kontrolle zu behalten war die einzige Möglichkeit, sich zu schützen. Wachsamkeit und Entschlossenheit, ermahnte sie sich. Das waren die einzigen Dinge, die zählten.

3. KAPITEL

Kipling baute die neuen Computer auf den Schreibtischen auf, die in der vorherigen Woche geliefert worden waren. Er sortierte das Verpackungsmaterial in Recycling und Müll und trug dann alles nach draußen. Als er wieder hereinkam, betrat Destiny gerade das Büro von HERO.

„Pünktlich auf die Minute", sagte er und ließ seinen Blick kurz über ihre Jeans, die Stiefel und das T-Shirt schweifen, das sie trug. Ihre langen Haare hatte sie im Nacken zu einem Pferdeschwanz zusammengebunden.

Soweit er erkennen konnte, war sie ungeschminkt. Anstelle einer Handtasche hatte sie einen kleinen Rucksack dabei, und ganz sicher wählte sie ihre Kleidung nicht unter dem Gesichtspunkt aus, andere zu beeindrucken. Sie war keine Frau, die einen Mann warten ließ, während sie sich aufrüschte. Seiner Meinung nach waren das alles Pluspunkte.

„Ich sehe, die Computer sind gekommen", sagte sie anstelle einer Begrüßung. „Ich werde meine Techniker informieren. Sie werden in ein paar Tagen hier sein, um die Software zu testen. Während sie das tun, kartografiere ich die Gegend. Dann können wir anfangen, Sie und Ihre Freiwilligen in STORMS zu schulen."

„Guten Morgen", sagte er. „Wie war Ihr Abend?"

Sie hob die Augenbrauen. „Ich hätte Sie nicht für jemanden gehalten, der auf den Austausch von Nettigkeiten steht, aber gut. Das kann ich auch. Guten Morgen, Kipling. Haben Sie das Joggen heute früh genossen?"

„Woher wissen Sie, dass ich joggen war?"

Sie verlagerte das Gewicht von einem Fuß auf den anderen. „Ich habe mir Frühstück geholt und Sie dabei gesehen. Sie sind in die andere Richtung gelaufen. Ich hätte ja gerufen, aber Sie waren schon zu weit weg. Ich habe Sie nicht beobachtet oder so."

„Das hätte ich auch nicht gedacht."

Sie hatte ihn beobachtet. Vor einigen Jahren hätte er das als gutes Zeichen gedeutet. Als Interesse. Heute war er sich da nicht mehr so sicher. Seine Narben oder das Humpeln könnten sie abschrecken. Auch wenn sie nicht wie jemand wirkte, der sonderlich viel auf solche Äußerlichkeiten gab.

„Das ist diese Kleinstadtsache", fuhr sie fort. „Man kann hier niemandem wirklich entkommen. Nicht, dass Sie das versucht haben. Das nehme ich zumindest an."

Sie ließ den Rucksack auf den Schreibtisch fallen und verschränkte die Arme vor der Brust.

„Fühlen Sie sich unbehaglich?", fragte er.

„Sehr."

„Wollen wir das Thema wechseln?"

„Liebend gern."

Er grinste. „Dann machen wir uns ans Geschäftliche."

Anders als im Büro der Bürgermeisterin gab es hier keine gemütliche Sofaecke. In der Kommandozentrale fanden die Gespräche an einem Metalltisch mit Klappstühlen statt. Er und Destiny setzten sich über Eck. Sie zog ihren Laptop aus dem Rucksack und fuhr ihn hoch. Währenddessen reichte sie Kipling ein paar Zettel.

„Das ist der vorläufige Zeitplan", erklärte sie. „Das Kartografieren und Testen wird ungefähr einen Monat dauern. Wir werden verschiedene Rettungsübungen durchführen, die schieflaufen werden. Dafür brauchen wir eine so kleine Gruppe an Freiwilligen wie möglich, damit niemand entmutigt wird."

„Sie gehen vom Schlimmsten aus."

„Ich habe das hier schon oft gemacht", erklärte sie. „Ohne Training arbeiten Mensch und Maschine nicht sonderlich gut zusammen. Sobald wir die Macken ausgemerzt haben, werden wir die Übungsgebiete ausweiten und mehr Leute mit einbeziehen."

Sie saßen so nah beieinander, dass sie beide auf den Schirm ihres Laptops schauen konnten. Was bedeutete, dass er außerdem den Duft ihres Shampoos wahrnahm. Etwas Blumiges, dachte er. Das war etwas überraschend, da ihre Art, sich zu kleiden, so gar nicht mädchenhaft war.

Unerwartete Eigenschaften … Die hatte jeder. Und er liebte es, sie zu entdecken. Was verbarg sie noch? Versteckte sich da eine leidenschaftliche Frau unter diesem geschäftlichen Gebaren? War sie im Bett leise oder eine, die ihre Lust hinausschrie? Er war für beides offen.

Sie drehte sich um, um etwas aus ihrem Rucksack zu holen. Bei der Bewegung schwang ihr Pferdeschwanz in seine Richtung. Dunkelrote Haare, die sich am Ende leicht krausten, lockten ihn, sie zu berühren. Er wusste, dass die Strähnen sich weich anfühlen würden. Für eine Sekunde erlaubte er sich die Fantasie, dass sie das Gummiband löste und ihren Kopf schüttelte. Wie in einer dieser kitschigen Parfümwerbungen. Vielleicht würde sie ihn mit dem Finger zu sich locken.

Unwahrscheinlich, dachte er und unterdrückte ein Grinsen bei der Vorstellung. Destiny wirkte auf ihn nicht wie der sinnliche Typ. Er schätzte, sie wäre eher vernünftig als verführerisch. Was ebenfalls kein Problem für ihn war.

Sie legte weitere Papiere auf den Tisch und überflog das oberste Blatt. „Werden Sie einen Stellvertreter für sich einstellen?"

Er zwang seine Konzentration wieder auf die vor ihnen liegende Aufgabe. „Ja. Ich habe nächste Woche ein paar Bewerbungsgespräche angesetzt. Außerdem werden wir ein paar bezahlte Mitarbeiter haben." Sie machte sich Notizen, während er sprach. „Die Anzahl der Freiwilligen ist beeindruckend. Hauptsächlich handelt es sich um Feuerwehrleute und Polizisten, dazu ein paar Einheimische, die …"

Sie schaute ihn an. „Sam Ridge."

„Sie kennen ihn?"

„Was? Nein, ich habe ihn heute gesehen. In der Bäckerei. Er und ein anderer Mann kamen rein, als ich ging. Einer von ihnen wurde Sam genannt. Ich habe die ganze Zeit versucht, mich zu erinnern, wer er ist." Sie lehnte sich zu ihm. „Er ist ein ehemaliger NFL-Kicker. In dieser Stadt leben viele ehemalige Sportler. Sie, die Footballer und auch irgendein Radrennfahrer … Auf der Webseite von Fool's Gold gibt es einen Artikel über ihn. Sie sind hier in guter Gesellschaft. Wollten Sie deshalb hierherziehen?"

„Nicht ganz."

Sie verzog den Mund zu einem leichten Lächeln. „Lassen Sie mich raten. Es hatte etwas mit Bürgermeisterin Marsha zu tun."

„Das hatte es tatsächlich. Sie hat mich nach meinem Unfall in Neuseeland besucht und mir den Job angeboten."

Aber der Job hat mich damals nicht interessiert, dachte er grimmig und erinnerte sich an die Hilflosigkeit, die er empfunden hatte, als er gefangen in dem Krankenhausbett lag und nicht wusste, ob er jemals wieder würde laufen können. Seine Schwester und das, was sie durchmachte, hatten ihm Sorgen bereitet. Menschen sagten, zu lieben wäre eine große Sache. Das hatte er nie so empfunden. Liebe sorgte nicht dafür, dass die Arbeit erledigt wurde. Als Shelby den Fäusten ihres Vaters hatte ausweichen müssen, hatte Kiplings Liebe nichts ausrichten können, um sie zu schützen.

Dann war Bürgermeisterin Marsha aufgetaucht und hatte ihm einen Job angeboten. Er hatte keine Ahnung, woher die alte Dame wusste, was los war. Aber sie hatte es gewusst. Wie versprochen hatte sie Shelby beschützt, und er war im Gegenzug nach Fool's Gold gezogen.

Er wusste, dass das der Deal seines Lebens gewesen war. Shelby war in Sicherheit, und er hatte einen Ort, an dem er neu anfangen konnte. Einen Ort, an dem er einfach nur Kipling Gilmore war. Nicht der weltberühmte G-Force. Was für die meisten Menschen vermutlich ganz gut klang. Er war geheilt und konnte sich niederlassen. Was nur wenige ahnten, war die Tatsache, dass es schwerfiel, sesshaft zu werden, nachdem man jahrelang ein Ski-Gott gewesen war.

„Das ist ein langer Weg, um jemanden anzustellen", meinte Destiny.

„Ich bin es wert."

Sie lachte. „Okay, ich tue mal so, als würde ich Ihnen da zustimmen. War die Bürgermeisterin im Urlaub in Neuseeland?"

„Ich weiß es nicht", gab er zu. „Ich habe nicht viel darüber nachgedacht. Ich war ziemlich kaputt und nicht ganz bei mir. Es gab ein paar Probleme, um die ich mich kümmern musste."

Er erinnerte sich noch daran, wie Bürgermeisterin Marsha neben seinem Bett gestanden und ihm versprochen hatte, sich um Shelby zu kümmern. Er hatte ihr nicht geglaubt, aber sie hatte ihr Versprechen gehalten. Sein alter Herr war ins Gefängnis gewandert. Shelby war in Sicherheit, und als er gesund genug gewesen war, zu reisen, war er hierhergekommen und hatte den Job angenommen.

„Und?", hakte Destiny nach.

„Sie hat mir ein unwiderstehliches Angebot gemacht", erklärte er, weil er die Wahrheit mit niemandem teilen wollte. Mehr um Shelby zu schützen als seinetwegen. „Und da bin ich nun."

„Sie sind einzigartig qualifiziert für diesen Job. Sie kennen sich in den Bergen aus."

„Aber weniger zu Fuß als auf Skiern."

„Stört Sie das?"

Er dachte daran, wie es gewesen war, über den Schnee zu fliegen. Schneller zu sein als alle anderen. Er erinnerte sich an das Gefühl des Windes auf der Haut, die Geräusche, die Tatsache, dass es für diese paar Sekunden nur ihn gab, und an den Kampf, das Rennen zu gewinnen.

„Manchmal", gab er zu.

„Sie mussten einen Traum aufgeben."

Er nickte. „Ich wusste, dass es irgendwann dazu kommen würde, aber ich wollte es zu meinen Bedingungen tun."

„Aber was Sie gemacht haben, war gefährlich. Sie hätten sich schwer verletzen können."

Er schaute ihr in die grünen Augen. „Ich habe mich verletzt."

„Ich meine, es hätte noch schlimmer sein können. War es das wert?"

Darüber musste er nicht nachdenken. Er wusste, wie es war, die Schwerkraft zu besiegen. Denn er war der Beste darin gewesen. „Auf jeden Fall."

„Ich werde das niemals verstehen. Warum sollte man bewusst so ein Risiko eingehen?"

„Für die Belohnung."

Sie krauste die Nase. „Einen Pokal und ein schönes Mädchen am Arm?"

„Nein, der Rausch des Sieges. Zu tun, was noch nie jemand getan hat."

„Sie haben also Rekorde gebrochen. Irgendwann wird jemand Ihre Rekorde brechen. Der Ruhm ist flüchtig."

„Die Berge sind für immer, und wenn ich Ski gelaufen bin, war ich ein Teil von ihnen."

Während Kipling sprach, schien er an ihr vorbeizuschauen und etwas zu beobachten, das sie nicht sehen konnte. Destiny verstand nicht, wovon er da sprach. Zumindest verstand sie die Bedeutung hinter seinen Worten nicht. Warum sollte jemand sich absichtlich einem Risiko aussetzen? Natürlich hatte sie ihre Eltern oft gefragt, warum sie gewillt waren, ihre Ehe und ihre Familie für ein paar leidenschaftliche Nächte aufs Spiel zu setzen, und ihnen war es auch nie gelungen, es ihr zu erklären.

Sie schätzte, ihre Unfähigkeit, das zu verstehen, lag mehr an ihr als an den anderen. Sie suchte nicht nach Nervenkitzel, aber es wirkte so, als würden beinahe alle anderen Menschen genau das ohne Rücksicht auf Verluste tun. Doch obwohl sie die Entscheidungen ihrer Eltern normalerweise mit einem Schulterzucken abtun konnte, stellte sie fest, dass sie über Kiplings Beweggründe mehr wissen wollte. Sie wollte verstehen, was ihn dazu getrieben hatte, solch hohe Risiken einzugehen.

„So als wären Sie Teil des Berges?“, hakte sie nach. „Ein Teil von etwas, das größer ist als Sie?“

Er schenkte ihr ein entspanntes Lächeln, das so typisch für ihn war. „Ja, so in der Art.“

„Das verstehe ich“, sagte sie. „Wenn ich allein in der Natur bin, empfinde ich Frieden. Eine Verbindung. Aber die fühlt man auch, wenn man einfach nur dasitzt.“

„*Sie* fühlen sie“, korrigierte er. „Ich brauche dazu die Geschwindigkeit.“

Stumm sahen sie einander in die Augen, und in diesem kurzen Augenblick schien die Zeit stillzustehen. Destinys Herzschlag beschleunigte sich, als sie bemerkte, dass Kipling ihr ganz nah war. So nah, dass sie sich unbehaglich und gleichsam erregt fühlte. Sich vorzubeugen schien die logischste Sache der Welt zu sein, auch wenn sie keine Ahnung hatte, warum.

Doch anstatt diesem Impuls nachzugeben, zog sie sich ein wenig zurück und suchte nach einem neutralen Thema. „Ich habe heute Morgen Ihre Schwester getroffen.“

„Ah, Sie haben sich also das Frühstück der Weltmeister gegönnt.“

„Ich habe ein paar Plunderstücke für meine Schwester gekauft.“

Er hob eine Augenbraue. „Jetzt lügen Sie aber.“

„Okay, ich habe sie für mich gekauft, aber die meisten bei ihr zu Hause gelassen.“ Nervös schob sie die Papiere vor sich hin und her. „Es ist schön, dass Shelby auch nach Fool's Gold ziehen konnte. Standen Sie sich schon immer nahe?"

„Meistens. Ich bin viel gereist, und das hat es etwas schwierig gemacht, aber wir sind immer in Kontakt geblieben. Sie wissen ja, wie das ist."

„Nicht wirklich", platzte sie heraus, bevor sie sich zurückhalten konnte. „Meine Eltern haben mich neun Monate nach ihrem Kennenlernen bekommen. Getrennt haben sie sich, da war ich fünf. Während sie getrennt waren, hat mein Dad jemand anderes geheiratet und ein weiteres Kind gezeugt, meine Mom ist von einem anderen Mann schwanger geworden, und dann sind sie wieder zusammengekommen. Das war ziemlich verwirrend."

Und das war bei Weitem noch nicht alles gewesen. Es folgten andere Ehen, Trennungen und Scheidungen. Lacey und Jimmy Don hatten das Leben in vollen Zügen genossen. Destiny war ständig an Freunde und Verwandte weitergereicht worden. Eine Zeit lang war sie auch mit ihren Eltern gereist. Schließlich hatte Grandma Nell sich eingeschaltet und sie aus dem Chaos herausgeholt. Vom ersten Moment an, in dem Destiny einen Fuß in das kleine Haus in den Bergen gesetzt hatte, hatte sie gewusst, dass sie dort hingehörte.

„Ich kenne Starr kaum", gab sie zu. „Wir haben den gleichen Vater, aber bis vor zwei Wochen habe ich sie nie getroffen."

„Das ist hart. Wie läuft's denn so?"

„Ganz okay, denke ich. Das hoffe ich zumindest. Sie redet nicht viel, und ich hatte noch nie die Verantwortung für einen Teenager. Sie scheint sich sehr auf das Sommercamp zu freuen, von dem Bürgermeisterin Marsha mir erzählt hat. Ich denke, es wird ihr guttun, rauszugehen und ein paar Freunde zu finden." Sie zögerte. „Ich weiß nicht, was sie will. Von mir oder von ihrem Leben. Als ich in ihrem Alter war … Sagen wir einfach, ich war komplett anders."

„Inwiefern?“

Bevor sie sich eine Antwort überlegen konnte, ertönte ein vertrautes tiefes Grollen über ihren Köpfen. Erst wurde es lauter, dann leiser.

„Ich glaub’s einfach nicht“, sagte sie grinsend. „Was ist das nur mit Männern? Können sie nicht einfach einen Raum betreten? Müssen sie immer einen großen Auftritt haben?“

„Ich habe keine Ahnung, was Sie meinen.“

Sie zeigte zur Decke. „Das Geräusch, das Sie gerade gehört haben – das ist Miles auf seinem Weg zum Flughafen. Weil er glaubt, es wäre cool. Mein Helikopterpilot ist einer der besten, aber er hat die emotionale Reife eines Kleinkindes. Kommen Sie, Sie wollen ihn bestimmt kennenlernen. Und ich muss ihn warnen, dass er keinen Ärger macht, während er hier ist.“

„Tut er das normalerweise?“

Sie dachte an die Reihe aus gebrochenen Herzen und geplatzten Träumen, die Miles in seinem Fahrwasser zurückließ. Eine Art umgekehrte Spur aus Brotkrumen. Denn wenn Miles einmal ging, kehrte er niemals zurück.

„Immer. Er meint, das wäre Teil seines Charmes.“

„Was sagt man dazu?“, fragte Kipling.

„Dass der Kerl einen leichten Schlag auf den Hinterkopf verdient hat.“

Sie nahmen seinen Jeep, um zu dem kleinen Flughafen zu fahren. Und tatsächlich, da stand ein Helikopter auf dem Asphalt. Als Kipling anhielt, kletterte ein Mann heraus und winkteDestiny stieg aus dem Wagen und rannte auf ihn zu.

Kipling sah, dass der andere Mann ungefähr seine Größe und dunkles Haar hatte. Er trug eine Baseballkappe der L.A. Stallions. Destiny warf sich ihm in die Arme, und der Mann drückte sie fest an sich.

Eine Sekunde lang fragte Kipling sich, ob er wohl Konkurrenz hätte bei seiner geplanten Kurzzeitaffäre mit der sexy

Rothaarigen. Oder ob sie doch kein Single war. Er beobachtete sie weiter und sah, dass die Umarmung zwar sehr freundschaftlich war, aber nicht die Grenzen zum Leidenschaftlichen überschritt. Zwischen den beiden waren keinerlei Anzeichen von sexueller Spannung zu entdecken. Keine wie auch immer geartete Chemie.

Miles ließ sie los, und Destiny trat einen Schritt zurück, während sie sich angeregt miteinander unterhielten. Der Mann schüttelte stur den Kopf, und Destiny schlug ihm spielerisch auf den Oberarm.

Okay, dachte Kipling grinsend. Mehr wie Bruder und Schwester, nicht wie ein Liebespaar. Das waren ausgezeichnete Neuigkeiten. Er hatte sich schon darauf gefreut, Destiny zu verführen, aber er würde es nicht tun, wenn sie zu jemand anderem gehörte.

Sie kamen auf seinen Wagen zu. Destiny verdrehte die Augen. „Kipling Gilmore, darf ich vorstellen: Miles Thomas. Er ist ein guter Pilot und ein absoluter Hundesohn, wenn es um Frauen geht. Bitte sagen Sie ihm, dass er es hier in der Stadt langsam angehen soll."

Die beiden Männer schüttelten einander die Hand.

„Das hier ist ein sehr familienorientierter Ort, in dem viele wichtige Positionen von Frauen besetzt sind", warnte Kipling ihn. „Unsere Polizeichefin hat Söhne auf der Highschool und auf dem College. Mit ihr sollte man sich besser nicht anlegen."

Miles zwinkerte Destiny zu. „Dann werde ich sie nicht um ein Date bitten. Süße Destiny, du weckst bei diesem netten Mann noch den Eindruck, ich wäre ein totaler Mistkerl."

„Ja, ich weiß. Wie ich schon sagte, brillant im Himmel, ein Idiot in der Liebe. Ich kann Ihnen gar nicht sagen, mit wie vielen schluchzenden Anrufen ich mich in den letzten Jahren habe herumschlagen müssen."

„Ich habe noch nie ein Telefon zum Weinen gebracht", erklärte Miles.

„Sehr lustig. Bring mich nicht dazu, dich noch mal zu schlagen."

Miles rieb sich über den Oberarm. „Du hast echt einen ganz schönen Bums. Noch etwas, was du von Grandma Nell gelernt hast, vermute ich?"

„Ja, und wenn sie dich jemals kennengelernt hätte, hätte sie dich kastriert, genau so, wie sie es mit den Ebern gemacht hat."

Miles' gute Laune schwand, und er trat einen Schritt zurück. „Danke dafür. Sie ist jetzt aber tot, oder?"

„Du redest von meiner Lieblingsgroßmutter", tadelte ihn Destiny. „Zeig ein wenig Respekt."

„Ja, Ma'am."

Kipling lehnte sich an den Jeep und genoss die Show. „Wie lange bleiben Sie in der Stadt?", fragte er Miles.

„Solange es dauert." Er schaute zu den Bergen hinauf. „So um die sechs Wochen, schätze ich." Er seufzte schwer. „Nicht, dass ihre Arbeit meine Tage füllt. Kennen Sie zufällig jemanden, der einen Hubschrauberpiloten für den einen oder anderen Auftrag braucht?"

„Nein, aber ich werde mich mal umhören. Hier in der Stadt gibt es eine Firma, die verschiedene Trips in die Wildnis anbietet. Ich gebe Ihnen mal die Nummer des Eigentümers. Vielleicht will Aidan ein paar Hubschrauberrundflüge mit anbieten. Und es könnte auch andere Interessenten geben. Ich denke mal darüber nach."

„Super, das wäre toll." Miles zog eine Visitenkarte aus seiner Hemdtasche und reichte sie Kipling. „Ich nehme alles an, was die Eintönigkeit des Überfliegens der Gegend, um sie Zentimeter für Zentimeter zu erfassen, unterbricht."

„Wir bezahlen dich gut für deine Zeit", merkte Destiny an.

„Das tut ihr, meine Liebe, aber das Geld macht die Arbeit nicht interessanter."

„Er ist eine Diva", erklärte sie Kipling. „Sie hätten es verdient, sich eine solche Haltung zuzulegen, aber das haben Sie nicht. Miles hingegen hat keinerlei Anlass, zu glauben, er wäre etwas Besonderes, und doch benimmt er sich so.“

„Ich kann dich hören.“ Miles grinste.

Sie traten ans Auto. „Wir müssen ihn mit in die Stadt nehmen, damit er sich einen Wagen leihen kann. Ich hoffe, das ist in Ordnung?“

Miles schüttelte den Kopf. „So ist sie immer. Sie tut so, als wäre ich ihr …“

„… nerviger kleiner Bruder?“, warf Kipling ein.

„Ja. Aber warum?“

„Keine Ahnung.“

Er wusste nur, dass Miles ihm nicht in die Quere kommen würde. Was bedeutete, es war an der Zeit, seinen Plan in die Tat umzusetzen.

„Ich verstehe das nicht“, sagte Starr auf dem Weg zum Festival, das schon in vollem Gange war. „Wer ist Rosie the Riveter?“

„Sie hat während des Zweiten Weltkriegs in einer Fabrik gearbeitet“, erklärte Destiny. „Sie symbolisiert die Frauen, die während des Krieges ausgeholfen haben. Davor haben nur wenige Frauen in den Fabriken gearbeitet, aber als die Männer alle im Krieg waren, mussten die Stellen irgendwie besetzt werden.“

Starr riss die Augen auf. „Woher weißt du das?“

„Das habe ich in einer Broschüre gelesen. Jemand hat mir einen ganzen Ordner mit Informationsmaterial über die verschiedenen Festivals vorbeigebracht. Einige sahen aus, als würden sie Spaß machen.“ Noch wichtiger für ihren Sommer mit Starr war, dass es jeden Monat mehrere Festivals gab – womit sie etwas hatten, was sie an den Wochenenden unternehmen konnten.

Heute war der Start des Rosie the Riveter Day, des Festivales, das alle Frauen feierte, die während des Zweiten Weltkriegs aus Fool's Gold nach San Francisco gezogen waren, um in den dortigen Fabriken zu arbeiten.

Während die Sommerferien in Fool's Gold erst in ein paar Wochen beginnen würden, hatte Starrs Internat den Betrieb für dieses Schuljahr bereits eingestellt. Der Teenager war eindeutig alt genug, um allein gelassen zu werden, aber Destiny glaubte nicht, dass es für ihre Halbschwester gut wäre, tagelang niemanden zu sehen.

„Vielleicht können wir uns in der Bücherei ein Buch über Rosie ausleihen", schlug sie vor.

Starr verdrehte die Augen. „Nein danke. Wenn ich was über sie lesen will, suche ich im Internet."

„Klar."

Sie überquerten die Straße und gingen zum Park. Der Tag war sonnig und warm, die Bürgersteige wimmelten von Menschen. Überall standen Buden, in denen alles von Olivenöl bis Schmuck verkauft wurde, und Poster versprachen Livemusik für den Nachmittag und Abend.

Destiny blieb vor einem der Poster stehen. Wenigstens war das etwas, was sie und Starr gemeinsam hatten. Etwas, worüber sie sich unterhalten könnten.

„Wir können hierbleiben und uns ein paar Bands anhören", sagte sie. „Welche findest du interessant?"

„Hallo, Mädels."

Destiny drehte sich um und sah eine grauhaarige Lady im Jogginganzug auf sich zukommen.

„Sagt nichts", meinte die Frau. „Lasst mich raten." Sie hielt inne und zeigte dann mit dem Finger auf sie. „Destiny und Starr. Richtig?"

Destiny nickte. „Ja. Hallo."

„Ich bin Eddie Carberry. Ihr zwei seid neu in der Stadt. Willkommen. Wir mögen neue Leute, solange sie keinen Ärger machen." Ihre Miene wurde ernst, und sie hob eine Hand und zeigte mit dem Finger auf Destiny. „Keine SMS beim Autofahren schreiben, junge Dame. Hören Sie? Das ist gefährlich."

„Ja, Ma'am."

„Ich habe noch keinen Führerschein", fügte Starr schnell hinzu und trat einen Schritt zur Seite, sodass sie halb von Destiny verdeckt wurde. „Und ich würde so etwas niemals tun."

„Das hoffe ich." Eddies Gesicht entspannte sich, und sie lächelte. „Habt viel Spaß auf dem Festival."

„Ja, Ma'am", sagten sie gleichzeitig.

Eddie ging weiter.

„Woher weiß sie, wer wir sind?", fragte Starr. „Und warum war sie so gemein?"

„Alles gute Fragen", erwiderte Destiny nachdenklich. „Das ist so ein Kleinstadtding, nehme ich an."

„Die kleinste Stadt, in der ich je gelebt habe, war Nashville. Von da sind wir nach Atlanta und dann nach Miami gezogen." Starr hielt eine Sekunde inne. „Dad hat mich einmal mit auf Tournee genommen, als ich acht war. Da waren wir auch in vielen kleinen Städten, aber das war anders. Ich weiß nicht, ob es mir hier gefällt."

„Du musst dem Ganzen ein wenig Zeit geben. Es kann intensiv sein, aber es ist auch leichter, Menschen kennenzulernen, weil man sie immer wieder trifft."

„Was super ist, außer, man kommt nicht miteinander klar."

Destiny lachte. „Du bist keine große Optimistin, oder?"

„Ich schätze, nein." Starrs grüne Augen hellten sich auf. „Ist Launenhaftigkeit nicht ein Zeichen dafür, dass man Talent hat oder so?"

„Ich glaube, es hat mehr damit zu tun, dass man ein Teenager ist."

„Warst du launisch?"

„Grandma Nell hat nicht an Launen geglaubt. Sie meinte, den Hühnern wäre es egal, wie ich mich fühle, wenn ich sie füttere, solange ich die Arbeit erledige."

„Sie klingt echt toll."

Destiny grinste. „Das war sie auch. Aber sie war nicht einfach. Trotzdem habe ich es geliebt, mit ihr zusammenzuwohnen.“ Sie drehte sich wieder zum Poster um. „Okay. Suchen wir uns eine Band aus. Du zuerst.“

Sie schauten sich das Angebot an und hatten eine hitzige Diskussion über Rock versus Bluegrass. Zehn Minuten später war ihr Tag durchgeplant – zumindest musikalisch. Es war noch ein wenig früh für einen Lunch, und da die Musik erst in ein paar Stunden losgehen würde, schien der Nachmittag sich schier endlos vor ihnen auszudehnen.

Destiny wusste nicht, worüber sie sich unterhalten sollten. Über die Schule? War das ein sicheres Thema?

„Hast du Kontakt zu deinen Schulfreundinnen?“, erkundigte sie sich.

Starr zuckte mit den Schultern. „Mit einigen.“

„Wenn du jemanden einladen willst, dich für ein paar Tage zu besuchen, ist das vollkommen in Ordnung. Ein Wochenende wäre allerdings besser, weil ich dann nicht arbeiten muss“, fügte sie hinzu.

„Danke, aber nein. Sie haben alle Pläne mit ihren Familien. Becky fährt nach Europa, und Chelsea geht auf eine Sprachschule.“ Sie seufzte schwer. „Ihr Dad arbeitet für die Regierung oder so, und sie muss einen ganzen Haufen Sprachen lernen.“

„Das muss schwer sein.“

„Ja, oder? Aber sie ist gut darin. Becky ist gut in Mathe. Ich bin in nichts wirklich gut. Ich dachte, vielleicht in Musik, aber …“ Ihre Stimme verebbte, und sie zuckte erneut die Schultern.

Eine Sekunde lang verspürte Destiny einen Anflug von Schuldgefühlen. Sie hatte ihre Schwester erst ein paarmal singen hören und wusste, dass Starr eine schöne Stimme hatte. Sie sollte ihr wirklich helfen, ihr Gitarrenspiel zu verbessern. Vielleicht könnten sie auch mit dem Keyboard anfangen. Nur wollte Destiny das nicht. Sie wollte nicht, dass sie oder irgendjemand, den sie kannte, sich auf dieses Geschäft einließ. Es war verführerisch und gefährlich. Von außen betrachtet wirkte die Musikwelt glamourös, aber in Wahrheit war sie alles andere als das.

Eine große Frau mit einem vor die Brust geschnallten Baby näherte sich ihnen. Sie lächelte aufmunternd.

„Hallo. Ihr müsst Destiny und Starr Mills sein. Schön, euch kennenzulernen. Ich bin Felicia Boylan. Ich leite die Festivals hier in der Stadt." Die Frau hielt inne. „Interessant, dass wir drei rothaarig sind. Nur ungefähr zwei Prozent der Weltbevölkerung hat rote Haare. Das Gen dafür ist rezessiv. Ich glaube, die Farbe wird von einer Mutation von MC1R verursacht. Das ist ein Gen, das …"

Felicia hielt erneut inne und zuckte mit den Schultern. „Sorry. Tut einfach so, als hätte ich das nie gesagt. Die meisten Menschen finden meine Wissensausbrüche nicht sonderlich interessant, aber ich versichere euch, sie sind harmlos."

„Stimmt das?", fragte Starr. „Also, was Sie über die Mutation gesagt haben?"

„Ja. Aber nicht auf eine Weise, die einem Superkräfte verleiht wie in den X-Men-Filmen. Obwohl rote Haare kurioserweise tatsächlich nicht grau werden. Sie verblassen im Laufe der Zeit einfach." Felicia lächelte wieder. „Ich weiß, das interessiert dich im Moment noch nicht, aber in vierzig Jahren wird es dir ein Trost sein."

Starr wirkte eher verwirrt als beruhigt.

„Was für ein süßes Baby", schaltete Destiny sich ein. „Wie alt ist es?"

„Acht Monate." Felicia strahlte. „Das ist meine Tochter Gabrielle-Emilie. Sie ist nach Gabrielle-Emilie Le Tonnelier de Breteuil benannt, einer französischen Hofdame, die mit ihrem Liebhaber Voltaire zusammen viele physikalische Versuche durchgeführt hat. Wie auch immer, falls Sie jemals meinen

Schwager Gabriel treffen, erwähnen Sie bitte nicht, dass das Baby nicht nach ihm benannt ist. Er hat das falsch gedeutet, und wir haben beschlossen, ihn nicht aufzuklären."

Starr sah nun noch verwirrter aus, nickte aber und berührte die Hand des Babys. „Hey, Gabrielle."

„Wir nennen sie alle nur Ellie. Mein Sohn Carter hat diesen Kosenamen zu Ehren seiner verstorbenen Mutter vorgeschlagen."

Destiny hatte Schwierigkeiten, Felicia zu folgen. „Sie sind nicht Carters Mutter?"

„Nein. Das ist kompliziert." Felicia wandte sich an Starr. „Bürgermeisterin Marsha hat mir erzählt, dass du überlegst, zum Sommercamp zu kommen. Ich wollte noch bei euch vorbeischauen und dir sagen, dass es laut meinem Sohn supertoll ist und du ganz viel Spaß haben wirst. Er ist auch fünfzehn."

Destiny war gewillt, zu akzeptieren, dass die Einheimischen ihren und Starrs Namen und vielleicht auch den Grund für ihre Anwesenheit in der Stadt kannten. Aber das Alter zu wissen und davon gehört zu haben, dass Starr überlegte, am Sommercamp teilzunehmen, war schon ein wenig seltsam.

„Danke für die Information", sagte Starr schüchtern.

„Gern geschehen. Bei dem Camp wird jedem Neuzugang ein Kumpel zugewiesen. Das ist jemand, der schon mal da gewesen ist. Der- oder diejenige wird dir alles zeigen und dich den Leuten vorstellen. Es kann schwierig sein, wenn man neu ist. Oder seltsam. Ich war als Heranwachsende immer seltsam. Aber es wird langsam besser. Mein Mann meint, die Liebe hätte mich weicher gemacht, aber ich glaube, dass unsere intensiven persönlichen Interaktionen mir erlaubt haben, meine sozialen Fähigkeiten zu entwickeln."

Felicia berührte Starrs Schulter. „Als Teenager ist es vollkommen natürlich, sich fremd zu fühlen. Das ist Teil des Abnabelungsprozesses auf dem Weg von der Kindheit zum Erwachsensein. Und auch wenn das Konzept hilfreich ist, damit du lernst, ein funktionierendes Mitglied der Gesellschaft zu werden, kann man sich trotzdem sehr schnell allein und fehl am Platz fühlen. Was nicht sonderlich angenehm ist. Ich glaube, das Camp würde dir helfen, eine Verbindung mit Gleichaltrigen aufzubauen."

„Okay", sagte Starr langsam. „Wenn Sie meinen."

„Gut. Ich werde Carter sagen, dass er ein Auge auf dich haben soll." Felicia lächelte Destiny an. „Einige der Frauen treffen sich heute zum Lunch in Jo's Bar. Sie und Ihre Schwester sind herzlich eingeladen. Ich kann nicht, weil ich arbeiten muss, aber ich lege Ihnen ans Herz hinzugehen. Freundschaften zu schließen hilft wirklich, um sich an einem neuen Ort heimisch zu fühlen."

„Danke", gab Destiny zurück. „Das ist wirklich nett."

„Gern geschehen. Halten Sie einfach Ausschau nach Shelby Gilmore. Sie sagte, sie würden Sie kennen. Sie wird da sein. Wenn Sie mich jetzt entschuldigen würden, ich habe gehört, dass es bei der kleinen Bühne ein Problem mit den Sitzplätzen gibt. Jemand hat meinen Plan nicht befolgt, und jetzt muss ich ihm erklären, warum er falschliegt."

„Viel Glück dabei", murmelte Destiny.

Felicia winkte und eilte davon.

Starr schaute ihr hinterher. „Sie hat mir Angst gemacht."

„Mir auch. Und gleichzeitig will ich mehr wie sie sein. Da siehst du mal, wie clever ich bin."

„Du bist clever. Sieh dir doch nur den Job an, den du machst."

„Sagen wir mal, ich bin ausreichend klug." Destiny lachte. „Aber nicht im Vergleich zu Felicia." Sie legte einen Arm um Starrs Schultern. „Andererseits müssen wir uns offensichtlich keine Sorgen darüber machen, mal graue Haare zu bekommen."

„Das habe ich auch vorher schon nicht getan." Sie kuschelte sich einen Moment an ihre große Schwester, dann trat sie schnell einen Schritt zur Seite. „Ich habe Hunger."

„Ich auch. Sieht so aus, als hätten wir jetzt Pläne fürs Mittagessen, aber das ist noch Stunden hin. Wollen wir bei der Bäckerei vorbeigehen und uns einen Donut holen?“

„Klar.“

Sie gingen um den Park herum und dann die Second Street hinauf, wobei sie ständig Familien mit Kinderwagen ausweichen mussten. Touristen oder Einheimische? fragte Destiny sich und dachte an ihren Plan, einen vernünftigen Mann zu heiraten und eines Tages eine ruhige Ehe zu führen.

Auf dem College, als sie den Plan entworfen hatte, war sie davon ausgegangen, inzwischen einen Ehemann gefunden zu haben. Doch wie sich herausgestellt hatte, waren ruhige, vernünftige Männer schwerer zu finden, als sie gedacht hatte.

Zwei Männer traten aus der Bäckerei. Sie erkannte Miles und Kipling, die je einen silber-weiß gestreiften Karton in der Hand hielten.

Abrupt blieb sie stehen und spürte, wie ihre Brust eng wurde. Wie seltsam. Was, zum Teufel, war …

Sie erstarrte und versuchte sich auf ihren Atem zu konzentrieren. Da war das bereits erwähnte Engegefühl in ihrer Brust, dazu ein spürbares Zittern in ihrem Magen und ein Kribbeln in den Oberschenkeln. Wenn sie sich nicht eine Sekunde zuvor noch vollkommen normal gefühlt hätte, würde sie schwören, sich eine Grippe eingefangen zu haben. Aber wenn es das nicht war, was dann?

Sie schaute Miles an. Er sah sie und grinste zufrieden, was bedeutete, er hatte erfolgreich mit jemandem geflirtet. Während sie ihn musterte, empfand sie nur Mitleid für die Frau, der seine Aufmerksamkeit gegolten hatte. Obwohl es den meisten nichts auszumachen schien. Viele seiner Eroberungen hatten sich darüber beschwert, Miles verloren zu haben, aber nur wenige bedauerten den kurzfristigen Rausch, den sie mit ihm zusammen genossen hatten.

Das war etwas, das zu erleben sie selbst nie gelockt hatte,

also konnte Miles nicht der Grund für ihre Reaktion sein.

Sie wandte sich an Kipling und verlor sich sofort in seinen dunkelblauen Augen. Er sah weniger glücklich aus als sein neuer Freund. Seine Mundwinkel zuckten verärgert, und als er Miles anstarrte, konnte sie sein Profil klar erkennen.

Deine Worte sind wie ein Leuchtstrahl in der Nacht, und ich habe nach einem Zuhause gesucht.

Destiny holte tief Luft. Nein, rief sie sich entschlossen zur Ordnung. Sie würde keine Songtexte über Kipling verfassen. Sie wusste, wohin das führte, nämlich an einen bösen, dunklen Ort. Es führte zu Anziehung und die zu Sex, der wiederum Eifersucht und nächtliche Wutanfälle zur Folge hatte. Liebe war nur unwesentlich besser. Auf keinen Fall und schon gar nicht jetzt. Sie fühlte sich unter keinen Umständen von Kipling Gilmore angezogen. Skigötter waren kein gutes Material für vernünftige Beziehungen.

„Welchen Teil von ‚meine Schwester' hast du nicht verstanden?", wollte Kipling gerade wissen, als er und Miles sie erreichten. „Hey, Destiny."

Die beiden Männer hatten sich anscheinend schon so weit angefreundet, dass sie sich duzten. „Hi. Was ist los?"

Miles zuckte mit den Schultern. „Keine Ahnung. Ich habe eine schöne Frau gesehen und ihr ein Kompliment gemacht. Dafür hat mir der hier fast den Kopf abgerissen."

Destiny zuckte zusammen. „Nicht Shelby. Ich mag sie. Halt dich von ihr fern."

„Danke", sagte Kipling und lächelte Starr an. „Hi. Ich bin Kipling."

„Starr."

„Die Schwester. Ich sehe, die Schönheit liegt in der Familie."

Starr errötete und senkte den Kopf.

„Hallo", sagte Miles. „Wir haben gerade über mich gesprochen. Shelby ist erwachsen. Sie kann ausgehen, mit wem sie will."

Kipling machte einen Schritt auf ihn zu. „Nein, kann sie nicht. Wenn du ihr wehtust, werde ich dir jeden einzelnen Knochen im Leib brechen, haben wir uns verstanden?“

Miles öffnete den Karton der Bäckerei, nahm einen Keks heraus und biss davon ab. „Deine Einstellung …“, sagte er kauend. „Du musst an deiner Einstellung arbeiten.“ Er musterte Kiplings eiserne Miene und seufzte. „Okay. Sie ist tabu.“ Er bot Starr einen Keks an. „Also, wo kann ich in dieser Stadt Spaß haben? Nicht mit Shelby.“ Er zwinkerte Starr zu. „Und du bist zu jung für mich.“ Er schaute Destiny an. „Und du bist nicht an mir interessiert.“

„Ganz richtig, das bin ich nicht.“

Miles stöhnte. „Du musst nicht immer so ehrlich sein. Du könntest wenigstens so tun, als fändest du mich heiß.“ Erneut wandte er sich an Kipling. „Dieses Problem hatten wir von Anfang an. Das ist so ein Prinzessinnending.“

Bis zu dieser Sekunde hatte Destiny den Schlagabtausch genossen. Jetzt versteifte sie sich und hoffte, dass sie sich irrte. Dass er es nicht erzählen würde.

Das passiert immer, dachte sie panisch und suchte hektisch nach einer Ablenkung. Jemand fand es heraus, dann verbreiteten sich die Neuigkeiten wie ein Lauffeuer, und schlussendlich änderte sich alles unwiderruflich.

„Prinzessin?“, fragte Starr. „Destiny?“

„Ihr auch, Eure Hoheit.“

„Was?“ Starr betrachtete ihren Keks. „Ich bin nichts Besonderes.“

„Natürlich bist du das“, widersprach Kipling.

Wie nett angesichts dessen, dass er keine Ahnung hatte, wovon Miles da sprach.

Miles wackelte mit den Augenbrauen. „Er weiß es nicht, oder?“

„Nein, und das muss er auch nicht.“

„Natürlich muss er das.“ Miles grinste Kipling an. „Destiny

ist die älteste Tochter von Jimmy Don und Lacey Mills. Die kennst du doch, oder?"

Kipling schaute Destiny an. Verwirrung überschattete seine Augen, dann wurden sie wieder klar. „Auf keinen Fall."

„Oh doch", erklärte Miles. „Ich habe Lacey ein paarmal getroffen. Sie besucht Destiny normalerweise bei ihren Jobs. Wow, sie ist echt immer noch heiß. Und diese Stimme. Ich habe sie einmal live gehört. Sie gehören wirklich zum Country-Adel. Und all diese Hits, diese Leidenschaft."

Und das Drama, dachte Destiny grimmig. Die Bilder in den Zeitungen, die Verhaftungen, die gebrochenen Versprechen. Ja, es war alles so unglaublich wundervoll gewesen. Wer hätte nicht gern mit ihr getauscht?

Demonstrativ warf sie einen Blick auf die Uhr. „Oh, so spät schon. Wir müssen los."

Sie drehte sich um und hoffte, dass Starr ihr folgen würde. Kurz darauf ging der Teenager neben ihr her.

„Warum willst du nicht, dass Kipling von deinen Eltern weiß?", fragte Starr, als sie außer Hörweite waren.

„Weil es alles verändert. Die Leute benehmen sich anders, wenn sie es wissen."

„Sie respektieren dich mehr?"

Das wäre schön, dachte Destiny. „Nicht wirklich. Sie glauben, mich zu kennen, weil sie so viel über meine Eltern gelesen haben. Aber das tun sie nicht."

„Ist das schlimm?"

„Manchmal schon."

4. KAPITEL

Zur Lunchzeit betraten Destiny und Starr Jo's Bar. Destiny war nicht sicher, was sie erwarten würde. Normalerweise mied sie Bars. Sie trank nicht viel und war sicher nicht darauf aus, sich von einem Kerl aufreißen zu lassen. Aber Felicias Einladung zum Mittagessen bot ihr die Chance, einige der Frauen aus der Stadt kennenzulernen und einen Teil des Tages zu füllen – zumindest bis die ersten Bands anfangen würden zu spielen. Also schlug sie zwei Fliegen mit einer Klappe.

Sie war überrascht, zu sehen, dass der Laden das genaue Gegenteil einer normalen Bar war. Er war lichtdurchflutet, hatte eine hohe Decke und pastellfarbene Wände. Die Bar war sehr sauber, die Fernseher auf Shoppingsender eingestellt und die Hintergrundmusik kaum vernehmbar.

Ein paar Tische waren bereits besetzt. Destiny sah Shelby mit mehreren anderen Frauen zusammensitzen und ging hinüber. Shelby schaute auf und winkte lebhaft.

„Ihr seid gekommen", rief sie, als Destiny und Starr sich dem Tisch näherten. „Super. Ich stelle euch allen vor." Sie deutete auf eine zierliche Blondine am Kopf des rechteckigen Tisches. „Das ist Madeline. Sie arbeitet im Paper Moon."

„Ich verkaufe Hochzeitskleider", sagte Madeline grinsend. „Also wenn du heiraten willst, komm einfach vorbei." Sie hielt kurz inne. „Es ist doch okay, wenn wir uns duzen, oder? Das tun wir hier nämlich alle."

Destiny nickte. „Gerne. Und danke", murmelte sie und dachte, auch wenn sie nichts dagegen hätte, zu heiraten, gestaltete sich die Suche nach dem richtigen Mann schwieriger als gedacht. Zumindest für sie.

„Bailey hast du vermutlich schon im Büro von Bürgermeisterin Marsha kennengelernt", fuhr Shelby fort.

„Nein, hat sie nicht", ergriff eine hübsche Rothaarige das Wort. „An dem Tag war ich zu Hause, weil Chloe krank war." Bailey lächelte. „Das ist meine Tochter. Sie hat sich diese Grippe eingefangen, die gerade umgeht. Aber ist das bei Kindern nicht immer so?"

Destiny nickte und versuchte, sich die anderen Namen zu merken. Da gab es eine Larissa, eine Consuelo und vielleicht eine Frau namens Patience, aber da war sie sich nicht sicher.

„Ich bin Destiny", sagte sie, als alle vorgestellt worden waren. „Und das ist meine Halbschwester Starr. Wir sind neu hier, aber das wisst ihr vermutlich bereits."

Bailey zog den Stuhl neben sich heraus. „Starr, meine Süße, komm, setz dich zu mir. Ich glaube, wir haben die gleiche Haarfarbe, und das passiert mir normalerweise nie."

Starr zögerte nur eine Sekunde, bevor sie sich auf den angebotenen Stuhl setzte. Destiny nahm ihr gegenüber an der Seite von Madeline Platz.

„Wie lange seid ihr schon in der Stadt?", wollte Madeline wissen.

„Eine Woche."

„Ich kann mir gar nicht vorstellen, wie das ist", gab Madeline zu. „Ich bin hier geboren und nie weg gewesen. Genau wie Patience."

Patience nickte. „In Fool's Gold zur Welt gekommen und aufgewachsen. Ich bin immer hiergeblieben. Madeline, hast du nicht ein Jahr oder so in San Francisco gelebt?"

„Stimmt. Ich habe viele verschiedene Jobs ausprobiert, bevor ich den gefunden habe, den ich liebe. Einer Braut zu helfen, das richtige Kleid für die Hochzeit zu finden, ist so befriedigend."

Shelby lehnte sich vor. „Patience gehört das Brew-haha."

„Der Coffeeshop", sagte Starr und zuckte mit den Schultern. „Ich habe ein wenig über die Stadt gelesen. Scheint ein sehr interessanter Ort zu sein."

„Wir haben eine Vergangenheit voller starker Frauen."

Das ist Consuelo, dachte Destiny. Sie war zierlich, wirkte aber sehr stark. Mit ihren dunklen Haaren und Augen war sie die exotischste Frau der Gruppe. Destiny wünschte sich sofort, auch ein wenig aufregender auszusehen. Vielleicht hoffte sie aber auch nur, ihren Eltern nicht zu sehr zu ähneln. Bislang hatte diesbezüglich noch niemand etwas erwähnt. Vielleicht hatte Kipling nicht allen erzählt, dass sie die Tochter von Jimmy Don und Lacey Mills war? Das wäre wirklich nett.

Sie schätzte, sie sollte nicht so viel Zeit darauf verwenden, zu verbergen, wer sie war, aber ehrlich gesagt hatte sie keine Lust, all die Fragen zu beantworten, die unweigerlich auf sie einprasseln würden. Wie war es, mit berühmten Eltern aufzuwachsen? Konnte sie singen? War Lacey wirklich so sexy? Das war die schlimmste Frage. Kein Kind wollte hören, wie sexy die Leute die eigenen Eltern fanden. Mit ihrem Dad war es noch schlimmer. Sie hatte Telefonnummern und E-Mail-Adressen von Groupies zugesteckt bekommen, und eine besonders aufdringliche ältere Dame in Dallas hatte ihr ein Nacktbild von sich für Jimmy Don angeboten. Destiny hatte sich geweigert, es auch nur anzunehmen, geschweige denn, es weiterzugeben.

„Vor Jahrhunderten ist eine Gruppe Maya-Frauen in diesen Teil des Landes ausgewandert", sagte Patience grinsend. „Sie haben eine matriarchalische Gesellschaft gegründet. Ich sage nicht, dass es mystisch oder so ist, aber ich glaube, ihre Macht, oder wie auch immer man das nennen will, klingt hier immer noch nach."

„Dessen bin ich mir sicher", pflichtete Larissa ihr bei. „Habt ihr das nicht auch schon mal gehabt, dass ihr einen Ort betreten habt und wusstet, dass er eine positive Ausstrahlung hat? Oder eine böse?"

Einige von ihnen nickten. Eine Kellnerin mit einem Notizblock in der Hand kam an den Tisch. „Hallo, die Damen", sagte sie und schaute dann Destiny und Starr an. „Ihr seid neu. Schwestern?"

„Halbschwestern", korrigierte Destiny und stellte sie vor.

„Ich bin Jo. Herzlich willkommen. Der erste Drink geht auf mich. Was hättet ihr denn gerne?"

Consuelo seufzte. „Das war eine lange Woche. Ich stimme für Margaritas." Sie schaute Starr an. „Und für sie einen ohne Alkohol."

Alle nickten zustimmend.

„Mein einziger Termin des Tages war heute Vormittag", sagte Madeline. „Ich bin dabei."

„Ich muss auch nicht mehr arbeiten", sagte Patience. „Also bring uns doch einen Pitcher, Jo."

Destiny war gleichzeitig schockiert und amüsiert. Grandma Nell hätte diese Gruppe geliebt, dachte sie, noch während sie überlegte, ob es klug war, mitten am Tag Alkohol zu trinken. Egal, es war Samstag, und sie musste ja nicht mehr fahren.

„Mach ich", sagte Jo. „Nachos dazu?"

„Du kennst uns doch", erwiderte Larissa.

Jo nickte und ging. Als sie weg war, lehnte Patience sich vor und senkte die Stimme. „Hat eine von euch schon ins Man Cave reinschauen können?"

„Du musst das lassen", erklärte Consuelo. „Immerhin ist es nicht verboten, dass in der Stadt neue Geschäfte eröffnen."

„Aber das ist anders."

Madeline nickte. „Das wird Ärger geben."

„Wovon redet ihr?", wollte Destiny wissen.

Madeline warf einen Blick über ihre Schulter und wandte ihre Aufmerksamkeit dann wieder der Gruppe zu. „In der Stadt eröffnet eine neue Bar."

Destiny wartete auf den Rest der Ankündigung, doch da schien nichts mehr zu kommen.

„Okay", sagte sie langsam. „Und das ist warum genau schlecht?"

„Weil Jo's Bar *die* Bar in der Stadt ist. Jetzt wird es zwei geben. So funktioniert das hier nicht."

„Aber das stimmt nicht. Ich habe mehr als ein Restaurant gesehen. Und mehr als eine Reinigung."

„Sicher", sagte Bailey. „Auch einige der Hotels haben Bars. Aber das hier ist mehr eine direkte Konkurrenz. Ich weiß nicht, was passieren wird. Bürgermeisterin Marsha hat noch nichts gesagt, aber ich bin sicher, das wird sie noch tun."

Patience deutete auf Madeline. „Hast du schon gehört? Nick ist der Manager."

Madeline schüttelte den Kopf und lehnte sich auf ihrem Stuhl zurück. „Bitte, nicht das wieder. Ich flehe dich an."

„Nick, hm?", zog Larissa sie auf. „Du hast wohl eine Schwäche für ihn, was?"

Consuelo verdrehte die Augen. „Weißt du überhaupt, wer er ist?"

„Der Manager des Man Cave."

Consuelo stöhnte. „Hast du ihn je *getroffen*?"

Larissa lachte. „Nein. Und warum ist das wichtig? Was, wenn zwischen ihnen etwas Romantisches ist? Willst du die Geschichte nicht hören? Wie sie sich getroffen und verliebt haben?"

Destiny wartete auf einen schlagfertigen Kommentar. Consuelo überraschte sie jedoch, indem sie nur seufzte. „Weißt du, was? Ich würde es wirklich gerne hören. Was grauenvoll ist. Ich war mal so tough."

„Mir machst du immer noch Angst", erklärte Bailey ihr.

„Wirklich? Das sagst du nicht nur so?"

„Versprochen."

„Können wir uns bitte wieder auf Madeline und Nick konzentrieren?", bat Patience. „Wie lange geht ihr zwei schon miteinander aus?"

Madeline streckte ihre Arme auf dem Tisch aus und legte den Kopf darauf. „Ich geb auf", murmelte sie. „Erschieß mich bitte jemand. Oder sie. Ist mir egal."

„Das ist dir nicht egal." Larissa grinste. „Also, wie ist Nick so?"

Alle lachten, und Madeline setzte sich wieder gerade hin.

„Nick ist einer der Mitchell-Brüder", erklärte sie. „Sein Vater ist der Glasbläser."

„Ceallach Mitchell", fügte Bailey an. „Er ist weltberühmt. Seine Stücke werden überall ausgestellt." Sie wandte sich an Starr. „Ich arbeite für die Bürgermeisterin, ich muss diese Dinge wissen."

„Wohnt er hier?", fragte Starr.

„Ja. Mit seiner Frau. Zwei seiner Söhne leben auch noch in der Stadt." Bailey runzelte die Stirn. „Stimmt das?"

„Ja", sagte Patience bestimmt. „Del ist vor Jahren weggezogen. Er war auf dem College, und da gab es dieses Mädchen, Maya. Sie waren total verliebt, und dann sind sie beide weggezogen, aber nicht gemeinsam. Ich bin altersmäßig genau zwischen ihnen, also war das damals alles sehr aufregend. Sie war nicht von hier. Und dann gibt es noch Aidan. Er wohnt in Fool's Gold und leitet das Familienunternehmen. Nick ist der Mittlere. Der mit der künstlerischen Ader wie sein Dad, nur arbeitet er nicht mehr mit Glas. Ich habe keine Ahnung, warum. Und dann gibt es noch die Zwillinge."

Destiny war ganz schwindelig, und sie hatte noch nicht einmal eine Margarita gehabt. „Wie kannst du das nur alles behalten?"

„Ich lebe hier. Das ist nicht schwer." Patience grinste Madeline an. „Bist du der Grund, warum Nick seine künstlerischen Fähigkeiten verloren hat? Hast du ihn verletzt?"

„Wir waren nur einen Sommer lang zusammen", protestierte Madeline. „Und das ist Jahre her. Es war unser letztes Jahr auf der Highschool, und es war heiß und intensiv und hat dann geendet. Nick hat dieses große Glasstück erschaffen, und ich erinnere mich, dass ich Angst hatte, weil ich dachte, es wäre vielleicht über uns oder über Sex oder darüber, dass ich meine Jungfräulichkeit an ihn verloren hatte, aber das war es nicht. Es waren Bäume. Also war alles gut."

Madeline presste die Lippen aufeinander und räusperte sich, bevor sie sich an Starr wandte. „Sorry. Ich sollte vor dir vermutlich nicht über solche Sachen sprechen. Wir waren verliebt, aber trotzdem. Wir waren nicht verheiratet. Ich böses Mädchen."

Starr lächelte. „Ich weiß, dass Menschen Sex miteinander haben und dass es angeblich romantisch ist, aber für mich klingt es trotzdem irgendwie eklig."

„Das ist es auch", sagte Madeline schnell. „Sehr eklig und nichts, was du tun willst."

Jo kam mit den Margaritas. Als sie herumgereicht wurden, dachte Destiny, dass diese Frauen sehr herzlich waren. Und sehr offen, aber wenn es um Freundschaften ging, war das okay.

Sie war dankbar, dass Starr nicht erpicht darauf zu sein schien, sich zu verlieben. Oder Sex zu haben. Das würde nur Komplikationen mit sich bringen, die keine von ihnen im Moment gebrauchen konnte.

Ehrlich gesagt hatte sie nie verstanden, wie man sich so in einem Menschen verlieren konnte, dass man total verrückt wurde. Wo war der Sinn darin? Zum Beispiel Kipling. Sicher, er war ein netter Kerl und sah gut aus. Auch wenn sie seine Besessenheit bezüglich des Skifahrens nicht nachvollziehen konnte, respektierte sie, dass er einen Traum gehabt und hart dafür gearbeitet hatte, ihn zu erreichen. Harte Arbeit ergab für sie Sinn.

Aber sich ihm zu Füßen zu werfen und ihn anzuflehen, sie zu nehmen? Warum? Ja, sie mochte es, in seiner Nähe zu sein. Auch würde sie nicht so weit gehen, zu behaupten, dass ihn zu berühren eklig wäre. Aber an Küsse zu denken war nicht das

Gleiche wie Sex, das hatte sie verstanden. Sie konnte Kiplings Gesellschaft genießen und seinen Körper bewundern und dennoch keinen Sex mit ihm haben. Sie war ja schließlich kein wildes Tier.

„Du willst also sagen, zwischen dir und Nick fliegen keine Funken", sagte Larissa.

„Nicht mehr."

Shelby lächelte Destiny an. „Ich hab total den Faden verloren, und du?"

„Ich auch, aber das ist nicht schlimm. Ich unterhalte mich prima und denke, das Leben hier ist äußerst interessant."

„Das ist es", versicherte Shelby ihr. „Ich habe es bisher sehr genossen."

„Du hast einen ziemlich heißen Bruder", verkündete Patience. „Nicht, dass ich an ihm interessiert wäre. Ich bin mit dem besten Mann der Welt verheiratet, und er ist fabelhaft. Mir fällt nur aus eher intellektueller Perspektive auf, dass Kipling heiß ist. Beobachten darf ich ja schließlich noch."

Consuelo stöhnte. „Selbst du kannst nicht so schnell betrunken sein. Du hast erst zweimal genippt."

„Ich weiß, aber ich habe heute noch nichts gegessen."

„Leichtgewicht", meinte Consuelo, aber in ihrer Stimme schwang Zuneigung mit.

Destiny war mehr an ihrer Unterhaltung mit Shelby interessiert. Wenn Kipling irgendjemandem erzählt hatte, wer sie war, dann seiner Schwester. Aber Shelby hatte nicht den kleinsten Hinweis darauf gegeben, dass sie sich für Destinys Eltern interessierte.

„Kipling ist vielleicht heiß", sagte Shelby. „Aber manchmal ist er auch echt nervig – er hat dieses unbändige Bedürfnis, immer alles wiedergutzumachen. Aber nicht jede Situation muss wiedergutgemacht werden. Doch davon abgesehen ist er grundsätzlich ein guter Kerl." Sie strahlte. „Und Single. Will jemand mit ihm ausgehen?"

Alle schauten Destiny und Madeline an, und Destiny erkannte, dass sie beide die einzigen erwachsenen Single-Frauen an diesem Tisch waren.

Madeline hob beide Hände. „Ich bin nicht interessiert. Er und ich haben uns schon kennengelernt, und da ist keinerlei Chemie zwischen uns."

Destiny dachte an ihren vernünftigen Plan und wusste, dass sie darüber mit niemandem sprechen wollte. Sie hatte gemerkt, dass die meisten Menschen ihre Argumente einfach nicht verstanden. Natürlich waren die meisten Menschen auch nicht mit ihren Eltern aufgewachsen.

„Ich bin nur für ein paar Monate in der Stadt."

Patience hob eine Augenbraue. „Ist euch aufgefallen, dass Destiny nichts über mangelnde Chemie gesagt hat?"

Shelby lachte. „Du kannst ruhig sagen, dass er heiß ist. Ich werde da nichts reindeuten."

„Danke. Er ist heiß."

Patience nippte an ihrer Margarita. „Es gibt ziemlich viele heiße Männer in der Stadt. Das ist interessant. Und für uns sehr nett."

„Mein Mann ist der totale Traum." Larissa seufzte. „Dieser Körper." Sie hielt inne, als alle sie anschauten. „Zu viel an Information?"

Patience zeigte auf Starr und hob erneut die Augenbraue.

Larissa nickte. „Also, Starr, wer ist in deiner Welt denn heiß? Du bist wie alt? Siebzehn?"

Starr errötete. „Fünfzehn."

„Wirklich? Du wirkst so erwachsen. Das liegt an den Haaren." Larissa seufzte erneut. „Alle glauben, blond zu sein ist so cool, aber von uns gibt es Millionen. Rothaarige sind so besonders."

Starr lächelte verschmitzt. „Destiny und ich haben gerade erfahren, dass wir nicht grau werden. Das werden Rothaarige nie."

„Okay, jetzt bin ich verbittert“, konterte Patience fröhlich. „Also, wen magst du? Bitte nicht Justin Bieber. Um den mache ich mir Sorgen.“

„One Direction?“, fragte Bailey. „Mir gefällt ihre Musik. Und ich kann nicht anders, aber ich liebe Taylor Swift.“

„Das überrascht hier niemanden“, warf Consuelo ein.

„Mir gefällt Cody Simpson“, sagte Starr. „Für Popmusik. Ich steh allerdings mehr auf Country.“

Beinah hätte Destiny sich verschluckt. Würde Starr sie outen? Aber ihre Schwester sagte nichts weiter.

Destiny wartete, ob irgendjemand auf das Thema Countrymusic anspringen würde, aber Shelby meinte nur: „Ich weiß, er ist irgendwie schon alt, aber ich stehe auf Matt Damon. Er ist so sexy und süß.“

Madeline lachte. „Und verheiratet. Ich verknalle mich lieber in Singles. Wo wir gerade über heiß sprechen – was ist mit Jonny Blaze? Oh mein Gott, er ist unglaublich. Dieser Körper, diese dunkelgrünen Augen. Wie er sich bewegt.“ Mit der Hand fächerte sie sich Luft zu.

Starr kicherte. „Ja, der ist ziemlich süß.“

„Ich liebe ihn in all seinen Filmen“, sagte Larissa. „Ein Actionstar mit Gehirn. Und die Muskeln sind auch nicht zu verachten.“

Consuelo reckte den Daumen. „Er kämpft zumindest richtig. In den meisten Filmen bemühen sie sich nicht mal, aber er achtet auf jedes Detail.“

Madeline lehnte sich näher zu Destiny und senkte die Stimme. „Consuelo war mal bei den Spezialkräften der Armee oder so. Sie unterrichtet eine unglaubliche Klasse an der Bodyguardschule hier in der Stadt. Es hat mit Selbstverteidigung angefangen, aber jetzt macht sie diese Mördertrainingsstunden. Ich gehe seit Anfang des Jahres hin und habe jetzt Muskeln an Stellen, von denen ich gar nicht gewusst hatte, dass man dort Muskeln haben kann. Aber ab und zu macht sie mir

Angst. Ich schwöre, sie könnte jemanden mit einem Papierhandtuch töten."

„Ich bin beeindruckt und eingeschüchtert", sagte Destiny.

„Wem sagst du das? Lass mich wissen, wenn du mal mit mir zum Kurs kommen willst. Es ist hart, bringt aber Spaß."

„Danke, das mache ich."

Jo kam mit zwei großen Tellern Nachos an den Tisch. Starr lachte über etwas, was Larissa sagte. Es herrschte eine ausgelassene Stimmung.

Destiny musste zugeben, dass sie von Fool's Gold mehr als nur ein wenig überrascht war. Sie hatte bei ihren Projekten immer eine gute Zeit, aber wegen dieses hier hatte sie sich Sorgen gemacht. Vor allem wegen Starr. Aber nach allem, was sie bisher gesehen hatte, war Fool's Gold ein einladender und entspannter Ort, um hier zu leben. Sie fühlte sich bereits, als wäre sie seit Monaten hier und nicht erst seit einer Woche. Da war dieses Gefühl einer Verbindung, das sie nicht gewohnt war. Zugehörigkeit. Sie mochte die Frauen, die sie kennengelernt hatte, und war dankbar, dass sie so nett zu ihr und Starr waren. Sie suchte zwar nicht nach Beständigkeit, aber es wäre sicher nett, so lange es dauerte.

Family Man Air Charters war in einem Hangar am Flughafen untergebracht. Finn Andersson, ein großer Mann Mitte dreißig, lehnte sich in seinem Stuhl zurück, während Kipling ihm von Miles und dem Hubschrauber erzählte. Aidan Mitchell saß auf dem anderen Besucherstuhl und hörte zu.

„Hubschrauberzeiten sind nicht billig", erklärte Kipling. „Aber sie bieten eine einzigartige Perspektive."

Aidan und Finn schauten einander an.

„Interessant", sagte Aidan. „Finn und ich haben schon öfter darüber nachgedacht, jemanden fest für die Tourenfirma einzustellen. Ein Helikopter würde einige interessante Vorteile bieten."

Finn nickte. „Stimmt. Wir könnten die Menschen in die Berge fliegen, sodass sie wieder ins Tal wandern könnten. Oder in die Wälder, die zu weit weg sind, um auf anderem Wege erreicht zu werden. Wie lange ist Miles in der Stadt?"

„Zwei Monate", antwortete Kipling. „Das Kartografieren sollte bis Mitte oder Ende Juli erledigt sein."

„Das ist ausreichend Zeit, um zu sehen, ob er interessiert ist", sagte Aidan. „Denn wenn wir uns für einen Hubschrauber entscheiden, ist das eine große Investition."

„Ich könnte meinen Pilotenschein machen." Finn klang aufgeregt bei der Aussicht. „Es müsste in geschäftlicher Hinsicht natürlich Sinn machen, aber das wäre mal eine spannende Herausforderung."

Aidan lachte. „Du nutzt auch jede Ausrede, um zu fliegen." Dann wurde er nachdenklich. „Weißt du, wir könnten mit Bürgermeisterin Marsha reden, ob die Stadt sich an dem Heli beteiligen will. Du und ich könnten ihn kaufen, und die Stadt könnte einen Vertrag mit uns schließen, ihn im Notfall benutzen zu dürfen."

„Ich kann mal mit Destiny reden, wie ein Hubschrauber in das STORMS-Projekt passt", bot Kipling an.

„Das ist gut", sagte Aidan.

„Sehe ich auch so." Finn nickte. „Da hätten wir eigentlich auch von selbst drauf kommen können. Wir werden uns bei Miles melden und gucken, ob er ein paar Zusatzaufträge haben will, solange er in der Stadt ist."

„Sagt Bescheid, wenn ich noch irgendwie helfen kann", meinte Kipling. „Ich hoffe, es wird was." Denn er genoss es, ein Problem zu lösen, wenn es sich ihm stellte.

Als das Meeting vorbei war, ging er zu seinem Jeep. Die Berge schienen heute näher zu sein, was natürlich nicht möglich war. Aber er fühlte sie trotzdem. Aufragend. Beharrlich. Lockend.

Er hatte Schmerzen. Die Stellen, an denen die Knochen zerschmettert worden waren, waren am schlimmsten. Die meisten seiner Gelenke signalisierten ihm zwei Tage vor dem örtlichen Wetterdienst, wann es regnen würde. Er rief sich in Erinnerung, dass er überlebt hatte. Dass er gehen konnte, obwohl die Chancen gut gestanden hatten, dass er den Rollstuhl niemals würde verlassen können. Er sollte dankbar sein.

Als er am Jeep ankam, schaute er zu den Bergen hinauf und stellte sie sich von Schnee bedeckt vor. Wenn es Schnee gäbe, könnte ich es mit ihnen aufnehmen, dachte er. Oder er hatte es zumindest einmal gekonnt. Damals. Aber das schien eine Ewigkeit her zu sein.

„Die gehen aber in ihrer Arbeit auf“, sagte Kipling.

Destiny beobachtete die beiden Techniker, die an den Computern saßen. Sie trugen Kopfhörer und arbeiteten konzentriert. Sie schätzte, die beiden bemerkten nicht einmal, dass sie nicht allein im Raum waren.

„Sie sind die besten“, erklärte sie. „Sie werden alles installieren und zum Laufen bringen, die Fehler ausmerzen und dann in die Nacht verschwinden. Wenn wir uns dem Ende des Trainings nähern, kommen sie zurück und bauen alle Anpassungen ein, die Sie für das Programm benötigen. Dann testen wir es und können loslegen.“

Gemeinsam gingen sie nach draußen. Der Tag war warm und sonnig. Neben dem Büro gab es einen kleinen Garten mit ein paar Tischen und Bänken. Ein guter Platz für die Freiwilligen, um sich zusammenzusetzen, dachte Destiny. Und um sich auf den neusten Stand zu bringen und ein wenig zu erholen, bevor sie wieder zu einem Notruf ausrückten.

Für den Winter müsste jedoch ein anderes Arrangement gefunden werden. Vielleicht könnten sie sich in der nahe gelegenen Feuerwache treffen. Aber das ist nicht mein Problem, dachte sie. Wenn sie mit ihrem Job fertig war, würde sie weiterziehen. Egal, wie sehr sie einen bestimmten Ort mochte, sie kehrte nie zurück.

Sie setzten sich einander gegenüber an einen der Tische.

„Ich habe heute Morgen mit Miles gesprochen", setzte Destiny das Gespräch fort. „Er hat mir erzählt, dass Sie einen Teilzeitjob für ihn gefunden haben."

Kipling zuckte mit den Schultern. „Er meinte, er wäre schnell gelangweilt. Und ich kenne ein paar Jungs, die ihr Geschäft eventuell durch Hubschrauberrundflüge ausweiten wollen. Das wirkte auf mich wie eine klassische Win-win-Situation."

„Shelby meinte, Sie lösen gerne Probleme. Jetzt verstehe ich, was sie damit gemeint hat."

„Ist das schlimm?"

„Nein, nur ein interessanter Charakterzug. Gibt es einen psychologischen Grund dafür, oder sind Sie so geboren worden?"

Er lachte leise. „Was glauben Sie?"

„Ich weiß es nicht. Ich denke, wie wir aufwachsen, hat einen großen Einfluss auf unser späteres Verhalten im Leben." Indem sie ihre Eltern beobachtet hatte, hatte sie ihre Lektionen gelernt. Natürlich war es dabei hauptsächlich um Dinge gegangen, die sie selbst vermeiden wollte. Aber es hatte auch positive Dinge gegeben.

„Da stimme ich Ihnen zu." Er zögerte. „Was Miles über Ihre Eltern gesagt hat … Sie waren darüber nicht glücklich."

Sie widerstand dem Drang, den Kopf zu senken und wegzulaufen. „Nein. Ich erzähle nur wenigen Menschen davon. Sie stellen immer Fragen, die ich nicht beantworten will."

„Oder nehmen Dinge an, die nicht wahr sind."

„Woher wissen Sie das?"

„Sagen wir einfach, ich bin zwar kein berühmter Countrysänger, aber ich habe auch im Scheinwerferlicht gestanden. Die Aufmerksamkeit ist nicht immer nur positiv."

„Natürlich. Sie sind ja der heiße Skifahrer."

Er hob eine Augenbraue. „Sie finden mich heiß?"

Sofort brannten ihre Wangen. Sie räusperte sich. „Das war mehr generell gemeint, nicht spezifisch."

„Also finden Sie mich nicht heiß."

Er zog sie auf. Flirtete vielleicht sogar mit ihr. Diesen Punkt erreichte sie beinahe nie mit einem Mann, also war sie unsicher, was sie tun sollte. Mit einem Mal erkannte sie, dass ihr Plan, einen soliden Mann zu finden und alle anderen zu ignorieren, einen gewaltigen Makel hatte. Sie war achtundzwanzig Jahre alt und wusste nicht wirklich, wie man sich außerhalb der Arbeit Männern gegenüber verhielt.

Mit Miles war es leicht. Sie sah ihn als Bruder an. Die Techniker und ihr Boss waren Kollegen. Menschen, die sie in den verschiedenen Städten kennenlernte, hielt sie auf Distanz. Niemand kam ihr nahe, was sicher für sie war. Aber was geschah, wenn sie den einen fand? Wie sollte sie ihm näherkommen?

„Das kann eigentlich doch keine so schwere Frage sein", erklärte Kipling amüsiert grinsend.

„Sie wissen, dass Sie sehr gut aussehen. Da brauchen Sie nicht noch weitere Komplimente von mir."

„Weitere impliziert, dass es schon welche gegeben hat. Bislang waren Sie aber eine Enttäuschung, was das angeht. Ich hatte auf mehr gehofft."

„Attraktiv ist, wer sich attraktiv verhält."

Er runzelte die Stirn. „Was soll das heißen?"

„Ich weiß es nicht. Das hat meine Grandma Nell immer gesagt. Es klingt doch ganz weise, oder?"

„Oder verwirrend. Ist es das Gegenteil von ‚Hässlich ist, wer Hässliches tut'?"

„Ich habe keine Ahnung."

„Wer ist Grandma Nell?"

Destiny merkte, wie sie sich entspannte, als sie sich an ihre Großmutter erinnerte. „Meine Großmutter mütterlicherseits. Sie hat ihr ganzes Leben in den Smoky Mountains verbracht. Sie war wundervoll. Liebevoll und klug und in emotionaler

Hinsicht ein wahrer Fels in der Brandung für mich. Egal, was passiert ist, ich konnte mich immer auf sie verlassen."

Destiny lächelte, als die Erinnerungen mit Macht auf sie einstürmten. „Meine Eltern waren noch sehr jung, als sie mich bekommen haben. Meine Mom war achtzehn und mein Dad nur wenige Monate älter. Vier Wochen nach meiner Geburt sind sie auf Tournee gegangen und haben mich bei ihr gelassen. Die ersten paar Jahre meines Lebens habe ich bei ihr verbracht, aber daran erinnere ich mich kaum. Dann war ich eine Weile bei meinen Eltern und anderen Familienmitgliedern. Mein Umfeld als Kind war zunächst nicht gerade stabil."

„War das schwer?"

„Manchmal. Wenn ich mit auf Tournee gegangen bin, hatte ich eine Nanny. Und die Jungs von der Band haben auf mich aufgepasst."

Kipling musterte sie. „Hatten Sie nicht mit sieben oder acht einen Hit? Ich könnte schwören, mich an so was zu erinnern."

Destiny spürte, wie sie zum zweiten Mal an diesem Tag errötete. „Ja", stöhnte sie. „‚Under the Willow Tree'. Ich war acht und der Song hat sich ganz gut verkauft."

Sie war für den Grammy nominiert gewesen, was eine aufregende Erfahrung hätte sein sollen, nur hatte ihr Vater ihr an jenem Morgen eröffnet, dass er und ihre Mutter sich zum zweiten Mal würden scheiden lassen. Sie war am Boden zerstört gewesen und hatte sich arg zusammenreißen müssen, um auf dem roten Teppich nicht zu schluchzen.

Die Reporter hatten mit ihr reden wollen. Sie fragen wollen, wie es war, so jung und so talentiert zu sein. Gern hätte sie ihnen erklärt, dass sie das alles aufgeben würde, wenn ihre Eltern nur zusammenblieben.

„Direkt danach haben sich meine Eltern erneut getrennt. Es gab einen großen Sorgerechtsstreit um mich. Ich bin nicht sicher, ob sie mich wirklich beide so gerne haben wollten, wie sie behaupteten." Sie zuckte mit den Schultern. „Ein paar Jahre wurde ich zwischen ihnen hin- und hergereicht. Sie haben beide noch mehrmals geheiratet. Als ich zehn war, ist Grandma Nell gekommen und hat gesagt, dass ich ab sofort bei ihr wohnen würde."

„War das besser?", fragte er.

„Sehr viel besser. Sie hatte ein kleines Haus. Es gab fließendes Wasser, aber sonst nicht viel. Der Strom fiel immer wieder aus. Wir hatten einen Holzofen und haben den Großteil unseres Gemüses selbst angebaut. Es gab Zeiten, in denen ich einsam war, aber hauptsächlich war ich froh, dass sie mich bei sich aufgenommen hatte."

Während sie sprach, betrachtete Kipling sie eindringlich. Sie hatte keine Ahnung, was er dachte, aber es fühlte sich nicht an, als wäre es etwas Schlimmes. Nach allem, was sie bislang sagen konnte, war er ein netter Mann. Er löste Probleme, was ein bewundernswerter Zug war. Wenn ihre Eltern mehr daran interessiert gewesen wären, die Familie zusammenzuhalten …

Aber das waren sie nicht gewesen. Und nun musste sie sich allein um eine Halbschwester kümmern, die sie kaum kannte.

„Erzählen Sie mir mehr über Grandma Nell", bat er.

Sie lächelte. „Sie wusste alles über Pflanzen und wie man Gemüse anpflanzt und einkocht. Und sie war eine echte Leseratte. Jeden Mittwochnachmittag sind wir in die Stadt gefahren und ins Kino gegangen, danach haben wir an der Bücherei angehalten und uns Unmengen an Büchern ausgeliehen. Ich wurde von ihr zu Hause unterrichtet, bis ich sechzehn war. Sie hat sich die Lehrpläne besorgt und dafür gesorgt, dass ich mich an den Stundenplan halte."

„Was ist passiert, als Sie sechzehn wurden?"

„Sie meinte, ich müsste in die echte Welt hinaus. Dass ich mich nicht für immer verstecken könne. Ich wollte nicht gehen, aber wie immer hatte sie recht. Ich habe bei meinem Vater gewohnt, während ich die Aufnahmeprüfungen für das

College absolviert und mich an mehreren Universitäten beworben habe."

Sie erinnerte sich daran, Angst gehabt zu haben, nicht genügend zu wissen. Sie hätte Grandma Nell vertrauen sollen. „Ich bin von allen Unis angenommen worden. Meine Punktzahl war sehr hoch, und ich habe die Hälfte meiner Grundkurse beim Vorabtest bestanden, sodass ich sie nicht mehr belegen musste."

Was jedoch nicht aufwiegen konnte, wie sehr sie die Frau vermisst hatte, die sie aufgenommen und wie eine Mutter geliebt hatte.

„Sie hat mich jedes Semester auf dem College besucht, und alle haben sie geliebt", fuhr sie fort.

„Ich würde sie gerne kennenlernen", sagte Kipling.

„Sie ist fort." Destiny spürte, wir ihr Lächeln schwand. „Vor drei Jahren ist sie für ein paar Wochen zu mir gekommen. Als sie wieder fuhr, meinte sie, es wäre an der Zeit. Ich habe es nicht verstanden. Drei Tage später ist sie gestorben."

„Das tut mir leid."

„Danke. Mir auch. Ich vermisse sie jeden Tag. Jetzt noch mehr, wo ich Starr bei mir habe. Grandma Nell hätte gewusst, was zu tun ist."

„Das wissen Sie auch."

„Dessen bin ich mir nicht so sicher." Sie schüttelte den Kopf. „Sorry. Ich weiß nicht, warum ich Ihnen das alles erzählt habe. Normalerweise bin ich zurückhaltender."

„Ich habe gefragt."

„Trotzdem." Sie stand auf. „Ich sollte mal nach meinen Technikern sehen. Ab und zu muss ich sie daran erinnern, etwas zu essen. Ich werde wohl schnell einen Lunch für sie holen."

Kipling erhob sich ebenfalls und kam um den Tisch herum. Tief schaute er ihr in die Augen. „Für mich klingt es ganz so, als hätte Grandma Nell Sie wirklich geliebt."

„Das hat sie."

„Das wird Ihnen immer bleiben."

Gemeinsam gingen sie zur Eingangstür.

„Das Man Cave eröffnet bald", sagte er. „Das ist die Bar, die ich mit ein paar Geschäftspartnern führe."

„Ich habe die Leute darüber reden hören", gab sie zu. „Das muss aufregend sein."

„Das ist es. Begleiten Sie mich doch zur Eröffnung. Wir haben eine Mörder-Karaokeanlage. Sie könnten singen."

„Ich singe nicht", erklärte sie bestimmt.

„Niemals?"

„Nicht in der Öffentlichkeit."

„Aber es muss Ihnen doch im Blut liegen."

„Mir liegen viele Dinge im Blut. Die meisten von ihnen leugne ich. Das macht das Leben einfacher."

„Wer hat gesagt, dass ‚einfach' der richtige Weg ist?", fragte er. „Ich würde Sie gerne einmal singen hören."

„Das wird nie passieren." Sie verengte die Augen. „Ich bin kein Problem, das gelöst werden muss."

„Das habe ich auch nicht behauptet."

„Shelby hat mich gewarnt, und sie hatte recht. Ich wiederhole mich gerne: Um mich müssen Sie sich nicht kümmern. Mir geht es sehr gut. Ich habe alles unter Kontrolle. Ich ziehe ein Leben ohne Überraschungen vor."

Kipling musterte sie einen Moment und beugte sich dann vor. Sie hatte keine Ahnung, was er tun würde, also war sie nicht darauf vorbereitet, seine Lippen über ihre streifen zu spüren.

Die Berührung war kurz, weich und erschütterte sie bis ins Mark. Erst wurde ihr heiß, dann kalt. Ihre Brust wurde eng, und irgendwo tief in ihrem Inneren verspürte sie eine sengende Hitze.

„Warum haben Sie das gemacht?", fragte sie, als er sich wieder aufrichtete.

Er lächelte schief. „Aus zwei Gründen. Zum einen, weil ich es wollte. Und zum anderen, weil jeder ab und zu eine nette Überraschung gebrauchen kann."

Sie wollte etwas erwidern, doch ihr fehlten die Worte. Sie konnte ihn nur anstarren, als er ihr zuzwinkerte und dann davonging.

5. KAPITEL

Sanft strich Destiny über die Saiten ihrer Gitarre. Die Musik war heute flüchtig. Schien sie mit Melodien, die an Halbsätzen hafteten, zu verspotten. Immer wenn sie versuchte, die Noten zu fassen oder auch nur die Worte, entglitten sie ihr.

Du könntest mein Bedauern sein. Ich könnte dein Seelenfrieden sein.

Sie machte sich noch ein paar Notizen, dann legte sie ihre Gitarre weg und ließ sich rücklings aufs Bett fallen. Sofort setzte sie sich wieder auf und fing an, die Hillbillymusic zu spielen, die Grandma Nell so geliebt hatte. Die meisten Songs gefielen ihr nicht, aber sie waren eine Verbindung zu ihrer Großmutter. An vielen Winterabenden hatten sie und Grandma Nell am Feuer gesessen, gespielt und gesungen, während draußen der Schnee fiel. Im Wohnzimmer hatte ein altes Klavier gestanden. Jeden Frühling kam ein Mann vorbei und stimmte es. Den Rest des Jahres kamen sie so damit aus.

Jetzt sang sie über die Berge und Gott und das Leben, bis sie anfing, sich zu entspannen. Unglücklicherweise erinnerte sie sich plötzlich an Kiplings Kuss und verspannte sich wieder.

Dummer Mann, dachte sie, als sie ihre Gitarre erneut weglegte. Dummer, dummer Kuss. Warum hatte Kipling das getan? Und dann einfach wegzugehen. Wer machte so etwas?

Sie sagte sich, dass es egal war. Na und, dann hatte er sie eben geküsst. Es war ja nicht so, als hätte sie darum gebeten. Und auch wenn sie jedes Mal ein Prickeln verspürte, wenn sie an seine sinnlichen Lippen dachte, hatte sie nicht vor, ihre Hormone verrücktspielen zu lassen. Sie behielt die Oberhand – wie immer.

Ehrlich gesagt war es vielleicht sogar gut, dass Kipling sie geküsst hatte. Wie ihr nämlich vor Kurzem aufgefallen war, brauchte sie ein wenig mehr Erfahrung, wenn sie den Mann ihrer eher ruhigen Träume finden wollte. Und auch wenn sie bezweifelte, dass er jemand war, der verführt werden wollte, sollte sie doch wenigstens in der Lage sein mitzuhalten. Also waren weitere Küsse eine gute Sache. Solange sie sich nicht von ihnen hinreißen lassen würde.

Das ist alles so lächerlich, dachte sie und streckte sich auf dem Bett aus. Dieses ganze Junge-Mädchen-Sex-Ding. Warum gaben Menschen so einfach nach? Warum ließen sie sich mitreißen? Sie ließen ihren Körper die Kontrolle übernehmen und trafen schlechte Entscheidungen. Was okay wäre, wenn diese Entscheidungen keine Konsequenzen für andere Leute hätten. Doch das hatten sie meistens. Wie damals, als ihr Dad und ihre Mom sich getrennt und darüber ihre Kinder vergessen hatten. So wie Jimmy Don es mit Starr gemacht hatte.

Destiny schaute auf die kleine Uhr auf ihrem Nachttisch. Es war beinahe zehn. Sie stand auf, trat in den Flur und klopfte an Starrs Tür.

„Hey, ich wollte dir nur Gute Nacht sagen."

Es folgte ein seltsames Geräusch, dann sagte Starr: „Komm ruhig rein."

Destiny öffnete die Tür. Ihre Schwester saß an dem kleinen Schreibtisch in dem Zimmer, ihr Tablet lag vor ihr.

„Schreibst du dir mit deinen Freundinnen?", erkundigte sich Destiny.

„Ich schaue mir einen Film an." Starr drehte sich halb zu ihr um. Ihr langes Haar fiel ihr ins Gesicht. „Ich habe dich spielen hören."

Destiny zuckte innerlich zusammen. Sie war so traurig gewesen, dass sie vergessen hatte, in die Garage zu gehen. Oder zu warten, bis Starr schlief.

Sie ging zum Bett ihrer Schwester und setzte sich. „Ja, das hast du."

„Also kannst du spielen. Du hast mich angelogen."
„Ich weiß. Entschuldige bitte."
„Warum hast du das gemacht?"
„Ich spiele nicht gerne. Manchmal kann ich nicht anders, aber meistens ignoriere ich es. Musik ist nicht mein Ding."
„Aber was, wenn es *mein* Ding ist?" Starr schob sich die Haare zurück und funkelte Destiny an.
Irrte sie, oder schimmerten da tatsächlich Tränen in Starrs Augen? „Geht es dir gut?"
Starr wischte sich übers Gesicht. „Mir geht's prima. Du hast die Frage nicht beantwortet."
Destiny dachte an das Leben mit ihren Eltern. Wie jeder Augenblick von der Musik dominiert worden war. Sie hatte immer im Hintergrund gespielt. Es hatte Jamsessions im Wohnzimmer gegeben. Selbst das Geschirr wegzuräumen war zu einem Musikspektakel geworden mit Besteck als Percussions und wassergefüllten Gläsern, die die Melodie wiedergaben. Sie dachte an das Lachen und später die Tränen. An das Gefühl, wieder und wieder verlassen zu werden. Daran, jemandes Pfand zu sein.
„Das ist kompliziert", setzte sie an.
„Nein, ist es nicht. Ich will besser spielen, und du willst es mir nicht beibringen. Wir sind Schwestern. Dir sollte etwas an mir liegen."
„Das tut es auch."
„Nein, tut es nicht. Musik ist der wichtigste Teil in meinem Leben, und du hältst sie von mir fern."
„Das tut mir leid. Ich bedauere aufrichtig, dass ich dich angelogen habe, und es tut mir leid, dass es dir so wehtut." Sie hielt inne, weil sie wusste, was sie sagen sollte, es aber nicht sagen wollte. Nein. Es waren nicht die Worte, die sie bereuen, sondern die Taten, die ihnen folgen würden.
„Ich kann dir beibringen zu spielen", sagte sie leise. „Gitarre und Klavier. Ich habe ein Keyboard in meinem Zimmer."

Starr drehte sich weg. „Ach, vergiss es. Von dir will ich nichts lernen."

Destiny zuckte zusammen, als hätte man sie geschlagen. Sie hatte es vermasselt. „Bitte, Starr. Bestraf mich nicht, indem du dich bestrafst. So was geht nie gut. Lass uns dieses Wochenende ein wenig spielen. Ich kann dir ein paar Dinge zeigen, die …"

„Ich habe Nein gesagt." Starr wandte sich wieder ihrem Tablet zu. „Es ist schon spät. Ich bin müde."

Mit anderen Worten, verlass bitte mein Zimmer, dachte Destiny.

„Okay." Sie stand auf. „Gute Nacht."

Geknickt verließ sie den Raum und schloss die Tür hinter sich.

Nächstes Mal werde ich es besser machen, schwor sie sich. Das Thema war noch nicht abgehakt. Sie würde Starr ein paar Tage Zeit lassen und es dann noch einmal ansprechen. Ihr ein paar Akkorde beizubringen wäre nicht schlimm. Vielleicht hätten sie dann etwas, worüber sie sich unterhalten könnten. Eine Möglichkeit, sich besser kennenzulernen.

Denn auch wenn Destiny vielleicht nicht alles wusste, was Grandma Nell getan hätte, so war sie doch sicher, dass die alte Frau Starr das Gefühl gegeben hätte, willkommen und geliebt zu sein. Das war eine Lektion, die Destiny noch lernen musste, wie sie sehr wohl wusste.

Angelo's Italian Cuisina lag gegenüber vom Park. Das weiß getünchte Gebäude hatte eine große Terrasse mit ausreichend Tischen. Kipling probierte den Rotwein, der gerade an ihren Tisch gebracht worden war.

„Sehr schön", sagte er.

Der Kellner nickte und schenkte ein. Nachdem er gegangen war, lehnte Shelby sich zu ihrem Bruder hinüber.

„Hast du jemals einfach so einen Wein zurückgehen lassen?", fragte sie grinsend.

„Nein. Das ist nicht mein Stil."

„Ich weiß. Ich mach nur Witze. Ich bin sicher, in deinem Leben hast du auch so genügend Aufmerksamkeit bekommen."

In letzter Zeit nicht, dachte er und überlegte, dass es lange her war, seitdem er eine Frau in seinem Leben gehabt hatte. Erst hatte er sich von seinem Unfall erholen müssen und dann war er nach Fool's Gold gezogen – romantische Verwicklungen waren da das Letzte gewesen, woran er gedacht hatte. Aber wenn alles nach Plan lief, würde er schon sehr bald mit einer Frau zusammen sein. Das war allerdings kein Thema, das er mit seiner kleinen Schwester besprechen würde.

„Wir läuft die Arbeit?", fragte er. Es war erst fünf Uhr am Abend, und doch saßen sie hier zum Dinner zusammen. Das war eine lächerliche Zeit, aber Shelbys Arbeit in der Bäckerei bedeutete, dass sie morgens sehr früh rausmusste.

„Gut. Ich lerne sehr viel. Amber überträgt mir immer mehr Verantwortung. Die Touristensaison lässt das Geschäft brummen. Ich hatte keine Ahnung, wie viele Leute jedes Jahr wieder hierherkommen. Sie erinnern sich daran, was sie im letzten Jahr bestellt haben, und wir sind gut beraten, es auch dieses Jahr wieder anzubieten."

Er nickte, um zu zeigen, dass er zuhörte. Er bewunderte Shelbys Enthusiasmus. Vor einem Jahr hatte sie sich mit einer sterbenden Mutter und einem Vater herumschlagen müssen, der nichts dabei fand, seine Faust im Gesicht seiner einzigen Tochter zu versenken.

„Es war mein Vorschlag, auf dem letzten Festival einen Stand zu haben. Amber war nicht sicher, ob es funktionieren würde, aber wir waren noch vor Mittag ausverkauft. Das hat uns eine Stange Geld eingebracht."

„Glückwunsch, dass du deine Chefin beeindruckt hast."

„Danke. Ich habe viele Ideen." Sie senkte den Blick und schaute dann wieder auf. „Amber und ich haben uns unterhalten."

Kipling erkannte den Ton und die Strategie. Er wappnete sich gegen etwas, was er nicht hören wollte. „Und?"

„Wenn ihr Dad in Rente geht, wird sie den Buchladen übernehmen. Aber sie kann nicht zwei Geschäfte gleichzeitig führen. Also sucht sie nach einer Partnerin für die Bäckerei. Ich habe gedacht, ich würde mich gerne bei ihr einkaufen."

Kipling atmete bewusst ein, um sich ein wenig Zeit zum Nachdenken zu verschaffen, bevor er antwortete.

„Das ist eine großartige Gelegenheit", sagte er langsam. „Aber bist du sicher, dass du dafür schon bereit bist?"

„Ich weiß, was ich tue. Ich liebe die Arbeit und will für immer in Fool's Gold bleiben."

„Du bist mehr als fähig, eine solche Entscheidung allein zu treffen. Ich bitte dich nur, es genau zu durchdenken. Du bist noch nicht so lange hier. Du hast einen schweren emotionalen Verlust erlitten. Sich in eine Firma einzukaufen bringt eine große Verantwortung mit sich. Was, wenn Amber und du unterschiedliche Vorstellungen von der Ausrichtung des Geschäfts habt? Es wird dann nicht mehr nur ein Job sein. Du kannst nicht einfach kündigen und gehen."

„Ich will auch gar nicht kündigen", gab sie schnippisch zurück. „Und gehen will ich auch nicht. Ich bleibe, wo ich bin."

Er sagte sich, dass er ihren Kommentar nicht persönlich nehmen sollte. Dass sie nicht darüber sprach, dass *er* weggehen würde. Denn er war weggegangen. Als er die Gelegenheit gehabt hatte, mit seinem Skitrainer zu arbeiten, hatte er sie sofort ergriffen. Und damals war er erst vierzehn gewesen. Shelby war ein halbes Dutzend Jahre jünger. Er hatte sich gesagt, dass sie in Sicherheit war. Hauptsächlich deshalb, weil ihr Vater damals noch nicht angefangen hatte, sie zu schlagen.

„Ich mache mir nur Sorgen, weil du dich von deinem Herzen leiten lässt", sagte er sanft. „Ich wünsche mir für dich, dass du wirklich das tust, was du willst, und nicht einfach nur Amber helfen möchtest. Einer Freundin unter die Arme zu greifen ist gut, aber in diesem Fall könnte es dich permanent an etwas ketten, was du vielleicht nicht möchtest."

Sie sackte auf ihrem Stuhl zusammen, als hätte sie jeglicher Kampfgeist verlassen. „Ich weiß, dass du dir Sorgen machst. Ich liebe dich, aber du musst dich nicht ständig um mich kümmern. Ich bin alt genug, meine eigenen Entscheidungen zu treffen."

„Okay. Vielleicht hast du recht. Wahrscheinlich sollte ich aufhören, dich ständig behüten zu wollen. Aber du bist und bleibst nun mal meine kleine Schwester."

Sie streckte die Hand aus und tätschelte seine. „Danke. Du bist ein guter Bruder."

„Einer der besten."

Sie lachte. „Jetzt ärgerst du mich mit Absicht. Glaubst du, das ist eine gute Idee?"

„Ich vertraue dir, Kleine."

„Du kennst mich schon mein ganzes Leben."

„Und den Großteil von meinem. Ehrlich gesagt kann ich mich nicht daran erinnern, wie es gewesen ist, als du noch nicht da warst."

Sie lächelte. „Vor ein paar Tagen war ich mit Destiny und ihrer Schwester Mittag essen. Wir waren eine ganze Gruppe. Sie ist echt nett und so, aber ich habe das Gefühl, sie und ihre Schwester stehen einander nicht wirklich nahe."

Kipling nahm sein Weinglas in die Hand, um ein wenig Zeit zu schinden. Er war nicht sicher, was er darauf erwidern sollte. Man könnte sagen, er schuldete Destiny nichts. Aber das stimmte nicht. Er mochte sie und hatte sie geküsst. Und wenn er ehrlich war, erhoffte er sich noch wesentlich mehr. Aber ob sie ihm ihr Geheimnis anvertraute oder nicht, lag ganz allein bei ihr.

„Ich weiß nicht genau, wie sie und Starr zusammengefunden haben", sagte er leichthin. „Aber sie erwähnte, dass sie einander nicht kannten. Sie sind Halbschwestern mit dem gleichen Vater. Starrs Mom ist vor einer Weile gestorben."

Shelby blinzelte. „Wirklich? Das ist ja wie bei uns. Wir haben denselben Vater, und ich habe meine Mom letztes Jahr verloren.“

„Mit dem Unterschied, dass wir zusammen aufgewachsen sind.“

„Ja, das ist etwas anderes. Ich kann mir nicht vorstellen, eine Schwester zu haben, die ich nicht kenne.“

Das konnte er auch nicht. Obwohl er durchaus verstand, wie sich Familien entfremden konnten. Sein Vater saß derzeit wegen verschiedener Verbrechen im Gefängnis, darunter das, seine Tochter geschlagen zu haben. Er würde noch lange Zeit dort bleiben, und Kipling hatte nicht vor, ihn zu besuchen.

Als Teenager hatte er sich Sorgen gemacht, wie viel von seinem Vater er in sich trug. War die dunkle Seite seines Vaters wie ein Monster im Winterschlaf, das ohne Vorwarnung erwachen würde? Denn anders konnte man einen Mann, der seine Tochter schlug, nicht bezeichnen.

Er hatte Angst gehabt, eines Tages aufzuwachen und die dunkle Gewalt in sich grollen zu hören. Schließlich hatte er mit seinem Trainer darüber gesprochen, was er zu Hause erlebt hatte und wovor er sich fürchtete.

Wie immer war sein Rat ehrlich und praktisch gewesen.

„Hast du je eine Frau schlagen wollen?“

Kipling erinnerte sich daran, dass ihn die Frage zu gleichen Teilen schockiert und aufgebracht hatte. „Verdammt, nein!“

„Falls es mal so weit kommt, hol dir Hilfe. Sofort. Such dir einen Psychiater. Lass dir Medikamente geben. Was auch immer nötig ist. Du kannst dir nicht aussuchen, woher du stammst, aber du kannst entscheiden, wie du damit umgehst.“

Kipling hatte sich geschworen, niemals wie sein Vater zu werden, egal, was ihn das kostete. Das Versprechen zu halten war leicht gewesen, wie sich herausgestellt hatte. Er war schon oft sehr wütend gewesen, hatte aber nie das Verlangen verspürt, die Hand gegen jemanden zu erheben. Wenn es eine genetische Prädisposition für Gewalt gab, war er davon verschont geblieben. Wenn der Hang zu Gewalt hingegen das Ergebnis von Erziehung war, hatte ihn seiner Meinung nach das Skifahren davor bewahrt. Egal, was stimmte, er war dankbar, dass er keine gewalttätige Ader hatte.

Vielleicht ist das mit ein Grund dafür, dass ich mich den Bergen so verbunden fühle, dachte er. Über den Schnee zu fliegen verlangte eine Disziplin, die ihn zwang, sich zu kontrollieren. Jede Aktion hatte sofortige Konsequenzen, und wenn er es vermasselte, war das Ergebnis gnadenlos.

Er fragte sich, was Destiny in ihrer Kindheit durchgemacht hatte. Welchen Dämonen war sie entkommen, und welche trug sie immer noch mit sich herum?

Später, nachdem Shelby und er gegessen hatten, machte er sich auf den Rückweg zu dem Stadthaus, das er gemietet hatte. Es war immer noch hell draußen, und viele Menschen waren unterwegs, die den Abend genossen. Er nickte und rief ihnen Grüße zu, blieb aber immer in Bewegung. Er war im Moment nicht in der Stimmung, sich mit jemandem zu unterhalten.

Rastlosigkeit zerrte an ihm. Er erkannte sie und wusste, woher sie kam. Vor dem Unfall wäre die Lösung einfach gewesen – in einen Flieger steigen und einen Berg finden. Zum Gipfel fahren und auf Skiern hinuntersausen. Mehr nicht. Sich einfach auf dem Schnee zu bewegen würde das Problem lösen.

Er trat vom Bürgersteig und spürte das Ziehen in seinem Rücken und bis ins Bein hinein. Ein Überbleibsel seines Unfalls.

Alles war damals so schnell gegangen. Er erinnerte sich nicht an viel. Nur daran, in einer Welt des Schmerzes aufgewacht zu sein. Er hätte gelähmt sein können. Er hätte sterben können. Nun konnte er also nicht mehr Ski fahren.

Manchmal belastete ihn das sehr. An manchen Tagen dachte er, dass er den besten Teil von sich verloren hatte und nie wiederfinden würde.

Er kam an einer Familie vorbei, die einen Spaziergang

machte. Ein kleines Mädchen ging zwischen seinen Eltern, der Vater schob einen Kinderwagen.

In dieser Stadt gab es viele Familien. Pärchen. Verliebte. Er hatte immer gedacht, auch eines Tages dazuzugehören. Nur war er nie an der Wahrheit vorbeigekommen: Zu sagen, dass man jemanden liebte, bedeutete gar nichts. Nicht, wenn die Liebe nichts verändern konnte. Nichts heilen konnte. Nichts wieder ins Lot bringen konnte.

Sein Vater hatte behauptet, seine Tochter zu lieben. Und dann hatte er sie geschlagen. Shelbys Liebe zu ihrer sterbenden Mutter hatte sie direkt vor die Fäuste des alten Mannes getrieben. Was hatte die Liebe ihnen jemals Gutes getan?

Es war nicht so, dass er nicht an die Liebe glaubte. Das tat er. Er wusste, dass sie existierte. Er liebte seine Schwester, würde für sie sterben. Wenn sie Probleme hätte, würde er den Hintern hochkriegen und etwas unternehmen. Und sich nicht einfach zurücklehnen und sie lieben. Oder behaupten, sie zu lieben, so wie ihr Vater es getan hatte.

Er sah andere Pärchen um sich herum. Glückliche Menschen, bei denen alles so leicht aussah. Aber er hatte noch nie einfach so daran glauben können. Wissen können, dass es richtig war. Dass eine spezielle Frau „die eine" war. Er verstand nicht, was bei ihm anders war. Also hielt er sich an das, was funktionierte und worauf er sich verlassen konnte.

Er mochte die serielle Monogamie. Vielleicht sollte er einfach dabei bleiben. Und meistens war er ja auch glücklich. Aber ab und zu fragte er sich, ob es vielleicht, ganz vielleicht, doch noch mehr gab.

Wenn Sex die Wurzel allen Übels war, dann waren Männer das Wasser, das die Wurzel wachsen ließ.

Destiny stöhnte. Das ergab nicht einmal in ihren Augen Sinn, was irgendwie ihren Standpunkt bewies. Sie musste sich doch nur mal ansehen. Eine vernünftige Frau mit einem vernünftigen Job verbrachte fünfundzwanzig Minuten damit, sich zu überlegen, was sie zu einem Meeting anziehen sollte. Was für eine Zeitverschwendung. Sie wusste, was sie tragen sollte. Sie würde ganz einfach ihre Arbeitskleidung anziehen, also Jeans oder Cargohosen und ein Hemd. Sonderlich viel Auswahl hatte sie sowieso nicht. Auf keinen Fall würde sie in irgendeinem gerüschten Kleid und hohen Hacken zu einem Geschäftstermin stolzieren.

Das war alles Kiplings Fehler. Er hatte sie geküsst. Und auch wenn sie zuvor bereits geküsst worden war, war dieses Mal anders gewesen. Irgendetwas war passiert, schien eine Schraube in ihrem Gehirn gelockert oder einen Hormonstau verursacht zu haben. Besser, sie ließ sich ein Anti-Kipling-Medikament verschreiben, auch wenn sie bezweifelte, dass dies bereits erfunden war.

Sie senkte die Lider und atmete tief durch. Oder sie versuchte es zumindest. Denn als sie die Augen öffnete, wollte sie immer noch hübsch für das Meeting aussehen.

Nein, sagte sie, entschlossen, ehrlich zu sich selbst ein. Nicht für das Meeting. Sondern für den Mann.

Wenn ich nur jemanden hätte, mit dem ich reden könnte, dachte sie, als sie ihre Skinny-Jeans aus dem Schrank zog und hineinschlüpfte. Einen vernünftigen Menschen, der ihr erklären würde, wie sie die schmuddeligen Überreste der sexuellen Anziehung abschütteln könnte. Aber da gab es niemanden. Mit den Leuten, die sie bei ihren vorherigen Aufträgen kennengelernt hatte, blieb sie normalerweise nicht in Kontakt. Ihre Mutter um Rat zu fragen war, wie einen Feuerteufel nach Tipps zur Vermeidung von Bränden zu befragen. Und zum ersten Mal war es auch nicht hilfreich, sich an die vielen weisen Worte von Grandma Nell zu erinnern. Denn ihre Gedanken zu diesem Thema waren sehr eindeutig.

Wenn er Single ist und deine Glocken zum Klingen bringt, dann greif ihn dir und lass dich gut durchklingeln.

„Ich will nichts mit Glocken zu tun haben", murmelte sie, während sie ein enges T-Shirt aussuchte und anzog.

Die Haare hatte sie bereits gewaschen und verdammt noch mal sogar einen Föhn und eine Rundbürste benutzt, um ihnen etwas mehr Fülle und eine leichte Welle zu verleihen. Schlimmer noch, sie hatte sich die Wimpern getuscht. Das war wirklich erbärmlich. Kipling war nichts für sie. Auch wenn er viele ausgezeichnete Fähigkeiten hatte, war er nicht vernünftig. Und offensichtlich war sie es in seiner Nähe auch nicht.

Die Tatsache, dass ein einziger Kuss sie so weit aus der Bahn werfen konnte, war Beweis genug. Kein Sex. Nicht bis sie nicht bereit war, Kinder zu haben. Denn Sex war der steile, rutschige Weg in die Katastrophe.

Sie schnappte sich ihren Rucksack, überprüfte, dass sie ihre Notizen für das Meeting dabeihatte, und verließ das Schlafzimmer. Im Wohnzimmer entdeckte sie Starr. Der Teenager schaute von seinem Buch auf.

„Ich bin dann mal weg", sagte Destiny. „Kommst du allein klar?"

„Ja, logisch."

Die Worte waren richtig, aber da war etwas in Starrs Augen … Traurigkeit vielleicht. Oder möglicherweise war Starr auch immer noch sauer, weil Destiny sie angelogen hatte. Sobald das Sommercamp losging, wäre Starr fröhlicher, aber bis dahin waren es noch ein paar Tage.

„Wir können reden, wenn ich zurück bin", bot sie an. „Ich könnte dir auch ein paar Akkorde zeigen."

Starr zuckte mit den Schultern und wandte ihre Aufmerksamkeit wieder dem Buch zu.

Destiny wünschte, ihre Schwester wäre mit einer Bedienungsanleitung gekommen. Besser noch mit einem großen Handbuch. Ein Faltblatt hätte schon geholfen. Aber leider war da nichts.

„Es wird nicht spät“, beteuerte sie.

Starr erwiderte nichts und Destiny ging. Sobald ich wieder daheim bin, finde ich heraus, was mit Starr los ist, versprach sie sich. Aber davor musste sie noch an einer Versammlung teilnehmen.

Es war schon nach sechs Uhr am Abend, aber immer noch warm und sonnig. Schnellen Schrittes ging sie zum Rathaus. Offensichtlich gab es dort ein kleines Auditorium, das sie für das Freiwilligentreffen nutzen konnten.

Im HERO-Programm würden zwar ein paar Festangestellte arbeiten, der Großteil des Suchteams würde aber aus Freiwilligen bestehen. Ein Teil von ihnen würde in der richtigen Handhabung der Ausrüstung ausgebildet werden. Der Zweck des heutigen Treffens war, das Programm mit der Gemeinde zu besprechen und idealerweise Leute dazu zu bringen, sich einzuschreiben. Oder zumindest ein wenig Interesse zu zeigen.

Angesichts der Tatsache, wie Fool's Gold sich Destiny bisher präsentiert hatte, glaubte sie nicht, dass es ein Problem wäre, genügend Leute zu finden. Der Plan war, die meisten der Freiwilligen von der örtlichen Feuerwehr und Polizei zu rekrutieren, die bereits über die notwendige Ausbildung verfügten. Sie war neugierig, wie viele andere Menschen interessiert wären, sich für HERO zu engagieren.

Sie erreichte das Rathaus und ging die Treppe zum Haupteingang hinauf. Schilder in der Empfangshalle wiesen in Richtung Auditorium. Sie ging hinein und stellte fest, dass sie die Erste war … abgesehen von Kipling.

Er stand an der Bühne und las seine Notizen. Die Scheinwerfer an der Decke hüllten ihn in einen besonderen Schimmer. Destiny kannte alle Tricks, die man mit Licht erzielen konnte, und ermahnte sich, nicht beeindruckt zu sein. Was sie auch nicht war. Sie schien nur irgendwie keine Luft mehr zu bekommen.

Beinahe hätte sie mit dem Fuß aufgestampft. Verdammt soll er sein, dachte sie. Und der Kuss. Und die Hormone. Und ihr Körper, weil er sie verriet. Sie wusste es besser. Sie hatte es gesehen, gelebt, hatte den Schmerz gefühlt, als sie beobachtet hatte, wie ihre Eltern von einer weiteren „wahren Liebe" fortgerissen wurden. Sie war beiseitegeschoben, ignoriert und vergessen worden. Selbst jetzt noch kämpfte sie mit den Konsequenzen einer weiteren Affäre ihres Vaters – in Gestalt einer Tochter im Teenageralter, die er vergessen zu haben schien. Destiny würde nicht nachgeben. Sie würde stark bleiben.

Sie straffte die Schultern, atmete tief durch und ging zu Kipling.

„Lassen Sie uns eins klarstellen", sagte sie anstelle einer Begrüßung. „Ich werde nicht Ihr Spielzeug sein."

Er schaute auf und grinste. „Warum nicht? Ich wäre zu gerne Ihres."

Destiny spürte, wie ihr der Unterkiefer hinunterklappte. Das hatte er gerade nicht gesagt. Wer redete denn so? Aber bevor sie dazu kam, ihre Meinung in einer Lautstärke kundzutun, die seine Aufmerksamkeit wecken würde, betraten zwei alte Damen das Auditorium. Eine davon erkannte sie – es war Eddie Carberry.

Destiny senkte die Stimme. „Es ist noch nicht vorbei", versprach sie.

Er lächelte immer noch. „Ich hatte gehofft, dass Sie das sagen würden."

„Ich meinte diese Unterhaltung. Nicht unsere …" Sie biss die Zähne zusammen. „Egal. Ich kümmere mich später um Sie."

„Ich freue mich schon darauf."

Dieser Mann ist echt nervtötend, dachte sie und wandte sich von ihm ab.

Sie sagte sich, dass sie ihn und die seltsamen Gefühle, die er in ihr hervorrief, einfach ignorieren sollte. Das hier war rein geschäftlich. Sie war hier, um einen Job zu erledigen. Kipling war nur ein Hindernis, das sie überwinden musste. Oder so ähnlich.

Immer mehr Menschen kamen und nahmen Platz. Miles tauchte auf, und Destiny setzte sich neben ihn. Trotz seines guten Aussehens musste sie sich keine Sorgen machen, sich von ihm angezogen zu fühlen.

„Wieso bist du so aufgebracht?", fragte er.

„Ich habe keine Ahnung, wovon du sprichst."

„Du siehst wütend aus. Das ist irgendwie sexy."

Sie verdrehte die Augen. „Du würdest auch eine Trockenwand sexy finden."

„Nur wenn sie ein Mädchen wäre." Er zeigte auf die Bühne. „Solltest du nicht da oben sein?"

Als der Beginn der Veranstaltung näher rückte, sah sie, dass Kipling im Begriff war, die Bühne zu betreten. Ihr war klar, dass sie sich dazugesellen sollte. Immerhin würde sie zu der Gruppe sprechen.

Der Saal ist fast voll, dachte sie, als sie widerstrebend aufstand und ihm zu dem kleinen Pult auf der Bühne folgte. Dahinter standen ein paar Stühle. Er drehte sich zu ihr um. Ein Lächeln umspielte seine Mundwinkel. Sie spürte, dass alle Augen auf sie gerichtet waren.

„Denken Sie nicht mal daran", flüsterte sie.

Er lachte leise. „Ich wollte Sie gerade fragen, ob Sie als Erste sprechen wollen oder ob ich das übernehmen soll."

Als wenn sie das glaubte. Der Mann bedeutete nichts als Ärger. Grandma Nell hätte ihn angebetet.

„Sie erzählen von dem Programm", sagte sie. „Ich spreche über die technische Seite. Danach können wir gemeinsam mögliche Fragen beantworten."

Kipling nickte und näherte sich dem Pult. Dort schaltete er das Mikrofon ein.

„Danke, dass Sie alle heute Abend gekommen sind. Ich weiß diese Unterstützung durch die Gemeinde wirklich zu schätzen. Für diejenigen von Ihnen, die mich nicht kennen, ich bin Kipling Gilmore und leite das Such- und Rettungsprogramm der Stadt."

„Sie meinen, Sie stehen unserem HERO vor", rief Eddie von ihrem Platz im Zuschauerraum. Die ältere Dame neben ihr klatschte in die Hände.

Kipling nickte. „Ganz genau. Help Emergency Rescue Operations wird Leben retten. Aber wir sind eine kleine Organisation, die gerade erst anfängt, und wir werden Hilfe brauchen. Freiwillige. Das heutige Meeting ist dazu da, zu erklären, wie das Programm funktioniert und wie Sie sich einbringen können."

Destiny hörte nur mit halbem Ohr zu, als Kipling die Einzelheiten des Programms erklärte. Schließlich kannte sie sie besser als die meisten. Wenn sie dran wäre, würde sie ausführen, wie die Software das Auffinden von vermissten Personen vereinfachen konnte.

Sie liebte ihren Job, mochte es, dass die Dinge bei ihrer Abreise besser waren als bei ihrer Ankunft. Außerdem genoss sie es, nette Menschen zu treffen und – zumindest zeitweise – dazuzugehören. Auch attraktiven Männern war sie schon häufig begegnet, aber niemand hatte sie je so verunsichert wie Kipling. Sie würde herausfinden müssen, warum er sie derart beeindruckte, und dann eine Möglichkeit finden, es zu stoppen.

Als Kipling fertig war, stellte Destiny sich hinter das Pult und sprach über die STORMS-Software und wie diese HERO unterstützen würde. Danach beantworteten sie gemeinsam Fragen. Sie versuchte, nicht darauf zu achten, wie nah sie beieinanderstanden, während sie das Mikrofon hin- und herreichten.

Eddie Carberry hob die Hand. „Gladys und ich möchten mitmachen. Werden Sie uns sagen, dass wir dazu zu alt sind?"

Destiny lächelte Kipling an. „Die Frage überlasse ich gerne Ihnen."

Einige Leute im Zuschauerraum lachten.

„Danke." Er trat einen Schritt vor und räusperte sich. „Wir freuen uns über jeden, der helfen will. Und wir haben Aufgaben für jedes Fitnesslevel."

Eddie verzog das Gesicht. „Sie werden uns ins Büro stecken, oder? Wir wollen aber draußen dabei sein."

Kipling schmunzelte. „Darüber können wir uns gerne gesondert unterhalten, wenn Sie mögen …"

„Und dann sagen Sie Nein." Sie stand auf, und Gladys tat es ihr gleich. „Wir wollen diesen Sommer noch ein Abenteuer erleben, bevor wir zu alt sind. Wenn Sie uns das nicht ermöglichen, werden wir jemand anderen finden, der es tut. Das wird Ihnen zeigen, wozu wir noch in der Lage sind."

Die beiden alten Damen verließen den Saal. Nachdem die Tür hinter ihnen zugefallen war, erhob sich eine große Frau. Sie trug ein dunkelblaues T-Shirt mit den Buchstaben FGFG auf der Brust und war ganz eindeutig schwanger.

„Lassen Sie sich von denen nicht runterziehen", sagte sie. „Sie lieben es, Ärger zu machen. Ich bin übrigens Charlie Stryker von der Fool's Golder Feuerwehr. Ich habe Interesse daran, mitzuhelfen, so wie die meisten in unserer Wache. Wir werden entsprechende Papiere unterzeichnen, damit die Personalabteilung die Informationen über unsere Arbeitszeiten in Ihre Datenbank einspeist. So wissen Sie immer, wer wann zur Verfügung steht. Die Menschen neigen leider dazu, sich immer dann zu verlaufen, wenn es für alle am wenigsten passt."

Ein paar Polizeibeamte machten das gleiche Angebot. Kipling schrieb sich die Namen der beiden Personalleiter auf und versprach, mit ihnen in Verbindung zu bleiben. Am Ende des Treffens hatten sie ein Dutzend Freiwillige.

„Sie werden keine Probleme haben, die Positionen zu besetzen", sagte Destiny, als sie mit Kipling von der Bühne ging.

„Gut zu wissen." Er nickte ihr zu. „Ich will noch kurz mit Charlie reden, bevor sie geht. Wir sehen uns."

„Klar."

Destiny war über seine geschäftsmäßige Art sehr erfreut. Sie hatte ihre Gefühle deutlich gemacht und schätzte, dass er ihr offensichtlich zugehört hatte. Trotzdem war sie ein wenig verschnupft darüber, dass er anscheinend so schnell über sie hinweggekommen war. Und dass es keine weiteren Küsse mehr geben würde. Was sie nur in ihrer Überzeugung bestärkte, dass Dinge wie sexuelle Anziehung das Denken durcheinanderbrachten und eine vollkommen rationale Frau am Rande des Wahnsinns zurückließen.

6. KAPITEL

„Versuch mal, deine Finger hier hinzulegen.“ Destiny verschob Starrs Finger auf dem Griffbrett der Gitarre. „Du musst fest genug drücken, um die Saiten zu halten, aber nicht so stark, dass du dich verkrampfst.“

Starr bewegte die Hand ein Stück und entspannte ihre Finger. „So?“

„Ganz genau. Wie fühlen sich deine Finger an?“

Sie spielten bereits seit fast einer Stunde. Eine Woche lang hatte Starr alle Versuche von Destiny, ihr das Gitarrespielen beizubringen, ignoriert. Aber um halb sieben am Morgen war ihre Schwester zu ihr gekommen. Was Destiny überrascht, aber gefreut hatte.

„Ein wenig lahm“, gab Starr zu.

„Es wird noch schlimmer, bevor es besser wird.“ Destiny schaute zur Uhr. „Wir müssen los, sonst kommst du zu spät zum Camp. Heute Abend üben wir noch ein bisschen weiter. Irgendwann wirst du Schwielen bekommen, aber bis dahin kannst du deine Fingerspitzen mit Eis kühlen oder sie in Apfelessig baden.“

Starr lachte. „Ich fange mit Eis an. Ich will nicht, dass meine Hände komisch riechen.“

„Klingt logisch. Bist du bereit?“

Starr legte die Gitarre beiseite und nickte. Sie war bereits angezogen und trug eine Jeans und eine Jacke. Später würde es warm werden, aber frühmorgens war es noch frisch, vor allem oben in den Bergen.

„Hast du Sonnencreme und Mückenschutz dabei?“, fragte Destiny. „Lunch bekommt ihr im Camp.“

„Ich habe alles, und falls etwas fehlt, schicke ich dir eine SMS."

„Gut, ich habe mein Handy dabei."

Destiny nahm ihren Rucksack, und gemeinsam gingen sie zum Auto.

Später in der Woche würde ein Bus die einheimischen Kinder abholen und in die Berge fahren, aber an den ersten Tagen wurde von den Eltern erwartet, ihre Kinder zu bringen. Destiny hatte eine Anfahrtsbeschreibung, dachte aber, dass sie einfach der Autoschlange folgen würde, die in Richtung End Zone for Kids fuhr.

„Freust du dich?", fragte sie, als sie auf den Forest Highway einbogen.

„Ein bisschen. Mir wird jemand zur Seite gestellt, der mir bei der Eingewöhnung hilft."

„Das ist schön. Und außerdem sind am ersten Tag alle neu."

„Bist du je in einem Sommercamp gewesen?"

„Ein paarmal." Destiny lächelte. „Aber das waren welche, wo man auch in Hütten übernachtet hat."

„So wie ein Internat."

„Ganz genau. Zwischen ihren Tourneen und den ständigen Hochzeiten oder Scheidungen hatten Mom und Dad im Sommer keine Zeit für mich."

„Bist du deswegen zu Grandma Nell gezogen?"

„Ja. Ich war damals zehn. Und ich hatte Angst davor, in den Bergen zu leben. Aber ich war auch froh, bei ihr zu sein. Egal, was passierte, sie war immer für mich da."

„Hast du gerne bei ihr gewohnt?"

Destiny dachte an die Schönheit der Smoky Mountains. Sicher, sie hatten sehr zurückgezogen gelebt, aber das war nicht schlimm gewesen.

„Sehr gerne. Der Rhythmus der Jahreszeiten hat was. Es gab immer etwas zu tun. Im Sommer mussten wir uns um das Gemüse und Obst kümmern. Im Herbst haben wir uns auf den

Winter vorbereitet. Der erste Schnee war immer so schön."

Sie bog auf den Mountain Pass und fand sich, wie erwartet, in einer langen Schlange von Autos wieder, die den Berg hinauffuhren.

„War es schwer, das zurückzulassen, um aufs College zu gehen?", wollte Starr wissen.

„Ja, das war es. Ich hatte Angst, nicht so klug oder gebildet zu sein wie die anderen. Und der Gedanke, in die normale Welt zurückzukehren, hat mich nervös gemacht. Ich war so lange draußen gewesen. Was, wenn ich nicht richtig sprach oder mich falsch anzog?" Sie dachte an ihre ersten Tage auf dem College. „Und Grandma Nell hat mir so sehr gefehlt."

„Wo bist du aufs College gegangen?"

„Erst zwei Jahre auf die Vanderbilt, danach habe ich auf die Universität von Texas gewechselt."

„Warum?"

„Es war hart, in Nashville zu sein. Da waren zu viele Leute aus der Branche." Sie wusste, dass sie nicht näher ausführen musste, welche Branche sie meinte. In ihrer Familie gab es schließlich nur die eine.

„Hast du einen Abschluss in Musik gemacht?", erkundigte sich Starr.

„Nein. In Informatik."

„Was?" Ungläubig schaute Starr sie an. „Warum? Das ist wie Mathe, nur schwerer."

„Computer regieren die Welt, junge Dame. Das müssen wir respektieren."

„Klar, aber deswegen müssen wir noch lange nicht Informatik studieren. Oh, warte." Starr nickte langsam. „Du wolltest dich von deinen Eltern und dem, womit sie ihren Lebensunterhalt verdienen, lösen. Du wolltest anders sein."

Oder in Sicherheit, dachte Destiny, sprach es aber nicht laut aus. „Es kam mir wie ein guter Plan vor. Sobald ich mich für mein Hauptfach entschieden hatte, war es am sinnvollsten die

Uni zu wechseln. Am Ende habe ich ein Praktikum bei der Firma bekommen, für die ich jetzt arbeite, also hat sich alles zum Besten gewendet."

„Was hat Grandma Nell von deinem Hauptfach gehalten?"

Eine interessante Frage. Die ältere Frau hatte Destiny daran erinnert, dass vor etwas *davon*zulaufen nicht das Gleiche war, wie auf etwas *zu*zulaufen.

„Sie hat mich immer unterstützt", beschönigte Destiny ein wenig die Wahrheit. „Ich konnte immer auf sie zählen, egal, worum es ging."

„Das ist schön. Ich wünschte, ich hätte auch so jemanden in meiner Familie. Wo ist sie jetzt?"

„Sie ist vor ein paar Jahren gestorben."

„Das tut mir leid."

„Danke. Mir auch."

Destiny versuchte, die Trauer um den Tod ihrer geliebten Großmutter zu ignorieren, und zeigte auf ein Schild vor ihnen. „Wir sind da." Sie folgte den anderen Autos auf einen großen Parkplatz.

Die Anmeldung ging schnell. Starr erhielt ein farbiges Armband, und dann war es schon an der Zeit für Destiny, aufzubrechen.

Starr atmete tief ein. „Okay, wir sehen uns später. Du weißt noch, dass diese Frau, Felicia, mich nachher mit nach Hause nimmt, oder?"

„Ja." Destiny berührte den Arm ihrer Schwester. „Das hier wird toll."

„Das hoffe ich. Es nervt, die Neue zu sein. Ich weiß inzwischen, wie man das macht, aber es gefällt mir nicht. Ich kann mir nicht vorstellen, so zu leben wie du. Nicht das Arbeiten mit Computern und so, aber ständig von einem Ort zum anderen zu ziehen. Verspürst du niemals den Wunsch, sesshaft zu werden?"

„Irgendwann einmal sicher."

Starr sah aus, als wollte sie noch etwas sagen, doch dann überlegte sie es sich anders. Sie schob ihren Rucksack auf die andere Schulter. „Bis später."

„Hab Spaß."

Destiny überlegte, sie zu umarmen, aber bevor sie das tun konnte, hatte Starr sich abgewandt und lief davon.

Sie ließ sie gehen und kehrte zu ihrem Wagen zurück. Wir machen langsam Fortschritte, dachte sie. Das würde sie einfach genießen und weiterhin einen Fuß vor den anderen setzen.

Sie fuhr in die Stadt zurück und stellte den Wagen zu Hause ab, bevor sie ins Brew-haha ging. Dort traf sie sich mit Kipling für ein Update, bevor sie mit dem Hubschrauber hinausfliegen würde, um weitere Gebiete zu kartografieren. Miles machte gute Fortschritte. Er brauchte sie bei seiner Arbeit eigentlich nicht, aber ab und zu flog sie gern mit, um sich zu vergewissern, dass alles so lief wie geplant.

Sie überquerte die Straße und ging auf das Café zu. Als sie merkte, dass sie immer schneller wurde, verlangsamte sie bewusst ihre Schritte. Sie freute sich *nicht* darauf, Kipling wiederzusehen. Sie empfand überhaupt nichts. Das hier war einfach nur ein Treffen mit einem Kollegen, mehr nicht.

Während sie sich zwang, langsam weiterzugehen, dachte sie an all die Frauen, die so leichtfertig Sex hatten. Sie schätzte, man könnte durchaus argumentieren, dass deren Weg der bessere war. Wenn man einfach immer auf die Anziehung reagierte, dann hatte sie vielleicht irgendwann keine Macht mehr. Womöglich war das wie eine juckende Stelle, die, sobald man sie gekratzt hatte, Ruhe gab.

Nur hatten ihre Eltern sie etwas anderes gelehrt. Sie stürzten sich von einer Beziehung in die nächste und hinterließen dabei nichts als Chaos. Vielleicht war ihr eigentliches Problem, dass sie nicht intensiv genug nach einem verlässlichen, vernünftigen Mann gesucht hatte. Es gab ausreichend Single-Männer in dieser Stadt. Warum sollte sie die nicht mal abchecken?

Da waren zum einen die Mitchell-Brüder. Aidan und Nick waren beide attraktiv. Auch wenn Nick nach allem, was sie gehört hatte, im Herzen ein Künstler war. Wenn er seine Gabe wirklich verleugnete, lauerte die Katastrophe bereits im Hintergrund, und so etwas wollte sie nicht. Aidan leitete eine Firma für Abenteuertrips. Auch nicht ganz die Beschreibung ihres idealen ruhigen, gesetzten Partners.

Während der Versammlung für die Freiwilligen hatte es Gespräche über einen Rancher namens Zane gegeben. Er hatte vom Alter her angemessen gewirkt, und ein Mann, der von seinem Land lebte, würde sicherlich verstehen, wie wichtig Verantwortung und Geduld waren. Sie würde eine Möglichkeit finden, ihn kennenzulernen.

Aber alle Pläne, zufällig Rancher Zane über den Weg zu laufen, waren in der Sekunde vergessen, in der sie das Brew-haha betrat und sah, dass Kipling bereits an einem der Tische saß. Er hatte zwei Latte macchiato bestellt und einen Teller mit Gebäck vor sich stehen.

Sie zögerte eine Sekunde. Die Zellen ihres Körpers schienen in einen Freudentaumel zu geraten. Ihr Atem stockte, ihr Herz raste, und irgendwo tief in ihrem Bauch spürte sie ein verdächtiges Ziehen. Vermutlich habe ich mir einen Magen-Darm-Virus eingefangen, dachte sie unbehaglich.

Sie weigerte sich, Schwäche zu zeigen, und steuerte direkt auf Kipling zu.

„Hey“, sagte er, als sie sich ihm gegenübersetzte. „Ich habe Ihnen einen Latte macchiato bestellt. Ich hoffe, das war richtig?“

„Das war es. Danke.“ Mit beiden Händen umklammerte sie den Kaffeebecher.

„Haben Sie Starr gut abgesetzt? Das Sommercamp fängt doch heute an, oder?“

„Ja. Ich hoffe, es gefällt ihr.“

„Die Neue zu sein ist niemals leicht.“

„Das hat sie auch gesagt. Sind Sie als Kind viel herumgezogen? Wegen des Skifahrens, meine ich."

„Ja, aber ich hatte immer meinen Trainer und mein Team dabei. Ich war nicht allein so wie sie. Aber sie wird Freunde finden, und das wird helfen. Schade, dass Sie Ende des Sommers abreisen. Wenn Sie bleiben würden, hätte Starr zum Schulbeginn schon Freunde."

„Starr geht auf ein Internat und wird nach dem Sommer dorthin zurückkehren."

Kipling runzelte die Stirn. „Ach, sie lebt nicht immer bei Ihnen?"

„Nein. Nur den Sommer über. Ich bin im Moment ihr gesetzlicher Vormund, aber das hat rein logistische Gründe."

„Oh. Und das ist für Starr okay? Ich meine, kein wirkliches Zuhause zu haben?"

Diese Fragen gefielen Destiny gar nicht. „Sie hat ein Zuhause."

„Wo?"

Darauf hatte Destiny keine Antwort. Starr hatte nur ein paar Tage bei ihr in Austin verbracht, bevor sie nach Fool's Gold aufgebrochen waren. Ihre Wohnung dort war nicht wirklich groß genug für sie beide.

„Ich schätze, den Teil habe ich noch nicht durchdacht", sagte sie langsam.

„Sie sollten mit ihr reden und herausfinden, was sie glaubt, was im Herbst passieren wird. Es könnte doch sein, dass sie über die Aussicht, aufs Internat zurückzukehren, nicht ganz so erfreut ist, wie Sie glauben."

„Warum sagen Sie das? Sie kennen sie doch gar nicht."

„Ich spreche aus Erfahrung. Ich habe die Chance ergriffen, ins Skiteam aufgenommen zu werden, und jede Sekunde genossen. Aber es hat Kinder gegeben, die lieber zu Hause gewesen wären. Niemand mag es, weggeschickt zu werden."

Ich bin auch mal Kind gewesen, dachte sie irritiert. Und

weggeschickt zu werden war das Beste, was mir je passiert war. Aber sie hatte bei einer liebevollen Großmutter gewohnt, während Starr auf ein Internat gehen musste. Das war etwas ganz anderes.

„Sie hat Freunde auf der Schule." Sie war sich bewusst, dass sie defensiv klang. Zum Teil lag das daran, dass sie nicht wusste, was es bedeuten würde, sollte Starr nicht wieder zurückgehen. Sie selbst liebte es, für ihren Beruf zu reisen, aber für eine Fünfzehnjährige war es unmöglich, alle drei Monate woanders hinzuziehen.

Sie schüttelte den Kopf. „Sie sind schon wieder dabei, die Probleme anderer Leute zu lösen."

„Ich kann nicht anders", sagte er lächelnd. „Das ist Teil meines Charmes."

„Wenn Sie das sagen."

Er lachte. „Das beeindruckt Sie nicht? Ich könnte Ihnen Referenzen bieten, wenn das hilft."

„Ich mag mir gar nicht vorstellen, was darin stehen würde."

„Nur Gutes", versprach er. „Bei einem Date mit mir hat man immer viel Spaß. Wo wir gerade davon sprechen, begleiten Sie mich zur Eröffnung des Man Cave. Das wird eine Mörderparty."

„Ich bin wirklich nicht so der Bar-Typ."

„Das ist keine normale Bar. Kommen Sie. Es ist die Eröffnung meines Ladens. Wie können Sie nicht dabei sein wollen, um all das Magische zu sehen, was wir erschaffen haben?"

Sie versuchte, herauszufinden, warum er so anziehend war. Andere Männer sahen genauso gut aus. Vielleicht sogar noch besser. Er war klug, aber nicht brillant. Er hatte Charakterzüge, die sie leicht nervig fand, aber die schienen seiner Anziehungskraft keinen Abbruch zu tun.

Ein Date. Sie konnte sich nicht erinnern, wann sie das letzte Mal mit einem Mann ausgegangen war. Wusste sie überhaupt noch, wie das ging?

„Ich werde nicht mit Ihnen schlafen“, betonte sie.

Kipling zuckte unter dieser unverblümten Aussage nicht einmal zusammen. „Ich erinnere mich nicht daran, Sie gefragt zu haben, aber danke für das Update. Meinen Sie damit nur diesen einen Abend oder generell?“

Das gilt für immer, sollte sie erwidern. Schließlich war er nicht das, wonach sie suchte. Ihre Ziele waren klar. Klar und entschieden.

„Generell“, sagte sie fest.

Er lehnte sich auf seinem Stuhl zurück. Seine blauen Augen funkelten amüsiert. „Ja, klar. Sie sind so eine Lügnerin. Sie wollen mich. Geben Sie's ruhig zu.“

Destiny sagte sich, dass er sie nur aufzog. Dass sie nur mit ihm lachen müsste, und alles wäre gut. Nur konnte sie das nicht. Weil sie sich wirklich von ihm angezogen fühlte. Und zwar weitaus mehr, als ihr lieb war.

Sie öffnete den Mund und schloss ihn wieder. Sie spürte, dass sie errötete, und wollte sofort woanders hingebeamt werden. Am liebsten auf einen anderen Planeten. Als das nicht passierte, griff sie nach ihrem Rucksack und murmelte: „Ich muss los.“

Kipling war sofort auf den Füßen. „Destiny, nein. Bitte nicht. Ich hab nur einen Witz gemacht.“

Sie schüttelte den Kopf und floh.

Aus irgendeinem Grund folgte Kipling ihr nicht. Dankbarkeit und Angst trieben sie auf dem Weg ins Büro an. Ein lächerlicher Plan, sich hier zu verstecken, dachte sie, noch während sie die Tür hinter sich schloss und sich dagegenlehnte. Als wenn er nicht wüsste, wo sie arbeitete.

Aber sie konnte nirgendwo anders hin. Blieb nur zu hoffen, dass ihr hier ein paar Minuten Ruhe gewährt würden. Eine Stunde oder so, um herauszufinden, was, zum Teufel, mit ihr nicht stimmte und wie sie es wieder hinbiegen könnte. Und zwar schnell.

Um fünf Uhr am Nachmittag hatte Destiny es geschafft, den Vorfall mit Kipling aus ihren Gedanken zu verdrängen. Die Verschnaufpause war vermutlich nur vorübergehend, aber das war okay. Jetzt musste sie sich erst einmal um ihre Schuldgefühle kümmern. Die Schuldgefühle Starr gegenüber.

Sosehr sie den Mann auch vergessen wollte, die Worte, die er über ihre Schwester gesagt hatte, konnte sie nicht verdrängen. Dass Starr technisch gesehen kein Zuhause hatte, zu dem sie zurückkehren konnte.

Destiny hatte keine Ahnung, wie sie das Problem lösen sollte, aber sie wusste, wie man sich ablenkte. In der durch Generationen ihrer Familie weitergereichten Tradition fing sie an zu kochen.

Als Erstes machte sie einen Kuchen. Grandma Nell hatte ihr das Geheimnis für die perfekte Rinde verraten. Destiny hatte die ersten Blaubeeren der Saison verwendet, und jetzt kühlte der Kuchen auf einem Rost auf dem Küchentisch ab.

Sie hatte Hühnchen zum Braten und Zutaten für einen Salat eingekauft. Denn es gab nur wenige Probleme, die sich nicht mit gebratenem Hühnchen lösen ließen.

„Ich bin zurück!", rief Starr.

Destiny ging ins Wohnzimmer. Ihre Schwester sah glücklich aus, als sie ihre Tasche auf das Sofa warf und sich daneben fallen ließ. Destiny setzte sich ihr gegenüber.

„Wie war's?", fragte sie und drückte sich innerlich die Daumen, dass der Bericht positiv ausfallen würde.

Starr grinste. „Super. Ich bin echt kaputt, aber auf gute Art, weißt du? Das Camp ist riesig. Es gibt verschiedene Klassenräume und Bereiche. Ich bin bei den Musik- und Schauspielkids. Es gibt auch viele technische Kurse und Sport und so. Es ist viel los und laut und lustig. Zum Mittagessen gehen wir in Schichten, was gut ist, denn es wäre unmöglich, so viele Kinder gleichzeitig zu versorgen."

Sie hielt inne, um Luft zu holen. „Es gibt Kinder, die kommen für ein paar Wochen und bleiben da oben. Sie sind aus Los Angeles und so. Den Innenstädten, wie einer der Betreuer gesagt hat. Ich habe mich mit einem Mädchen unterhalten, das noch nie in den Bergen gewesen ist. Sie hatte noch nie einen Wald gesehen! Sie meinte, in dem winzigen Park bei ihrem Haus stünden gerade mal acht Bäume. Sie hat sie gezählt."

Starr schüttelte den Kopf. „Ich habe noch nie jemanden wie sie getroffen. Sie war so lustig und hat eine unglaubliche Stimme. Aber für sie ist alles anders. Ihre Familie hat kein Geld. Ich wusste nicht, dass es für einige Leute wirklich so ist."

„Ich bin froh, dass sie zum Camp kommen kann."

„Ich auch. Ich habe viele Kids kennengelernt, die in der Stadt wohnen. Einige von ihnen sind sogar in meinem Alter." Sie neigte kurz den Kopf. „Felicias Sohn ist nett. Carter. Er hat Freunde, denen er mich vorstellen will. Er meinte, wir könnten ab und zu mal zusammen abhängen."

Destiny hatte die ganze Zeit über genickt, aber jetzt stockte sie.

„Ein Junge?", fragte sie und überlegte, ob ihrer Stimme wohl die Angst und das Entsetzen anzuhören waren.

Starr schaute sie an. „Äh, ja, Söhne sind meistens Jungs. Wir sind Freunde. Alles cool. Er ist nett. Ich mag ihn."

„Wie magst du ihn?"

Starr verdrehte die Augen. „Worüber machst du dir Sorgen? Ich bin fünfzehn. Es ist okay, wenn ich einen Jungen mag. Das tun Teenager nun mal."

Destiny ermahnte sich, ruhig zu bleiben. Sie hatte die Situation im Griff. „Das verstehe ich", sagte sie langsam. „Aber du musst vorsichtig sein. Das müssen wir beide."

„Vorsichtig? Wovon redest du?"

„Es liegt in unseren Genen. Genau wie die roten Haare. Und das Interesse an Musik. Das hast du von deinem Dad, oder?"

„Okay." Verwirrt sah Starr sie an. „Und was hat das mit Carter zu tun?"

„Man kann auch andere Wesenszüge erben. Wie zum Beispiel, sich ständig zu ver- und entlieben. Du hast doch gesehen, was mit deinen Eltern passiert ist. Willst du das Gleiche für dich? Darüber solltest du gründlich nachdenken. Denn wenn du nicht denkst, handelst du womöglich. Und Sex ist gefährlich."

Starr wandte sich ab. „Hör auf damit. Ich will nicht darüber reden. Ich bin *fünfzehn*. Ich weiß, dass einige Kids … das machen, aber ich nicht. Was glaubst du denn, wer ich bin?"

„Ich glaube, du bist Jimmy Dons Tochter. Glaub mir, ich habe mit den gleichen Dingen zu kämpfen gehabt. In Bezug auf Jungs musst du vorsichtig sein."

„Bist du deshalb nicht verheiratet? Weil du vorsichtig bist?"

„Ich weiß, wonach ich suche. Nur habe ich es bisher noch nicht gefunden."

Starr runzelte die Stirn. „Du meinst, du hast eine Liste oder so?"

„Ja, die habe ich. Ich will eine vernünftige Entscheidung treffen, wenn es um den Mann geht, mit dem ich mein Leben verbringen werde."

„Liebe ist nicht vernünftig", erklärte Starr ihr. „Das weiß sogar ich."

„Du hast recht. Liebe besteht aus Worten und Chemie. Sie hat nur wenig Wert. Deshalb ist es besser, eine Entscheidung anhand von vernünftigen Kriterien zu treffen."

Sie war nicht sicher, ob Starr ihren Standpunkt verstehen oder sie eine Idiotin nennen würde. Aber damit, dass die Augen des Teenagers sich mit Tränen füllten, hatte sie definitiv nicht gerechnet.

„Glaubst du das wirklich?", wollte Starr wissen und erhob sich. „Dass es keine Liebe gibt? Dass meine Mom mich nie geliebt hat?"

Destiny hätte sich am liebsten geohrfeigt. Sie stand ebenfalls auf. „Nein! Natürlich hat sie dich geliebt. Ich meine nicht die Liebe zwischen Eltern und ihrem Kind. Ich habe über romantische Liebe gesprochen. Deine Mom hat dich von Herzen geliebt."

„Du weißt gar nichts!", rief Starr. „Sie hat sich nur für meinen Dad und ihre Drogen interessiert. Sie hat mich nicht geliebt. Sie hat mich wieder und wieder im Stich gelassen, und dann ist sie gestorben. Ich weiß, dass meinem Dad nichts an mir liegt. Das ist ja offensichtlich. Er weiß kaum, wer ich bin, und ganz sicher will er mich nicht. Ich bin nur hier, weil ich dir aufs Auge gedrückt wurde. Ich verstehe das, okay? Ich verstehe es echt."

Bei den letzten Worten schwoll ihre Stimme an.

„Ich weiß, dass ich nirgendwo hinkann. Und dass mich niemand will. Ich hab's kapiert!"

Schluchzend rannte sie in ihr Zimmer, wo sie die Tür hinter sich zuknallte. Das laute Geräusch hallte durchs gesamte Haus.

Destiny sank auf den Sessel zurück und bedeckte ihr Gesicht mit den Händen. Der Unterschied zwischen dem, was sie hatte sagen wollen, und dem, was aus ihrem Mund gekommen war, war so groß, dass es keine Maßeinheit dafür gab. Sie hatte doch nur versucht, Starr zu schützen. Stattdessen hatte sie Starr verletzt.

Sie stand auf und ging zu Starrs Zimmer. Nachdem sie angeklopft hatte, sagte sie: „Starr, Honey, es tut mir leid."

„Geh weg."

„Wir müssen reden."

„Nein, müssen wir nicht. Wenn du nicht an die Liebe glaubst, dann macht es dir ja sicher nichts aus, dass ich dich hasse. Ich hasse dich, Destiny. Lass mich in Ruhe."

Sie sank auf den Boden und versuchte zu atmen. Bei Gott, sie hatte keine Ahnung, was sie tun sollte.

Bevor er nach Fool's Gold gezogen war, hatte Kipling nie etwas mit einer Stadtverwaltung zu tun gehabt. Er nahm an, dass der Alltag in einer Stadt einfach wie von selbst ablief. Wie die meisten Leute hatte er sich über Gesetze beschwert, die ihm unnötig oder absurd erschienen waren. Er hatte nicht einmal geahnt, wie viel Arbeit und Aufwand tatsächlich dahintersteckten, um den Einwohnern ein sorgloses und angenehmes Leben zu ermöglichen.

Aber seit er hier lebte, ging er jeden Monat zu den Stadtratssitzungen. Anfangs hatte er befürchtet, sich dort zu langweilen, aber inzwischen freute er sich darauf, Einzelheiten über das zu hören, was hinter den Kulissen los war. Bürgermeisterin Marsha führte ihre Stadt gut, und sie hatte mit so einigem zu kämpfen. Dank des steten Stroms an Touristen, des Wachstums der Stadt, der großen Universität und Dutzenden von erfolgreichen Firmen mit unterschiedlichsten Interessen und Bedürfnissen gab es immer irgendwo eine Krise, ein Problem und auch unglaubliche lustige Vorkommnisse.

In der heutigen Sitzung wurde der komische Teil von Eddie und Gladys übernommen, die eine Sendung im Kabelfernsehen moderieren wollten. Es waren die gleichen beiden Ladys, die sich auf dem letzten HERO-Treffen als Freiwillige gemeldet hatten. Bürgermeisterin Marsha gab ihr Bestes, die beiden zu entmutigen, und auch wenn Kipling normalerweise immer auf die Bürgermeisterin wettete, schien sie gegen die sehr entschlossen wirkenden Eddie und Gladys keinen Boden gutmachen zu können. Er lauschte dem Schlagabtausch und wünschte, er hätte sich Popcorn mitgebracht, so gut fühlte er sich unterhalten.

„Sie können uns nicht aufhalten“, sagte Eddie und beugte sich beim Sprechen vor. „Das hier ist ein freies Land. Ich kenne meine Rechte. Der Kabelkanal für die Gemeinde ist genau das – für die Gemeinde. Gladys und ich werden alle in unsere Sendung einbinden.“

„Vor allem die Männer“, fügte Gladys hinzu.

„Das genau ist ja meine Sorge.“ Bürgermeisterin Marsha musterte die beiden. „Es gibt strikte Gesetze gegen Nacktheit.“

Eddies Augenbrauen schossen beinahe bis zu ihrem Haaransatz hoch. „Wollen Sie damit etwa behaupten, ich wollte nackte Menschen in meiner Sendung?"

„So viel Glück hätten wir gerne", murmelte Gladys.

„Ja", konterte die Bürgermeisterin. „Oder zumindest die Bilder. Ich habe Kontakt mit meinen Freunden bei FCC aufgenommen, und sie werden Sie beide im Auge behalten."

Patience Garrett, die Besitzerin des Brew-haha, saß neben Kipling. Jetzt beugte sie sich zu ihm herüber: „Es ist immer gefährlich, wenn Bürgermeisterin Marsha über ihre Freunde irgendwo spricht. Wenn ich Eddie und Gladys wäre, würde ich jetzt vor Angst zittern."

„Sie würden nicht wirklich Nackte zeigen, oder?"

„Ohne mit der Wimper zu zucken. Vor ein paar Jahren gab es einen Kalender, um Spenden zu sammeln. Ein paar männliche Models sind eingeflogen und fotografiert worden. Nackt. Eddie und Gladys waren die ganze Zeit dabei und haben sich alles ganz genau angeguckt."

„Sie sehen so unschuldig aus."

Patience grinste. „Verwechsle Alter nicht mit Unschuld. Sie könnten es ohne Probleme mit dir aufnehmen."

„Die beiden?"

„Klar. Du bist ein netter Kerl. Du würdest dich nicht wehren."

„Ah, verstanden."

Erneut richtete er seine Aufmerksamkeit auf die immer noch laufende Diskussion und erlaubte sich dann, sie ein wenig nach links zu verlagern. Destiny saß nur wenige Reihen vor ihm. Sie war später gekommen und hatte einen Platz am Rand gefunden.

Anfangs hatte er sich gefragt, ob sie ihm aus dem Weg ging. Auch wenn er ihre letzte Unterhaltung faszinierend gefunden hatte, dachte er, dass sie ihr vielleicht peinlich gewesen war. Vielleicht wollte sie nicht, dass er wusste, wie sehr sie sich zu ihm hingezogen fühlte. Sie war im Ganzen ein ziemlich verspannter Typ. Aber als er sie jetzt beobachtete, überlegte er, ob da noch mehr war. Sie schien auf eine Weise angespannt, die nichts mit ihm zu tun hatte.

Wenn er raten müsste, würde er sagen, sie war wegen irgendetwas verstimmt. Etwas, das nicht mit der Arbeit zu tun hatte. Jeden Morgen erhielt er per E-Mail ein Update, und sie waren noch voll im Zeitplan. Also musste es etwas anderes sein. Vielleicht hatte es mit der Familie zu tun?

Er schaute wieder Bürgermeisterin Marsha an und bemühte sich, ihr zuzuhören, während er weiterhin Destiny im Blick behielt. Er wollte mit ihr reden, bevor sie ging. Wenn es ein Problem gab, konnte er ihr vielleicht helfen.

Eine knappe Stunde später war das Meeting vorbei. Kipling hatte befürchtet, dass Destiny sofort losstürmen würde, aber sie blieb, um sich noch mit ein paar Leuten zu unterhalten. Er ging zu ihr hinüber. Alle waren dabei, den Sitzungssaal zu verlassen, und als er bei ihr ankam, waren sie allein.

„Wie läuft's so?“, fragte er.

Destiny schüttelte den Kopf. „Schlecht. Starr und ich hatten gestern Abend einen Riesenstreit. Das war meine Schuld. Ich habe es total vermasselt. Sie hat mir von einem Jungen erzählt, den sie mag, und ich habe überreagiert.“

„Sie geht mit einem Jungen aus?“ War Starr dafür nicht noch zu jung?

„Ich hoffe nicht. Ich habe ihr gesagt, dass Liebe nur Worte und Chemie sind, was sie missverstanden hat. Ich hatte über romantische Liebe gesprochen. Sie dachte, ich würde sagen, dass keiner sie liebt.“ Sie wandte sich ab. „Ich würde gerne sagen, dass sie sich irrt, aber da bin ich mir nicht sicher. Immerhin hat unser Vater sie seit Monaten nicht gesehen. Ihre Mutter ist tot. Ich bin ihr vorübergehender Vormund und kenne sie kaum. Sie ist verloren, und ich bin der letzte Mensch auf der Welt, der weiß, was da zu tun ist.“

Er legte einen Arm um sie und zog sie an sich. „Das stimmt nicht."

„Wir haben den gleichen Vater. Glauben Sie mir, wenn ich Ihnen sage, dass ich nicht aus einer stabilen Familie komme."

„Sie hatten Ihre Grandma Nell. Sie hat Sie geliebt und Ihnen das Gefühl gegeben, beschützt zu werden. Machen Sie das Gleiche für Starr."

Sie fühlte sich gut an in seinen Armen. Weiblich und warm. Er hätte ihr so gern geholfen.

Eine Sekunde lang schien sie sich zu entspannen, bevor sie einen Schritt zurücktrat. „Sie haben recht. Ich muss so handeln, wie Grandma Nell es getan hätte. Heute Morgen hat Starr nicht mal mit mir gesprochen. Sie ist zu jung, um sich mit all dem herumschlagen zu müssen. Ich muss einen Weg finden, ihr zu helfen."

„Was ist mit Ihrem Dad?"

Destiny seufzte. „Nachdem ich über seinen Anwalt von Starr gehört habe, habe ich mit ihm gesprochen. Jimmy Don ist diesen Sommer über auf Tournee in Europa. Er kommt nicht vor Oktober zurück. Was Starr angeht, ist er überzeugt, dass sie schon klarkommt."

Kipling verspürte ein vertrautes Gefühl. Nicht jede Misshandlung war körperlicher Natur. „Mit anderen Worten, es interessiert ihn einen Scheißdreck."

„So hätte ich es nicht ausgedrückt, aber ja. Berühmte Leute müssen das von ihnen angerichtete Chaos nicht selber beseitigen. Es gibt immer jemanden, der das nur zu gerne für sie erledigt. Nicht, dass ich meine Schwester als Chaos bezeichnen will. Sie wissen, wie ich das meine."

„Das tue ich. Was werden Sie ihr sagen?"

Sie schaute ihn an. Ihre grünen Augen funkelten. „Ich habe keine Ahnung. Die Wahrheit, schätze ich. Dass ich einen Fehler gemacht habe. Dass mir viel an ihr liegt und ich will, dass sie das weiß."

„Sie muss wissen, dass sie bei Ihnen immer einen Platz hat, an den sie zurückkehren kann.“

Destiny nickte langsam. „Ich weiß. Aber ich habe noch nicht herausgefunden, wie das funktionieren soll. Mein Job verlangt, dass ich ständig auf Reisen bin. Ich kann dafür sorgen, dass ich einen Auftrag kriege, der mich über die Sommermonate an einem Ort hält, aber danach muss ich weiterziehen.“

„Womit das Internat eine praktische Lösung ist“, sagte er. „Gefällt es Starr dort?“

„Das hat sie nicht gesagt. Sie haben recht. Wir müssen mehr miteinander reden, damit sie sich sicher fühlt. Die ganze Unterhaltung über Carter hat mich aus der Bahn geworfen.“

„Ich bin sicher, die beiden sind nur Freunde.“

„Das hat sie auch gemeint. Vor sechs Wochen wusste ich kaum, wer sie ist, und jetzt das. Das ist alles zu viel.“

Instinktiv zog er sie näher zu sich heran. Bereitwillig ließ sie sich in seine Arme sinken und klammerte sich an ihn.

Sie passten gut zusammen. Er atmete den Duft ihrer Haare ein und genoss die Wärme ihres Körpers. Als sie zurücktrat, ließ er sie los.

Er wusste, dass er in ihre Bereitschaft, ihn an sich heranzulassen, nicht zu viel hineininterpretieren durfte. Sie war verletzt, und er bot ihr eine breite Schulter zum Anlehnen. Aber er stellte fest, dass er es mochte, die Schulter zu sein, an die Destiny sich anlehnen konnte. Zumindest für den Moment. Denn genau wie sie war auch er ein Ruheloser. Wenn auch nicht körperlich, so doch emotional.

„Freunde in ihrem Alter zu finden ist das Beste, was ihr im Moment passieren kann“, erklärte er. „Damit sie das Gefühl hat dazuzugehören.“

Destiny nickte. „Sie wirkte gestern wirklich glücklich, als sie aus dem Camp kam.“

„Ethan, einer meiner Partner, hat eine Tochter in Starrs Alter. Warum rufe ich ihn nicht an und frage, ob wir für den

Eröffnungsabend des Man Cave etwas für Starr und Abby organisieren können? Die Mädchen könnten ins Kino gehen und ein bisschen zusammen abhängen. Und Sie könnten mich begleiten. So haben Sie beide ein wenig Spaß, und der Situation zu Hause für eine Weile zu entkommen wird Ihnen beiden neue Perspektiven eröffnen."

Sie lächelte ihn an. „Wie immer der Problemlöser."

„Aber Sie geben zu, dass es eine gute Idee ist?"

Sie hielt kurz inne und nickte dann. „Ja, sogar eine sehr gute "

7. KAPITEL

Destiny saß im Wohnzimmer und wartete darauf, dass Starr vom Camp nach Hause kam. Sie hatte viel darüber nachgedacht, was zwischen ihnen beiden verkehrt gelaufen war. Mit Kipling zu reden hatte wirklich geholfen. Sie war dankbar dafür, wie nett er gewesen war. Sie versuchte, sich zu erinnern, wann sie das letzte Mal jemanden gehabt hatte, bei dem sie sich – wie kurz auch immer – hatte anlehnen können, doch ihr fiel niemand ein. Denn sie hatte keine Freunde, wie sie in diesem Moment erkannte. Ihre Freundschaften währten stets nur kurz.

Das hatte vermutlich viele Gründe. Sie war immer auf dem Sprung zum nächsten Auftrag, warum sollte sie sich da groß einbringen? Und auch wenn es in der Theorie eine Superidee war, in der Praxis bedeutete es, dass sie ständig neu anfangen musste und es keine wirkliche Kontinuität in ihrem Leben gab. Auch nicht in emotionaler Hinsicht. Was nicht nur nicht besonders gesund war, sondern auch ziemlich einsam machte. Das war ihr bis zu dem Streit mit Starr überhaupt nicht aufgefallen.

Sie konnte niemanden anrufen. Hatte niemandem, mit dem sie reden konnte. Sie hätte sich bei ihrer Mutter melden können, war aber nicht sicher, ob Lacey unter den gegebenen Umständen die beste Ratgeberin wäre. Lacey liebte ihre Tochter und blieb mit ihr in Kontakt, aber Destiny glaubte nicht, dass sie in eine Situation hineingezogen werden wollte, die ihren Exmann und das Kind einer seiner Geliebten betraf. Was ihre anderen Halb- und Stiefgeschwister anging, so kannte Destiny ein paar davon flüchtig, während sie anderen nie begegnet war.

Die Haustür ging auf, und Starr kam herein. Anders als am Vorabend wirkte sie weder enthusiastisch noch glücklich. Kurz sah sie Destiny an, schaute dann aber schnell wieder weg. Anstatt jedoch direkt in ihrem Zimmer zu verschwinden, setzte sie sich aufs Sofa und starrte auf ihre Hände.

„Wie war dein Tag?", erkundigte sich Destiny.

„Gut."

„Gefällt dir das Camp noch?"

Starr nickte.

Destiny wünschte sich sehnsüchtig, jemanden zu haben, der ihr mit Rat und Tat zur Seite stand, doch so einen Menschen gab es nicht. Und trotz Kiplings tollem Vorschlag konnte sie sich nicht vorstellen, was Grandma Nell in dieser Situation gesagt hätte – was vor allem daran lag, dass sie viel zu klug gewesen war, um sich überhaupt erst in eine solche Situation zu bringen.

„Das mit gestern tut mir leid", erklärte Destiny ihrer Schwester. „Was ich gesagt habe. Ich habe überreagiert, was die Sache mit Carter angeht. Ich sollte meine eigenen Sorgen und Ängste nicht auf dich projizieren."

Starr hob den Kopf. „Hast du Angst vor Männern?"

„Nein. Nur davor, einen Fehler zu machen. Mich hinreißen zu lassen. Aber das ist egal. Ich möchte mir dir über uns sprechen. Starr, du bist meine Schwester."

„Deine *Halb*schwester. So stellst du mich zumindest immer vor."

Destiny riss unwillkürlich die Augen auf. Sie wollte widersprechen, hatte jedoch das Gefühl, dass Starr recht hatte.

„Das tut mir leid", sagte sie. „Das wird nie wieder vorkommen. Denn wir sind Schwestern. Nicht Halb- oder Dreiviertel-, sondern einfach Schwestern."

Lange und eindringlich schaute der Teenager sie an. „Okay."

„Das ist im Moment aus vielen Gründen eine schwierige Situation, aber vor allem deshalb, weil wir beide einander nicht wirklich kennen. Das möchte ich gerne ändern. Ich will, dass du hier glücklich bist. Mit mir, meine ich. Wir werden Fool's Gold verlassen, sobald mein Auftrag abgeschlossen ist."

„Wo gehst du danach hin?"

„Das weiß ich noch nicht."

„Du ziehst alle paar Monate um?"

Destiny nickte. „Ich kann versuchen, den Sommer über an einem Ort zu verbringen, aber ansonsten verlangt mein Job, dass ich ständig umherreise."

„Und das bedeutet weiter Internat für mich." Starr musterte wieder ihre Hände. „Ich schätze, so wird das wohl die nächsten Jahre laufen."

Das klingt nicht gerade, als könne sie es kaum abwarten, aufs Internat zurückzugehen, dachte Destiny grimmig. Aber was war die Alternative?

„Wir haben die Ferien und den Sommer", warf sie ein. „Wenn du möchtest."

„Weil man mich dir aufs Auge gedrückt hat." Starr klang eher verängstigt als trotzig.

„Nein, so sehe ich das nicht", erwiderte Destiny. „Ich finde das ehrlich gesagt ganz schön. Du hast recht, ich bin immer die Neue, und das ist auf Dauer recht einsam. Familie um mich zu haben hilft. Ich bedauere nicht, dich bei mir zu haben, Starr. Also, nur falls du das geglaubt hast."

Ihre Schwester schaute sie an. „Wirklich?"

„Versprochen." Sie lächelte. „Ich habe alle Zutaten für gebratenes Hähnchen da. Ich wollte es eigentlich schon gestern Abend machen, aber bei allem, was passiert ist, bin ich nicht dazu gekommen. Wir haben es schon mal gegessen, und jetzt wollte ich dir das alte Familienrezept beibringen, wenn du magst."

Starr lächelte. „Klar. Ich pack nur eben meine Sachen weg."

Destiny sah ihr nach, wie sie zu ihrem Zimmer ging. Heute nach dem Abendessen könnten sie zusammen Gitarre spielen.

Sie würde Starr noch weitere Akkorde beibringen und vielleicht ein paar der Songs ihres Vaters. Wenn sie sich beide ein wenig anstrengten, könnten sie einen Weg finden, wirklich eine Familie zu werden.

Die Statue eines Höhlenmenschen an der Tür war ein größerer Hit, als Kipling erwartet hatte. Beinahe alle, die durch die Tür traten, blieben stehen, um sich mit dem Maskottchen fotografieren zu lassen. Außerdem gab es ein paar wirklich lustige Selfies.

Zu Ehren der Eröffnung wurden die Fotos dann an die Bar geschickt und auf die Fernseher hochgeladen. Die daraus resultierende Diashow ließ die Gäste applaudieren und johlen

Kipling mischte sich unter die Menge. Die Bar war rappelvoll. Er hatte keine Ahnung, wie ernst die Feuerwehr solche Dinge nahm. Aber draußen eine kleine Warteschlange vor dem Laden zu haben schadete auch nichts.

Er begrüßte die Gäste, behielt die Kellner im Blick und wartete auf Destinys Eintreffen. Da er bereits so früh hatte hier sein müssen, waren sie übereingekommen, sich in der Bar zu treffen. Nun wollte er sichergehen, dass er sie in dem Moment sah, in dem sie hereinkam.

Vorfreude, dachte er grinsend. Die versüßte einem jeden Tag. Destiny war eine komplexe Persönlichkeit, was ihm sehr gefiel. Einfache Frauen waren für Memmen. Hart für das zu arbeiten, was man wollte, machte die Belohnung nur umso süßer. Und er würde seine Belohnung bekommen. Destiny mochte ein wenig verkrampft sein, aber er wusste, dass sie irgendwann lockerer würde. Dazu musste sie sich nur sicher fühlen.

Er ging an der Theke vorbei und hielt immer wieder an, um ein paar Worte mit den Gästen zu wechseln. Er war noch keine sechs Monate in der Stadt und kannte trotzdem beinahe jeden, den er sah.

Nick winkte ihn zu sich. Kipling entschuldigte sich und ging zu seinem Barmanager.

„Was ist los?“

Nick grinste. „Es ist offiziell. Jo hat das ganze Wochenende über abends geschlossen.“

„Jo wie in Jo’s Bar?“

„Ganz genau.“

„Warum ist das so eine große Sache?“

Mitleidig schaute Nick ihn an. „Du verstehst es immer noch nicht, oder? Die Frauen in dieser Stadt sind mächtig, mein Freund. Das Jo’s ist ihr Platz. Wenn sie unseretwegen finanzielle Einbußen hat, wird Jo nicht glücklich sein, und das wird die Ladys gegen uns aufbringen.“

Kipling winkte ab. „Wir bedienen doch eine ganz andere Klientel. Die meisten unserer Kunden wären nie ins Jo’s gegangen. Wir nehmen ihr nichts weg. Außerdem werden wir die Hälfte unseres Geschäfts mit den Touristen machen.“

Er war bei jedem Meeting dabei gewesen, in dem er und seine Partner den Businessplan besprochen hatten. Sie nahmen an, dass sie im Sommer mit den Touristen den größten Umsatz machen würden. Und Männer, die Sport gucken wollten, würden sie über den Winter bringen. Jo könnte ihre Frauen behalten.

„Wir befriedigen ein Bedürfnis“, erklärte Kipling seinem Freund. „Als ich hierhergezogen bin, habe ich immer nur Kerle gehört, die sich über das Jo’s beschwert haben. Dass sie da ins Hinterzimmer verbannt würden und die Fernseher nicht groß genüg wären.“

„Das ist eine Möglichkeit, es zu betrachten.“

„Du zerbrichst dir völlig umsonst den Kopf.“ Kipling hatte ein Problem erkannt und eine Gruppe Investoren zusammengerufen, um es zu lösen. So war er nun einmal gestrickt.

Nick zuckte mit den Schultern. „Ich bin nur der Überbringer der Neuigkeiten“, sagte er, dann zeigte er an ihm vorbei. „Du hast Besuch.“

Kipling drehte sich um und sah Destiny an der Tür stehen. Die Geräusche in der Bar schienen leiser und die Lichter zu einem einzigen Spot zu werden, der auf sie zeigte. Er war ziemlich sicher, dass er die Dinge so sah, wie sein bestes Stück es wollte, und nicht, wie sie wirklich waren, aber er war gewillt, es hinzunehmen. Vor allem wenn es bedeutete, dass er eine wunderschöne Frau anschauen konnte.

Sie hatte sich ein wenig geschminkt und die Haare frisiert. Er konnte sich nicht erinnern, sie jemals zurechtgemacht gesehen zu haben, und das Ergebnis war beeindruckend. Ihre grünen Augen wirkten riesig, das Haar umschmeichelte ihr Gesicht in sanften Wellen, und ihr roter Schmollmund lud förmlich zum Küssen ein.

Lächelnd ging er auf sie zu und ließ sich auf dem Weg von niemandem aufhalten. Sie allein zählte, war alles, was er brauchte. Als er näher kam, sah er, dass sie eine kurze Jacke über einem taillierten Spitzenhemd trug. Dazu hatte sie eine enge Jeans und Stiefel an. Die perfekte Kombination aus bequem und sexy, schoss es ihm durch den Kopf. Das war etwas, das nur Frauen hinbekamen, und er sprach sicherlich für alle Männer dieser Welt, wenn er sagte, dass er ihre Anstrengungen durchaus zu schätzen wusste.

„Hey", sagte er, als er bei ihr war.

Sie schaute auf und lächelte. „Selber hey. Herzlichen Glückwunsch. Draußen hat sich schon eine Schlange gebildet, und der Rest der Stadt ist seltsam leer. Ihre Bar ist ein Erfolg."

„Zumindest für den heutigen Abend." Er nahm ihre Hand und zog sie daran zu sich. Dabei atmete er den süßen Duft ihres Shampoos und vielleicht einen Hauch von Parfüm ein und küsste sie dann leicht auf die Wange. „Danke, dass Sie gekommen sind."

„Das wird bestimmt lustig."

Er schaute sie eine Sekunde lang an. „Es geht Ihnen besser. Haben Sie sich mit Starr versöhnt?"

„Woher wissen Sie das?"

„Sie wirken entspannter."

„Mir gefällt irgendwie nicht, dass Sie in mir lesen können wie in einem offenen Buch. Die meisten Leute haben Probleme, herauszufinden, was ich denke."

„Betrachten Sie es als Gabe."

„Ich bin mir nicht sicher, ob ich das will", gab sie zurück.

„Dann holen wir Ihnen erst mal was zu trinken und gucken, wohin das führt."

Sie lachte. „Wenigstens sind Sie ehrlich, was Ihre Absichten angeht."

Er beugte sich näher. „Meine Absichten sind schlecht."

Sie wandte den Blick ab. „Das hatte ich erwartet. Ich fürchte, der heutige Abend wird dann eine kleine Enttäuschung für Sie."

Langsam ließ er die Hand sinken und legte einen Arm um Destiny. „Nicht wenn Sie vorhaben, mich abzuweisen. Denn ich möchte mir meinen Erfolg erarbeiten. Also machen Sie sich keine Sorgen."

„Weil Sie die Eroberung lieben?"

„Ja, alles daran."

Gemeinsam bahnten sie sich einen Weg zur Theke. Die Menschen standen in Dreier- und Viererreihen vor dem Tresen, aber Kipling ging zum Ende, wo er wusste, dass er gesehen würde. Das ist einer der Vorteile daran, Partner zu sein, dachte er. Man musste nicht lange darauf warten, bedient zu werden.

„Was hätten Sie gerne?", fragte er Destiny.

Sie schaute zu ihm auf. „Okay, nicht lachen, aber ich hätte gerne einen Old Fashioned."

„Ah, im Herzen sind Sie ein Südstaatenmädchen. Ich hätte nichts anderes erwartet." Er bestellte ihren Drink und für sich ein Bier. Da es so voll war, blieb nicht viel Platz, sodass sie eng an ihn gedrückt wurde. Etwas, worüber er sich garantiert nicht beschweren würde.

Als sie ihre Getränke hatten, führte er sie in Richtung des Hinterzimmers, wo es ruhiger war. Die Tür nach draußen stand offen, um ein wenig frische Luft hereinzulassen.

Auf dem Weg dorthin begrüßte er verschiedene Leute. Als er die Hendrix-Brüder zusammen an einem Tisch sitzen sah, hielt er an, um Hallo zu sagen.

„Destiny, darf ich Ihnen Ethan, Kent und Ford Hendrix vorstellen", sagte er. „Meine Herren, Destiny Mills. Sie stellt hier die Software für das Such- und Rettungsprogramm auf die Beine."

Ethan hob sein Bier. „Schön, Sie kennenzulernen." Er hielt inne und grinste dann. „Sie sind Starrs Schwester, oder? Meine Frau Liz haben Sie schon kennengelernt."

„Stimmt." Sie wandte sich an Kipling. „Ich habe Ihren Rat angenommen. Starr verbringt den heutigen Abend mit Abby und ihren Freundinnen."

„Das freut mich." Er fragte sich, ob auch eine Übernachtung dazugehörte. Das wäre sehr günstig. Auch wenn er bezweifelte, dass Destiny eine Frau war, die gleich beim ersten Date über Nacht blieb. Aber bei ihr hatte er keine Probleme damit, zu warten.

Ethan nickte Kipling zu. „Gut gemacht. Die Bar ist toll."

„Danke. Wo sind die Ladys?"

„Sie meinten, das wäre nicht so ihr Ding", antwortete Ford. „Sie sind bei unserer Mom und backen."

Kipling nickte. „Wie läuft die Wette?"

Ford und Kent beäugten einander.

„Gut", sagte Kent. „Ich gewinne."

Ford stieß seinem Bruder in die Seite. „Das weißt du doch gar nicht."

Kent schubste ihn zurück. „Ich habe vollstes Vertrauen in meine Frau."

Ethan, der auf der anderen Seite des Tisches saß, schüttelte den Kopf. „Ihr seid beide Idioten, aber das wisst ihr, oder?"

Kipling lächelte Destiny an. „Die Hendrix-Brüder haben

eine Wette laufen. Wer seine Frau als Erster schwängert."

„Darauf wetten Sie?"

Kent zuckte mit den Schultern. „Ja, aber das ist nicht so ganz ernst gemeint."

„Was der Grund dafür ist, dass ich gewinnen werde", warf Ford selbstgefällig ein. „Wartet's nur ab."

„Was halten Ihre Frauen denn von dieser Wette?", wollte Destiny wissen.

„Sie, äh, wissen nicht wirklich etwas davon", murmelte Kent. „Und wir wären Ihnen sehr dankbar, wenn Sie nichts sagen würden."

„Denn wenn Isabel es herausfindet, ist das Schlimmste, was passieren kann, dass sie sauer wird", sagte Ford. „Wenn hingegen deine Frau es herausfindet", sagte er zu Kent, „wäre sie durchaus in der Lage, dich zu töten."

„Stimmt", pflichtete Kent ihm fröhlich bei. „Aber das würde sie niemals tun."

„Das hoffst du."

Ethan trank einen Schluck von seinem Bier. „Meine Brüder sind Idioten. Ich bin nicht stolz darauf, aber ich kann nicht ewig die Augen vor der Wahrheit verschließen. Sie sind totale und vollkommene Schwachköpfe."

Kipling lachte. „Ich kann kaum erwarten, zu hören, wie alles ausgeht."

Er legte einen Arm um Destiny und führte sie durch das Hinterzimmer auf den Innenhof hinaus. Hier waren nicht so viele Leute, und sie konnten die kühle Nachtluft einatmen. Mit ein wenig Glück würde ihr kalt werden und sie würde sich an ihn kuscheln.

Sie setzte sich an einen der Tische. Er nahm ihr gegenüber Platz.

„Ich bin mir nicht sicher, ob es eine gute Idee ist, darauf zu wetten, wer seine Frau als Erster schwängert", erklärte sie kopfschüttelnd.

„Sie sind Brüder“, gab er zurück. „Sie können nicht anders; dieser Konkurrenzkampf liegt ihnen im Blut. Ich bin froh, dass zwischen Ihnen und Starr alles wieder gut ist.“

„Ich auch.“ Gesenkten Blickes nippte sie an ihrem Drink. „Kipling, was wollen Sie von mir?“, fragte sie plötzlich.

„Heute Abend oder generell?“

„Beides.“

„Heute Abend möchte ich, dass Sie Spaß haben. Und danach würde ich gerne sehen, wohin die Sache führt.“

Er hätte spezifischer sein können, aber irgendetwas verriet ihm, dass Destiny mit so etwas nicht gut umgehen konnte. Für jemanden, der bei der Arbeit so selbstsicher war, war sie überraschend zurückhaltend, wenn es um ihr Liebesleben ging. Zumindest interpretierte er das so.

„Sie wissen, dass ich bald weiterziehen werde“, sagte sie.

„Ja. Das tue ich. Ich suche nichts für die Ewigkeit. Ich habe mich der seriellen Monogamie verschrieben.“

„Kein Interesse an mehr?“

Sicher hatte er Interesse. Aber er schien einfach nicht dafür gemacht, sich Hals über Kopf zu verlieben. Vor allem weil für ihn die Liebe nicht viel Wert hatte. Das Richtige zu tun war so viel produktiver, als nur darüber nachzudenken.

„Sicher. Irgendwann möchte ich heiraten und eine Familie haben“, sagte er, wobei das für ihn eher Traum als Realität war. „Eines Tages. Was ist mit Ihnen?“

„Das Gleiche. Eines Tages.“

„Da seid ihr ja!“ Shelby kam zu ihrem Tisch, setzte sich neben Kipling und umarmte ihn. „Du hast es geschafft, großer Bruder. Diese Bar ist ein Erfolg. Herzlichen Glückwunsch.“

Shelbys Ankunft lieferte Destiny die Möglichkeit, sich für einen Moment zurückzuziehen – unter dem Vorwand, einige Freunde begrüßen zu wollen. Auch wenn sie niemanden gesehen hatte, den sie gut kannte, brauchte sie einen Augenblick, um wieder zu Atem zu kommen. An ihrem Bourbon zu nippen und Kipling in die Augen zu schauen hatte eine verstörende Wirkung auf ihren Gemütszustand. Oder vielleicht war es das Gerede über Hochzeit und Kinder.

Nicht, dass er mir das angeboten hätte, dachte sie. Denn das hatte er nicht. Was gut war, weil er sowieso nicht vernünftig genug für sie war. Aber ein Mädchen durfte träumen, und er fiel ganz sicher in die Kategorie Traummann.

Sie schlenderte in die Bar zurück und hatte sofort das Gefühl, gegen eine Wand aus Lärm zu laufen. Es waren noch mehr Leute da als vorher – wenn das überhaupt möglich war.

Die Strahler an der Decke gaben reichlich Licht, und die Musik hatte eine angenehme Lautstärke. Man musste nicht schreien, um sich zu unterhalten. Der Alkohol floss in Strömen, und die Bilder, die an der Tür gemacht wurden, blitzten auf den verschiedenen Fernsehern auf. Ein paar Männer spielten Pool. Das Pokerzimmer diente derzeit als Raum mit zusätzlichen Sitzgelegenheiten, doch an der Tür hing bereits ein Schild mit den Daten, wann die nächsten Pokerrunden starteten, sowie eine Liste, in die man sich eintragen konnte.

Wenn sie die Augen schloss, könnte sie sich vorstellen, wieder fünf zu sein. Oder acht. Ein kleines Mädchen, das mit seinen Eltern herumgereist war. Sie waren zwar große Stars gewesen und nicht in kleinen Clubs aufgetreten, aber nach ihren Auftritten waren sie gern noch in einer Bar eingekehrt und hatten ihre Tochter immer mitgenommen. Überall hatte es ein Hinterzimmer gegeben, in dem sie es sich auf einem Stapel Mäntel gemütlich machen konnte.

Sie erinnerte sich an die Geräusche und Gerüche. Das aufwallende Lachen, den leichten Duft nach Zigaretten und frittiertem Essen. Nicht gerade eine gesunde Umgebung, aber sie hatte es nicht anders gekannt.

Erst nach der Trennung ihrer Eltern hatten sie angefangen, weitere Kinder zu bekommen. Halbgeschwister, die sie kennenlernte oder auch nicht. Wäre es zwischen Lacey und Jimmy Don anders gelaufen, wenn sie mehr gemeinsame Kinder gehabt hätten? Hätten weitere Nachkommen sie gezwungen, sich mehr wie Eltern zu benehmen, oder war das nur Destinys Wunschdenken?

„Hier, bitte schön." Ein Kellner reichte Destiny einen neuen Drink und nahm ihr das alte Glas ab. „Nick lässt ausrichten, dass er einen fabelhaften Old Fashioned macht und ihn dieser Tage nicht genügend Menschen trinken."

„Danke."

Sie hob das Glas in Richtung Tresen und Nick winkte ihr zu. Gerade als sie einen Schluck trinken wollte, trat Madeline zu ihr.

„Oh mein Gott, wirklich? Du bist das einzige Kind von Lacey und Jimmy Don Mills? *Die* Mills-Familie? Ich meine, du bist ja quasi Country-Adel!"

Madeline klang eher fasziniert als sauer darüber, dass Destiny versucht hatte, ein Geheimnis aus ihrer Herkunft zu machen. Was gut war. Aber trotzdem fragte sie vorsichtig nach: „Wie hast du das herausgefunden?"

„Miles hat es mir erzählt. Wir sind gestern Abend zusammen was trinken gegangen. Du hast nie was gesagt!"

Das ist so typisch für Miles, dachte Destiny. Immer steckte er seine Nase in Angelegenheiten, die ihn nichts angingen. Sie würde mal wieder eine ernste Unterhaltung mit ihm führen müssen. „Ich rede nicht so gerne darüber."

„Ja, das ist offensichtlich." Ihre Freundin hielt ein Glas Sekt in der Hand. Sie hakte sich bei Destiny unter und führte sie zu einem kleinen Tisch in der Ecke. „Ich schätze, ich verstehe, warum. Dann würden die Leute über nichts anderes mehr reden als über deine berühmten Eltern, oder? Aber wow, ich war trotzdem baff."

Sie saßen einander gegenüber. Madeline hatte ein hübsches blaues Kleid an, das perfekt zu ihrer Augenfarbe passte. Die blonden Haare waren zu einem Pferdeschwanz zusammengebunden.

„Kannst du auch singen? Ich meine, das muss dir doch im Blut liegen, oder? Warum arbeitest du nicht auch in der Musikbranche?"

Destiny nahm einen großen Schluck von ihrem Drink und überlegte, wo sie anfangen sollte. „Ich habe nicht das gewollt, was meine Eltern haben", gab sie zu. „Von außen sieht es wirklich glamourös aus, aber in der Realität ist es ein sehr hartes Geschäft. So viele Reisen und so viel Irrsinn. Das ist nichts für mich."

„Also bist du ein ganz normaler Mensch." Madeline lachte. „Dafür mag ich dich gleich noch viel mehr."

„Danke. Weißt du, ob Miles es noch jemandem erzählt hat?"

„Keine Ahnung." Ihre Freundin beugte sich vor. „Hör mal, die Sache stört dich offensichtlich. Ich werde niemandem etwas sagen. Versprochen. Aber wenn Miles es mir erzählt hat, wird er es auch anderen erzählen."

„Ich weiß. Ich habe ihn schon mal gebeten, nicht über meine Familie zu reden, aber er hört nicht auf mich. Er ist eine ziemliche Klatschtante, wenn es um das Privatleben seiner Mitmenschen geht." Destiny presste die Lippen aufeinander. „Warte mal. Geht ihr zwei miteinander aus? Dann will ich nichts sagen, was ich besser für mich behalten sollte."

Madeline schüttelte den Kopf. „Nein. Wir sind zusammen was trinken gewesen, aber er ist nicht mein Typ."

„Er ist charmant und gut aussehend."

„Ja, oder? Also sollte ich total auf ihn stehen. Aber irgendwie war da keine Chemie zwischen uns. Und jetzt, wo ich weiß, dass du ihn gebeten hast, nichts zu sagen, und er es trotzdem ausgeplaudert hat, könnte ich ihm niemals vertrauen. Ich will jemanden, der integer ist. Jemanden, dem die Familie wichtig ist." Madeline nippte an ihrem Sekt. „Das ist schon lustig. Ich verbringe meine Tage damit, zukünftigen Bräuten zu ihrem Traumkleid zu verhelfen, aber selbst die wahre Liebe zu finden gelingt mir nicht."

„Suchst du denn?"

„Gute Frage. Schon eine ganze Weile nicht mehr. Ich bin hier aufgewachsen, also kenne ich die meisten Männer in meinem Alter. Entweder bin ich schon mal mit ihnen ausgegangen oder eine meiner Freundinnen. Meine Eltern sind schon seit Ewigkeiten verheiratet. Ich war das Baby, das ihr Leben verändert hat. Sie hatten jahrelang versucht, schwanger zu werden, und es schließlich aufgegeben. Dann kam ich. Sie sind so süß und nach fünfundvierzig Jahren immer noch so verliebt ineinander."

„Das ist schön." Destiny bemühte sich, nicht zu sehnsüchtig zu klingen. Sie wusste, dass die romantische Liebe für ein paar wenige Menschen funktionierte, doch richtig miterlebt hatte sie es noch nie.

„Das klingt, als hätte ich die Latte ziemlich hoch gelegt", gab Madeline zu. „Und es stimmt, ich will keinen Fehler machen. Meine Mom hat mir immer erzählt, dass sie sich bei meinem Dad sofort sicher war. Es war, als hätte sie ein Blitz getroffen. Er hat ihr gegenüber das Gleiche empfunden. Ich warte immer noch. Ich schwöre, wenn ich den Blitzschlag spürte, werde ich dem Mann hinterherjagen. Und dann ist es mir auch vollkommen egal, wer er ist." Sie hielt inne. „Außer natürlich, er ist verheiratet. In dem Fall muss ich dann Nonne werden oder so."

„Bist du katholisch?"

Madeline grinste. „Nein, aber das Problem sollte sich lösen lassen, oder?"

Sie lachten gemeinsam. Shelby gesellte sich zu ihnen und lud sie für den folgenden Tag zum Lunch ein. Destiny mochte das Gefühl, dazuzugehören. Das war anders als die lockeren Bekanntschaften, die sie normalerweise bei der Arbeit schloss. Nein, es war nicht nur anders, es war besser.

Es freute sie außerdem, dass Madeline nicht weiter über Lacey und Jimmy Don sprach. Weitere Drinks wurden serviert. Sie spürte, wie ihre Anspannung nachließ und sie immer lockerer wurde.

Irgendwann gegen zehn Uhr schaltete jemand die Karaokemaschine an, und die Leute fingen an zu singen. Kipling gesellte sich wieder zu ihr. Sie saßen gemeinsam auf einer Bank, und er hatte seinen Arm um ihre Schultern gelegt.

„Findest du nicht, dass wir das alberne Siezen langsam mal aufgeben sollten?“, fragte er und schaute ihr tief in die Augen.

Sie nickte, und sie stießen miteinander an. Destiny genoss es, ihn so nah bei sich zu haben. Ein paar Paare tanzten zur Musik. Sie fragte sich, wie Kipling vor seinem Unfall gewesen war. Nicht körperlich, denn ihr war klar, dass er sich behänder bewegt hatte. Sondern emotional. Hatten die Begegnung mit dem Tod und die Aussicht, vielleicht nie wieder laufen zu können, ihn verändert? Oder war er schon immer einer der Guten gewesen?

Sie hörte das vertraute Intro zu Garth Brooks' „Friends in Low Places“ und drehte sich zur Bühne um. Und tatsächlich, Miles stand dort und bereitete sich darauf vor, das einzige Lied anzustimmen, das er jemals sang. Es machte ihr nichts aus, seine Version zu hören, aber sie wusste, was passieren würde, sobald er fertig war.

„Ich sollte gehen“, sagte sie und rutschte aus der Nische, während sie sprach.

Kipling folgte ihr und griff sie an der Hand, bevor Destiny verschwinden konnte. „Nicht so schnell. Es ist noch nicht spät. Bleib noch ein bisschen.“

Es liegt nicht an dir, dachte sie panisch. Sie genoss die Zeit mit Kipling. Er war so umgänglich. Selbst persönliche Fragen störten sie nicht, wenn er sie stellte.

„Es liegt nicht an dir“, sagte sie dann auch, während sie sich bewusst war, dass der Song sich dem Ende näherte und ihr die Zeit davonlief. „Es ist etwas anderes. Ich muss wirklich los.“

„Aber wir haben noch gar nicht getanzt. Destiny, du kannst mich jetzt nicht einfach hier stehen lassen."

„Das tue ich auch nicht. Es gibt nur Dinge, die ..."

Das Lied war zu Ende, und der Applaus setzte ein. Miles hielt das Mikrofon. Sie musste ihn nicht ansehen, um zu wissen, dass er vor Vorfreude grinste.

„Ich weiß", sagte Miles über den Lärm der Menge hinweg. „Das war verdammt gut, oder? Aber wenn ihr das schon beeindruckend fandet, wartet, bis ihr die nächste Sängerin hört. Destiny, Darling, wo bist du?"

Sie erstarrte.

Verwirrt sah Kipling sie an. „Du singst in der Öffentlichkeit? Ich dachte, du wolltest nicht, dass die Leute davon erfahren."

„Das will ich auch nicht", flüsterte sie, während der Scheinwerfer durch den Raum glitt, bevor er schließlich auf ihr landete. „Miles hat das schon mal gemacht."

„Da bist du ja", rief Miles. „Komm rauf, Destiny. Lass uns ein Lied hören."

Sie schüttelte den Kopf.

„Oh, sie ist schüchtern. Kommt, Leute. Ermutigen wir sie ein wenig."

Destiny spürte, dass die Leute sich von ihr zurückzogen. Einen Weg freimachten, damit sie auf die Bühne gehen konnte. Kipling blieb, wo er war, aber sie schien ihn nicht erreichen zu können. Eine Macht, die größer war als sie, saugte sie an und spuckte sie auf der Bühne wieder aus. Sie konnte sich nicht erinnern, wie sie hierhergekommen war, doch der Beweis war nicht zu leugnen. Wieder einmal hatte sie nachgegeben, und jetzt würde sie singen müssen.

Ihre Mutter würde ihr sagen, dass ihr der Drang aufzutreten im Blut lag. Dass sie versuchen könnte, ihm zu widerstehen, sich aber irgendwann unausweichlich dort wiederfinden würde, wo sie sein sollte.

Miles reichte ihr das Mikrofon.

In der Sekunde, in der sie es nahm, jubelten alle. Miles trat an die Karaokemaschine und scrollte durch die Songliste. Bei einem Lied hielt er an, und Destiny nickte. Ich kann es genauso gut hinter mich bringen, dachte sie, als die vertrauten Noten erklangen.

Die Menge wurde still. Die Worte flogen über den Bildschirm, aber sie brauchte sie nicht. Sie erinnerte sich noch daran, still dagesessen zu haben, während ihre Mutter das Lied schrieb, das schließlich ihr größter Hit werden sollte.

Für „Accidentally Yours" hatte Lacey einen Grammy gewonnen sowie den CMS Award für die Single des Jahres. Sie war außerdem zur Sängerin des Jahres gewählt worden.

Die Musik hüllte Destiny ein, während sie von Erinnerungen überflutet wurde. Ihre Eltern zusammen. Ihre Eltern, die sich stritten. Die Tränen. Die Angst, die sie empfunden hatte.

Die Worte zu dem Lied kamen, ohne dass sie darüber nachdenken musste, und sie verlor sich vollkommen in der Melodie. Sie sang aus tiefstem Herzen – denn anders konnte sie es nicht. Als wenn sie allein wäre. Als sie fertig war und der Applaus aufbrandete, riss das harte Geräusch sie beinahe gewalttätig in die Realität zurück.

Einen Moment starrte sie verloren auf die Gäste. Dann drückte sie Miles das Mikrofon in die Hand und machte sich auf zur Treppe.

„Zugabe!", rief jemand. „Sing noch ein Lied."

Sie ging weiter. Am Fuß der Treppe angekommen, wandte sie sich in Richtung des nächsten Ausgangs, der in diesem Fall die Hintertür war.

„Hast du gewusst, dass sie so singen kann?"

„Wer *ist* das?"

„… Lacey Mills, und dann haben sie sich scheiden lassen."

„Meine Mom liebt Jimmy Don. Ich frage mich, ob sie mir wohl ein Autogramm besorgen kann."

Sie ignorierte alles, konnte ihre Freiheit schon beinahe schmecken. Nur noch ein paar Schritte …

Als sie sich gegen die Tür im Hinterzimmer stemmte, zitterte sie. Die Tür gab nach, und Destiny stolperte in die dunkle Nacht hinaus. Die Musik war hier nur noch gedämpft zu hören. In ihrem Kopf drehte sich alles, vermutlich von den Drinks und vom Singen.

Ich hätte das nicht tun sollen, dachte sie. Ich hätte nicht nachgeben dürfen. Aber auch wenn sie diesen Teil von sich die meiste Zeit ignorieren konnte, war es ab und zu unmöglich, seinem Drängen zu widerstehen. Ihre Mutter würde ihr sagen, dass man seiner Herkunft und Bestimmung nicht entkommen konnte. Und dass Destinys Leben, wenn sie sich dem Unausweichlichen ergab, wesentlich einfacher wäre.

Die Tür ging auf, und Kipling kam heraus.

„Geht es dir gut?", fragte er.

Sie nickte stumm. Das Atmen fiel ihr immer noch schwer.

Er schaute sie an. „Du hast heute Abend einige Leute ziemlich überrascht."

„Ja, so kann man es auch ausdrücken." Sie war froh, dass sie wieder zu Atem gekommen war und sprechen konnte. „Ich wollte das nicht. Singen, meine ich. Ich hätte Nein sagen sollen."

„Du hast eine wunderschöne Stimme."

„Danke."

„Gern geschehen. So viel dazu, ein Geheimnis zu bewahren."

Sie spürte, wie es um ihre Mundwinkel zuckte. Dann lächelte sie. Kurz darauf folgte ein leises Kichern. „Ja, das Gerücht wird jetzt die Runde machen."

„Willst du wieder reinkommen und noch ein Lied singen?"

„Nein."

„Hab ich mir gedacht."

Er machte einen Schritt auf sie zu. Sein Blick war eindringlich, und Destiny verspürte das Bedürfnis, sich nicht vom Fleck zu rühren.

Als Kipling die Arme um sie schlang, war sie froh, darauf gehört zu haben. Und als er sie an sich zog, folgte sie ihm willig.

Vielleicht lag es am Singen oder an dem Abend, aber aus irgendeinem Grund wollte sie seine Nähe spüren. Sie musste wissen, wie es sich anfühlte, seine Wärme und Stärke zu spüren.

„Destiny."

Er sagte nur ihren Namen. Ganz leise. Dann presste er seinen Mund auf ihren.

Sie schmolz dahin, ließ sich von ihm stützen, während sie bereitwillig die Lippen öffnete. Normalerweise war sie eine eher passive Küsserin, aber nicht heute Abend. Heute wollte sie herausfinden, wie es sich anfühlte, ihn zu küssen. Sie wollte den Mann erforschen und die unerwartete Anspannung und Hitze, die sich in ihr aufbauten, genießen.

Seufzend legte sie die Hände auf seine breiten Schultern und schmiegte sich an ihn.

Sofort übernahm er die Führung. Aber das elektrische Knistern, das Destiny durchzuckte, war es wert. Ein köstliches Kribbeln durchlief sie. Sie sehnte sich, sie wand sich, sie brauchte ihn. Als seine Zunge ihre berührte, erwiderte sie jede seiner Bewegungen. Und wenn er sich zurückzog, folgte sie ihm.

Immer leidenschaftlicher wurden ihre Küsse. Er legte seine Hände an ihre Hüften, ließ sie zu ihrem Po gleiten und presste sie noch enger an sich.

Ihr Körper fühlte sich schwer an. Ihre Brüste spannten. Das sehnsüchtige Ziehen zwischen ihren Beinen löste den Wunsch in ihr aus, seine Hände dorthin zu dirigieren. Denn irgendwie würde seine Berührung alles besser machen.

Der Gedanke hätte sie schockieren sollen, doch sie konnte nur daran denken, wie sehr sie wollte, dass diese Küsse niemals endeten. Und wie gut es sich anfühlen würde, seine Finger auf ihren aufgerichteten Brustwarzen zu spüren.

Die Hintertür flog auf. Destiny hörte Lachen und dann ein schnelles: „Sorry, Mann." Danach schlug die Tür wieder zu.

Kipling trat zurück und räusperte sich. „Ich sollte dich, äh, nach Hause bringen."

Destiny atmete tief ein. Ihr Kopf klärte sich ein wenig, und ihr wurde bewusst, dass sie heute Abend mehr getan hatte, als nur einen Song ihrer Mutter zu singen. Sie hatte außerdem mit dem Lifestyle ihrer Mutter geflirtet, und sie wusste, dass sie das besser nicht tun sollte.

„Mach dir keine Gedanken", sagte sie, erleichtert, dass sie in der Lage war, in ganzen Sätzen zu sprechen. „Heute ist der Eröffnungsabend. Du solltest hierbleiben. Ich gehe zu Fuß. Ich meine, das hier ist Fool's Gold. Mir passiert schon nichts."

Er zögerte, doch sie gab ihm einen kleinen Schubs in Richtung Bar. „Alles ist gut. Versprochen. Ich schicke dir eine Nachricht, wenn ich zu Hause bin."

„Wenn ich innerhalb von zwanzig Minuten nichts von dir gehört habe, komme ich dich suchen."

Ein verlockender Grund, ihm keine Nachricht zu schicken, dachte sie, während sie winkte und in Richtung Bürgersteig ging.

Siebzehn Minuten später war sie in ihrem Schlafzimmer und schickte Kipling eine Nachricht, die es ihm erlauben würde, sie für den Rest der Nacht zu vergessen.

Es war schon spät, und Starr schlief bereits, aber Destiny konnte sich nicht entspannen. Ihr Körper sehnte sich immer noch nach dem Mann, der sie geküsst hatte, und in ihrem Kopf wirbelten Worte und Bilder durcheinander. Da sie nicht wusste, was sie sonst tun sollte, holte sie ihre Gitarre und das Notizbuch mit den halb fertigen Songs heraus. Sie blätterte es durch, bis sie ein Lied fand, das in der momentanen Situation Sinn ergab, und fing dann an zu spielen.

Du hast mit bedächtiger Stimme zu mir gesprochen. Deine Worte waren wie ein Leuchtfeuer, als ich ein Zuhause suchte.

Sie machte sich ein paar Notizen und fing an, das Lied von vorn zu spielen. Währenddessen erlebte sie Kiplings Kuss wieder und wieder, bis er ihr unauslöschlich ins Gedächtnis gebrannt war.

8. KAPITEL

Vor Jo's Bar zögerte Destiny. Es war nicht der Kater, der sie innehalten ließ. Auch wenn sie mit Kopfschmerzen und dem Drang, literweise Wasser zu trinken, aufgewacht war. Nein, was sie vor der Tür verharren ließ, war die Tatsache, dass sie verlegen war.

Sie erinnerte sich noch genau daran, was am Vorabend passiert war. An alles. Und auch wenn ihr Date mit Kipling wesentlich besser verlaufen war als erwartet und der Kuss sie umgehauen hatte, konnte sie den Rest dennoch nicht vergessen. Wie sie auf die Bühne gegangen und den Song ihrer Mutter gesungen hatte.

Sie wusste, was passierte, sobald sie den Mund öffnete und sang. Sie konnte nicht verbergen, wer sie war und woher sie stammte.

Die Vergleiche waren unausweichlich – und das war okay für sie. Sobald die Leute von ihrer Familie erfuhren, sahen sie die Ähnlichkeiten, hörten die vertrauten Elemente in ihrer Stimme. Worüber sie hingegen nicht hinwegkam, war, was sie sich selbst angetan hatte. Sie könnte behaupten, von einer Macht angetrieben worden zu sein, die sie nicht verstand, aber in Wahrheit war sie auf ihren eigenen zwei Beinen auf die Bühne gegangen. Sie hatte den Mund geöffnet und sich entschieden zu singen. Auch wenn sie vorhatte, später noch ein ernstes Wörtchen mit Miles zu reden, war die schlussendliche Entscheidung doch ihre gewesen.

Sie wusste nur nicht, warum sie es getan hatte. Klar, sie hatte schon einmal in der Öffentlichkeit gesungen. Als sie noch klein gewesen war. Aber als Erwachsene mied sie das

Scheinwerferlicht. Miles wusste nur, dass sie singen konnte, weil er sie einmal gehört hatte, als das Fenster ihres Hotelzimmers offen gestanden und sie nicht gewusst hatte, dass er direkt nebenan war. Er hatte so lange gebohrt, bis sie zugegeben hatte, wer sie war. Seitdem weigerte er sich, diese Information zu vergessen. Er liebte es, sie zu den unmöglichsten Zeitpunkten anzubringen. Und Destiny zu ermutigen aufzutreten.

Bis gestern Abend hatte sie sich immer geweigert. Also was war anders gewesen?

Auf diese Frage werde ich wohl nie eine Antwort bekommen, dachte sie. Also atmete sie ein, um sich Mut zu machen, und betrat Jo's Bar.

Ein paar ihrer Freunde warteten bereits an einem der Tische. Madeline war da, genau wie Bailey. Sie erkannte auch Isabel, Madelines Geschäftspartnerin, und Taryn, die große, dunkelhaarige Frau, die die PR-Agentur Score leitete. Shelby winkte von der anderen Seite des Tisches.

„Hallo zusammen“, begrüßte Destiny die Runde und setzte sich auf den leeren Stuhl zwischen Madeline und Dellina. Zu ihrer großen Erleichterung erwähnte keine der Frauen den gestrigen Abend. Ein paar von ihnen waren nicht da gewesen, und Destiny fragte sich, ob die Geschichte schon die Runde gemacht hatte. Sie hoffte, dass dem nicht so war, fürchtete aber, nicht so viel Glück zu haben.

Bailey, die im Büro der Bürgermeisterin arbeitete, beugte sich vor. „Dellina, du musst mir bei der Planung meiner Hochzeit helfen. Ich kann mich wirklich nicht entscheiden, was ich will, und Kenny wird langsam ungeduldig.“

„Wo liegt das Problem?“, wollte Dellina wissen.

Madeline lehnte sich zu Destiny hinüber. „Dellina ist unsere örtliche Partyplanerin. Wenn du eine Hochzeit organisieren willst, ist sie deine Frau. Sie kann beinahe alles in kürzester Zeit auf die Beine stellen.“

Dellina lachte. „Das habe ich gehört. Bitte, preis mich nicht zu hoch an. Ich kann keine Wunder bewirken.“ Sie wandte sich wieder an Bailey. „Die erste Frage ist, was für eine Hochzeit willst du? Groß oder klein? Formell oder informell?“

„Ich weiß es nicht“, gab Bailey zu.

„Das war auch mein Problem“, schaltete Taryn sich ein. „Insgeheim wollte ich das perfekte Kleid, die große Feier, aber ich war vorher schon mal verheiratet und mir deshalb nicht sicher, ob das angebracht wäre.“

„Und ich wollte kein Aufsehen“, sagte Dellina fröhlich. „Deshalb sind wir einfach durchgebrannt. Du siehst, es gibt unzählige Möglichkeiten.“

Fool's Gold ist wirklich eine ehe- und familienfreundliche Stadt, dachte Destiny, als ihr auffiel, dass beinahe jede Frau am Tisch verheiratet oder verlobt war. Madeline und Shelby waren die einzigen Singles. Taryn war schwanger, Isabel Teil einer Schwangerschaftswette, von der sie wahrscheinlich nichts wusste, und die anderen hatten alle schon Kinder.

Das ist alles so normal, dachte sie sehnsüchtig. Als Kind hatte „normal“ für sie himmlisch geklungen. Während andere Leute von Ruhm und Reichtum träumten, hatte sie sich vorgestellt, in einer ganz normalen Straße zu wohnen, wo der Rhythmus des Lebens von den Jahreszeiten und dem Schulkalender diktiert wurde und nicht von Schallplattenveröffentlichungen oder Tourneeplänen.

„Ich schätze, Kenny und ich müssen uns noch mal unterhalten“, warf Bailey ein. „Chloe will auf jeden Fall Brautjungfer sein, also ist durchzubrennen keine Option.“

In diesem Moment stürmte Patience Garrett ins Jo's und eilte an ihren Tisch. Sie beanspruchte den letzten Platz für sich. „Sorry“, sagte sie. „Ich habe mich gerade mit Zane Nicholson unterhalten.“

Isabel und Madeline seufzten, während die anderen nur verwirrt dreinschauten. Außer Bailey, die den Kopf schüttelte.

„Ihr seid total verrückt", sagte sie. „Aber das wisst ihr, oder?"

„Ist mir egal." Isabel lächelte verträumt. „Zane ist umwerfend."

„Er ist nur ein Mann", korrigierte Bailey sie. „Er zieht seine Hosen auch ein Bein nach dem anderen an."

„Was bedeutet, dass er sie ab und zu auch auszieht", konterte Patience und kicherte.

Bailey verdrehte die Augen. „Ignoriert sie einfach", sagte sie an den Rest der Gruppe gewandt. „Sie benehmen sich wie Fünfjährige."

„Nein, eher wie Sechzehnjährige", korrigierte Isabel sie. „Das ist ein Unterschied. Und es ist nicht einfach nur albern. Zane Nicholson ist hier aufgewachsen. Er hat eine Ranch ungefähr zwanzig Meilen entfernt. Er ist stattlich. Wortkarg. Männlich." Sie fächelte sich mit der Hand Luft zu. „Geht es nur mir so, oder ist es hier drinnen ungewöhnlich heiß?"

„Du bist verheiratet", schalt Destiny sie, bevor sie sich zurückhalten konnte. Sie wusste, dass die Unterhaltung über den geheimnisvollen Zane nur ein Spaß war, aber sie fand sie trotzdem seltsam.

„Ich weiß." Isabel klang nicht im Mindesten reumütig. „Ich liebe Ford mit jeder Faser meines Seins. In Zane war ich während der Highschool verknallt. Es bringt einfach nur Spaß, sich daran zu erinnern, wie es damals war."

„Er ist kein Jonny Blaze." Shelby grinste.

„Stimmt", pflichtete Madeline ihr lachend bei. „Meine ewig währende Liebe für Zane wird nur von meiner Filmstarschwärmerei für Jonny Blaze überschattet. Ich glaube, das macht mich ein wenig zur Schlampe."

Jo kam, um ihre Bestellung aufzunehmen. Heute sprach niemand davon, Margaritas zu nehmen, wofür Destiny dankbar war. Sie hatte vor, Alkohol für lange Zeit zu meiden.

Als Jo wieder gegangen war, stützte Taryn ihre Ellbogen auf den Tisch und lächelte Destiny an.

„Wir hatten noch keine Chance, uns besser kennenzulernen. Woher kommst du, und wie bist du hier gelandet?"

Alle am Tisch erstarrten. Destiny befahl sich, ruhig zu bleiben. Taryn hatte die Frage bestimmt nur generell gemeint und war nicht scharf auf Informationen über die Mills-Familie. Aber in der Sekunde, bevor ihr eine Antwort einfiel, fühlte sie sich zugegebenermaßen mehr als gefangen.

Taryn richtete sich auf. „Was?", wollte sie wissen. „Habe ich etwas Unmögliches gefragt?" Sie schlug mit den flachen Händen auf den Tisch. „Gestern Abend ist irgendetwas passiert, oder? Ich wusste es! Ich habe Angel gesagt, dass wir zu der Eröffnung gehen sollen, aber er wollte zu Hause bleiben, weil ich müde war. Diese Schwangerschaft vermiest mir jeden Spaß."

Bailey legte einen Arm um Taryn. „Ich bin auch nicht hingegangen", sagte sie. „Und es ist nichts passiert."

„Doch, ist es wohl", beharrte Taryn. „Erzählt es mir."

„Ich habe gesungen", erklärte Destiny leise.

Taryn runzelte die Stirn. „Das ist alles? Du hast gesungen? Okay, das verstehe ich nicht. Entweder du bist richtig, richtig gut oder richtig, richtig schlecht."

„Sie ist gut", murmelte Madeline.

Destiny war klar, dass es keinen Sinn hatte, dem Thema ausweichen zu wollen. Beinahe alle wussten Bescheid, und vielleicht könnten sie sich etwas Interessanterem zuwenden, wenn sie offen darüber sprach.

„Meine Eltern sind Countrysänger", erklärte sie Taryn. „Lacey und Jimmy Don Mills."

Taryn strahlte. „Von denen habe ich schon mal gehört. Du bist ihre Tochter?"

„Sie haben geheiratet, als sie achtzehn beziehungsweise neunzehn waren, und ich bin neun Monate später gekommen."

„Aber du arbeitest doch an diesem Computersuchprogramm."

„STORMS", sagte Destiny.

„Richtig. Für die Such- und Rettungstruppe. Also warum machst du das, wenn du singen kannst?"

„Mir gefällt das Business nicht. Ich will nicht auf Tournee gehen und mein Leben in der Öffentlichkeit leben." Destiny bemühte sich, nicht allzu defensiv zu klingen.

„Das verstehe ich." Mitfühlend sah Shelby sie an. „Ist bestimmt nicht leicht."

„Nicht, wenn es auch nur entfernt dem ähnelt, was ich bei meinen Geschäftspartnern mitbekommen habe." Taryn nickte, während sie sprach. „Ich weiß, was sie durchgemacht haben. Interessant. Tja, es tut mir leid, dass ich deinen Karaokeauftritt verpasst habe."

„Mir auch", sagte Jo, die in diesem Moment die Getränke brachte. „Ich habe gehört, es war brechend voll im Man Cave. Gut, dass ich an dem Abend geschlossen hatte, sonst hätte ich ganz allein hier gesessen."

„Du hättest mich anrufen können", meinte Taryn. „Ich habe den Spaß auch verpasst."

„Spaß, hm?", sagte Jo. „Das Essen kommt in wenigen Minuten."

Sie ging. Destiny hoffte, dass nun endlich das Thema gewechselt würde, aber Taryn ließ nicht locker. „Sag mir Bescheid, wenn du das nächste Mal singst. Ich möchte gerne dabei sein."

„Ich bezweifle, dass es noch mal passieren wird."

„Aber du hast eine unglaubliche Stimme", wandte Madeline ein und schlug sich dann die Hand vor den Mund. „Sorry. Es ist deine Entscheidung. Ich will dich nicht drängen."

Destiny grinste. „Danke."

„Was ist mit Starr?", fragte Shelby. „Will sie ins Musikbusiness?"

„Mehr, als mir lieb ist.“ Destiny nippte an ihrem Eistee. „Sie hat während ihrer Kindheit nicht die Schattenseiten der Branche mitbekommen und findet das Leben als Countrystar glamourös.“

„Sie ist wesentlich jünger als du, oder?“, fragte Bailey.

„Ja, vierzehn Jahre. Sie und ich haben unterschiedliche Mütter.“

Shelby lächelte. „Das ist bei Kipling und mir genauso. Wir haben auch verschiedene Mütter.“

Destiny war erstaunt. Sie hätte nie gedacht, dass die beiden nur Halbgeschwister waren. Andererseits war das nur die biologische Seite ihrer Beziehung. In ihren Herzen waren sie eine Familie. Etwas, woran sie und Starr noch arbeiten mussten.

„Wo ist Starrs Mutter?“, wollte Taryn wissen.

„Sie ist vor einem knappen Jahr gestorben. Starr ist auf dem Internat. Es gab niemanden, der sie während der Sommerpause aufnehmen konnte. Jimmy Don tourt durch Europa, und mütterlicherseits hat Starr keine Familie. Von ihren anderen Halbgeschwistern ist keines alt genug, um sich um sie zu kümmern, also habe ich gesagt, sie könnte bei mir bleiben.“

Madelines Augen weiteten sich. „Das ist ja unglaublich traurig. Natürlich nicht, dass du sie aufnimmst, das ist toll. Aber der Rest. Ich komme aus einer kleinen Familie, aber ich habe immer gewusst, dass meine Eltern mich anbeten. Ich kann mir nicht vorstellen, wie es sein muss, in Starrs Alter zu sein und kein Zuhause zu haben. Ich bin so froh, dass sie jetzt bei dir ist.“

Die netten Worte weckten Schuldgefühle in Destiny. Denn sie war nicht wirklich froh gewesen, als Starr in ihrem Leben aufgetaucht war.

Sie wartete darauf, dass jemand schlecht über ihren Vater redete. Gott wusste, der Mann hatte es verdient, aber sie würde sich dann in der unbehaglichen Position wiederfinden, ihn verteidigen zu müssen. Überraschenderweise sagte aber niemand etwas, und die Unterhaltung wandte sich dem anstehenden X-treme-Wasserski-Festival zu.

Destiny ließ die Worte über sich hinwegrauschen. Sie fühlte sich, als wäre sie einen Marathon gelaufen. Aber die Erschöpfung war eher emotional als körperlich. Dazuzugehören war schwer. Am Seitenrand zu stehen und sich nicht einzubringen war so viel leichter. Und doch bereute sie es nicht, Freundschaften geschlossen zu haben. Die Verbindung, so kurz sie auch sein würde, fühlte sich gut an. Real. Oder – vielleicht noch wichtiger – normal.

Kipling hatte sich auf sein Treffen mit Destiny gefreut. Seit der Eröffnung des Man Cave vor ein paar Tagen hatte er sie nicht mehr gesehen. Und auch wenn er ab und zu überlegt hatte, sie aufzusuchen, hatte ihm sein Instinkt gesagt, dass sie etwas Zeit bräuchte.

Nicht wegen des Kusses, auch wenn er hoffte, dass sie von der Chemie zwischen ihnen genauso fasziniert gewesen war wie er. Nein, er glaubte, sie würde Zeit benötigen, um zu entscheiden, wie sie damit umgehen sollte, dass ihr Geheimnis nun keines mehr war. Egal, wo er hinkam, die Leute unterhielten sich über sie und ihren Auftritt. Darüber, wer sie war und wie es kam, dass sie keine Millionen-Dollar-Platte aufnahm oder von ihrem vermutlich gut bestückten Treuhandfonds lebte, sondern stattdessen als Softwarebetreuerin in Fool's Gold arbeitete.

Er wusste nicht, wie viel von dem Gerede bei ihr ankam. Vielleicht versuchten die Leute diskret zu sein. Aber irgendwann würde Destiny herausfinden, dass alle davon wussten, und er hatte das Gefühl, dass sie darüber nicht glücklich wäre.

Sie war auf die Minute pünktlich und sah so gut aus wie immer. Das Make-up war verschwunden, und sie trug wieder Cargohosen und ein T-Shirt. Was seiner Meinung nach genauso sexy und anziehend war. Er mochte ihr frisches Gesicht und ihre praktische Kleidung. So konnte weniger zerknittern, und sie wäre schneller für alles bereit. Auch wenn das, was er im Sinn hatte, keine spezielle Garderobe erforderte. Oder überhaupt irgendwelche Kleidung.

„Wie geht's?“, fragte er, als sie sein Büro betrat.

„Gut.“ Sie schaute an ihm vorbei, und der Mund blieb ihr offen stehen. „Nein.“

„Doch.“ Er ging zu den großen Landkarten an der Wand. Es waren sehr genaue Karten, die jede Erhöhung und mehr Einzelheiten zeigten als alle, die sie bisher gehabt hatten. „Bürgermeisterin Marsha hat sich durchgesetzt.“

„Ich darf nicht vergessen, sie niemals zu unterschätzen“, sagte Destiny und trat an die Karten, um mit dem Finger einen Flusslauf nachzufahren. „Die sind fabelhaft. Und teuer. Die kann man nicht einfach im Internet bestellen. Das sind Spezialanfertigungen.“

„Sie meinte, sie hätte von irgendwoher eine Spende bekommen und sie für uns ausgegeben.“ Er reichte ihr einen USB-Stick. „Hier sind die gleichen Karten in digitaler Form für dich.“

Lachend nahm sie den Stick an. „Danke. Was für ein unerwarteter Bonus.“

Sie nahm ihren Laptop aus dem Rucksack und stellte ihn auf einen der Tische. Sobald er hochgefahren war, begann sie, die Informationen vom USB-Stick herunterzuladen.

„Ich habe eine Software, die diese Karten mit den Daten der Flüge, die ich mit Miles unternommen habe, abgleicht. Sobald wir die Informationen kombiniert haben, können wir bestimmen, welche Gegenden zu Fuß kartografiert werden müssen. Je mehr Details wir haben, desto besser. Und mit deinem großzügigen Budget können wir uns die Zeit erlauben.“

Sie tippte ein paar Befehle ein und stand auf. „Okay, die Sache läuft. Das wird eine Weile dauern, also können wir uns erst mal anderen Themen zuwenden.“

Sie sprachen über den Zeitplan und den Betatest, der später im Sommer stattfinden würde. Die Trackingausrüstung war bereits verschifft worden. Destiny wirkte entspannt, während sie sprach, was Kipling sehr freute. Es bedeutete, dass der Kuss für sie okay gewesen war.

Kurz überlegte er, es noch einmal zu tun. Sie zu küssen. Er wollte es, genoss das Gefühl, wenn ihre Lippen sich berührten. Ihm war klar, dass einige Männer darauf aus waren, schnell ans Ziel zu gelangen, aber er ließ sich gern Zeit. Klar, das Ziel zu erreichen war toll, aber auf dem Weg dahin konnte man viel Spaß haben.

Eine oder zwei Sekunden lang genoss er die Vorstellung, dann erinnerte er sich daran, dass sie zum Arbeiten hier waren. Das hier war weder der richtige Zeitpunkt noch der richtige Ort.

„Ich wusste nicht, dass du und Shelby nur Halbgeschwister seid", sagte Destiny unvermittelt. „Sie hat es gestern beim Lunch erwähnt."

„Gleicher Vater, andere Mütter."

„Aber ihr seid zusammen aufgewachsen."

„Zum Großteil. Sie ist ein paar Jahre jünger, aber wir standen uns immer nahe. Als ich weggezogen bin, um mit meinem Skitrainer zu arbeiten, habe ich dafür gesorgt, dass wir in Kontakt bleiben. Ich bin, so oft es ging, nach Hause gefahren, und Shelby hat mich hin und wieder besucht."

Er sagte nichts über ihren Vater. Darüber zu reden war Shelbys Entscheidung, und anders als Miles wusste er, wann man besser den Mund hielt.

„Familien sind kompliziert", sagte Destiny. Sie saß auf einem der leeren Schreibtische. „Gestern war ich mit einer Gruppe Frauen bei Jo's zum Lunch. Shelby war eine davon. Wusstest du, dass mehr als die Hälfte der Frauen verheiratet ist und die meisten von ihnen Kinder haben?"

„Nein", sagte er langsam. „Und ich verstehe auch nicht ganz, was daran so ungewöhnlich ist."

„Vermutlich nichts. In einer Stadt wie dieser scheint es nur logisch, dass Familien eine große Sache sind. Die meisten Menschen verspüren den biologischen oder gesellschaftlichen Drang, sich fortzupflanzen."

Er setzte sich ihr gegenüber und grinste. „Jetzt machst du mir Angst. Ein gesellschaftlicher Drang, sich fortzupflanzen?"

„Ich weiß nicht, wie ich es sonst nennen soll. Es wird von einem erwartet, dass man erwachsen wird, heiratet und Kinder bekommt. Das tun fast alle." Sie neigte den Kopf. „Warum hast du es nicht gemacht?"

„Erwachsen zu werden?"

Sie lachte leise. „Du weißt, was ich meine. Liegt es daran, dass es zu viele Frauen gibt und du nicht einsiehst, dich für eine zu entscheiden?" Das humorvolle Funkeln in ihren Augen verschwand. „Das ist eine ernst gemeinte Frage. Ich betreibe nicht bloß Konversation."

„Warum ich nicht verheiratet bin?" Er zuckte mit den Schultern. „Das hat viele Gründe. Du hast recht. Eine Weile habe ich das Spiel ‚Je mehr, desto besser' gespielt. Es gab genügend Angebote, und ich habe nicht Nein gesagt. Aber nach einer Weile wurde das langweilig."

„Also hast du dich für die serielle Monogamie entschieden."

„So in der Art."

„Und das funktioniert für dich?"

„Meistens schon. Manchmal denke ich darüber nach, dass ich mehr will. Aber ich weiß einfach nicht, wie ich mit diesem ganzen Gefühlskram umgehen soll. Liebe kann nichts und macht nichts." Wie könnte er der Liebe trauen, wenn in ihrem Namen so viele grauenhafte Dinge geschahen? Wenn man seinen Dad fragte, würde der alte Mann schwören, Shelby zu lieben. Aber dennoch fand er nichts dabei, ihr mit der Faust ins Gesicht zu schlagen.

Verliebt zu sein schützte niemanden und bedeutete auch nicht, dass alles gut würde. Es waren nur Worte. Und ihm fiel es schwer, dieser Worte wegen aus dem Häuschen zu geraten.

Sie seufzte. „Liebe. Alle wollen verliebt sein."

„Du nicht?"

„Ich bin mir nicht sicher. Die romantische Liebe kommt mir unzureichend vor. Die Menschen ver- und entlieben sich alle naslang. Ich glaube, es ist besser, wenn zwei Menschen sich wirklich zueinander bekennen, bevor sie sich aneinander binden. Wenn es nicht um Hormone geht, sondern um echte Gefühle. Wie normale Eltern, die ihre Kinder lieben. Oder Freundschaften, die sechzig Jahre andauern. Das ist es, was ich will."

In diesen wenigen Sätzen verbirgt sich ein Berg an Informationen, dachte er. Die Tatsache, dass sie Eltern als normal bezeichnete. Warum sagte sie das? Weil ihre es nicht gewesen waren?

Ihren Bedenken gegenüber der romantischen Liebe konnte er jedoch zustimmen. Er hatte Frauen getroffen, die die Worte hören wollten, die er sich weigerte auszusprechen. Worte waren geduldig, es waren nur Taten, die zählten.

„Ist dir schon mal das Herz gebrochen worden?", fragte er sanft, weil er wusste, dass viele Leute die Worte einfach glaubten und dann geschockt waren, wenn es nicht so lief wie gedacht.

„Nicht so, wie du denkst. Ich habe gesehen, was meine Eltern durchgemacht haben. Wie sehr sie behauptet haben, einander zu lieben, nur damit diese Liebe dann vor ihren Augen den Bach runtergegangen ist. Sie sind wieder zusammengekommen und haben sich geschworen, dass es für immer wäre, und dann ist doch einer wieder ausgebrochen und hat den anderen betrogen."

„Worte ohne Taten, die diese stützen."

„Ganz genau", sagte sie. „Sie haben sich von ihren Hormonen leiten lassen. Das ist lächerlich."

„Hormone sind sehr mächtig."

Um ihren Mund zuckte es. „Ich glaube, das ist nur eine Entschuldigung. Wir können uns rational verhalten. Wir entscheiden uns nur, es nicht zu tun. Das ist wie Sex. Die Leute sagen, sie wären mitgerissen worden. Wirklich? Behaupten sie tatsächlich, dass sie sich nicht unter Kontrolle haben? Oder wollen sie es einfach nur nicht? Oh bitte. Wir alle wissen, was es ist. Wenn du meine Meinung hören willst: Sex ist die Wurzel allen Übels. Wenn Menschen aufhören würden, Sex zu haben, wäre alles besser."

„Für wen?", fragte er ungläubig.

„Du weißt, was ich meine."

„Ehrlich gesagt nicht."

Sie hob die Schultern und ließ sie wieder sinken. Ihr Blick war ruhig, als hätte sie das alles genau durchdacht und wüsste alle Antworten.

„Wie schon gesagt, ich habe gesehen, was meine Eltern gemacht haben. Ich habe andere Menschen in der Band beobachtet, Männer und Frauen, die sich wegen Sex und angeblicher Liebe wie Idioten verhalten haben. Ich glaube, es muss einen besseren Weg geben."

Er fürchtete sich beinahe zu fragen. „Und der wäre?"

„Ein vernünftiger Plan. Jemanden finden, der versteht, dass das alles nur ein Spiel ist, und der sich weigert, es mitzuspielen. Wir werden heiraten und uns umeinander kümmern, aber ohne das ganze Drama. Nur zwei engagierte Menschen, die ein emotional stabiles Leben miteinander führen wollen."

Als würde das jemals passieren, dachte Kipling. Er war nicht sicher, ob er lachen oder fliehen sollte. „Gibt es in dieser vernünftigen Ehe auch Sex?"

„Zum Zweck der Fortpflanzung. Ansonsten besteht wirklich kein Grund dazu."

Er schaute sie an. „Wenn du das glaubst, hast du einiges falsch gemacht."

Sie winkte ab. „Bla, bla, bla. Ich weiß. Es gibt kein Gefühl, das dem gleicht."

„Du klingst nicht überzeugt."

„Das bin ich auch nicht. Ich glaube, mein Weg ist der bessere."

„Die vernünftige Ehe ohne Sex zwischen zwei gleich denkenden Menschen. Zum Wohle aller."

Sie strahlte. „Ganz genau!"

„Viel Glück dabei."

Sie wandte den Blick ab. „Ich wusste, dass du nicht daran interessiert wärst."

Er fluchte leise. „Du hast mich als Kandidaten in Betracht gezogen?"

„Ich war mir nicht sicher. Du scheinst ziemlich viele gute Qualitäten zu besitzen. Ich dachte mir aber schon, dass Sex ein Thema wäre."

Er hatte keine Ahnung, was er von alldem halten sollte, schätzte aber, dass inmitten all ihrer wirren Gedanken ein Kompliment versteckt war. „Du hast überhaupt kein Interesse an Sex?" Er konnte es noch immer nicht glauben, hatte sie doch nur allzu bereitwillig auf seine Küsse reagiert.

Sie musterte ihre Stiefel. „Ich glaube, es ist wichtiger und schlussendlich gesünder, die Kontrolle zu behalten. Ich weigere mich, mich meinen niederen Bedürfnissen hinzugeben. Hormone sind nicht stärker als meine Willenskraft."

Einen Moment sah er sie perplex an, während sein Gehirn auf Hochtouren lief. Okay, jetzt verstand er es. Irgendein Idiot – oder vielleicht auch mehrere Idioten – hatte seinen Spaß mit ihr gehabt, ohne sie zum Höhepunkt zu bringen. Wenn sie niemals einen Orgasmus gehabt hatte, konnte sie natürlich nicht wissen, was ihr entging. Er war ein wenig überrascht, dass sie sich dieses Themas nicht selbst angenommen hatte, aber mit ihren ganzen Regeln über vernünftige Beziehungen und dem Widerstand gegen ihre Bedürfnisse war das vermutlich zu erwarten gewesen. Gefühlen mochte auch er nicht trauen, aber einem guten Plan vertraute er immer.

Das hier, erkannte er, ist ein Problem, das gelöst werden muss.

„Dein Masterplan weist ein paar entscheidende Fehler auf", informierte er sie.

„Ich weiß. An den Details arbeite ich noch."

„Wie zum Beispiel, einen willigen Partner zu finden."

Sie lächelte. „Ja, das ist eines der größeren Details."

„Und die Sache mit dem Sex."

Sie stöhnte. „Was ist das nur mit Männern und Sex?"

„Wir mögen ihn."

„Das habe ich gehört. Wieder und wieder." Sie schaute ihn an und verengte die Augen. „Du wirst meine Meinung in keinem Punkt ändern. Und ich will nicht, dass du es versuchst."

„Ich und versuchen, dich zu ändern? Wie kommst du darauf?"

„An mir ist nichts verkehrt. Ich muss nicht bekehrt oder geheilt oder sonst etwas werden."

„Aha. Ich finde es interessant, dass du glaubst, zu wissen, worüber du redest, obwohl du es nicht tust. Ich kann es kaum erwarten, dich auf den Hintern fallen zu sehen."

Sie schaute weg. „Wenn es nach dir ginge, würde ich nicht auf den Hintern fallen, oder?"

Kipling lachte. „Und der erste Punkt geht an Ms. Mills."

Sie stand auf und ging zu ihrem Computer. „Ich werde noch viele Punkte machen. Wart's nur ab."

Er wusste, dass sie falschlag, aber es wäre lustig, sie das selbst herausfinden zu lassen. Denn jetzt war er nicht mehr nur ein Mann, der Interesse hatte, sondern einer mit einer Mission.

Eine Sekunde dachte er darüber nach, dass sie beide beim Thema Liebe irgendwie auf der gleichen Seite standen. Sie hatten beide gesehen, wie Menschen, die behaupteten, einander zu lieben, fürchterliche Dinge taten, und beschlossen, diesem

Gefühl nicht zu vertrauen. Sie wollten beide eine rationale Reaktion auf etwas potenziell Unfassbares. Allerdings mit einem großen Unterschied: Er glaubte fest an die Macht der Leidenschaft, während sie davon überzeugt war, dass Leidenschaft das Problem war. Doch damit irrte sie sich. Was bedeutete, dass er derjenige sein würde, der ihr zeigte, was ihr entging.

Destiny eilte zur Ambrosia Bakery. Sie hatte vorgehabt, zum Dessert einen Kuchen zu backen, war aber nicht rechtzeitig aus dem Büro gekommen. Und auch wenn weder sie noch Starr unbedingt Kuchen in ihrem Leben *brauchten*, fände sie es nett, einen zu haben. Hätte sie sich nicht so lange mit Kipling unterhalten, hätte sie selbst einen machen können. Was ihren Besuch in der Bäckerei erklärte. Das hier war ein „Schuldgefühl-Kuchen".

Es machte Spaß, mit Kipling zu reden. Mit ihm Zeit zu verbringen. Ihn zu küssen. Und interessant war, dass sie ihm erzählt hatte, was sie vom Leben erwartete, und er hatte nicht Nein gesagt. Er war nicht enthusiastisch gewesen, aber er hatte die Unterhaltung bis zum Ende mitgeführt. Was die Frage aufwarf, ob er über das, was sie gesagt hatte, nachdachte. Denn je mehr Zeit sie mit Kipling verbrachte, desto mehr genoss sie es, mit ihm zusammen zu sein.

Das musste doch ein Zeichen sein. Auch wenn es noch zu früh war, um genug über seinen Charakter oder ihre Gefühle zu wissen, verspürte sie zum ersten Mal ein gewisses … Ganz vielleicht könnte sie das finden, wonach sie suchte. Einen guten Mann, der eine Familie wollte und wegen dieser Sex-Sache nicht gleich durchdrehte.

Denn er hatte bereits eine ganze Reihe von Abenteuern gehabt. Das hatte er ihr gegenüber zugegeben. Vielleicht reichte das. Es war ja schließlich nicht so, dass man das ständig wiederholen musste.

Kurz blieb sie vor der Bäckerei stehen, als ein kleines Musikvideo in ihrem Kopf ablief. Das Lied hatte sie selbst geschrieben, und die Bilder zeigten sie und Kipling. Wie sie sich unterhielten, gemeinsam durch den Wald spazierten, einander an den Händen hielten. Am Ende stellte sie sich vor, wie sie sich küssten. Denn das war wirklich schön gewesen. Vielleicht hatte sie kein Interesse daran, ihre Pflicht zu erfüllen, aber tägliche Küsse würden ihr nichts ausmachen. Und Umarmungen. Ein verheiratetes Paar sollte sich umarmen. Das förderte die Verbindung.

Sie schüttelte den Tagtraum ab und betrat die Bäckerei. Lächelnd begrüßte Shelby sie.

„Hey, so spät hatte ich gar nicht mehr mit dir gerechnet. Du bist doch eigentlich eine von meinem Morgenkundinnen."

„Ich hatte gehofft, du hättest noch einen Kuchen, den ich Starr mitbringen kann." Destiny trat an den Tresen. „Du arbeitest aber lange. Bist du nicht morgens ab vier Uhr hier?"

Shelby lachte. „Ja, es war ein langer Tag. Amber hatte einige Termine, deshalb habe ich mich für eine Doppelschicht gemeldet. Für den Sommer hat sie einige Aushilfen engagiert, aber die haben noch nicht angefangen." Sie hielt sich die Hand vor den Mund und gähnte. „Heute gehe ich früh ins Bett."

„Das solltest du wirklich tun."

„Okay, einen Kuchen. Was für einen? Warm oder kalt? Wir haben ein paar Cremetorten übrig oder Obstkuchen."

„Cremetorte", sagte Destiny, denn da sie eher einen Obstkuchen gebacken hätte, wäre eine Torte eine schöne Abwechslung.

Shelby stellte ihr die verschiedenen Varianten vor, und Destiny entschied sich für eine doppelte Schokoladenmoussetorte mit dunkler und heller Schokolade sowie viel Schlagsahne.

Shelby tippte den Betrag in die Kasse ein. „Ich weiß, du willst vermutlich nicht darüber reden, aber ich muss dir sagen, dass du eine unglaubliche Stimme hast."

Destiny bemühte sich, ihr Lächeln beizubehalten. Sie hatte die Aufmerksamkeit selbst auf sich gezogen und musste nun damit klarkommen.

„Danke."

„Und du singst wirklich nicht gerne vor Publikum?"

„Nein."

„Aber du sahst so selbstsicher aus. Total entspannt. Ich hatte mir ja schon gedacht, dass du umwerfend bist, aber ich hatte keine Ahnung, wie sehr." Sie reichte Destiny das Wechselgeld, legte den Tortenkarton in eine Tüte und schob sie über den Tresen. „Du und Miles, ihr kennt euch wohl schon eine ganze Weile, oder?"

„Wir arbeiten seit ein paar Jahren zusammen." Destiny nahm die Tüte in die andere Hand. „Meine Mom besucht mich ein paarmal im Jahr, und einmal ist sie gekommen, als ich mit Miles gearbeitet habe. Er war total hingerissen von ihr – so wie die meisten Männer."

Shelby presste die Lippen aufeinander. „Du hast aber nichts mit Miles, oder?"

„Nein. Wir sind nur Freunde. Er ist nicht …" Destiny erinnerte sich an die Begegnung mit Miles und Kipling vor ein paar Wochen. „Gehst du mit ihm aus?"

„Wir waren ein paarmal was trinken." Shelby klang zu gleichen Teilen erfreut und defensiv. „Er ist nett."

„Er trifft sich aber auch mit anderen Frauen. Miles hat es nicht so mit Beziehungen. Er mag die Ladys. Vielleicht *zu* sehr." Denn nicht jeder ist an meinem vernünftigen Plan interessiert, dachte sie. Die Leute wollten lieber den Rausch spüren und Sex haben und sich dann die Herzen brechen lassen. Das würde ihr niemals passieren. Denn sie ließ sich von ihrem Verstand und nicht von ihren Hormonen leiten.

„Du glaubst, er geht mit jemandem aus der Stadt aus?"

„Ich weiß, dass er vor Kurzem mit Madeline was trinken war."

Shelbys Lächeln erstarb. „Oh. Das wusste ich nicht. Sie ist so lustig und hübsch."

„Ihr seid beide zauberhaft", erwiderte Destiny bestimmt. „Und keine von euch ist das Problem. Hör mal, ich mag Miles. Er ist kein schlechter Mensch. Aber was Frauen angeht, kannst du von ihm nicht mehr als eine kurze, schöne Zeit erwarten. Wenn es das ist, was du willst, dann nur zu. Aber wenn du dir mehr wünschst, ist er nicht der Richtige."

„Danke für den Rat."

„Gern geschehen."

Destiny winkte und ging. Auf dem Heimweg fragte sie sich, ob Shelby auf sie hören würde. Oder ob sie glaubte, Miles verändern zu können. Dass es mit ihr irgendwie anders wäre.

Das hatte Destiny schon oft erlebt. Vor allem mit ihrem Vater. Die Frauen kannten seine Vergangenheit, glaubten aber immer, dass es mit ihnen anders wäre, dass er sich verändern würde. Doch das tat er nie.

Sie hingegen sah die Sache klar. Rational. Vielleicht entgingen ihr ein paar Highlights, aber wenn sie dafür so manchen Tiefpunkt vermeiden konnte, war es das wert.

9. KAPITEL

„Ich weiß nicht", sagte Starr, als sie die Tribüne am See verließen. „Sie waren gut und alles ..."

Destiny hakte sich bei ihrer Schwester unter. „Oh, ich verstehe genau, was du meinst. Es war eine großartige Show, aber auch ein wenig seltsam."

Starr lachte. „Genau. Weil die irgendwie so ... alt sind."

Destiny schätzte, dass eine Gruppe Frauen über sechzig für eine Fünfzehnjährige mehr als nur alt waren. Uralt eher.

Das X-treme-Wasserski-Festival hatte am Vortag begonnen und würde noch bis morgen gehen. Es gab verschiedene Vorführungen, Wettbewerbe und sogar einen Platz am See, wo man Unterricht nehmen konnte. Sie und Starr hatten gerade die berühmten „Nennt-mich-nicht-Oma" gesehen, eine Gruppe Synchronwasserskifahrer, die aus Frauen über sechzig bestand.

„Sie waren in Topform", sagte Destiny. „Wir können uns glücklich schätzen, wenn wir in dem Alter noch so gut drauf sind."

„Ja, vermutlich."

Destiny grinste. „Kannst du dir nicht vorstellen, jemals so alt zu sein?"

„Nicht wirklich. Aber ich schätze, es wird irgendwann passieren."

„Die Alternative ist nicht wirklich angenehm", überlegte Destiny laut.

Starr grinste. „Da hast du recht. Es muss komisch sein, sich nicht mehr auf seine Geburtstage zu freuen. Im Moment kann ich es kaum erwarten, sechzehn zu werden, damit ich den Führerschein machen kann."

„Ich schätze, mit ein Grund, warum sich Leute mit steigendem Alter nicht mehr so auf ihre Geburtstage freuen, ist, dass es nicht mehr so viele Meilensteine gibt."

„Bist du nicht aufgeregt, bald achtundzwanzigeinhalb zu werden?", fragte Starr lachend.

„Nicht so sehr, wie du denkst."

Sie gingen ins Zentrum der Stadt zurück, wo überall Buden aufgebaut waren. Es gab verschiedene Bereiche für Handwerkskunst, Essen und unterschiedliche Vorführungen. Alles ist super organisiert, dachte Destiny. Wer auch immer das alles plant, hat ein Händchen dafür, Menschenmassen unter Kontrolle zu halten.

„Ich sollte meine Mom einladen, eines der Festivals zu besuchen", sagte Destiny.

„Oh, Lacey kommt her?" Starr klang sowohl aufgeregt als auch nervös. „Diesen Sommer?"

„Normalerweise besucht sie mich an meinen verschiedenen Arbeitsplätzen. Sie meint, diese Reisen würden ihr helfen, mit ihren Fans in Kontakt zu bleiben, weil sie sie erden."

Starr nickte. „Klingt irgendwie logisch."

Destiny lächelte. „Du weißt, dass das alles nur Theater ist, oder? Meine Mom wird niemals wie ihre Fans sein. Sie ist der Superstar Lacey Mills."

„Wie ist es, wenn nur du da bist? Ist sie dann nicht wie eine normale Mutter?"

„Doch, das ist sie", gab Destiny zu. So hatte sie noch nie über die gemeinsame Zeit mit ihrer Mutter nachgedacht. „Wenn sie allein unterwegs ist, hat sie immer eine Entourage dabei. Sie macht sich zurecht und wartet darauf, von ihren Fans überfallen zu werden. Und die enttäuschen sie normalerweise nicht. Aber wenn sie mich besucht, ist sie einfach sie. Und auch wenn man sie nie mit einer durchschnittlichen Vorstadtmutter verwechseln würde, nimmt sie sich stark zurück, wenn sie bei mir ist."

„Nur ein Bodyguard?“

„Ja, und der hält sich bedeckt.“

„Kann ich sie kennenlernen?“, fragte Starr.

„Natürlich.“ Destiny wollte gerade sagen, dass sie überrascht war, dass Starr noch nicht ihre Bekanntschaft gemacht hatte, doch dann erinnerte sie sich daran, dass die beiden ja gar nicht blutsverwandt waren. „Sie ist super. Du wirst sie mögen. Sie liebt es, über Musik zu reden, also halt deine Fragen bereit.“

Ungläubig schaute Starr sie an. „Oh mein Gott. Wirklich? Meinst du das ernst?“

„Natürlich. Sie kann die ganze Nacht aufbleiben und sich über Musik und das Business unterhalten. Und sie hat so viel Energie – sie kann wesentlich länger wach bleiben als du.“

Starr umklammerte ihren Arm. „Ich muss sofort mehr üben. Ich muss besser werden, bevor sie kommt. Was, wenn sie mich bittet, was zu spielen? Ich darf mich nicht vor ihr blamieren.“

„Ganz ruhig. Das wirst du nicht. Lacey urteilt nicht. Und um ehrlich zu sein, sie zieht es vor, die beste Musikerin im Raum zu sein.“

„Aber Dad spielt doch auch.“

Destiny seufzte. „Ich weiß. Das war auch immer ein Spannungspunkt zwischen den beiden. Sie haben Freunde eingeladen und gespielt und sie dann gebeten, zu sagen, wer besser war. Das hat selten ein gutes Ende genommen.“ Sie zeigte nach vorn. „Komm, holen wir uns ein Elefantenohr.“

„Okay.“

Sie gingen zu der Bude und stellten sich an.

„Es muss toll sei, so viel Musik im Haus zu haben“, sagte Starr. „Zuhören zu können, wie sie und ihre Musikerfreunde spielen.“

„Ich habe viel gelernt“, gab Destiny zu. „Aber es war keine riesige Jamsession. Sie sind ständig herumgereist. Ich bin manchmal mit auf Tournee gegangen, aber meistens musste ich zu Hause bleiben. Ich habe auch oft die Schule verpasst. Es war schwer, Freunde zu finden, weil ich immer weg war und wieder da und dann wieder weg."

Sie fragte sich, ob das der Anfang von allem gewesen war – dass sie keine Freunde hatte. Damals, als sie jünger gewesen war als Starr. Sie erinnerte sich, mit sieben oder acht eine Freundin gehabt zu haben. Mandy, ein Mädchen aus der Straße. Doch dann war irgendetwas passiert. Etwas mit ihren Eltern. Destiny war sich nie sicher gewesen, ob Jimmy Don sich an Mandys Mom rangemacht oder ob Lacey mit dem Ehemann geflirtet hatte. Wie auch immer, es hatte einen großen Streit gegeben, und sie und Mandy hatten nicht mehr miteinander spielen dürfen.

Es hatte noch weitere Vorfälle dieser Art gegeben, und dann hatte Destiny einfach aufgehört, es zu versuchen. Es war zu schwer, jemandem nahezukommen, sich jemandem anzuvertrauen, zu glauben, er würde immer da sein, und dann von ihm fortgerissen zu werden.

Nachdem sie zu Grandma Nell gezogen war, hatte es in der Nähe keine Mädchen in ihrem Alter gegeben. Und später auf dem College hatte sie die Kunst, Freundinnen zu finden, bereits verlernt. Zum ersten Mal seit einer Ewigkeit verbrachte sie Zeit mit anderen Frauen und genoss ihre Gesellschaft. Sie würde sie alle vermissen, wenn sie am Ende des Sommers weiterzog.

„Ladys."

Destiny drehte sich um und sah Kipling auf sie zukommen. Bei seinem Anblick wurde ihr Brustkorb ganz eng, und sie verspürte den lächerlichen Drang, sich durch die Haare zu fahren und zu kichern.

„Hey, Kipling", begrüßte ihn Starr. „Wir holen uns Elefantenohren. Willst du auch eins?"

„Ja, das klingt super."

Da sie die Letzten in der Schlange waren, stellte er sich direkt hinter sie.

„Wie ist das Sommercamp?“, fragte er Starr.

„Gut. Mir gefallen die verschiedenen Kurse. Einige von uns überlegen, einen A-cappella-Chor zu gründen. Du weißt schon, nur Mädchen, die singen. Aber es könnte lustig sein.“

Destiny bemühte sich, nicht mit dem Fuß aufzustampfen, als sie Starrs lockerer Unterhaltung mit Kipling lauschte. Wie machte er das nur? Er stellte eine oder zwei einfache Fragen, und Starr hörte gar nicht mehr auf zu reden. Ein A-cappella-Chor? Warum hatte Starr das ihr gegenüber nicht erwähnt?

Sie machten zwar langsam Fortschritte darin, einander kennenzulernen, aber irgendetwas stand ihnen immer noch im Weg, und Destiny hatte keine Ahnung, was. Aus Gründen, die sie nicht erklären konnte, hielt ihre Schwester sich ihr gegenüber zurück.

„Keine Instrumente?“, fragte Kipling. „Das ist ambitioniert.“

„Es ist schwerer, als es klingt“, gab Starr zu. „Einfach nur ohne Begleitmusik zu singen ist nicht so schlimm, aber wenn man versucht, die anderen Geräusche wie Percussions nachzumachen, kann es ziemlich schnell ziemlich albern klingen. Aber wir werden es trotzdem versuchen.“

Ein paar Familien stellten sich hinter ihnen an. Kipling rückte näher an sie heran. Destiny hätte sich zu gern an ihn gelehnt, ihn gebeten, ihr mit ihrer Schwester zu helfen, weil sie darin offensichtlich nicht so gut war, wie sie gedacht hatte.

„Und, hast du schon Freunde gefunden?“, wollte Kipling wissen.

„Oh ja. Viele. Einige von ihnen sind aus L. A., aber ein paar auch hier aus der Stadt.“

„Das ist schön“, sagte er. „Dann kannst du dich am Wochenende mit ihnen treffen.“

„Sicher!“, schaltete Destiny sich ein. „Jederzeit. Oder wenn du eine deiner Freundinnen zum Dinner oder so einladen willst, erkläre ich mich gerne bereit, zu kochen oder einfach nur Pizza zu bestellen.“

Starr schaute von Kipling zu ihr. „Wirklich? Es würde dir nichts ausmachen, wenn ich Freunde einlade?“

„Natürlich nicht. Ich will, dass du diesen Sommer Spaß hast.“

„Cool. Danke.“

Sie rückten ein Stück vor. Interessiert studierte Starr die Karte. Destiny sah zu Kipling und formte mit den Lippen das Wort „Danke“. Er grinste und zuckte mit den Schultern, als wollte er sagen, das wäre doch nichts. Was es für ihn vermutlich auch nicht war. Er kam gut mit Leuten zurecht. Diese Gabe hätte sie auch gern.

Sie sagte sich, dass sie dankbar sein sollte, weil die Beziehung zwischen ihr und ihrer Schwester langsam immer besser wurde, und dass sie die kleinen Siege feiern sollte, wann immer sie konnte. Wenn Starr den Sommer genoss, würde es sie beide sehr glücklich machen.

Destiny folgte dem Pfad, der auf ihrem Tablet angezeigt wurde, was, wie sie dachte, während sie um einen weiteren umgefallenen Baum herumging, leichter gesagt als getan war. Sie und Aidan Mitchell befanden sich ungefähr dreißig Meilen nordöstlich von Fool's Gold in einem unwegsamen Gelände direkt außerhalb des kleinen Tals, in dem sich die Windräder in der konstanten Brise aus dem Canyon drehten.

Schon vor mehreren Meilen hatten sie alle Zeichen der Zivilisation hinter sich gelassen, und das Brummen der Turbinen war schon längst verklungen. Hier draußen gab es nur das Summen der Natur.

„Ich hatte hier gedacht.“ Aidan zeigte auf eine Stelle.

Destiny schaute von ihrem Display auf und musterte den

relativ flachen Felsvorsprung, den er meinte. Die Stelle sah groß genug aus und lag ziemlich perfekt.

„Das gefällt mir", sagte sie und ließ den Blick dann über den steilen Hang zwischen ihrem Standort und dem Felsvorsprung gleiten. „Kommen wir da von hier irgendwie hin?"

„Ich versuch's, wenn du dabei bist."

Sie reichte ihm ihr Tablet und drehte sich um, damit er es in ihren Rucksack stecken konnte. Nachdem er ihn geschlossen hatte, streckte sie die Daumen hoch. „Dann geh vor."

Aidan legte einen strammen Schritt vor, aber sie konnte mit ihm mithalten. Diese Wälder unterschieden sich nicht so sehr von den Smoky Mountains. Bäume, Unterholz und wegflitzende Tiere. Sie lächelte und dachte, dass Grandma Nell entsetzt wäre, zu hören, dass Destiny ihre geliebten Smoky Mountains auf drei solche platten Nenner heruntergebrochen hatte.

Sie folgte Aidan den steilen Hang zum Felsvorsprung hinauf. Er kletterte über einen umgefallenen Baum und drehte sich dann um, um ihr zu helfen, über den mächtigen Stamm zu krabbeln.

Als sie den Fuß auf der anderen Seite auf den Boden setzte, rutschte sie auf dem feuchten Laub aus. Aidan packte sie sofort um die Hüfte und ließ sie erst wieder los, als sie sicher stand.

Noch während Aidan sie berührte, fragte Destiny sich, ob sie wohl irgendeine Reaktion zeigen würde. Ein Kribbeln oder ein Verlangen, sich dichter an ihn zu schmiegen. Doch da war nichts. Nicht das leiseste Interesse.

Gemeinsam kletterten sie die letzten acht oder zehn Meter zum Felsvorsprung hinauf. Oben angekommen, nahm Aidan zwei Wasserflaschen aus seinem Rucksack und reichte ihr eine.

„Was meinst du?" Er war vom Aufstieg kaum erschöpft.

Sie schaute sich auf dem großen, flachen Gelände um. „Ich muss es ausmessen und wir müssen eine geologische Untersuchung durchführen, aber ich denke, wir haben einen Treffer."

Das Paket, das die Stadt bestellt hatte, enthielt den Aufbau von mehreren Funktürmen in abgelegenen Gegenden. Das würde es nicht nur denjenigen, die sich verlaufen hatten, erleichtern, Hilfe zu rufen, sondern es würde auch die Freiwilligen unterstützen, weil sie so jederzeit in Kontakt mit der Kommandozentrale von HERO und den anderen treten könnten.

Funktürme kosteten um die hundertfünfzigtausend Dollar pro Stück. Aber wegen der schwierigen Lage und der Extrauntersuchungen, die durchgeführt werden mussten, läge der Preis für diese hier eher um die zweihunderttausend Dollar. Doch das Geld war zur Seite gelegt worden, und Destiny war entschlossen, die bestmöglichen Standorte für die Funktürme zu finden.

Sie setzte den Rucksack ab und nahm ein Maßband heraus. Aidan half ihr, die Länge und Breite des Felsvorsprungs auszumessen. Sie notierte sich die Informationen auf ihrem Tablet, machte dann ausreichend Fotos und schrieb ihre genaue Position auf. Erst dann setzte sie sich neben Aidan und nahm den Ausblick in sich auf.

Sie befanden sich auf knapp tausendvierhundert Metern Höhe. Die Luft hier oben war kühler, aber immer noch warm. Sie entdeckte eine Stelle, wo eine Lawine vor Hunderten von Jahren an einem Berg abgegangen war.

Sie sah Bäume und den Himmel und Berge, aber keinerlei Zivilisation.

„Ich fühle mich schlecht, hier mitten in diese Schönheit einen Funkturm zu stellen", gab sie zu.

„Es ist zum Wohle aller."

„Ich weiß, aber es ist trotzdem schade."

„Ich glaube nicht, dass es die Rehe oder Bären stören wird."

Aidan streckte sich auf dem Boden aus, verschränkte die Hände hinter dem Kopf und schaute in den Himmel.

Er sieht gut aus, dachte sie. Außerdem ist er fit, intelligent und ein erfolgreicher Geschäftsmann. Sollte sie ihn nicht für ihren vernünftigen Plan in Betracht ziehen? Sie wusste, dass sie es nicht tun würde. Und zwar aus zwei Gründen. Erstens, er hatte etwas an sich, das sie an die Männer erinnerte, die mit ihren Eltern auf Tour gegangen waren. Roadies und Bandmitglieder, die zum Teil dabei gewesen waren, weil sie die Musik liebten, zum Teil aber auch, um Frauen abzuschleppen. Viele Frauen. Und zweitens schien sie keinerlei Enthusiasmus für die Idee aufbringen zu können, dass Aidan „der eine" wäre. Wenn sie das versuchte, sah sie immer nur Kipling vor sich.

Sie rutschte herum, bis sie schließlich im Schneidersitz dasaß und ihn anschaute.

„Gibt es schon Neuigkeiten bezüglich Kiplings Stellvertreter?", fragte Aidan.

„Ich weiß, dass er Bewerbungsgespräche geführt hat, aber mehr hab ich noch nicht gehört."

„Ich habe ihm ein paar Namen genannt. Nicht, dass Kipling wollte, dass jemand anderes das Problem für ihn löst."

Sie lächelte. „Ah, das hast du wohl auch schon mitbekommen."

„Dass er gerne Probleme löst? Das ist schwer zu übersehen und eine gute Eigenschaft bei jemandem, mit dem man zusammenarbeitet. Zumindest solange man mit ihm einer Meinung ist, wie die Dinge erledigt werden sollten."

„Soll das heißen, du würdest nie für ihn arbeiten?"

„Auf keinen Fall. Ich bin gerne der Chef."

„Wo wir gerade von Chef sprechen", zog sie ihn auf. „Wird der nicht sauer sein, weil du dir hier einen lauen Lenz machst?"

„Ne. Er ist ein echt entspannter Typ. Was ist mir dir? Wird sich bei dir irgendjemand wundern, dass du nicht arbeitest?"

„Ich brauche meinen Führer, um zum Auto zurückzukommen."

Aidan schüttelte den Kopf. „Nein, den brauchst du nicht. Du hattest auf unserer Wanderung heute keinerlei Probleme. Du bist schon öfter in den Bergen gewesen."

„Ja, in den Smoky Mountains. Dort ist es anders als hier, aber genauso schön."

„Das sehe ich auch so. Warum bist du da weg?"

„Man hat mir gesagt, es wäre eine gute Idee, aufs College zu gehen."

„Das ist einer der Vorteile, wenn man hier lebt", erklärte Aidan. „Es gibt ein Community College und ein Vierjahrescollege direkt in der Stadt. Ich musste nirgendwo anders hin."

„Hast du denn jemals woanders wohnen wollen?"

Aidans Miene verhärtete sich für einen Moment, bevor sie sich wieder entspannte. „Ja, das wollte ich mal. Früher stand eigentlich fest, dass mein älterer Bruder Del das Familienunternehmen übernehmen würde. Das war für mich in Ordnung, aber ich hatte keine Ahnung, was ich mal tun wollte. Dann ist er während meines ersten Jahres auf dem College weggezogen. Plötzlich war ich derjenige, von dem alle dachten, dass ich in das Geschäft einsteige. Also bin ich geblieben."

Die Erwartungen der Familie, dachte sie. Nur hatte Aidan es durchgezogen. Sie hingegen hatte ihre Eltern mit ihrer Entscheidung enttäuscht.

„Und, hast du es je bereut?", fragte sie.

Er schloss die Augen. „Nie. Ich habe ein gutes Leben. Viel Zeit an der frischen Luft. Ich verdiene meinen Lebensunterhalt mit Angeln und Wandern und Skifahren. Und dann sind da die Nachmittage wie heute in Begleitung einer wunderschönen Frau. Was sollte man daran nicht mögen?"

Sie lachte.

Er öffnete die Augen. „Was ist so lustig?"

„Tolles Kompliment. Du hast mich ja nicht mal angeschaut."

„Ich habe dich bereits gesehen und kann auch aus der Erinnerung heraus Komplimente machen."

„Auch wenn das vermutlich stimmt, schätze ich, dass du, Aidan Mitchell, ein kleiner Spieler bist."

Er grinste schief. „Jetzt bin ich verletzt."

„Irre ich mich?"

„Nein."

Sie lächelte. „Hätte ich auch nicht gedacht. Lass mich raten. Es gibt ausreichend alleinstehende Touristinnen, die gerne eine heiße Affäre mit ihrem attraktiven Führer hätten."

Er zuckte zusammen. „Es wäre besser für mich, wenn du mich nicht als attraktiv bezeichnen würdest."

„Aber der Rest?"

„Sagen wir so, ich komme klar. Wie hast du's erraten?"

„Du erinnerst mich an die Männer, die mit meinen Eltern auf Tournee gegangen sind. Jede neue Stadt bot neue Möglichkeiten."

„Ich habe jedoch sehr strikte Regeln", sagte er ein wenig defensiv. „Ich bin vorsichtig."

„Ich verurteile dich nicht", erwiderte sie. „Ich finde das einfach nur interessant."

„Meine Mom sagt mir ständig, dass ich mich eines Tages verlieben werde. Dass es schnell und heftig wird und ich es nicht kommen sehe."

„Hast du Angst davor?"

„Nein! Wie gesagt, ich bin vorsichtig."

Sie wollte ihm sagen, dass er nicht vorsichtig genug sein konnte. Dass er sich, wenn er sein Leben von seinen Hormonen diktieren ließe, auf ein paar üble Überraschungen einrichten sollte. Aber sie hatte in der Vergangenheit schon einmal versucht, den Leuten das zu erklären. Die meisten hörten gar nicht zu. Oder fanden sie unglaublich seltsam. Egal wie, es ging nie gut.

Sie schaute sich um, nahm die Schönheit um sich herum in sich auf und wünschte, Kipling wäre statt Aidan bei ihr. Weil ich mich mit ihm unterhalten will, sagte sie sich entschlossen.

Mit Kipling hier sein zu wollen hatte nichts mit der Einsamkeit des Ortes zu tun. Sie dachte nur, dass es nett wäre, sich ein wenig mit ihrem Freund zu unterhalten.

Mehr nicht.

Kipling hätte gedacht, dass es eine große Sache wäre, einen Funkturm zu bestellen, aber offensichtlich war es das nicht. Er hatte die Bestellbestätigung ausgedruckt und ging zu der riesigen To-do-Liste, die an der einzigen Wand hing, die nicht von Landkarten der Umgebung von Fool's Gold bedeckt war. Die Standorte waren alle bestimmt und die drei Funktürme bestellt worden. Die weiteren Untersuchungen würden Anfang nächster Woche beginnen.

Destiny stellte sich neben ihn. „Die Trackingausrüstung ist unterwegs", sagte sie und zeigte auf einen Punkt auf der Liste. „Sie wird in den nächsten Tagen hier eintreffen. Dann können wir ernsthaft mit dem Training anfangen."

Sie stand nah genug, um seine Aufmerksamkeit zu erregen. Er wusste, dass sie ihn nicht absichtlich lockte. Seine Reaktion auf ihre Nähe – das Blut, das in vorhersehbare Gegenden floss, sein mangelndes Interesse an allem, außer daran, sie auf den nächstgelegenen Schreibtisch zu setzen und sich mit ihr zu vergnügen – erinnerte ihn daran, dass es gut war, am Leben zu sein. Er mochte die Jagd, und in ihrem Fall wäre die Belohnung nur umso süßer, weil er vorhatte, ihr zu zeigen, was ihr bisher entgangen war.

Aber das war später dran. Heute hatte er einen Job zu erledigen.

„Wie laufen die Bewerbungsgespräche?", erkundigte sie sich.

„Nicht so gut. Ich habe noch niemanden gefunden, der für die Stelle geeignet wäre."

Sie schaute zu ihm auf. In ihren grünen Augen spiegelte sich Besorgnis. „Was stimmt denn nicht mit ihnen?"

„Einer war mehr daran interessiert, wie viel Urlaubstage er hätte, als daran, was der Job beinhaltet. Ein anderer hatte keinerlei Erfahrungen."

„Du hast auch keine Erfahrung", sagte sie grinsend.

„Deshalb brauchen wir ja jemanden, der weiß, was er tut. Der richtige Mensch ist irgendwo da draußen. Ich werde ihn schon noch finden."

Er wusste um den Wert der Geduld. Auch wenn sein Instinkt eher war, einfach loszulegen und sich später mit den Konsequenzen zu beschäftigen, hatte er auf die harte Tour gelernt, dass Verantwortungslosigkeit ihren Preis hatte. Das hatten ihn die Berge gelehrt.

Unwillkürlich schaute er aus dem Fenster. Der Blick nach Nordosten bedeutete, dass er die Berge klar sehen konnte. Ein Vorteil, sagte er sich, noch während die vertraute Rastlosigkeit ihn ergriff. Der Drang war da, nur würde er nie mehr erfüllt werden.

Er würde nie wieder spüren, wie der Wind auf seiner Haut brannte. Nie mehr würde er für wenige Sekunden in der Luft schweben, bevor er wieder auf dem festen Schnee aufkam und den Berg hinunterraste. Die Bäume, die Menschenmenge würden nie wieder nur verschwommen an ihm vorbeiziehen, während er allen Regeln trotzte.

Sein Rücken schmerzte, sein Knie tat weh, und wenn er morgens aufwachte, brauchte er fünf Minuten, um sich wieder einigermaßen bewegen zu können. Was bedeutete, dass er Glück hatte. Verdammtes Glück. Aber es gab Augenblicke, in denen er die Augen schloss und sich vorstellte, all das wäre noch da. In Reichweite. Bis er sich an die Realität erinnerte.

„Kipling?"

Er schaute Destiny an, die ihn eindringlich musterte. Sein Gehirn spulte die letzten Sätze ihrer Unterhaltung noch einmal ab.

„Mein Trainer hat mir gewisse Fähigkeiten eingebläut", sagte er, als hätte er nicht an etwas ganz anderes gedacht. „Dräng dich dem Rennen nicht auf. Lass es auf dich zukommen. Und dann mach dich bereit zu fliegen."

„Eine seltsam durcheinandergewürfelte Metapher, aber wenn sie funktioniert …"

„Das tut sie." Er lehnte sich an den Schreibtisch. „Wie geht's dir?"

„Was meinst du?"

„Neue Stadt, neue Schwester, fließend Heißwasser."

Sie stemmte die Hände in die Hüften und funkelte ihn amüsiert an. „Machst du dich über mein Leben in den Bergen lustig?"

„Ja."

„Dann solltest du wissen, dass ich sehr viel gelernt habe und ein einfaches Leben viele Vorteile hat."

„Und das fließende Wasser?"

Sie setzte sich auf den Tisch, der seinem gegenüberstand, und lachte. „Ich muss zugeben, das liebe ich. Das heiße Wasser. Die Toilettenspülung. Eine wahrhaft brillante Erfindung."

„Sehe ich auch so." Er betrachtete sie einen Moment und ließ den Blick an den interessanten Stellen verweilen. „Ich kann mir nicht vorstellen, wie du barfuß über Wiesen läufst und Wildblumen pflückst."

„Vermutlich, weil ich es nie getan habe. Ich habe nicht in einer idealisierten Fernsehwelt gelebt. Das Leben meiner Großmutter war einfach, was bedeutete, dass sie die meiste Arbeit selbst machen musste. Obst und Gemüse kochen sich nicht von allein ein. Und wenn man wochenlang eingeschneit ist, kann man auch nicht mal eben zum Supermarkt an der Ecke laufen."

Sie lächelte, während sie sprach, als wären es gute Erinnerungen. Das freute ihn. Angesichts der wenigen Dinge, die er über das Zusammenleben mit ihren Eltern wusste, ahnte er, dass sie keine leichte Zeit gehabt hatte. Kinder brauchten Stabilität. Als er jung gewesen war, hatte er das nicht erkannt, aber sobald er zu seinem Trainer gezogen war und gesehen hatte, wie ein normales Familienleben aussah, hatte er sich endlich entspannen können. Er nahm an, dass Destinys Grandma Nell ihr die gleiche Zuflucht ermöglicht hatte.

„Ich wünschte, sie wäre noch am Leben", gab sie zu. „Nicht nur, weil ich sie vermisse, auch wenn ich das tue. Jeden Tag. Sondern wegen Starr. Ich glaube, sie ist glücklich, aber ich bin mir nicht sicher. Wir nähern uns immer mehr an. Ich versuche, mehr zuzuhören als zu reden, was schwerer ist, als es klingt."

„Was ist mit euren Gemeinsamkeiten? Sie mag Musik, und die liegt dir doch auch im Blut."

Destiny zog ihren Pferdeschwanz über die Schulter nach vorn, strich die Haare glatt und warf ihn wieder nach hinten. „Ich habe ihr das Gitarrespielen beigebracht, und nächste Woche werden wir uns ans Keyboard wagen. Sie hat Talent, was hilft. Und sie lernt sehr schnell. Aber dann will sie immer über das Musikbusiness reden, und dafür bin ich nicht die richtige Ansprechpartnerin. Ich habe mich immer bemüht, die Branche zu meiden, was sie nicht versteht."

„Obwohl du so singen kannst, hat es dich nie gereizt?"

„Überhaupt nicht. Das Leben auf der Straße ist nicht das Freudenfest, das sich alle vorstellen. Da ist der konstante Druck, immer präsent und gleichzeitig produktiv zu sein. Was für mich einfach nicht funktioniert. Ich brauche Ruhe und Frieden, wenn ich Songs schreibe."

„Du schreibst Songs?"

Sie zuckte zusammen und errötete. „Tu einfach so, als hätte ich das nicht gesagt."

„Das geht nicht. Kannst du mal einen für mich singen?"

„Nein. Die sind privat."

Geheimnisse, dachte er und fragte sich, warum sie so verschwiegen war. Er wusste nichts darüber, wie man einen Song schrieb, aber er schätzte, dass die Worte sehr schnell persönlich werden konnten. Musste ein Songwriter aus eigenen Erfahrungen schöpfen? Oder zumindest aus eigenen Beobachtungen? Das würde bedeuten, dass er einen Teil seiner Seele offenbarte. Nach allem, was er bisher über Destiny gelernt hatte, hielt sie gern eine gewisse emotionale Distanz zwischen sich und anderen Leuten. Was ein Teil des Problems mit Starr sein könnte.

„Schreibst du die Lieder für dich?“, fragte er.

„Nein. Einfach nur so. Ich habe keine Wahl.“

Schlichte Worte, aber da war etwas in ihrem Tonfall. Traurigkeit vielleicht? Resignation?

Ohne einen Plan zu haben, richtete er sich auf, griff nach ihrer Hand und zog sie zu sich heran. Lächelnd schlang er die Arme um sie und stützte sein Kinn auf ihren Kopf.

„Mach dir keine Sorgen“, sagte er. „Ich beschütze dich.“

„Ich muss nicht beschützt werden.“

„Natürlich musst du das. Das muss jeder von Zeit zu Zeit.“

„Und? Was macht dir Angst?“

„Dass ich mich nicht um die Leute kümmern kann, die mir wichtig sind.“

Denn das ist mit meinem Vater, meiner Stiefmutter und Shelby passiert, dachte er und erinnerte sich daran, wie es gewesen war, am anderen Ende der Welt in einem Krankenhausbett gefangen zu sein. Bürgermeisterin Marsha hatte versprochen, Shelby zu beschützen, und im Gegenzug war er hierhergekommen und hatte die Leitung des HERO-Programms übernommen.

„Du bist ein wirklich guter Kerl“, sagte Destiny. Ihr Körper fühlte sich so warm an. „Bist du sicher, dass du das mit meinem Plan für eine vernünftige Beziehung nicht ausprobieren willst?“

Eine Ehe ohne Sex? „Nicht, bis du es nicht auf meine Weise probiert hast.“

Sie lachte leise und schaute auf. „Das wird nie passieren."

„Wusstest du, dass ich professionell an Wettkämpfen teilgenommen habe? Und bist du sicher, dass du mich herausfordern willst?"

Sie lächelte. „Das Risiko gehe ich ein."

„Dann lasst die Spiele beginnen."

10. KAPITEL

„Mein Name ist Charlie Stryker, und ich habe hier das Sagen."

Kipling erkannte die Frau, die sprach. Sie war groß, breitschultrig und wirkte sehr kräftig. Dass sie sich nicht wie eine Schwangere bewegte, lag vermutlich daran, dass sie regelmäßig Sport trieb. Sie war Feuerwehrfrau, und Kipling schätzte, jeder fühlte sich gleich besser, wenn sie am Ort einer Katastrophe eintraf. Charlie strahlte Selbstbewusstsein und Kompetenz aus.

Sie hatte die Hände in die Hüften gestemmt. Ihr Blick war ruhig, als erwarte sie keinen Ärger, würde mit ihm aber klarkommen, sollte es doch welchen geben.

„Ich werde euch in Gruppen einteilen. Diesen Gruppen werden spezielle Aufgaben übertragen. Lasst mich eins klarstellen: Das hier ist keine Demokratie. Ihr habt euch als freiwillige Helfer gemeldet, und helfen werdet ihr. Zu meinen Bedingungen."

„Du bist heiß, wenn du so bossy bist", ertönte eine Männerstimme.

Kipling fragte sich, wie lange es dauern würde, bis Charlie den Kerl plattgemacht hatte, aber anstatt ihn anzugehen, errötete sie nur.

„Ignoriert meinen Ehemann", erklärte sie der Gruppe an Leuten, die vor ihr stand.

Die Kombination aus herrischem Auftreten und schüchternem Erröten ist irgendwie ansprechend, dachte Kipling. Das hier war wirklich eine Stadt mit äußerst interessanten Menschen.

Charlie erklärte, wie die Renovierung der Spielplätze vonstattengehen würde.

„Wie gesagt, ihr werdet in Gruppen eingeteilt. Jedes Team wird einem Spielplatz zugeordnet. Dort gibt es eine Liste an Dingen, die getan werden müssen. Weicht nicht von diesen Listen ab. Tut nicht mehr, als verlangt wird. Nutzt nicht eure eigenen Sachen. Dafür gibt es gute Gründe, aber es wäre Zeitverschwendung, sie zu erklären. Also bitte, Leute, tut, worum ihr gebeten werdet, dann wird alles glattlaufen."

Sie fuhr fort mit ihrer Aufzählung der Regeln und Instruktionen. Kipling hörte nur halb zu, während er sich unter den Leuten umschaute, die sich freiwillig gemeldet hatten, um am Samstagmorgen um acht mit der Arbeit zu beginnen. Es waren mehr, als er erwartet hätte. Viele von ihnen waren offensichtlich Paare, bei denen sich die Frauen an ihre Männer lehnten, während sie alle ihren Kaffee tranken.

Er sah Destiny und eine weitere Frau. Sie hörten Charlie zu und wirkten mehr als nur ein wenig besorgt. Was Charlie vermutlich ziemlich glücklich machte.

Die Blonde war hübsch, aber Kipling war nur an Destiny interessiert. Doch bevor er zu ihr hinübergehen konnte, kam Shelby zu ihm.

„Hey, großer Bruder", sagte sie und umarmte ihn.

„Was machst du denn hier?", fragte er.

„Manchmal tut es ganz gut, Sachen zu reparieren." Sie lächelte. „Charlie hat mir versprochen, mir nur Aufgaben zu geben, die ich meistern kann."

„Und das wäre?"

Sie grinste. „Nur das Einfachste."

„Hört mal, Leute", sagte Charlie und schaute ihn und Shelby direkt an. „Diejenigen von euch, die Werkzeuge mitgebracht haben, gehören in die erste Gruppe. Ihr werdet zu verschiedenen Spielplätzen gehen und die Geräte reparieren. Der Rest von euch stellt sich bitte in einer Reihe auf, damit ich euch einteilen kann. Wenn ihr Vorlieben habt, lasst es mich wissen. Wir brauchen Leute mit Muskeln, um die alten Matten zu entsorgen. Der schmutzige Rindenmulch muss zusammengeharkt und abtransportiert werden. Das Holz wird sandgestrahlt, und dann gibt es noch genügend Dinge, die gestrichen werden müssen. Also lasst uns loslegen und nicht das gute Tageslicht vergeuden."

„War sie mal in der Armee?", wollte Shelby wissen.

„Klingt so."

Sie warteten in der Schlange. Charlie warf einen Blick auf ihn und zeigte nach links. „Rüber zu den Muskeln. Dort wartet Arbeit für echte Kerle, was dir gefallen dürfte."

„Ja, Ma'am."

Charlie winkte Shelby zu einer Gruppe von Frauen. „Harken und Streichen."

„Ist dein Auswahlverfahren nicht ein bisschen sexistisch?", fragte Shelby.

„Ja. Ist das ein Problem für dich?"

Shelby grinste. „Nö, ich wollte es nur wissen."

Kipling ging zu der Gruppe von Männern, die bereits warteten. Er begrüßte Gideon, einen der Partner des Man Cave. Gideon hatte seinen Sohn Carter bei sich.

„Hey, G-Force", begrüßte ihn Carter. „Ich mache heute bei euch mit."

Kipling bemühte sich, nicht auf den Spitznamen zu reagieren. Den hatte er nicht länger verdient. „Das sehe ich. Bin beeindruckt." Er schüttelte Gideons Hand. „Wie läuft's?"

„Gut. Für mich ist es ehrlich gesagt zu früh, aber Felicia meinte, es wäre wichtig zu helfen."

Kipling konnte verstehen, dass diese frühe Uhrzeit für einen Mann, der von zehn Uhr abends bis in die frühen Morgenstunden arbeitete, schwierig war.

„Mom steht voll drauf, der Gemeinde was zurückzugeben", erklärte Carter grinsend. „Sie meint, sich mit der Kerngruppe verbinden zu wollen wäre biologisch in uns angelegt. Das ist ein Drang, den alle Primaten haben. Sie weiß so viel."

„Offensichtlich." Kipling hatte Felicia erst ein paarmal getroffen, schätzte aber, dass sie die klügste Person war, mit der jemals einer von ihnen zu tun gehabt hatte. Er fragte sich, wie sie und Gideon überhaupt zusammengekommen waren. Sie schienen so verschieden zu sein. Aber vermutlich gäbe es auch Leute, die überrascht wären, dass von allen Single-Frauen der Stadt ausgerechnet Destiny seine Aufmerksamkeit erregt hatte.

Anziehung war immer interessant und manchmal kompliziert.

Über Destiny nachzudenken, erinnerte ihn an Starr. „Du bist doch im Sommercamp, oder?", fragte er Carter.

Der Teenager nickte. „Ist schon mein zweiter Sommer. Ich bin für ein paar der neuen Kids zuständig. Das ist ziemlich cool."

„Kennst du Starr Mills?"

„Klar. Wir hängen manchmal zusammen ab. Sie mag Musik und Singen und so, aber wir haben auch ein paar gemeinsame Kurse."

„Gut. Sie ist neu, und ich weiß, dass ihre Schwester sich Sorgen macht, ob sie Anschluss findet."

Carter nickte. „Ja, darüber hat meine Mom sich auch Sorgen gemacht, als ich hergezogen bin. Aber Starr macht das gut."

„Ah, sich um die kleine Schwester kümmern?" Gideon warf ihm einen wissenden Blick zu. „Was immer nötig ist, Mann."

Bevor Kipling etwas erwidern konnte, wurden sie zu den Trucks gerufen, die sie zu den verschiedenen Spielplätzen bringen würden. Gideon ging neben Kipling.

„Hast du was über die Bar gehört?", wollte er wissen.

„Was soll ich gehört haben?", erwiderte Kipling.

„Beschwerden."

„Nein. Es läuft gut. Warum?"

Gideon zuckte mit den Schultern. „Ich hab nur so Gerüchte gehört. Jo's Bar ist ziemlich in der Nähe."

„Ja, aber sie bedient eine vollkommen andere Klientel. Ihre Zielgruppe sind Frauen, unsere sind Männer. Von beiden gibt es in dieser Stadt genug."

„So einfach ist das nicht", erwiderte Gideon. „Aber ich denke, im Moment ist alles gut."

„Du machst dir zu viele Sorgen."

Gideon nickte. „Das stimmt. Das hat mich früher am Leben gehalten. Aber ich bin sicher, dass du recht hast. Alles wird gut."

„Das wird es. Wirst schon sehen."

Destiny fand, dass einen Vormittag auf dem Spielplatz zu verbringen und Geräte zu streichen genau das war, was sie brauchte, um einen klaren Kopf zu kriegen. Sie hatte Starr eingeladen, mitzukommen, aber ihre Schwester hatte lieber ausschlafen wollen.

Es wurde sehr schnell warm. Die Sonne war aufgegangen, und nur eine Handvoll Wolken jagte über den blauen Himmel. Das ist eine schöne Art, den Samstag zu verbringen, dachte sie. Bis zu ihrem Umzug nach Fool's Gold hatte sie nie an einem Gemeinschaftsprojekt wie diesem teilgenommen. Zu helfen brachte wirklich Spaß.

Shelby saß auf der anderen Seite der Stützen, die sie anmalten. Sie befanden sich auf dem zweiten Spielplatz. Sobald sie den ersten verlassen hatten, waren ein paar Trucks mit kräftigen Männern vorgefahren, um die Sicherheitsmatten zu ersetzen.

„Was meinst du, wie lange dauert es, bis Charlie auftaucht, um unsere Arbeit zu überprüfen?", fragte Shelby lachend.

„Ich bin mir nicht sicher, aber ich bemühe mich vorsichtshalber um sehr gleichmäßige Pinselstriche."

„Ich auch." Shelby atmete tief ein. „Das ist nett. Normalerweise verbringe ich meine Samstagvormittage in der Bäckerei. Es war entspannend, mal bis sechs zu schlafen und dann an die frische Luft zu gehen."

„Ich finde es unglaublich traurig, dass Ausschlafen für dich bedeutet, um sechs aufzustehen, aber trotzdem liebe ich mein morgendliches frisches Gebäck."

„Jemand muss den Preis dafür zahlen", erklärte Shelby. „Und ich tue es gerne."

„Dafür danke ich dir."

„Im Gegenzug wirst du mich aufspüren, sollte ich mich mal in den Bergen verlaufen."

Destiny nickte, auch wenn sie nicht zu den Leuten gehören würde, die an den Suchen teilnähmen. Bisher hatte sie ihren nächsten Auftrag noch nicht erhalten, aber es war nur eine Frage der Zeit, bis sie davon erfuhr.

Zum ersten Mal würde sie Dinge vermissen, wenn sie weiterzog. Sowohl die Menschen als auch die Stadt selbst. Sie mochte die Routine, die sie hier hatte. Die Mittagessen mit den Freundinnen und die Festivals. Selbst ihr kleines Häuschen wuchs ihr langsam ans Herz.

Ich habe Freunde gefunden, dachte sie und schaute zu Madeline hinüber, die auf der anderen Seite des Spielplatzes harkte. Madeline, die mit dem Mann etwas trinken gewesen war, der auch Shelby ausgeführt hatte.

Destiny tauchte ihren Pinsel in die Dose mit der roten Farbe. „Wie läuft es so mit Miles?", fragte sie vorsichtig.

„Wir treffen uns ab und zu. Es ist immer lustig mit ihm." Shelby hob den Kopf und grinste. „Keine Sorge. Ich habe deine Warnung noch im Ohr. Ich verspreche mir nichts Ernstes von der Sache."

„Solange du weißt, dass er keine vernünftige Wahl ist."

„Vernunft wird vollkommen überbewertet. Ich weiß, dass Miles nicht nach was Festem sucht. Aber ich bin offen für eine Affäre. Miles und ich haben uns darüber unterhalten. Solange er hier ist, wird er treu sein, und wenn er wieder abreist, ist das mit uns vorbei. Normalerweise würde ich mehr wollen, aber irgendwie hat er was. Ich liebe es, wenn ein Mann es schafft, dass ich mich vergesse."

„Warum?“

Shelby lachte. „Weil sich in jemanden zu verknallen unvorhersehbar sein und Spaß bringen sollte. Ich arbeite hart, habe einen festen Tagesablauf, und das ist auch gut, aber manchmal will ich mehr. Ich will das Prickeln der Vorfreude spüren, überrascht werden. Ich liebe Überraschungen.“

„Aber nur die guten“, sagte Destiny. „Jeder will im Lotto gewinnen, aber niemand will einen Autounfall haben. Und doch sind beides Überraschungen.“

„Okay, du bist echt ein toller Mensch, aber manchmal bist du ein wenig seltsam.“

„Das hab ich schon öfter gehört.“ Destiny legte ihren Pinsel auf die Farbdose und stand auf, um die Beine zu strecken. „Ich habe in meinem Leben schon viele emotionale Dramen gesehen. Ich suche nach Ruhe.“

„Du meinst Langeweile.“

„Ich bin ein großer Freund der Langeweile. Ich will wissen, dass morgen genauso aussehen wird wie heute.“ Dass der Mensch, der ihr am wichtigsten war, am nächsten Morgen immer noch da wäre. Wie oft war sie als Kind aufgewacht und hatte feststellen müssen, dass ihre Eltern nicht nach Hause gekommen waren? Dass sie einfach ins nächstbeste Flugzeug nach New York oder Las Vegas gehüpft waren? Manchmal hatten sie daran gedacht, jemanden zu organisieren, der sich um sie kümmerte. Aber nicht immer.

Sie hatte schon über ein Jahr bei Grandma Nell gelebt, bevor sie morgens ohne ein beklommenes Gefühl in der Magengegend aufgewacht war. Ihrer Meinung nach wurden Überraschungen vollkommen überbewertet.

Gegen zwei Uhr am Nachmittag waren die Arbeiten erledigt. Destiny schlug die Einladung aus, bei Jo auf Nachos und Margaritas einzukehren. Sie wollte nach Hause zu Starr. Sie hatten geplant, den Nachmittag gemeinsam zu verbringen.

Erst wollten sie Gitarre üben, dann zusammen kochen. Nicht gerade weltbewegend, aber Destiny freute sich darauf, Zeit mit ihrer Schwester zu verbringen.

Als sie die Straße vor ihrem Haus überquerte, protestierten ihre Muskeln. Das ganze Hocken und Runterbeugen hatte ihren Beinen nicht gutgetan. Ich muss wirklich mal wieder anfangen, Sport zu treiben, dachte sie. Oder einfach nur jeden Abend einen schönen langen Spaziergang machen.

Sie öffnete die Haustür und trat ein.

„Ich bin's", rief sie.

Starr war im Wohnzimmer und telefonierte mit ihrem Handy. Als Destiny den Raum betrat, drehte sie sich weg. Irgendetwas an der Art, wie sie ihre Schultern und den Kopf hielt, ließ Destiny erstarren.

„Aha", sagte Starr. „Klar. Kein Problem. Bye."

Sie drückte eine Taste auf ihrem Handy und warf es aufs Sofa.

„Was ist los?" Fragend sah Destiny sie an.

„Nichts."

Starrs Stimme klang erstickt, und sie drehte sich nicht um.

Destiny ging zu ihr. „Hey, erzähl es mir. Bitte."

Langsam hob Starr den Kopf. Tränen standen in ihren Augen. „Mein Dad hat angerufen. *Unser* Dad hat angerufen. Er wollte mir zum Geburtstag gratulieren."

Destinys gesamter Körper verspannte sich, als Panik sie erfasste. „Hast du heute Geburtstag? Oh nein. Das tut mir so leid. Das habe ich nicht gewusst." Sie hätte sich am liebsten selbst geohrfeigt. Wieso hatte sie nicht herausgefunden, wann ihre Schwester Geburtstag hatte? Das war so was von unaufmerksam.

„Nein, habe ich nicht." Starr wischte sich die Tränen weg. „Heute ist nicht mein Geburtstag. Als ich ihm das gesagt habe, tat er, als wäre das keine große Sache." Weitere Tränen liefen. „Er ist mein V…Vater und weiß nicht mal, wann ich geboren wurde."

Destiny rückte näher heran und streckte die Arme nach ihr

aus. Starr widerstand ihr für ungefähr eine Sekunde, dann ließ sie sich gegen ihre Brust sinken.

„Das tut mir leid“, flüsterte Destiny, obwohl sie wusste, dass die Worte dumm waren und nicht helfen würden. Aber ihr fiel nichts Besseres ein. „So ist er manchmal. Du weißt, dass es an ihm liegt, nicht an dir, oder?“

„Weil er der Einzige ist, der zählt?“

„Ja, so in der Art.“

Nun fing Starr erst richtig an zu weinen. „Er ist mein Dad. Warum liebt er mich nicht?“

„Das tut er.“

„Nein. Ich habe gesehen, wie andere Väter sich verhalten. Ihm liegt gar nichts an mir.“

Destiny zog sie enger an sich. „Jimmy Don ist nicht wie andere Väter. Es tut mir leid, dass er dir das angetan hat.“

Sie hielt Starr so lange in den Armen, bis diese sich schließlich aufrichtete und sich das Gesicht abwischte.

„Danke“, sagte sie. Ihr Gesicht war ganz fleckig, ihre Augen waren rot. „Das ist echt ätzend, weißt du?“

„Ja, das weiß ich.“

„Können wir trotzdem noch zusammen Gitarre spielen?“

„Na klar. Und nachher backen wir Kekse.“

Das brachte ihr ein kleines Lächeln ein. „Ich bin nicht mehr fünf. Du kannst mich nicht damit ablenken, Kekse zu backen.“

„Vielleicht nicht, aber einen Versuch ist es wert.“

Starr schniefte. „Ich muss mir die Nase putzen. Bin gleich wieder zurück.“

Destiny wartete, bis ihre Schwester das Zimmer verlassen hatte, dann schickte sie sich per E-Mail eine Erinnerung, Kontakt mit dem Anwalt ihres Vaters aufzunehmen. Sie musste wesentlich mehr über Starr wissen, als sie es im Moment tat. Angefangen mit ihrem Geburtstag. Denn wenn der Tag kam, wollte Destiny dafür sorgen, dass sie sich daran erinnern würde … und zwar auf die bestmögliche Weise.

Am Sonntag gegen Mittag erhielt Starr eine Nachricht von Abby, die sie zu einer spontanen Pyjamaparty einlud. Destiny sprach mit Liz, Abbys Mom, um sicherzugehen, dass keine Jungs eingeladen waren und die Mädchen die ganze Zeit über beaufsichtigt wurden, und setzte Starr um vier Uhr dort ab. Um halb sieben tigerte sie unruhig durchs Wohnzimmer.

Sie wusste nicht, was los war, aber aus irgendeinem Grund konnte sie sich nicht entspannen. Sie hatte schon beide Bäder geputzt, mehrere Maschinen Wäsche gewaschen und versucht, an einem der Songs aus ihrem Notizbuch zu arbeiten. Aber nichts davon hatte geholfen. Sie zappte durch die Fernsehprogramme, shoppte ein wenig im Internet, und um 19.18 Uhr wusste sie, dass sie aus der Haut fahren würde, wenn sie nicht etwas fände, das sie ablenkte.

Also steckte sie den Hausschlüssel, ihr Handy und eine Kreditkarte in die Taschen ihrer Jeans, schloss die Haustür hinter sich ab und machte sich auf in Richtung Stadtzentrum.

Es waren noch viele Menschen unterwegs. Die Sonne war noch nicht untergegangen, und es war angenehm warm. Die meisten Restaurants hatten draußen Tische, an denen sowohl Einheimische als auch Touristen saßen. Einige Leute riefen Destiny einen Gruß zu. Sie nickte und lächelte, blieb aber nicht stehen. Es wirkte, als hätte sie ein Ziel, auch wenn sie keine Ahnung hatte, welches das war. Nicht bis sie dort angekommen war.

Auf der anderen Straßenseite vom Man Cave blieb sie stehen. Sie starrte das Schild an und die Figur des Höhlenmenschen neben der offenen Tür, bevor sie sich dem Unausweichlichen ergab.

Drinnen hatte sie gleich das Gefühl, leichter atmen zu können. Auf den Fernsehern über dem Tresen liefen Baseballspiele. Die meisten Plätze waren besetzt. Das Klicken von Billardkugeln vermischte sich mit Gelächter. Der Geruch von Popcorn und Bier, Parfüm und Burgern hieß sie willkommen.

Vielleicht lag es daran, dass sie in solchen Kneipen aufgewachsen war. Vielleicht aber auch daran, dass sie sich mit Menschen um sich herum entspannen konnte, was ihr in der Stille ihres Zuhauses nicht gelang. Oder vielleicht lag es an der Bühne am anderen Ende des Raums.

Das Schild verkündete, dass das Karaokesingen jeden Abend um acht Uhr begann. Destiny ging zur Bar.

„Einen Long Island Iced Tea", sagte sie. „Bitte extra long."

Die Barkeeperin – eine Frau, die sie nicht kannte – nickte. „Sie sind zu Fuß hier?"

Denn das hier ist Fool's Gold, dachte Destiny. Ein Ort, an dem man schon vor dem ersten Drink sicherstellte, dass der Gast nicht vorhatte, zu trinken und Auto zu fahren.

„Ich wohne keine sechs Blocks entfernt."

„Gut zu wissen."

Destiny setzte sich auf einen freien Barhocker und schaute sich um. Sie nahm an, dass sie mindestens ein Dutzend der Anwesenden kannte, vielleicht sogar mehr. Freunde. Bekannte.

Aidan war mit Nick, Miles und ein paar anderen Männern zusammen. Sie nickte ihnen zu, ignorierte aber ihre Aufforderungen, zu ihnen zu kommen. Sie war heute Abend nicht in der Stimmung, sich mit ihnen zu beschäftigen. Vor allem nicht mit Miles, der sowohl mit Shelby als auch mit Madeline ausgegangen war.

Sie hoffte, dass keine ihrer Freundinnen sich in den Mann verliebte. Sie hatten beides Besseres verdient. Er würde ihre Herzen brechen und dann weiterziehen. Für Madeline war es besser, aus der Ferne in Actionstar Jonny Blaze verknallt zu sein, und für Shelby, sich jemanden zu suchen, der wesentlich netter war als Miles. Aber sie wusste auch, dass keine der Frauen auf sie hören würde.

Sie dachte an die Hendrix-Brüder und ihre unglaubliche Wette darum, wer seine Frau als Erster schwängerte. Und an ihren Vater, der seine Tochter mit einem gedankenlosen Anruf zutiefst verletzt hatte. Und daran, dass sie nicht wusste, was sie mit Starr anstellen sollte, sobald dieser Job vorbei war. Sosehr sie sich wünschte, vernünftig zu sein, manchmal wollte sie einfach nur loslassen.

Die Barkeeperin stellte den Drink vor sie, und Destiny trank einen großen Schluck. Sie wusste, was der Alkohol bewirken würde. Er würde sie entspannen. Und dann würde sie dem Undenkbaren nachgeben. Weil sie es musste. Weil es nur einen Weg gab, um sich besser zu fühlen.

Die Sekunden verstrichen. Sie leerte ihren Drink und bestellte einen neuen. Um fünf vor acht ging sie zur Karaokebühne, wo Kipling gerade dabei war, die Anlage hochzufahren.

Zuerst sah er sie nicht, was bedeutete, dass sie ihn einen Moment mustern konnte, ohne ertappt zu werden. Jemand sagte etwas zu ihm, und er ließ ein Lächeln aufblitzen. Sie wusste, dass seine Augen einen wunderschönen Blauton hatten, dass sie, wenn er sie küsste, total vergaß, dass sie einen Plan hatte, und dass er seine Schwester liebte und auf sie aufpasste.

Wenn sie jemand anderes wäre und nach etwas anderem suchte, hätte sie bereits mit ihm geschlafen. Sie würde sich vielleicht sogar in ihn verlieben, was noch schlimmer wäre. Aber sie hatte gelernt, sich zu schützen, also war sie vorsichtig. Zumindest was Kipling betraf, wenn auch nicht den Rest …

Denn heute Abend würde sie singen.

Er schaute auf und sah sie. „Hey, Destiny, was machst du …“ Besorgnis überschattete seine Miene. „Was ist los?“

„Mir geht es gut.“

„Geht es nicht. Du hast doch was. Was ist es?“

Sie konnte es nicht erklären – dieses beklemmende Unbehagen, eine undefinierbare Unzufriedenheit. Das Gefühl, mehr zu brauchen. Ungeduld packte sie. Anspannung ließ sie zittern. In ihrem Innern herrschte das reinste Chaos.

„Ich muss singen.“

Sie hätte erwartet, dass er lachen oder sie ausfragen würde, denn ihre Aussage ergab überhaupt keinen Sinn. Stattdessen streckte er die Hand aus, um Destiny zu helfen, auf die Bühne zu klettern.

„Willst du ein ganzes Set singen?"

Sie nickte. „Wenn das für dich okay ist."

Er lächelte sie an. „Lass mich nachdenken … kostenlose Unterhaltung für meine Gäste und die Möglichkeit, dich mehr als nur ein Lied singen zu hören … Ja, ich denke, das ist okay."

Gemeinsam gingen sie die Songliste durch. Sie wählte sich ein Lied von Tumpy Shanks aus. Es war alt, aber eines ihrer Lieblingsstücke. Auf „Under the Willow Tree" würde ein Hit ihres Vaters folgen: „Barstool Blues". Sie wählte noch ein paar Songs ihrer Mutter aus, dann den Hit von den Rascal Flatts „What Hurts the Most" und zum Abschluss Kenny Chesneys „Come Over".

Ihr Glas stellte sie auf dem kleinen Tisch bei der Karaokeanlage ab. „In ungefähr fünfzehn Minuten werde ich noch einen davon brauchen", sagte sie.

Kipling berührte ihren Arm. „Bist du sicher, dass du das hier tun willst?"

„Ich muss."

„Wir können irgendwo hingehen, wenn du magst. Reden. Herumfahren. Bäume anschreien."

Denn er sah, dass sie litt. Er wusste, dass es ein Problem gab, und wollte es für sie lösen.

„Das ist die einzige Möglichkeit", flüsterte sie. „Es passiert nicht oft. Vielleicht einmal alle paar Jahre. Aber wenn es geschieht, kann ich nur das hier tun. Wenigstens musste ich nicht lange nach einer Karaokebar suchen. Deine liegt wunderbar zentral."

„Ich tue, was ich kann." Sein Tonfall war leicht, aber sie sah die Sorge in seinen Augen.

Lächelnd nahm sie das Mikrofon in die Hand. Es hatte ein angenehmes Gewicht. Solide in der Hand, aber nicht zu schwer. Das Licht hätte besser sein können, aber das hier war schließlich kein professioneller Auftritt. Sie stampfte einmal mit den Stiefeln auf, um sich auf der Bühne zu verankern.

Kipling verließ die Bühne, und sie war allein. Langsam wurde es still im Raum, als die Leute sie bemerkten. Sie drückte den Knopf, um das erste Lied zu starten, atmete tief ein und verlor sich in der Musik.

„*I left you there, under the willow tree*“, sang sie. „*Tears falling, you always missing me.*“

Die Worte sprudelten aus ihr heraus, ohne dass sie auf den Monitor sehen musste. Sie hatte das Lied gelernt, da war sie vielleicht vier oder fünf Jahre alt gewesen. Sie hatte es auf Tournee mit ihren Eltern gesungen.

Lied um Lied arbeitete sie sich durch die Playlist. Dabei verlor sie jegliches Zeitgefühl, wusste nicht, wie viel sie trank oder wo sie war. Sie gab sich ganz der Musik hin, ließ auf die einzige Weise los, die sie kannte. Die einzige Weise, die sicher war. Langsam entspannte sie sich, und die Rastlosigkeit verebbte. Sie hatte ihr ganzes Leben damit verbracht, zu leugnen, wer und was sie war. Ab und zu hatte sie keine andere Wahl, als diesen Teil von sich rauszulassen, und heute war dieser Abend. Als sie fertig war, war sie erschöpft, aber mit sich im Reinen.

Sie legte das Mikrofon ab, und in der Bar brandete Applaus auf. Sie nickte einmal und ging zum Rand der Bühne. Kipling war da, um ihr herunterzuhelfen.

„Du zitterst“, sagte er und legte einen Arm um sie.

„Ist schon okay“, erklärte sie.

Anstatt sie zum Tresen zu führen, geleitete er sie durch den hinteren Raum in ein kleines Büro. Sie sank auf den Stuhl an seinem Tisch und sah zu, wie ihre Hände zitterten.

„Hast du heute schon was gegessen?“, erkundigte er sich.

„Nicht seit dem Mittagessen."

„Alkohol auf leeren Magen. Das ist nie eine gute Idee. Warte hier. Ich hole dir ein Sandwich."

Sie nickte, weil es mit einem Mal zu schwierig war zu sprechen. Als er ging, schaute sie auf die Uhr an der Wand und sah schockiert, dass es bereits nach elf war. Hatte sie wirklich drei Stunden lang gesungen? Kein Wunder, dass sie erschöpft war.

Er kehrte mit einer Flasche Wasser und einer Schüssel Popcorn zurück. „Hier ist bald Feierabend. Das Sandwich dauert noch ein paar Minuten. Aber wenn es fertig ist, hat die Bar geschlossen und du kannst rauskommen."

Sie trank von dem Wasser und schluckte. „Woher weißt du, dass ich will, dass alle gehen?"

„Weil du nicht über das reden willst, was gerade passiert ist. Du willst keine Fragen beantworten."

Sie hatte keine Ahnung, woher er das wusste, aber er tat es. Er hatte die Wahrheit erraten, oder vielleicht war es auch gar nicht so schwer, das herauszufinden. Wie auch immer, er hatte recht. Sie musste singen, aber sie wollte nicht darüber reden. Sie wollte sich nicht erklären.

Er verließ sie wieder. Langsam trank sie das Wasser aus und stand dann auf. Der Raum drehte sich ein wenig. Sie war immer noch etwas unsicher auf den Füßen. Was keine große Überraschung war. Sie hatte den Überblick darüber verloren, wie viel sie getrunken hatte.

Sie ging zur Tür und in die Bar hinüber.

Der große Raum wirkte viel größer, wenn er leer war. Auf den Tischen standen immer noch Gläser. Sie schätzte, dass die Bar normalerweise aufgeräumt wurde, bevor sie schloss, aber dass Kipling alle gedrängt hatte zu gehen. Ihretwegen. Damit sie sich nicht unbehaglich fühlte. Weil er gern Dinge in Ordnung brachte. Wie sie.

Mit einem Teller in der Hand kam er aus der Küche.

„Iss das, dann bringe ich dich nach Hause."

Was sehr vernünftig klang. Und zu jeder anderen Zeit wäre sie seinem Vorschlag gefolgt. Nur im Moment nicht. Nicht jetzt, da die Bar sich um sie drehte, ihr Herz raste und das Verlangen sich in ihr aufbaute.

Sie ging zu ihm, nahm ihm den Teller ab und stellte ihn auf einen nahe stehenden Tisch. Dann legte sie ihre Hände auf seine Schultern, beugte sich vor und küsste ihn.

Sie war nicht sicher, was genau sie da tat. Sie wusste nur, dass sie seinen Mund auf ihrem spüren musste. Sich auf andere Art verlieren musste. Sie wollte die Hitze, die Spannung, alles, was sie bei ihrem letzten Kuss gefühlt hatte. Nur wollte sie jetzt noch mehr als das.

In der Sekunde, in der seine Lippen ihre trafen, öffnete sie sich. Zärtlich strich er mit der Zunge über ihre. Begehren flammte in ihr auf und ließ sie erschauern. Sie drängte sich näher an ihn, als sie erkannte, dass das Singen nicht ausgereicht hatte. Sie brauchte mehr. Sie brauchte ihn.

Mit den Händen glitt sie über seine Arme, dann über seinen Rücken. Er war schlank, aber stark. Sie erkundete die Breite seiner Schultern, die Länge seines Rückgrats. Er vertiefte den Kuss, lockte ihre Zunge mit seiner. Seufzend lehnte sie sich an ihn, schmolz förmlich dahin. Ihre Schenkel streiften einander. Ihre Brüste drängten gegen seinen Oberkörper.

Sie spürte alles. Wie er kleine Küsse auf ihren Hals hauchte und mit der Zungenspitze über die empfindliche Haut hinter ihrem Ohr strich. Die Wärme seines Atems. Sie wusste nicht, warum all ihre Sinne auf einmal sensibilisiert waren, doch das waren sie. Vielleicht lag es am Long Island Iced Tea. Vielleicht aber auch an dem Mann. Egal wie, sie wollte alles, was er ihr zu bieten hatte.

Sie griff nach seinen Handgelenken und legte seine Finger auf ihre Brüste. Seine Daumen berührten die aufgerichteten Spitzen, und sie stöhnte.

Kipling sagte sich, dass er es langsam angehen sollte. Auf keinen Fall würde er das hier mit Destiny in einer Bar tun. Auch wenn er durchaus vorhatte, sie zu lieben, würde ihr erstes Mal bedacht vonstattengehen. Gefühlvoll. Romantisch. Er wollte, dass sie auf ihre Kosten kam, bevor auch er Erfüllung fand. Er hatte einen Plan.

Nur schien die Nachricht von seinem Gehirn nicht bis zu seiner Erektion durchzudringen. Vielleicht lag es am mangelnden Blutfluss. Vielleicht aber auch daran, wie sie ihn überall berührte und sich ihm anbot. Jeder Kuss schien ihn tiefer hineinzuziehen, und er war ein großer Fan davon, sich hineinziehen zu lassen.

Ihr Stöhnen brachte ihn beinahe um den Verstand. Er fühlte die Schwere ihrer Kurven, ihre aufgerichteten Brustwarzen und fürchtete, jede Sekunde die Kontrolle zu verlieren. Mit bebenden Fingern zog er ihr das T-Shirt über den Kopf und warf es auf den Tisch hinter ihr. Der BH folgte, und nun konnte er ihre Brüste bewundern, die harten, lockenden Spitzen, die ihn geradezu anzuflehen schienen, Destiny zu lieben.

Er senkte den Kopf und küsste sie sanft, ganz sanft. Sie stöhnte. Dann umschloss er eine ihrer Brustwarzen mit den Lippen, und Destinys Knie gaben unter ihr nach.

Er fing sie auf.

„Noch mal“, hauchte sie und klammerte sich an ihn. „Oh bitte, mach das noch mal.“

Er saugte fester, umspielte die Brustwarze mit seiner Zunge. Destiny keuchte, hielt seinen Kopf fest, als wollte sie sichergehen, dass er nie aufhörte. Jetzt wandte er sich ihrer anderen Brust zu. Ihr Atem beschleunigte sich, sie drängte sich ihm entgegen und warf stöhnend den Kopf in den Nacken.

Sie ist das fleischgewordene Verlangen, dachte er wie betäubt. Nur Lust und Hunger. Wie hatte nur jemand mit ihr Liebe machen können, ohne sie zuerst zu befriedigen? Wenn sie schon so erregt war, wenn er nur ihre Brüste streichelte, wie schwierig könnte es dann sein, sie zum Orgasmus zu bringen?

Männer sind Idioten, dachte er und zog sich Schuhe und Hemd aus. Und das war genau sein Glück.

Er schob den Tisch beiseite und setzte Destiny auf der Bank in der Nische ab. Sie schlüpfte aus den Stiefeln und half ihm anschließend, ihre Jeans und ihren Slip loszuwerden. In der Sekunde, in der sie nackt war, legte sie seine Hände wieder auf ihre Brüste, was es ihm erschwerte, sich seiner eigenen Kleidung zu entledigen. Aber er ersetzte seine Finger einfach durch seinen Mund und schaffte es so, sich auszuziehen.

Sie strich mit den Fingern über seinen Oberkörper und lächelte ihn an. Ihre Augen wirkten ein wenig glasig, und eine Sekunde lang fragte er sich, wie betrunken sie wohl war. Dann flüsterte sie: „Küss mich“, und er war verloren.

Ihre Zungen begannen einen erotischen Tanz. Die Bank war lang genug, dass sie sich ausstrecken könnten. Doch das tue ich nicht, ermahnte er sich. *Noch* nicht. Er wollte einfach nur sehen, wie gut sie harmonierten.

Sie hieß sein Gewicht willkommen, rutschte noch ein wenig hin und her und schlang dann die Arme um ihn.

„Ich wusste, dass es so sein würde“, murmelte sie dicht an seinen Lippen. „Die DNA gewinnt immer.“

„DNA?“

„Ist egal.“ Sie lächelte. „Diese Nummer mit den Brüsten funktioniert wirklich gut.“

„Es hat dir gefallen?“

„Sehr. Wer hätte das geglaubt?“

„Was ist mit dem Rest? Was magst du noch? Wie sollte ich dich am besten verwöhnen, Destiny? Mit meinem Mund, den Händen oder so?“

Während er sprach, drang er ein winziges Stück in sie ein.

Sie war heiß und feucht und eng. Ihre Augen weiteten sich, während sie wohlig aufstöhnte. Er deutete das als Zeichen der Lust und glitt etwas tiefer in sie hinein.

Was sich als Fehler herausstellte, denn er war seit Monaten nicht mehr mit einer Frau zusammen gewesen. Das wurde ihm sehr deutlich klar, sowie er den vertrauten Druck spürte, der sich in ihm aufbaute. Panik flammte in ihm auf, als sein Gehirn nach einer Lösung für ein sehr kurz bevorstehendes Problem suchte.

Es waren keine zwei Sekunden gewesen. Was, zum Teufel, sollte er jetzt tun? Sich zurückziehen und sich auf ihren Beinen ergießen wie ein Teenager? Oder einfach zustoßen und wie ein Teenager kommen? Beides wäre unglaublich peinlich.

Er fluchte. „Ich schwöre dir, normalerweise ist es nicht so“, erklärte er. „Ich kümmere mich in einer Sekunde um dich, okay? Es ist nur …“

Tief drang er in sie ein.

Dann passierten drei Dinge auf einmal. Destiny legte die Hände auf seine Schultern und sagte: „Kipling, ich bin …“

Er spürte einen Widerstand. Instinktiv stieß er härter zu, und das Hindernis gab nach. Und er kam.

So schnell er konnte, zog er sich zurück, doch es war zu spät. Eine dunkle Vorahnung erfasste ihn, als er nach unten schaute und etwas Blut an seinem Penis entdeckte. Teile eines sehr surrealen Puzzles fielen an ihren Platz. Er versuchte, das Offensichtliche zu ignorieren, und suchte nach einer anderen Erklärung.

Das konnte nicht sein. Auf keinen Fall. Sie war schon Ende zwanzig. Sie war wunderschön. Sie war …

„Du bist noch Jungfrau?“

11. KAPITEL

„War“, erwiderte Destiny und sagte sich, dass die Umstände auf seltsame, verkehrte Weise genau passend waren. Warum sollte sie ihre Jungfräulichkeit nicht in einer Bar verlieren? Immerhin war sie die Tochter ihrer Eltern. Destiny konnte ihrem Schicksal nicht entfliehen.

Sie kicherte über die Lächerlichkeit des Ganzen und überlegte, dass sie vielleicht doch ein wenig betrunkener war, als sie gedacht hatte.

Kipling rappelte sich auf und starrte sie an. „Du bist noch Jungfrau?“, wiederholte er. „Nein, das kann nicht sein.“

Sie setzte sich auf und versuchte, zu ergründen, wie sie sich fühlte. Ein wenig wund und, um ehrlich zu sein, enttäuscht. Nach all der Zeit, all ihren Plänen und Hoffnungen, nicht so zu sein wie ihre Eltern, hatte sie es getan. Sie hatte Sex mit einem Kerl in einer Bar gehabt. Und auch wenn das Küssen schön gewesen war und sie es wirklich mochte, wenn er ihre Brüste berührte, war es am Ende gar nicht so sonderlich interessant gewesen.

Sex, so wie viele andere verbotene Dinge im Leben, wurde völlig überbewertet. Deswegen hatten ihre Eltern Ehen beendet, Kinder verlassen und alles gegeben, um sich selbst zu zerstören? Für drei Sekunden Druck und einen stechenden Schmerz? Sie würde lieber einen Brownie essen.

Was war mit welterschütternd und all dem Unsinn, den die Leute behaupteten? Dieser intensive, lebensverändernde Moment? Sie würde es eher enttäuschend nennen.

„Destiny.“

Kiplings Stimme war scharf. Vielleicht auch ein wenig panisch.

„Mir geht es gut."

„Du warst noch Jungfrau?"

Sie nickte und stand auf. Der Raum verschwamm ein wenig, was vermutlich ganz gut war. Sie würde noch …

Sie schaute an sich hinunter und merkte, dass sie nackt war. Vollkommen nackt. In einer Bar. Was hatte sie sich nur dabei gedacht?

„Meine Sachen", sagte sie.

Kipling reichte ihr den Slip und die Jeans, und sie zog beides an. Währenddessen sammelte er ihr T-Shirt und ihren BH auf und begann dann, sich ebenfalls anzuziehen.

„Wir müssen darüber reden", sagte er.

„Nein, müssen wir nicht. Mir geht es gut. Ich bin erwachsen. Ich habe es getan. *Wir* haben es getan." All das Warten, dachte sie. „Ich habe mich immer gefragt, wie es ist, und nun weiß ich es."

Er zog sein Hemd an. „So einfach ist das nicht."

„Ist es doch. Mach dir keine Sorgen. Mir geht's prima."

„Das tut es nicht. Es kann dir nicht prima gehen."

Sie schlüpfte in ihre Stiefel und überprüfte, ob sie noch ihre Schlüssel, das Handy und die Kreditkarte hatte.

„Ich habe meine Drinks gar nicht bezahlt."

„Darum habe ich mich gekümmert."

„Du musst nicht dafür aufkommen."

Er fasste sie an den Oberarmen. „Wir müssen über das reden, was passiert ist."

Sie verspürte die ersten Vorboten eines Kopfschmerzes. „Morgen", sagte sie. „Ich fühle mich nicht so gut."

Kipling zögerte, als wollte er sie drängen, dann nickte er. „Okay. Aber wirklich."

Sie war nicht sicher, ob das ein Versprechen oder eine Drohung war, aber im Moment war ihr das auch egal.

Er ging vor zur Eingangstür und schloss sie hinter ihnen zu. Der Weg zu ihrem Haus verlief in völligem Schweigen.

Als sie auf ihrer Veranda standen, bemühte sie sich um ein Lächeln und einen fröhlichen Tonfall. „Mir geht es wirklich gut. Ich bin genauso für das verantwortlich, was da gerade passiert ist, wie du. Ich mache mir keine Vorwürfe. Und du musst das auch nicht tun."

Sein Gesichtsausdruck war unlesbar. „Wir unterhalten uns morgen."

„Ich zähle die Stunden."

Sie schloss die Haustür auf und ging direkt in ihr Zimmer. Sekunden später hatte sie ihren Schlafanzug an, und ungefähr eine Minute danach war sie eingeschlafen. Ihr letzter bewusster Gedanke war: Jungfrau war einmal. Ist doch keine große Sache.

Destiny erwachte mit der Mutter aller Kater. Ihr Kopf schien über Nacht zwei Größen gewachsen, ihr Körper schmerzte, und da war das nagende Gefühl, dass irgendetwas entsetzlich schiefgelaufen war. Aber sie konnte nicht klar denken.

Wenigstens war Starr immer noch bei ihrer Freundin und würde zum Camp gebracht werden. Destinys einzige Aufgabe war es, die nächsten Stunden zu überleben. Wasser und Aspirin, dachte sie auf dem Weg zum Badezimmer. Dann würde sie sich besser fühlen.

Die vergangene Nacht war mehr als nur ein wenig verschwommen. Sie erinnerte sich daran, sich rastlos gefühlt zu haben und dass das Singen dagegen geholfen hatte. Und daran, dass sie viel zu viele Long Island Iced Teas gehabt hatte.

Sie stellte die Dusche an und putzte sich die Zähne, während das Wasser heiß wurde. Dann ließ sie ihren Pyjama auf den Boden fallen und wollte gerade in die Dusche steigen, als die Erinnerungen auf sie einstürzten.

Die Küsse. Das Fummeln. Der Sex.

„Oh mein Gott! Ich hatte Sex mit Kipling."

Sie stand da, ein Bein erhoben, um über den Rand der Dusche zu steigen, als die Erinnerung mit Macht über sie hereinbrach. Sein Körper an ihrem. Wie er sie gestreichelt hatte. Wie schön es gewesen war und wie sie am Ende ums Verrecken nicht verstanden hatte, was der ganze Aufstand darum sollte

Sie war zu gleichen Teilen verlegen und resigniert. Sie hatte sich immer gefragt, wie es wohl wäre, und nun wusste sie es. Und um ehrlich zu sein: Jetzt, da sie es getan hatte, ergab ihr vernünftiger Plan noch mehr Sinn. Warum, um alles in der Welt, sollte sie noch einmal Sex haben wollen?

Sie trat unter das dampfende Wasser und ließ sich die Anspannung aus den Muskeln spülen. Es ist besser so, sagte sie sich, während sie sich die Haare shampoonierte. Nun gab es keine Rätsel mehr. Sie war genauso wie alle anderen Frauen in ihrem Alter. Wenigstens würde sie sich so die peinliche „Ich bin noch Jungfrau"-Rede ersparen, wenn sie irgendwann doch den richtigen Mann kennenlernte. Denn Kipling hatte die Tatsache, dass sie noch unberührt gewesen war, ganz eindeutig schockiert, das hatte sie gemerkt.

Sie lächelte beim Gedanken an seine weit aufgerissenen Augen. Beinahe tat er ihr leid. Sie war alt genug, sodass er mit dieser besonderen Überraschung nicht hatte rechnen können. Kurz fragte sie sich, ob die Erfahrung für ihn anders gewesen wäre, wenn er es gewusst hätte, aber ihr war klar, dass es nichts gab, was sie deswegen jetzt noch unternehmen konnte.

Ich verstehe aber immer noch nicht, warum Menschen solch ein Gewese um Sex machen, dachte sie später, als sie sich anzog. So besonders war das doch gar nicht. Aber andererseits gab es viele Dinge im Leben, die überraschend oder verwirrend waren. Sex war nur eines davon.

Sie nahm ihren Rucksack und schickte Starr einen kurzen Guten-Morgen-Gruß, bevor sie sich auf den Weg ins Brewhaha machte. Sie trank nicht oft Kaffee, aber der heutige Tag verlangte nach dem größten Kaffee in der Geschichte des Universums, gefolgt von einer Gallone Wasser. Das sollte ihr helfen, sich wieder besser zu fühlen. Oh, und sie würde dafür sorgen, dass sie jetzt wochenlang keinen Alkohol mehr zu sich nahm.

Sie ging die paar Blocks zum Coffeeshop. Als sie an einer Ampel wartete, sah sie einen Mann im Park. Was an sich nichts Ungewöhnliches war. Was diesen Anblick jedoch so erinnerungswürdig machte, waren die seltsamen Federn, die er in den Händen hielt, und die farbigen Streifen in seinem Gesicht. Außerdem sah es aus, als würde er eine seltsame Version von Tai-Chi ausüben.

Sie ging in den Laden und sah, dass alle Gäste dort den Mann im Park beobachteten.

„Was ist da los?", fragte sie.

Patience, die Besitzerin des Cafés, schüttelte den Kopf. „Soweit wir das bisher beurteilen können, versucht Ford sich an einem alten Máa-zib-Fruchtbarkeitsritual."

„Oh, stimmt. Für die Schwangerschaftswette."

Patience ging zur Kasse. „Du weißt davon?"

„Ja. Männer sind so seltsam."

Patience lachte. „Das stimmt. Warum schwängert er sie nicht einfach auf normalem Weg? Mit Sex? Nun ja, ist nicht mein Problem. Was kann ich dir bringen?"

„Einen großen Latte macchiato zum Mitnehmen", sagte Destiny, während ein Teil ihres Gehirns bereits anfing, eine Totenklage anzustimmen.

Auf normale Weise schwanger werden? Mit Sex? Wie den Sex, den sie gestern Nacht gehabt hatte? Sex ohne irgendeinen Schutz?

Sie reichte ihr Geld über den Tresen und nickte, obwohl sie kein einziges von Patience' Worten verstand, weil sie viel zu sehr damit beschäftigt war, ihre sich drehende Welt unter Kontrolle zu halten. Ihre Brust war eng, ihr Körper kalt, und die Panik drohte sie im Ganzen zu verschlucken.

Schwanger? Schwanger? Nein und nein. Das konnte nicht sein. Sie hatte es nur einmal getan, und sie war noch Jungfrau gewesen. Hatte sie nicht einen Freifahrtschein oder so? Sie hatte sich noch nie sonderlich für Biologie interessiert, aber ganz sicher hatte sie doch irgendwo so etwas gelesen, oder?

„Destiny?"

Sie blinzelte und sah, dass Patience ihr einen Kaffeebecher mit Deckel hinhielt.

„Sorry. Zu viele Long Island Iced Teas gestern Abend", sagte sie und lachte nervös. „Ich bin immer noch ganz benebelt."

Patience nickte wissend. „Auf dieser Party bin ich auch schon mal gewesen." Ihre Augen weiteten sich. „Warst du im Man Cave? Hast du gesungen? Ich würde dich so gerne einmal singen hören."

„Nächstes Mal", erwiderte Destiny, obwohl sie wusste, dass es kein nächstes Mal gegeben würde. Weder für das Singen noch für das Trinken oder den Sex. Wenn die Rastlosigkeit sie erneut packte, würde sie Joggen oder Holz hacken gehen. Sie wusste, wie man Holz hackte, und das wäre wesentlich sicherer als das, was sie letzte Nacht getan hatte. Das Schlimmste, was mit einer Axt passieren konnte, war, dass sie sich einen Fuß abhackte.

„Hab einen schönen Tag!", rief sie Patience zu, dann eilte sie zur Tür. Sie musste ihren Kaffee trinken und ihren Herzschlag wieder normalisieren.

Schwanger? Das konnte einfach nicht sein.

Nachdenklich nippte sie an ihrem Kaffee und ging zum Büro. Der Tag war schön, und wenn sie die Erinnerungen ignorierte, die in ihrem Kopf umherwirbelten, würde es ihr gut gehen. Besser als gut. Sie wäre …

Sie bog um eine Ecke und stieß mit Kipling zusammen. Als sie stolperte, fasste er sie an den Oberarmen und hielt sie fest.

„Ich war auf dem Weg zu dir", erklärte er.

Und ich hatte vor, dir aus dem Weg zu gehen. Das sagte sie natürlich nicht laut. Stattdessen brachte sie ein, wie sie hoffte, freundliches „Oh“ zustande.

Schweigend starrten sie einander an.

Immer noch hielt er sie an den Armen fest, und sie spürte die Hitze seiner Haut und den Druck eines jeden einzelnen Fingers. Er hat schöne Hände, dachte sie träge. Groß und geschickt. Er hatte sie überall berührt. Er hatte sie nackt gesehen. Oh mein Gott, der Mann hatte sie nackt gesehen!

Panik machte sich in ihr breit, aber Destiny kämpfte sie nieder. Ruhig, sagte sie sich. Sie war ganz ruhig. Später würde sie im Internet recherchieren, wie man meditierte, und sofort damit anfangen. Denn egal, was passierte, sie würde sich nicht in ihre schreienden, Teller werfenden, emotionalen Eltern verwandeln. Eine sexuelle Begegnung machte noch keine Verrückte aus ihr. Sie war stärker als ihre Bestimmung, stärker als ihre Hormone, stärker als alles, wofür sie stark sein musste.

Kipling zog sie zu einer Bank. Sie überlegte, wegzulaufen, wusste aber, dass er ihr dann nur folgen würde. Wenn man sie durch die Stadt rennen sehen würde, würden die Leute anfangen zu reden, und auf Spekulationen konnte sie nun wirklich gut verzichten. Also setzte sie sich.

Er nahm neben ihr Platz und schaute sie an. Seine blauen Augen waren dunkel vor Besorgnis.

„Mir geht es gut“, sagte sie, in der Hoffnung, diese Versicherung könnte ihn beruhigen. „Komplett und total gut.“

„Ich glaube dir nicht.“

Er sieht gut aus, dachte sie abwesend. Aber auch müde, als hätte er in der vergangenen Nacht nicht viel geschlafen. Unter seinen Augen lagen Schatten. Trotzdem hatte er etwas an sich. Vielleicht war es die Form seines Mundes. Er war schön, und sie hatte es genossen, Kipling zu küssen. Und als er seine großen Hände auf ihre Brüste gelegt und ihre Spitze geleckt hatte, war sie …

Hör auf!

Sie war ein vernünftiger, rationaler Mensch. Vernünftige, rationale Menschen dachten morgens um Viertel nach acht nicht an Sex. *Niemals!*

„Ich wusste nicht, ob ich dich anrufen oder einfach vorbeikommen sollte", gab er zu. „Du hast mir gestern Abend einen Riesenschock versetzt."

Sie nippte an ihrem Kaffee. Okay, sie würden darüber reden, was passiert war. Damit konnte sie umgehen. Sie würden es besprechen und hinter sich lassen.

„Gestern Abend …", wiederholte sie.

„Ja, gestern Abend. Wir müssen darüber reden."

Ja, das hatte sie auch schon herausgefunden. „Wegen des Sex."

Er schaute sie an. „Es ist mehr als das, Destiny. Du warst noch Jungfrau. Du hättest etwas sagen müssen."

„Ich wusste nicht, was", gab sie zu.

„Wie wäre es mit ‚Kipling, das ist mein erstes Mal'?"

„Rückblickend ergibt das Sinn", stimmte sie zu, nicht sicher, wann sie das hätte erwähnen sollen. Jeder Satz mit dem Wort *Jungfrau* darin hätte die Situation unangenehm gemacht. „Ich hatte viel getrunken und habe nicht nachgedacht. Es ging alles so schnell."

Er verspannte sich. „Was das angeht …", fing er an und hielt dann inne.

Sie wartete.

„Ich hatte schon seit einer Weile keine Freundin mehr. Du weißt schon … erst der Unfall, dann die Genesung. Ich war monatelang im Krankenhaus und in der Reha. Dann bin ich hierhergekommen."

Erneut nippte sie an ihrem Kaffee. „Ich glaube, das wusste ich alles."

Er rieb sich übers Gesicht. „Ich meine, so ist es normalerweise nicht."

„Welcher Teil?" Es ist wirklich ziemlich schnell gegangen, dachte sie. Oder vielleicht lag es daran, dass alles so entrückt war. „Das Ganze ist etwas verschwommen, wenn ich ehrlich sein soll. Ich trinke normalerweise nicht viel, aber mit dem Singen und allem … ich wollte mich einfach in der Musik verlieren."

Er öffnete den Mund und schloss ihn wieder. „Was? Wovon redest du da?"

„Ich bin mir nicht sicher. Es tut mir leid, dass du nach dem Unfall so lange im Krankenhaus gewesen bist."

Er fluchte und stand auf. „Das ist nicht das, worüber ich reden will."

„Aber du hast das Thema doch angeschnitten."

Sie war nicht sicher, vermutete aber, dass er mit den Zähnen knirschte. Er fluchte noch einmal und setzte sich wieder.

„Wegen des Sex", sagte er. „Ich wusste nicht, dass du noch Jungfrau bist. So wie du vorher darüber gesprochen hast, dachte ich, du hättest es schon mal getan, und es wäre nicht sonderlich gut gewesen."

„Oh. Nein, ich hatte es noch nicht getan. Wegen meines Plans. Ich habe mich für die Ehe aufgespart."

Seine Miene war unergründlich. Sie konnte sie nicht deuten, wusste aber, dass er nicht glücklich war.

„Nur weil ich niemanden gefunden habe, mit dem ich Sex haben wollte", fügte sie schnell hinzu. „Du musst dich nicht schlecht fühlen. Es gab keine besonderen spirituellen Gründe dafür. Ich habe nur gesehen, was um mich herum passiert. Menschen, die schlechte Entscheidungen treffen, weil sie Sex hatten oder Sex haben wollten."

„Sex ist die Wurzel allen Übels", sagte er.

„Genau!" Sie lächelte. „Also war es nur logisch, zu warten. Auf gewisse Weise hast du mir einen Gefallen getan. Wenn ich jetzt den richtigen Mann treffe, kann ich mir die unangenehme Unterhaltung sparen. Ich meine, ich bin achtundzwanzig. Es wurde langsam mal Zeit."

Lange schaute er sie an. „Du bist ruhiger, als ich erwartet hatte."

„Ich bin gerne ruhig. Die Höhen und Tiefen enden niemals gut. Es ist besser, emotional stabil zu bleiben. Das ist auch leichter."

„Also bist du nicht aufgebracht?"

„Nein. Es ist seltsam, das gebe ich zu. Ich bin ein wenig verlegen. Du hast mich nackt gesehen."

„Du siehst toll aus."

Das unerwartete Kompliment ließ sie erröten, und gleichzeitig empfand sie ein wenig Stolz.

„Danke. Du … äh … auch."

„Das, was wir gestern Abend gemacht haben …"

Sie hob die Hand, um ihn zu unterbrechen. „Mir geht es gut, Kipling. Ich will nicht mehr darüber reden. Es ist passiert. Jetzt machen wir weiter."

„Weil du immer noch nach dem vernünftigen Mann suchst? Damit du eine Familie gründen kannst?"

Wenn er es so ausdrückte, kam sie sich lächerlich vor, aber sie nickte trotzdem.

Er griff nach ihrer freien Hand. „Destiny, letzte Nacht lief nicht so, wie ich es geplant hatte. Ich will nicht, dass du glaubst, das wäre alles. Was Sex betrifft, meine ich."

Sie entzog ihm die Hand und stand auf. „Ich weiß. Ist schon gut. Danke, dass du dir Sorgen machst. Es ist keine große Sache. Versprochen. Wir machen einfach so weiter, als wäre nichts passiert. Du wirst schon sehen. Vergiss das Ganze!"

Kipling ließ Destiny gehen, weil er beim besten Willen nicht wusste, was er zu ihr sagen sollte. Sie war die Gelassenheit in Person. Er schätzte, dass die meisten Frauen in ihrer Situation schreien oder weinen oder ihn mit einem Messer bedrohen würden. Sie hingegen tat, als wäre es keine große Sache.

Aber das war es. Das musste es sein. Heutzutage gab es nur wenige Frauen in ihrem Alter, die nicht wenigstens eine ernsthafte Beziehung gehabt hatten. Und mit so einer Beziehung kam auch Intimität. Aber sie hatte das nicht gehabt. Vor vierundzwanzig Stunden war sie noch Jungfrau gewesen. Jetzt war sie es nicht mehr, und das war seine Schuld.

Das nenne ich mal ein Problem, das gelöst werden muss, dachte er. Wie sollte er das jemals wieder hinbiegen?

Er verlagerte das Gewicht, sodass er die Ellbogen auf die Oberschenkel stützen und seinen Kopf in die Hände legen konnte. Vielleicht wäre es besser, wenn sie ihn wirklich mit einem Messer bedrohte. Das könnte er wenigstens verstehen. Aber ihre totale Akzeptanz verwirrte ihn.

Außer, es war nur Fassade. Doch sie hatte so sicher gewirkt. Machte er sich etwas vor?

Beinahe genauso entsetzlich war es, dass er sie unbefriedigt zurückgelassen hatte. Jetzt war er genauso wie die Kerle, auf die er vorher noch herabgeschaut hatte. Und auch wenn das ein Problem war, das gelöst werden konnte, wusste er nicht, wie er das anstellen sollte. Oder was er sagen sollte.

Er stand auf und schaute auf die Uhr. In ein paar Minuten hatte er einen Termin mit Bürgermeisterin Marsha, um sich mit einer weiteren Bewerberin für den Posten seines Stellvertreters zu treffen. Erst die Arbeit, dann Destiny, sagte er sich. Denn auch wenn sie das, was vorgefallen war, zu akzeptieren schien, er hatte immer noch Schwierigkeiten damit, das alles zu verarbeiten. Aber sobald er das getan hatte, würde er eine Lösung finden.

Er ging zum Rathaus und die Treppe zum Büro der Bürgermeisterin hinauf. Ihre Assistentin winkte ihn durch.

„Pünktlich auf die Minute.“ Lächelnd begrüßte ihn die Bürgermeisterin und deutete auf den Stuhl vor ihrem Schreibtisch. Sie trug ein lilafarbenes Kostüm und Perlen. „Unsere Kandidatin füllt gerade ein paar Formulare aus, während wir uns hier unterhalten. Ich habe ein gutes Gefühl, was sie angeht."

„Der Lebenslauf ist beeindruckend", sagte er und dachte an die Bewerbungsmappe, die er sich übers Wochenende angeschaut hatte. Cassidy Modene, neunundddreißig Jahre alt. Sie war in Wyoming aufgewachsen und hatte für die Wyoming State Parks gearbeitet. Außerdem hatte sie Pferde für Such- und Rettungsmissionen ausgebildet und mit Such- und Rettungshunden gearbeitet. „Sie bringt mehr mit, als wir suchen."

Bürgermeisterin Marsha nickte. „Sie denken an die Pferde und Hunde."

„Genau."

„Es scheint noch etwas Extrageld im Fonds zu geben, also dachte ich, wir könnten unsere Leitlinien ein wenig erweitern."

Er war nicht sicher, was er darauf erwidern sollte. Ein Zuschuss für Hunde und Pferde. In einer Zeit, in der die öffentlichen Gelder immer weiter zusammengestrichen wurden, hatte Bürgermeisterin Marsha ein neues und teures Programm gestartet. Gab es irgendwo einen geheimen Geldvorrat? Hatte sie reiche Gönner? Oder war es besser, nicht danach zu fragen?

Was die Hunde und Pferde anging, war er sehr interessiert. „Wir haben noch ein paar Ressourcen", sagte er. „Ich bin mir allerdings nicht sicher, wie sie in die bestehende Software passen."

„Ich bin mir sicher, Sie können mit Destiny darüber reden", gab die Bürgermeisterin selbstbewusst zurück. „Ihre Firma ist stolz darauf, maßgeschneiderte Lösungen anzubieten."

Er lachte. „Spezielle Trackinghalsbänder für die Hunde?"

„Irgendetwas in der Art." Leicht neigte sie den Kopf zur Seite und sah ihn an. „Ich nehme an, Sie haben kein Problem damit, mit einer Frau zu arbeiten?"

Kipling fing an zu lachen. Gestern um diese Zeit hätte er der Bürgermeisterin versichert, dass er sehr gut mit Frauen umgehen konnte. Jetzt war er sich dessen nicht mehr so sicher. Aber Bürgermeisterin Marsha wollte sicher nichts über seine privaten Probleme hören.

„Überhaupt nicht", versprach er und dachte, solange er sich auf die professionelle Ebene beschränkte, käme er mit einer Frau klar.

„Das dachte ich mir."

Ihre Assistentin klopfte und öffnete dann die Tür zum Büro. „Cassidy ist bereit, sobald Sie es sind."

Bürgermeisterin Marsha stand auf. „Schicken Sie sie herein."

Kipling erhob sich und folgte der Bürgermeisterin zu seiner potenziellen Stellvertreterin. Auch wenn er ihren Lebenslauf gründlich studiert hatte, war es sehr viel aussagekräftiger, sie persönlich zu treffen. So konnte er sich ein genaueres Bild davon machen, ob sie gut zusammenarbeiten würden oder nicht.

Cassidy Modene war ungefähr eins fünfzig groß mit kurzen, strubbeligen blonden Haaren und braunen Augen. Sie trug einen dunkelblauen Anzug und schlichte blaue Pumps. Da er es gewohnt war, Gegner auf den ersten Blick einzuschätzen, sah er sofort, dass sie stark und sportlich war. Was angesichts ihres Berufs wenig überraschend war. Sie wirkte kompetent.

Cassidy schüttelte ihnen beiden die Hand. Am Ringfinger ihrer linken Hand trug sie einen schlichten Goldring. Als ihr Ärmel ein wenig hochrutschte, sah er ein Rosentattoo auf der Innenseite ihres Handgelenks.

„Mrs. Modene. Danke, dass Sie hergekommen sind, um uns in Fool's Gold zu treffen", sagte Bürgermeisterin Marsha und führte sie zu den Sofas in der Ecke ihres Büros.

„Es ist mir ein Vergnügen. Was für eine schöne kleine Stadt."

Sie alle setzten sich. Kipling war wieder einmal beeindruckt, wie die Bürgermeisterin sie manipuliert hatte. Er saß neben ihr auf dem Sofa, und Cassidy hockte auf dem Rand eines Clubsessels. Zwei gegen eine? Er war gespannt, wie das Bewerbungsgespräch ablaufen würde.

Die gute Bürgermeisterin lullte sie alle mit vermeintlichem

Small Talk ein, bevor sie auf die wichtigen Punkte zu sprechen kam. Oft geschah das ohne Vorwarnung. So hatte sie einen offensichtlich exzellenten Kandidaten dazu gebracht, zuzugeben, dass er mehr Interesse daran hatte, die Pisten zu erkunden, als seinen Job zu machen. Kipling fragte sich, ob Cassidy ähnliche Geheimnisse verraten würde.

„Sie sind in Wyoming aufgewachsen", sagte Bürgermeisterin Marsha.

„Ja. Also bin ich Kleinstädte gewohnt." Cassidy ließ ein Lächeln aufblitzen. „Ich bin mir nicht sicher, was ich in einer Großstadt mit mir anstellen sollte. Ich bin gerne draußen in der Natur."

„Mir ist die Rose an Ihrem Handgelenk aufgefallen. Hat die irgendeine emotionale Bedeutung?"

Cassidys Augen verdunkelten sich. „Ich habe sie mir zu Ehren meiner Mutter stechen lassen."

Bürgermeisterin Marsha schwieg. Kipling glaubte, dass Cassidy weiterreden würde, um die Stille zu füllen, doch das tat sie nicht. Ein Punkt für die Bewerberin, dachte er.

„Ist Ihr Ehemann gewillt umzuziehen?", fragte die Bürgermeisterin.

„Jeff ist im letzten seiner zwanzig Jahre bei der Navy. Er hat mich gebeten, einen schönen Ort für seinen zweiten Lebensabschnitt zu finden. Wir denken, dass Fool's Gold dafür genau richtig ist."

Bürgermeisterin Marsha nickte. „Fein, dann erzählen Sie uns mal von Ihren Such- und Rettungshunden."

12. KAPITEL

Kiplings Wissen darüber, was in der Praxis eines Gynäkologen passiert, hätte auf eine Visitenkarte gepasst und obendrein noch Platz für ein Kuchenrezept gelassen. Aber er hatte den Termin gemacht und fand sich nun im Büro von Cecilia Galloway wieder.

Die gute Ärztin war vermutlich knapp siebzig, hatte kurze stahlgraue Haare und trug eine Brille. Sie war groß und kräftig, und als sie beide Augenbrauen hob, wie um zu fragen, warum er hier war, hatte Kipling keine Ahnung, was er darauf sagen sollte.

„Es geht nicht um mich“, erklärte er.

„Da bin ich erleichtert. Das letzte Mal, dass ich einen Mann untersucht habe, war noch im Studium. Auch wenn ich sicher bin, dass keines der Körperteile sich verändert hat, bezweifle ich, dass ich noch wüsste, wie man sich darum kümmert.“ Dr. Galloway nickte ermutigend. „Wie kann ich Ihnen helfen, Mr. Gilmore?“

„Kipling, bitte. Und, äh, ich bin wegen einer Freundin von mir hier. Sie, äh …“ Er fragte sich, wie viel er erzählen sollte. Auch wenn er Teil des Problems war, wusste Destiny nicht, dass er hier war, und er hatte das Gefühl, sie würde es auch nicht gutheißen.

„Ich bezweifle, dass Sie irgendetwas sagen könnten, das ich nicht schon Dutzende Male zuvor gehört habe“, versicherte Dr. Galloway ihm. „Atmen Sie einfach tief durch und lassen Sie es raus. Das ist normalerweise der beste Weg.“

„Okay. Ich habe eine Freundin. Und wir …“ Nein, das war nicht richtig. „Die Jungfrauensache“, fing er an und wünschte sich sofort, er hätte es nicht gesagt. „Nach dem Sex …“

Er räusperte sich und fing noch einmal von vorne an. „Wenn man eine Jungfrau defloriert, kann man das wieder rückgängig machen?"

Die Ärztin blinzelte. „Wie bitte?"

„Kann sie wieder zur Jungfrau gemacht werden?"

Eines musste er ihr lassen, die Ärztin verzog keine Miene, auch wenn er glaubte, zu sehen, wie sie die Mundwinkel ein wenig hinunterzog, als würde sie ihre Unterhaltung nicht befürworten.

„Wie alt sind Sie, Mr. Gilmore?"

„Zweiunddreißig."

„Wenn Sie sich mit altersmäßig passenderen Frauen einließen, hätten Sie dieses Problem nicht."

„Was? Nein. Mist. Das glauben Sie? Nein. Sie ist nicht jung. Sie ist Ende …" Er erkannte, dass er keine Einzelheiten über Destiny preisgeben durfte. „Sie ist kein Teenager. Schon seit ein paar Jahren nicht mehr. Ich stehe nicht auf junge Mädchen."

Er stand auf und ging zum Fenster, dann drehte er sich um. „Hören Sie, es ist nicht, was Sie denken. Ich wusste es nicht, okay? Sie hat davon gesprochen, kein Interesse an Sex zu haben, und ich dachte, sie wäre mit ein paar Idioten zusammen gewesen, die ihr nie einen Orgasmus verschafft hatten. Aber wie sich herausstellte, war sie noch Jungfrau. Und ich war seit Monaten nicht mehr mit einer Frau zusammen. Beinahe ein Jahr. Also ging es alles so schnell, und da war dieses … Hindernis, und ich habe versucht, aufzuhören, weil ich irgendwie ahnte, was es ist, aber es war zu spät, und dann war es vorbei und …"

Er schluckte. „Können Sie das wiederherstellen?"

Dr. Galloways Lippen zuckten, aber nun sah sie nicht mehr missbilligend aus. Wenn überhaupt, würde er sagen, sie versuchte, nicht zu lachen.

„Ich verstehe", sagte sie langsam. „Ich freue mich, zu hören, dass Sie nicht jungen Mädchen nachstellen."

„Das tue ich nicht. Niemals. Das ist widerlich."

„Ja, das ist es. Was Ihre Freundin angeht – das Hindernis, das Sie gespürt haben, ist das Hymen. Und auch wenn es wieder zusammengenäht werden kann, würde ich das nicht empfehlen. Nach allem, was Sie erzählt haben, hat sie nicht aus religiösen Gründen auf Sex verzichtet. Es gibt also keine missbilligende Familie, die sie dafür bestrafen könnte?"

„Nein."

„Dann lassen Sie es gut sein. Sind Sie danach weggelaufen? Haben Sie sie weinend zurückgelassen?"

Kipling zuckte. „Sie hassen Männer, oder?"

„Überhaupt nicht. Ich versuche nur, herauszufinden, was für ein Mann *Sie* sind. Soweit ich das bisher beurteilen kann, sind Sie nett. Also hier ist mein Rat: Reden Sie mit ihr. Finden Sie heraus, warum gerade Sie. Warum in dieser Nacht. Was den Orgasmus angeht, den sie nicht hatte, machen Sie das wieder gut. Ich nehme an, Sie wissen, wie das geht. Wenn nicht, habe ich ein paar Broschüren."

Abwehrend hob er die Hände. „Ich weiß, wie. Bitte keine Broschüren."

Dr. Galloway lächelte. „Alles wird gut. Auch wenn ich empfehle, dass Sie nächstes Mal ein wenig mehr über Ihre Partnerin lernen, bevor Sie Sex mit ihr haben. Haben Sie …"

Ihr Telefon klingelte und lenkte sie ab. „Entschuldigen Sie bitte, da muss ich kurz ran."

„Sicher. Kein Problem. Danke für Ihre Zeit."

Er verschwand, solange er konnte, und verließ schnellen Schrittes die Praxis. Sobald er wieder auf dem Bürgersteig stand, wünschte er, dass es viel später am Tag wäre, denn er brauchte einen Drink. Da das nicht möglich war, ging er die paar Blocks zu Destinys Büro.

Sie saß an ihrem Computer und tippte konzentriert. Eine Sekunde lang gönnte er sich das Vergnügen, sie anzuschauen. Ihre langen Haare fielen ihr über die Schultern. Sie trug ein

T-Shirt, Jeans und Wanderschuhe. Nicht sexy, nicht glamourös, aber sie einfach nur anzuschauen reichte, um ihn träumen zu lassen.

Nicht, dass wir es in naher Zukunft tun werden, ermahnte er sich. Es gab ein paar Dinge, die zuerst geklärt werden mussten.

Sie schaute auf und sah ihn.

„Hi."

„Selber hi. Wie geht es dir?", fragte er.

Verwirrt runzelte sie die Stirn. „Gut? Warum? Sehe ich aus, als würde ich krank?"

„Nein. Das meinte ich nicht. Die Nacht in der Bar …"

Sie lehnte sich in ihrem Stuhl zurück und stöhnte. „Nicht das schon wieder. Kipling, wir haben darüber gesprochen. Du musst es vergessen."

Er setzte sich auf den Besucherstuhl und beugte sich vor. „Das will ich nicht und das werde ich nicht. Destiny, seine Jungfräulichkeit zu verlieren ist eine große Sache. Ich weiß nicht, warum du diesen Moment oder mich ausgewählt hast, aber es ist nun mal geschehen. Was ich jedoch will, ist, es wiedergutzumachen."

Sie sah ihm direkt in die Augen. „Es kann nicht rückgängig gemacht werden, und das würde ich auch gar nicht wollen. Ich finde es gut, dass ich keine Jungfrau mehr bin."

„Stimmt, ja. Das macht es unkomplizierter, wenn du deinen ruhigen Mr. Verklemmt triffst."

„So musst du das nun auch nicht ausdrücken", meinte sie. „Als hieltest du mich für eine Idiotin."

„Das tue ich nicht. Ich denke nur, dass du die Macht einer intimen, sexuellen Verbindung unterschätzt."

Sie verdrehte die Augen. „Ja, ja. Sie ist mächtig und aufregend und macht das Leben erst lebenswert." Die Worte standen in starkem Kontrast zu ihrem gelangweilten Tonfall. „Das habe ich alles schon mal gehört, und es interessiert mich nicht."

„Das liegt daran, dass du keinen Orgasmus hattest."

„Ich bin nicht interessiert. Es war gut, Kipling. Wirklich. Lass es gut sein."

Oh nein, das wird nicht passieren, dachte er entschlossen. „Ich war nicht vorbereitet und habe es vermasselt", erklärte er. „Ich schulde dir was. Wenn du danach immer noch glaubst, dass Sex gefährlich und schlecht ist, werde ich es nie wieder erwähnen. Versprochen."

Sie seufzte schwer. „Warum ist dir das so wichtig?"

Eine Sekunde lang dachte er nach und entschloss sich dann, die Sache anders anzugehen. „Du warst an jenem Abend unglaublich auf der Bühne. Dein Gesang, deine Performance. Du strahlst echte Leidenschaft aus, wenn du auftrittst."

Anstatt mit Stolz zu reagieren, sackte sie auf ihrem Stuhl zusammen. „Ich weiß. Es war fürchterlich."

„Nein, es war brillant und kraftvoll. Wie kommt es, dass du das nicht jeden Tag tun willst?"

„Es erschöpft mich und verlangt von mir, verletzlich zu sein. Um so zu singen, muss man sich komplett öffnen."

Ohne eine Möglichkeit, sich zu schützen, dachte er. Das wenige, das er über ihre Vergangenheit wusste, machte deutlich, dass sie in einem Gefühl der Unsicherheit aufgewachsen war. Als wenn ihre Welt sich jeden Moment auflösen könnte.

„Du bist nicht mehr dieses Kind", sagte er sanft. „Du würdest kontrollieren können, was um dich herum passiert."

„Aber nicht ausreichend. Deshalb ist es besser, das Risiko gar nicht erst einzugehen."

„Leben, ohne zu leben, ist langweilig. Es ist beige. Wo ist da der Sinn? Du hast Talent, Destiny. Die Chance, einen Traum zu verwirklichen."

Unterschiedliche Emotionen spiegelten sich in ihren Augen wider. Dieses Mal hatte er keine Probleme, darunter Genervtheit zu erkennen.

„Sprich nicht mit mir über meine Träume. Du weißt überhaupt nichts über sie. Das ist meine Entscheidung. Ich will nicht wie sie sein. Du hast keine Ahnung, wie es war. Keine Ahnung, was passiert ist. Mit Grandma Nell war es anders. Dort hat das Leben einen Sinn gehabt. Wir haben im Einklang mit der Natur gelebt. Und das ist genau das, was ich will."

„Die Natur ist nicht still", erklärte er. „Sie ist gewalttätig und wunderschön. Aber vor allem ist sie unkontrollierbar. Du leugnest auf so vielen Ebenen, wer du bist. Du hast eine leidenschaftliche Natur. Wenn du die ignorierst, ignorierst du, wer du bist. Noch hast du eine Chance."

„Kipling, ich …" Sie starrte ihn an. „Sprechen wir immer noch über mich?"

„Natürlich. Ich bin hier der Experte. Es gibt nichts Besseres, als den Traum zu leben. Ich weiß, wovon ich rede. Du kannst das immer noch tun."

„Und du nicht."

Hart, aber wahr, dachte er und ignorierte den Anflug von Sehnsucht nach dem, was einst gewesen war. Wer *er* einst gewesen war. „Ich hatte einen guten Lauf, und das meine ich in jeder Hinsicht."

„Es tut mir leid", erklärte sie leise. „Ich verstehe, was du sagen willst. Dass ich dankbar sein soll. Dass ich immer noch eine Chance habe. Die Sache ist nur die, ich will sie nicht."

Er glaubte nicht, dass sie die Wahrheit sagte. Weil sie Angst hatte.

„Ich bin nicht dein Problem", erklärte sie. „Also lass es gut sein. Ich will jetzt nur übers Geschäftliche reden."

Er nickte, weil er keinen Plan hatte. Noch nicht zumindest. Aber er würde einen entwerfen, und dann würde er das Problem lösen. Nicht nur, weil er ihr die Jungfräulichkeit genommen hatte, sondern weil es das Richtige war. Und vielleicht, ganz vielleicht auch, weil ein Teil von ihm es wollte. Sehr sogar.

Destiny gab ihr Bestes, sich in ihrer Arbeit zu verlieren. Mit dem Kartografieren waren sie fertig, und alle Informationen waren in das Trackingsystem eingepflegt worden. Im nächsten Schritt würde das Suchen geübt werden.

Sie hatte viel zu tun, ertappte sich aber trotzdem immer wieder dabei, an Kipling zu denken. Ihm aus dem Weg zu gehen war keine Option – sie hatten einen Job zu erledigen. Bislang hatte er alle Gespräche aufs Berufliche beschränkt. Aber wenn sie im gleichen Raum waren, spürte sie, dass er sie beobachtete. Nicht auf unangenehme Art, sondern eher, als schätze er die Situation ab. Und das machte sie nervös.

Sie wollte sich einreden, dass sie sich das nur einbildete, aber sie wusste, dass das nicht stimmte. Er war ein Mann, der gern Probleme löste, und zu erklären, dass sie kein Problem hatte, würde nicht reichen, ihn zu überzeugen. Diese Sex-Sache hatte ihn wirklich aus der Bahn geworfen, auch wenn sie keine Ahnung hatte, warum. Sie hatten es getan; ihr ging es gut. Warum konnten sie nicht einfach weitermachen wie bisher? Weil er wollte, dass sie einen Orgasmus hatte.

Als wenn das irgendetwas ändern würde, dachte sie, als sie in Kiplings Büro ging. Mal ehrlich, wie gut könnte das schon sein?

Entschlossen, sich wie der Profi zu verhalten, der sie war, schob sie alle persönlichen Gedanken beiseite und trat ein. Ihr Blick fiel auf eine hübsche Frau Mitte dreißig mit stachligen blonden Haaren, die an Kiplings Schreibtisch saß. Sie hatte Gerüchte gehört, dass er als Stellvertreter eine Frau eingestellt hatte. Destiny hatte es kaum erwarten können, sie kennenzulernen.

Die Frau schaute auf und lächelte. „Destiny Mills?“, fragte sie, während sie aufstand und die Hand ausstreckte. „Ich bin Cassidy Modene. Ich habe viel über Ihr STORMS-Programm gelesen und freue mich riesig darauf, damit zu arbeiten.“

„Willkommen in Fool’s Gold“, sagte Destiny und schüttelte ihre Hand. „Wann haben Sie angefangen?“

„Heute Morgen.“ Cassidy grinste. „Ich bin eher der optimistische Typ, also hatte ich bereits alles, was ich brauchen würde, in meinen Truck gepackt. Es hilft, dass ich nicht so viele Sachen besitze. Mit einem Ehemann in der Navy lernt man das schnell. Bürgermeisterin Marsha und Kipling haben mir den Job angeboten, ich habe angenommen, und hier bin ich. Meine Pferde werden in ein paar Wochen nachkommen. Mein Mann Jeff sollte Ende des Jahres hier sein.“

„Ich habe schon gehört, dass das Programm ausgeweitet wird und Pferde und Rettungshunde dazugehören werden. Die Techniker im Computerlabor zittern schon vor Aufregung bei dem Gedanken an all die Modifikationen, die sie vornehmen müssen. Sie lieben die Herausforderung.“

„Da bin ich ganz bei ihnen.“

Die beiden Frauen setzten sich an Cassidys Tisch. Destiny wollte fragen, wo Kipling war, sagte sich dann aber, es wäre nicht wichtig. Es war ja nicht so, dass sie sich darauf gefreut hatte, ihn zu sehen oder so. Er war ein Kollege. Ihre Unterhaltungen waren immer interessant, und sie mochte die verbale Herausforderung. Mehr nicht.

Trotzdem hörte sie sich fragen: „Kipling ist noch nicht da?“

„Er ist noch mal im Rathaus für ein kurzes Treffen mit der Bürgermeisterin. Aber er wird bald zurück sein.“

Destiny nickte, als wenn die Information kaum interessant wäre, dann ging sie mit Cassidy die Grundlagen von STORMS durch. Dazu stellten sie sich an die große Landkarte an der Wand.

„Hier gibt es aber ziemlich viel unwegsames Gelände“, bemerkte Cassidy, als sie mit dem Finger die Stadtgrenze nachfuhr. „Da werden meine Pferde eine große Hilfe sein. Sie können weiter und länger laufen als Menschen. Und sie können die Ausrüstung tragen.“

Destiny nickte, während sie etwas in ihr Tablet tippte. „Sie haben recht. Die Suchaktionen wären dann nicht mehr so eingeschränkt. Wenn die Suchtrupps eine Möglichkeit haben, ein Lager aufzuschlagen, können sie über Nacht draußen bleiben und am nächsten Morgen frisch anfangen. Das verschafft uns viele Vorteile. Außerdem ist es so einfacher, Verletzte zum nächsten Hubschrauberlandeplatz zu bringen."

Cassidy drehte sich zu ihr um und grinste. „Wo wir gerade von Hubschraubern sprechen ... Ich habe Miles kennengelernt."

„Ich dachte, Sie wären erst vor ein paar Tagen in der Stadt eingetroffen?"

„Das bin ich auch. Und er ist schnell. Wir haben uns im Man Cave getroffen. Er ist wirklich ein Charmeur. Es schien ihn nicht im Geringsten zu stören, dass ich verheiratet und ein paar Jahre älter bin als er." Sie lachte. „Was für ein dummer Mann. Ich habe ihm erst mal gehörig den Kopf gewaschen."

„Sehr gut."

Cassidy wandte sich wieder der Karte zu. „Er ist nicht mein Typ, so viel ist mal sicher. Ich bin in meinen Mann verliebt, seitdem ich ihn das erste Mal gesehen habe. Aber ich muss Miles' Mut, es einfach zu wagen, durchaus bewundern."

„Er ist ein Spieler."

„Wie gesagt, nicht mein Stil. Gebranntes Kind und so weiter. Aber die Stadt wirkt so weit ganz lustig", fügte Cassidy hinzu. „Ich freue mich schon darauf, sie zu erkunden und die Leute kennenzulernen."

„Hier sind alle sehr freundlich. Und es gibt eine wirklich tolle Gruppe an Frauen", meinte Destiny. „Ich würde mich freuen, Sie vorzustellen. Vorausgesetzt, Sie haben Lust. Ich war bereits ein paarmal mit ihnen zum Lunch. Das ist eine schöne Art, neue Leute kennenzulernen und zu erfahren, was hier so los ist."

Cassidy grinste. „Ich liebe Kleinstadtklatsch. Ich weiß, das ist ein Makel, aber einer, mit dem ich gut leben kann."

Bevor Destiny etwas erwidern konnte, klingelte ihr Handy.

Sie zog es aus der Tasche ihrer Cargohose und warf einen Blick auf das Display. Es war eine örtliche Vorwahl, aber die Durchwahl kannte sie nicht.

„Hallo?"

„Destiny?"

„Ja."

„Hi, ich bin Dakota Andersson, die Leiterin von End Zone. Ich bin sicher, es ist nichts, aber Starr ist heute Morgen nicht aufgetaucht, und niemand hat uns informiert, dass sie krank ist. Ich wollte mich nur kurz melden und sichergehen, dass alles in Ordnung ist."

In diesen wenigen Sätzen steckten viele Informationen. Dass das Camp seine Verantwortung ernst nahm. Dass sie sicherstellten, dass die Kinder da waren, wo sie sein sollten. Und dass Starr vermisst wurde.

Destiny wurde eiskalt. „Sie ist nicht krank", sagte sie langsam. „Also zumindest nicht, dass ich wüsste. Wir haben uns heute Morgen noch unterhalten. Sie meinte, sie würde mit Abby zusammen zum Camp fahren."

Am anderen Ende der Leitung entstand eine kleine Pause. „Sie ist nicht hier. Ich habe zweimal nachgeschaut. Starr ist hier nie angekommen."

Ein Anflug von Panik überkam Destiny, ein Stich, den sie nie zuvor gespürt hatte. Eine Mischung aus Horror und Angst. Es konnte alles Mögliche passiert sein. Und irgendetwas war passiert. Aber was? Wo war Starr?

„Wie können wir helfen?", fragte Dakota, die offensichtlich erwartete, dass Destiny die Führung übernahm, um die Situation zu klären.

Tief im Innern war ihr bewusst, dass sie angesichts ihrer Jobbeschreibung vermutlich die Beste wäre, um einen vermissten Teenager zu finden. Aber bei Gott, sie wusste nicht, wo sie anfangen sollte. Ihr war heiß und kalt, und sie stand kurz davor, sich zu übergeben.

Die Tür zum Büro ging auf, und Kipling trat ein. Destiny sprang auf ihn zu, griff ihn am Arm und drückte fest zu.

„Starr wird vermisst", sagte sie, während ihr Herz wie wild in ihrer Brust hämmerte. „Sie ist nicht im Camp."

Kipling nahm ihr das Handy ab und stellte sich vor. Er sprach ruhig, aber schnell. Als er auflegte, gab er ihr das Telefon zurück und nahm ihre Hand.

„Du hast meine Handynummer", sagte er zu Cassidy. „Ruf mich an, wenn du irgendwas hörst."

„Das mache ich."

Er wandte sich an Destiny. „Starr hat ein Handy, oder? Ruf sie an."

Mit zitternden Fingern wählte Destiny ihre Nummer. „Es geht nur die Mailbox ran."

Kipling zog Destiny aus der Tür und zu seinem Truck.

„Wo fahren wir hin?", fragte sie. „Ich weiß gar nicht, wo ich anfangen soll. Sie ist noch nicht so lange hier. Ich dachte, es geht ihr gut. Was, wenn etwas Schreckliches passiert ist? Was, wenn wir sie nicht finden?"

„Wir werden sie finden. Sie ist noch nicht so lange weg und kann nicht weit gekommen sein. Ruf die Mutter von Abby an. Frag sie, ob sie Starr heute mitgenommen hat. Wir fahren bei euch zu Hause vorbei, um sicherzugehen, dass sie nicht da ist, und dann fahren wir in die Berge und sprechen mit ihren Freunden."

Okay. Das war ein guter Anfang. Destiny stieg in den Truck und schnallte sich an. Nachdem sie durch ihre Kontaktliste gescrollt hatte, was mit zitternden Händen gar nicht so einfach war, rief sie Abbys Mutter an. Zwei Minuten später hatte sie die Antwort.

„Starr hat gelogen."

Die Worte waren nicht real. Sie fühlten sich zumindest nicht so an. Das konnte nicht sein. Wieso sollte Starr so etwas tun? Destiny anlügen, dass sie zum Camp fuhr, und dann verschwinden? Wie konnte ihre Schwester verschwunden sein?

Sie erreichten das Haus und eilten hinein. Starr war nicht da. Destiny folgte Kipling zurück zu seinem Jeep. Tränen stiegen ihr in die Augen, als die Angst schier übermächtig wurde. Sie konnte kaum denken, kaum atmen.

„Ich kenne sie nicht gut genug." Sie kämpfte gegen die Tränen an. „Es sind erst ein paar Wochen. Ich hätte mich mehr bemühen müssen. Aber ich war zu beschäftigt mit meinem Job und anderen Dingen. Ich habe sie zu lange allein gelassen. Ich war nicht für sie da."

Kipling hielt den Blick auf die Straße gerichtet, während er in die Berge hinauffuhr. „Wie lange kennst du deine Schwester?"

„Sechs Wochen."

„Das reicht nicht, um sie zu verkorksen. Destiny, das ist nicht deine Schuld."

„Ich bin für sie verantwortlich. Es gibt niemand anderen, dem ich die Schuld geben könnte."

„Wie wäre es mit all den Dingen, die passiert sind, bevor sie bei dir eingezogen ist?"

Sie dachte an den Anruf ihres gemeinsamen Vaters, der Starrs Geburtstag verwechselt hatte. Und das Internat, auf das zurückzukehren ihre Schwester sich nicht gerade zu freuen schien. Und ihre Sehnsucht, etwas mit Musik zu machen, während Destiny dem widerstand, so gut es ging.

„Du meinst, es gibt genügend Leute, die Schuld haben", flüsterte sie. „Okay. Die Unterhaltung werde ich führen, wenn ich sie gefunden habe. Aber im Moment zählt nur, sie zurückzukriegen."

In Rekordzeit erreichten sie das Camp. Kipling hatte den Wagen noch nicht einmal geparkt, da sprang Destiny schon hinaus und rannte zum Hauptbüro.

Dakota Andersson wartete bereits auf sie. Bei sich hatte sie zwei von Starrs Freundinnen. Die Mädchen wirkten verängstigt.

„Es tut mir leid“, sagte Abby, und ihre Augen füllten sich mit Tränen. „Sie meinte, sie wolle nach Nashville gehen. Sie hat den Bus genommen. Wir haben ihr beide Geld gegeben.“

Dakota legte eine Hand auf die Schulter des Mädchens. „Ich habe bereits im Büro des Sheriffs angerufen. Sie schicken einen Streifenwagen zur Bushaltestelle. Das ist der Vorteil einer Kleinstadt. Heute Vormittag fährt nur ein Bus. Ich gehe davon aus, dass sie sie an der Haltestelle finden werden.“

Destiny spürte, wie der Boden unter ihr wankte. „Nashville?“ Starr wollte weglaufen. So schlimm stand es um sie. Sie hatte ihre Schwester bei sich aufgenommen, hatte eingewilligt, ihr Vormund zu sein, und keine zwei Monate später ergriff Starr lieber ihre Chance auf der Straße, als weiter bei Destiny zu wohnen.

Wie hatte alles nur derart schieflaufen können?

Destiny wusste nicht, ob sie schreien oder weinen sollte oder anfangen zu trinken. Sie könnte alle Optionen und noch mehr problemlos rechtfertigen.

Dakotas Vorhersage erwies sich als richtig. Starr war auf der Bank am Busbahnhof gefunden worden. Sie hatte den frühen Greyhound-Bus nach Los Angeles verpasst und wollte nun nach San Francisco. Von dort, erklärte sie dem Deputy, der sie gefunden hatte, hatte sie vorgehabt, den nächsten Flug nach Nashville zu nehmen.

Sie hatte fünfhundert Dollar Bargeld, einen kleinen Koffer und ihre Gitarre dabei. Destiny kam nicht über den Gedanken hinweg, was einer unschuldigen Fünfzehnjährigen alles passieren konnte, die ganz allein auf der Welt war.

Kipling hatte sie beide nach Hause gefahren und sie allein gelassen, damit sie die Sache klären konnten. Er hatte versprochen, später vorbeizuschauen und nach ihnen zu sehen. Destiny hatte ihn anflehen wollen, zu bleiben – sie wusste nicht, was, um alles in der Welt, sie sagen oder tun sollte. Aber sie ließ ihn gehen und musste sich nun selbst den Nachwirkungen des Ganzen stellen.

Sie und Starr saßen einander in dem kleinen Wohnzimmer gegenüber und versuchten herauszufinden, was sie sagen sollten. Destiny schätzte, die gute Nachricht war, dass nichts Schlimmes passiert war. Vielleicht hatten sie beide eine Lektion gelernt. Sie war nur nicht sicher, welche.

Sie musterte ihre Schwester. Starr starrte auf ihre Hände oder den Boden. Ihr rotes Haar hing herab, verdeckte ihr Gesicht. Oder vielleicht will sie damit auch nur die Welt auf Abstand halten, dachte Destiny.

Im Raum war es still. Irgendwo tickte eine Uhr. Ein Auto fuhr vorbei. Davon abgesehen gab es nichts. Nicht einmal das Geräusch ihres Atems.

Unentschlossenheit zerrte an ihr. Was sollte sie sagen? Mein größtes Problem ist vermutlich, dachte sie, dass ich nicht einmal gewusst habe, dass es ein Problem gegeben hat – schon gar nicht eins, das es erforderlich machte wegzulaufen.

Sie atmete tief ein. „Starr, ich …"

Ihre Schwester riss den Kopf hoch. Ihre grünen Augen verengten sich. „Ja, ich habe gelogen. Komm drüber hinweg. Du hättest an meiner Stelle das Gleiche getan. Was sollte ich denn tun? Einfach darauf warten, dass du mich irgendwann satthast? Ich werde nicht auf dieses Internat zurückgehen. Und du kannst mich nicht dazu zwingen."

So viel Wut. So viel Energie. Und so viel Schmerz. Destinys Herz zog sich zusammen, als sie erkannte, wie sehr Starr gelitten hatte – und sie hatte es nicht gemerkt.

„Du glaubst, ich weiß es nicht", fuhr ihre Schwester fort und stand auf. Ihre Hände waren zu Fäusten geballt. „Aber das tue ich. Das ist nicht so schwer zu durchschauen. Niemand will mich. Du nicht. Mein Dad nicht." Tränen rollten ihr über die Wangen. „Er weiß ja nicht mal, wann ich Geburtstag habe. Ich bin sein Kind. Wie kann es sein, dass er das nicht weiß?“

Destiny stand auf und ging zu ihr. Sie versuchte, Starr in die Arme zu ziehen, doch ihre Schwester wehrte sie ab.

„Tu nicht so, als würde es dich auf einmal interessieren“, zischte sie.

Destiny trat einen Schritt zurück. „Es interessiert mich aber. Ich habe dich aufgenommen und hierhergebracht. Ich dachte, wir kämen gut miteinander klar.“

„Oh, sicher. Es ist super. Du zählst doch schon die Tage, bis die Schule wieder anfängt und du mich los bist. Wir haben uns über deinen Job unterhalten. Darüber, dass es besser für mich wäre, aufs Internat zurückzugehen. Weil du es gar nicht erwarten kannst, mich wieder los zu sein.“

Auch wenn das nicht stimmte, so hatte Destiny tatsächlich geglaubt, Starr nur den Sommer über bei sich zu haben. „Meine Arbeit“, setzte sie an, merkte dann aber, dass das nicht der entscheidende Punkt war. „Können wir uns unterhalten?“, fragte sie. „Uns einfach nur hinsetzen und reden?“

Starr wischte sich die Tränen ab und ließ sich zurück auf die Couch sinken. Destiny nahm sich den Sessel ihr gegenüber und überlegte, was sie sagen sollte.

„Du hast mir Angst gemacht“, begann sie. „Als Dakota vom Camp anrief und mir sagte, dass du nicht gekommen bist, hatte ich Panik davor, was passiert sein könnte.“

„Ich hätte nicht gedacht, dass die bei dir anrufen“, murmelte Starr.

„Damit du den ganzen Tag gehabt hättest, um von hier wegzukommen? Und dann was? Hast du nicht erwartet, dass ich total ausflippen würde?“

Ihre Schwester zuckte die Achseln.

„Starr, du sollst wissen, dass mir sehr viel an dir liegt.“

„Wirklich?“, fragte der Teenager. „Kannst du ernsthaft sagen, dass du dich gefreut hast, als du den Anruf von dem Anwalt erhalten hast? Weil du hier gesessen und gedacht hast, wenn ich doch nur eine kleine Schwester hätte, die ich nie zuvor getroffen habe, dann wäre mein Leben perfekt?"

„Ich war überrascht, aber ich habe nicht gezögert. Ich wollte, dass du herkommst und bei mir lebst."

„Wie du meinst. Ich glaube dir nicht. Dir liegt an niemandem etwas. Du bist wie ein Roboter. Du wirst niemals böse, du bist niemals glücklich. Du bist immer gleich. Normale Leute verhalten sich nicht so."

Menschen, die sich nicht mit dem Chaos aus Höhen und Tiefen beschäftigen wollen, schon, dachte Destiny grimmig. Denn sie kannte den Preis dafür, zu viele Gefühle zuzulassen. Bis jetzt hatte sie aber nie darüber nachgedacht, dass nichts zu fühlen auch Probleme mit sich brachte. Nämlich dass Starr nicht wusste, dass sie zu ihr gehörte.

„Es tut mir leid, wenn du glaubst, mir liegt nichts an dir", sagte sie leise. „Das tut es nämlich. Sehr viel sogar."

Ungläubig presste ihre Schwester die Lippen zu einer dünnen Linie zusammen. „Ja klar."

„Du willst die Wahrheit ignorieren, weil sie dir nicht in den Kram passt", gab Destiny kurz angebunden zurück. „Genau wie du weglaufen wolltest, ohne an die Konsequenzen zu denken. Du bist fünfzehn. Du bist noch nicht so weit, allein zu leben. Glaub mir, du kannst dich nicht vor deinen Problemen verstecken. Sie folgen dir, wohin du auch gehst."

„Das hättest du mich alleine herausfinden lassen sollen. Das hätte es dir leichter gemacht. Und ist das nicht das Einzige, was zählt?"

„Was du sagst, ergibt überhaupt keinen Sinn."

„Weißt du, was keinen Sinn ergibt?", wollte Starr wissen und funkelte sie an. „Du. Du ergibst keinen Sinn. Du sagst mir, ich soll nicht weglaufen, aber du tust es jeden Tag. Du läufst vor deinem Talent weg, vor dem, wer du bist. Ich habe dich singen hören, Destiny. Und du bist besser als wir alle. Aber du trittst nicht auf. Du gibst nicht einmal zu, dass du dieses Talent hast. Was soll das? Ich will Lieder schreiben und für die Musik leben. Und du willst dich davor verstecken."

„Hier geht es nicht um Musik", erklärte Destiny ihr. Sie spürte den Schmerz ihrer Schwester, ihre Verwirrung, wusste aber nicht, was sie deswegen unternehmen sollte. Kipling hatte recht gehabt. Starr war als beinahe erwachsener Mensch in ihr Leben getreten. „Es geht um uns."

„Es gibt kein *uns*." Starrs Stimme klang schrill.

„Ich wünsche mir aber, dass es eins gibt. Du bist meine Schwester, und ich will, dass wir eine Familie sind."

„Ja, aber nur, bis die Schule wieder anfängt. Dann willst du, dass ich aufs Internat gehe. Tja, das tue ich aber nicht. Nie mehr. Und du kannst mich nicht zwingen. Ich werde einfach weglaufen und auf der Straße leben, bis ich alt genug bin, um an meinen Treuhandfonds zu kommen. Ich kann das schaffen. Ich kann irgendwo hingehen, wo du mich nicht findest."

Nicht wenn man nach den heutigen Erfahrungen geht, dachte Destiny verärgert. Starr war fünfzehn und kam noch nicht allein zurecht, ganz zu schweigen davon, auf der Straße zu überleben. Was, wenn sie in den Bus gestiegen und verschwunden wäre? Tausend grauenhafte Sachen hätten ihr zustoßen können.

Bilder blitzten vor ihrem inneren Auge auf, jedes schrecklicher als das zuvor. Starr hätte überfallen oder vergewaltigt werden können. Sie hätte von irgendeinem Verrückten terrorisiert werden können. Hätte Drogen nehmen oder krank werden können. Sie hätte verletzt werden und leiden können – und sie hätte sterben können.

Unerwartete Tränen stiegen Destiny in die Augen. Die Angst kehrte zurück und mit ihr die Entschlossenheit.

„Nein", sagte sie laut und wiederholte das Wort dann noch einmal. „Nein. Du wirst nicht weglaufen. Ich werde dich nicht verlieren. Hörst du mich? Es ist mir egal, was nötig ist, aber bei Gott, wir werden dafür sorgen, dass das hier funktioniert. Ich werde dich nicht aufgeben, und ich werde *uns* nicht aufgeben. Du bist meine Schwester, meine Familie. Unsere Eltern sind total verkorkst, und das bedeutet, wir sind es auch. Aber na und? Wir haben einander."

Starr schaute sie mit großen Augen an. Ihre Wangen färbten sich rot, und für einen Moment glomm Hoffnung in ihren Augen auf, bevor sie wieder erlosch.

„Das sagst du nur, damit ich nicht noch mal weglaufe. Du meinst es nicht so."

„Ich liebe dich, mein Kind. Das habe ich vom Tag deiner Geburt an getan. Ich war da. Hat dir deine Mama das erzählt? Ich war die Erste, die dich halten durfte. Ich halte dich immer noch und lasse dich niemals los."

Die Erinnerungen kehrten zurück. Sie war zehn und stand in Grandma Nells bescheidenem Wohnzimmer. Sie hatte Angst und war allein und hatte keine Ahnung, wohin sie gehörte. Nicht zu ihren Eltern, die schon vor langer Zeit mit ihrem Leben weitergemacht hatten. Nicht irgendwo anders hin.

Aber Grandma Nell hatte sie willkommen geheißen. Es war möglich, dass die Frau keine verstörte Zehnjährige hatte haben wollen. Selbst wenn es sich um ihre eigene Enkelin handelte. Aber sie hatte sie aufgenommen und ihr immer das Gefühl gegeben, etwas Besonderes zu sein. Sie hatte sie zu Hause unterrichtet, hatte sie geliebt und sie, als der Zeitpunkt gekommen war, in die Welt hinausgeschickt.

Immer mehr Tränen liefen ihr über die Wangen. Destiny wischte sie weg. Sie wusste, was sie tun musste – wusste, was richtig war. Vielleicht hatte sie es immer gewusst, aber sie war der Wahrheit ausgewichen. Was falsch gewesen war.

„Es tut mir leid", sagte sie langsam. „So leid, Starr. Ich will, dass wir eine Familie sind. Du hast recht. Ich habe angenommen, dass du im September aufs Internat zurückgehst, aber nur, weil ich dachte, dir gefällt es da. Wenn es das nicht tut, bleibst du natürlich bei mir."

Aus großen grünen Augen sah Starr sie an. „Was ist mit deinem Job? Du ziehst doch alle drei Monate um. Du hast gesagt, das wäre ein Problem."

„Ich weiß. Das ist es auch. Aber wir werden eine Lösung dafür finden." Sie dachte an ihren Job, die ewige Umzieherei und daran, dass sie nie irgendwo sesshaft geworden war. Vielleicht, weil sesshaft zu werden das Risiko barg, dazuzugehören. Sie wollte Beziehungen zu ihren Bedingungen, doch Starr hatte sie gerade daran erinnert, dass man sich das nicht immer aussuchen konnte.

Sie öffnete den Mund und war geschockt, sich sagen zu hören: „Ich schätze, ich werde meinen Job aufgeben und einen anderen finden, für den ich nicht ständig umziehen muss. Wir werden ein dauerhaftes Zuhause haben. Ein Heim. Mit einem Garten."

Wie ganz normale Leute.

Destiny hielt den Atem an und wartete auf den inneren Aufschrei. Doch der kam nicht. Da waren eine leichte Besorgnis über die ungewisse Zukunft, aber auch das Gefühl, dass es vielleicht an der Zeit war. Vielleicht war der Grund, dass sie noch nicht den richtigen Mann gefunden und ihre eigene Familie gegründet hatte, dass sie nie lange genug an einem Ort blieb. Doch ihre Zukunftspläne waren im Moment nicht wichtig. Jetzt ging es nur um Starr.

„Starr, ich hab dich lieb. Ich glaube, das habe ich noch nie gesagt, aber es stimmt. Du …"

Es gab noch so viel mehr zu sagen, aber ihre Schwester sprang auf. Tränen strömten ihr über die Wangen. Destiny hatte kaum Zeit, aufzustehen und sich zu wappnen, bevor sie ihr in die Arme fiel und sich an sie klammerte, als wollte sie sie nie wieder loslassen.

Sie erwiderte die Umarmung. Während sie einander festhielten, erkannte sie, dass sie zwar nicht wusste, wie es funktionieren sollte, dass aber die Einzelheiten egal waren. Sie waren zusammen und würden es immer bleiben. Starr brauchte sie, und – was mindestens genauso wichtig war – sie brauchte ihre Schwester.

13. KAPITEL

Kipling beobachtete Destiny. Sie wirkte an diesem Abend irgendwie anders. Zerbrechlicher. Er hatte nicht gewusst, wie sehr er ihr Selbstvertrauen und ihre Selbstkontrolle als selbstverständlich betrachtet hatte. Sie waren ein Teil von ihr, und ohne sie wirkte sie beinahe gebrochen.

Sie saß am anderen Ende des Sofas. Da Haar hing ihr offen über die Schultern, ihre Haut blass.

Sie war schön, einfach nur, weil sie atmete, aber der Drang, ihr nahe zu sein, hatte weniger mit sexueller Lust zu tun als viel mehr mit dem Wunsch, sie zu beschützen. Er wollte alle Drachen, die sie verfolgten, aufspüren und töten. Nur war es leider nicht so einfach. Sie war von etwas erschüttert worden, das er weder angreifen noch abwehren konnte: von ihrem eigenen Herzen.

Er überbrückte die wenigen Meter, die sie trennten, und berührte ihre Hand. Traurig lächelnd verschränkte sie die Finger mit seinen.

„Danke, dass du gekommen bist", sagte sie leise. „Es tut mir leid, dass ich keine bessere Gesellschaft bin."

„Ich bin nicht hier, um unterhalten zu werden. Ich wollte nach dir sehen."

Er hatte ein paarmal angerufen und war dann nach dem Abendessen einfach vorbeigekommen. Starr war bereits ins Bett gegangen. Destiny hatte erklärt, dass ihre Schwester wegen ihrer geplanten Flucht so nervös gewesen war, dass sie in den letzten paar Tagen nicht viel Schlaf bekommen hatte.

„Du solltest mich anschreien." Gequält sah Destiny ihn an. „Ich habe es verdient."

„Nein, hast du nicht."

„Doch. Weil ich nicht genug für Starr getan habe. Ihr nicht das Gefühl gegeben habe, willkommen oder beschützt zu sein. Ich dachte, sie wäre auf ihrem Internat glücklich. Ich wollte, dass sie dorthin zurückgeht, weil es für mich leichter wäre."

Er rutschte näher und wandte sich ihr zu. „Hey, dich zu zermartern bringt gar nichts."

„Ich habe sie verletzt." Ihre großen grünen Augen füllten sich mit Tränen. „Ich bin eine schreckliche Schwester."

„Du hast sie aufgenommen und ihr ein Zuhause gegeben."

„Ein vorübergehendes." Sie schluckte. „Das reicht nicht. Ich weiß nicht, warum ich das nicht von Anfang an gesehen habe. Sie braucht etwas Festes."

Was angesichts deines Jobs ein Problem ist, dachte er. „Du hörst auf."

Sie schaute ihn an. „Woher weißt du das?"

„Weil es das Richtige ist. Du hast es gerade gesagt. Starr braucht ein stabiles Umfeld, also wirst du es ihr geben. Was hast du vor?"

„Ehrlich gesagt habe ich keine Ahnung. Ich stehe wegen der ganzen Sache immer noch unter Schock. Ich kann nicht fassen, dass sie so unglücklich war und ich es nicht geahnt habe. Vermutlich habe ich nur gesehen, was ich sehen wollte. Außerdem kennen wir uns noch nicht so lange. Das Ganze ist eine Nummer zu groß für mich."

„Dann hol dir Hilfe."

Sie lächelte schief. „Ah, löst du mal wieder die Probleme anderer Leute?"

Abwehrend hob er die Hand. „Auf keinen Fall. Das übersteigt meine Möglichkeiten. Hol dir Hilfe von jemandem, der weiß, was er tut. Das ist wie im Sport. Du ziehst dir eine Verletzung zu, also lässt du sie behandeln. Durch eine OP, Physiotherapie oder was immer nötig ist."

„Du meinst eine Familientherapie? Daran habe ich noch gar

nicht gedacht." Sie lachte kurz auf. „Bei unserer Geschichte könnten wir eine ganze Fallstudie liefern. Aber eine Therapie ist vielleicht wirklich keine schlechte Idee. Starr braucht jemanden, dem sie vertrauen, mit dem sie reden kann. Ich weiß, sie hat mich, aber ich bin sicher, dass sie mit jemandem *über* mich reden sollte. Und ich muss in der Lage sein, meine Gefühle mitzuteilen."

Er schwieg absichtlich – sie sollte das für sich selbst herausfinden. Er schätzte, bei den meisten Frauen würde eine Freundin die Rolle des Ratgebers bei Gesprächen über Starr einnehmen. Aber Destiny hielt die Welt auf Distanz. Einige ihrer Gründe dafür verstand er. Andere konnte er nur erahnen. Lustig, dass reich und berühmt zu sein von außen wie ein Traum wirkte, aber für die, die ihn lebten, war er alles andere als das.

Sie atmete tief ein. „Danke fürs Zuhören."

„Jederzeit."

„Und dafür, dass du mir vorhin geholfen hast. Ich habe Panik bekommen. Eigentlich bin ich ja die Expertin, wenn es darum geht, Leute zu suchen. Aber als ich die Verantwortung hätte übernehmen müssen, bin ich zusammengebrochen."

„Das war keine Übung oder Trainingseinheit. Es ging um deine Familie."

Sie schüttelte den Kopf. „Grandma Nell wäre so enttäuscht von mir."

Er stand auf, zog sie auf die Füße und dann in seine Arme, was sie bereitwillig geschehen ließ.

„Sie würde dir sagen, dass es niemals falsch ist, jemanden zu lieben", erklärte er. „Und dass aufzugeben der einzige unverzeihliche Fehler ist. Der Unterschied ist nur, sie hätte es mit einem süßen Südstaatenakzent gesagt."

Destiny lachte und fing dann an zu weinen. Er hielt sie weiter fest, strich ihr über den Rücken und murmelte sanft, dass alles gut werden würde. Und aus Gründen, die er nicht hinterfragte, schien sie ihm zu glauben.

Zur Lunchzeit betraten Destiny und Cassidy Jo's Bar. Destiny freute sich auf die Zeit mit ihren Freundinnen. Sie war emotional erschöpft und sehnte sich nach der Unterstützung, die sie, wie sie wusste, von den anderen Frauen erfahren würde. Die letzten achtundvierzig Stunden waren eine emotionale Achterbahnfahrt gewesen. Starr war weggelaufen und nach Hause zurückgekehrt. Sie hatten beschlossen, eine Familie zu sein, und Destiny hatte ihre Kündigung eingereicht.

Nun gab es ein Dutzend weitere Entscheidungen zu treffen. Würden sie in Fool's Gold bleiben? Was würde sie mit ihrem Leben anfangen? Die Liste ging weiter und weiter. Aber in den folgenden paar Stunden wollte sie nur Zeit mit den Menschen verbringen, die sie mochte, und ein wenig lachen. Nachos dazu wären auch nicht schlecht.

Sie versuchte, sich daran zu erinnern, wann sie anderen Frauen in ihrem Leben ähnliche Gefühle entgegengebracht hatte. Vielleicht auf dem College, dachte sie. Wie traurig. Ihre Weigerung, sich auf Menschen einzulassen, mit denen sie zu tun hatte, hatte ihr nichts als Einsamkeit eingebracht. Keine Unterstützung, keine Liebe, kein Gefühl der Zugehörigkeit. Was hatte sie sich nur dabei gedacht?

„Ist das ein regelmäßiges Treffen?", fragte Cassidy, als sie die Bar betraten.

„So in der Art. Wir verschicken SMS, und wer kann, kommt." Destiny sah, dass einige ihrer Freundinnen bereits einen großen Tisch in Beschlag genommen hatten. „Da sind sie ja."

Madeline und Felicia winkten sie zu sich. Destiny stellte Cassidy vor, dann setzte sie sich neben Madeline.

„Wie geht es dir?", fragte Madeline. „Wir bei Paper Moon drehen total am Rad. Es ist gerade eine neue Lieferung Brautkleider eingetroffen. Die Leute glauben vermutlich, die kommen in hübschen Kisten mit ganz viel Seidenpapier dazwischen und sehen fantastisch aus. Aber in Wahrheit werden sie in kleine Kartons gestopft und müssen aufgehängt und gebügelt werden. Stundenlang." Madeline bewegte die verspannten Schultern. „Mir tut alles weh. Ich brauche Kohlenhydrate."

Destiny beugte sich zu ihr und umarmte sie. „Danke."

„Wofür?"

„Dass du normal bist. Das brauche ich heute." Eine Erinnerung daran, dass das Leben weiterging und jede Krise anders war. Einige waren klein, andere groß, aber alle steckten voller Herausforderungen.

„Würden Bügeln und Dämpfen dir helfen, dich besser zu fühlen? Denn da hätte ich einiges zu bieten."

„Du musst nur was sagen", gab Destiny zurück, „und ich bin da."

Larissa gesellte sich zu ihnen, gemeinsam mit Patience vom Brew-haha. Jo nahm ihre Getränkebestellungen auf und erklärte, dass es heute ein Nacho-Spezial gab, dann ging sie wieder.

Felicia lehnte sich zu Cassidy hinüber.

„Ich habe gehört, dass du die Pferde und Hunde ausgebildet hast, die du in die Stadt bringst."

Patience' Augen weiteten sich. „Wie ausgebildet? Können sie Kunststückchen? Denn Lillie und ich hätten da viel Spaß dran. Ich liebe unsere Festivals, aber es gibt nicht genügend Tiere zur Unterhaltung." Sie seufzte.

„Wir haben Priscilla", sagte Felicia. „Auch wenn ich schätze, dass sie nicht wirklich etwas Außergewöhnliches macht."

„Sie ist ein Elefant", erklärte Madeline. „Ich glaube, sie gewinnt allein schon durch ihre Anwesenheit."

Cassidy blinzelte ein paarmal, als hätte sie Schwierigkeiten, der Unterhaltung zu folgen. „Okay", sagte sie langsam. „Keine Zirkustiere. Meine Hunde und Pferde sind Arbeitstiere. Sie helfen bei der Suche und Rettung."

„HERO." Patience nickte wissend. „Das gefällt mir." Sie seufzte erneut.

Felicia wandte sich ihr zu. „Du bist heute in seltsamer Stimmung. Und du hast mehrmals geseufzt. Das ist bedeutend." Sie zog die Augenbrauen zusammen. „Auch wenn meine Aussage überhaupt keinen Sinn ergibt. Ein Seufzer ist einfach nur eine unbewusste oder bewusste Reaktion auf …"

„Ich bin schwanger."

Zwei Sekunden lang herrschte Stille am Tisch, bevor alle lachten und ihr gratulierten.

Patience strahlte. „Ich weiß", sagte sie. „Ich bin auch überrascht. Na ja, nicht wirklich überrascht. Wir haben es ja schließlich versucht. Aber eine Weile waren wir nicht sicher, ob wir noch weitere Kinder wollen. Ich glaube, Justice dachte, ich wollte kein Baby mehr. Aber das tue ich und er auch, und nun sind wir schwanger."

Destiny sprach ihre herzlichsten Glückwünsche aus, obwohl sie dabei an ihre eigene Situation dachte. Vor ein paar Tagen hätte sie die guten Nachrichten gehört und gewusst, dass sie Patience' Baby niemals kennenlernen würde. Denn wenn es geboren wurde, wäre sie schon weitergezogen. Aber nun hatte sich alles verändert. Nicht die Geburt von Patience' Baby, sondern ihre eigene Zukunft. Sie wurde sesshaft. Was bedeutete, dass sie eines Tages langfristige Freundschaften haben würde. Freunde, die heirateten und schwanger wurden und Babys bekamen. Und sie wäre da, um ein Teil von alldem zu sein.

Sie tat das Richtige für ihre Familie. Weil sie es wollte. Und das fühlte sich gut an.

Jo brachte ein paar Flaschen Sekt und ein Glas Mineralwasser mit einer Zitronenscheibe für Patience. Alle im Restaurant stießen auf Patience' gute Neuigkeiten an.

Später, nach dem Lunch, kehrte Cassidy ins Büro zurück, das sie mit Kipling teilte, und Destiny begleitete Felicia ein Stück. Die beiden Frauen wandten sich dem Park zu.

„Ich würde dir gern eine Frage stellen", sagte Felicia. „Ist alles okay? Du wirktest heute beim Essen ruhiger als sonst."

„Mir geht's gut. Ich habe nur ein paar Familiensachen, um die ich mich kümmern muss."

Felicia zeigte auf eine der Bänke mit Ausblick auf den See. „Willst du darüber reden?"

Destiny wollte schon Nein sagen, doch stattdessen nickte sie. Als sie saßen, wartete sie einen Moment, unsicher, wo sie anfangen sollte.

„Du weißt von meiner Familie", sagte sie nach ein paar Sekunden. „Wer meine Eltern sind?"

„Ja. Sie sind Countrysänger. Ich mag diese Musik. Sie erzählt eine Geschichte. Von der Countrymusic habe ich viel über das Leben gelernt. Deine Eltern verfügen beide über eine außergewöhnliche Musikalität."

„Ah, danke." Ein seltsames Kompliment, aber sie wusste, dass Felicia es nett meinte. „Starr ist meine Halbschwester. Wir haben den gleichen Vater. Vor ein paar Monaten hat sein Anwalt Kontakt mit mir aufgenommen."

Destiny erzählte ihr, wie sie Starr aufgenommen hatte und dass es nicht so gut gelaufen war. Ihr Bericht endete damit, dass Starr weggelaufen war und sie danach beschlossen hatten, eine Familie zu sein.

„Ich habe Erfahrung mit Kindern, die weglaufen", erklärte Felicia. „Auch wenn Carter nur so getan hat. Trotzdem, nie in meinem Leben habe ich solche Angst gehabt. Das ist keine Erfahrung, die ich noch einmal machen möchte."

„Ich auch nicht."

„Ich habe recherchiert, um in Zukunft besser mit solchen Situationen umgehen zu können, aber die Experten scheinen sich nicht einig zu sein. Viele ihrer Theorien widersprechen einander." Sie schüttelte den Kopf. „Deshalb ziehe ich echte Wissenschaft vor. Ich will, dass Fakten unwiderlegbar sind. Aber Menschen gehorchen nun mal keinen physikalischen oder irgendwelchen anderen Gesetzen."

Destiny nickte.

„Carter war dreizehn, als er zu uns gezogen ist. Er war so normal und in sich ruhend. Das habe ich respektiert und bewundert. Er hat mir viel über die Menschen und das Leben beigebracht. Und zuzusehen, wie Ellies Gehirn sich mit jeder neuen Erfahrung entwickelt, hat mich noch mehr darüber gelehrt, was es bedeutet, Mensch zu sein. Was ich dir sagen kann, ist, dass es niemals falsch ist, das Kind in deinem Leben zu lieben. Du wirst Fehler machen. Das kannst du nicht verhindern. Immerhin sind wir nur Menschen. Aber wie du mit den Fehlern umgehst, macht den Unterschied."

„Das verstehe ich. Ich war nicht für Starr da und habe geglaubt, sie ins Internat zurückzuschicken wäre das Richtige, dabei war es nur für mich das Einfachste." Destiny zögerte und dachte an ihre Unterhaltung mit Kipling. „Ich überlege, mir eine Familientherapeutin zu suchen."

„Das haben wir auch getan", sagte Felicia.

„Wirklich?"

Ihre Freundin zuckte mit den Schultern. „Psychologie ist eine Disziplin, der ich ambivalent gegenüberstehe. Es gibt zu viele Variablen. Aber Gideon hatte so viel durchgemacht, mir fehlten Erfahrungen mit einer traditionellen Familie, und Carter hatte im Jahr zuvor seine Mutter verloren. Wir brauchten Hilfe. Die Therapie hat uns einander nähergebracht. Eine wohlmeinende, aber unparteiische Instanz hat uns geholfen, Regeln und Prozesse für unser Miteinander aufzustellen, die wiederum geholfen haben, eine starke Verbindung zu erschaffen. Ich kann dir gerne den Namen geben, wenn du magst."

„Das wäre schön. Danke."

Felicia lächelte sie an. „Starr ist ein süßes Mädchen. Ich glaube, eine engere Beziehung zu ihr würde dich sehr erfüllen."

„Das glaube ich auch."

Später, als Destiny in ihr Büro zurückgekehrt war, fühlte sie sich leichter. Als wenn das Gewicht, das sie mit sich herumgetragen hatte, von ihr genommen worden wäre. Und auf gewisse Weise war es das. Freunde halfen einem, die Last zu tragen. Freunde, die Ratschläge anboten und für sie da waren, wenn sie sie brauchte.

Etwas, das sie noch nie gehabt hatte, weil sie sich bewusst dagegen entschieden hatte. Wie dumm, dachte sie, schau dir doch an, was du alles verpasst hast.

Nick reichte Kipling eine Flasche Wasser und zog sich dann hinter den Tresen zurück. Kipling schaute sich um und sah, was er alles mit seiner eigenen Hände Arbeit erschaffen hatte. Er musste zugeben, dass er einen verdammt guten Job gemacht hatte. Von der Dekoration bis zu der mit Tafelkreide geschriebenen Speisekarte war alles männlich. Auch wenn die Ladys immer willkommen waren, das hier war ein Ort, an dem ein Mann sich mit seinen Kumpels treffen und bei Bier und Burger in Ruhe ein Spiel anschauen konnte.

Er sah die anderen Männer an, die mit ihm um den Tisch herum saßen. Er und seine Geschäftspartner hatten vereinbart, sich in den ersten Monaten alle zwei Wochen zu treffen. Sobald sich alles eingespielt hatte, würden sie ihre Meetings monatlich abhalten.

Bislang hatte es nichts Unerwartetes zu besprechen gegeben. Die Gästezahl war gleichbleibend hoch, Beschwerden gab es praktisch keine. Nick war sehr gut darin, die Bar zu leiten. Kipling schaute auf die Uhr und schätzte, dass er in einer Stunde hier fertig wäre. Was ihm ganz gut passte, weil er noch bei Destiny vorbeischauen wollte.

Die Sache zwischen ihr und Starr schien sich beruhigt zu haben. Sie hatte eine Therapeutin gefunden, mit der sie arbeiten wollte, und bereits die ersten Termine vereinbart. Was bedeutete, dass sie sich nicht mehr ganz so viele Sorgen um ihre Schwester machen würde. Was wiederum perfekt zu seinem Plan passte. Denn er war ihr noch einen Orgasmus schuldig.

Das Problem war nur, diese Schuld einzulösen. Nicht der

tatsächliche Akt; er war ziemlich sicher, dass er sie zum Höhepunkt bringen könnte, wenn der Zeitpunkt gekommen war. Es ging mehr darum, diesen Zeitpunkt zu finden. Er konnte ja schlecht einen Termin mit ihr vereinbaren und dann vorbeischauen, um seine Arbeit zu erledigen.

Sam Ridge betrat das Man Cave und kam an ihren Tisch. Alle begrüßten ihn. Er setzte sich, und Nick brachte ihm ein Mineralwasser.

„Du bist der Letzte", verkündete Gideon. „Lasst uns mit dem Meeting anfangen."

Kipling lehnte sich zurück und bereite sich darauf vor, die Lobeshymnen auf sich einprasseln zu lassen. Das Geschäft lief gut, die täglichen Karaokeabende waren ein Hit, und das war alles seine Idee gewesen. Er hatte ein Problem erkannt und es gelöst. Manchmal war er verdammt stolz auf sich.

„Wir haben ein Problem", sagte Sam.

Sam war ein pensionierter NFL-Kicker, der für die örtliche PR-Agentur arbeitete. Er war der Finanzguru der Truppe und kümmerte sich um den finanziellen Teil des Geschäfts.

„Was für eins?", fragte Ford Hendrix.

„Die Bon-Anzahl geht nach unten."

„Das kann nicht sein", warf Kipling ein. „Wir sind jeden Abend voll."

„Aber nicht so voll, wie wir es mal waren." Sam öffnete sein Tablet und drehte es so, dass die anderen am Tisch es sehen konnten. „Wir hatten eine gute Eröffnungswoche, aber seitdem geht das Geschäft stetig zurück."

„Wir sind nicht mehr neu", erklärte Kipling. „Aber trotzdem sehe ich jeden Abend reichlich Gäste hier."

Josh Golden, ein ehemaliger Radfahrprofi und Tour-de-France-Gewinner, schüttelte den Kopf. „Das liegt nicht daran, dass wir etwas falsch machen. Es liegt an Jo."

Die anderen Männer nickten. Kipling runzelte die Stirn. „Wer ist Jo?"

„Jo Trellis. Du weißt schon, von Jo's Bar“, erklärte Sam.

„Die Frauenkneipe? Auf keinen Fall.“ Kipling machte eine weit ausholende Geste. „Wir haben nichts mit ihr gemeinsam. Ihre Bar ist für Frauen. Deshalb sind wir doch überhaupt erst darauf gekommen, das Man Cave zu eröffnen. Um einen Platz zu haben, an dem wir Sport gucken können. Einen, wo wir uns nicht mit Shopping und pinken Wänden rumärgern müssen.“

„Sie sind violett“, sagte Ford achselzuckend. „Das ist anders als pink.“

„Wie auch immer.“ Kipling musterte seine Partner. „Ihr meint das ernst.“

„Es ist eine große Sache“, sagte Gideon. „Wir hätten vor der Eröffnung mit Jo sprechen sollen. Ohne ihre Unterstützung sind wir geliefert.“

„Woher weißt du das?“ Fragend sah Kipling ihn an. „Es gibt hier genügend Kunden für uns beide.“

„Technisch gesehen, ja“, sagte Ford. „Aber so einfach ist das nicht. Wir sind alle verheiratet, und wenn unsere Frauen wollen, dass wir Jo's Bar unterstützen und nicht das Man Cave, dann tun wir das.“

„Aber ihr hängt doch alle in diesem Geschäft mit drin? Ihr habt das mit euren Frauen besprochen, und sie haben zugestimmt, oder nicht?“

Die Männer tauschten Blicke untereinander.

„Theoretisch schon“, antwortete Ford. „Aber jetzt, wo wir da sind, ist Jo nicht glücklich. Ihre Bar ist ein wichtiger Teil des Lebens unserer Frauen. Sie ist eine Freundin. Sie ist immer da, wenn sie reden wollen.“

Kipling fühlte sich, als hätte er ein Paralleluniversum betreten. „Ich verstehe das nicht. Ihr alle habt euch beschwert, dass es in der Stadt nichts gibt, wo ihr mit euren Freunden hingehen könnt. Wir haben uns zusammengesetzt und Ideen ausgetauscht, und dabei ist das Man Cave herausgekommen. Wir sind gleichberechtigte Partner. Wir haben unser Geld hier reingesteckt. Und jetzt sagt ihr mir, ihr habt Angst, weil Jo nicht glücklich ist?"

Sam nickte. „Ja, das fasst es ungefähr zusammen."

„Wie ist das möglich? Du hast doch mal Football gespielt."

„Was hat das denn damit zu tun?"

Am nächsten Morgen war Kipling immer noch sauer auf seine Partner. Sie hatten ein Problem gehabt, und er hatte es gelöst. Jetzt jammerten sie rum wie kleine Mädchen. Wirklich, sie bewiesen geradezu, dass die Stadt einen Ort brauchte, an dem Männer sich treffen und Männer sein konnten. Was für Schwächlinge.

Den ganzen Weg die Mother Bear Road hinauf bis zu der Stelle, an der Cassidy und Destiny ihre erste praktische Übung durchführen würden, grummelte er vor sich hin.

Zum Glück war er allein in seinem Truck. Cassidy war vorgegangen, um sich „im Wald zu verlaufen". Der Plan war, dass sie ungefähr eine halbe Meile ging und dann wartete. Destiny und er würden ihre Ausrüstung kalibrieren und sie suchen. Wenn sie sie bis halb zwölf nicht gefunden hätten, würde sie zurückkommen.

Er bog auf den kleinen Parkplatz bei der Wiese ein und sah, dass Destiny bereits da war. Ihr Anblick, wie sie da an ihrem Auto stand und die Landkarte studierte, sorgte dafür, dass die Anspannung in ihm sich etwas löste.

Als er vorfuhr, drehte Destiny sich um, und als er aus seinem Truck stieg, lächelte sie ihn an. Das löste eine ganz andere Form der Spannung in ihm aus, aber die ignorierte er. Zumindest für den Moment.

„Hi", sagte sie, als er näher kam. „Bereit für unseren ersten Testlauf?"

Sie sieht gut aus, dachte er. Sehr viel entspannter als bei ihrem letzten Treffen.

„So bereit, wie man nur sein kann. Wie geht's dir?"

„Besser. Starr und ich versuchen immer noch, unsere Beziehung zu definieren, aber es läuft gut." Sie neigte den Kopf. „Danke, dass du mir geholfen hast. Ich bin mir nicht sicher, ob wir das ohne dich geschafft hätten."

„Es freut mich, dass ich helfen konnte."

Sie schauten einander für eine Sekunde an.

Auf der nahe gelegenen Straße waren keine Autos unterwegs. Die einzigen Geräusche kamen von zwitschernden Vögeln und der sanften Brise, die das Laub in de Bäumen rascheln ließ. Er wusste, dass er in den Bergen war, aber heute machte ihm das nichts aus. Es gab keinen Schnee. Und außerdem schien Destinys Nähe dafür zu sorgen, dass es ihm insgesamt besser ging.

Sein Blick blieb an ihrem Mund hängen. Ihre Lippen waren rosig und voll. Auf ihrer Nase konnte er die Sommersprossen zählen.

Er hatte keinen anderen Plan, außer Cassidy zu finden, also hatte er nicht erwartet, dass er vortreten und seine Arme um Destiny legen würde. Doch als er es tat, gefiel ihm, wie sie sich anfühlte. Er mochte die Wärme ihres Körpers. Sie war stark, aber auf diese ganz besonders frauliche Weise weich und kurvig.

Er machte langsam, gab ihr Zeit, sich daran zu gewöhnen oder sich zurückzuziehen, falls sie wollte. Denn Destiny war nicht so erfahren, wie er gedacht hatte, und er war entschlossen, sein Versagen wiedergutzumachen. Aber er verspürte auch das brennende Verlangen, sie zu küssen.

Destiny ließ sich von dem Gefühl der Sicherheit erfüllen. Kipling nah zu sein schien alles wieder zurechtzurücken. Vielleicht lag es an seiner Entschlossenheit, alle Probleme zu lösen, die sich ihm in den Weg stellten. Ein Charakterzug, der nervig sein könnte, es aber seltsamerweise nicht war. Es gefiel ihr, wie er die Führung übernahm. Als wenn er wüsste, was als Nächstes zu tun war.

Sein Blick war eindringlich, beinahe raubtierhaft. Doch er rückte nicht näher, sondern hielt sie einfach nur in seinen Armen. Lustig, wie ihr Magen dabei Purzelbäume schlug. Ein seltsames Prickeln erfasste ihren Körper, und das Atmen fiel ihr zusehends schwerer.

Ihre Hände ruhten auf seinen Oberarmen. Langsam schob sie sie zu seinen Schultern hinauf. Sie spürte, wie er die Muskeln unter dem Hemd anspannte.

Alles an diesem Moment fühlte sich gut an. Richtig. Und als er schließlich den Kopf senkte, um seinen Mund auf ihren zu pressen, reckte sie sich ein wenig nach oben, um ihm entgegenzukommen.

Seine Lippen waren warm und fest, aber dennoch sanft. Sie mochte es, wie sie miteinander harmonierten. Wie er seinen Mund bewegte, ohne den Kuss zu vertiefen. Sie mochte das Gefühl ihrer Schenkel an seinen, ihrer Brüste, die ganz leicht seinen Oberkörper berührten. Sie fühlte sich *geschätzt*. Ein lächerliches Wort, aber ihr fiel kein besseres ein.

Mit den Fingern strich sie über die kühlen, seidigen Strähnen seines Haars. Er streichelte ihren Rücken und hielt kurz vor ihren Hüften inne. Dabei blieb sein Kuss weiterhin zurückhaltend.

Der sanfte Druck reizte sie, als er von ihrem Mund zu ihrer Wange glitt, dann weiter zu ihrem Hals. Dort knabberte er sanft an ihrer Haut. Sie erschauerte, und ein heißer Schauer durchrieselte sie. Ihre Brüste spannten, und sie erinnerte sich daran, wie sehr sie seine Berührungen genossen hatte. In jener Nacht.

Ich bin nackt gewesen, dachte sie, während er sich zu der empfindlichen Haut hinter ihrem Ohr vorarbeitete, kurz daran knabberte und sie dann mit der Zunge zu verwöhnen begann. Ihr Atem beschleunigte sich ein wenig, und weitere Erinnerungen drängten an die Oberfläche.

Wie er ausgesehen hatte. Sein Gewicht auf ihr. Das war alles sehr, sehr schön gewesen. Als er an ihren Brustwarzen gesaugt hatte – das war das Beste überhaupt.

Hitze und Druck bauten sich in ihr auf. Ihre Spitzen wurden noch härter, und zwischen ihren Schenkeln spürte sie ein sehnsüchtiges Ziehen.

„Kipling", hauchte sie.

Bevor sie ihm sagen konnte, was sie wollte – was nicht leicht war, denn sie hatte keine Ahnung –, küsste er sie erneut.

In der Sekunde, in der sie seine Lippen spürte, öffnete sie den Mund. Sie wollte, nein, sie *brauchte* ihn in sich. Brauchte den Tanz ihrer Zungen.

Er enttäuschte sie nicht, tauchte in ihren Mund ein, als wenn er die Verbindung genauso nötig hätte wie sie. Sie gab sich ihm hin, sehnte sich nach mehr. Gleichzeitig lehnte sie sich an ihn, weil sie wollte, dass ihre Körper einander überall berührten. Sie schob die Hüften vor und drängte sich gegen den Beweis seiner Erregung.

Eine Sekunde lang war sie verwirrt, dann verstand sie es.

Sie hatte bei Kipling eine Erektion bewirkt. Euphorie gesellte sich zur Leidenschaft, und Destiny verspürte den Rausch der weiblichen Macht. Nicht sicher, was sie tun sollte, vertiefte sie den Kuss, während sie die Hüften kreisen ließ und sich ihm weiter entgegendrängte.

Stöhnend umklammerte Kipling ihre Hüften. Seine Finger gruben sich in ihre Haut, und in diesem Moment wurde ihr klar: Sie wollte Kipling. Wollte ihn so, wie sie in der Bar zusammen gewesen waren. Es war egal, dass das Ende seltsam und, nun ja, enttäuschend gewesen war. Sie wollte es noch einmal tun. Sehr sogar. Was überhaupt keinen Sinn ergab.

Eine Sekunde lang überlegte sie, sich gleich hier auf dem Gras die Klamotten vom Leib zu reißen. Sie Sonne würde ihre nackten Körper wärmen. Sie könnten sich mehr Zeit lassen und …

In diesem Moment zog Kipling sich ein Stück zurück. „Für

jemanden, der bis vor Kurzem noch Jungfrau war, gehst du ganz schön ran."

Er atmete schwer, und seine Augen wirkten ein wenig glasig. Destiny war zu schockiert, um mehr zu bemerken. Denn während sie ihn anschaute, trat er von ihr weg.

„Sind wir fertig?" Fertig mit den köstlichen Küssen und den aufregenden Berührungen?

Er schenkte ihr sein sexy Lächeln. „Wir sind zum Arbeiten hier. Cassidy wird sich schon wundern, warum wir nicht nach ihr suchen."

„Oh."

Stimmt. Sie hatten einen Job zu erledigen und befanden sich an einem viel befahrenen Highway. Was war nur mit ihr los? Sie konnten sich hier nicht ausziehen und *es* direkt neben der Straße tun. Was hatte sie sich nur dabei gedacht?

Sie hatte das ungute Gefühl, dass ihr Problem eher war, *nicht* gedacht zu haben.

„Du hast recht." Sie drehte sich um und schnappte sich ihre Ausrüstung. Doch anstatt zu gehen, schien sie ein wenig zu stolpern. Als wenn ihre Beine nicht richtig funktionierten. Und jetzt, wo sie darauf achtete, fühlte sie sich erhitzt und desorientiert. Hatte sie sich eine Erkältung eingefangen?

Sie wirbelte zu Kipling herum. „Das liegt an dir", sagte sie. „Du bist schuld."

„Woran bin ich schuld?"

„Ich weiß nicht. An irgendwas. Ich bin nicht normal."

„Für mich bist du normal genug." Seine Miene war nervtötend selbstzufrieden.

Wieso? Kipling war nicht …

Sie erstarrte. „Du glaubst, mit mir stimmt was nicht." Weitere Puzzleteile fielen an ihren Platz. „Du willst, dass ich einen Orgasmus habe. Du versuchst, meine Meinung in Bezug auf Sex zu ändern, weil du möchtest, dass es mir gefällt."

Der letzte Satz war eher eine Anklage als eine Aussage. „Du ziehst mich da in was rein.“ Empört straffte sie die Schultern. „Das wird nicht passieren. Ich bin stärker als biologische Zwänge.“

Ihre Tirade schien ihn nicht das kleinste bisschen zu entmutigen. Ganz im Gegenteil, sein Lächeln wurde noch breiter. „Ach, ist das so?“

„Absolut.“

„Für dich besteht also kein Risiko?“

„Nicht das geringste.“

„Gut. Dann lass uns Freitag zusammen zu Abend essen. Bei mir.“ Sie wollte etwas sagen, doch er hob die Hand. „Nicht ein Kleidungsstück wird ausgezogen werden. Darauf gebe ich dir mein Wort.“

Wie enttäuschend.

Destiny wusste nicht, woher dieser Gedanke gekommen war, aber sie ignorierte ihn. „Gut. Ich komme zum Dinner vorbei, und du wirst sehen. Jetzt, wo ich weiß, was du vorhast, werde ich stark sein. Wie ein Fels in der Brandung. Ich habe überhaupt kein Interesse an Sex. Nicht mit dir. Und auch mit keinem anderen.“

Gänzlich unbeeindruckt ging Kipling zu seinem Truck und öffnete die Heckklappe. Er nahm einen Rucksack heraus und reichte ihn Destiny.

„Berühmte letzte Worte“, sagte er. „Und jetzt lass uns Cassidy finden.“

14. KAPITEL

„Versuch das mal.“ Destiny spielte einen Akkord auf ihrer Gitarre. „Der Rhythmus ist ein wenig anders, was es schwerer macht, ihm zu folgen. Ich habe Dad mal gefragt, warum er das so geschrieben hat, aber er hatte keine Erklärung dafür. Ich glaube, er war einfach betrunken.“

Starr lachte. „Er hat echt viel getrunken. Ich habe ein bisschen im Internet über ihn recherchiert.“

„Nicht alles, was du über Dad liest, ist wahr“, erklärte Destiny ihr. „Es gibt viele Leute, die sich einfach Geschichten ausdenken. Ich schätze, das steigert die Auflage ihrer Magazine oder ermöglicht dem, der die Geschichte erzählt, so zu tun, als stünde er jemandem wie Jimmy Don Mills nahe. Es gibt auch ein paar unautorisierte Biografien über ihn. Eine von ihnen ist ziemlich präzise. Falls du die mal lesen willst.“

„Das würde ich gerne.“

Erneut probierte Starr den Akkord und sang dieses Mal mit.

„Gut“, lobte Destiny.

Sie hoffte, die Konzentration auf die Musik würde verhindern, dass ihre Schwester mitbekam, wie schrecklich diese Unterhaltung war. Kein Teenager sollte eine Biografie lesen müssen, um etwas über seinen Vater zu erfahren. Nicht, wenn der Mann noch lebte und durchaus in der Lage wäre, Zeit mit seinem Kind zu verbringen. Aber das war nicht Jimmy Dons Art. Er war für ein paar Monate in Europa, und danach ging es weiter nach Asien. Alles Orte, wo er sich von seinen kreischenden Fans bewundern lassen konnte.

Vom Verstand her wusste sie, dass er das Gefühl brauchte, wichtig zu sein. Geld spielte auch eine große Rolle. Ihr Vater hatte oft auf großem Fuß gelebt. Er war immer spendabel gewesen – sie hatte das Treuhandvermögen, um es zu beweisen –, aber manchmal war die Großzügigkeit mit ihm durchgegangen.

„*And in the night, I remember my denim promises. And think of you*“, begleitete sie ihre Schwester am Ende des Songs. „Gut, du hast geübt.“

Starr lächelte. „Ja. Und ich lerne viel im Camp. Die Kurse helfen sehr. Dort lerne ich auch, Keyboard zu spielen.“

„Wenn das Camp vorbei ist, können wir dir einen Lehrer in der Stadt suchen“, bot Destiny an. „Ich bringe dir gerne bei, was ich kann, aber ich habe nie Musik studiert.“

Starr legte ihren Arm auf die Gitarre und schüttelte den Kopf. „Ich verstehe das nicht. Du bist so gut. Du warst mit gerade einmal acht Jahren für den Grammy nominiert. Du hättest eine unglaubliche Karriere machen können. Warum wolltest du nicht wie deine Eltern sein?“

Vor zwei Wochen hätte Destiny die Frage abgetan oder wenigstens versucht, das Thema zu wechseln. Jetzt wusste sie, dass der beste Weg, eine Verbindung mit ihrer Schwester aufzubauen, ehrliche und offene Unterhaltungen waren. Sie war zwar keine Expertin, aber zwei Sitzungen bei der Familientherapeutin hatten sie viel gelehrt.

„Ich würde es nicht genießen, ständig unterwegs zu sein“, sagte sie. „Man sieht nicht viel von den Orten, an denen man spielt. Man tritt auf, fährt die ganze Nacht und baut am nächsten Tag alles woanders wieder auf. Wenn man Glück hat, bleiben einem ein paar Stunden, um durch die Stadt zu laufen.“

„Wie bist du zur Schule gegangen?“

„Wenn ich mit meinen Eltern unterwegs war, gar nicht. Oder sie haben einen Lehrer mitgenommen. Manchmal haben sie mich auch zu Hause gelassen, und ich bin in den normalen Unterricht gegangen.“

Starr spielte ein paar Töne auf ihrer Gitarre. „Aber du hast nie dazugehört, oder? Wenn man so lebt, muss es schwer sein, Freunde zu finden."

„Das war es."

„Glaubst du, dass du deswegen so viel umherziehst? Weil du nicht weißt, wie es ist, an nur einem Ort zu leben?"

Eine unerwartete und sehr einfühlsame Frage, dachte Destiny. „Ich weiß es nicht", gab sie zu. „Vielleicht habe ich nur das gelebt, was ich kannte."

Starr schaute sie an und dann schnell wieder weg. „Bist du einsam?"

„Manchmal. In den Fällen spiele ich Musik oder schreibe einen Song. Hier ist es anders", fügte sie an. „Ich habe Freunde, wie ich sie nie zuvor gehabt habe. Die Menschen in Fool's Gold nehmen einen sehr herzlich auf."

„Ich weiß." Starr lächelte. „Wie im Camp. Ich bin ein Teil der Gruppe. Es ist schön, dazuzugehören."

„Das ist es. Wir müssen uns Gedanken machen, wo wir leben wollen. Ich habe meine Wohnung in Austin, aber sie ist nur gemietet und viel zu klein für uns beide. Ich hatte schon seit langer Zeit kein richtiges Zuhause mehr. Aber ich habe das ernst gemeint, was ich gesagt habe. Ich habe bei meiner Firma gekündigt. Wir werden uns ein Haus oder so kaufen."

Ungläubig schaute Starr sie an. „Du hörst wirklich auf?"

„Natürlich. Du brauchst ein festes Zuhause. Die Highschool ist eine wichtige Zeit."

„Du bist auch nicht auf die Highschool gegangen."

„Ich weiß, und manchmal denke ich, es wäre gut für mich gewesen. Ein Übergangsritus sozusagen." Sie zuckte mit den Schultern. „Wir müssen das nicht sofort entscheiden. Du kannst darüber nachdenken."

„Was, wenn ich hierbleiben wollte? In Fool's Gold?" Starr biss sich auf die Unterlippe und platzte dann heraus: „Wir beide haben hier Freunde, oder? Und die Schulen sind wirklich gut. Wir beide mögen die Stadt, und du gehst mit Kipling aus, also könnte das funktionieren."

Ihre Stimme klang hoffnungsvoll. Destiny atmete tief ein. *Bleiben.* Sie war noch nie irgendwo geblieben, und selbst nachdem sie erkannt hatte, dass sie für Starr ein festes Zuhause benötigte, war das alles mehr Theorie als Realität gewesen.

Wir haben vor, zu bleiben, dachte sie. Wie Starr aufgezeigt hatte, hatten sie hier Freunde. Eine Gemeinschaft. Ihr gefiel, was sie über die Stadt wusste. Sie war groß genug, um Dinge unternehmen zu können, aber nicht so groß, dass sie nicht dazugehören könnten. Sie könnten sich ein süßes Häuschen suchen – vielleicht eines der älteren in einem gewachsenen Viertel. Es gemeinsam renovieren. Sie hatte zwar keine Ahnung davon, aber das könnten sie gemeinsam lernen.

Was Kipling anging, so gingen sie nicht miteinander aus. Sie waren Freunde. Sie hatten Sex gehabt. Und sie würde zum Dinner zu ihm nach Hause gehen. Aber das war kein richtiges Date, oder? Denn er war nicht Teil ihres Lebensplans. Auf keinen Fall wäre Kipling an einer sexlosen Ehe interessiert, und um ehrlich zu sein, in seiner Nähe war sie das auch nicht. Also wie sollten sie auf einen gemeinsamen Nenner kommen, wenn die Hormone ständig dazwischenfunkten? Nicht, dass er sie gefragt hatte oder so. Sie waren Freunde. Es war keine Liebe und auch nichts Vergleichbares.

„Destiny?"

„Sorry." Sie schüttelte den Kopf. „Fool's Gold funktioniert", verkündete sie ihrer Schwester. „Ich würde mich freuen, hier zu bleiben, wenn es das ist, was du willst."

„Wirklich?" Starr legte ihre Gitarre zur Seite und warf sich Destiny in die Arme. Sie umarmten einander, dann hüpfte Starr zurück zu ihrem Kissen und grinste. „Das ist so cool, denn ich habe überlegt, eine Band zu gründen."

„Was?"

„Eine Girl-Band. Jungs machen alles nur kompliziert. Wir spielen Musik und schreiben Songs, und es wird einfach super."

Destiny kämpfte gegen einen beginnenden Kopfschmerz an. „Ich weiß nicht, was ich dazu sagen soll", gestand sie.

Starr lachte. „Du wirst dich schon noch an die Vorstellung gewöhnen. In der Zwischenzeit muss ich anfangen, Lieder zu schreiben, aber ich weiß nicht, wie das geht. Wie machst du das?"

Destiny dachte noch immer darüber nach, dass ihre Schwester eine *Girl-Band* gründen wollte, und es fiel ihr schwer, so schnell das Thema zu wechseln. Sie beschloss, dass ihre Sorgen, besser gesagt ihre Panik, dass Starr in einer Band spielen wollte, am besten in der nächsten Sitzung mit der Familientherapeutin aufgehoben wären, und sagte: „Warte hier, ich bin gleich zurück."

Sie ging in ihr Schlafzimmer und holte ihr abgegriffenes Notizbuch aus dem Nachttisch, dann kehrte sie ins Wohnzimmer zurück.

„Ich mache das so", erklärte sie und setzte sich neben ihre Schwester. „Ich bin noch von der alten Schule. Wenn du direkt am Keyboard arbeiten willst, gibt es viele Programme, die dir dabei helfen können. Ich schreibe zuerst die Texte und finde dann die Melodie. Manchmal kommen sie auch gleichzeitig, aber das geschieht nicht oft."

Sie blätterte durch die Seiten, bis sie ihren Lieblingssong gefunden hatte, den sie gerade komponierte.

„Hieran arbeite ich. Er ist schon fast fertig, aber noch nicht ganz."

Starr beugte sich über Destinys Schulter. „*Wir können noch nicht einmal vertrauen, und wir wissen nicht, wie man lebt*", las sie. Dann nahm sie ihre Gitarre zur Hand und spielte ein paar Akkorde. „Was hat dir vorgeschwebt?"

„Ich weiß es nicht." Destiny spielte einen Moment mit ihr,

dann blätterte sie um. „Hier ist die Melodie, mit der ich herumgespielt habe. Kannst du die Noten lesen?“

Starr schaute sich die Noten an und spielte sie dann auf ihrer Gitarre. Destiny schloss die Augen und hörte zu. Nach ein paar Sekunden erkannte sie, was fehlte.

„Wie wäre es damit?“ Sie tauschte einen der Akkorde aus und blätterte zum Text zurück. *„Von der anderen Seite des Zimmers aus ist die Entfernung klar. Ich sehe dich durch ein zerbrochenes Herz, du siehst mich durch die Angst.“*

Starr nickte und fiel mit ein. *„Die Zeit, die wir zusammen verbracht haben, das Leben, das wir fanden. Du könntest mein bestes Bedauern sein und ich dein Seelenfrieden.“*

Ihre Schwester hielt inne. „War das von dir als romantische Ballade gedacht? Denn irgendwie geht es darin um uns.“

Überrascht schaute Destiny auf die Seite. „Das habe ich vorher nicht erkannt, aber du hast recht.“

Starr errötete und senkte den Blick. „Was, wenn du es so veränderst?“

Zwei Stunden später hatten sie das Lied fertiggestellt. Destiny bestellte Pizza und setzte sich neben Starr, während sie auf die Lieferung warteten. Sie hatte ihr Tablet mit dem externen Mikrofon aufgestellt, damit sie ihre finale Version aufnehmen konnten. Als sie fertig waren, lachte Destiny.

„Wir haben einen Hit.“

„Meinst du? Ich hab nicht viel dazu beigetragen. Es ist dein Song.“

„Es ist *unser* Song“, berichtigte Destiny sie. „Mit dir kann man sehr gut zusammenarbeiten. Wir sollten das öfter machen.“

„Das fände ich schön.“

Kipling nahm die Steaks aus dem Kühlschrank und stellte sie auf die Arbeitsplatte in der Küche. Destiny müsste jede Minute hier sein, und er wollte den Steaks eine Stunde geben, um Raumtemperatur zu erreichen, bevor er sie auf den Grill legte.

Die Zutaten für einen Salat hatte er da. Destiny hatte gesagt, sie würde sich um die Beilagen und den Nachtisch kümmern

Er war immer noch nicht sicher, wie der Abend verlaufen würde. Auch wenn er vorhatte, sie zu verführen, hatte er ihr das Versprechen gegeben, sie nicht auszuziehen. Grinsend ging er ins Wohnzimmer. Dass sie angezogen bliebe, würde nichts an der Verführung ändern. Trotz seiner peinlichen ersten Leistung mit ihr wusste er, was er tat.

Doch heute Abend ging es um mehr als das. Denn wenn er ehrlich war, musste er sich eingestehen, dass er gern mit ihr zusammen war. Einfach nur reden. Oder lachen. Sie war interessant und lustig, und wenn er bei ihr war, war die Welt ein besserer Ort.

Es klingelte an der Tür. Er öffnete sie und sah Destiny vor sich stehen. Sie hielt zwei zugedeckte Glasgefäße in den Händen. Eines war eine Schüssel, das andere eine rechteckige Auflaufform. Allerdings war er mehr an der Frau interessiert als an ihren Mitbringseln.

„Hi", sagte sie und lächelte zögerlich.

„Komm rein."

Er trat beiseite, um sie hereinzulassen, und nahm ihr dann die große Schüssel ab. „Was hast du mitgebracht?"

„Salat aus gebratenen Kartoffeln und S'Mores. Wusstest du, dass es ein Fool's-Gold-Kochbuch gibt? Ich habe es vor ein paar Tagen bei Morgan's Books gefunden und bereits ein paar der Rezepte nachgekocht. Die sind echt gut."

Sie war nervös. Das erkannte er daran, wie schnell sie sprach und wie sie ihn immer wieder anschaute und dann den Blick abwandte. Es gefiel ihm, dass sie ein wenig neben der Spur war. Das stellte das Gleichgewicht wieder her. Denn sie anzuschauen machte ihn beinahe sprachlos.

Sie hatte ihre übliche Jeans oder Cargohose mit T-Shirt gegen ein luftiges Sommerkleid eingetauscht. Es hatte Spaghettiträger, betonte ihre Taille und endete knapp über den Knien.

Das blasse Grün passte gut zu ihrer Hautfarbe.

Ihre Haare waren offen und wellig, und sie hatte sich für den Abend ein wenig geschminkt. Seiner Erfahrung nach waren das alles gute Zeichen. Auch wenn das „D-Wort“ nie gefallen war, benahm Destiny sich so, als wäre das hier ein Date.

Gemeinsam gingen sie in die Küche. Sie stellte ihre Schüssel ab, er verstaute den Kartoffelsalat im Kühlschrank und drehte sich dann zu ihr um.

Langsam ging er auf sie zu, nahm ihre Hände in seine und beugte sich vor, um sie leicht auf die Lippen zu küssen.

„Du siehst wunderschön aus“, murmelte er dicht an ihrem Mund.

„Danke.“

„Heute Abend werden wir viel Spaß haben.“

„Das hoffe ich.“

Er ließ ein Lächeln aufblitzen. „Vertrau mir.“

Sie hielt seinen Blick fest. „Das tue ich. Ich vertraue dir, Kipling.“

Er war im Laufe der Jahre mit vielen Frauen zusammen gewesen. Als er noch jung gewesen war, hatte er keine der vielen Einladungen, die ihm nur so zuflogen, ausgeschlagen. Je älter er jedoch wurde, desto mehr war er an Qualität, nicht an Quantität interessiert. Dennoch hatte es immer ausreichend Frauen gegeben.

Von einigen war er um den Finger gewickelt und schlichtweg umgehauen worden, aber er konnte sich nicht erinnern, dass eine von ihnen mit nur ein paar Worten solch einen Aufruhr in seinem Magen verursacht hatte.

Er wollte Destiny sagen, dass es richtig war, ihm zu vertrauen. Dass er sie beschützen würde, da wäre, um sich um alles zu kümmern. Nur war das heute ein Abendessen, keine Hochzeit. Das liegt an dieser Stadt, sagte er sich. Oder daran, wie Destiny in diesem Kleid aussah. Oder daran, wie groß ihre Augen wurden, wenn sie ihn ansah.

„Ist Limonade okay?“, fragte er.

„Limonade?“

Er unterdrückte ein Grinsen. „Hast du etwas anderes erwartet?“ Denn Wein war wesentlich traditioneller. Aber er wollte nicht, dass sie sich Gedanken über den Abend und dessen Fortschritt machte. Keinen Alkohol zu servieren sollte dafür sorgen, dass sie sich entspannte.

Er trat zurück und schenkte ihnen je ein Glas ein. Dann ging er voraus auf die Terrasse.

Der Grill stand am anderen Ende. In der Nähe der Hintertür standen ein paar Lounge-Sessel. Sie setzte sich in einen, er in den anderen. Dann stießen sie miteinander an.

„Wie geht es Starr?“, fragte er.

„Besser. Wir hatten ein paar Sitzungen bei der Familientherapeutin.“ Sie lächelte. „Das ist ganz anders, als ich gedacht habe.“

„Liegst du etwa nicht auf einer Couch und sprichst über deine Gefühle?“

Sie lachte. „Nein, wir sitzen aufrecht und sprechen über unsere Probleme. Dann gibt die Therapeutin wirklich gute, praktische Ratschläge, wie wir sie lösen können. Starr wird zukünftig feste Aufgaben im Haus übernehmen und ein Taschengeld bekommen. Wir haben eine Liste mit Regeln für unser Zusammenleben erstellt und auch mit Strafen, wenn wir dagegen verstoßen.“

„Ist das gut?“

„Es ist seltsam, aber ja, ich glaube, es ist gut. Normale Verantwortlichkeiten eines Teenagers. Starr braucht Beständigkeit. Wir beide wissen, was erwartet wird und welche Konsequenzen es hat, wenn sie eine Regel bricht. Also muss ich mir keine Gedanken darüber machen, die Böse zu sein. Wir haben alles vorher verhandelt, und damit ist sie ein Teil des Entscheidungsprozesses.“

Er dachte daran, wie es in seiner Kindheit gewesen war. Sein

Vater hatte häufig ohne offensichtlichen Grund zugeschlagen, und die Konsequenzen waren oft verheerend gewesen.

„So ein System hätten meine Eltern auch gut gebrauchen können“, fuhr sie fort. „Es gab überhaupt keine Regeln. Was ich tun konnte und was nicht, änderte sich von Tag zu Tag. Viele meiner Freundinnen waren neidisch, aber es war nicht so lustig, wie es klingt.“

„Du wusstest nie, ob dein Verhalten richtig war“, sagte er.

„Ganz genau. Das will ich für Starr nicht. Ich will, dass sie sich sicher fühlt.“ Sie wandte sich ihm zu. „Du warst auch ziemlich jung, als du weggezogen bist, oder? Um Ski zu fahren?“

„Ja. Ich habe bei meinem Trainer und seiner Familie gelebt, und da gab es viele Regeln. Sie zu brechen war keine Option.“

„Was waren das für Regeln?“

„Ach, das reichte vom regelmäßigen Hausaufgabenmachen übers Training bis zu dem, was ich essen durfte und dass ich genügend Schlaf bekam. Ich musste in Topform sein, um an den Wettbewerben teilzunehmen.“ Er zwinkerte ihr zu. „Mein Körper ist ein Tempel.“

Sie lachte. „Na klar ist er das.“ Es zuckte um ihre Mundwinkel. „Ich wollte gerade einen Jungfrauenwitz machen, aber das ist vermutlich keine gute Idee.“

„Wenn du darüber reden willst, schon.“

„Über Jungfrauen? Eher nicht.“

„Und über deine Jungfräulichkeit?“

Sie nippte an ihrer Limonade. „Auch nicht gerade mein Lieblingsthema.“

Seins ebenfalls nicht, aber es gab Dinge, die gesagt werden mussten. „Es tut mir leid, dass ich dir wehgetan habe.“

Sie schaute ihn an. „Das hast du nicht. Ich meine, es hat ein bisschen wehgetan, aber das war keine große Sache. Also der Schmerz.“ Sie seufzte. „Jetzt, wo ich lerne, Teil einer Familie zu sein, erkenne ich, dass du vorher recht hattest. Als du meintest, ich hätte es dir sagen sollen. Ich habe nicht klar gedacht – was ein Teil des Problems war. Der andere ist …" Sie zögerte. „Es war mir nicht direkt peinlich. Aber ich wusste, in meinem Alter noch Jungfrau zu sein, unterschied mich von anderen. Natürlich gibt es viele Dinge, in denen ich mich von anderen unterscheide."

Sie wandte den Blick ab, während sie sprach. Als wäre sie unsicher, wie er auf das, was sie sagte, reagieren würde.

„Warum solltest du dir darüber Gedanken machen? Du bist schön, talentiert, fürsorglich. Warum glaubst du, dass du nicht dazugehörst?"

„Ich hatte nicht gerade eine normale Kindheit. Ich bin nicht gut darin, mit anderen zu spielen."

Mehrere Dinge fielen im gleichzeitig Zeit auf. Zuerst einmal hatte sie sein Kompliment vollkommen ignoriert. Weil sie es nicht glaubte? Hatte das kleine Mädchen weniger hell gestrahlt als seine berühmten Eltern? Zweitens, er fand, sie spielte ganz gut. Vor allem mit ihm. Und er hätte gern noch viel mehr Spielzeit mit ihr. Aber das war gerade nicht das Thema.

„Willst du denn mit anderen spielen?", fragte er. „Deine Kein-Sex-Regel ist ziemlich extrem."

„Ich weiß. Es ist nur wegen der Dinge, die ich gesehen habe. Wegen Sex treffen die Menschen echt schlechte Entscheidungen. Sie tun Dinge, die weder rational noch richtig sind. Dem Problem ganz aus dem Weg zu gehen erschien mir die beste Lösung."

„Aber für eine Person, die über die Stränge schlägt, gibt es Tausende, die es schaffen, ein Sexualleben zu haben und sich trotzdem verantwortungsvoll zu verhalten. Das ist ja so als würdest du sehen, wie ein Kind im Supermarkt einen Trotzanfall bekommt, und daraufhin beschließen, keine Kinder zu bekommen."

„Was ist das nur mit Männern und Logik?" Sie lächelte ihn an.

„Man soll sich immer auf seine Stärken konzentrieren."

„Ich denke trotzdem noch, dass Sex die Wurzel allen Übels ist."

„Du weißt aber, dass das nicht stimmt", hielt er sanft dagegen. „Menschen verhalten sich nun mal schlecht. Sex ist nicht die Ursache, allenfalls der Auslöser."

„Ist das ein Versuch, mich zu verführen?"

Er lachte leise. „Nein. Wenn ich dich verführe, wird es keine Frage geben, was gerade vor sich geht."

„Ich habe vor zu widerstehen."

Er zwang sich, nicht zu reagieren, obwohl jeder Teil von ihm den Sieg feiern wollte. Denn widerstehen war nicht das Gleiche, wie Nein zu sagen. Sie hatte ihn gebeten, sie *nicht* zu verführen. Was bedeutete, sie wollte – zumindest unterschwellig –, dass er es tat.

„Du bist eine komplizierte Frau", erklärte er.

„Ist das gut oder schlecht?"

„Das ist ausgezeichnet."

Der Abend verging wie im Flug. Starr verbrachte die Nacht bei Abby, sodass Destiny nicht auf die Uhr schauen musste. Trotzdem überraschte es sie, nach dem Essen und Dessert zu sehen, dass es bereits elf Uhr war. Sie war um sechs hier angekommen. Wie, zum Teufel, konnten bereits fünf Stunden vergangen sein?

Es war nett, mit Kipling zu reden, aber trotzdem. Sollten ihnen nicht langsam die Themen ausgegangen sein? Offensichtlich nicht, dachte sie widerstrebend, als sie ihre Serviette auf den Tisch legte.

„Es ist schon spät. Ich sollte besser gehen." Sie schaute ihn an, während sie sprach, und hoffte, er würde sie bitten zu bleiben. Oder diesen gefährlichen sexy Blick aufsetzen und sie in die Arme ziehen. Stattdessen schaute er jedoch zur Uhr und nickte.

„Ich bringe dich nach Hause."

„Äh, danke."

Es überraschte sie, wie enttäuscht sie über seine Reaktion war. So viel zu seinen Plänen, mich zu verführen, dachte sie und stand auf, um die Teller in die Küche zu bringen. Natürlich hatte er versprochen, dass heute Abend nichts passieren würde, und er hatte die Wahrheit gesagt. Er war ein Mann, der sein Wort hielt. Was gut war. Nur wünschte sie sich, er wäre ein kleines bisschen weniger edel.

„Mach dir keine Gedanken um die Küche", sagte er. „Das räume ich auf, wenn ich wieder zurück bin."

Er ging voran zur Haustür. Widerstrebend folgte sie ihm. Gemeinsam traten sie in die Nacht hinaus.

Die Sonne war schon vor ein paar Stunden untergegangen, aber es war noch immer warm. Die Hitze strahlte von den Bürgersteigen und Straßen ab und verlieh der Luft diese besondere Wärme, die es nur im Sommer gab. Es roch nach gemähtem Rasen und blühenden Blumen. Die meisten Häuser waren dunkel. Sie hörte Grillen und ihren eigenen Atem, ansonsten herrschte Stille.

Kipling ging neben ihr. So nah, dass sie offensichtlich zusammengehörten, aber nicht nah genug, um einander zu berühren. Sie spürte, dass sie gern näher an ihn heranrücken, seinen Arm mit ihrem streifen wollte. Was verwirrend war. Was war nur aus ihrem vernünftigen Plan und ihrem Wunsch nach einer Verbindung auf geistiger Ebene geworden? Solch eine Verbindung sah keine Berührungen vor, und doch war es genau das, was sie wollte.

Ich sehne mich nach seinen Küssen, dachte sie. Ein bisschen zu küssen wäre nett. Mit Zunge. Und vielleicht ein wenig Petting. Weil sie das Gefühl seiner Hände auf ihren Brüsten vermisste. Und das seiner Lippen. Zu gern würde sie das noch einmal spüren.

„Die Sterne sind schön", sagte sie in dem Versuch, sich von ihren Gedanken abzulenken. „Ich mag es, dass man sie hier sehen kann."

„Ich auch. Wenn ich in einer großen Stadt bin, vermisse ich die Sterne."

Weil er sie immer gesehen hatte, wenn er in den Bergen war.

Lustig, dass sie nie über Kiplings vorheriges Leben nachdachte. Er humpelte ein wenig und hatte ein paar Narben, aber ansonsten erinnerte nichts an seinen schweren Unfall.

„Vermisst du es?", fragte sie, ohne nachzudenken. „Das Skifahren?"

„Jeden Tag."

Sie warf ihm einen Blick zu. „Weil es nicht deine Entscheidung war aufzuhören?"

„Auch. Und weil ich nicht zurückkann. Ich könnte vermutlich einen Berg runterfahren, wenn ich müsste, aber es würde keinen Spaß bringen. Ich müsste ganz langsam machen und dürfte keine Risiken eingehen."

Er hatte einen Teil dessen, wer er war, verloren. Darüber hatte sie nie nachgedacht. Nicht nur den Ruhm und die Ehre, sondern die Essenz dessen, was ihn zu dem machte, der er war. Es wäre, als könnte sie nicht mehr singen oder wüsste Musik nicht mehr zu schätzen.

„Das tut mir leid."

Er hob eine Schulter. „Ich komm schon klar."

„Nein, du tust mehr. Du hast dir ein ganz neues Leben aufgebaut. Das ist beeindruckend."

Sie hatten ihr Haus erreicht. Er ging mit ihr zur Veranda und drehte sich dann zu ihr um. „Mach mich nicht zu einem Helden. Ich bin nur ein Kerl, der sich irgendwie durchschlägt. Die echten Helden sind da draußen. Achte besser auf sie."

Worte, die nur dafür sorgen, dass ich ihn noch mehr bewundere, dachte sie und trat in Erwartung eines Abschiedskusses näher. Sie hoffte, er würde sich dieses Mal Zeit lassen. Dass er sie ein wenig necken würde, bevor er seine Zunge über ihre streichen ließ. Dass es …

Er beugte sich vor und gab ihr einen kleinen Kuss auf die Wange. „Danke für einen tollen Abend."

Sie starrte ihn an. „Äh, gern geschehen. Ich hatte viel Spaß."

Sie wartete.

Er lächelte.

Und dann ging er.

Destiny starrte auf den Bildschirm ihres Computers, weil die Alternative war, ihn quer durch den Raum zu schleudern. Schließlich war es keine gute Idee, persönliche Gefühle an einer unschuldigen Maschine auszulassen. Vor allem nicht an einer, die so teuer war wie ihr Computer. Aber sie wollte mit irgendetwas werfen.

Kipling hatte sie nicht geküsst, sie nicht berührt. Was war aus seinem Plan geworden, sie zu verführen? Hatte er seine Meinung geändert? Beschlossen, dass sie den Aufwand nicht wert war? Warum benahm er sich so? Sie wollte mit dem Fuß aufstampfen. Und vielleicht ein wenig schmollen.

Stattdessen atmete sie tief ein und noch einmal. Danach richtete sie ihre Aufmerksamkeit wieder auf den Monitor vor sich, auf dem Informationen über die Suchübung standen. Sie konnte sich jederzeit ein Update ziehen – ob jede Minute oder nur jede Stunde. Sie und Kipling hatten Cassidy innerhalb von vierzig Minuten gefunden. Das war nicht rekordverdächtig, aber immer noch gut für einen ersten Versuch. Beim nächsten Mal würden sie die Suche etwas schwieriger gestalten, und Cassidy würde suchen. Ihre dritte oder vierte Simulation würde schon mit einigen Freiwilligen durchgeführt werden.

Sie lagen im Soll, und die Ausbildung der Helfer wäre in vier oder fünf Wochen beendet. Normalerweise wäre sie jetzt schon dabei, ihren nächsten Auftrag zu besprechen. Aber dieses Mal nicht. Sie und Starr würden in Fool's Gold bleiben, und Destiny hatte ehrlich gesagt keine Ahnung, was sie mit sich anfangen sollte.

Sie hatte einen Abschluss in Informatik, aber keinerlei Lust, sich nach einem neuen Job in diesem Bereich umzusehen. Sie war kein sonderlich technisch interessierter Mensch. Was ihr an ihrer bisherigen Arbeit so gefallen hatte, war, den Menschen zu helfen. Aber sie musste einsehen, dass sie nicht viele andere Talente hatte, die sie irgendwo einbringen könnte.

Ihr war klar, dass sie großes Glück hatte. Dank ihres Treuhandfonds könnte sie auch ohne Arbeit überleben, wenn sie das Geld nicht mit vollen Händen ausgab. Das lag hauptsächlich daran, dass sie, abgesehen von ihren Studiengebühren, nie auch nur einen Cent davon angerührt hatte.

Aber es lag ihr nicht, einfach nur herumzusitzen und nichts zu tun. Und sparsam zu leben, während man einen Teenager aufzog, war auch nahezu unmöglich. Sie wollte ein Haus für sich und Starr kaufen, und für ein Darlehen brauchte man einen Job.

Dennoch, die Zeit drängte nicht. In der Stadt gab es eine örtliche Arbeitsagentur. Sie könnte dort vorbeischauen und einen dieser Tests machen, die einem sagten, worin man gut war. Denn ab und zu mal einen Song zu schreiben und gut Karaoke zu singen reichte vermutlich nicht aus, um sich einen Job an Land zu ziehen.

Erneut richtete sie ihre Aufmerksamkeit auf den Bildschirm und fuhr fort, die Ergebnisse ihrer ersten praktischen Übung zu studieren. Sie wollte den Bericht zu Ende durchgehen, bevor sie nach Hause ging. Sie war fast fertig, als Cassidy in ihr Büro kam und sich auf den Besucherstuhl setzte.

„Das ist der verrückteste Ort von allen“, verkündete sie.

„Gut verrückt oder schlecht verrückt?“

„Zum Großteil gut. Ich habe gerade eine Trainingsstunde bei CDS genommen.“

Destiny runzelte die Stirn. „Was ist das?“

„Die Bodyguardschule.“

„Oh, stimmt. Davon habe ich gehört. Wie war es? Eine meiner Freundinnen schwört auf das, was sie da anbieten.“

„Es war mörderisch. Die Trainerin ist Consuelo Hendrix Sie ist zierlich, aber tough. Das war erst meine zweite Stunde, aber nach der letzten haben mir Muskeln wehgetan, von denen ich nicht wusste, dass ich sie überhaupt habe."

„Und du hast es geliebt", sagte Destiny.

Cassidy grinste. „Das weißt du doch. Wie auch immer, ich habe für zwei Kurse die Woche unterschrieben. Als ich heute da war, hat ihr Mann Kent mitgemacht. Die Art, wie er sie beobachtet hat, war irgendwie seltsam."

„Er ist kein Serienmörder", beschwichtigte Destiny sie. „Er hat nur eine Wette mit seinen Brüdern laufen."

„Was für eine Wette? Dass er einen ihrer Kurse überleben kann?"

„Nein. Es geht darum, wer seine Frau als Erstes schwängert. Ich glaube nicht, dass Consuelo und Isabel davon wissen. Ich schätze, Kent hat sie nur im Auge behalten für den Fall, dass sie schwanger ist."

Cassidy blinzelte. „Was glaubt er denn, was er hätte tun können? Sie unterrichtet die Klasse. Jemand, der so gut in Form ist wie sie, sollte keine Probleme haben, seine übliche Routine durchzuziehen. Außer es gibt ein Problem. Und er weiß doch noch nicht mal, ob sie schwanger ist."

„Schon klar. Ich erzähle dir nur, was ich gehört habe."

Cassidy lehnte sich auf ihrem Stuhl zurück und stöhnte. „Wie ich schon sagte, Fool's Gold ist die verrückteste Kleinstadt aller Zeiten."

Bevor Destiny etwas erwidern konnte, klingelte ihr Handy. Sie warf einen Blick auf das Display und erkannte die Nummer.

„Hey, Starr", sagte sie zur Begrüßung. „Du bist eher zu Hause als ich."

„Ich bin nicht zum Üben geblieben. Äh, ich weiß, dass du normalerweise bis fünf arbeitest, aber, äh, jemand ist hier."

Destinys erster Gedanke war, dass es sich bei dem unangekündigten Besucher um Kipling handelte. Vielleicht war das aber auch nur Wunschdenken, denn sie würde sehr gern den Abend mit ihm zusammen verbringen. Zudem hätte ihre Schwester kein solches Geheimnis aus Kiplings Besuch gemacht. „Wer ist es?“

Starr räusperte sich. „Deine Mom.“

15. KAPITEL

Lacey Mills musste Ende vierzig sein, aber sie sah aus wie fünfunddreißig und kleidete sich Kiplings Meinung nach wie eine Schönheitskönigin aus den 60er-Jahren. Mit ihren toupierten Haaren, dem engen Kleid und den hohen Absätzen ließ sie sogar Dolly Parton sittsam aussehen. Laceys Haare waren rot und nicht platinblond, aber dennoch sehr auffällig. Wie lautete das Sprichwort noch? Je toupierter die Haare, desto näher ist man Gott? Kipling nahm an, dass Lacey und der Allmächtige sich duzten.

Unter dem Vorwand, Destiny etwas über das Programm zu fragen, war er bei ihrem Büro vorbeigegangen, aber eigentlich hatte er sie nur sehen und ihre Reaktion auf ihr letztes Date abschätzen wollen. Oder besser gesagt auf das Ende des besagten Dates. Denn er war sich ziemlich sicher, dass sie ein wenig Action erwartet hatte. Was genau das war, was er wollte. Besser, sie hoffte auf mehr, als dass er sie bedrängte. So würde sie empfänglicher sein, wenn er seinen nächsten Zug machte.

Aber anstatt aufzuspringen und ihn zu begrüßen, hatte sie mit großen Augen und leichenblass an ihrem Telefon gehangen. Die Ankündigung, dass ihre Mutter unerwartet eingetroffen war, hatte sowohl seine Neugierde als auch seinen Beschützerinstinkt geweckt. Er bot an, die vierte Person am Abendbrottisch zu sein, und Destiny hatte sofort angenommen.

Nun stand er in Destinys kleiner Küche und mixte Drinks, während Starr neben ihm herumlungerte, weil sie offensichtlich nicht wusste, ob sie sich zu den beiden Frauen im Wohnzimmer gesellen sollte oder nicht.

„Sie ist echt berühmt“, flüsterte Starr. „Und hübsch. Ich meine, im Fernsehen und so sieht sie immer toll aus, aber ich war nicht sicher, wie sie in natura wirkt. Aber da ist sie genauso hübsch. Und so klein. Ich dachte, sie wäre größer. Es ist interessant, dass sie und mein Dad beide rote Haare haben. Das ist sehr ungewöhnlich.“

Lacey war ein paar Zentimeter kleiner als ihre Tochter. Sie hatten die gleichen wunderschönen grünen Augen und roten Haare, auch wenn er vermutete, dass Laceys goldene Strähnen vom Friseur stammten.

„Hast du gesehen, wie sie geschminkt ist?“, fragte Starr immer noch leise. „Ich frage mich, ob sie mir zeigt, wie man das macht.“

„Ich bin sicher, sie würde dir gern ein paar Dinge zeigen“, sagte er, während er lieblichen und trockenen Wermut zu dem Eis und dem Gin in den Shaker gab.

Lacey war sehr deutlich gewesen, was ihre Bestellung anging.

„Einen Gin-Martini mit zwei Sorten Wermut und kalt. Er muss eiskalt sein.“

Sie hatte ihn angelächelt – ihm ein geübtes, verführerisches Lächeln geschenkt, das bestimmt schon stärkere Männer als ihn in die Knie gezwungen hatte. Aber er war immun dagegen. Sicher, Lacey war schön und trotz Starrs Enttäuschung über ihre Größe sehr beeindruckend, aber seine Aufmerksamkeit galt einer anderen.

„Der Alkohol ist im Kühlschrank“, hatte Destiny ihm erklärt.

„Ich finde schon alles.“

Jetzt nahm er die Mischung und fragte sich, was Destiny wohl dachte. Nach allem, was sie ihm erzählt hatte, war die Beziehung zu ihren Eltern ziemlich kompliziert.

„Ich brauche Oliven“, sagte er zu Starr. „Die stehen vermutlich auch im Kühlschrank.“

Sie schaute hinein und fand ein Glas. Er schenkte den Martini ein, gab eine Olive dazu und machte dann drei Gläser mit Eiswürfeln und Mineralwasser für Starr, Destiny und sich fertig. Er war nicht sicher, ob es eine gute Idee war, in Anwesenheit von Destinys Mutter Alkohol zu trinken, und Destiny hatte um ein Mineralwasser gebeten.

„Bekomme ich eine Olive?", fragte Starr lächelnd.

„Willst du eine?"

Sie zog die Nase kraus. „Nicht wirklich."

Sie fand ein Tablett und stellte alle Drinks darauf, dann trug Kipling es hinüber ins Wohnzimmer. Lacey nahm ihren Martini, schloss die Augen und nippte daran.

„Perfekt", schnurrte sie. „Und kalt. Bist du nicht ein geschickter junger Mann?"

„Meine Martinis waren schon immer gut." Er reichte Destiny und Starr ihre Gläser, bevor er sich ans Ende des Sofas setzte.

„Ich bin sicher, dass du in vielen Dingen gut bist", erklärte Lacey.

Er ignorierte den zweideutigen Unterton ihres Kommentars. Er schätzte, zu flirten war für die Countrysängerin genauso natürlich, wie Luft zu holen.

„Sind Sie mit dem Wagen hier?", erkundigte er sich.

„In der Stadt?", fragte Lacey. „Meine Güte, nein. Ich bin mit meinem Jet zum örtlichen Flughafen geflogen." Sie wandte sich an ihre Tochter. „Ich muss sagen, mir gefällt diese Stadt. Sie ist so hübsch. Und erst die ganzen Festivals ..."

„Woher weißt du von den Festivals, Mom?", fragte Destiny.

„Ich habe im Flugzeug darüber gelesen. Du weißt, dass ich gern darüber informiert bin, wo du lebst." Sie lächelte Kipling an. „Mein kleines Mädchen zieht ständig um. Ein Job hier, ein Job da. Einige Orte sind nett, aber andere ..." Sie erschauderte.

Dann richtete sie ihre Aufmerksamkeit auf Starr. „Du bist aber auch ein hübsches Ding! Das mit deiner Mama tut mir leid. Bleibst du jetzt bei Destiny?"

Starr schluckte. „Äh, ja, Ma'am."

„Sie ist verlässlich. Du wirst gut auf sie hören, ja? Destiny ist schon immer ein Fels in der Brandung gewesen."

„Ja, Ma'am."

Ein Fels in der Brandung? Kipling dachte an Destiny, wie sie auf der Bühne des Man Cave gesungen hatte. Wie sie all ihre Gefühle in die Musik gelegt hatte. Äußerlich war sie ruhig gewesen, aber unter der Fassade verbarg sich unglaublich viel Leidenschaft. Er fragte sich, wie viel ihrer felsigen Natur antrainiert war, weil sie immer die Erwachsene hatte sein müssen. Bisher war Lacey sehr nett gewesen, aber sie kam ihm nicht wie jemand vor, der auch nur ansatzweise an einer anderen Sichtweise als seiner eigenen interessiert war.

Interessiert schaute Lacey ihn an. „Kipling, du kommst mir so vertraut vor. Woher kommt das?"

„Ich war Skifahrer bei den Olympischen Spielen."

Ihre Augenbrauen hoben sich. „Stimmt! In Sotschi. G-Force." Sie lächelte. „Du hast mehrere Goldmedaillen gewonnen und dann einen Unfall gehabt. Sieht so aus, als hättest du das alles gut überstanden. Das freut mich für dich." Sie wandte sich an ihre Tochter. „Du hast dir jemand Berühmten gesucht. Das macht mich so glücklich. Menschen respektieren einen Mann, der eine etwas gefährliche Vergangenheit hat. So, und jetzt, wo ihr mich auf den neuesten Stand gebracht habt, weiß ich, dass du von meinem neuesten Album hören willst. Es wird im Herbst veröffentlicht. Mein Label hat darauf bestanden, dass ich meine größten Hits einsinge, aber da habe ich Nein gesagt. Ich wollte ein paar wundervolle alte Songs covern. Wir haben viel diskutiert, und ich habe gewonnen."

„Ich bin sicher, das tun Sie immer", sagte Kipling.

Lacey klimperte mit den Wimpern. „Stimmt, das tue ich."

„Sie ist überhaupt nicht so, wie ich erwartet hatte", flüsterte Starr später am Abend.

Destiny saß neben ihrer Schwester auf der Bettkante. „Das ist sie nie. Meine Mom ist mehr wie ein Tornado als ein Mensch. Es ist gut, ein Auge darauf zu haben, wohin sie sich bewegt, und ihr dann schnell aus dem Weg zu gehen."

Starr lachte. „Sie ist nett, aber ein wenig Furcht einflößend."

„Stimmt."

Starr zog die Knie an die Brust und schlang die Arme um ihre Beine. „Wie lange bleibt sie?"

„Ein paar Tage. Sie besucht mich eigentlich immer, wenn ich einen Auftrag erledige." Und oft ohne Vorwarnung. Destiny hatte gelernt, mit den Besuchen ihrer Mutter zu rechnen, sie aber nicht einzuplanen. Lacey hatte ihren eigenen Kalender und ihre eigenen Regeln. Sie hatte Destinys Zimmer übernommen, ohne zu fragen, ob das in Ordnung wäre, und doch würde sie vermutlich morgen früh aufstehen und ihnen allen Frühstück machen.

„Du kannst gerne mit ihr über das Musikgeschäft reden, wenn du magst", sagte Destiny. „Sie liebt es, über die Vergangenheit zu sprechen – und darüber, wie sich die Dinge im Laufe der Jahre geändert haben. Du kannst eine Menge von ihr lernen."

„Und du bist dann nicht böse?"

„Nein. Überhaupt nicht."

Starr würde ihre Mutter ablenken, und das war gut. Denn wenn sie zu lange allein gelassen wurde, kam Lacey auf die verrücktesten Ideen. Wie damals, als sie versucht hatte, Destiny zu überzeugen, sie auf Tournee zu begleiten.

„Oh, und sprich mit ihr übers Songschreiben. Sie ist gut, und sie liebt es, mit anderen Leuten zusammen zu komponieren."

Starr blieb der Mund offen stehen. „Wirklich? Du glaubst, das würde sie mit mir machen?"

„Ja."

„Warum schreibst du dann nicht mit ihr?"

„Wir streiten uns dann immer nur."

Und jede Session endete damit, dass Lacey ihr sagte, sie würde ihr Leben und ihr Talent vergeuden. Dass sie sich nie erfüllt fühlen würde, wenn sie ihre Gabe nicht schätzte. Was nun einmal kein Thema war, über das Destiny reden wollte.

Lustig, dass Kipling beinahe genau das Gleiche gesagt hatte, nur war es leichter gewesen, es von ihm zu hören. Vielleicht wegen all der schlimmen Dinge, die er durchgemacht hatte. Vielleicht auch, weil sie ihm vertraute. Wegen seines Unfalls konnte er nicht mehr tun, was er am meisten liebte. Sie wusste, das war schwer für ihn, aber er hatte das Unausweichliche akzeptiert und mit seinem Leben weitergemacht.

Sie hatte versucht, das Gleiche zu tun. Zumindest was das Weitermachen mit dem Leben anging.

„Lacey will, dass ich wie sie bin", fügte sie hinzu. „Ich schätze, das ist so ein Mutter-Tochter-Ding. Aber das wird nie passieren."

Starr nickte und stützte ihr Kinn auf die Knie. „Meine Mom hat immer gesagt, dass ich genauso bin wie sie. Aber das wollte ich nie sein. Du weißt schon, die Drogen und alles. Das will ich nicht."

„Machst du dir Sorgen darüber?" Einfühlsam sah Destiny sie an.

„Ich weiß es nicht. Manchmal. Ich will keine Drogen nehmen und sie zum Wichtigsten in meinem Leben machen. Ich will singen und Songs schreiben. Ich will stolz auf mich sein."

Destiny rückte ein Stück näher, sodass sie Starr an sich ziehen konnte. „Ich hoffe, das bist du bereits. Du bist ein toller Mensch, und ich bin sehr froh, dass du meine Schwester bist."

„Danke. Ich hab dich lieb."

Ihre Schwester sagte noch etwas, aber Destiny nickte nur. Sie brauchte eine Sekunde, um die Worte sacken zu lassen. Denn sie machten alles wett. Im Herzen waren sie Schwestern, und das würde sich niemals ändern.

Destiny wusste, wie dumm es war, dem Unvermeidlichen ausweichen zu wollen, also setzte sie zwei Abende später Starr bei Abby ab, holte etwas zu essen bei Angelo's und kehrte dann heim, um einen Abend allein mit ihrer Mutter zu verbringen.

Lacey saß im Schneidersitz auf dem Fußboden des Wohnzimmers und hatte die Inhalte mehrerer Shoppingtüten um sich herum verteilt. Ihre Haare waren offen, ihr Oberteil war reich verziert und ihre Jeans eng. Lacey hatte schon immer verstanden, wie wichtig es war, sich selbst treu zu bleiben.

„Kein Laden ist ungeschoren davongekommen", sagte Destiny, als sie die T-Shirts, Schlüsselbänder und Tassen mit dem Fool's-Gold-Logo sowie die Stapel an Kleidung, Schuhen und Büchern sah.

Lacey lachte und griff nach ihrem Martini. „Ich mag es, die einheimische Wirtschaft zu unterstützten. Es gibt hier eine Boutique namens Paper Moon, die wirklich schicke Sachen hat. Ich habe dort ein Vermögen ausgegeben. Der Rest war einfach nur aus Spaß." Sie sog die Luft ein. „Das riecht wundervoll. Was hast du uns mitgebracht?"

„Lasagne und Knoblauchbrot. Und einen Salat, damit wir so tun können, als würden wir uns gesund ernähren."

„Du bist mein liebstes ältestes Kind, hast du das gewusst?"

Lacey erhob sich, ohne auch nur einen Tropfen des Martinis in ihrer Hand zu verschütten. Sie umarmte Destiny fest, dann ließ sie sie los und ging in die Küche.

„Wann kommt Starr nach Hause?"

„Sie bleibt bei einer Freundin. Heute gibt's nur uns beide."

Ihre Mutter lachte. „So verbringe ich meine Abende am liebsten. Du bist so süß zu mir, Honey. Ich bin am Verhungern und sehne mich nach ein wenig Mädchenzeit."

Destiny stellte die Tüte mit dem Essen auf die Arbeitsplatte und wusch sich die Hände, bevor sie den Tisch deckte.

„Willst du einen?", fragte ihre Mutter und nahm die Karaffe mit dem Martini aus dem Kühlschrank.

„Nein danke."

Während Laceys Besuch würde Destiny nur Wasser trinken. Denn sie wusste, dass ihre Mutter für zwei trank. Oder vermutlich für zwanzig. Sie schätzte, ihre Sorge ähnelte der von Starr. Es gab Dinge in der Persönlichkeit ihrer Mutter, die sie lieber nicht teilen wollte, auch wenn sie wusste, dass sie selbst ab und zu Alkohol als Krücke oder Seelentröster nutzte. An jenem Abend im Man Cave hatte sie den Long Island Iced Tea gebraucht, um auftreten zu können. Darüber sollte sie vermutlich mal mit ihrer Therapeutin reden.

Ihre Mutter würde ihr sagen, dass es ihr im Blut lag, vor Publikum zu singen. Es liegt nicht daran, dass ich nervös werde, dachte sie, als sie Teller und Besteck auf den Tisch legte und dann das Essen holte. Es war mehr, dass sie sich die Erlaubnis geben musste.

Lacey setzte sich, und Destiny reichte ihr die Lasagne.

„Das riecht köstlich. Erinnerst du dich noch, als ich dir immer Makkaroni und Käse gemacht habe? Natürlich als Fertiggericht. Mehr konnte ich nicht kochen. Ich war keine traditionelle Mutter."

„Du wärst nicht Lacey Mills, wenn du es gewesen wärst."

„Und ich will Lacey Mills sein."

„Meine Mom, der Superstar", murmelte Destiny und dachte daran, wie ihre Eltern sie gleichzeitig überwältigt und frustriert hatten, als sie noch klein gewesen war. Sie schätzte, daran hatte sich nichts geändert.

Andererseits hatte sie eine komplett andere Richtung eingeschlagen, ihrem Lebensstil quasi den Rücken gekehrt. Ihre Eltern hatten beide deutlich gemacht, dass sie sich wünschten, sie würde ins Musikbusiness einsteigen, aber das hatte sie nicht getan.

„Bist du enttäuscht von mir?", fragte Destiny, bevor sie sich zurückhalten konnte. Denn Lacey würde auf jeden Fall ehrlich antworten.

„Was? Nein. Sei nicht albern. Du bist meine Tochter, Destiny. Ich liebe dich."

„Ich liebe dich auch, Mom. Aber das habe ich nicht gefragt. Ich bin nicht wie du."

Ihre Mutter legte die Gabel nieder. „Wenn du die Musik meinst, dann hätte ich es tatsächlich gern gehabt, wenn du mehr wie ich wärst. Wir hätten gemeinsam auf Tour gehen können. Wir hätten so viel Spaß gehabt. Es ist manchmal recht einsam, also wäre es schön, eine Freundin dabeizuhaben. Aber Honey, du musst tun, was für dich das Richtige ist."

Lacey nahm ihren Martini und trank einen Schluck. „Es ist unsere Schuld. Das erkenne ich jetzt. Als du klein warst, haben wir dich überall mit hingeschleppt. Einige Kinder wären in dem Chaos aufgeblüht, aber du nicht. Du hast schon immer gerne deine Routine gehabt. Wolltest sesshaft sein. Als meine Mama mir gesagt hat, dass sie dich mitnehmen würde, habe ich eine Woche lange geweint. Aber ich wusste, dass es das Richtige war."

Laceys grüne Augen füllten sich mit Tränen. „Ich habe dich vermisst, aber ich habe getan, was für dich am besten war. Ich hoffe, das weißt du."

„Das tue ich."

„Und jetzt hast du Starr bei dir aufgenommen. Sich um die Familie zu kümmern ist das Wichtigste."

„Dir macht es nichts aus, dass sie die Tochter von Dad und einer anderen Frau ist?"

„Was? Nein." Lacey aß einen Bissen Lasagne. „Jimmy Don war nie dazu bestimmt, mit nur einer Frau zusammen zu sein. Wir waren jung und verliebt, und dann kamst du. Das war eine magische Zeit. Aber unsere Ehe hätte niemals gehalten. Wir sind uns zu ähnlich. Menschen, die verliebt sind, sollten einander vervollständigen. Einander ergänzen."

„Bist du verliebt?", fragte Destiny.

„Im Moment nicht, aber ich hoffe, eines Tages bin ich es wieder." Ihre Mutter seufzte. „Es ist das beste Gefühl der Welt.

Den einen zu finden. Auch wenn ich nie an die ewige Liebe geglaubt habe, wie du ja weißt."

Destiny stocherte in ihrem Essen herum. „Aber willst du das denn nicht, Mama? Jemanden, bei dem du darauf zählen kannst, dass er immer da ist?"

„Vielleicht. Aber dann müsste ich alle anderen aufgeben. Und das sind viele." Lacey grinste, dann schwand ihr Lächeln. „Ich will nicht, dass du dir Sorgen darüber machst, was ich für dich empfinde. Du bist eine Freude für mich. Ich hoffe, dass du diese Freude mit deiner Schwester findest. Hast du Starr adoptiert?"

„Ich bin ihr gesetzlicher Vormund."

„Vielleicht solltest du ein Kind adoptieren. Es gibt doch bestimmt viele Waisenkinder auf der Welt, die niemanden haben, oder?"

Das ist es, dachte Destiny und kämpfte gegen ihre Verärgerung. Der Themenwechsel, der sie verrückt machen würde. Ihm würden einige scharfe Worte folgen, dann ein Streit und das Gefühl, in einer endlosen Schleife emotionaler Konflikte festzuhängen. Das war so ermüdend.

„Ich bräuchte zwei", überlegte Lacey. „Damit sie einander Gesellschaft leisten können."

„Wir reden hier über Kinder, nicht über Hunde", erklärte Destiny ruhig.

„Da gelten die gleichen Regeln."

„Das meinst du nicht ernst."

„Nun ja, ich schätze, es gibt wohl ein paar Unterschiede", gab Lacey zu. „Man kann Kinder nicht ins Tierheim geben, wenn sie einen nerven." Lacey lächelte. „Obwohl ich glaube, dass ich mit ein paar Babys zu meinen Füßen besonders bezaubernd aussehen würde."

„Du suchst immer nach Ablenkung, Mama. Was ist so schlimm daran, du selbst zu sein, dass du immer versuchst, jemand anderes zu sein?"

Lacey erstarrte, das Glas auf halbem Weg zum Mund. Abrupt stand sie auf und rannte förmlich ins Wohnzimmer. Sekunden später war sie mit dem Handy in der Hand zurück.

„Sag das noch mal“, befahl sie. „Was du gerade gesagt hast.“

„Dass du dich mit lächerlichen Szenarien ablenkst, die niemals …“

„Nein, das meine ich nicht. Ich brauche den exakten Satz. Oder besser gesagt, du brauchst ihn. Da steckt ein Song drin, Destiny. Wiederhole, was du eben gesagt hast, und ich schicke dir die MP3-Datei per E-Mail.“

Destiny überlegte, mit dem Kopf auf den Tisch zu schlagen, nahm aber an, dass es sinnlos wäre. Ihre Mutter würde sich niemals ändern.

„Was ist so schlimm daran, du zu sein, dass du immer versuchst, jemand anderes zu sein?“

Lacey tippte auf ihr Handy. „Ich hab's. Gott, du bist so talentiert! Das habe ich schon immer gewusst.“ Erneut nahm sie ihr Martiniglas zur Hand. „Du solltest mit Richard sprechen.“

„Ich glaube nicht.“ Destiny hatte dem Manager ihrer Mutter nichts zu sagen.

„Er kennt Leute.“

„Wir alle kennen Leute.“

„Du weißt, was ich meine! Du willst mit mir darüber sprechen, warum ich versuche, jemand anderes zu sein? Wie wäre es, wenn wir stattdessen darüber reden, warum du leugnest, wer du bist? Ich bin nicht enttäuscht von dir, Destiny, aber ich mache mir Sorgen. Eines Tages wirst du aufwachen und erkennen, dass du der Wahrheit darüber, wer du bist, ausgewichen bist. Je eher das passiert, je früher du dein Talent würdigst, desto glücklicher wirst du sein. Was sagt eigentlich dein junger Freund zu alldem?“

Sie musste Kipling meinen. Destiny überlegte, ihr zu sagen, dass er nicht ihr Freund war, nur würde Lacey ihr nicht glauben, und selbst Destiny war nicht ganz sicher, ob es stimmte. Sie hatten Sex gehabt, und wenn sie in seiner Nähe war …

„Dich hat es schwer erwischt", neckte ihre Mutter sie. „Du hast diesen Blick. Ist es nicht schön, verliebt zu sein?"

„Ich bin nicht in ihn verliebt. Ich mag ihn. Er ist ein guter Mann, und ich kann mich auf ihn verlassen."

„Wie ist der Sex?" Lacey hob die Hand. „Egal. Ich bin deine Mutter. Das ist eine unangenehme Frage, und ich nehme sie zurück. Wenn meine Mama mich das wegen Jimmy Don gefragt hätte, wäre ich direkt gestorben. Aber falls es dich interessiert, ich mag ihn. Er ist ein attraktiver Teufelskerl."

Lacey lehnte sich auf ihrem Stuhl zurück und lachte. „Ihr beide könntet wunderschöne Babys machen." Ihre Augen wurden weit. „Das ist es, Destiny! Das ist es, was ich brauche. Enkelkinder. Dann habe ich den ganzen Spaß, aber keine Arbeit. Mach dich sofort daran, hörst du mich?"

„Ja, Ma'am."

Destiny erschrak. Was hatte sie da gerade gesagt? *Babys.* Babys entstanden durch Sex. Sie hatte Sex mit Kipling gehabt und dabei keinerlei Schutz verwendet.

Das war mittlerweile über drei Wochen her, und sie hatte bisher noch nicht wieder ihre Periode bekommen. Mathe war doch für sie kein Problem, und sie konnte sich leicht ausrechnen, das sie durchaus schwanger sein könnte.

Kipling schaute von seiner Arbeit auf. „Du hättest wegen des Geldes zu mir kommen können, Shelby. Ich hätte es dir gegeben."

Shelby bedeckte ihr Gesicht mit den Händen. „Ich wollte das allein schaffen. Ich wollte auf eigenen Füßen stehen." Sie ließ die Hände sinken und funkelte ihn an. „Ich meine es ernst, Kipling. Du hast nicht zu bestimmen, wie ich mein Leben lebe."

Auch wenn er ihren Standpunkt respektierte, waren sie immer noch eine Familie. Natürlich hätte er seiner Schwester das Geld gegeben, um sich in die Bäckerei einzukaufen. Aber dass sie nicht gefragt hatte, sondern stattdessen wegen eines Kredits zur Bank gegangen war …

„Wenn sie niemanden bräuchten, der für dich bürgt, hättest du es mir dann überhaupt erzählt?“, wollte er wissen.

Sie zögerte gerade lange genug, um ihn die Antwort auch ohne Worte wissen zu lassen.

„Ich will doch nur das Beste für dich“, sagte er und schnappte sich einen Stift, um zu unterschreiben.

„Kip, sei nicht böse. Es tut mir leid. Ich weiß zu schätzen, was du alles für mich tust. Es ist nur so, manchmal will ich ein eigenständiger Mensch sein, ohne um Dinge bitten zu müssen. Kannst du das verstehen?“

„Klar.“ Er reichte ihr die Papiere.

Sie nahm sie, machte aber keine Anstalten zu gehen. „Du bist sauer.“

„Nein. Ich will dir helfen, so gut ich kann. Wenn das bedeutet, deinen Kredit mit zu unterschreiben, dann habe ich das soeben getan. Geh und kauf dich in die Bäckerei ein.“

„Liebst du mich immer noch?“

Sein Schmerz und der Ärger verblassten ein wenig. „Shelby, du bist meine Schwester. Ich werde dich immer lieben, egal, was passiert. Ich habe doch die Papiere unterzeichnet, oder etwa nicht?“ Denn die Tat war immer wichtiger als die Worte.

„Ich liebe dich auch. Danke, dass du das gemacht hast.“

Er nickte, und sie ging.

Kipling setzte sich wieder an seinen Schreibtisch, aber er konnte kein Interesse für die Tabelle auf seinem Computer aufbringen. Irgendwie verstand er, was seine Schwester ihm gesagt hatte, aber trotzdem fand er, sie hätte besser zu ihm kommen sollen, als zur Bank zu gehen. Außerdem fand er, dass sie eine übereilte Entscheidung traf, indem sie sich so schnell nach ihrem Umzug nach Fool’s Gold in die Bäckerei einkaufte.

Aber das hatte er ihr bereits gesagt. Vermutlich war das der Grund, warum sie zur Bank gegangen war.

Er schloss die Tabelle und klickte auf seine E-Mails. Er hatte eine von Gideon, der ihm sagte, dass sie wegen des Man Cave viel Gegenwind von ihren Frauen bekamen. Doch darüber wollte Kipling jetzt nicht nachdenken. Er sicherte die E-Mail und stand dann auf, um rastlos in seinem Büro auf und ab zu tigern.

Es sind einfach zu viele Dinge auf einmal, überlegte er. Probleme, die er nicht lösen konnte. Das Thema mit dem Man Cave und Jo's Bar frustrierte ihn. Es hatte einen Bedarf gegeben. Er hatte diesen gestillt, und jetzt war er der Böse.

Konnten die Männer in dieser Stadt sich gegenüber ihren Frauen und Freundinnen nicht behaupten? Es gab genügend Kunden für beide Bars. Touristen hatten die Wahl, wohin sie gehen wollten. Warum war das so schlimm?

Was Shelby anging – da konnte er nicht viel tun. Er hatte sein Bestes gegeben, und jetzt musste sie ihre eigenen Entscheidungen treffen. Und mit den Konsequenzen leben. Denn wenn er recht hatte und alles den Bach …

Die Tür zu seinem Büro öffnete sich, und Destiny kam herein. Sofort entspannte Kipling sich. Sie war nicht nur eine nette Ablenkung von all den Dingen, die er nicht kontrollieren konnte, sondern ihre Nähe erdete ihn auch. Das konnte er zwar nicht erklären, aber er war gewillt, es einfach zu akzeptieren.

„Hey“, sagte er und hielt dann inne.

Sie war aufgebracht. Das sah er an ihren Augen, die förmlich zu lodern schienen. Sie hatte rote Wangen und wirkte angespannt. Er ging zu ihr.

„Was ist los? Kann ich etwas tun?“ Wenn er ihr Problem löste, würde es ihnen beiden besser gehen.

Sie schaute ihn an und lachte. Nur klang das Lachen eher angespannt als fröhlich.

„Du hast bereits genug getan", sagte sie. „Wusstest du, dass es meinem Körper egal ist, dass ich noch Jungfrau war? Ich habe es im Internet nachgelesen. Was ich vorher hätte tun sollen. Aber ich dachte, ich bekomme einen Freifahrtschein. Nur einen. Aber nein. So etwas gibt es nicht."

Sie machte ihm nicht wirklich Angst, aber ganz sicher war sie nicht sie selbst. Gefühle, die, wie er schon lange vermutet hatte, tief vergraben waren, waren endlich an die Oberfläche gekommen, und es war nicht das Freudenfest, auf das er gehofft hatte.

„Destiny", sagte er ruhig. „Hol erst mal tief Luft, und dann erzähl mir, was los ist."

„Mit meinem Atem ist alles in Ordnung." Sie holte ein paarmal tief Luft, um es zu beweisen. „Siehst du. Das bin ich, wie ich atme. Was das andere angeht, da gibt es nichts Neues. Nichts, was nicht schon seit Wochen los ist. Ich bin schwanger. Ich habe mich all die Jahre aufgespart, weil ich nicht sicher war. Weil ich eine rationale Entscheidung treffen wollte. Ich wollte nicht wie meine Eltern werden, die übrigens tatsächlich gewartet haben, bis sie verheiratet waren, um Sex zu haben und schwanger zu werden. Das hat mir meine Mom heute Morgen erzählt. Wer hätte das gedacht?"

Schwanger? Destiny bekam ein Baby? Sein Baby? Kipling ließ die Neuigkeiten sacken. Er mochte Kinder. Hatte immer gehofft, irgendwann selbst welche zu haben. Er könnte sicherstellen, immer da zu sein, um die Probleme seines Kindes zu lösen. Ja, das könnte er. Ein Kind. Er spürte, wie sich ein Grinsen in seinem Gesicht ausbreitete. Ein Mini-G-Force.

„Ich verstehe das nicht", fuhr sie fort und wurde dabei immer lauter. „Es sollte einen einmaligen Schutzmechanismus geben. Aber nein. Jungfrauen bekommen keine Sonderbehandlung. Stattdessen gibt es Konsequenzen. Das macht mich so fertig. Ich glaube fest an Konsequenzen. Ich bin ein großer Fan von ihnen. Ich lebe mein Leben so, dass ich vermeide, mir jemals über sie Gedanken machen zu müssen. Aber da waren wir, auf der Bank in der Bar, und haben es getan. Und nun bin ich schwanger."

„Geht es dir gut?", fragte er.

„Nein!" Das Wort war mehr ein Schrei.

Sie holte tief Luft. „Nein", wiederholte sie ruhiger. „Mir geht es nicht gut. Ich bin gerade erst dabei, die Sache mit Starr auf die Reihe zu kriegen. Wir haben noch kein festes Zuhause. Wir haben zwar beschlossen, in Fool's Gold zu bleiben, aber ich habe noch keinen neuen Job. Oder auch nur einen Plan, was ich mit meinem Leben anstellen soll. Und jetzt ist da auch noch ein Baby?"

Sie ging zum Fenster, drehte sich um und funkelte ihn an. „Das ist so was von deine Schuld. Bevor ich dich kennengelernt habe, war ich ein ruhiger, vernünftiger Mensch. Jetzt bin ich *schwanger*. Und ich habe Gefühle. Neulich, nach unserem Dinner, wollte ich, dass du mich küsst, aber du hast es nicht getan, und ich war enttäuscht. Was soll das? Ich bin mein ganzes Leben ohne den Wunsch ausgekommen, geküsst zu werden. Das Leben war so viel ruhiger, als es noch keine Küsse gab, das sage ich dir."

Er lehnte sich an den Schreibtisch und unterdrückte ein Lächeln. Oh ja, das war die wahre Destiny, die er schon lange hatte herauskitzeln wollen. Die leidenschaftliche Frau, die mit Körper und Seele sang.

„Guck mich nicht so an!", befahl sie ihm.

„Wie denn?"

„Ich weiß nicht. Belustigt? Stolz? Ich bin kein Hund."

„Das habe ich auch nie behauptet."

Sie stampfte mit dem Fuß auf. „Ich will mit etwas um mich werfen! Weißt du, was das bedeutet? Ich bin wirklich so wie meine Eltern. Ich habe so hart daran gearbeitet, nicht wie sie zu sein, und jetzt steh ich hier und will dir einen Teller an den Kopf schmeißen."

Er ging zu ihr, griff sie an den Oberarmen und zog sie an sich. Dann presste er seinen Mund auf ihren. Als er sich wieder zurückzog, schaute er ihr in die grünen Augen und wusste genau, wie das Problem zu lösen war.

„Heirate mich."

16. KAPITEL

Destiny saß auf ihrem Bett. Wie sie Kiplings Büro verlassen und nach Hause gegangen oder vermutlich eher gerannt war, daran konnte sie sich kaum noch erinnern. Wohl aber daran, dass er ihr einen Antrag gemacht hatte. Sie war sich ziemlich sicher, dass sie ihn abgelehnt hatte, bevor sie in Tränen ausgebrochen und geflüchtet war. Aber vielleicht bedeutete die Tatsache, dass sie sich nicht mehr genau daran erinnern konnte, dass sie ihm höflich für sein großzügiges Angebot gedankt hatte und dann ganz langsam davongeschlendert war.

Oder auch nicht. Sich zu erinnern wurde sowieso vollkommen überbewertet.

Sie griff nach ihrer Gitarre. Wie von selbst fanden ihre Finger die richtigen Akkorde. Zu spielen erlaubte ihr, sich zu entspannen.

Auf der positiven Seite stand, dass Lacey heute früh abgereist war. Ihr turbulenter Besuch hatte damit geendet, dass sie Destiny versprochen hatte, in ein paar Monaten zurückzukommen, um zu sehen, wie es mit ihr und Starr lief. Destiny hatte das Gefühl, sobald die Neuigkeit von ihrer Schwangerschaft die Runde machte, würde Lacey Stammgast in Fool's Gold werden.

Sie musste zugeben, dass das nicht automatisch schlecht oder negativ war. Ein Baby zu bekommen war Angst einflößend. Ihre Mutter in der Nähe zu haben wäre nett.

Sie spielte weiter und dachte, jetzt, da sie schwanger war, kam Wein nicht mehr infrage. Was bedeutete, sie würde sich später mit einem Glas Milch und ein paar Keksen auf die Couch kuscheln müssen. Milchprodukte waren doch gut für sie, oder? Und wenn sie noch Haferkekse mit Rosinen hätte, wäre das praktisch Obst und Getreide in einem.

Die Ernährungsfragen einmal beiseitegelassen, hatte sie ein Leben und ein Ziel. Vielleicht war es etwas seltsam, aber es war trotzdem ihr Leben. Ein Leben, das jetzt eigentlich lachhaft war. War sie nicht viel zu alt für eine ungeplante Schwangerschaft? Hätte sie es nicht besser wissen müssen? All das Weglaufen vor ihren Genen und ihrer Familie hatte sie in eine Situation gebracht, in die selbst ihre Mutter nie gekommen war. Single, schwanger und beinahe dreißig!

Sie schaute immer wieder auf die Uhr, und als es an der Zeit war, legte sie ihre Gitarre beiseite und ging ins Wohnzimmer, um auf Starr zu warten.

Ein paar Minuten später stürmte ihre Schwester ins Haus. In der Sekunde, in der sie Destiny erblickte, plapperte sie munter drauflos. „Es gibt ein Musical. Für die letzte Sommerwoche stellen sie ein Musical auf die Beine, und ich will mich für eine der Hauptrollen bewerben. Glaubst du, ich kann das?"

„Natürlich. Du hast eine wunderschöne Stimme."

„Ich habe solche Angst", gab Starr lachend zu und ließ ihren Rucksack neben dem Sofa auf den Boden fallen. „Was, wenn ich ausflippe?"

„Du wirst die Lieder kennen", sagte Destiny. „Soll ich mal mit Kipling reden? Vielleicht kann er das Man Cave an einem Samstagnachmittag aufmachen, damit du und deine Freunde mit einem Mikrofon und ein paar Familienmitgliedern als Zuschauern üben könnt. Dann hättet ihr weniger Druck als bei einem Vorsingen und würdet euch ein wenig sicherer fühlen."

„Das ist eine super Idee. Danke. Ich wollte dich fragen, welches Lied ich singen soll. Sie haben uns eine Liste gegeben, aus der wir auswählen können."

„Die können wir uns heute Abend anschauen."

„Das wäre toll." Starr zog die Nase kraus. „Was ist los? Du machst so ein zerknautschtes Gesicht."

„Was?“

„Du wirkst total verspannt. Irgendwas ist doch passiert.“

Destiny nahm an, dass es schlimm um sie stand, wenn es ihr nicht einmal gelang, eine Fünfzehnjährige zu täuschen. „Setz dich, wir müssen uns unterhalten.“

Starrs Fröhlichkeit schwand, und sie presste die Lippen zusammen. Dann ließ sie sich aufs Sofa sinken. „Ist es schlimm?“

„Nein. Ich bin nicht krank, du bist nicht krank. Wir bleiben in Fool's Gold. Es ist etwas anderes.“ Sie setzte sich neben ihre Schwester.

Wie, zum Teufel, sollte sie es erklären? Sie würde wie eine Idiotin klingen. Was sie auf gewisse Weise ja auch war.

Sie versuchte zu lächeln, hatte aber das Gefühl, es war eher eine Furcht einflößende Grimasse. Trotzdem blieb Starr, wo sie war, und kreischte nicht auf oder so.

Destiny öffnete den Mund und schloss ihn wieder. Einfach ist am besten, beschloss sie, und legte los. „Ich bin schwanger. Kipling ist der Vater.“

„Oh wow.“ Starr starrte sie an. „Ich wusste, dass ihr zwei zusammen ausgeht oder so, aber ich hatte keine Ahnung … Wow, also wirst du das Baby behalten?“

„Ja.“ Sie hatte nicht einen Gedanken darauf verschwendet, es nicht zu behalten. „Das werde ich. Also schätze ich, dass du bald Tante sein wirst.“

Starr grinste. „Stimmt. Das ist cool. Ich kann helfen. Ich weiß zwar nichts über Babys, aber das kann ich lernen.“

Destiny wusste auch nichts über Babys, glaubte aber nicht, dass es einem von ihnen helfen würde, das laut auszusprechen.

„Kipling hat mir einen Antrag gemacht.“

Starr nahm ihre Hand. „Wirklich? Das ist super! Wann heiratet ihr? Denn das tun Leute doch, oder? Heiraten und Kinder kriegen? Das macht sie zu einer Familie.“

Destiny setzte an, ihr zu sagen, dass es keine Hochzeit geben würde. Dass viele Leute nicht heirateten. Dann erinnerte sie sich daran, dass Jimmy Don Starrs Mutter nie geheiratet hatte. Jimmy Don war ein Vater, der weder ihre Mutter geheiratet noch seine Tochter bei sich aufgenommen hatte, als sie nirgendwohin konnte. Er hatte sich nicht einmal ihren Geburtstag gemerkt.

Destiny drückte Starrs Hände. „Das macht sie nicht zu einer Familie“, flüsterte sie. „Es ist die Liebe, die das macht, nicht die Hochzeit.“

„Aber zu heiraten hilft.“

Das ist mal eine unerwartete Wendung, dachte Destiny hilflos. Kipling entsprach nicht ihrer Vorstellung einer vernünftigen Wahl. Die Chemie zwischen ihnen war geradezu explosiv. Sicher, er war nett und fürsorglich und würde immer da sein, um sie zu unterstützen. Es gefiel ihr, dass er aufgrund seiner früheren Karriere und seines Erfolgs ein riesiges Ego haben könnte, stattdessen aber bescheiden und auf dem Teppich geblieben war. Er war praktisch ein ganz normaler Durchschnittsmann.

Aber die Sache mit dem Sex machte ihr Sorgen. Starke Gefühle bedeuteten nichts als Ärger. Sie liebte ihn nicht, und er liebte sie nicht, was vermutlich ein Anfang war. Aber reichte ihre Freundschaft, damit eine Ehe Bestand haben konnte? Und noch wichtiger: War sein Antrag bloß eine impulsive Reaktion auf ihre Neuigkeiten gewesen, oder hatte er es ernst gemeint?

Eins stand jedenfalls fest: Bevor sie in das Gesicht ihrer Schwester geschaut hatte, war ihr nie in den Sinn gekommen, Ja zu sagen. Doch jetzt schien es, als hätte sie keine andere Wahl.

Kipling hatte beschlossen, Destiny nicht zu bedrängen. Er wusste, sie ging ihm aus dem Weg, aber die Zeit spielte für ihn. Obendrein mussten sie zusammenarbeiten. Es würde noch eine Weile dauern, bis sie die Neuigkeit von ihrer Schwangerschaft verdaut hatte. Er kämpfte ja selbst noch damit. Aber zu heiraten war laut ihr keine Option. Dennoch, sie bekam sein Baby, und er war entschlossen, eine Rolle im Leben seines Kindes zu spielen.

Destiny versuchte immer noch, mit der Situation klarzukommen, deshalb suchte er sie nicht auf. Aber sie hatten eine zweite Trainingssuche angesetzt, und er wusste, dass Destiny auf jeden Fall auftauchen würde. Also lud er seine Ausrüstung ein, fuhr zum vereinbarten Treffpunkt und wartete.

Sie kam nur wenige Minuten nach ihm an. Als sie aus dem Wagen stieg, sah er, dass sie die übliche Uniform aus Jeans, T-Shirt und Wanderstiefeln anhatte. Ihr Haar hatte sie zu einem schlichten Pferdeschwanz zusammengebunden, und sie war ungeschminkt.

Das ist meine Destiny, dachte er lächelnd. Natürlich. Ehrlich. Die Schatten unter ihren Augen verrieten, dass sie nicht geschlafen hatte. Er schätzte, herauszufinden, dass sie schwanger war, hatte ein ganz schönes Chaos in ihrem Leben angerichtet.

„Hi", sagte sie vorsichtig, als sie ihn sah. Ihre Miene war wachsam.

„Nein."

Sie blinzelte. „Nein was?"

„Nein, ich werde bei der Arbeit nicht über private Dinge reden."

„Oh." Sie entspannte sich sichtlich. „Okay. Gut. Bist du bereit?"

Er hielt sein Tablet hoch, auf dem die Software installiert war. „Bin ich."

Die Regeln waren ähnlich wie beim ersten Mal. Cassidy war ungefähr eine Meile vom Hauptweg abgewichen. Sie würde noch eine Meile weitergehen, dann eine andere Richtung einschlagen und anfangen, in weiten Kreisen weiterzugehen. Ein klassisches Muster für jemanden, der sich verlaufen hatte.

Wenn dieser Test gut verlief, würden sie die Übungseinsätze ausweiten. Freiwillige würden als Vermisste agieren, Kipling und Cassidy würden die Suche anleiten, und Destiny wäre nur noch Beobachterin. Im Anschluss an jede Suchübung würde sie eine Manöverkritik durchführen.

„Wo willst du anfangen?", fragte Destiny.

Er wusste, dass sie von der Übung und nicht von der Schwangerschaft sprach, und deutete auf den Pfad. „Wir nehmen zuerst den offensichtlichen Weg."

Sie waren beide mit GPS-Trackern ausgerüstet, die Daten in Echtzeit an das Computersystem sendeten. Destiny gab die Daten ein, die sie hatten, einschließlich Cassidys vermuteter Startzeit und der Tatsache, dass sie als unerfahrene Wanderin galt.

Kipling beobachtete Destiny bei der Arbeit. Sie war schnell und effizient und erklärte ihm bald, dass sie loslegen konnten. Er bedeutete ihr voranzugehen.

Während der ersten paar Minuten schwiegen sie. Das Gehen fiel ihm heute leicht, die Verletzungen bereiteten ihm keine Schwierigkeiten.

Er und Destiny folgten dem Weg eine Viertelmeile, bevor er sich gabelte. Kipling zeigte nach links. Sie konnten nicht wissen, welchen Weg Cassidy eingeschlagen hatte, aber das gehörte zum Spaß dazu.

Das Unterholz war dicht, die Luft süß vom Duft der Blumen, der mit einer leichten Brise herüberwehte. Es war bereits warm und würde im Laufe des Tages noch heißer werden.

Unglaublich, dass er noch vor einem Jahr verletzt und vollgepumpt mit Medikamenten in einem Krankenhaus in Neuseeland gelegen und sich mit Bürgermeisterin Marsha darüber unterhalten hatte, einen Job in einer Stadt anzunehmen, von der er noch nie gehört hatte. Und nun war er hier. Vieles hatte sich verändert. Er hatte das Skifahren aufgegeben, und auch wenn er das an manchen Tagen bedauerte, war er meistens doch gut in der Lage, mit dem umzugehen, was passiert war. War es seine Entscheidung gewesen? Nein. Aber es war ihm gelungen, weiterzumachen. Sicher, er wollte sich immer noch gern mit den Bergen messen, war aber vernünftig genug, darauf zu verzichten. Er konnte sein Handicap entweder akzeptieren und ein glückliches Leben führen oder für immer verbittert sein. Diese Entscheidung lag ganz bei ihm.

Irgendwie hatte er sich in den letzten paar Monaten immer mehr in Richtung des Ersteren bewegt. Vielleicht war die Zeit wirklich heilsam. Vielleicht lag es aber auch an Destiny. Wenn er mit ihr zusammen war, fühlte er sich einfach besser.

Es war keine Liebe. Er war nicht gewillt, das, was sie miteinander hatten, auf leere Worte zu reduzieren. Nein, er spürte, dass er für sie da sein wollte. Sich um sie kümmern wollte. Und er wusste, dass es ihr genauso ging. Destiny glaubte an die Kraft der Tat. Das sah man schon allein daran, wie sie sich um Starr kümmerte. Sie bräuchten keine Liebe. Sie hatten einander und ihren gegenseitigen Respekt. Und was noch wichtiger war: Sie würden ein Kind bekommen.

„Wir würden gut zusammenpassen."

Destiny wirbelte zu ihm herum und stolperte dabei beinahe über ihre eigenen Füße. Schnell streckte er die Hand aus, um sie festzuhalten.

„Das nennst du nicht darüber reden?", fragte sie.

„Ich habe meine Meinung geändert."

„Du musst mich nicht heiraten", erklärte sie.

„Das will ich aber."

„Warum?"

„Weil wir ein Baby bekommen. Wir sind beide traditionell genug, um Teil einer Familie sein zu wollen. Das könnte uns gelingen."

Er hatte keine Ahnung, was sie dachte. Sie wandte den Blick nicht ab, sagte nicht Nein.

„Ich habe Starr."

„Ich weiß. Sie ist Teil des Deals. Wenn wir heiraten, wird ihr das ein Gefühl der Stabilität schenken. Du müsstest nicht mehr alles alleine machen. Du kannst dich auf mich verlassen, Destiny."

Um ihre Mundwinkel zuckte es. „Du wirst nicht versuchen, mich davon zu überzeugen, dass du mich liebst?"

„Nein. Ich werde dir sagen, dass wir viel gemeinsam haben. Ich verstehe, warum du deine Leidenschaft ignorierst, und es ist für mich in Ordnung. Aber wenn du mal loslassen und ein paar Teller werfen solltest – ich bin gut darin, mich zu ducken."

„Ich würde niemals einen Teller werfen."

„Du hast davon gesprochen."

„Das ist nicht das Gleiche, wie es auch zu tun." Sie atmete tief ein. „Du wirst Sex wollen, oder?"

Er bemühte sich, nicht zu lächeln. „Ja, das würde ich."

„Viel?"

„Das kommt auf deine Definition von viel an."

Sie nickte, als hätte sie diese Antwort erwartet. „Es wird mir nicht gefallen, aber du kannst es tun, wann immer du willst. Ich werde nicht Nein sagen."

Jetzt musste er einfach lächeln. „Danke dir."

Sie hat ja keine Ahnung, worauf sie sich da einlässt, dachte er amüsiert. Sobald sie verheiratet waren, würde er sicherstellen, dass sie erfuhr, was das ganze Aufhebens um Sex sollte. Von dem zu schließen, was er bisher gesehen hatte, verbarg Destiny mehr Leidenschaft in sich, als sie selbst wusste. Wenn sie erst einmal losließ, würde sie nicht mehr zu stoppen sein. Und er konnte es kaum erwarten, ihr dabei Gesellschaft zu leisten.

„Wenn du mich immer noch heiraten willst …" Sie seufzte. „… dann sage ich Ja. Für das Baby und für Starr."

„Gut. Früher ist vermutlich besser als später. Was hältst du von Ende der Woche?"

Sie nickte. „Und jetzt sollten wir uns besser daranmachen, Cassidy zu finden."

Er zeigte auf den Weg. „Ich bin direkt hinter dir."

Destiny hatte nicht erwartet, dass man eine Hochzeit in weniger als achtundvierzig Stunden auf die Beine stellen konnte, aber wie sich herausgestellt hatte, ging das. Die Tatsache, dass es keine Gäste gab, half enorm. Genau wie die Heirat in Bürgermeisterin Marshas Büro im Rathaus abzuhalten und nur die Braut, den Bräutigam, Shelby und Starr dabeizuhaben. Bailey, die Assistentin der Bürgermeisterin, und Shelby waren die Trauzeuginnen. Bevor Destiny noch Luft holen konnte, war sie verheiratet.

Als Bürgermeisterin Marsha lächelte und sagte: „Sie dürfen die Braut jetzt küssen", merkte Destiny, dass sie nichts fühlte. Sie war total taub – sowohl emotional als auch körperlich. Das Gefühl von Kiplings Lippen auf ihren nahm sie kaum wahr. Als ihr danach alle gratulierten, war sie sich ziemlich sicher, dass sie lächelte und die richtigen Dinge sagte, aber das alles geschah wie in einem Traum.

Die nächsten paar Stunden waren verschwommen. Shelby würde über Nacht bei Starr bleiben, während Destiny und Kipling Mini-Flitterwochen in Ronan's Lodge verbrachten. Destiny war sich bewusst, dass sie ihre Übernachtungstasche packte und ihre Schwester umarmte. Dann waren da die kurze Fahrt zur Lodge und das Einchecken. Kurz darauf stand sie mitten in einer hübschen Hotelsuite und fragte sich, was sie sich nur bei alldem gedacht hatte.

Das Wohnzimmer der Suite war hell und schick eingerichtet. Eine fröhliche Kombination aus modern und gemütlich. Hinter der offenen Tür sah sie das Schlafzimmer. Technisch gesehen konnte sie nur das Bett erkennen, aber das reichte ihr. Weil sie wusste, was als Nächstes käme.

Der Preis ihres einzigen moralischen Fehltritts glänzte an ihrer linken Hand. Ein schlichter Goldring. Einer, mit dem

Kipling sie während der Zeremonie überrascht hatte. Denn sie hatte nicht an Ringe gedacht. Oder an irgendetwas anderes. Ehrlich gesagt hatte sie seit seinem Antrag überhaupt nicht viel gedacht.

Er fing ihren Blick auf, kam zu ihr und nahm ihre linke Hand in seine. „Ich wollte dir einen anderen Ring besorgen", erklärte er. „Aber du musst mir helfen, ihn auszusuchen. Ich dachte, der hier wäre ein guter Anfang. Schlicht und klassisch."

„Er ist gut. Ich brauche nichts anderes."

Er lächelte. „Es geht nicht nur darum, was du brauchst, Destiny. Es geht darum, was richtig ist."

Nichts ist richtig, dachte sie. Sicher, sie war verheiratet und schwanger und hatte ihre Schwester, womit sie auf dem Weg zu der perfekten Familie war, die sie immer gewollt hatte. Aber alles wirkte irgendwie unwirklich. Als wenn sie ihr Leben durch eine dicke Glasscheibe wahrnahm. Oder unter Wasser. Oder von einem anderen Planeten. Sie sah, was passierte, hörte es, berührte es sogar. Aber es war nicht real.

Ihre Aufmerksamkeit wurde von dem großen Bett angezogen, das drohend über ihrer Zukunft aufzuragen schien. Guter Gott, sie würden es tun müssen, oder?

„Wenn wir das Sex-Ding jetzt machen, können wir es dann die nächsten paar Tage sein lassen?", fragte sie, ohne Kipling wirklich anzuschauen.

„Wäre das für dich besser?"

„Ja. Dann würde ich mir nicht so viele Gedanken machen, ob es jeden Moment passieren kann."

Um seine Mundwinkel zuckte es verräterisch. „Klar. Lass es uns hinter uns bringen."

Das klingt viel zu einfach, dachte sie. „Und dann sind wir für die nächsten paar Tage damit durch?"

Er nickte. „Ich verspreche, ich werde dich nicht um Sex bitten, solange wir im Hotel bleiben. Wenn du es willst, darfst du es mir gerne sagen und dann können wir …". Er ließ ihre

Hand los und malte Gänsefüßchen in die Luft. „… das Sex-Ding machen."

„Sehr lustig." Als wenn *sie* jemals diejenige sein würde, die das initiierte.

Sie nahm ihre Tasche und ging ins Schlafzimmer. Nachdem sie die Tür hinter sich geschlossen hatte, umrundete sie das Bett, ohne es anzusehen, und betrat das Badezimmer.

Sie war sich nicht sicher, wie sie sich vorbereiten sollte. Sie putzte sich die Zähne und schlüpfte dann in ein schlichtes Baumwollnachthemd. Das einzige, das sie besaß. Eigentlich war es mehr ein langes T-Shirt.

Sie zerbrach sich den Kopf über ihre Unterwäsche, dachte dann aber, sie anbehalten zu können wäre vermutlich reines Wunschdenken, und schob sie daher unter ihre andere Kleidung, bevor sie ins Schlafzimmer zurückkehrte. Nachdem sie die Tagesdecke zusammengefaltet und beiseitegelegt hatte, streckte sie sich auf einer Seite des Bettes aus und legte den Kopf auf das Kissen.

„Komm rein", rief sie.

Die Tür ging auf. Kipling kam herein und hielt inne, um sie unter erhobener Augenbraue anzusehen.

„Bereit, das ultimative Opfer zu bringen?", fragte er.

Sie konnte seinen Tonfall nicht ganz deuten. Belustigung vermutlich. Auch wenn sie keine Ahnung hatte, warum er das hier für lustig hielt.

Sie nickte. „Das bin ich."

Er kam zum Bett. Schuhe und Strümpfe hatte er bereits ausgezogen, den Rest seiner Sachen aber noch an. Was nett war. Ihn nackt zu sehen würde sie zu sehr aufregen.

Aus dunkelblauen Augen schaute er sie an. Ihr fiel auf, dass er mal wieder zum Friseur musste, sich aber erst kürzlich rasiert hatte. Vermutlich für die Hochzeit, dachte sie. Er war ein Mann, der sich für seine Hochzeit rasieren würde.

Er stieg auf seiner Seite ins Bett und rutschte in die Mitte.

Nachdem er neben sich auf die Matratze geklopft hatte, wartete er, bis Destiny ein wenig näher herangerückt war.

Sie hatte erwartet, dass er etwas sagen oder sich einfach nur auf sie legen und sein Ding durchziehen würde. Doch stattdessen strich er ihr sanft mit den Fingern über die Wange, bevor er ihr einen zärtlichen Kuss gab.

Das Gefühl seiner Lippen auf ihren war zugleich vertraut und erregend. Sie kannte die Sache mit dem Küssen – und mochte sie sogar. Also war es leicht, die Augen zu schließen und sich zu entspannen. Er intensivierte den Kuss und legte ihr eine Hand auf die Hüfte, was sie kurzfristig ablenkte. Aber als er sie nicht weiter bewegte, konnte Destiny sich wieder auf den Kuss konzentrieren.

Im Raum war es still. Das Bett war bequem. Sie waren allein, und niemand würde sie stören. Sie freute sich zwar nicht auf das, was sie tun würden, aber sie konnte nicht anders, als daran zu denken, wie es wäre, seine Hände an ihren Brüsten zu spüren. Das war der Teil, der ihr gefiel.

Seine Zunge strich über ihre Unterlippe. Sie öffnete den Mund, um ihn einzulassen, und seufzte dann, als sie das vertraute Ziehen in ihrem Unterleib spürte. Sie schlang beide Arme um Kipling und legte ihre Hände auf seinen Rücken. Er ist so breit und stark, dachte sie abwesend. Männlich. Er würde sie immer beschützen.

Ihre Zungen vollführten einen erotischen Tanz. Ihre Brüste fingen an zu schmerzen, und sie spürte, wie ihre Spitzen sich gegen den Stoff ihres Nachthemds drückten.

Kipling verlagerte ein wenig sein Gewicht und zog dann eine Spur aus kleinen Küssen über ihre Wange und an ihrem Hals entlang. Mit den Lippen wanderte er über ihr Schlüsselbein, tauchte dann tiefer zum Ausschnitt ihres Nachthemds, doch nicht weiter. Die Hand auf ihrer Hüfte blieb genau da, wo sie war. Er richtete seine Aufmerksamkeit wieder auf ihren Mund und küsste sie erneut.

Seufzend rollte sie sich zu ihm herum und fuhr dabei mit ihren Fingern über seinen Rücken. Der Kuss wurde intensiver. Mit jeder Berührung seiner Zunge spürte sie, wie sie mehr dahinschmolz. Gleichzeitig begann ihr gesamter Körper zu prickeln. Von ihren Brüsten, die mit jeder Sekunde mehr schmerzten, bis zu ihren Fußspitzen. Da war wieder diese seltsame Schwere, die beinahe zu pulsieren schien.

Bilder erfüllten ihren Kopf. Davon, wie er sie zuvor erregt hatte. Wie er in sie eingedrungen war. Das will ich noch mal, dachte sie wie benebelt. Sie hatte gesagt, dass sie diese Sex-Sache machen wollte, also warum brauchte er so lange?

Jetzt hauchte er ihr federleichte Küsse auf den Hals und ihr Dekolleté. Einen Herzschlag lang zögerte er, verharrte mit dem Mund kurz vor ihren Brüsten. Dann noch einen. Vorfreude erfüllte sie, weckte den Wunsch in ihr, ihn an den Schultern zu packen und an sich zu ziehen.

Endlich senkte er den Kopf und umschloss ihre rechte Brustwarze mit den Lippen.

Sie atmete scharf aus, als sie die warme, feuchte Hitze seines Mundes spürte, die durch den dünnen Baumwollstoff drang. Gekonnt ließ er die Zunge über ihre empfindliche Haut streichen, was sie ein ums andere Mal erschauern ließ.

Zwar trug sie immer noch ihr Nachthemd, aber der feine Stoff war überhaupt nicht im Weg. Sie genoss seine Liebkosungen, dann das pulsierende Vergnügen, als er saugte, und die kühle Luft auf dem feuchten Stoff, während er sich ihrer anderen Brust zuwandte.

Sie war nicht sicher, wie lange er zwischen ihnen hin- und herglitt. Erst die eine, dann die andere. Wenn seine Lippen mit der einen Brust beschäftigt waren, war seine Hand an der anderen. Sie lernte, dass es einen Unterschied gab, was er mit seiner Zunge und was mit seinen Fingern machen konnte, aber beides war sehr, sehr schön.

Irgendwann hatte Destiny sich auf den Rücken gerollt, wenn sie auch nicht sagen konnte, wann. Sie hatte die Hände von seinem Rücken zu seinen Schultern und dann zu seinem Kopf gleiten lassen. War mit den Fingern durch sein Haar gestrichen und hatte gestöhnt und ihre Fingernägel tief in seine Schultern gegraben.

Im Zimmer war es sehr warm geworden. Sie wand sich rastlos, hatte das Gefühl, mehr zu brauchen. Sie drückte ihre Beine gegen das Laken, presste ihre Schenkel zusammen, doch nichts half. Eben noch entspannte Muskeln spannten sich an, aber sie war nicht sicher, warum.

Sie spürte, dass Kipling sich auf der Matratze bewegte, und öffnete die Augen. Sie sah, dass er sein weißes Hemd auszog. Begierig darauf, seinen Oberkörper zu sehen, schaute sie hin. Er warf das Hemd beiseite, und sie legte, ohne nachzudenken, ihre Hände auf seine wohlgeformten Muskeln.

Seine Haut war warm und weich. Sie sah, dass seine Brustwarzen leicht erhoben waren.

„Fühlt es sich genauso an?“, fragte sie, während sie mit der Fingerspitze darüberstrich.

Er grinste. „Ich weiß nicht, wie es sich für dich anfühlt, aber mir gefällt es.“

Die Anatomie ist interessant, dachte sie. Gleich und doch anders.

Er beugte sich vor und küsste sie, während er an ihrem Nachthemd zupfte. Sie schob es ein Stück hoch, dann streifte er es ihr ab.

Seltsam, vor wenigen Minuten hatte der Gedanke daran, nackt zu sein, sie noch nervös gemacht. Jetzt konnte sie nur daran denken, dass er sie ohne den störenden Stoff berühren würde und wie gut das wäre. Langsam ließ sie sich auf die Matratze zurücksinken und schlang ihre Arme um ihn. Er lächelte, dann küsste er sie.

Ihre Lider schlossen sich, als sie sich in dem Gefühl von seinem Mund auf ihrem verlor. Erneut umfasste er ihre Brüste. Das ist so schön, schoss es ihr durch den Kopf. Sie könnte …

Seine Hand bewegte sich. An ihren Rippen entlang, über ihren Bauch, dann blieb sie auf ihrem Oberschenkel liegen. Weil er vorhatte, sie *dort* zu berühren.

Destiny war nicht sicher, was sie davon halten sollte. Sie war immer noch angespannt und heiß, aber auch nervös. Doch als er sich nicht gleich bewegte, entspannte sie sich wieder. Denn alles, was er bislang getan hatte, hatte sich gut angefühlt. Nicht welterschütternd, wie alle sagten, aber angenehm. Wenn das hier Sex war und somit wichtig für ihn, könnte sie sich durchaus vorstellen, es einmal im Monat oder so zu tun.

Er ließ die Hand an ihrem Oberschenkel hinaufwandern, zurück zu ihrem Bauch und wieder nach unten. So langsam und leicht, dass sie es beinahe nicht bemerkte. Beim zweiten Mal glitt er hinauf zu ihrem Busen und streichelte ihre aufgerichteten Brustwarzen. Die Rastlosigkeit kehrte zurück, und sie räkelte sich unter seinen Fingern.

Als er die Hand wieder nach unten gleiten ließ, öffnete sie die Beine. Seine Finger fanden ihren sensibelsten Punkt, und sie erstarrte.

„Ich will, dass du mir sagst, wenn dir irgendetwas von dem, was ich mache, nicht gefällt“, meinte er leise. „Wenn es wehtut oder dir unangenehm ist.“

Sie öffnete die Lider und sah, dass er sie aus seinen dunkelblauen Augen eindringlich musterte.

„Wenn du willst, dass ich es schneller oder langsamer tue, wäre es auch gut, das zu sagen.“

„Warum sollte ich das machen?“, fragte sie.

Er lächelte. „Es wird ein Punkt kommen, an dem du mir Anweisungen geben willst.“

„Das bezweifle ich.“

Sein Lächeln wurde zu einem Grinsen. „Vertrau mir.“

„Okay.“

Er bewegte seine Hand, übte ein wenig Druck aus. Wärme schien von den Stellen auszustrahlen, über die er strich. Eine seltsame Wärme, die den Wunsch in ihr weckte, sich ihm entgegenzudrängen.

„Was weißt du über die Anatomie?", erkundigte er sich. „Insbesondere über diese Gegend?"

„Das Übliche."

Er gab ihr einen sanften Kuss. „Schließ die Augen."

Sie tat es, und er begann gekonnt, sie zu verwöhnen.

An jenem Abend in der Bar war es anders gewesen. Er war in ihr gewesen, doch er hatte sie nicht berührt. Nicht so. Damals hatte er nicht anscheinend jeden Nerv in ihr vibrieren lassen.

Er glitt mit einem Finger in sie, und instinktiv hob sie ihm die Hüften entgegen. Es war ein angenehmes Gefühl, und so spreizte sie die Beine noch ein bisschen weiter. Er streichelte sie, schob seinen Finger tiefer hinein und nach oben und …

Das schöne Gefühl wurde großartig, als er irgendeinen Nervenknoten oder so etwas fand. Vorsichtig stimulierte er ihn und ihr stockte der Atem.

„Der G-Punkt", murmelte er.

„Ich dachte, der wäre ein Mythos."

Erneut bewegte er seinen Finger. „Sag du es mir."

Das würde ich, wenn ich atmen könnte, dachte sie und reckte ihm die Hüften entgegen, damit er besser rankam.

Er nahm den Finger weg, und sie hätte beinahe gewimmert. Aber bevor sie sich beschweren konnte, widmete er sich bereits ihrer sensibelsten Stelle.

„Die Klitoris."

Sie hätte etwas gesagt, nur konnte sie nicht sprechen. Nichts, was sie bisher getan hatten, hätte sie auf die Hitzewellen und die Lust vorbereiten können, die durch ihren Körper rauschten.

Ich bin total hilflos, schoss es ihr durch den Kopf, und sie ließ sich in das Gefühl seiner hypnotischen Bewegungen fallen. Er veränderte den Rhythmus nicht, und doch baute sich in ihrem Inneren eine unglaubliche Spannung auf.

Sie wollte schreien. Sie wollte ihn anflehen. Alles Fühlen konzentrierte sich nur noch auf diesen kleinen Punkt, darauf, was Kipling mit ihr anstellte.

Ihr Atem ging flacher, als er sie wieder und wieder berührte. Er wurde ein wenig schneller. Unaufhaltsam strebte sie auf etwas zu, das sie nicht sehen konnte, nicht berühren konnte, nicht …

Sekunden später schien sie zu explodieren, in eine Trillion Stücke zu zerbersten, in die Essenz dessen, wer sie immer gewesen war. Sie keuchte oder schrie oder war total still. Sie wusste es nicht. Hilflos trieb sie auf den mächtigen Wellen der Lust. Es kam ihr vor, als würde sie sich auflösen und sich wieder zusammensetzen.

Nachdem sie wieder denken, wieder atmen und sprechen konnte, öffnete sie die Augen und stellte fest, dass Kipling sie beobachtete. Einer seiner Mundwinkel zuckte verräterisch.

„Und *das* war ein Orgasmus."

17. KAPITEL

Das Haus war hübsch. Zwei Etagen mit einem beinahe fertiggestellten Keller. Oben vier Schlafzimmer, große Fenster, die viel Licht hereinließen, und ein großer Garten. Destiny wusste, sie sollte sich angucken, ob es genügend Abstellräume gab und wie groß die Küche war. War der Grundriss okay für sie, und würde das Haus gestrichen werden müssen? Das waren alles Überlegungen, die man anstellte, wenn man zum ersten Mal ein Haus kaufte. Aber bei Gott, sie konnte nicht klar denken. Nicht wenn ihr Körper immer noch bebte und zitterte.

Nie hätte sie damit gerechnet, dass dieses Sex-Ding sie derart aus der Bahn werfen könnte.

Kipling kehrte in die Küche zurück und lächelte sie an. „Der Garten ist schön. Groß genug für eine Schaukel und damit ein Hund darin herumtollen kann. Es gibt auch einen Baum mit dicken Ästen. Was hältst du von einem Baumhaus?"

Er hat so einen schönen Mund, dachte sie, während sie ihn beim Sprechen beobachtete. Und wie er sich bewegte. Ab und zu zögerte er kaum merklich. Das waren wohl die Nachwirkungen seines Unfalls. Er hatte auch Narben. An den Beinen und der Hüfte. Eine ging einmal halb um seinen Körper herum bis zu seinem Rücken.

Das wusste sie jetzt – ebenso wie andere Dinge. Sie kannte den Geruch seiner Haut und wusste, wie sein Blick sich schärfte, wenn er in sie eindrang. Sie wusste, dass es ihm gefiel, wenn sie beim Orgasmus stöhnte und leise aufschrie.

Er kam zu ihr und zog sie an sich. „Müde?", fragte er.

„Ein bisschen."

Keiner von ihnen hatte geschlafen. Sie hatten die Nacht damit verbracht, sich zu lieben. Ihr erster Orgasmus hatte sie erschüttert. Umgehauen. Such dir was aus, dachte sie, immer noch überrascht von dem, was passiert war. Dann war er in sie hineingeglitten, und sie war noch einmal gekommen.

Danach waren sie zum Dinner gegangen und danach auf ihr Zimmer zurückgekehrt, um sich wieder und wieder zu lieben. Ihr tat alles weh, aber es war die Schmerzen wert. Jeder Schritt erinnerte sie daran, was sie getan hatten. Wie sehr er sie befriedigt hatte.

Er streichelte über ihr Haar und senkte dann seinen Mund auf ihren. Bereitwillig lehnte sie sich an ihn und öffnete die Lippen. Sobald seine Zunge ihre umspielte, begann sie, die Knöpfe ihres Hemdes zu öffnen. Als es offen war, löste sie den BH-Verschluss, griff nach Kiplings Händen und legte sie an ihre Brüste.

Sein Kuss wurde gierig, dann zog er sich zurück. „Merk dir, wo wir stehen geblieben sind. Ich will nur kurz sehen, ob die Haustür verschlossen ist."

Denn sie waren allein in dem leeren Haus. Die örtliche Maklerin hatte ihnen einfach die Schlüssel zu einer Handvoll Häuser gegeben, die unbewohnt waren und zum Verkauf standen. Offensichtlich hatte schon die Runde gemacht, dass sie nach etwas suchten, das sie schnell kaufen konnten.

Kipling eilte aus der Küche, und Destiny nutzte die Zeit. Sie öffnete ihre Jeans und schlüpfte aus den Schuhen. Als er zurückkehrte, war sie nackt.

Kopfschüttelnd sah Kipling sie an. „Du wirst uns noch beide umbringen."

„Das bezweifle ich", gab sie grinsend zurück.

Er kam zu ihr, fasste sie an der Hüfte und setzte sie auf den eingebauten Tisch. Sofort griff sie nach dem Reißverschluss seiner Jeans und öffnete ihn.

Er war bereits hart. Sie spreizte die Schenkel, und er drang in sie ein. Stöhnend schlang sie die Beine um ihn und drängte sich ihm begierig entgegen.

Es brauchte nur einen oder zwei Stöße, bis sie ihren gemeinsamen Rhythmus gefunden hatten. Während er sie küsste, nahm er ihre Brüste in die Hände. Sie strich mit den Händen über seinen Oberkörper, weiter hinunter zu seinem Rücken, um ihn noch näher an sich zu drücken.

Er füllte sie komplett aus. All ihre Nervenenden begannen anscheinend zu vibrieren. In der ersten Minute atmete sie schwer. In der zweiten näherte sie sich ihrem Höhepunkt. In der dritten Minute öffnete sie die Augen und sah, dass er sie anschaute.

Immer schneller und härter stieß er zu, brachte sie immer näher an die Erlösung.

„Ja, gut so. Lass dich gehen", feuerte er sie an und hielt ihren Blick fest.

Er sah, wenn sie kurz davor war, zu kommen. Das hatten sie in der vergangenen Nacht herausgefunden. Während sie ihrem Höhepunkt zustrebte, glitt er tiefer in sie hinein. Und das war genau richtig.

Sie spürte die ersten verräterischen Anzeichen. Dann brandete der Orgasmus über sie hinweg und riss sie mit sich. Sie erbebte und stöhnte, während sie Kipling weiter in die Augen schaute. Sie wollte, dass er alles sah.

Immer noch behielt er seinen Rhythmus bei. Sie spürte ihn zittern, während er sich zurückhielt, bis sie gekommen war. Als sie wieder ruhiger atmete, umfasste er ihren Po mit beiden Händen und stieß noch einmal zu. Sie beobachtete, wie seine Miene sich verspannte, als er in ihr kam.

In dieser Stellung – verbunden und vereint – verharrten sie, bis ihr Puls sich wieder normalisiert hatte. Dann zog er sich zurück und half ihr, sich anzuziehen.

Nachdem er ihren BH geschlossen hatte, berührte er ihre Brüste. Lust schoss durch sie hindurch. Ich werde niemals genug von ihm kriegen, dachte sie und wusste nicht, ob das gut oder schlecht war. Zwischen ihnen schien eine ganz besondere Chemie zu bestehen.

Sie streifte sich das Hemd über und schaute ihn an.

„Ich benehme mich schon wie meine Eltern“, murmelte sie und schmiegte sich in seine Arme.

„Ich habe dich noch nicht mit Tellern werfen sehen, also glaube ich das nicht.“

Sie lachte. „Ich bin mir sicher, das Tellerwerfen kommt als Nächstes. Aber dieses Sex-Ding … Ich hatte ja keine Ahnung.“

Er berührte ihr Kinn. „Normalerweise ist es nicht so“, entgegnete er. „Normalerweise ist es weniger intensiv. Und passiert weniger oft. Selbst am Anfang.“ Er lächelte. „Das kommt auch für mich unterwartet.“

Eine Sekunde lang fragte sie sich, ob es mehr war als das. Ob ihre unglaubliche Reaktion auf ihn nicht nur körperlicher Natur war. Denn Kipling vereinte all die guten Eigenschaften in sich, die ein Mann nur haben konnte. Aber er machte ihr auch Angst. Er war ein wirklich guter Mann *und* brachte ihr Blut zum Kochen. Eine unwiderstehliche Kombination. Was genau das war, was sie hatte vermeiden wollen.

Er legte einen Arm um sie und drehte sie herum, sodass sie der Küche zugewandt war. „Willst du über das Haus reden?“, fragte er.

Sie lachte. „Der eingebaute Tisch gefällt mir.“

„Ja, der ist sehr bequem.“ Er gab ihr einen Kuss auf den Scheitel. „Okay, wir werden das wie Erwachsene angehen. Wir suchen nach einem Haus. Wäre das hier für unsere Zwecke geeignet?“ Er deutete auf die leere Fläche hinter der Kücheninsel. „Dort ist Platz für einen Tisch und Stühle. Der Laufstall könnte dort hinkommen.“

Laufstall? Kipling sprach weiter, aber Destiny konnte nicht mehr zuhören. Sie presste sich eine Hand auf den Bauch und stellte sich der Wirklichkeit. Sie war schwanger. Ja, das hatte sie schon vorher gewusst, aber es war nicht real gewesen. Und das war es vermutlich immer noch nicht. Aber sie war jetzt tatsächlich hier, verheiratet, auf der Suche nach einem Haus mit ihrem neuen Ehemann. Denn sie würden ein Baby zusammen bekommen. Und sie war zudem verantwortlich für ihre minderjährige Schwester.

Das wäre für jeden ganz schön viel. Sie könnte unter der Last der Verantwortung zusammenbrechen, doch das würde sie nicht, weil sie nicht allein war. Sie hatte Kipling an ihrer Seite.

Destiny zögerte, bevor sie das Jo's betrat. Während sie sich normalerweise auf den wöchentlichen Lunch mit ihren Freundinnen freute, war sie heute mehr als nur ein wenig beklommen. Sie hatte das Gefühl, ihre kürzliche und sehr unerwartete Hochzeit zu verkünden würde die Unterhaltung ganz schön durcheinanderwirbeln.

Trotzdem konnte sie dem nicht ausweichen. Sie war schwanger geworden, und nun war sie verheiratet. Das entsprach nicht gerade ihrem Masterplan, aber sie kam damit klar. Sie war verantwortungsvoll und erwachsen, wenn sie den heißen Sex in dem leeren Haus einmal beiseiteließ. Zum Glück war sie genauso gut darin wie alle, das Offensichtliche zu ignorieren.

Sie atmete tief ein und drückte dann die Tür auf. Als sie ihre Freundinnen an einem der Tische sitzen sah, lächelte sie.

Shelby und Dellina winkten sie zu sich. Madeline drehte sich um und deutete grinsend auf den leeren Stuhl neben sich. Cassidy war auch da. Ein paar leere Stühle deuteten an, dass sie heute eine größere Gruppe erwarteten.

„Ich versuche, alle davon zu überzeugen, sich Freitagabend den neuen Jonny-Blaze-Film mit mir anzusehen“, gab Madeline zu, als Destiny sich setzte. „Sag, dass du mitkommst. Das wird super.“

Shelby rümpfte die Nase. „Gewaltfilme sind nicht mein Ding."

„Das ist keine echte Gewalt", widersprach Madeline. „Sie ist so überzogen, dass man sie nicht ernst nehmen kann."

„Du bist komisch", verkündete Cassidy fröhlich. „Das gefällt mir."

Madeline strahlte. „Danke. Wie gefällt dir Fool's Gold bisher?"

„Es ist toll. Alle sind so freundlich." Cassidy zog die Nase kraus. „Vielleicht zu freundlich." Sie wandte sich an Destiny. „Ich musste deinen Freund Miles ein paar Mal zurechtweisen. Hallo, ich bin verheiratet und an niemandem interessiert außer an meinem attraktiven Ehemann."

„Das tut mir leid", murmelte Destiny und warf Shelby, die ganz blass geworden war, einen Blick zu.

Jetzt stand Shelby auf. „Ich bin gleich zurück. Bestellt schon mal ohne mich."

Destiny folgte ihr zur Tür. „Geht es um Miles?"

„Ja. Ich muss über ein gebrochenes Versprechen mit ihm reden."

Destiny wollte lieber nicht wissen, worum es dabei ging. „Soll ich mitkommen?"

„Nein. Ich kann ihn ganz gut allein anschreien."

Larissa und eine sehr schwangere Taryn kamen herein und gesellten sich zu ihnen. Destiny zögerte, aber Shelby drehte sich um und bedeutete ihr, an den Tisch zurückzukehren. Destiny ging mit Taryn. Sie beobachtete die andere Frau und fragte sich, ob sie auch so unförmig aussehen würde, wenn ihre Schwangerschaft so weit fortgeschritten war.

Von hinten sah Taryn schlank und dünn aus, aber von der Seite und von vorne war sie riesig. Nur ihr Bauch – nicht ihr Gesicht oder die Schultern oder die Beine. Andere Frauen, die Destiny kannte, hatten im Ganzen zugenommen. Das wirkte zwar weniger gewaltig, bedeutete aber auch, dass man später umso mehr abnehmen musste.

Sie schätzte, ihre Ärztin würde ihr schon sagen, wie viel Gewichtszunahme gesund war. Wo sie gerade daran dachte, sie würde sich eine Gynäkologin suchen und einen Termin vereinbaren müssen.

Cassidy zog einen Stuhl für Taryn heran. „Wie fühlst du dich?"

„Riesig. Es ist schrecklich. Biologie ist Mist."

Cassidy tätschelte ihren Arm. „Das ist mein braves kleines Mädchen. Immer schön die Gefühle für dich behalten, damit du die Menschen um dich herum nicht aufregst."

„Leck mich."

Cassidy lachte.

Jo kam, um ihre Getränkebestellung aufzunehmen.

„Du machst es mir absichtlich schwer, das ist gemein", sagte Taryn mit Blick auf die Wandtafel mit den Spezialangeboten. Ganz oben stand eine Erdbeermargarita. „Ich schwöre, wenn das Kind geboren ist, werde ich mich drei Tage lang betrinken."

„Wirst du nicht", erwiderte Cassidy fröhlich. „Du wirst nämlich stillen."

Taryn funkelte sie an. „Fang gar nicht erst damit an. Du glaubst, du bist schlank und stark, aber ich könnte es jederzeit mit dir aufnehmen."

Cassidys Belustigung wuchs. „Ich würde es gerne mit einer Schwangeren aufnehmen."

Taryn seufzte. „Na gut. Vier Monate nach der Geburt des Kindes werde ich mich richtig, richtig betrinken. Bis dahin mach ich mir diesen albernen Kräutereistee. Der ist nicht ganz so schrecklich."

Jo schaute sie an. „Was für ein schönes Lob. Sollte ich jemals Fernsehwerbung machen, werde ich dich als Darstellerin anfragen."

„Sehr lustig", erwiderte Taryn. „Und es tut mir leid. Ich bin fett. Ich kann nicht schlafen. Meine Füße sind geschwollen, und keiner meiner guten Schuhe passt mir noch. Bringt mich bitte einfach um."

Alle lachten und gaben dann ihre Bestellung auf. Destiny schaute von Taryn zu Jo. „Der Kräutereistee klang bei ihr so lecker, dass ich auch einen probiere."

„Du wirst ihn mögen", versicherte Jo ihr und wandte sich wieder an Taryn. „Ich habe einen neuen Salat. Frisch, biologisch angebaut und hier aus der Gegend. Viele Proteine und etwas Quinoa."

Taryn gab ein würgendes Geräusch von sich. Jo lachte und ging.

„Das ist ihre Art, ihre Liebe zu zeigen", erklärte Madeline. „Jo kümmert sich um die Leute, und dafür lieben wir sie."

„Ich weiß", sagte Taryn seufzend.

„Der Salat klingt köstlich", sagte Larissa. „Ich glaube, den nehme ich."

„War ja klar", meinte Taryn.

„Ich schließe mich ihr an", warf Cassidy ein.

Destiny hatte das Gefühl, dass sie das nur sagte, um Taryn zu ärgern. Die beiden Frauen schienen sehr schnell gute Freundinnen geworden zu sein. Was zwar auf den ersten Blick ungewöhnlich wirkte, aber durchaus ernst gemeint schien.

Es entbrannte eine angeregte Unterhaltung. Sie sprachen über die anstehenden Festivals, das tolle Wetter, die verrückten Dinge, die die Touristen machten. Das Übliche eben. Jo kehrte mit ihren Getränken zurück, nahm ihre Essensbestellungen auf und ging wieder. Destiny wusste, dass ihr die Zeit davonlief.

Unsicher, was sie sagen sollte, legte sie ihre linke Hand auf den Tisch. Ihr goldener Ehering funkelte im Licht. Sie starrte den Ring an, suchte nach den richtigen Worten. Am Ende beschloss sie, einfach damit herauszuplatzen. Einfach zu sagen …

„Oh mein Gott, ist das wahr?“, kreischte Madeline da plötzlich. „Destiny Mills, trägst du da einen Ehering?“

Am Tisch wurde es ganz still, als alle sie anschauten. Oder präziser gesagt, ihre Hand.

Sie spürte, dass sie errötete. „Ich, äh …“

Ungläubig berührte Taryn den Ring. „Für mich fühlt er sich echt an.“

Destiny räusperte sich. „Kipling und ich haben vor ein paar Tagen geheiratet. Ich weiß, das ging schnell, aber es gibt Gründe dafür. Einer davon ist, dass ich schwanger bin.“

Alle starrten sie mit großen Augen und offenen Mündern an.

„Das ging wirklich schnell“, gab Taryn zurück und zuckte dann zusammen. „Sorry. Das sollte nicht so negativ klingen.“

„Wie schön für dich“, sagte Cassidy. „Kipling ist ein toller Kerl. Wann ist es passiert? Und wo?“

„Ja, wir brauchen Einzelheiten“, fügte Larissa an.

„Herzlichen Glückwunsch.“ Madeline umarmte sie. „Er ist ein Traum, und ihr beide seid so süß zusammen. Und ein Baby! Das ist wundervoll. Weiß Starr es schon? Freut sie sich?“

„Das sagt sie zumindest“, erklärte Destiny. „Sie redet ständig davon, dass sie nun Teil einer Familie ist. Außerdem freut sie sich riesig darauf, eine Nichte oder einen Neffen zu bekommen.“

„Das verstehe ich.“ Larissa lächelte. „Wenn es in meiner Familie nur mich gegeben hätte, wäre ich weggelaufen. Meine Eltern sind fabelhaft, aber auch ziemlich besitzergreifend. Du hast Glück, dass ihr einander so schnell gefunden habt. Ich war jahrelang in Jack verliebt und hab es nicht gemerkt. Meine Mutter musste es mir sagen. Das war echt demütigend.“

„Jeff und ich wussten es vom ersten Tag an“, meinte Cassidy augenzwinkernd. „Er hat ‚Hi‘ gesagt, und dann haben wir einander in die Augen gestarrt. Am Ende der ersten Woche bin ich bei ihm eingezogen und nach sechs Monaten waren wir schon verheiratet." Sie seufzte. „Ich liebe gute Lovestorys."

Taryn schniefte. „Ich auch. Die verdammten Hormone verwandeln mich noch in eine richtige Heulsuse. Ich fühle mich wie ein kleines Mädchen."

Madeline beugte sich zu ihr. „Taryn, Honey, du *bist* ein Mädchen. Das wusstest du, oder? Denn wenn nicht, muss jemand mal ein ernstes Gespräch mit Angel führen."

„Sehr lustig."

Jo brachte ihr Essen. „Herzlichen Glückwunsch", sagte sie. „Ich hab die frohe Nachricht gehört. Der Mann handelt schnell. Er öffnet eine Bar, nachdem er erst wenige Monate in der Stadt ist, und nimmt mir mein halbes Geschäft weg. Ein paar Wochen später ist er verheiratet und erwartet ein Kind. Das nenne ich mal unter einem Glücksstern geboren sein." Sie schüttelte den Kopf. „Tut mir leid. Das kam falsch rüber. Ich freue mich wirklich für dich. Das Essen geht auf mich."

Destiny schaute sie an. „Danke."

Jo ging wieder, und Madeline berührte Destiny am Arm. „Mach dir keine Sorgen wegen Jo. Sie kommt schon klar."

Destiny nickte und dachte, dass Jo verärgerter über das Man Cave wirkte als erfreut über die Hochzeit. Taryn probierte den gesunden Salat und erklärte ihn für essbar. Cassidy bohrte nach Einzelheiten über die Hochzeit, und dann wandte sich die Unterhaltung anderen Themen zu. Destiny entspannte sich, als sie merkte, dass sie sich keine Sorgen machen musste. Freundinnen verurteilten nicht. Sie akzeptierten und unterstützten einen.

Ja, sie war schwanger und musste sich mit ein paar tiefgreifenden Veränderungen herumschlagen, aber sie war nicht allein. Sie hatte Kipling, Starr und diese Frauen, die ihr halfen. Nach all den Jahren, in denen sie auf sich allein gestellt war, fühlte es sich gut an, vertraute Menschen um sich zu haben, die einen unterstützten.

Samstag bog Kipling auf die Einfahrt von Destinys Haus ein. Sie waren übereingekommen, dass er zu ihr ziehen würde, bis der Kauf des Hauses, für das sie sich entschieden hatten, abgeschlossen war. Sein Haus war nicht größer als das hier, und außerdem hatte Starr sich hier schon eingelebt. Es ergab keinen Sinn, dass sie zweimal umziehen sollte.

Ihre Habseligkeiten zusammenzuführen würde ein paar Tage dauern. Heute brachte er ein paar Sachen vorbei und nächste Woche würde er offiziell mitsamt seinen Möbeln einziehen.

Er trug ein paar Kartons ins Haus. „Starr, ich bin's", rief er.

Doch das Mädchen reagierte nicht.

Er hatte sie vorhin angerufen, um sie wissen zu lassen, dass er vorbeikäme. Destiny erledigte ein paar Besorgungen, aber Starr hatte gesagt, sie wäre den ganzen Nachmittag über daheim. Er ging den Flur hinunter und sah, dass ihre Zimmertür offen stand und ihr Zimmer leer war. Vielleicht ist sie kurz weggegangen und hat mir eine Nachricht hinterlassen, dachte er und ging zurück in die Küche.

Er schaute auf dem Küchentisch nach, doch da lag nichts. Bevor er überlegen konnte, was er als Nächstes tun sollte, erregte eine Bewegung seine Aufmerksamkeit. Starr und ein Junge saßen auf der Terrasse auf einer Bank.

Den Jungen kenne ich irgendwoher, dachte Kipling. Dann fiel es ihm ein. Es war Carter, der Sohn von Gideon.

Die beiden Teenager unterhielten sich und waren augenscheinlich sehr vertieft in ihr Gespräch. Sie sehen süß zusammen aus, dachte er nachsichtig, während er zur hinteren Tür ging, um die beiden wissen zu lassen, dass er da war. Gerade als er die Hand auf den Türknauf legte, beugten Carter und Starr sich zueinander und küssten sich.

Küssen?

In einem Wimpernschlag war Kipling draußen. „Was, zum Teufel, macht ihr zwei da?", verlangte er zu wissen.

Die Teenager zuckten zusammen. Carter sprang auf die Füße und stand zwischen Kipling und Starr. Eine beschützende Pose, die Kipling bewundert hätte, wäre er nicht so sauer gewesen. Sie waren fünfzehn. Das war zu früh, um sich zu küssen, oder? Sicher, heutzutage taten Kids alles Mögliche, aber nicht unter seiner Aufsicht.

„Starr, weiß deine Schwester, dass Carter hier ist?"

„Schrei sie bitte nicht an", mischte Carter sich ein.

„Ich schreie nicht", entgegnete Kipling.

„Doch, irgendwie schon", erklärte Starr. Sie sah eher fasziniert als verängstigt aus. „Es war nur ein Kuss."

„Ihr seid fünfzehn."

„Das wissen wir", sagte Carter. „Wir dürfen uns küssen."

„Nein, dürft ihr nicht." Er ging auf den Jungen zu. „Was du hingegen darfst, ist, auf der Stelle dieses Haus zu verlassen."

„Was?" Starr sprang auf. „Nur weil du mit meiner Schwester verheiratet bist, heißt das nicht, dass du hier das Sagen hast. Destiny wäre nicht sauer."

„Willst du wetten?" Kipling zeigte auf die Tür. „Los, raus hier."

Carter rührte sich nicht. „Nicht bevor du mir nicht versprichst, dass du Starr nicht wehtun wirst."

„Was? Ihr wehtun?" Kipling fluchte. „Starr, geh in dein Zimmer, bis Destiny nach Hause kommt. Und Carter, sieh zu, dass du verschwindest, hast du mich verstanden?"

Carter und Starr tauschten einen Blick, dann nickten sie beide. Als sie gemeinsam zur Hintertür gingen, flüsterten sie miteinander. Kipling folgte ihnen. Starr ging den Flur hinunter, und Carter verließ das Haus. Kipling schaute auf die Uhr und fragte sich, wie lange es wohl dauern würde, bis Destiny nach Hause käme.

Destiny kam so schnell nach Hause, wie sie konnte. Sie hatte einen beinahe vollen Einkaufswagen mitten im Supermarkt stehen lassen, was sie noch nie in ihrem Leben getan hatte. Aber Kipling hatte besorgter geklungen als jemals zuvor.

Er wartete schon auf der Treppe vor dem Haus, als sie vorfuhr.

„Sie haben sich geküsst?“, fragte sie, während sie aus dem Wagen stieg. „Ich fasse es nicht.“

„Ich auch nicht.“

„Starr hat gesagt, dass Carter vorbeikommen würde, aber ich habe mir nichts dabei gedacht. Sie sind Freunde.“

„Sehr gute Freunde.“

In dem Moment kam ein Truck um die Ecke geschossen und blieb schlitternd vor dem Haus stehen. Gideon stieg aus und stapfte auf sie zu.

„Was, zum Teufel, hast du dir dabei gedacht?“, fragte er.

Destiny hatte ihn schon ein paarmal bei gesellschaftlichen Anlässen getroffen. Er war größer, als sie in Erinnerung hatte, und wirkte sehr viel bedrohlicher. Kipling trat sofort zwischen sie und Gideon.

Felicia stieg auf der Beifahrerseite aus und eilte zu ihrem Mann. „Gideon, wir haben doch darüber gesprochen. Deine Wut kann gerechtfertigt sein oder auch nicht. Ich will Kipling auch ohrfeigen, aber zuerst müssen wir die Fakten kennen.“ Sie hielt inne und lächelte Destiny angespannt zu. „Hi. Wir haben ein Problem.“

Das ist eine maßlose Untertreibung, dachte Destiny. „Eines, das wir lösen müssen.“

„Ich weiß, was ich gesehen habe“, meinte Kipling und funkelte Gideon an. „Dein Sohn war ohne Erlaubnis hier und hat Starr geküsst. Sie ist fünfzehn. Wenn ich nicht zufällig dazwischengeplatzt wäre, wer weiß, was dann passiert wäre.“

Destiny wollte sagen, dass sie ihrer Schwester vertraute, aber mittlerweile wusste sie, wie mächtig sexuelle Bedürfnisse sein konnten.

Felicia seufzte. „Sexuelle Begierde kann das Urteilsvermögen in jedem Alter beeinträchtigen, aber wenn die Beteiligten Teenager sind, ist es dumm, rationales Verhalten zu erwarten."

Gideon schäumte noch immer vor Wut. „Ich liebe dich. Du hast recht, aber trotzdem will ich ihn in der Luft zerreißen."

Kipling machte einen Schritt auf ihn zu. „Nur zu, probier's doch."

Destiny fasste ihn am Arm, während Felicia sich vor Gideon stellte.

„Das ist nicht sehr hilfreich", sagte Felicia ernst.

„Ist mir egal."

„Aber Carter ist dir nicht egal."

Gideon starrte Kipling an. „Du hattest kein Recht, meinen Sohn anzuschreien."

„Ich habe ihm gesagt, er soll verschwinden. Wenn Starr deine Tochter wäre, was hättest du dann wohl getan?"

„Hört auf! Hört einfach auf!", ertönte da eine Stimme hinter ihnen.

Destiny drehte sich um und sah Starr auf der vorderen Veranda stehen. In ihren Augen schimmerten Tränen.

„Ihr müsst euch deswegen nicht streiten. Es war nur ein Kuss."

Destiny eilte zu ihr. „Wir machen uns Sorgen um dich."

„Es war nur ein Kuss", flüsterte Starr noch einmal. „Hört auf, euch so zu streiten. Hört auf, euch anzuschreien. Was ist denn so schlimm an dem, was wir getan haben? Wart ihr nie verliebt?"

„Ihr könnt nicht verliebt sein", gab Gideon zurück. „Ihr seid viel zu jung."

Felicia berührte seinen Arm. „Ehrlich gesagt gibt es Studien, die besagen, dass das Alter keine …" Sie presste die Lippen zusammen. „Vielleicht ist das nicht der richtige Zeitpunkt für solche Informationen."

Verliebt? Destiny hatte Schwierigkeiten, Luft zu kriegen.

Starr wandte sich an Kipling. „Du bist verliebt, oder? Also weißt du, was ich meine."

Ausdruckslos starrte er sie an. Starr runzelte die Stirn.

„Du musst doch verliebt sein", sagte sie. „In Destiny. Du hast sie geheiratet."

Noch nie hatte Destiny Stille als so bedrückend empfunden. Es war wie auf der Bühne zu stehen und den Text zu einem Lied vergessen zu haben. Nein, es war viel schlimmer. Die Demütigung brannte heiß und wurde zu Scham. Sie wollte weglaufen, konnte sich aber nicht rühren. Es war eine Sache, zu wissen, dass ihre Ehe mit Kipling eine praktische Entscheidung gewesen war. Aber etwas ganz anderes, diese unromantische Tatsache mit der ganzen Welt zu teilen. Auch wenn sie nie gesagt hatte, dass sie verliebt war, waren die Leute davon ausgegangen – und sie hatte sie in dem Glauben gelassen.

Gideon und Felicia schauten sie und Kipling an, dann einander. Starr stockte der Atem.

„Du hast sie geschwängert, obwohl du sie gar nicht liebst?" Starr ging auf Destiny zu. „Hast du das gewusst?"

„Darüber können wir später reden", murmelte sie.

Starr trat einen Schritt zurück. „Klar. Ich bin in meinem Zimmer."

Felicia räusperte sich.

„Wir werden mit Carter über den Kuss reden. Ihm sagen, dass sie beide vermutlich noch zu jung sind."

Kipling nickte. „Es tut mir leid, dass ich ihn angeschrien habe. Das war nicht okay."

„Sieh nur zu, dass es nicht wieder passiert", erklärte Gideon ihm. „Und ich bin übrigens raus aus dem Man Cave. Such dir einen anderen Partner."

Nachdem Gideon und Felicia davongefahren waren, stellte Destiny fest, dass sie Kipling nicht anschauen konnte.

„Ich muss mich um Starr kümmern", sagte sie. „Warum lässt du uns nicht ein wenig Zeit, das zu verarbeiten?"

Sie fürchtete, dass er widersprechen würde, aber er nickte nur.

Starr wartete im Wohnzimmer auf sie. In der Hand hatte sie Destinys Gitarre. Ohne etwas zu sagen, reichte sie sie ihr und zog sich dann in ihr Zimmer zurück.

Destiny setzte sich aufs Sofa, legte die Gitarre neben sich und starrte das Instrument an. Die Bedeutung war ihr klar. Sie würde die Musik brauchen, weil sie nur durch einen Song ihre Gefühle verarbeiten konnte. Nur dann ging es ihr gut. Vollkommen gut.

Kipling liebte sie nicht. Das war nichts Neues. Sie kamen gut miteinander zurecht. Sie waren Freunde. Und als sie schwanger geworden war, hatten sie eine vernünftige Entscheidung über ihre Zukunft getroffen. Alles war gut. Technisch gesehen war es genau das, was sie immer hatte haben wollen.

Er war ein Mann, der sich gern Herausforderungen stellte und Probleme löste. Und sie war sein aktuelles Projekt. Es gab schlimmere Schicksale.

Sie nahm die Gitarre und strich über die Saiten. Sanfte Musik erfüllte den Raum. Liebe war eine Komplikation, die sie nie gewollt oder benötigt hatte. Das Zentrum von jemandes Leben zu sein – wer brauchte das schon? Und Kipling war offensichtlich nicht in sie verliebt. Wenn er es wäre, hätte er etwas gesagt. Oder angedeutet. Doch das hatte er nicht. Er hatte eher schockiert gewirkt. Sogar entsetzt.

Also liebte er sie nicht. Das war okay, oder? Es war ja nicht so, als würde sie ihn lieben. Kipling zu lieben bedeutete, dass ihr mehr an ihm lag als an sich. Es bedeutete, sich vorzustellen, Jahr um Jahr mit ihm zusammen zu sein und sich darüber zu freuen, dass sie sich von all den Männern, von denen sie hätte schwanger werden können, ausgerechnet ihn ausgesucht hatte. Ihn zu lieben würde bedeuten, dankbar zu sein, dass er in ihrem Leben war, und darauf zu vertrauen, dass er ihr mit Starr half. Ihn zu lieben bedeutete, dass sie mit Sicherheit wüsste, dass ihr Herz in vierzig Jahren immer noch schneller schlagen würde, wenn er den Raum betrat.

Sie merkte, dass das Zimmer ein wenig verschwommen war, und blinzelte. Tränen rollten ihr über die Wangen. Sie wischte sie fort, doch sofort wurden sie von neuen ersetzt. Ihre Kehle zog sich zusammen und sie unterdrückte ein Schluchzen. Denn die Wahrheit war die ganze Zeit da gewesen. Sie hatte sie nur nie bemerkt. Irgendwann im Laufe der Zeit hatte sie sich in Kipling verliebt, und soweit sie das beurteilen konnte, hatte er kein Interesse daran, diese Liebe zu erwidern.

18. KAPITEL

Kipling wusste, dass diese Woche noch wesentlich schlimmer würde. Er saß an einem der Tische in der Bar und beobachtete, wie seine Partner ihre Plätze einnahmen. Sie waren alle da. Josh Golden, Raoul Moreno, Kenny Scott, Jack McGarry und Sam Ridge. Die Stryker-Brüder. Rafe, Shane und Clay. Nur Gideon fehlte. Vermutlich weil er sich bereits aus der Partnerschaft zurückgezogen hatte.

Rafe, Josh und Kenny tauschten einen Blick, als hätten sie sich im Vorfeld bereits unterhalten, dann wandte Kenny sich an Kipling. „Wir haben gehört, was mit Carter vorgefallen ist“, sagte er. „Wenn es eine unserer Töchter gewesen wäre, hätten wir genauso gehandelt. Aber das Problem ist größer als der Streit zwischen dir und Gideon.“

„Hut ab, dass du es mit ihm aufgenommen hast“, sagte Raoul. „Du weißt schon, dass Gideon bei den Special Forces war, oder?“

Das hatte Kipling nicht gewusst, aber er sah nicht, was diese Information für einen Unterschied machen sollte. Er würde nicht aufhören, Starr zu beschützen, nur weil sein Gegner gefährlich war.

Rafe schüttelte den Kopf. „Wenn wir bitte beim Thema bleiben könnten …“

„Das war das Thema“, erklärte Raoul. „Ich meinte nur, dass man dafür schon einigen Mumm haben muss.“

„Ja, das muss man“, bestätigte Kipling. „Also, warum treffen wir uns heute?“

Die Partner wechselten einen Blick, der bestätigte, dass sie bereits vorher miteinander gesprochen hatten. Kipling würde der Letzte sein, der die Neuigkeit erfuhr, was ihm verriet, dass es nichts Gutes sein konnte.

„Die Frauen sind verärgert." Kenny zuckte die Achseln. „Das Man Cave läuft gut. Nicht ganz so gut wie in der Eröffnungswoche, aber immer noch gut genug, dass sie sich Sorgen über Jo machen und darüber, welche Auswirkungen das auf ihre Bar hat. Ich persönlich denke, sie kann sich ganz gut allein um sich und ihre Bar kümmern, aber das ist nicht meine Entscheidung, sondern Baileys."

Kenny Scott war ein großer Kerl. Hochgewachsen, muskulös und ein ehemaliger NFL-Spieler. Wenn Kipling einen heraussuchen müsste, der sich nicht von den Frauen in seinem Leben herumschubsen ließ, hätte er Kenny genannt. Und sich damit gewaltig geirrt.

„Mal sehen, ob ich das richtig verstehe", erwiderte er ruhig. „Wir haben das Man Cave eröffnet, weil es in der Stadt nichts gab, wo man als Mann hingehen und ein Bier trinken konnte. Jos Angebot richtet sich an Frauen, und die Bars in den Restaurants sind nicht das Gleiche. Also haben wir gemeinsam diesen Ort erschaffen, um ein Problem zu lösen. Und jetzt sagt ihr mir, ihr wollt aussteigen, weil es funktioniert?"

Die anderen Männer rutschten unruhig auf ihren Stühlen herum.

„So einfach ist das nicht", sagte Raoul und nickte dann. „Aber ja, so ungefähr kann man es zusammenfassen. Hör mal, die Bar ist super. Mir gefällt es hier. Wenn mich ein potenzieller Käufer in der Stadt besucht, ist das hier genau der Ort, an den ich ihn bringen will. Aber Heidi gefällt es nicht. Sie und Jo stehen sich sehr nah."

„Jo hat mit euren Frauen gesprochen?"

Alle nickten.

„Und weil sie traurig ist, zieht ihr euch zurück?"

„Nein", korrigierte Sam ihn. „Jo ist super, aber ich tue das für Dellina."

Der Begriff „unterm Pantoffel stehen“ schoss Kipling durch den Kopf, aber er wusste, es hatte keinen Sinn, das Offensichtliche auszusprechen.

„Dann geht“, sagte er. „Die Bar wird auch ohne eure Unterstützung auskommen. Ich werde alles arrangieren, um euch auszuzahlen.“

„Das hat keine Eile“, erklärte Rafe ihm. „Start-ups brauchen Bargeld. Du kannst es mir später zurückzahlen.“

„Mir auch“, beteuerte Jack. „Ich muss Larissa nur sagen können, dass ich raus bin.“

„Gilt für mich genauso“, fügte Raoul hinzu. „Nur ist es bei mir Pia, nicht Larissa.“

Innerhalb weniger Minuten waren sie alle gegangen. Kipling stand an der Bar und fragte sich, was, zum Teufel, hier gerade passiert war. Vor zwei Tagen hatte er es mit Destiny total vermasselt, und jetzt das?

Nick kam aus dem Hinterzimmer nach vorn und schaute ihn mitfühlend an.

„Ich nehme an, du hast sie gehört“, murmelte Kipling.

„Das meiste.“

„Ich dachte, ich würde hier etwas Gutes tun. Wie laufen die Geschäfte im Moment?“

„Ruhiger. Die Touristen kommen immer noch, aber das reicht nicht. Das hier ist nicht unbedingt eine Bar, in die man seine Kinder mitnimmt, und die meisten, die hierherkommen, haben ihre Familie dabei. Also brauchen wir die Einheimischen, um zu überleben. Wenn die Frauen ihren Männern sagen, sie sollen uns boykottieren, sind wir geliefert.“

„Du wohnst schon dein ganzes Leben hier. Hast du irgendwelche Vorschläge?“

„Sprich mit Jo.“

Kipling hatte schon angenommen, dass er das würde tun müssen. „Und was soll ich ihr sagen?“

„Ich weiß es nicht. Sie ist eine Frau. Entschuldige dich.“

„So weit kommt es noch." Er dachte daran, mit der Faust auf die Theke zu schlagen, doch die war aus Massivholz, sodass er nicht gewinnen konnte.

„Ich bin hier nicht der Böse", erklärte er Nick, doch dann erinnerte er sich an den Ausdruck in Starrs Augen, als er nicht hatte sagen können, dass er ihre Schwester liebte. Und auch wenn es die Hölle war, daran zu denken, war es immer noch leichter, als zu wissen, dass er Destiny verletzt hatte.

„Nein, das bist du nicht", stimmte Nick ihm zu. „Aber du musst das trotzdem tun. Oder wir müssen schließen."

Auf dem Weg zu Jo's Bar machte Kipling einen Abstecher zu seiner Schwester in der Bäckerei. Er war nicht sicher, was er über das denken sollte, was gerade passiert war, ganz zu schweigen davon, was er zu der geheimnisvollen und mächtigen Jo sagen sollte. Er hoffte, dass Shelby einen Rat für ihn hätte.

In der Bäckerei angekommen, winkte ihn das junge Mädchen an der Kasse nach hinten. Er fand Shelby vor einem Dutzend noch nicht verzierter Cupcakes stehen. Aber anstatt sie mit Guss zu bestreichen, starrte sie mit hängenden Schultern und trauriger Miene an die Wand.

„Was ist los?", fragte er besorgt. „Erzähl mir, was passiert ist."

Sie zuckte zusammen, als hätte er sie erschreckt, dann wischte sie sich die Wangen ab und schüttelte den Kopf.

„Sorry, großer Bruder. Es gibt Probleme, die kannst auch du nicht lösen."

„Aber das hier schon."

„Das bezweifle ich."

„Erzähl es mir."

Sie verdrehte die Augen. „Es geht um mein Liebesleben. Oder besser den Mangel daran. Männer sind Idioten. Jemand hat meine Gefühle verletzt und dann die Stadt verlassen. Und bevor du fragst, nein, du kannst da gar nichts tun.“ Sie schenkte ihm ein zittriges Lächeln.

Aufgebracht funkelte er sie an. „Erzähl es mir.“

„Nein. Ich bin mit jemandem ausgegangen, der sich gleichzeitig mit einigen anderen Frauen getroffen hat, und jetzt ist er weg. Es ist besser so. Ich komm darüber hinweg und finde irgendwann den Richtigen.“

„Hat er …“

Die Traurigkeit in ihren Augen verschwand und wurde von Zärtlichkeit ersetzt. Sie umarmte ihn.

„Nein“, flüsterte sie. „Er hat mich nie geschlagen.“ Sie richtete sich auf und berührte sein Gesicht. „Kipling, nicht alle Männer sind wie unser Dad. Manche sind einfach nur Idioten. Sie verletzen mit Worten und Taten, nicht mit den Fäusten. Du kannst mich nicht vor allem beschützen. Ich weiß zu schätzen, dass du es versuchst, aber bitte, lass es gut sein. Mir geht es gut. Oder das wird es bald wieder. Es ist eine gute Lektion. Ich muss aufhören, mich in gut aussehende, charmante Männer zu verlieben, und jemand Solides finden, der mich um meiner selbst willen liebt.“

„Jemand Vernünftiges?“, fragte er und dachte an Destiny und ihren lächerlichen Plan. Sie wollte keine Liebe. Das hatte sie sehr deutlich gemacht. Keine starken Gefühle für sie. Also sollte sie glücklich sein, dass er nicht in sie verliebt war. Nur hatte sie nicht glücklich ausgesehen. Und in den vergangenen zwei Tagen hatte sie keinen seiner Anrufe entgegengenommen.

„Nicht unbedingt vernünftig“, sagte Shelby lächelnd. „Etwas romantischer darf es schon sein. Aber jemanden, auf den ich mich verlassen kann. Der da ist.“ Ihr Lächeln wurde breiter. „Und der nicht mein Bruder ist. Nicht jedes Problem lässt sich lösen. Ich werde den Schmerz verdauen und mit meinem Leben weitermachen – ohne deine Hilfe.“

„Das ist eine eindeutige Botschaft.“

„Gut. Und was gibt's bei dir so Neues?"

„Nicht viel."

„Wie geht es Destiny?"

„Super."

„Ich bin froh, dass ihr zwei zusammen seid. Sie ist die Richtige für dich."

Das war eine unerwartete Aussage.

„Wieso denkst du das?"

„Weil sie fürsorglich ist und du jemanden brauchst, der nach dir sieht. Ihre Familie ist ein wenig verrückt, was bedeutet, es wird immer irgendeine Krise geben, und du magst es doch, Krisen zu bewältigen. Ihr habt den gleichen Blick auf die Welt." Sie lachte. „Ich weiß nicht. Ihr passt gut zusammen. Ich mag es, euch zusammen zu sehen."

Kipling gab ihr einen Kuss auf die Stirn. „Danke, Kleine. Wir sehen uns bald. Lass mich wissen, wenn du meine Hilfe brauchst."

„Klar. Immer."

Als er die Bäckerei verließ, hallten Shelbys Worte in seinem Kopf nach.

Er hatte gedacht, er hätte mit Destiny geschlafen, weil sie heiß war, und sie geheiratet, weil sie ein Kind von ihm erwartete. Oder steckte am Ende doch mehr dahinter? Die Unterhaltung mit Shelby hatte ihn ins Grübeln gebracht. Doch darüber würde er sich später den Kopf zerbrechen. Zunächst einmal musste er sich mit Jo unterhalten.

„Lass mich wissen, wann du dort wandern gehen willst, und ich komme mit", sagte Cassidy.

„Das ist nicht deine Aufgabe", erklärte Destiny ihr und wandte den Blick wieder dem Bildschirm zu.

„Wir stecken da gemeinsam drin. Außerdem gehe ich gerne wandern."

„Danke."

Die letzte Übung mit den Freiwilligen hatte Destiny gezeigt, dass es in mehreren der Suchgebiete blinde Flecken gab. Sie und Miles hatten zwar so viel wie möglich vom Hubschrauber aus kartografiert, aber einige Gegenden hatten trotzdem zu Fuß abgelaufen werden müssen. Sie hatte gedacht, alle erfasst zu haben, doch offensichtlich hatte sie sich geirrt.

Sie schaltete ihren Computer aus und nahm ihre Tasche.

„Arbeitest du heute lang?“, fragte sie Cassidy.

Ihre Freundin schüttelte den Kopf. „Nein. Ich will in einer Stunde mit Jeff skypen, und hier ist das Licht besser als bei mir zu Hause.“ Sie grinste. „Ich weiß, ich weiß, nach beinahe zwanzig Jahren Ehe sollte es mir egal sein, wie ich aussehe, aber das ist es nicht.“

„Junge Liebe“, zog Destiny sie auf.

„Ganz genau.“ Cassidy seufzte. „Ich hoffe, du und Kipling bleibt so verliebt, wie Jeff und ich es sind. Sicher, in jeder Ehe gibt es Höhen und Tiefen, aber ohne diesen Mann wäre ich verloren. Und selbst dein Superprogramm könnte mich nicht finden. Hab einen schönen Abend.“

„Du auch.“

Destiny verließ das Büro und machte sich auf den Weg nach Hause. Während sie durch die Straßen lief, fragte sie sich, wie lange sie wohl in Kipling verliebt sein würde. Ihre letzte Unterhaltung war zwei Tage her. Er hatte ein paarmal versucht, sie anzurufen, aber sie hatte den Anrufbeantworter rangehen lassen. Als er ihr eine SMS geschickt hatte, hatte sie ihn um etwas Zeit gebeten. Bisher gab er ihr die.

Sie atmete die warme Luft ein und fragte sich, wie sie nur so ein Chaos hatte veranstalten können. Sie hatte sich in den Mann verliebt, der sie als Projekt ansah. Verkompliziert wurde das Ganze noch dadurch, dass sie mit seinem Kind schwanger war. Sie und Kipling konnten also nicht einfach Schluss machen. Sie wären für den Rest ihres Lebens miteinander verbunden.

Die Vorstellung war zu gleichen Teilen wundervoll und beängstigend. Wenn sie mit ihm in Kontakt bleiben müsste, wie sollte sie dann jemals aufhören, ihn zu lieben? Denn damit musste sie aufhören, das verstand sie jetzt.

Ihr ganzes Leben lang war sie genau vor dem davongelaufen, was sie jetzt hatte. Ein emotionales Chaos. Sie war so sicher gewesen, dass sie die richtigen Entscheidungen getroffen hatte, aber in Wahrheit hatte sie gar keine Entscheidung getroffen. Sie hatte sich versteckt. Vor dem Leben. Vor sich. Vor ihrem Herzen.

Sie erreichte das Haus in dem Moment, in dem Starr zur Haustür ging. Sie winkten einander zu.

„Wie war dein Tag?“, fragte Destiny.

„Gut.“

„Gab’s irgendwelche weiteren Küsse?“

Ihre Schwester verdrehte die Augen. „Das wird mich jetzt für immer verfolgen, oder?“

„Ja, vermutlich.“

Sie betraten das Wohnzimmer und ließen sich aufs Sofa fallen.

„Du bist nicht der Typ, der einfach irgendeinen Jungen küsst“, meinte Destiny. „Also musst du Carter wirklich mögen.“

Starr errötete. „Das tue ich. Er ist einfach super. Ich weiß, wir sind jung, und ich will auch nichts Ernstes, aber wenn ich in seiner Nähe bin …“

„Magie?“

„Ja. Genau wie es in den Liedern beschrieben wird. Du weißt schon, so wie deine Gefühle für Kipling.“

Destiny hoffte wirklich, dass Starr keines *dieser* Gefühle empfand.

„Aber wir haben uns unterhalten“, fuhr Starr fort. „Mehr als Küsse wird es nicht geben. Wir werden weiter Zeit mit unseren Freunden verbringen und so. Zusammen sein, ohne dass es etwas Ernstes ist.“

„Das ist wirklich eine kluge Entscheidung."

„Findest du? Ich bemühe mich. Ich habe viel über das nachgedacht, was du gesagt hast. Über meine Eltern, darüber, dass sie einfach immer nur gemacht haben, anstatt die Dinge richtig zu durchdenken."

„Du sollst trotzdem Spaß haben", sagte Destiny. „Deine Jugend genießen."

„Das weiß ich, und das werde ich auch. Nur mit den Jungs lasse ich es langsam angehen. Du siehst, ich lerne von dir."

„Das tust du."

Aber Destiny fragte sich, wie gut diese Lektion war. Sie hatte das dumpfe Gefühl, ein wenig zu „vernünftig" gewesen zu sein, denn ihr Privatleben lief gerade nicht sonderlich gut.

Eine vernünftige Ehe war nicht länger erstrebenswert. Bei Tageslicht betrachtet war es sogar eine lächerliche Entscheidung. Sie war intelligent und fähig. Sie könnte ein Kind allein aufziehen. Natürlich wollte sie Kipling nicht ausschließen oder von seinem Kind fernhalten, aber eine Ehe?

„Ich möchte mich gern über etwas mit dir unterhalten", sagte sie.

„Über was?"

„Hauptsächlich über Kipling."

Starr lehnte ihren Kopf an die Sofalehne. „Ich habe mich schon gefragt, was los ist. Er war lange nicht hier."

„Er hat angerufen, aber ich wollte nicht mit ihm reden."

„Weil er deine Gefühle verletzt hat?"

„Ja. Und weil ich verwirrt war. Als ich so alt war wie du …"

Destiny war nicht sicher, wie sie etwas erklären sollte, was nicht einmal für sie selbst wirklich Sinn ergab.

„Ich war entschlossen, nicht so zu werden wie meine Eltern. Ich wollte ein stabiles Zuhause. Eine sicheres Leben. Das habe ich von meiner Grandma Nell bekommen, aber als ich ausgezogen bin und auf mich gestellt war, hatte ich Angst. Was, wenn ich mich Hals über Kopf verliebte und durchs Land fahren und in Kneipen Countrysongs singen und in einem Bus leben würde?"

Starr lachte. „Das klingt nach einer Menge Spaß."

„Für mich nicht. Für mich wäre es ein Albtraum gewesen." Sie hielt inne. „Ich hatte solche Angst davor, was aus mir werden könnte, dass ich anfing, zu ignorieren, wer ich wirklich war. Das war zwar sicher, aber jetzt glaube ich, dass es nicht die richtige Entscheidung gewesen ist."

Sie lächelte ihre Schwester an. „Ich hätte mir nie erlaubt, einen Jungen so zu küssen, wie du es getan hast. Ich hätte zu viel Angst davor gehabt, was dann passieren würde. Ich bin vor so vielen Dingen weggelaufen."

„Wie vor deiner Musik?", fragte Starr leise.

„Ja, wie vor meiner Musik." Sie atmete tief ein. „Ich schätze, ich will damit sagen, dass ich ein totales Wrack bin."

„Das bist du nicht. Du bist wundervoll. Du hast mich bei dir aufgenommen."

„Ich habe Glück, dass du es mit mir ausgehalten hast. Du bist meine Schwester, und ich bin so froh, dass wir uns ein gemeinsames Leben aufbauen."

„Ich auch." Starr biss sich auf die Unterlippe. „Du wirst nicht mit Kipling verheiratet bleiben, oder?"

„Ich glaube nicht. Wir wollen nicht das Gleiche. Ich habe Panik bekommen, als ich merkte, dass ich schwanger bin. Das war nicht sonderlich klug von mir. Ich will aber trotzdem in Fool's Gold bleiben. Wir werden immer noch eine Familie sein. Nur du und ich."

„Und das Baby." Starr lehnte sich zu ihr herüber. „Ich werde dir helfen. Ich kann dich im Haushalt unterstützen."

„Gut. Denn wenigstens eine von uns sollte wissen, was sie tut."

Starr lachte.

„Wir kaufen uns ein Haus", erklärte Destiny. „Eines, das wir gemeinsam aussuchen."

Nicht das, in dem Kipling und ich uns geliebt haben, dachte sie. Diese Erinnerungen wollte sie lieber meiden.

„Wirst du dir eine neue Arbeit suchen?", fragte Starr zögerlich. „Kannst du mit einem Baby überhaupt arbeiten gehen?"

Das war eine wirklich gute Frage. Sie würden ein Einkommen benötigen. Sie hatte keinen Zweifel daran, dass Kipling ihr anbieten würde, Unterhalt für das Kind zu zahlen, aber dieses Geld würde sie lieber zur Seite legen wollen. Aber auch so war sie kompetent und hatte genügend Talente.

„Der Manager meiner Mom hat mir immer damit in den Ohren gelegen, dass ich Songs schreiben soll. Ich werde ihn mal anrufen und fragen, ob er das immer noch meint." Sie berührte Starrs Arm. „Ehrlich gesagt wollte ich nach dem Essen durchgehen, was ich so habe. Hast du Lust, mir dabei zu helfen?"

Begeistert riss Starr die Augen auf. „Ja! Total gerne."

„Gut. Dann lass uns mal gucken, was wir so im Kühlschrank haben."

Sie standen auf, und Destiny ging voran in die Küche. Aber in Gedanken war sie bei den Notizbüchern, die in der Schublade ihres Nachttischs lagen. Notizbücher, die mit Dutzenden von Songs gefüllt waren, die sie im Laufe der Jahre geschrieben hatte. Ein paar davon waren wunderschöne Duette. Und es könnte durchaus sein, dass es Interesse an einem Lied gäbe, das von Jimmy Don Mills' Töchtern gesungen wurde.

Sie würde nicht auf Tournee gehen wollen oder so, aber ein Studioalbum käme vielleicht schon infrage.

„Was ist so lustig?", fragte Starr. „Du lächelst."

„Tue ich das? Ich habe nur gerade überlegt, dass das Leben ganz schön ironisch ist. Da bin ich jahrelang davor weggelaufen, wer ich bin, nur um herauszufinden, dass das der Mensch ist, der ich sein muss."

Für eine Frau, die einen Laden mitten im Zentrum der Stadt besaß, war Jo Trellis schwer zu finden. Kipling war dreimal in ihrer Bar gewesen, hatte ihr Nachrichten auf dem Anrufbeantworter und SMS hinterlassen und sie dennoch nicht zu fassen bekommen. So wie er die Sache sah, ging sie ihm aus dem Weg. Was momentan sehr angesagt zu sein schien, denn Destiny wich ihm ebenfalls aus.

So hatte er nicht vorgehabt, die ersten Wochen seiner Ehe zu verbringen. Die Nächte waren so vielversprechend gewesen, dachte er grimmig, als er sich auf den Weg zu Destinys Haus machte. Sie hatten die Finger nicht voneinander lassen können. Aber noch aufregender als die körperliche Chemie zwischen ihnen war, wie sehr sie die Gesellschaft des anderen genossen hatten. Oder zumindest war es ihm so gegangen. Angesichts dessen, dass sie ihm hartnäckig aus dem Weg ging, schien Destiny nicht die gleiche Verbindung gespürt zu haben.

Was er nicht verstand, war, wie alles so schnell den Bach hatte runtergehen können. In der einen Minute versprachen sie sich Treue bis in den Tod, und in der nächsten bekam er sie nicht mal mehr ans Telefon.

Er wusste genau, in welchem Moment sich die Sache mit Destiny verändert hatte. Direkt nach dem Vorfall mit Starr und Carter. Aber die Wurzeln des eigentlichen Problems reichten viel weiter zurück, das spürte er. Nur bis wohin genau, konnte er nicht sagen.

Er befand sich im Zentrum der Stadt. Das Festival zum vierten Juli war in vollem Gange. Überall standen Buden von Kunsthandwerkern, und im Park wurde Livemusik gespielt. Später würde es eine Parade und ein Feuerwerk geben. Normalerweise hatte er daran Spaß. Aber nicht heute. Heute musste er Destiny sehen und herausfinden, warum die Lage so angespannt war.

Das Man Cave war Teil des Problems. Wenn er die Sache mit Jo und seinen Partnern nicht wieder hinbekam, würde die Bar nicht überleben. Nick hatte ihm die Bücher gezeigt, und Kipling hatte sofort gesehen, dass sie zwar noch ein paar Monate so weitermachen, aber nicht ewig durchhalten konnten. Ohne die Unterstützung der Einheimischen waren sie dem Untergang geweiht.

Es ist nicht das Scheitern der Geschäftsidee, die mich stört, dachte er. Sondern das, was dieses Scheitern bedeutete. Das Man Cave war seine Möglichkeit gewesen, ein Teil der Gemeinschaft zu werden. Etwas zurückzugeben. Und er hatte es vermasselt.

Am Brew-haha blieb er stehen und schaute in Richtung des Parks. Auch wenn es noch früh am Morgen war, waren schon viele Menschen unterwegs. Die Sonne schien warm vom blauen Himmel.

Vor knapp einem Jahr war er einen Berg in Neuseeland hinuntergefahren und hatte sich darauf vorbereitet, mit dem Training anzufangen. Sein Sieg bei den Olympischen Spielen war noch frisch, und er war nicht aufzuhalten gewesen. Das hatte er zumindest geglaubt.

Nach dem Unfall hatte er sich weniger Sorgen um sein Karriereende gemacht als vielmehr darüber, jemals wieder laufen zu können. Dann war Bürgermeisterin Marsha aus dem Nichts aufgetaucht. Sie hatte ihm einen Job angeboten und versprochen, sich um Shelby zu kümmern.

Er erinnerte sich noch daran, ihr nicht geglaubt zu haben. Er hatte ihr versprochen, er würde ihr bis in die Hölle folgen, wenn sie nur seine Schwester beschützte. Noch immer erinnerte er sich genau an das, was sie gesagt hatte:

„*Sie müssen das nicht allein durchstehen, Kipling. Und Sie müssen auch nicht ganz bis in die Hölle gehen. Kommen Sie einfach nach Fool's Gold, sobald Sie können. Wir warten auf Sie.*“

Sie hatte Wort gehalten. Er wusste jetzt, dass Ford Hendrix und Angel Whittaker an jenem Tag nach Colorado geflogen waren. Nachdem Shelbys Mutter gestorben war, hatten sie

Shelby nach Fool's Gold gebracht. Kipling war ihr gefolgt, sobald er dazu in der Lage gewesen war. Im Januar hatte er den Job als Leiter von HERO angenommen.

Als er erkannt hatte, dass es hier keinen Ort gab, an dem Männer sich treffen konnten, war die Idee für das Man Cave entstanden. Er hatte sich mehrere Partner gesucht und Nick angestellt.

Er war so sicher gewesen, dass es das Richtige war. Es war die Lösung für ein Problem gewesen. Er wollte sagen, dass es mit Destiny das Gleiche war, doch das stimmte nicht. Weil sie wichtiger war als alle anderen zusammengenommen.

Er wandte sich vom Park ab und ging die letzten paar Straßen zu ihrem Haus. Als ihre Tür geöffnet wurde und er sie sah, entspannte sich sein gesamter Körper. Mit ihr zusammen zu sein war richtig.

„Hey", sagte er und lächelte. „Ich wollte nur mal sehen, wie es dir so geht."

„Ich bin froh, dass du gekommen bist."

Sie trug abgeschnittene Jeans und ein T-Shirt. Ihre Haare waren zu einem Pferdeschwanz zusammengebunden, und sie war barfuß. Das war nicht übertrieben sexy, aber für ihn mehr als genug.

Er wollte sie an sich ziehen und küssen. Klar, er wollte auch andere Sachen mit ihr machen, aber hauptsächlich wollte er sie halten. Sie setzten sich aufs Sofa und schauten einander an. Sie sieht gut aus, dachte er. Vielleicht ein wenig müde, aber ansonsten genau so, wie er sie mochte.

Sein Blick fiel auf den Ring an ihrem Finger. Der schlichte Goldreif sah einsam aus. Er wollte einen schönen Verlobungsring dazustecken. Einen funkelnden Diamanten. Das war vielleicht sehr traditionell, aber tief im Herzen war er ein traditioneller Mann.

„Du hast mir gefehlt", sagte er. „Ist mit Starr alles in Ordnung?"

Sie nickte. „Wir kommen gut miteinander klar. Im Moment gehen wir gerade die Songs durch, die ich geschrieben habe. Der Manager meiner Mom fliegt nächste Woche ein, um mit uns über Musik zu reden."

„Das freut mich für dich. Du bist zu talentiert, um deine Fähigkeiten zu verleugnen. Wie geht es dir?"

„Gut. Nächste Woche habe ich einen Termin beim Frauenarzt."

„Bei Dr. Galloway?", fragte er und hoffte, sie würde Nein sagen.

„Woher weißt du das?"

Er zuckte mit den Schultern. „Ich habe sie mal kennengelernt." Über seine Unterhaltung bezüglich der Wiederherstellung ihrer Jungfräulichkeit musste Destiny nichts wissen. „Kann ich dich begleiten?"

Sie nickte. „Ich möchte, dass du so viel Anteil an der Schwangerschaft nimmst, wie du magst."

Er hatte das Gefühl, dass das hier alles falsch lief. Sie waren verheiratet. Sie sollten einander in die Arme nehmen und dann ins Schlafzimmer gehen, um sich zu lieben. Ihre Unterhaltungen sollten leicht und natürlich sein – nicht steif und höflich. Das hier war Destiny – sie kannten einander. Nur fühlte es sich im Moment an, als wären sie Fremde.

„Was ist los?", fragte er. „Du wolltest ein wenig Zeit, also habe ich sie dir gegeben. Hätte ich stattdessen darauf drängen sollen, mit dir zu reden?"

„Nein. Du hast das Richtige getan. Ich habe viel über alles nachgedacht." Sie schaute ihn an. „Kipling, ich liebe dich."

Sein erster Impuls war, aufzuspringen und die frohe Botschaft so laut hinauszuschreien, wie er nur konnte. Destiny liebte ihn. Destiny, die gütig und lustig und sexy und entschlossen war. Sein zweiter Gedanke war, dass sie, wenn sie ihn liebte, so viel mehr bräuchte, als er anbieten konnte. Er hatte seine eigene Schwester nicht vor den Fäusten seines Vaters beschützen können. Wie sollte er da jemand anderes beschützen können? Noch dazu Destiny?

„Das kommt für mich genauso überraschend", sagte sie angespannt. „Ich hatte keine Ahnung. Ich habe versucht, in jeder Situation ruhig und rational zu sein. Aber so bin ich nicht. Ich habe keine Antwort auf die Frage, ob Natur oder Erziehung stärker sind, aber ich weiß, dass ich mir nicht länger etwas vormachen kann. Ich kann ein wenig verrückt werden. Vielleicht werfe ich nicht mit Tellern, aber ich bin nicht so rational, wie du glaubst. Ich habe Gefühle. Sehr tiefe Gefühle. Und das werde ich nicht länger verleugnen."

„Ich mag es, dass du Gefühle hast."

Sie lächelte. „Gut. Denn wir bekommen ein Baby zusammen. Wir haben vieles, was wir klären müssen."

Er griff nach ihren Händen. „Das will ich. Ich will, dass wir eine Familie sind, Destiny. Ich habe mein Ehegelöbnis ernst gemeint. Das hier ist für immer."

Ihr Lächeln schwand. „Ich glaube dir, weil meine Schwangerschaft für dich ein weiteres Problem ist, das du lösen kannst."

Diese unfaire Aussage ließ ihn ihre Hände noch fester umfassen. „Es ist mehr als das."

„Das glaube ich nicht. Du liebst mich nicht. Und das ist okay. Das musst du nicht. Du magst mich, und wir sind Freunde. Ich habe gesehen, wie du dich um deine Schwester kümmerst. Du wirst ein guter Vater sein. Wie schon gesagt, ich möchte, dass du so viel Anteil an der Schwangerschaft nimmst, wie du willst. Ich werde dich nicht ausschließen, aber ich werde auch nicht mit dir verheiratet bleiben. Nicht so. Ich brauche keine Hilfe, bin kein Problem, dessen man sich annehmen muss. Ich möchte geliebt werden, und das kannst oder willst du nicht." Sie drückte seine Finger und ließ sie los.

„Kipling, ich will die Scheidung."

19. KAPITEL

„Geht es dir gut?“, fragte Cassidy.

Nein, ich bin schwanger, lasse mich scheiden, bin für meine Teenagerschwester verantwortlich und werde in zwei Wochen meinen Job hier los sein. Destiny befahl sich, tief durchzuatmen und zu lächeln. Manchmal musste man einfach die Zähne zusammenbeißen, bis es einem besser ging.

„Ja, mir geht’s gut. Ich freue mich auf die Wanderung.“

Sie und Cassidy wollten losziehen, um die letzten blinden Flecken auf der Karte zu erkunden. Sie hatten die Bereiche bereits aufgeteilt und gingen davon aus, dass jeder Abschnitt in weniger als einem Tag erledigt werden könnte. Wenn alles glattlief, würden sie am Ende der Woche fertig sein.

Es war der Samstag des Wochenendes vom vierten Juli, aber weder sie noch Cassidy hatten irgendeinen Grund, nicht zu arbeiten. Starr war bei Freunden, und Destiny hatte keinerlei Verlangen, allein zu Hause herumzusitzen. Cassidys Ehemann befand sich auf der anderen Seite der Welt, also war die fehlenden Stellen zu kartografieren die perfekte Lösung.

„Melde dich alle paar Stunden per Funk“, bat Cassidy, als sie ihren Rucksack nahm. „Ich mache das Gleiche.“ Sie grinste. „Es wäre peinlich, wenn eine von uns sich verläuft.“

„Wem sagst du das.“ Destiny nahm ihre eigene Ausrüstung, und gemeinsam gingen sie zur Tür.

Das Timing ist perfekt, dachte sie auf der Fahrt aus der Stadt hinaus. Bei allem, was in ihrem Leben gerade los war, würden ihr ein paar Stunden in der Natur helfen, den Kopf freizubekommen. Sie könnte Daten eingeben und gleichzeitig ein wenig weinen. Denn die Tränen waren unausweichlich.

Sie konnte akzeptieren, dass sie Kipling liebte und dass er diese Liebe nicht erwiderte. Sie betrachtete die Sache ganz nüchtern und rational. Trotzdem war sie am Boden zerstört.

Bis sie ihm gesagt hatte, dass sie die Scheidung wollte, hatte sie nicht gewusst, wie sehr sie hoffte, dass auch er in sie verliebt war. Dass er ihr seine Gefühle gestehen würde und sie glücklich bis ans Ende ihres Lebens lebten. Aber das war nicht geschehen. Sie hatte gesagt, sie wolle die Scheidung; Kipling hatte nur kurz genickt und erwidert, dass er seinen Anwalt beauftragen würde, und war dann gegangen. Es hatte keine Unterhaltung gegeben, nicht den Hauch eines Gefühls. Nichts. Ein großes, fettes Nichts.

Auch wenn sie wusste, dass verheiratet zu bleiben ein Fehler wäre, wünschte sie sich, dass die Sache anders geendet hätte. Nach all den Jahren, in denen sie starke Gefühle gemieden hatte, hatte sie sich endlich verliebt, nur um emotional auf die Nase zu fliegen. So viel dazu, sich rational zu verhalten.

Sie bog vom Highway auf einen Parkplatz ab und zog ihre Landkarte hervor. Als sie bestätigt sah, dass sie dort war, wo sie sein sollte, stieg sie aus und setzte ihren Rucksack auf, bevor sie den GPS-Tracker und ihre anderen Geräte anschaltete und sich auf den Weg in den Wald machte.

Zeit heilt alle Wunden, sagte sie sich. Sie hatte eine wundervolle Familie, und außerdem war ein Baby unterwegs. Später würde sie ihre Mutter anrufen und ihr erzählen, dass ihr Wunsch nach einem Enkelkind Wirklichkeit werden würde. Dieses Wochenende würden sie und Starr sich weitere von ihren Songs anschauen und die besten zwanzig oder so aussuchen, die sie dem Manager ihrer Mom vorspielen wollten. Sie würde ein Haus kaufen und mit ihrem Leben weitermachen.

Sie hatte Menschen, denen etwas an ihr lag. Sie hatte gute Freunde und viel Unterstützung. Was sie nicht hatte, war die Liebe des Mannes, der ihr das Herz gestohlen hatte. Das tat weh, aber sie würde es überleben.

Jahrelang war Grandma Nell der Maßstab für ihre Entscheidungen gewesen. Würde Grandma Nell das tun? Wäre Grandma Nell stolz? Aber auch wenn Destiny ihre Großmutter geliebt hatte, so wusste sie, dass sie ihre Denkweise nun ändern musste. Es ging nicht mehr darum, Grandma Nell stolz zu machen. Sie musste lernen, selbst stolz auf sich zu sein.

Mit siebzig Meilen pro Stunde auf Skiern gegen einen Baum zu fahren hatte Kipling schwer verletzt. Doch von Destiny verlassen zu werden und ohne sie zu sein, tat viel stärker weh. Noch immer wusste er nicht, was er mit den Informationen anfangen sollte, die sie ihm gegen den Kopf geworfen hatte, bevor sie ihn verlassen hatte.

Sie liebte ihn – und sie war weg. Einfach so. *Ich liebe dich. Ich will die Scheidung.* Das war das Ende eines schlechten Films. Es war so extrem, dass es schon lächerlich war. Aber er lachte nicht. Und er schlief nicht und aß nicht. Ehrlich gesagt schaffte er es gerade noch so zu atmen.

Es tat weh. Mehr als alles jemals zuvor. Er, der immer geglaubt hatte, dass Worte nichts bedeuteten – dass nur Taten zählten –, war von dem zerrissen worden, was er gehört hatte. Worte können töten, dachte er grimmig.

Genauso schlimm war, dass sie weg war. Oh sicher, er würde sie weiterhin sehen. Sie bekamen ein Kind zusammen, und was auch immer zwischen ihnen passierte, er wusste, dass sie niemals versuchen würde, ihn aus dem Leben seines Kindes fernzuhalten. Aber er wollte kein Teilzeitvater sein. Er wollte eine Familie haben. Mit ihr.

Er machte sich auf, sein Haus zu verlassen, um ihr genau das zu sagen, doch an der Tür hielt er inne und drehte um. Wie könnte er sie überzeugen, sich nicht scheiden zu lassen? Er wollte, dass sie verheiratet blieben. Er wollte mit ihr leben und sein Kind mit ihr großziehen. Hatte er ihr nicht durch seine

Taten bewiesen, wie viel ihm an ihr lag? Er war für sie da gewesen, hatte sich um sie gekümmert.

Er wusste, dass es eine Lösung zu dem Problem gab. Es musste eine geben. Aber welche das war, wusste er nicht. Er war im Kopf verschiedene Szenarien durchgegangen. Hatte Briefe geschrieben. Hatte überlegt, eine Plakatwand zu mieten. Aber er hatte keine Ahnung, was darauf stehen sollte.

Verlass mich nicht wäre ein Anfang. *Heirate mich* stand außer Frage. Sie waren bereits verheiratet. *Lass uns nicht die Scheidung einreichen* war zu kompliziert.

Was er nicht verstand, war, was sich geändert hatte. Wenn sie ihn jetzt liebte, tat sie das vermutlich schon eine ganze Weile. War ihre Ehe dann nicht eine gute Sache?

Es klopfte an seiner Tür. Er machte sie auf, voller Hoffnung, Destiny zu sehen. Aber stattdessen stand seine Schwester auf der Veranda.

Sie stemmte die Hände in die Hüften. „Ehrlich, du könntest wenigstens versuchen, nicht so enttäuscht zu sein, weil ich es bin."

„Tut mir leid."

„Hast du gehofft, es wäre deine neue Braut?"

Er nickte und trat beiseite, um seine Schwester hereinzulassen. Sie ging an ihm vorbei und wandte sich ihm zu, sobald er die Tür geschlossen hatte.

„Was ist los?" Er bemühte sich, die Frage so locker wie möglich zu stellen, als wollte er ihr beweisen, dass alles gut wäre und sie alle Anzeichen von Stress und Anspannung ignorieren sollte. Offensichtlich funktionierte es, denn Shelby stellte keine Fragen. Stattdessen sagte sie: „Ich habe nachgedacht."

„Worüber?"

„Über das, was du vor Kurzem gesagt hast. Wegen des Geschäfts und mir und uns." Sie seufzte. „Du bist ein guter großer Bruder, und ich liebe dich."

Es war offensichtlich, dass sie noch mehr zu sagen hatte, also wartete er.

„Und es tut mir leid."

Das hatte er nicht erwartet. „Was?"

„Ich habe dir widersprüchliche Botschaften geschickt. Ich habe dich um Rat gefragt und bin dann wütend geworden, als du ihn mir gegeben hast. Ich will, dass du mir hilfst, aber nur manchmal. Es ist mir selbst nicht ganz klar, also kann es für dich auch nicht klar sein."

Er entspannte sich ein wenig. „Okay. Und wo stehen wir nun?"

Sie lächelte. „Ich würde mir gerne das Geld von dir leihen, aber wirklich nur als Darlehen. Ich werde es dir mit Zinsen zurückzahlen."

„Was, wenn ich dir das Geld nicht mehr geben will?"

Sie lachte, dann umarmte sie ihn. „Du bist ein lustiger Kerl."

„Das finden nicht alle."

„Dann kennen sie dich nicht gut genug."

Er glaubte nicht, dass das Destinys Problem war.

Shelby musterte ihn. „Willst du darüber reden?"

„Da ist nichts. Mir geht es gut."

„Warum wohnst du dann immer noch hier und nicht bei Destiny?"

Da hatte sie ihn erwischt. „Das ist kompliziert. Sie ist …" Nein, nicht sauer, dachte er. Enttäuscht? Verletzt? „… verärgert."

„Hast du versucht, zu sehr über sie zu bestimmen, ihr alles aus der Hand zu nehmen? Das tust du manchmal, Kipling. Du meinst es gut, aber ab und zu wollen Menschen mehr sein als nur ein Hilfsprojekt."

„Ich sehe Menschen nicht als Projekte an."

Sie hob die Augenbrauen und stemmte erneut die Hände in die Hüften.

Er seufzte. „Okay, manchmal tue ich das doch", gab er zu.

„Oft genug, sodass es für uns andere schwer ist, zu sehen, wo wir stehen und ob wir dir etwas bedeuten. Du bist mein Bruder, und trotzdem weiß ich nicht immer, ob du dich freust, mir zu helfen oder dich um ein Projekt kümmern zu können."

War es das, was mit Destiny schiefgelaufen war? Hatte er ihr nicht deutlich genug gemacht, dass ihm etwas an ihr und dem Baby lag?

„Ist das, was ich tue, wichtiger als das, was ich sage?"

„Nicht immer." Shelby umarmte ihn. „Du bist ein wirklich guter Kerl. Wenn Destiny das im Moment nicht sieht, lass ihr Zeit. Es ist nicht falsch, dass dir etwas an ihr liegt."

„Danke." Auch wenn er wusste, dass irgendetwas an seinem Verhalten falsch sein musste, denn Destiny wollte nicht mit ihm verheiratet bleiben. „Geht es dir gut?"

„Ja. Ich hatte eine kurze, aber schreckliche Beziehung mit Miles und bin jetzt offiziell über ihn hinweg."

„Was? Miles, der Pilot? Der ist ein Spieler." Und bald ein toter Mann, dachte Kipling grimmig.

„Ja, das hab ich jetzt auch begriffen." Shelby schüttelte den Kopf. „Lass es. Nimm dich nicht meiner Probleme an. Ich habe mich von seinem Charme einwickeln lassen und meine Lektion gelernt. Ich werde mich davon erholen."

„Du bist meine Schwester."

„Danke, dass du das noch mal klarstellst." Sie rümpfte die Nase. „Ich meine es ernst, Kipling. Ich muss alleine damit klarkommen. Misch dich nicht in mein Privatleben ein, okay?"

Er nickte. „Klar. Du kommst wegen Geld zu mir, aber nicht wegen eines Ratschlags."

Sie ließ ein Lächeln aufblitzen. „Ganz genau."

Kipling wusste nichts mit sich anzufangen, also ging er in die Stadt. Es war ja klar, dass sich an so einem geschäftigen Feiertagswochenende niemand verlaufen würde.

Touristen mischten sich unter die Einheimischen. Der Geruch von Barbecues vermischte sich mit dem Duft von Zitronen und frischem Schmalzgebäck. Er nickte den Leuten zu, die er kannte, wich unsicher dahertapsenden Kleinkindern aus und rettete einen Ballon, der beinahe davongeflogen wäre.

All das sollte dafür sorgen, dass er sich besser fühlte. Vielleicht sogar als Teil der Gemeinschaft. Aber das tat ers nicht.

Er vermisste Destiny. Ohne sie konnte er nicht klar denken. Oder schlafen. Oder wissen, was los war. Er hätte zu ihr gehen können. Er wusste, dass sie und Cassidy draußen waren, um die letzten Stellen der Berge zu kartografieren. Er hätte sich ihnen anschließen können. Aber was dann?

Er überquerte die Straße und ging zum Park, in dem Livemusik gespielt wurde. Musik, die ihn an Destiny und ihren Auftritt im Man Cave erinnerte und daran, wie sie sich in den Liedern verloren hatte.

Sie ist unglaublich, dachte er. Kraftvoll und talentiert. Wunderschön. Sie hatte behauptet, ihn zu lieben, um dann um die Scheidung zu bitten. Was sollte er davon halten?

Die Wahrheit war – er wollte sie zurück. Sie fehlte ihm und …

Das Lachen eines Teenagers ließ ihn innehalten. Er drehte sich um und sah Carter mit seinen Freunden zusammenstehen. In der Sekunde, in der er ihn erblickte, wusste Kipling, was er zu tun hatte.

Er ging auf den Jungen zu. Carter sah ihn kommen und richtete sich auf. Während die Geräusche des Festivals ihn einhüllten, spürte Kipling, wie es in seinem Kopf ganz still wurde.

„Hey“, sagte er, als er vor Carter stand. „Ich wollte dir sagen, dass es mir leidtut. Ich finde es nicht gut, dass du Starr geküsst hast, verstehe aber, was passiert ist. Es ist schwer, den Mills-Frauen zu widerstehen.“ Er zuckte mit den Schultern. „Dich anzuschreien gehörte nicht gerade zu meinen Sternstunden.“

Carter grinste. „Ich schon okay. Felicia hat mir erklärt, was es mit dem Beschützerinstinkt der Alphamännchen in einem Rudel auf sich hat." Der Junge kicherte. „Was für dich vermutlich keinen Sinn ergibt, aber so redet sie nun mal. Sie ist superklug. Und sie hat recht. Starr ist beinahe wie deine Tochter. Du musst sie beschützen. Ich bin froh, dass sie jemanden hat, der auf sie aufpasst, weißt du? Denn so war es nicht immer."

Kipling starrte den Jungen an. „Du bist gar kein Idiot."

„Danke, Mann. Du auch nicht."

Kipling schüttelte den Kopf. „Nein. Ich meine, du bist ein guter Kerl."

„Das war ich schon immer. Bedeutet das, ich kann …"

„Nein", unterbrach Kipling ihn entschlossen. „Mein Beschützerinstinkt ist immer noch intakt. Aber jetzt verstehe ich Starrs Wahl."

„Ich denke, das soll ein Kompliment sein, also danke."

„Gern geschehen."

Carter wandte sich wieder seinen Freunden zu. Kipling schaute sich um und überlegte, was er als Nächstes tun sollte. Plötzlich trat eine große, brünette Frau vor ihn.

„Ich habe gehört, du suchst nach mir."

Sie war Ende dreißig und hatte eine Ausstrahlung, die jedem Mann klarmachte, dass sie sich behaupten konnte.

Kipling hatte keine Ahnung, wer sie war.

„Ma'am?"

Die Frau hob die Augenbrauen. „Kein guter Anfang, Kipling. Ich habe gehört, dass du charmant bist. Bitte enttäusch mich nicht."

Ging es nur ihm so oder war es auf einmal unglaublich warm geworden?

„Ich bin Jo Trellis", stellte die Frau sich vor. „Von Jo's Bar."

„Ach du!", sagte er laut. „Endlich. Ich versuche schon seit Tagen, dich zu erreichen, aber du hast meine Anrufe weder angenommen noch erwidert. Und du bist auch nie da, wenn ich in deiner Bar vorbeischaue."

Sie wirkte eher amüsiert als verärgert. „Was soll ich sagen? Ich bin schwer zu fassen."

„Du drängst mich aus dem Geschäft."

„Gleichfalls."

Einen Moment lang starrten sie einander an.

Kipling nahm an, dass die Stadt zuerst ihr gehört hatte. „Ich bin sicher, wir finden eine Lösung für das Problem."

„Ich habe gehört, dass du gerne Probleme löst. Also nur zu, löse diese hier. Wir alle kümmern uns umeinander. Wenn du eine Bar eröffnen wolltest, die meiner Konkurrenz macht, hättest du erst mit mir reden sollen. Oder mit irgendjemandem. Aber das hast du nicht. Du bist einfach losmarschiert und hast ohne Rücksicht auf andere dein Ding durchgezogen."

„Hey, warte mal. So war das nicht. Die Männer hier haben nichts, wo sie hingehen können. Deine Bar ist für die Frauen."

Sie reckte das Kinn. „Und was ist daran schlimm?"

„Äh, gar nichts. Frauen sollten eine Bar haben, in der sie sich wohlfühlen. Aber das gilt auch für die Männer. Mehr habe ich nicht gewollt." Er dachte an die Stadt und daran, wie sehr hier alle miteinander verbunden waren. „Ich habe nicht daran gedacht, mit dir zu reden. Ich bin nicht von hier."

„Das ist keine Entschuldigung. Du solltest lernen, wie man eine Unterhaltung führt. Worte sind sehr wichtig."

Ja, das begriff er auch langsam. Sie waren bei Carter wichtig gewesen, und sie waren bei Jo wichtig. Würde es da nicht Sinn ergeben, wenn sie auch bei Destiny wichtig wären? Sie hatte ihm gesagt, dass sie ihn liebte, und was hatte er darauf erwidert? Nichts.

Er dachte an alles, was im Moment schieflief. „Es tut mir leid, dass ich nicht zuerst mit dir geredet habe. Das hätte ich tun sollen. Falls es dir hilft, du hast gewonnen. Meine Partner haben sich zurückgezogen, und Nick meint, vom Geld der Touristen allein können wir nicht überleben."

Jo verlagerte ihr Gewicht von einem Fuß auf den anderen.

„Also, was das angeht … Ich habe vielleicht ein paar Anrufe getätigt. Ich wollte ein wenig Ärger machen, aber ich hätte nicht erwartet, dass meine Freunde meine Sorgen so ernst nehmen."

„Du wollest nicht, dass ich schließen muss?"

„Verdammt, nein. Ich wollte mit dir reden. Jo's läuft gut, aber ich bin es leid, sechzehn Stunden am Tag zu arbeiten. Ich habe einen heißen Ehemann zu Hause, mit dem ich gerne mehr Zeit verbringen würde. Ich werde die Ladys zurückpfeifen. Deine Partner werden sich wieder bei dir melden. Jo's Bar wird fünf Tage die Woche geöffnet haben und um neunzehn Uhr schließen. Du kannst die Abende haben."

Sie streckte ihm die Hand hin, und er schlug ein.

„Erinnere mich daran, mich nie wieder mit dir anzulegen", sagte er.

„Da hast du recht. Sag Nick, dass er heute Abend einen Ansturm erwarten soll. Ich werde ein wenig rumtelefonieren."

Destiny überquerte den seichten Fluss. Auf der anderen Seite guckte sie nach und sah, dass das GPS-Signal immer noch stark war. Auch wenn sie gern wanderte, wollte sie nicht versuchen müssen, den Weg allein zurückzufinden.

Sie blieb stehen und trank einen Schluck. Große Bäume ragten Schatten spendend über ihr auf und sorgten dafür, dass die Temperatur angenehm blieb, aber sie war schon seit drei Stunden unterwegs und wurde langsam ein wenig müde.

Ich bin nicht mehr in Form, dachte sie. In letzter Zeit hatte sie nicht mehr regelmäßig Sport gemacht. Das würde sich ändern müssen. Sie musste jetzt für zwei fit bleiben. Das darf ich Kipling gegenüber nicht erwähnen, dachte sie lächelnd. Denn noch bevor sie ausgesprochen hätte, hätte er ein Programm für sie entworfen und einen Personaltrainer engagiert.

Nein, das hätte er nicht, dachte sie, und ihr Lächeln schwand. Denn sie waren nicht mehr zusammen. Sie hatte die Sache ziemlich abrupt beendet und seitdem nichts mehr von ihm gehört.

Er fehlt mir, gestand sie sich ein. Sehr sogar. Da war ein großes Loch in ihrem Leben und vielleicht auch in ihrem Herzen. Ein Loch von Kiplings Größe. Sie vermisste seine Freude und Begeisterung, wenn sie einen Raum betrat. Wie er zuhörte und dann einen Rat gab, ob sie ihn nun hören wollte oder nicht. Es gefiel ihr, wie leicht er sich in seinem Leben als Normalsterblicher eingerichtet hatte, nachdem er jahrelang ein Ski-Gott gewesen war.

Er ist ein guter Kerl, dachte sie sehnsüchtig. Lustig, charmant, fürsorglich. Anstatt wütend zu werden, als er herausgefunden hatte, dass sie noch Jungfrau gewesen war, hatte er ihr beibringen wollen, Sex zu genießen. Er war verlässlich und einfühlsam. Wenn er sie doch nur lieben würde. Denn ohne sie zu lieben, ohne in der Lage zu sein …

Mitten in der Bewegung hielt Destiny inne. Und plötzlich fiel es ihr wie Schuppen von den Augen.

Sie tat es noch immer. Sie lief immer noch vor etwas davon, so wie sie es ihr Leben lang getan hatte. In jüngeren Jahren war sie vor ihren Eltern davongelaufen. Sie war vor ihren Gefühlen davongelaufen, ihren Leidenschaften, ihren Talenten. Sie hatte Mauern aufgebaut und sich dahinter versteckt. Und das tat sie immer noch. Genau in dieser Sekunde.

Woher wusste sie, dass Kipling sie nicht liebte? Sie hatte ihn nie gefragt. Sie hatte ihm nicht einmal die Chance gegeben, mit ihr zu reden oder sich zu erklären oder überhaupt nur nachzudenken. Sie hatten nie über ihre Ehe gesprochen oder darüber, was sie beide erwarteten oder bräuchten, damit ihre Beziehung funktionierte. Sie hatte ihm einfach nur gesagt, dass sie die Scheidung wolle.

Vor etwas davonzulaufen war nicht das Gleiche, wie auf etwas zuzulaufen. Sie hatte so viel Zeit ihres Lebens damit verbracht, darüber nachzudenken, was sie nicht wollte, dass sie ganz vergessen hatte, herauszufinden, was ihr wichtig war. Sie machte sich solche Sorgen darüber, unglücklich zu werden, dass sie sich nie die Mühe gemacht hatte, das zu finden, was sie glücklich machte. Oder wer.

Sie liebte Kipling, das wusste sie ganz sicher. Aber liebte er sie auch? Vielleicht war das ein guter Zeitpunkt, diese Frage zu stellen. Und zwar nicht nur sich selbst.

„Was habe ich nur getan?“, fragte sie laut.

Es gab keine Antwort. Nur das Summen der Insekten und den Schrei eines Falken.

Sie schaute auf ihr Display. Ihre genaue Position wurde durch einen winzigen Punkt markiert. Als sie den direktesten Weg zu ihrem Wagen ermittelt hatte, marschierte sie los.

Schon seit Jahrhunderten machen Männern sich für Frauen zum Idioten, dachte Kipling fröhlich. Also war er nur einer in einer langen Reihe von Trotteln. Wenn er Destiny verlieren würde, würde er es mit Stil tun. Und alle Karten auf den Tisch legen.

In der letzten Stunde hatte er fünf Anrufe von seinen Geschäftspartnern erhalten, die ihn gefragt hatten, ob sie wieder ins Man Cave einsteigen könnten, und eine SMS von Nick, in der er ihm mitteilte, er würde heute eine große Menge an Gästen erwarten. Felicia Boylan, Carters Mutter, hatte ihn umarmt und ihm erzählt, wie glücklich sie wäre, dass er sich bei Carter entschuldigt und zu seinem Fehler gestanden hätte.

Jetzt befand er sich hier, mitten im Trubel des Festivals, umgeben von Leuten, und alles, woran er denken konnte, war, dass er Destiny davon erzählen wollte. Nein, es nicht nur erzählen, sondern mit ihr teilen. Er wollte mit ihr lachen und sie berühren und sich um sie kümmern.

Aber miteinander zu reden war auch wichtig.

Er wusste, dass Taten ihre eigene Sprache sprachen. Zu geloben, dass man treu blieb, war bedeutungslos, wenn man losrannte und seine Frau betrog. Dass sein Vater Shelby geschlagen hatte, hatte mehr bedeutet als all seine Beteuerungen, sie zu lieben. Aber vielleicht, ganz vielleicht, hatte er es mit der Lektion, die er gelernt hatte, ein wenig zu weit getrieben. Vielleich hatte er die Macht der Worte zu schnell abgetan. Wenn das der Fall war, hätte er eventuell eine Chance, Destiny zurückzugewinnen.

In der Zeit, die es dauerte, nach Hause zurückzulaufen und die Schlüssel für seinen Jeep zu holen, war ihm noch eine weitere Erkenntnis gekommen: Nur weil er nie zuvor verliebt gewesen war, bedeutete das nicht, dass irgendetwas mit ihm nicht stimmte. Er hatte sich nicht zurückgehalten, die Worte „Ich liebe dich" zu sagen, weil er nicht daran glaubte, dass sie einen Unterschied machten. Nein, er hatte sich zurückgehalten, weil er gewartet hatte. Auf die richtige Frau. Auf die einzige Frau.

Destiny hatte gesagt, dass sie ihn liebte, und jetzt wollte er das Gleiche zu ihr sagen.

Destiny liebte ihn, er liebte sie und auf keinen Fall würde er sie gehen lassen. Nicht kampflos. Und wenn er dabei einen Idioten aus sich machte, dann war das eben so.

Er fuhr aus der Stadt hinaus. Ein schneller Anruf bei Cassidy verriet ihm den Ausgangspunkt von Destinys Wanderung. Er hatte seine Trackingausrüstung dabei und wusste, wie STORMS funktionierte. Er war schließlich ein Such- und Rettungsexperte. Nun war es an der Zeit, seine Fähigkeiten unter Beweis zu stellen.

Er bog auf den Rastplatz ein und parkte seinen Wagen neben dem von Destiny. Nachdem er ausgestiegen war, checkte er seine Ausrüstung und fing dann an, Daten einzugeben. Sie war eine erfahrene Wanderin auf einem Tagesausflug. Er wusste, in welcher Gegend sie unterwegs war, nur nicht, wo genau sie sich gerade aufhielt.

„Suchst du jemanden?"

Er schaute auf und sah Destiny auf sich zukommen. Sofort warf er sein Tablet durch die noch offen stehende Autotür auf den Fahrersitz und ging auf sie zu.

Es gibt so viel zu sagen, dachte er, aber nichts davon ist in dieser Sekunde wichtig. Lächelnd umschloss er ihr Gesicht und küsste sie auf den Mund. Sie schlang ihre Arme um ihn und hielt ihn fest, als wolle sie ihn nie wieder loslassen.

„Ich liebe dich", erklärte er, als sie kurz Luft holten.

„Ich hatte kein Recht, zu sagen, dass ich die Scheidung will … Was?" Ihre grünen Augen weiteten sich. „Was hast du gesagt?"

„Ich liebe dich. Sehr sogar. Das tue ich schon eine ganze Weile. Wir werden uns nicht scheiden lassen, ohne uns vorher darüber zu unterhalten. Sobald du damit einverstanden bist, werde ich dich überzeugen, für immer bei mir zu bleiben."

„Ich liebe es, wenn ein Mann einen Plan hat." Ihre Lippen zitterten. „Echte Liebe?"

„Die Liebe, die für die Ewigkeit gemacht ist." Er küsste sie noch einmal. „Die Liebe, die bedeutet, dass ich nicht gehen werde, also solltest du dir auch überlegen, zu bleiben."

„Das werde ich. Das tue ich. Ich laufe schon so lange vor allem davon, was mir Angst macht, dass ich ganz vergessen habe, wie es ist, auf etwas zuzulaufen. Auf dich."

Er zog sie an sich und atmete ihren Duft ein.

„Heirate mich", flüsterte er. „Nicht nur, weil du schwanger bist oder es das Richtige ist. Heirate mich, weil du dir nicht vorstellen kannst, einen weiteren Tag ohne mich zu verbringen. Heirate mich, weil wir eine Familie sind. Du, ich, Starr und das Baby. Heirate mich, damit wir immer zusammen sein können."

Sie schaute ihm in die Augen. „Das habe ich bereits, Kipling." Sie lehnte sich an ihn. „Das habe ich bereits."

Kipling führte sie zu seinem Jeep. Sie stieg ein. Um ihr Auto würden sie sich später kümmern. Es gab einiges, um das sie sich später kümmern würden. Aber die Entscheidungen würden leicht sein, weil sie zusammen waren.

Es ist nicht, wie mit siebzig Meilen pro Stunde den Berg hinunterzurasen, dachte er, als er auf den Highway fuhr. Sondern wesentlich besser.

„Ich werde hierüber einen Song schreiben." Sie nahm seine Hand in ihre und grinste. „Nachdem wir Sex hatten."

Er lachte immer noch, als sie Fool's Gold erreichten.

– ENDE –

Lesen Sie auch:

Kristen Proby

Für Happy Ends gibt's kein Rezept

Aus dem Amerikanischen von Ralph Sander

Ab Januar 2017 im Buchhandel

Band-Nr. 25985
9,99 € (D)
ISBN: 978-3-95649-633-2

„Zusammenfassend lässt sich also sagen“, liest Cami, eine meiner besten Freundinnen und außerdem meine Geschäftspartnerin, aus der *Portland Tribune* vor, „das Seduction ist anders als jedes Restaurant, das ich je besucht habe. Das Essen schmeckt köstlich, die Weinauswahl ist beeindruckend, und das ganze Ambiente wirkt so sexy, dass es einem den Atem raubt. Ich kann Ihnen das Restaurant für Ihr nächstes Date nur empfehlen.“

„Ich möchte dem Kritiker am liebsten Blumen schicken“, sagt Mia und lächelt breit. „Wer hätte gedacht, dass wir ein halbes Jahr nach der Eröffnung schon eine solche Besprechung bekommen?“

„Na ja, dass die Leute vom Essen begeistert sein würden, war zu erwarten.“ Ich nehme die Zeitung an mich, um die Kritik zum x-ten Mal durchzulesen. „Du bist eben ein Genie in der Küche, Mia. Das wissen wir alle schon seit der Highschool.“

„Trotzdem werde ich immer noch nervös. Jetzt erst recht! Man kann nie wissen, mit welchen Gästen man es gerade zu tun hat. Wir waren ja auch nicht vorgewarnt, dass dieser Typ vorbeikommt.“ Mia knabbert mit besorgtem Blick an der Nagelhaut ihres Daumens. „Vielleicht sollte ich die Speisekarte erweitern.“

„Die Speisekarte ist perfekt.“ Cami schüttelt den Kopf, dass ihre blonden Haare fliegen. „Er fand uns doch super.“

Wir lächeln uns gegenseitig an, bis ich schließlich im Sitzen einen kleinen Freudentanz aufführe. Noch ist das Lokal nicht geöffnet. Kat und Riley, die unser Business-Quintett vervollständigen, sind noch nicht da. Aber Mia, Cami und ich haben den Artikel wieder und wieder gelesen, jubelnd und tanzend.

Wir sind so froh!

Schließlich haben wir uns in den sechs Monaten seit der Eröffnung krummgelegt. Wir haben alles auf diese eine Karte gesetzt. Wir dürfen nicht scheitern.

Und das werden wir auch nicht.

Wir hören, wie die Eingangstür aufgeht und wieder zufällt, und ich rechne damit, jeden Moment Riley oder Kat zu sehen. Doch stattdessen kommt Jeremy ins Lokal, noch ganz zerknittert vom Schlaf. Die Augen bekommt er noch gar nicht richtig auf, er ist unrasiert, und seine blonden Haare stehen in alle Richtungen ab, so wie meine Finger sie ihm letzte Nacht zerzaust haben.

Himmel, dieser Mann lässt meine Hormone doch glatt Überstunden machen. Er lächelt und küsst mich auf die Stirn, greift sich meinen Kaffeebecher und setzt sich zu mir.

„Was hast du hier zu suchen?“, fragt Cami irritiert. „Ich bin zu gut gelaunt, um so zu tun, als würde ich dich mögen.“

Ich werfe meiner Freundin einen verärgerten Blick zu, aber sie reagiert nur mit einem Schulterzucken.

„Meine Freundin ist hier“, antwortet Jeremy und nippt an meinem Kaffee. „Sie hat mir gefehlt.“

„Blödsinn“, flüstert Mia und verdreht die Augen. Anfangs konnten meine Freundinnen Jeremy ganz gut leiden, aber inzwischen zeigen sie offen, was sie von ihm halten. Ich denke, sie sind bloß übervorsichtig. Sie wollen nicht, dass er mir wehtut. Zugegeben, er ist Musiker. Kein besonders talentierter, aber hat regelmäßig Gigs für seine Band *Hells Roses*.

Und … oh Gott … das, was der Mann im Schlafzimmer alles draufhat, sollte polizeilich verboten sein. Außerdem bringt er mich zum Lachen, und obwohl er allen anderen gegenüber so arrogant auftritt, erlebe ich ihn immer wieder sehr verwundbar und lieb, wenn wir allein sind.

Ist er der Richtige? Vermutlich nicht, allerdings bin ich mir auch ziemlich sicher, dass dieser Richtige sowieso nur eine Erfindung von Liebesroman-Autoren und Disney ist.

„Seid nett“, fauche ich und widme mich wieder der Zeitung. „In der *Tribune* haben wir eine irrsinnig gute Besprechung bekommen“, lasse ich Jeremy begeistert wissen.

„Logo“, gibt er zurück und küsst mich auf die Wange. „Sind da auch Konzertkritiken drin?“ Schon hat er mir die Zeitung aus der Hand genommen und fängt an zu blättern, bis er die Seite über die Musik- und Clubszene in Portland gefunden hat. „Nicht eine verdammte Zeile über uns?“, beklagt er sich, nachdem er alle Artikel überflogen hat.

Cami sucht meinen Blick und runzelt die Stirn. Ich reagiere mit einem knappen Achselzucken. Er hat mit Gastronomie nichts am Hut, er kann nicht nachvollziehen, warum diese gute Kritik für uns so wichtig ist.

„Ich habe mir etwas überlegt“, wechsele ich schließlich das Thema und stütze die Ellbogen auf den Tisch. „Jetzt, wo der Laden gut läuft, könnten wir es an den Wochenenden mit Livemusik versuchen.“

„Sorry, Cupcake“, wirft Jeremy seufzend ein. „Aber wir sind ausgebucht.“

Gott sei Dank. Jeremys Band spielt nicht die Art von Musik, die mir für mein Restaurant vorschwebt. Aber statt seinem Ego einen Stich zu versetzen, lächle ich ihn nur an und gebe ihm einen Kuss auf die Schulter.

„Ich weiß, Babe. Aber ich möchte trotzdem jemanden engagieren. Vielleicht jemanden, der solo auftritt, nur mit Mikro und Hocker auf der Bühne, wisst ihr, was ich meine?“

„Leisten können wir uns das“, sagt Cami nachdenklich. Sie ist bei uns für die Finanzen zuständig und kümmert sich um alles, was mit Geld zu tun hat. Kopfrechnen beherrscht sie wie keine andere. „An wen hast du gedacht?“

„Ich weiß noch nicht.“ Ich greife nach meinem Kaffeebecher und stutze, als ich feststelle, dass Jeremy ihn bis zum letzten Tropfen ausgetrunken hat. „Babe, gehst du bitte rüber zu Starbucks und holst uns noch mehr Kaffee?“

„Hab mein Portemonnaie vergessen“, murmelt er mürrisch. Ich nehme einen Zwanziger aus meiner Handtasche und gebe ihm den Schein. „Bitte schön!“

„Danke.“

„Ach ja, und wegen deiner Musikersuche“, fügt er hinzu, als er bereits in Richtung Tür geht. „Am Samstag ist im Crush Talentabend. Da stehen normalerweise immer ganz gute Bands auf der Bühne. Möchte wetten, du findest da genau das, wonach du suchst.“

Ich lächele meinen sexy Freund an und hauche ihm einen Kuss zu. „Super, danke.“

Er zwinkert mir zu und schlendert nach draußen. Als die Tür hinter ihm zugefallen ist, sieht Mia mich kopfschüttelnd an. „Ist das wirklich dein Ernst?“

„Wieso? Der Talentabend ist doch eine geniale Idee“, erwidere ich.

„Davon redet sie doch gar nicht“, wirft Cami ein. „Jeremy ist eine Pfeife.“

„Ist er nicht.“ Ich lehne mich zurück. Okay, vielleicht hat er ja seine pfeifenhaften Momente. „Er ist süß. Und sexy.“

„Und er lässt sich von dir aushalten. Sein Portemonnaie steckt in seiner Hosentasche“, beharrt Mia. „Und ich verwette mein monatliches Schokoladenbudget, dass er sich bei dir eingenistet hat.“

„Sein Mitbewohner ist ausgezogen, und allein kann er die Miete nicht bezahlen.“

„Addie“, sagt Cami und fasst nach meiner Hand. „Du bist nicht sein Fußabstreifer.“

„So behandelt er mich doch gar nicht.“

„Oh doch, er macht genau das“, seufzt Mia und greift nach meiner anderen Hand. „Du hast was Besseres verdient.“

„Ich mag euch beide wirklich sehr“, beginne ich und merke, wie sich mein Magen verkrampft. „Und ich weiß, ihr wollt mich nur beschützen. Aber Jeremy ist einer von den Guten.

Und ich mag ihn nun mal.“

„Okay.“ Cami nippt einen Schluck Kaffee. „Und wenn er dir das Herz bricht, werden wir für dich da sein.“

„Reden wir lieber über diesen Talentabend. Wer geht mit mir hin?“

Mia und Cami sehen sich kurz an.

„Ich muss arbeiten“, antwortet Mia. „Ich habe da ein paar neue Gerichte für Samstagabend, die ich ausprobieren will.“

„Und ich habe keine Lust“, erklärt Cami ohne Umschweife. „Aber ich bin mir sicher, du findest genau das, was wir brauchen.“

„Dann nehme ich Kat mit.“ Ich kaue auf meiner Unterlippe rum und sortiere die Ideen, die mir durch den Kopf gehen. „Sie hat eine gute Nase für so was.“

„Gute Idee.“

Wieder geht die Tür auf.

„Ah, gut. Mr. Wonderful ist zurück“, murmelt Cami.

„Wie kriegst du deine Haare so hin?“, fragt Riley, die auf meinem Hocker sitzt und Eis aus einer Packung Chunky Monkey löffelt. Ich drehe meine Haare währenddessen zu dicken Ringellocken auf. Heute Abend hab ich sie mit lila Strähnchen versehen.

„Das ist nicht so schwer, man braucht nur etwas Übung. Wenn man den Dreh erst mal raushat, geht es ganz schnell.“

„Das Lila gefällt mir“, sagt sie grinsend. „Und die enge Jeans steht dir auch gut. Du hast einen tollen Hintern.“

Lachend drehe ich mich zur Seite und begutachte, wie mein Hintern in der Jeans wirkt. Sie hat recht, er ist gar nicht so übel. Ich könnte zwar etwas weniger Hüfte vertragen, aber was will man da machen?

„Soll ich über das Top noch eine Jacke ziehen?“ Es ist ein fließendes schwarzes Top, das mein Dekolleté hervorhebt und sich dabei nicht an meinen Problemzonen festklammert.

„Nein, das sieht scharf aus. Damit findest du entweder einen coolen Sänger fürs Restaurant oder angelst dir einen Mann."

„Ich habe bereits einen." Ich sehe hinauf zum Himmel. „Herr, gib mir Kraft."

„Jeremy ist kein Mann in diesem Sinne", widerspricht Riley, die inzwischen den Boden des Eisbechers erreicht hat, wie das Kratzen deutlich erkennen lässt. „Er ist jemand, den man vögelt."

„Riley!"

„Stimmt doch", sagt sie gelassen. „Daran ist auch nichts verkehrt, solange dir die Sache klar ist."

„Na, der Sex ist nicht gerade einschläfernd." Es wird energisch gegen die Schlafzimmertür geklopft, und Kat kommt herein. Sie ist groß und hinreißend und strahlt pures Selbstbewusstsein aus. Die Haare hat sie hochgesteckt, sie trägt ein ärmelloses Top, damit man ihr irres Tattoo sehen kann, und die Absätze ihrer pinkfarbenen Stilettos sind einfach mörderisch.

„Es sollte verboten sein, so scharf auszusehen", seufzt Riley. „Ihr seht beide scharf aus."

„Warum kommt du nicht mit?", will Kat wissen.

„Weil ich mir für diese Musik-Acts einen neuen Marketingplan überlegen muss."

„Lahme Ausrede", sagt Kat und sieht mir beim Schminken zu. „Und wo wir gerade von heißen Frauen reden … Hallo, Sexbombe!"

Ich grinse sie im Spiegel an. „Du bist seit Langem mein heißestes Date."

„Danke, gleichfalls." Sie zwinkert mir zu. „Okay, wonach halten wir heute Abend Ausschau? Addie, diese Gigs sind dein Ding, ich unterstütz dich nur ein bisschen."

„Es sind *unsere* Gigs", erwidere ich.

„Das Foyer gehört dir, und wie du das managst, ist einfach Hammer." Riley trägt ein wenig von meinem Lippenstift auf ihre vollen Lippen auf, betrachtet sich im Spiegel und wischt alles gleich wieder weg. „Mir steht Lippenstift einfach nicht."

„Ich will einen Solokünstler, maximal ein Duo." Ich zupfe an meinen Haaren, bis sie genau so liegen, wie ich es die ganze Zeit über wollte. „Jemanden mit einer sexy Stimme. So im Stil von Gavin DeGraw."

„Der ist definitiv heiß." Kat nickt zustimmend. „Wie viel können wir ausgeben?"

„Möglichst nicht über fünfhundert pro Abend", sagt Riley. „Cami meint, dass wir diese Summe ohne Probleme erübrigen können."

„Nicht schlecht. Jetzt will ich nur hoffen, dass wir auch jemanden finden. Ins Fenster habe ich auch noch einen Zettel gehängt. Schaden kann es nicht."

„Okay, dann wollen wir mal." Wir folgen Kat aus dem Apartment.

„Viel Spaß", ruft Riley und winkt uns zu, während sie zu ihrem Wagen geht.

„Den werden wir haben", meint Kat, schlägt mit mir zum High-Five ein und führt mich zu ihrem Auto.

„Kann ich euch noch einen Chardonnay bringen?", fragt die Kellnerin Kat, die den Kopf schüttelt.

„Eine Diät-Cola reicht mir."

„Die nehme ich auch."

Die Kellnerin nickt und geht weg.

„Kein guter Wein?", frage ich Kat grinsend.

„Schmeckt wie Pisse", antwortet sie. „Ich kann ja verstehen, wenn man günstige Flaschen servieren will, aber hier gibt es auch wirklich gute Tropfen. Die sollten uns keinen minderwertigen Fusel vorsetzen."

Mein Lächeln wird noch breiter. „Das macht mich richtig an, wenn du die Weinkennerin raushängen lässt."

„Ist nun mal mein Job."

„Und den beherrschst du verdammt gut.“ Das stimmt auch. Kat ist die beste Sommelière im ganzen pazifischen Nordwesten. Sie kennt sich mit Wein wirklich aus.

„Und was hältst du von dem, was du bislang gehört hast?“

Wir sitzen an einem Tisch ziemlich in der Mitte des Raums und dabei nahe an der Bühne, womit wir einen guten Blick auf die Künstler haben. Im Augenblick singt eine junge Frau einen Song von Trisha Yearwood, trifft aber nicht die richtigen Töne.

„Bis jetzt hat mich noch nichts so richtig begeistert.“

Kat nickt, bevor sie einem Mann einen giftigen Blick zuwirft, der ihr im Vorbeigehen an den Po gefasst hat. „Behalt die Finger bei dir, Freundchen.“

Er zuckt nur mit den Schultern und grinst frech, während er weitergeht.

„Männer sind widerwärtig“, grummelt Kat.

Die Sängerin mit den falschen Tönen ist fertig, wir applaudieren. Dann geht es zurück ins Jahr 1967, nur dass der Kerl auf der Bühne höchstens zweiundzwanzig sein dürfte. Seine Dreadlocks reichen ihm bis weit den Rücken hinunter. Er hat einen Vollbart, seine Kleidung ist schmutzig – vermutlich ein Obdachloser, der sonst an irgendeiner Straßenecke steht und singt.

Dann aber fängt er an zu singen, und ich bin hin und weg. Seine Stimme ist die eines Engels, und sein „Halleluja“ klingt, als würde er irgendwo da oben im Himmel sitzen. Völlig fasziniert sehen wir uns seinen Auftritt an.

Er ist einfach unglaublich.

Als er fertig ist, bekommt er ohrenbetäubenden Applaus.

„Wow.“ Kat starrt mich mit ihren blauen Augen an. „Hast du das gehört?“

Ich nicke. „Wir besorgen uns auf jeden Fall seine Nummer. Wenn wir ihn dann noch dazu bringen, sich zu waschen und etwas Sauberes anzuziehen, könnte er genau der Richtige für uns sein.“

„Vorausgesetzt, er will was Sauberes anziehen", wendet Kat ein. „Das da ist vielleicht genau das, was er mag."

Nach einer ganzen Reihe von wenig mitreißenden Künstlern kommt schließlich ein Paar auf die Bühne, ein Mann und eine Frau, die eine Ballade vortragen und sich dabei verliebt in die Augen sehen. Ihre Harmonie wirkt sanft wie Seide.

„Die zwei gefallen mir", sagt Kat und beugt sich zu mir herüber. „Die haben den richtigen Look, sie sind verliebt und sie sind sexy. Genau das Richtige für unseren Laden."

„Finde ich auch."

Ich will die beiden. *Unbedingt.* Sie sind einfach perfekt. „Ich red mit ihnen."

Kat nickt nur und konzentriert sich auf das nächste Duo. Das ist aber nicht annähernd so gut wie die zwei, auf die ich es abgesehen habe.

„Entschuldigt." Die beiden drehen sich zu mir um, und ich setze mein strahlendstes Lächeln auf. „Ich bin Addison, eine der Inhaberinnen vom Seduction. Das ist ein neues Restaurant hier in der Stadt. Ich wollte euch fragen, ob ihr an den Wochenenden bei uns auftreten möchtet."

Die beiden sehen sich an und lächelten. „Vielen Dank! Ich bin Rebecca." Die zierliche Blondine gibt mir die Hand. „Und das ist mein Mann Paul."

„Ihr seid wirklich ziemlich gut."

„Das ist alles ihr Verdienst", meint Paul und sieht seine Frau liebevoll an.

„Ich suche jemanden, der freitags und samstags abends bei uns auftritt. Ich bezahle fünfhundert Dollar für jeden Abend."

„Pro Person?", fragt Rebecca, die mich auf einmal listig anschaut.

„Nein", sage ich. „Pro Auftritt."

Wieder sehen sie sich an, Paul schüttelt den Kopf. „Tut mir leid, aber wir sind mehr wert als das."

„Wie viel bekommt ihr denn sonst?"

„Oh, wir haben noch gar keine Engagements. Wir sind neu in der Gegend."

Ich ziehe eine Augenbraue hoch. „Ihr seid das wert, was ihr bezahlt bekommt. Danke, nett, euch kennengelernt zu haben."

Ohne ein weiteres Wort drehe ich mich um und kehre zu unserem Tisch zurück. „So was Eingebildetes", sage ich und setze mich wieder.

„Schade."

„Kommt vor."

Ein Mann betritt die Bühne, setzt sich auf den Hocker und schlägt seine Gitarre an. Der Moderator hat den Namen nicht genannt. Der Sänger trägt ein schwarzes T-Shirt und Jeans. Keine Schuhe. Einen Hut hat er tief in die Stirn gezogen, sein Gesicht liegt im Schatten und ist nicht genauer auszumachen. Aber diese Tattoos würde ich überall wiedererkennen.

„Oh mein Gott, ich glaube, das ist Jake Knox", flüstere ich Kat ungläubig zu.

„Ja, die Tattoos", haucht sie. „Oh Gott, ich war früher total in ihn verliebt. Auf der Highschool hatte ich seine Poster an der Wand hängen."

„Hatte wohl fast jeder", erwidere ich und beobachte, wie seine Finger die Saiten der Gitarre bearbeiten. Es sieht aus, als würde er eine Frau liebkosen.

„Mein Gott, kann der Mann spielen."

„Was macht er bei einem Talentabend?" Kat sieht mich verwundert an. „Lebt er hier in der Nähe?"

Ich nicke. „Ja, ich hab mal gehört, dass er hier in der Gegend wohnt. Vielleicht braucht ja sein Ego eine Stärkung."

Als er zu einem vertrauten Lifehouse-Song ansetzt, verkrampft sich mein Herz einen Moment lang. Ich liebe den Song, und ich liebe seine Stimme. Sie ist so ursprünglich und voll und auch ein bisschen rau. Diese Stimme ist purer Sex.

„Er wäre absolut perfekt", flüstert Kat. Ich glaube, sie wollte es gar nicht wirklich laut aussprechen. „Ich weiß, wir können ihn nicht bezahlen. Bestimmt tritt er nur bei Promi-Hochzeiten und so auf."

Jake hebt den Kopf und lässt zum ersten Mal sein Gesicht und seine faszinierenden grünen Augen sehen, die er genau auf mich ausrichtet. Mindestens fünf Zeilen lang wendet er den Blick nicht von mir ab, dann zwinkert er mir zu und senkt den Kopf wieder.

Lesen Sie auch von Susan Mallery:

New York Times-Bestseller

Susan Mallery

Apfel, Kuss und Mandelkern

Noelle liebt die Weihnachtszeit und hat sich einen großen Traum erfüllt: Ihr eigenes Geschäft für Weihnachtsdekoration!
Als Gabriel anbietet auszuhelfen, wagt Noelle kaum zu hoffen, dass sich noch ein anderer Traum erfüllen könnte …

Band-Nr. 25881

9,99 € (D)

ISBN: 978-3-95649-243-3

304 Seiten

Auch als eBook erhältlich!

Susan Mallery

Drei Küsse für Aschenbrödel

Um sich von einer Verletzung zu erholen, die ihre Karriere als Tänzerin zerstören kann, ist Evie nach Fool's Gold gekommen. Jedes Mal, wenn sie auf Anwalt Dante trifft, schimmern die Weihnachtslichter ein kleines bisschen heller …

Band-Nr. 25790

9,99 € (D)

ISBN: 978-3-95649-075-0

304 Seiten

Auch als eBook erhältlich!

New York Times-Bestseller

Deutsche Erstveröffentlichung

Susan Mallery

Der Für-immer-Mann

Quinn glaubt nicht, dass es die richtige Frau für ihn gibt. Doch bei einem Wettkampf begegnet er der Selbstverteidigungsexpertin D. J., die ihn buchstäblich aus den Socken haut. Zwischen ihnen sprühen vom ersten Augenblick an die Funken …

Band-Nr. 25969

9,99 € (D)

ISBN: 978-3-95649-624-0

304 Seiten

Auch als eBook erhältlich!

Susan Mallery

Weiter geht es nach der Werbung

Je mehr Gemeinsamkeiten ein Paar hat, desto besser die Beziehung. Davon ist Paartherapeutin Taylor überzeugt. Ihr Ex, der Psychologe Jonathan, behauptet aber, alleine auf viel Sex komme es an. Um den Beweis anzutreten, fordert er sie in einer Talkshow heraus …

Band-Nr. 25908

9,99 € (D)

ISBN: 978-3-95649-277-8

384 Seiten

Auch als eBook erhältlich!

Deutsche Erstveröffentlichung

Deutsche Erstveröffentlichung

Kristen Proby

Für Happy End gibt's kein Rezept

In Addies beliebtem Restaurant fehlt eigentlich nur noch Live-Musik. Doch als ein Typ mit Gitarre hereinschneit und sich bewirbt, kippt Addie aus ihren High Heels. Es ist Jake Knox, der berühmte Rockstar! Musiker üben einen gefährlichen Reiz auf sie aus …

Band-Nr. 25985

9,99 € (D)

ISBN: 978-3-95649-633-2

336 Seiten

Auch als eBook erhältlich!

Deutsche Erstveröffentlichung

Claire Contreras

Kein Tag mehr ohne dich

Das Leben ist schmerzhaft und kurz. Aber auch wunderschön, weiß Elle, und beginnt ein Jahr nach dem Tod ihres Verlobten die Scherben ihres Lebens zusammenzusetzen. Plötzlich steht ihre erste Liebe Oliver wieder vor ihr und will eine zweite Chance …

Band-Nr. 25977

9,99 € (D)

ISBN: 978-3-95649-630-1

352 Seiten

Auch als eBook erhältlich!

Eine Geschichte, so wohlig und warm wie eine heiße Schokolade!

Band-Nr. 25966
9,99 € (D)
ISBN: 978-3-95649-600-4
368 Seiten
Auch als eBook erhältlich!

Carmel Harrington
Ist die Liebe nicht schön?

Weihnachten war stets die schönste Zeit des Jahres für Belle. Die funkelnden Lichter Dublins, der knirschende Schnee unter den Schuhen, der Zauber, der in der Luft liegt. Doch dieses Jahr ist sie blind für all das und ihre Welt grau, nachdem sie alles verloren hat, was sie liebt. Aber Weihnachten hat auch dieses Jahr nicht seinen Zauber verloren … und schickt Belle jemanden, der ihr vor Augen führen soll, wie schön das Leben ist.